LA POURSUITE DU BONHEUR

Douglas Kennedy

LA POURSUITE
DU BONHEUR

FRANCE LOISIRS

Titre original : *The Pursuit of Happiness*
publié par Hutchinson, Londres.
Traduit de l'américain par Bernard Cohen

Édition du Club France Loisirs,
avec l'autorisation des Éditions Belfond.

France Loisirs,
123, boulevard de Grenelle, Paris
www.franceloisirs.com

© Douglas Kennedy 2001. Tous droits réservés.
© Belfond 2001 pour la traduction française.
ISBN 2-7441-5366-4

À Grace Carley, toujours

« Nous n'agissons pas comme il faudrait
Et ce qu'il ne faudrait pas, nous le faisons,
Et puis nous nous rassurons
Avec l'idée que la chance sera notre alliée. »

Matthew ARNOLD

I

Kate

1

La première fois que je l'ai vue, c'était devant le cercueil de ma mère. Dans les soixante-dix ans, grande, anguleuse, de beaux cheveux gris sévèrement retenus en chignon sur la nuque. Tout à fait le genre de femme auquel j'espère ressembler si jamais je parviens jusqu'à son âge. Elle se tenait très droite, le dos refusant de ployer sous le poids des ans. Sur ses traits harmonieux, la peau était restée souple, avec quelques rides qui, loin de marquer son visage, lui conféraient du caractère, une certaine « gravité ». Elle était encore belle, d'une beauté discrète, altière. On devinait que le temps était tout proche où les hommes l'avaient admirée.

Ce sont ses yeux, pourtant, qui ont plus particulièrement attiré mon attention sur elle. D'un bleu presque gris, attentifs à tout, critiques, avec juste une pointe de mélancolie... Mais qui n'est pas mélancolique, à un enterrement ? Qui, en contemplant un cercueil, ne s'imagine pas allongé à l'intérieur ? On dit que les funérailles sont faites pour les vivants, non pour les morts, et ce n'est que trop vrai : nous ne pleurons pas seulement sur les disparus mais aussi sur nous-mêmes, sur la brièveté choquante de la vie, sur cette accumulation permanente de futilités, sur tous les faux pas que nous commettons en descendant le chemin de l'existence, tels des étrangers dépourvus de repères et de cartes, pris à défaut par chaque tournant...

Quand je l'ai fixée, elle a détourné son regard avec embarras, comme si je venais de la surprendre en train de m'observer. L'enfant en deuil est évidemment le centre d'intérêt, dans ce genre de situation. Les autres attendent que vous, l'être le plus proche du défunt ou de la défunte, donniez le *la* émotionnel de la réunion. Si vous vous mettez dans un état épouvantable, ils n'auront pas de scrupule à laisser libre cours à leur chagrin. Si vous sanglotez, ils s'autoriseront quelques larmes. Et si vous gardez tout en vous, ils sauront aussi se contrôler, se montrer « corrects ».

Alors comme j'étais très disciplinée, très correcte, ainsi se comportaient la vingtaine de personnes venues accompagner ma mère dans « son ultime voyage », selon l'expression employée par l'ordonnateur des pompes funèbres lorsqu'il m'avait annoncé le prix qu'il allait me prendre pour la transporter de la « chapelle de repos », sur la 75ᵉ Rue au niveau d'Amsterdam Avenue, jusqu'à « sa demeure éternelle »... à Flushing Meadow, juste sous l'axe des avions en approche de l'aéroport de La Guardia.

Elle avait déjà fui mon regard quand j'ai entendu un grondement de réacteurs qui m'a fait lever les yeux vers le bleu hivernal du ciel. Nul doute que certains membres du cortège funèbre ont cru que je m'étais plongée dans la contemplation du paradis lointain, et que je me demandais quelle place ma mère avait prise dans la céleste immensité. En réalité, je ne cherchais qu'à distinguer les couleurs de l'appareil engagé dans sa descente. « US Air, ouais. Un de ces vieux 727 dont ils se servent encore sur court-courriers. Sans doute la navette de Boston, ou celle de Washington... » Incroyable, la banalité, le n'importe quoi de ce qui peut vous traverser l'esprit aux moments les plus graves...

– Maman, maman !

Ethan, mon fils, secouait la manche de mon manteau. Sa voix de garçonnet de sept ans couvrait celle du pasteur épiscopalien qui, en face de la bière, récitait avec solennité un passage de l'Apocalypse :

Et Dieu essuiera toute larme de leurs yeux,
Et la mort ne sera plus, ni deuil,
Ni pleurs, ni souffrance ne seront plus
Car ce qui est passé s'en est allé.

J'ai eu du mal à avaler ma salive. Ni deuil, ni pleurs, ni souffrance... On était loin de ce qu'avait été l'histoire de ma mère.

– Maman, maman...

Ethan insistait, s'agrippait plus fort. Tout en posant un doigt sur mes lèvres, j'ai passé mon autre main dans sa tignasse d'un blond sale et je lui ai chuchoté :

– Pas maintenant, mon chéri.

– Mais je dois faire pipi !

J'ai refoulé un sourire.

– Papa va t'amener, lui ai-je glissé en relevant la tête pour chercher des yeux mon ex-mari, Matt.

Il se tenait de l'autre côté, du cercueil, en retrait du petit groupe. En le voyant entrer dans la chapelle le matin, je n'avais pas été peu surprise : depuis qu'il nous avait laissés cinq ans plus tôt, Ethan et moi, mes relations avec lui s'étaient cantonnées à un plan purement pratique. En clair, les seuls mots que nous avions échangés n'avaient concerné que notre enfant et les hideuses questions d'argent qui, en général, obligent même les protagonistes des divorces les plus empoisonnés à se parler au téléphone. Ses quelques tentatives de conciliation s'étaient heurtées à un mur de glace de ma part. Si bizarre que cela puisse paraître, je ne suis jamais vraiment arrivée à lui pardonner d'avoir pris la porte pour tomber droit dans les bras de... d'« Elle ». Miss Suce-Micro, la poupée-journaliste de *Channel 4 New York*. Ethan avait deux ans et un mois, à l'époque.

Mais enfin, il faut savoir encaisser ce genre de petits coups du sort, n'est-ce pas ? Surtout que Matt était si prévisiblement, si caricaturalement masculin... Il y a toutefois un point que je dois concéder à celui qui a été mon mari : il s'est révélé un père aimant et dévoué. D'ailleurs, Ethan l'adore, ce que toute l'assistance autour de la tombe a pu remarquer lorsqu'il a contourné à toutes jambes le cercueil de sa grand-mère pour se jeter dans les bras de son père. Matt l'a hissé dans ses bras, j'ai vu Ethan murmurer sa pressante demande dans son oreille et, après un bref signe de tête à mon intention, Matt l'a emporté sur son épaule vers les toilettes les plus proches.

Entre-temps, le pasteur était passé à ce vieux classique des enterrements, le Psaume XXIII : « *Tu dresses la table devant moi, à la face de mes ennemis ; tu parfumes d'huile ma tête, ma coupe est pleine à déborder.* » J'ai entendu mon frère Charlie refouler un sanglot. Il était placé à l'arrière des rangs clairsemés. Il remportait haut la main le titre de la plus grosse surprise à ces obsèques depuis qu'il avait surgi à la chapelle tout juste débarqué du premier avion de Los Angeles, aussi hagard que mal à l'aise. Il m'a fallu un moment pour le reconnaître, parce que je ne l'avais pas revu depuis sept ans et que le temps avait opéré sa cruelle magie sur lui, le transformant en « homme d'un certain âge ». Bon, je ne suis plus moi-même ce qu'on appelle une jeunesse – la mutation est toute récente, je précise –, mais Charlie, avec ses cinquante-cinq ans, soit neuf de plus que moi, paraissait maintenant franchement mûr, pour ne pas dire usé. Il avait perdu la plus grande partie de ses cheveux, et toute son allure. Ses traits s'étaient empâtés, et sa taille, enflée en chambre à air, faisait de son costume de deuil mal ajusté une faute de goût encore plus consternante. Une cravate noire constellée de taches de sauce pendouillait de son col de chemise ouvert. Toute son apparence évoquait de désastreuses habitudes alimentaires et un désenchantement général. Si ce dernier sentiment m'était nettement familier, je n'en étais pas moins sidérée par les ravages que le temps avait produits sur lui, et non moins étonnée qu'il ait traversé le continent pour venir dire au revoir à une femme avec laquelle il ne gardait que des liens de politesse depuis trente ans.

Quand il s'était approché de moi dans la chapelle et qu'il avait lu la stupéfaction sur mon visage alors qu'il s'apprêtait à me prendre dans ses bras, il s'était contenté de serrer mes mains dans les siennes. Il y avait eu un moment de gêne, aucun de nous ne trouvant quoi dire. Finalement, c'est moi qui ai retrouvé l'usage de la parole :

– Pour une surprise...

– Je sais, je sais.

– Tu n'as pas eu mes messages ?

– Si. Katie... je suis vraiment désolé.

Je me suis dégagée, brusquement.

– Pas besoin de me présenter tes condoléances, ai-je lancé d'une voix étonnamment calme. Après tout, c'était ta mère aussi. Ou tu avais oublié ?

Il est devenu livide, se forçant à bredouiller :

– C'est... c'est pas juste, ça.

Et moi, toujours très calme, très correcte :

– Le dernier mois, elle savait que c'était fini. Et tous les jours, tous les jours, elle me demandait si tu avais appelé. À la fin, j'en suis arrivée à lui mentir. Je lui ai dit que tu téléphonais chaque soir pour prendre de ses nouvelles. Alors épargne-moi tes « juste » ou « pas juste », d'accord ?

Mon frère a baissé les yeux sur le lino du funérarium, deux amies de ma mère sont arrivées pour susurrer les banalités d'usage, ce qui a donné à Charlie l'occasion de battre en retraite. Pendant l'office, il était sur le dernier banc. Je me suis retournée pour évaluer l'assistance d'un coup d'œil et, lorsque mon regard a croisé le sien, il l'a fui avec un embarras perceptible de ma place. Après, je l'ai cherché pour lui proposer de se joindre à ce qui était, paraît-il, la « limousine de la famille proche », mise à notre disposition jusqu'au cimetière, mais il avait disparu. J'ai donc fait le trajet jusqu'à Queens avec Ethan et ma tante Meg.

C'est la sœur de mon père. Vieille fille par vocation. Soixante-quatorze ans, dont quarante entièrement consacrés à se démolir le foie. Mais j'ai été soulagée en constatant qu'elle avait décidé de rester sobre pour accompagner sa belle-sœur dans son « dernier voyage ». Les rares fois où elle ne touche pas à la bouteille, Meg est en effet quelqu'un d'idéal à avoir près de soi, une alliée d'autant plus estimable qu'elle a une langue aussi redoutable qu'une guêpe en furie. Nous roulions depuis à peine quelques minutes quand elle a orienté la conversation sur Charlie :

– Alors, il est revenu, l'imbécile prodigue !

– Pour s'éclipser tout aussi rapidement.

– On va le retrouver au cimetière.

– Comment en es-tu si sûre ?

– Parce qu'il me l'a dit. Pendant que tu prenais ton bain de foule après l'office, je l'ai coincé près de la sortie. « Attends une seconde », je lui fais, « on va te prendre dans notre voiture. » Mais lui, la bouche en cul-de-poule, il me répond qu'il préfère y aller en métro. Crois-moi : il reste le vieux et triste con qu'il a toujours été, Charlie.

– Meg !

J'ai montré mon fils du menton. Il était installé à côté de moi, plongé dans une bédé.

– Il n'écoute pas mes bêtises. Pas vrai, Ethan ?

Il a relevé la tête.

– « Con », je sais ce que ça veut dire.

– Bravo, mon grand, a approuvé Meg en lui ébouriffant les cheveux.

– Lis ton livre, chéri.

– Il en a, là-dedans, ce petit. Tu as fait du bon boulot avec lui, Kate.

– Pourquoi ? Parce qu'il connaît les gros mots ?

– Je vois que tu as une haute opinion de toi-même.

– Je me présente : Miss Chevilles Enflées.

18

– Enfin, tu as toujours fait ce qu'il fallait, au moins. Surtout quand il s'agit de la famille.

– Ouais... et voilà où ça m'a menée.

– Ta mère t'adorait !

– Un dimanche sur deux, oui.

– Je sais qu'elle n'était pas facile mais...

– Dis « impossible », ce sera encore gentil.

– Crois-moi, ma jolie : toi et ce petit bonhomme ici présent, vous étiez tout pour elle. Je répète, tout.

Je me suis mordu la langue, retenant un sanglot. Meg m'a pris la main.

– Je sais ce que je dis, Kate. Chacun de leur côté, parents et enfants finissent toujours par croire que ce sont eux qui ont eu le rôle ingrat, les soucis sans les remerciements. Et personne n'est content, au bout du compte. Mais toi, au moins, tu t'es épargné la culpabilité qui est en train de ronger ton idiot de frère.

– Rien que la semaine dernière, je lui ai laissé trois messages. Je lui ai dit qu'elle n'en avait plus pour longtemps, qu'il devait revenir la voir une dernière fois...

– Et il ne t'a jamais rappelée ?

– Non. Seulement son service de presse.

– Qui ? La Princesse ?

– En personne.

C'est le sobriquet que nous réservions à Holly, la très revêche et très banlieusarde épouse de Charlie qui depuis 1975, date de leur mariage, l'avait peu à peu détourné de sa famille pour des raisons aussi spécieuses qu'égoïstes. Il est vrai qu'il n'avait pas besoin d'encouragements, sur ce terrain : depuis que j'avais été en âge de la remarquer, la froideur qui régnait entre lui et notre mère n'avait pas manqué de me surprendre, et j'avais aussi compris que la raison fondamentale de leur antipathie réciproque était papa.

– Vingt dollars que le petit Charlie va fondre en larmes devant la tombe, a parié Meg.

– Il n'y a aucune chance.

– J'ai beau ne pas l'avoir vu depuis... Quand est-ce que l'animal a daigné nous rendre visite, la dernière fois ?

– Il y a sept ans.

– Sept ans, d'accord. Mais je le connais depuis longtemps, ce numéro. Et fais-moi confiance : le seul sur qui il se soit jamais apitoyé, c'est lui. À l'instant où mon regard est tombé sur lui, tout à l'heure, je me suis dit : « Tiens, ce pauvre vieux Charlie nous joue encore la carte du petit malheureux ! Et en plus il se sent coupable, voyez-vous ? Il n'a pas été fichu de parler à sa mère sur son lit de mort mais là il essaie de se rattraper en se pointant à la dernière minute à son enterrement. » Quel triste, triste sire !

– N'empêche qu'il ne va pas pleurer, non. Il est trop coincé pour ça.

Meg a secoué le billet de vingt dollars sous mon nez.

– Alors montre un peu la couleur de ton fric !

J'ai réussi à extirper deux coupures de dix de la poche de ma veste, que j'ai brandies devant elle.

– Ça va me plaire, de te les prendre.

– Pas autant qu'à moi de voir cette tête de nœud se mettre à pleurnicher.

Après avoir vérifié qu'Ethan restait captivé par son livre, j'ai levé les yeux au ciel.

– Meg !

– Pardon. Ça m'a échappé, quoi.

– Je sais aussi ce que ça veut dire, « tête de nœud », a commenté Ethan sans interrompre sa lecture.

C'est Meg qui a gagné le pari. Le pasteur a prononcé une dernière prière au-dessus du cercueil puis il m'a touché l'épaule et m'a présenté ses condoléances. Ensuite, tous les participants sont passés devant moi en une file contrite d'accolades et de poignées de main. Tandis que je me prêtais à ce rituel, j'ai à nouveau remarqué l'inconnue. Elle se tenait devant la pierre tombale la plus proche de l'emplacement de ma mère, ses yeux attentifs posés sur l'inscription que je connaissais par cœur.

John Joseph Malone
22 août 1922 – 16 avril 1956

John Joseph Malone, Jack Malone pour certains. Papa pour moi. Qui a soudain quitté ce monde alors que j'avais à peine dix-huit mois d'existence mais dont la présence n'a pourtant cessé de me hanter. C'est ça, les parents : ils peuvent disparaître physiquement de votre vie, sans même vous laisser une image précise d'eux-mêmes, néanmoins vous ne vous libérez jamais d'eux. L'héritage essentiel qu'ils vous laissent, c'est cette permanence indiscutable. Et, malgré tous vos efforts pour vous dégager d'eux, ils ne lâchent jamais prise.

Par-dessus l'épaule de Christine, ma voisine du dessus qui était en train de m'embrasser, j'ai vu Charlie se diriger vers la tombe de mon père. En remarquant son approche – elle savait qui il était, à l'évidence –, l'inconnue s'est aussitôt effacée pour lui laisser la stèle en granit dépouillée. Il avait la tête basse, la démarche incertaine, et il s'est appuyé au monument funéraire pour reprendre contenance. Soudain, il a été secoué de sanglots, contre lesquels il a d'abord tenté de lutter avant de s'abandonner au chagrin. Je me suis doucement dégagée de l'étreinte de Christine. D'instinct, j'aurais voulu courir auprès de lui mais j'ai rejeté une telle démonstration de compassion sororale, d'autant que je n'étais pas encore capable de lui pardonner la peine que son silence avait infligée à ma mère pendant toutes ces années. Alors je suis allée à pas comptés vers lui et j'ai effleuré son bras.

– Ça va, Charlie ?

Il s'est redressé. Son visage était rouge comme une tomate, ses yeux noyés de larmes. Il a soudain bondi sur moi, sa tête s'affaissant sur mon épaule, me serrant dans ses bras comme si j'étais une bouée en plein naufrage. Il sanglotait sans aucune retenue. Je suis restée un instant figée sur place, incapable de réagir, mais sa douleur était tellement profonde, tellement entière, tellement bruyante que je n'ai pas eu d'autre choix que de l'enlacer à mon tour.

Sa crise de larmes a duré une bonne minute. Les yeux perdus au loin, j'ai aperçu Ethan qui revenait des toilettes et que son père retenait gentiment par la main pour l'empêcher de se jeter sur moi. J'ai fait un clin d'œil à mon fils. Il m'a répondu par l'un de ses sourires à mille mégawatts qui éclipsent d'un coup cette charge d'angoisse et de fatigue sans cesse renouvelée qu'est la condition de mère. Dans mon champ de vision, à gauche d'Ethan, l'inconnue a resurgi. Elle s'était discrètement reculée près d'un carré voisin et cependant elle me regardait consoler Charlie, elle m'observait avec une intensité que j'ai eu le temps de surprendre avant qu'elle ne se détourne à nouveau, comme tout à l'heure. « D'où elle nous connaît, celle-là ? » me suis-je demandé, étonnée par l'insistance de son regard.

Mon attention est revenue à Ethan. Il a écarté sa bouche des deux mains en tirant la langue, puisant dans son répertoire de grimaces auxquelles il a recours dès qu'il sent que je deviens trop sérieuse à son goût. J'ai réprimé un éclat de rire, puis j'ai repensé à cette femme mais elle avait déjà abandonné sa place. Elle descendait l'allée de gravier qui conduisait à la sortie du cimetière, une silhouette isolée qui me tournait le dos.

Charlie produisait force borborygmes en essayant de refouler ses pleurs. Ayant résolu qu'il était temps de mettre fin à cette scène, je me suis libérée doucement.

– Ça va, maintenant ?

Il gardait la tête basse.

– Non, a-t-il chuchoté. J'ai... J'aurais dû...

Les pleurs ont repris de plus belle. « J'aurais dû » : la formule la plus cruelle que l'on puisse employer contre soi-même, l'autoflagellation à laquelle nous nous livrons si souvent pendant cette triste farce qu'on appelle la vie. Mais là il avait raison, Charlie. Il aurait dû, en effet. Et il était trop tard pour y changer quoi que ce soit, désormais.

– Tu viens ? On se réunit chez maman, tout à l'heure. Tu te rappelles où c'est, non ?

J'ai aussitôt regretté cette dernière pique, qui a réveillé ses sanglots.

– Pardon. Je suis stupide. Désolée.

– Pas autant... que moi. C'est moi qui suis... désolé.

Il a de nouveau perdu tout contrôle sur lui-même, mais cette fois je n'ai pas cherché à le réconforter. En me retournant, j'ai vu Meg qui patientait dans les parages, l'air dégagé mais prête à me venir en aide si besoin. Quand nos regards se sont croisés, elle a levé les sourcils en désignant Charlie du menton, comme pour dire : « Tu veux que je reprenne ça en main ? » Et comment ! Elle s'est approchée de son neveu.

– Allez, petit Charlie, a-t-elle annoncé en glissant un bras sous le sien. On va faire un tour, nous deux.

Matt a compris qu'il pouvait relâcher Ethan. Je me suis accroupie pour le recevoir quand il a couru à moi.

– Alors, tu te sens mieux ?

– Les toilettes, elles sont trop beurk !

J'ai jeté un coup d'œil à la tombe de ma mère. Le pasteur était toujours devant le cercueil. Derrière lui, les fossoyeurs se tenaient à distance respectueuse mais il était visible qu'ils guettaient notre départ pour la descendre en terre de Queens, faire avancer la pelleteuse, combler le trou et partir enfin déjeuner, voire aller se faire une petite partie de bowling. La vie continue, quoi. Qu'importe si vous en êtes encore ou non.

Le pasteur m'a adressé un bref mais éloquent signe de tête, facile à traduire : « Il est temps de prendre congé. » O.K., mon révérend, comme vous voudrez. Prenons-nous par la main et chantons tous en chœur.

Il est temps de prendre congé de tous nos amis
M-I-C... On se reverra très bientôt
K-E-Y... Alors on vous dit à jeudi
M-O-U-S-E !

Pendant une fraction de seconde, je me suis retrouvée dans l'appartement familial de la 84e Rue, entre Broadway et Amsterdam. Six ans, retour de l'école, avec Annette, Frankie et tous les Mousquetaires sur notre vieille télé Zénith noir et blanc avec son écran en hublot, et ses antennes qui pointaient comme des oreilles de lapin, et ses portes en imitation acajou. Maman arrive en titubant avec deux grands verres dans les mains : soda à la framboise pour moi, whisky canadien à l'eau pour elle.

– Comment va Mickey et sa bande ? demande-t-elle, la langue pâteuse.

– Ce sont mes amis.

Elle se laisse tomber sur le canapé près de moi.

– Et toi, Katie, tu es mon amie ?

J'ignore sa question.

– Où est Charlie ?

Son visage s'assombrit d'un coup.

– Chez Mr Barclay.

Une école de danse où des adolescents de l'âge de Charlie sont traînés chaque semaine par leurs parents malgré leurs cris et leurs gémissements.

– Mais il déteste ça, la danse !

– Tu n'en sais rien, coupe-t-elle en avalant la moitié de son verre d'un trait.

– Je l'ai entendu te le dire : « Je déteste la danse. Je te déteste. »

– Il n'a pas dit qu'il me détestait.

– Si.

Je me replonge dans la contemplation des Mousquetaires. Maman finit son whisky.

– Il n'a pas dit ça.

Ce doit être un jeu.

– Si, il l'a dit.

– Tu ne l'as jamais entendu dire...

Je la coupe.

– Pourquoi papa est au ciel ?

Elle devient livide. Nous en sommes déjà passées par là, elle et moi, mais cela fait près d'une année que je ne lui ai plus parlé de mon père disparu. Simplement, je suis rentrée ce jour-là avec une invitation à une soirée « Les papas à l'école » qu'ils m'ont donnée en classe. J'insiste :

– Pourquoi est-ce qu'il a dû partir au ciel ?

– Je te l'ai déjà dit, chérie. Il ne voulait pas, lui, mais il est tombé malade et...

– Quand est-ce que je peux le voir ?

Il y a du désespoir dans ses yeux, maintenant.

– Katie... tu es mon amie, n'est-ce pas ?

– Si tu me laisses revoir papa.

Je l'entends ravaler un sanglot.

– Si je pouvais...

– Je veux qu'il vienne à cette soirée avec moi. Je veux...

– Dis-moi que tu es mon amie.

– Tu ramènes papa du ciel, d'abord.

– Je... je ne peux pas, Katie... Je...

Sa voix s'est brisée. Elle se met à pleurer. M'attire contre elle. Plonge sa tête dans mon épaule d'oiseau. Me flanque une trouille terrible. Et je m'enfuis de la pièce, affolée.

C'est la seule et unique fois où je l'ai vue ivre. La seule et unique fois où elle a pleuré devant moi. Et la dernière fois où je lui ai demandé de rappeler mon père d'un céleste au-delà.

« Tu es mon amie, Katie ? »

Je n'ai jamais répondu à sa question. Parce que, pour être très franche, je ne connaissais pas vraiment la réponse.

– M'man !

Ethan me tire par la main.

– Je veux rentrer à la maison, m'man !

Retour à Queens. Au cimetière, au cercueil. Je me suis redressée.

– On va dire au revoir à mamy, d'abord.

Consciente de tous ces regards posés sur nous, je l'entraîne vers la tombe. De son petit poing, Ethan tape une fois sur la boîte en teck poli.

– Bonjour, mamy. Au revoir, mamy.

Je me mords la lèvre, fort. Mes yeux se sont embués d'un coup. Je regarde la tombe de mon père. Ça y est. Orpheline, enfin.

Je sens une main se poser sur mon épaule. Je relève la tête. C'est Matt. En me dégageant d'un geste brusque, je suis assaillie par une conviction imparable : à partir de maintenant, c'est Ethan et moi, et personne d'autre.

Le pasteur me lance un nouveau regard pressant. D'accord, d'accord, on y va... Je pose ma main sur le cercueil. Le bois est aussi glacé qu'un frigo. Je la retire. Dans le genre adieux solennels, on repassera. Je lutte pour refouler mes émotions. J'entraîne mon fils vers la voiture.

Matt nous attend devant la portière. Il s'exprime posément.

– Écoute, Katie, je voulais juste...

– Je ne veux pas savoir.

– Tout ce que j'allais dire, c'est que...

– Tu n'as pas entendu ?

– Si tu veux bien m'accorder une...

J'attrape la poignée.

– Non, c'est exclu.

Ethan me tire par la manche.

– Papa a dit qu'il m'emmenait au ciné. Je peux y aller, m'man ?

C'est seulement là que je me rends compte de l'état désastreux dans lequel je me trouve. J'objecte sans réfléchir :

– On a une réception, maintenant.

– Un film lui conviendrait mieux, tu ne crois pas ? argumente son père.

Ouais, c'est sûr. Je plonge ma figure dans mes mains. Je ne me suis jamais sentie aussi fatiguée, de toute ma vie.

– S'il te plaît, m'man ?

Je regarde Matt.

– À quelle heure tu le ramènerais ?

– J'avais pensé qu'il pourrait passer la nuit chez nous...

Il s'en veut d'avoir employé ce « nous », je le vois tout de suite, mais il poursuit.

– Je le conduirai à l'école demain matin. Et il peut rester encore un ou deux jours, si ça t'arrange...

– Très bien.

Je me baisse pour embrasser mon fils. À ma grande surprise, je m'entends lui demander :

– Tu es mon ami, Ethan ?

Il me jette un regard timide, puis me plante un rapide baiser sur la joue, que je veux prendre pour une réponse positive même si je sais que c'est une dérobade sur laquelle je vais broyer du noir pendant le reste de la journée, et toute la nuit. Sans cesser de me demander pourquoi je lui ai posé cette question idiote, pour commencer...

Matt fait mine de me caresser le bras, se ravise au dernier moment.

– À plus, souffle-t-il avant de s'éloigner avec Ethan.

Une main sur mon épaule, encore. Je l'écarte comme une mouche importune, sans même prendre la peine de me retourner pour voir à qui elle appartient.

– J'ai eu mon compte de mots réconfortants, franchement...

– Alors ne les écoute plus.

Je plaque mes doigts sur ma bouche, confuse.

– Oh, pardon, Meg !

– Dis trois Ave Maria et monte dans cette voiture.

J'obéis. Meg prend place à côté de moi.

– Où il est, Ethan ?

– Il passe la journée avec son père.

– Parfait. Je peux fumer, alors.

Tout en sortant un paquet de cigarettes de sa poche, elle tapote la vitre de séparation de l'autre main. Le chauffeur appuie sur la commande électrique pour la baisser.

– On se tire de là, mon pote, annonce Meg en allumant sa cigarette.

Elle rejette la première bouffée avec un énorme soupir de soulagement.

– Il faut vraiment ?

– Oui, il faut.

– Ça te tuera.

– Ah bon ?

La limousine s'engage dans l'allée centrale. Meg prend ma main dans ses doigts fins, veinés de bleu.

– Tu tiens le coup, ma belle ?

– J'ai été en meilleure forme, Meg.

– Encore quelques heures et tout ce merdier sera terminé. Et là...

– Je pourrai m'effondrer.

Elle hausse les épaules tout en accentuant la pression de ses doigts.

– Et Charlie ?

– Il reprend le métro.

– Pourquoi il fait ça, bon sang ?

– Sa conception de la pénitence, faut croire.

– Quand je l'ai vu dans cet état, j'ai vraiment eu de

la peine pour lui, tu sais ? Si seulement il avait eu le courage de prendre son téléphone, à la fin, il aurait pu arranger les choses avec maman.

– Non. Il n'aurait rien arrangé du tout.

Alors que nous franchissons les grilles du cimetière, je revois l'inconnue. Elle marche d'un pas décidé sur le trottoir, avec une aisance remarquable pour une femme de son âge. Meg la suit du regard, elle aussi.

– Tu la connais ?

Elle se contente d'une moue désabusée

– Elle était à l'enterrement. Du début à la fin.

Toujours pas de réponse de Meg.

– Ah, sans doute une de ces cinglées qui aiment traîner dans les cimetières...

À notre passage, elle lève les yeux et les baisse aussitôt.

Nous prenons la direction de Manhattan. Je me laisse aller contre le dossier de la banquette, épuisée. Le silence règne un moment, puis Meg me décoche un coup de coude.

– Alors ? Ils sont où, mes vingt dollars ?

2

Quinze des vingt participants à l'enterrement se sont donc retrouvés chez ma mère. Une vraie cohue, puisqu'elle avait passé ces dernières vingt-six années dans un petit studio de la 84e où je ne me rappelais pas avoir vu plus de quatre personnes ensemble, même les rares fois où elle recevait.

Je ne l'ai jamais aimé, cet appartement. Étriqué, mal agencé, il était orienté à l'ouest sur une arrière-cour au quatrième étage, de sorte que le soleil y pénétrait rarement. Un salon de neuf mètres carrés, une chambre aussi exiguë et un coin salle de bains, une cuisine plus étroite encore avec des appareils ménagers préhistoriques et un lino élimé... Tout semblait vieux, usé, impossible à rajeunir. Trois ans plus tôt, j'avais réussi à la convaincre de le faire repeindre mais, comme dans tous ces vieux immeubles du West Side, ce coup de fraîcheur ne pouvait rehausser les plâtres et les moulures encroûtés sous trois décennies de badigeon bâclé. La moquette s'effilochait, les meubles étaient décatis, quant aux rares éléments de confort moderne – une télé, un climatiseur, une chaîne stéréo monobloc à l'origine coréenne douteuse –, c'étaient de véritables antiquités technologiques... Chaque fois que j'avais eu quelques billets d'avance, ce qui était rare, je lui avais proposé de les remplacer, de lui acheter au moins un micro-ondes, mais elle avait toujours refusé.

– Tu as mieux à faire de ton argent, répétait-elle systématiquement.

– Pour ma mère, quand même...

– Dépense-les pour Ethan, ou pour toi. Je me contente très bien de ce que j'ai.

– Ce climatiseur, il est asthmatique ! Tu vas voir, en juillet. Tu vas bouillir, ici.

– J'ai un ventilateur.

– Je voulais juste aider un peu, maman.

– Je sais, chérie, je sais. Mais je suis très bien.

Et la pointe d'agacement qu'elle mettait dans ces deux derniers mots suffisait à me persuader de l'inutilité de mes tentatives. Mieux valait passer à autre chose.

Elle se refusait à devenir un poids pour les autres, au point de se priver toujours de tout. Ses principes fermement protestants lui faisaient abhorrer la perspective d'attirer la charité d'autrui. Pour elle, cela aurait signifié un échec personnel, la perte de toute valeur à ses propres yeux.

Debout dans le salon, j'ai regardé machinalement les photos encadrées qui se dressaient sur une table d'angle près du canapé. Je suis allée en prendre une, que je ne connaissais que trop bien. Mon père en uniforme de l'armée de terre. Le cliché avait été pris par ma mère dans la base militaire d'Angleterre où ils s'étaient rencontrés en 1945. Son unique grand voyage, la seule fois où elle avait quitté l'Amérique : ses études terminées, elle s'était portée volontaire à la Croix-Rouge et elle avait terminé dactylo dans une antenne du Commandement allié, quelque part au milieu de la banlieue londonienne. Entrée du flamboyant Jack Malone, originaire de Brooklyn, venu se détendre un peu ici après avoir couvert la libération de l'Allemagne pour le journal de l'armée américaine, *Stars and Stripes*. Ç'avait été le coup de foudre, donnant naissance à Charlie, et entremêlant leur destinée pour toujours.

Charlie s'est approché, les yeux sur la photo que je tenais encore.

– Tu veux la prendre ?

Il a secoué la tête.

– J'en ai déjà un tirage chez moi. C'est ma préférée de papa, celle-ci.

– Bon, je crois que je vais la garder, alors. Je n'en ai pas tant que ça de lui.

Nous sommes restés un instant silencieux. Il se mangeait la lèvre inférieure, toujours très nerveux.

– Tu te sens mieux ?

– Ouais, ça va, a-t-il répondu en détournant le regard comme à son habitude. Et toi, tu tiens le coup ?

– Moi ? Bien sûr, ai-je affirmé comme si nous ne venions pas d'enterrer notre mère.

– Ton fils est superbe, maintenant. Et lui... c'est ton ex ?

– Oui. Le grand séducteur. Quoi, tu ne l'avais jamais vu ? Ah oui, j'oubliais que tu n'es pas venu à notre mariage. Et la dernière fois que tu es passé ici, Matt était en voyage. C'était en 94, non ?

Il a préféré esquiver la question par une autre :

– Il est quelque chose dans les infos à la télé, c'est bien ça ?

– Quelqu'un de très important, tu veux dire. Comme sa nouvelle femme.

– Ouais. Maman m'avait parlé du divorce.

– Vraiment ? ai-je lancé, affectant l'étonnement. Quand ça ? Au cours de ton coup de fil annuel en 95 ?

– On communiquait un peu plus que ça, tout de même.

– C'est vrai, pardon. Tu l'appelais aussi à Noël. Donc, c'est grâce à l'un de tes deux appels annuels que tu as appris que Matt m'avait laissée tomber.

– Ça m'a fait de la peine, vraiment.

– C'est de l'histoire ancienne, hé ! J'ai tourné la page depuis longtemps.

Nouveau silence gêné, pendant lequel il a laissé son regard errer autour de lui.

– Ça n'a pas trop changé, ici.

– Maman n'aurait jamais pu passer dans *Ma Maison Mon Jardin*, c'est exact. Remarque, même si elle avait voulu retaper ça, ce qui n'a jamais été le cas, elle n'aurait guère eu les moyens. Heureusement que c'est un loyer conventionné. Sans ça, elle n'aurait pas pu rester.

– Combien c'est, maintenant ?

– Huit cents, ce qui est très correct, pour le quartier. Mais, enfin, elle a toujours eu du mal à joindre les deux bouts.

– Comment, elle n'avait rien hérité d'oncle Ray, alors ?

Ray, le frère de ma mère, était un avocat prospère de Boston qui avait toujours gardé une distance glaciale avec elle. D'après ce que j'avais cru comprendre, ils n'avaient jamais été très proches, même dans leur enfance, et le fossé s'était encore creusé quand Ray et sa femme, Edith, avaient blâmé ma mère d'épouser un petit gars de Brooklyn sans le sou. Fidèle à sa morale WASP, cependant, Ray était venu à son secours après la mort prématurée de mon père en lui proposant de prendre en charge financièrement l'éducation de Charlie et la mienne. Le fait qu'ils n'avaient pas d'enfants eux-mêmes, et que ma mère était l'unique sœur de Ray, avait certainement rendu plus supportable cette lourde contribution mais nous avions vite compris, Charlie et moi, que notre oncle ne voulait pas entendre parler de nous. Nous ne le voyions jamais, ma mère non plus, même si nous recevions de lui tous les Noëls un bon du Trésor de vingt dollars chacun. Quand Charlie est entré à l'université de Boston, il n'a pas été invité une seule fois à la résidence de Ray et d'Edith, sur Beacon Hill. J'ai été traitée avec la même indifférence lorsque, étudiante au Smith College, je passais par Boston au moins une fois par mois. « La famille, c'est bizarre, parfois », nous répétait ma mère pour expliquer la froideur de son frère. Cependant, c'est grâce à lui seul que nous avons pu fréquenter des établissements privés, Charlie et moi. À partir du jour où j'ai obtenu mon diplôme, en 76, maman n'a plus rien reçu et elle a tiré le diable par la queue jusqu'à la fin de sa vie. Après le décès de Ray en 98, je pensais qu'elle allait toucher un petit héritage, d'autant qu'Edith était morte trois ans plus tôt, mais il n'avait rien prévu pour elle dans son testament.

– Quoi, tu veux dire que maman ne t'a jamais appris qu'il lui avait laissé des nèfles ?

– Elle m'a dit qu'il était mort, rien de plus.

– C'était ton coup de fil de l'année 1998, c'est ça ?

Il a contemplé le bout de ses chaussures avant de répondre d'un ton posé :

– Oui, c'est ça. Mais je ne savais pas qu'il l'avait oubliée comme ça.

– Eh oui. Il a tout légué à l'infirmière qui s'occupait de lui depuis qu'Edith était partie dans cette immense église épiscopalienne qu'il y a au ciel. Pauvre maman ! Elle a toujours été roulée, depuis le début.

– Comment elle s'en tirait, alors ?

– Elle avait une petite retraite de l'école, et la sécurité sociale, et c'est tout. Je lui ai proposé de l'aider, mais bien entendu elle a toujours refusé. Même quand j'aurais pu.

– Tu es toujours dans la même agence de pub ?

– Hélas oui.

– Mais tu dois avoir pris du grade, non ?

– Pisse-copie troisième échelon, oui.

– Ça me paraît pas si mal.

– La paie est correcte. Mais dans ce métier il y a un dicton : « Créatif ou heureux, il faut choisir ». Enfin, ça permet de passer le temps et de payer les factures. J'aurais seulement aimé que maman me laisse payer les siennes aussi, de temps en temps. Mais non, elle n'aurait rien accepté. À mon avis, ou bien elle tenait un tripot clandestin, ou bien elle avait un trafic de cookies Girl Scout dans la manche.

– Tu comptes te séparer de l'appartement, main-tenant ?

– Je ne vais pas le transformer en musée, c'est sûr.

– J'ai bien tout regardé.

– Tu n'es pas dans son testament, tu le sais.

– Je... Ça ne me surprend pas, non.

– Non qu'il y ait des mille et des cents. Juste avant sa mort, elle m'a dit qu'elle avait une petite assurance vie, quelques actions... Peut-être cinquante mille, grand maximum. Trop bête que tu n'aies pas renoué le contact il y a six mois, disons. Crois-moi, ça ne lui faisait pas plaisir de te rayer de sa vie, et jusqu'à la fin elle a espéré que tu te manifesterais enfin, contre toute attente. Quand ils lui ont annoncé que son can-cer était incurable, elle t'a même écrit, non ?

– Elle n'a jamais fait allusion à la gravité de sa maladie, dans cette lettre.

– Ah, parce que sinon ? Ça aurait changé quelque chose ?

À nouveau ce regard fuyant. J'ai gardé mon calme.

– Tu n'as pas répondu à cette lettre, ni à tous les messages que je t'ai laissés dans les derniers temps. Et je dois dire que c'était très, très bête, stratégique-ment parlant : parce que, si tu avais daigné te pointer ici, tu serais en train de partager vingt-cinq bâtons avec moi, là...

– Je n'aurais jamais accepté ma part, tu le...

– Ouais, d'accord. Mais la Princesse aurait fini par te convaincre, elle.

– N'appelle pas Holly comme ça.

– Et pourquoi pas ? C'est bien lady Macbeth, dans cette histoire !

– Katie ! J'essaie vraiment de...

– De quoi ? De faire amende honorable ? Ou d'avoir la conscience tranquille ?

Écoute, ma réaction n'avait rien à voir avec toi, jamais.

Je suis touchée. Dommage que maman ne soit plus

35

là pour entendre ça. Elle et ses grands rêves romantiques : que tout le monde se réconcilie, qu'elle puisse revoir ses petits-enfants de Californie au moins une fois...

– J'avais l'intention d'appeler et...

– Ça ne suffit pas, les intentions ! C'est de la merde, les intentions !

Ma voix était montée dans les aigus sans que je m'en rende compte. Ce que j'ai découvert, par contre, c'est que la pièce s'était vidée autour de nous. Et Charlie a fait le même constat, puisqu'il a chuchoté :

– S'il te plaît, Kate ! Je ne voudrais pas repartir chez moi avec un si mauvais...

– Mais bon sang, tu t'attendais à quoi, aujourd'hui ? Une grandiose réconciliation ? Comme à Hollywood ? Tu récoltes ce que tu as semé, mon vieux !

Soudain, Meg est apparue à côté de moi. Elle m'a prise par le bras.

– Très beau sermon, Kate. Et je suis certaine que Charlie comprend parfaitement ta position, maintenant.

Je me suis forcée à respirer plus lentement.

– Oui. Je crois que oui.

– Charlie ? Et si tu allais te trouver quelque chose d'alcoolisé dans la cuisine ?

Il a obtempéré sans broncher. Les deux enfants chamailleurs venaient d'être séparés.

– Ça va, maintenant ? m'a demandé Meg.

– Non. Ça ne va pas du tout.

Elle m'a entraînée vers le canapé, s'est installée près de moi et, sur un ton de conspiratrice :

– Lâche-le un peu, le gars. J'ai eu une petite explication avec lui, tout à l'heure. Apparemment, il se débat avec des problèmes plus que sérieux.

Quoi, quels problèmes ?

Il a perdu son job il y a quatre mois. Dégraissage, comme ils disent. Fitzgibbon a été racheté par je ne sais quelle multinationale hollandaise qui s'est empressée d'éjecter la moitié des commerciaux en Californie.

Fitzgibbon, le géant pharmaceutique qui employait Charlie depuis vingt ans. Il avait débuté représentant dans la vallée de San Fernando et il avait peu à peu grimpé les échelons pour devenir directeur régional des ventes. Et maintenant...

– C'est mauvais à quel point, exactement ?

– Au point qu'il a dû taper un ami pour se payer l'avion jusqu'ici

– Bon Dieu !

– Et avec deux gosses en fac, il est au bord de l'abîme, financièrement parlant. Dans de sales draps, vraiment.

J'ai été assaillie par les remords.

– Le pauvre idiot... Il a toujours reçu des tuiles, celui-là. C'est fou le chic qu'il a pour faire le mauvais choix, à chaque pas.

– D'après ce que j'ai pigé, la situation n'est pas très brillante sur le front domestique non plus. La Princesse ne se montre pas la plus solidaire des épouses dans l'adversité, si tu vois ce...

Elle s'est interrompue brusquement en m'envoyant un petit coup de coude. Charlie était revenu dans le salon, son imperméable sur le bras. Je me suis levée.

– Où tu vas, comme ça ?

– À l'aéroport. Il faut que je file.

– Mais tu viens à peine d'arriver !

– J'ai un rendez-vous important demain matin très tôt, a-t-il annoncé d'une petite voix. Pour un travail. Je suis... euh, un peu à la croisée des chemins, en ce moment.

Du regard, Meg me suppliait de faire comme si j'ignorais son récent statut de chômeur. Ah, la vie de famille ! Une toile d'araignée en expansion continuelle, faite de confidences successives et « ne dis pas à ton frère que je te l'ai dit, s'il te plaît... ».

– Je suis navrée d'apprendre ça, Charlie. Et encore

plus de t'avoir bassiné avec mes reproches avant. C'est un triste jour pour nous tous, tu...

Il m'a fait taire en se penchant pour me déposer un semblant de baiser sur la joue.

– On reste en contact, hein ?

– Ça ne tient qu'à toi, Charlie.

Il n'a pas répondu, se contentant d'un haussement d'épaules résigné. Arrivé à la porte, il s'est retourné, nos yeux se sont croisés. Un instant infime, mais dans lequel tout était dit : « Je t'en prie, pardonne-moi. »

J'ai été prise de pitié pour mon frère. Abîmé par la vie. Acculé, aux abois comme un chevreuil ébloui par les phares. Le sort ne lui avait joué que de mauvais tours, et maintenant il suait la déception. Je pouvais parfaitement partager cette sensation de défaite radicale, moi. Parce que, à la notable et en vérité fortuite exception de mon fils, je n'étais certes pas un exemple d'épanouissement personnel.

– Au revoir, Katie, a-t-il murmuré en ouvrant la porte.

Je lui ai tourné le dos et j'ai disparu dans la salle de bains. En ressortant de là deux minutes plus tard, j'ai été soulagée en constatant qu'il n'était plus en vue.

Même satisfaction en remarquant que les invités commençaient à prendre congé. Il y avait deux ou trois voisins de l'immeuble et quelques vieilles amies de maman, des septuagénaires toujours plus fragiles qui s'étaient efforcées d'entretenir plaisamment la conversation et de se montrer raisonnablement enjouées en essayant de ne pas trop penser à la manière dont les gens de leur âge disparaissaient peu à peu autour d'elles.

À trois heures, tout le monde était parti à l'exception de Meg et de Rozella, l'imposante et énergique Dominicaine que j'avais engagée un an et demi plus tôt pour venir faire le ménage chez ma mère deux fois par semaine, mais qui était devenue son infirmière à plein temps lorsque maman avait décidé de ne pas rester à l'hôpital.

– Je ne vais certainement pas mourir dans une chambre beigeasse avec un néon au-dessus de la tête, m'avait-elle déclaré le jour où le chef de service lui avait annoncé que son cancer était incurable.

– Il n'est pas question de mourir ! avais-je protesté sans réfléchir.

Assise dans son lit, elle m'avait pris la main.

– C'est la vie, ma chérie.

– Mais le médecin a parlé de mois, peut-être plus...

Elle avait gardé un ton calme, étrangement serein.

– Au maximum, oui. D'après ce que je sens, moi, je dirais trois semaines au plus. Et, franchement, c'est mieux que ce à quoi je m'attendais...

– Il faut toujours, toujours que tu prennes les choses du bon côté, maman ? Oh zut, qu'est-ce que je raconte comme bêtises ! Ce n'est pas ce que je voulais dire, pardon ! C'est juste que...

Elle m'avait contemplée d'un œil critique.

– Tu n'as jamais pu vraiment me comprendre, n'est-ce pas ?

Sans me laisser le temps de trouver quelque dénégation peu convaincante, elle avait appuyé sur la sonnette au-dessus de son lit d'hôpital.

– Je vais demander à l'infirmière de m'aider à m'habiller et à faire ma valise. Si tu veux bien m'accorder un petit quart d'heure...

– Je vais t'aider, moi !

– Pas besoin, ma grande.

– Mais je veux le faire.

– Va plutôt te prendre un café. Elle saura très bien s'occuper de tout.

– Mais pourquoi tu ne me laisses jamais...

J'avais pris les intonations d'une ado geignarde, soudain. Ma mère s'était contentée de sourire, comprenant qu'elle venait de me mettre échec et mat.

– Vas-y, maintenant. Mais pas plus d'un quart

d'heure, entendu ? Si je ne suis pas partie d'ici avant midi, ils me compteront un jour de plus pour la chambre.

« Et puis après ? » m'étais-je retenue de glapir. « Tu es prise en charge par ton assurance, non ? » Je connaissais déjà sa réponse, pourtant : « N'empêche, ce n'est pas correct de les faire dépenser pour rien. » Et du coup je me serais demandé à nouveau, pour environ la millionième fois, pourquoi je n'étais jamais capable d'avoir le dernier mot avec elle.

« Tu n'as jamais pu vraiment me comprendre, n'est-ce pas ? »

Insupportable, qu'elle me connaisse si bien ! Comme d'habitude, elle avait mis dans le mille : je ne l'avais jamais « comprise », non. Son flegme devant toutes les déconvenues et les adversités que la vie lui avait réservées me dépassait totalement. D'après les quelques sous-entendus qu'elle avait pu s'autoriser, et d'après ce que Charlie m'en avait dit au temps où nous nous adressions encore la parole, je percevais qu'elle n'avait pas nagé dans le bonheur conjugal, loin de là. Ensuite son mari était mort jeune, sans lui laisser de quoi subsister, puis son unique fils s'était volontairement éloigné de la cellule familiale, et sa seule fille avait été une enquiquineuse qui n'arrivait pas à comprendre que sa mère ne se lamente pas nuit et jour sur son triste sort. Ni que parvenue au bout de sa vie elle se montre tellement résignée, convaincue que les bonnes manières excluaient de s'indigner en voyant la lumière du jour se tarir pour elle. Mais elle n'était que fidèle à sa fermeté coutumière, là, à son refus d'exposer ses faiblesses, de reconnaître la tristesse fondamentale pourtant si évidente derrière sa façade stoïque.

Elle ne s'était pas trompée sur l'évolution de sa maladie, en tout cas : elle a résisté non pas des mois mais moins de deux semaines. J'avais engagé Rozella pour qu'elle reste auprès de ma mère vingt-quatre heures sur vingt-quatre, ce qui ne m'empêchait pas de me sentir coupable de ne pas être avec elle tout le temps. Mais, d'une part, un nouveau client me donnait un travail dément à l'agence, et, de l'autre, je devais m'occuper d'Ethan, car j'étais têtue, moi aussi, et je ne voulais pas demander le moindre service à Matt. Au total, je me débrouillais difficilement pour passer trois heures par jour à son chevet.

La fin a été rapide. Jeudi dernier, le téléphone m'a réveillée à quatre heures du matin. C'était Rozella, qui m'a dit simplement : « Il faut que vous veniez tout de suite. » J'avais heureusement déjà mis au point un plan d'urgence pour ce moment précis avec Christine, ma voisine de deux étages plus haut avec qui je m'étais récemment liée d'amitié et qui appartenait elle aussi au Club des mamans divorcées. Malgré ses bruyantes protestations, j'ai réussi à tirer Ethan du lit et à le lui monter. Elle l'a aussitôt recouché sur son canapé, m'a débarrassée de ses affaires de classe et m'a promis de le déposer en temps et en heure à son école. Ensuite, je suis redescendue quatre à quatre, j'ai demandé au concierge de me trouver un taxi et j'ai assuré le chauffeur d'un pourboire de cinq dollars s'il me menait dans le West Side en un quart d'heure. Il lui a fallu moins que ça, et c'était bien ainsi car ma mère a rendu son dernier souffle quatre minutes après que j'ai passé sa porte.

J'ai trouvé Rozella debout au pied de son lit, qui pleurait en silence. Elle m'a enlacée en me murmurant à l'oreille : « Elle est là mais elle n'est plus là. » Une jolie façon de dire que ma mère avait basculé dans le coma. La nouvelle m'a procuré un certain réconfort, parce que j'avais redouté l'épreuve d'assister à son agonie, de devoir trouver la parole juste et définitive. Est-ce qu'il y en a, seulement ? Puisqu'elle ne pouvait plus m'entendre, toute tentative mélodramatique dans le registre « Je t'aime, maman » n'aurait été qu'à mon seul bénéfice, de toute manière. En de

41

pareils moments, les mots sont toujours inadéquats, futiles. Et ils n'auraient certainement pas été en mesure d'atténuer la culpabilité que je ressentais.

Alors, je me suis simplement assise sur le lit, j'ai pris sa main toujours chaude et je l'ai serrée, fort. En tentant de me remémorer la plus ancienne image que je gardais d'elle, j'ai soudain revu une jolie et joyeuse jeune femme qui tenait par la main la fille de quatre ans que j'étais alors tandis que nous nous dirigions vers l'aire de jeux du parc de Riverside. Ce n'était pas un souvenir particulièrement significatif, un simple moment revenu du passé qui me rappelait comment elle était avec quinze ans de moins que mon âge actuel, et avec quelle facilité nous oublions toutes les promenades dans les parcs, toutes les fois où il faut courir chez le pédiatre à cause des amygdales, toutes les sorties d'école, toutes ces laborieuses expéditions à travers la ville pour chercher de nouvelles chaussures, ou une nouvelle tenue, ou pour les réunions de scouts, toutes ces contraintes accumulées qui font la condition de parent. Je me suis dit alors que je n'avais jamais voulu reconnaître tout ce que ma mère s'était efforcée de faire pour moi, que j'avais détesté être dépendante d'elle et que j'aurais tant voulu lui avoir donné un peu plus de bonheur. Et je me suis rappelé qu'elle s'asseyait toujours en face de moi sur la balançoire, lui faisait prendre de la hauteur jusqu'à ce que brusquement nous nous retrouvions dans le ciel d'un jour d'automne 1959, mère et fille, avec le soleil qui brillait au-dessus de nous, au-dessus de l'univers rassurant et douillet que m'assuraient sa protection et son amour, et elle riait, et...

Elle a respiré profondément à trois reprises et puis un grand silence s'est installé. J'ai dû rester là une quinzaine de minutes encore, ma main percevant le froid insidieux qui envahissait peu à peu ses doigts. Finalement, Rozella m'a prise par les épaules et m'a relevée avec ménagement. Il y avait des larmes dans ses yeux, pas dans les miens. Peut-être parce que j'étais trop paralysée pour pleurer ?

Rozella s'est penchée sur maman pour lui fermer les yeux, puis elle s'est signée et elle a dit un Ave Maria. Moi, j'ai suivi un rite tout différent : je suis passée dans le salon, je me suis servi un scotch bien tassé, j'ai pris le téléphone et j'ai appelé le 911.

– C'est quel type d'urgence que vous nous signalez ? m'a demandé la standardiste.

– Ce n'est pas une urgence. Une mort, simplement.

– Quel genre ?

– Naturelle.

Mais j'aurais pu ajouter : « Une mort très discrète. Très digne. Pleine de stoïcisme. Assumée sans la moindre plainte. »

Oui, ma mère est morte comme elle a vécu.

Debout près du lit, j'entendais Rozella dans la cuisine, en train de laver les verres et les assiettes de la réception funéraire. Trois jours plus tôt, seulement, maman avait été étendue là. Soudain, sans aucun rapport, je me suis souvenue de ce qu'un type, Dave Schroeder, m'avait dit quelques jours auparavant. C'était un journaliste free-lance, malin comme tout, qui avait bien roulé sa bosse mais qui, à l'âge de quarante ans, cherchait encore à se faire un nom. Je suis sortie avec lui à deux reprises, et il m'a laissée tomber quand j'ai refusé de passer la nuit avec lui le deuxième soir. S'il avait patienté jusqu'à la troisième, il aurait peut-être eu sa chance, mais enfin il m'avait raconté quelque chose de passionnant qui me revenait maintenant. Présent à Berlin la nuit où le mur avait été percé par la foule, il avait été de retour sur les lieux un an plus tard pour découvrir que cette monstrueuse construction, ce rempart sanglant et emblématique de la guerre froide, avait tout bonnement disparu. Même la fameuse guérite de Checkpoint Charlie avait été rasée, et à l'est de ce point de passage la très ancienne Mission commerciale bulgare avait été remplacée par une boutique Benetton. « C'est comme si ce truc affreux, un symbole incontournable de l'histoire du XXe siècle, n'avait jamais existé », m'a expliqué Dave ; « et en voyant ça, je me suis dit que, au moment même où on règle un différend, on efface de notre mémoire tout souvenir de ce contentieux. C'est très typique de l'être humain, ça : aseptiser le passé pour pouvoir continuer à vivre. »

Mes yeux sont revenus sur le lit de mort de ma mère et j'ai revu les draps souillés, les oreillers tachés, ses ongles qu'elle plantait presque dans le matelas le temps que la morphine commence à agir. Là il était net et propre, avec un couvre-lit qui sortait juste du teinturier. L'idée qu'elle avait expiré là paraissait aberrante, impossible. D'ici à une semaine, quand j'aurais emballé toutes ses affaires avec Rozella et que les déménageurs des œuvres de bienfaisance auraient emporté tous les meubles que je comptais leur donner, quelle preuve tangible de son passage sur cette terre resterait-il ? Quelques objets – sa bague de fiançailles, une broche ou deux –, une poignée de photos et... rien, rien sinon l'espace qu'elle ne cesserait d'occuper dans ma tête, évidemment, un territoire qu'elle partageait désormais avec le père que je n'ai jamais connu.

Et puis, lorsque ce serait à notre tour de disparaître, Charlie et moi... paf, terminé. Exit Dorothy et Jacky Malone. Leur petite contribution à l'histoire humaine effacée d'un coup de gomme radical. Tout comme Ethan sera la seule trace durable que je laisserai, tant qu'il vivra...

J'ai frissonné, soudain glacée, envahie par le besoin pressant d'un autre whisky. Je suis allée à la cuisine. Rozella était toujours devant l'évier, Meg assise à l'étroite table en formica, une cigarette se consumant dans une soucoupe devant elle – ma mère n'avait pas de cendrier chez elle –, à côté d'une bouteille de scotch et d'un verre à moitié plein.

– Arrête avec cet air critique ! m'a-t-elle lancé. J'ai vraiment proposé à Rozella de l'aider, tu sais...

– C'était plutôt à cause de la cigarette, l'ai-je corrigée.

– Moi, ça ne me dérange pas, a déclaré Rozella.

– Maman détestait ça, qu'on fume, ai-je complété en prenant une chaise pour m'asseoir près de Meg et en attrapant son paquet de Merits.

J'en ai sorti une et je l'ai allumée sous son regard stupéfait.

– Hein ? Il faut que j'alerte Reuter, non ? Ou alors CNN ?

En riant, j'ai laissé échapper une bonne bouffée.

– Je me l'accorde une ou deux fois par an. Pour de grandes occasions, uniquement. Par exemple quand Matt m'a annoncé qu'il me quittait. Ou quand maman m'a téléphoné en avril pour me dire qu'elle devait aller faire des examens à l'hôpital mais qu'elle était sûre que ce n'était rien du tout...

Meg m'a versé une solide rasade de whisky et elle a poussé le verre dans ma direction.

– Cul sec, ma grande

J'ai obéi.

– Pourquoi vous ne partez pas avec votre tante ? a demandé Rozella. Je vais tout finir ici.

– Je reste.

– Trop bête, a rétorqué Meg. D'ailleurs, j'ai touché ma retraite hier et je me sens pleine aux as, moi, et j'ai très envie de quelque chose bourré de cholestérol. Un bon steak, tiens. Et si je nous réservais une table chez Smith and Wollensky ? Tu as vu les Martini qu'ils servent, là-bas ? Pratiquement dans des bocks à bière

– Économise ton argent. Je reste ici, cette nuit.

Elles ont échangé un coup d'œil préoccupé.

– Comment ça, « cette nuit » ?

45

– Eh bien, j'ai... j'ai l'intention de dormir ici.

– Oh, ce n'est pas une très bonne idée, ça, a risqué Rozella.

– Franchement idiote, même, a renchéri Meg.

– C'est décidé.

– Bon, a soufflé Meg. Si tu restes, moi aussi.

– Non, pas question. J'ai besoin d'être seule.

– Carrément stupide, maintenant !

– Écoutez votre tante, je vous en prie, a intercédé Rozella. Rester toute seule ici, cette nuit... Non, ce n'est pas une bonne idée.

– Je tiendrai très bien le coup.

– N'en sois pas si sûre !

Mais je n'étais pas prête à me laisser convaincre. J'ai payé Rozella, qui ne voulait pas entendre parler d'extra mais qui a dû se résigner quand je lui ai mis de force un billet de cent dans la main et que j'ai refusé de le reprendre. Finalement, j'ai réussi à déloger Meg de sa place vers les cinq heures. Nous étions un peu pompettes, toutes les deux, parce que j'avais éclusé le scotch à la même cadence qu'elle, perdant le compte des tournées successives après la quatrième.

– Tu sais quoi, Katie ? a-t-elle remarqué pendant que je l'aidais à enfiler son manteau. Maintenant, je suis certaine que tu es une fana de l'autoflagellation.

– Merci pour cette analyse sans détour.

– Tu vois très bien de quoi je parle, là. Passer la nuit toute seule dans l'appartement où ta mère est morte, c'est la dernière chose que tu devrais faire et pourtant c'est exactement ce que tu décides ! Ça me... sidère, voilà.

– J'ai juste envie d'être un moment en tête à tête avec moi-même. Et « ici », oui. Avant que je vide tout ça. C'est incompréhensible, pour toi ?

– Bien sûr que non. Pas plus que de mettre un cilice...

– Ah, j'ai l'impression d'entendre Matt ! Il n'arrêtait

pas de répéter que j'étais spécialement douée pour me gâcher la vie.

– Au diable ce jean-foutre prétentieux ! Surtout qu'il a manifesté un vrai don pour gâcher celle des autres, de vie.

– Mais peut-être qu'il n'avait pas tort, sur ce point. Des fois, je me dis...

Je me suis interrompue, sans doute parce que je n'avais pas envie de terminer ma phrase. Mais *elle* me pressait déjà :

– Quoi ? Vas-y, explique !

– Je ne sais pas, mais des fois je me dis que je fais tout de travers.

Elle a levé les yeux au ciel.

– Bienvenue au club des simples mortels, ma chérie.

– Enfin, tu vois ce que je veux...

– Non, pas du tout. Tu réussis dans ton travail, tu as un gosse superbe...

– Le plus superbe de tous.

Elle a plissé les lèvres et la tristesse est passée en un éclair sur ses traits. Même si elle n'en parlait que rarement, je savais que le fait de ne pas avoir eu d'enfants était une déception muette mais persistante pour elle. Je n'ai pas oublié ce qu'elle m'avait déclaré lorsque je lui avais appris que j'étais enceinte :

– De toi à moi, je ne me suis jamais passé la corde au cou, d'accord, mais je n'ai jamais manqué de types autour de moi. Des incapables dans leur immense majorité, des poltrons qui prenaient leurs jambes à leur cou dès qu'ils découvraient qu'une fille pouvait tenir à son indépendance... Et bon, d'après moi, la seule chose d'intéressante qu'un homme puisse te donner, c'est un enfant.

– Alors pourquoi tu ne t'es pas arrangée pour t'en faire faire un, toi ?

– Parce que dans les années cinquante et soixante, quand j'aurais été techniquement en mesure, le concept de mère célibataire était à peu près aussi bien vu par la société que, disons, de proclamer son soutien au programme spatial des Russkofs. Une fille mère ! C'était l'ostracisme assuré, et moi je n'avais pas les couilles d'assumer ça. Sans doute que je suis lâche, au fond.

– Toi ? C'est bien le dernier terme que j'emploierais à ton sujet Non, si tu regardes bien, la trouillarde de la famille, c'est moi...

– Tu es mariée. Tu es enceinte. De mon point de vue, c'est une preuve de courage, au contraire.

Ensuite, elle s'était empressée de changer de conversation et nous n'avons plus jamais eu l'occasion d'aborder ce sujet ouvertement. Les seules fois où elle baissait un peu la garde et laissait transparaître sa déception, c'était à des moments comme celui-ci, quand une allusion à Ethan suscitait en elle un soupçon de regret qu'elle s'empressait de refouler.

– Et comment, que c'est le meilleur ! Ton mariage a capoté, d'accord, mais regarde ce que tu en as tiré.

– Je sais...

– Alors pourquoi se laisser abattre comme ça ?

– Parce que... Ah, c'est difficile à expliquer ! C'est très ambigu et en même temps tellement envahissant, comme sensation. Une insatisfaction permanente à propos de qui on est et de ce dans quoi on s'est retrouvé...

Mais j'étais trop fatiguée, et trop saoule, pour approfondir le sujet. Aussi me suis-je contentée de hocher la tête et de murmurer :

– C'est comme ça, Meg...

– Dommage que ta mère ne t'ait pas élevée dans la foi catholique. Tu aurais fait des ravages, dans un confessionnal.

Nous sommes descendues en ascenseur. Pour traverser le hall, elle a pris mon bras pour que je la soutienne. Après avoir hélé un taxi, le concierge a ouvert la portière et je l'ai aidée à s'installer.

– J'espère vraiment que toute cette gnôle va t'assommer un bon coup. Je n'ai pas du tout envie de t'imaginer dans un fauteuil là-haut, à retourner des idées et encore des idées et encore des idées...

– Il n'y a rien de mal à réfléchir, si ?

– Pas bon pour la santé.

Elle m'a saisi le poignet.

– Tu m'appelles demain, dès que tu seras revenue dans ce bas monde. Promis ?

– Ouais... Promis.

Elle m'a regardée droit dans les yeux.

– Tu es ma gosse.

Je suis remontée par les escaliers et j'ai dû rester au moins une minute devant la porte de l'appartement avant de trouver le courage d'entrer.

À l'intérieur, le silence était assourdissant. Ma première réaction a été de me dire « File de là ! », et pourtant je me suis forcée à entrer dans la cuisine, où j'ai rangé les dernières assiettes, frotté la table à deux reprises et récuré la moindre surface en vue. Armée d'une bouteille de Comet, j'ai laissé l'évier comme neuf, puis j'ai trouvé une bombe de Pledge et j'ai entrepris de dépoussiérer tous les meubles de l'appartement. Dans la salle de bains, j'ai tenté d'ignorer le papier peint décollé et les taches d'humidité au plafond et je me suis mise au travail avec l'éponge, m'escrimant un bon quart d'heure sur la baignoire sans parvenir à détacher les traces de rouille incrustées dans l'émail autour des robinets, puis même opération avec le lavabo, encore plus rouillé... Et tout ce ménage frénétique sans même me rappeler que j'étais toujours en tailleur noir ultra-habillé, un machin Armani ridiculement cher et chic, une surprise que m'avait faite Matt à Noël cinq ans auparavant. Ce n'est que plus tard que j'ai compris la culpabilité qu'il y avait derrière ce cadeau, puisque le 2 janvier il me gratifiait d'une seconde surprise en m'annonçant qu'il était amoureux d'une certaine

Blair Bentley et qu'il avait décidé de mettre fin à notre union à compter de ce jour.

Et puis j'ai été incapable de poursuivre cet accès de propreté maniaque et je me suis appuyée contre le lavabo, mon chemisier blanc trempé, le visage emperlé de sueur. Chez maman, le chauffage approchait toujours l'ambiance d'un sauna. Soudain, j'avais affreusement besoin d'une douche. En ouvrant l'armoire à pharmacie, alors que je fouinais à la recherche de savon et de shampoing, je suis tombée sur une dizaine de flacons de Valium, autant de doses de morphine, des seringues, des boîtes de lavement et le long cathéter que Rozella avait dû insérer dans l'urètre de ma mère pour la soulager de son urine. Mon regard a dérivé sur une pile de couches rangées sur une alèse en plastique, en bas de sa coiffeuse, et je me suis dit, presque à mon insu, qu'il y a des gens, quelque part, qui fabriquent, conditionnent et distribuent des trucs pareils, et Dieu sait que leurs actions en Bourse doivent planer tout le temps car, s'il y a au moins une certitude en ce bas monde, c'est de se retrouver dans l'une de ces couches-culottes si l'on vit assez longtemps... Et même avec moins de chance, même en se payant un cancer de l'utérus à la quarantaine, disons, il y a un risque certain de connaître le même sort dans la phase finale de ce cauchemar. Et... d'un coup, j'étais en train de faire ce que je m'étais juré d'éviter pendant toute la journée.

Impossible de me rappeler combien de temps j'ai pleuré. J'étais devenue inconsolable, brusquement. Tous les barrages rompus, je m'abandonnais à un chagrin dévastateur, à un déluge d'angoisse et de honte, angoisse parce que j'étais désormais seule sur cette terre, honte parce que j'avais passé le plus clair de ma vie d'adulte à essayer d'esquiver l'étreinte de ma mère. Et, maintenant que j'avais radicalement échappé à son emprise, je ne pouvais que me demander ce qui avait pu provoquer une telle agressivité, bon sang...

Je me suis accrochée au lavabo, sentant mon estomac se soulever. Tombée à genoux, j'ai eu juste le temps de me traîner jusqu'à la cuvette. Du whisky. Encore du whisky, et une marée de bile.

Je me suis relevée en chancelant. De la bave brunâtre coulait sur mon beau tailleur. Je suis retournée au lavabo, j'ai ouvert l'eau froide et j'ai gardé mes lèvres sous le jet jusqu'à ce que le goût de vomi disparaisse. J'ai attrapé la bouteille de Lavoris grand format qui se trouvait sur la coiffeuse – pourquoi les petites vieilles sont-elles les seules à acheter ça ? – et j'ai pris près d'un quart de litre du gargarisme acidulé à la cannelle dans ma bouche avant de le recracher et de chanceler jusqu'à la chambre, tout en me déshabillant en chemin. Arrivée au lit de ma mère, je n'étais plus qu'en soutien-gorge et en collants. J'ai farfouillé dans sa commode à la recherche d'un tee-shirt avant de me rappeler que maman n'appartenait pas précisément à la génération Gap, du coup je me suis rabattue sur un vieux sweater couleur crème, tout à fait dans le style match Harvard-Yale de l'été 42. Débarrassée de mes sous-vêtements, je l'ai enfilé. Il m'arrivait juste au-dessus des genoux, empestait la naphtaline, le coton rêche me grattait désagréablement la peau, mais je m'en fichais. J'ai arraché le couvre-lit et je me suis glissée entre les draps, qui malgré la chaleur tropicale de l'appartement m'ont paru d'un froid lugubre. J'ai pris un oreiller et je l'ai serré contre moi comme s'il était ma dernière planche de salut.

C'était mon fils que je voulais sentir contre moi, là. Et j'ai à nouveau fondu en larmes. La petite fille perdue dans les bois. Et je me suis détestée de m'apitoyer ainsi sur mon sort. Et je me suis demandé pourquoi la chambre s'était mise à tanguer et à rouler tel un bateau pris dans la houle. Et puis je me suis endormie.

Ensuite, le téléphone a sonné. Il m'a fallu un certain moment pour regagner les rives de la conscience. Sur la table de nuit, la lampe était restée allumée. Mes yeux endoloris ont fixé le vieux réveil à affichage digital, tellement années soixante-dix avec son défilement mécanique des chiffres. 21 h 48. J'avais disparu dans le sommeil un peu plus de trois heures. J'ai décroché, tentant de bredouiller un vague « Allô », la langue pâteuse, dans un demi-coma. Il y a eu un long silence à l'autre bout de la ligne, puis une voix de femme.

– Pardon, je me suis trompée.

Elle a raccroché. Moi aussi. J'ai éteint la lumière, tiré la couverture au-dessus de ma tête et envoyé au diable cette foutue journée.

3

Réveillée à six heures du matin, j'ai eu dix secondes de surprise euphorique : pour la première fois depuis près de cinq mois, j'avais dormi huit heures d'affilée. Mais brusquement le reste m'est tombé dessus, m'amenant à me demander quelle lubie m'avait prise de passer la nuit dans le lit de ma mère.

Tâtonnant jusqu'à la salle de bains, je me suis jeté un coup d'œil dans la glace et j'ai aussitôt résolu de ne plus commettre cette erreur. J'ai fait pipi, j'ai baptisé mon visage à l'eau glacée et je me suis gargarisée au Lavoris, trois ablutions sommaires qui me permettaient de me risquer dehors sans avoir l'air d'une épave totale.

En remettant mon tailleur, je me suis obligée à ne pas prêter attention à l'odeur de vomi qu'il dégageait et à son état général plus que piteux. J'ai refait le lit, éteint toutes les lumières, récupéré mon manteau et je suis sortie en claquant la porte derrière moi. Meg avait eu entièrement raison : sur le terrain de l'autoflagellation, j'étais imbattable. J'ai résolu de ne remettre les pieds dans cet appartement que pour le déménagement final.

À cette heure si matinale, je ne risquais pas de tomber sur quelque voisin de ma mère dans l'ascenseur. C'était doublement réconfortant, d'abord parce que je ne me sentais pas prête à entendre encore d'autres condoléances éplorées, ensuite parce que les gens auraient sans doute pensé que j'allais tourner une version féminine du *Poison* de Billy Wilder. Affalé dans son fauteuil devant un feu de bois factice, le veilleur de nuit n'a même pas paru me remarquer quand je suis passée en hâte dans le hall. Il y avait bien deux douzaines de taxis libres en train de rôder sur West End Avenue. J'en ai arrêté un et je me suis effondrée sur la banquette arrière après avoir donné mon adresse au chauffeur.

Même pour une indigène blasée comme moi, Manhattan à l'aube a quelque chose de magique. Le silence des rues vides, peut-être, ou la manière dont les premiers rayons du soleil viennent se mêler à la lumière des lampadaires. La ville est encore en demi-teintes, à l'état d'ébauche, le rythme dément de la cité paralysé pour encore un instant d'hésitation, d'attente. Au lever du jour, rien ne semble une certitude et cependant tout paraît possible. Et puis la nuit s'efface, Manhattan commence à tonitruer et la réalité débarque en force. Sous la dure lumière du matin, le possible s'étiole.

J'habite la 74ᵉ Rue, entre la 2ᵉ et la 3ᵉ Avenue. Un affreux immeuble court sur pattes aux briques peintes en blanc, du genre dont raffolaient les promoteurs immobiliers dans les années soixante et qui donne maintenant sa triste note au non moins triste paysage de l'Upper East Side dans sa portion délimitée par la 3ᵉ et le fleuve. Moi qui suis une fille des quartiers ouest – et fière de l'être ! –, j'ai toujours tenu cette zone pour l'équivalent urbain de la glace à la vanille : sans saveur, ni odeur ni caractère. Avant de me marier, j'ai vécu des années sur la 106ᵉ au niveau de Broadway, qu'on peut accuser de tout sauf d'être insipide. J'adorais la crasse exubérante de ces parages, les épiceries haïtiennes, les bodegas portoricaines, les vieux delicatessen juifs, les bons bouquinistes autour du campus de Columbia, les soirées de jazz « entrée gratuite » au West End Café. Mais voilà, bien que scandaleusement peu cher, mon appartement était minuscule et Matt avait ce deux pièces à loyer conventionné sur la 74ᵉ Rue (Est !), qu'ils se repassaient dans sa famille depuis des décennies et qu'il avait lui-même repris après la mort de sa grand-mère. À mille six cents dollars mensuels, c'était une affaire en or, et bigrement plus commode que mon cachot de célibataire dans cette jungle du West Side, non ?

Si. N'empêche que nous le détestions autant l'un que l'autre, cet appart. Et Matt encore plus que moi, honteux comme il l'était d'habiter un quartier aussi peu « dans le coup » au point de me répéter que nous déménagerions à Flatiron District ou à Gramercy Park quand il quitterait les salaires minables de la télé publique pour devenir un producteur en vue à NBC. Et il l'a décroché, ce job rêvé, et aussi la méga-piaule à Flatiron, pour s'y installer avec sa blonde télégénique, sa Blair Bentley... Et moi je suis restée coincée dans cet endroit honni sans plus pouvoir en partir, puisque le loyer est tellement, tellement génial... Il est vrai qu'à ce prix-là j'ai des amis avec enfants qui n'arrivent même pas à trouver un deux pièces en banlieue.

Constantine, le concierge de jour, était déjà à son poste quand je suis arrivée en taxi. La soixantaine, immigré grec de la première génération qui vit toujours avec sa maman dans un faubourg, il a du mal à accepter le concept de mères divorcées, notamment lorsqu'elles sont de ces gourgandines qui doivent quitter leur foyer pour aller gagner leur vie dehors. Il avait aussi toutes les prédispositions d'une jacasse de village, sans cesse aux aguets, toujours muni de ces questions insidieuses qui vous faisaient comprendre qu'il gardait l'œil sur vous. Lorsqu'il est venu ouvrir ma portière, le souffle m'a manqué. Ma dégaine pitoyable l'intéressait beaucoup, visiblement.

– Il se fait tard, hein, miss Malone ?
– Non. Il se fait tôt.
– Comment va le petit bonhomme ?
– Très bien.
– Il est là-haut, au lit ?

55

Oui. Exactement. Il a passé la nuit tout seul, à jouer avec ma collection de couteaux de chasse tout en piochant dans mon impressionnante vidéothèque de films sadomasos.

– Euh, non... Il était avec son père, hier.

– Vous passerez le bonjour à Matt pour moi, hein, miss Malone ?

Mais bien sûr. Trop gentil. Et la note insistante sur le « miss », reçue cinq sur cinq, également. Et tiens, empoche tes étrennes de Noël, *malaka* ! C'est la seule insulte que je connaisse en grec d'ailleurs.

J'ai pris l'ascenseur. Au quatrième, j'ai ouvert ma serrure trois-points et je suis tombée encore une fois sur un silence effrayant. Je suis partie droit dans la chambre d'Ethan. Assise sur son lit, j'ai lissé d'une main sa taie d'oreiller Power Rangers... Bon, je trouve ça complètement débile, les Power Rangers, mais essayez toujours d'avoir une discussion d'ordre esthétique avec un gamin de sept ans. Mon regard a erré sur tous les cadeaux que Matt lui avait offerts pour apaiser sa culpabilité dans la dernière période – un iMac, des dizaines de CD, des rollers dernier cri – et sur ceux dont je l'avais comblé pour la même raison au cours du même laps de temps : un Godzilla à piles, la collection complète des personnages Power Rangers, des tas de puzzles... Quelle tristesse, tous ces objets, tout ce fatras amassé dans le seul espoir d'atténuer le remords parental ! Ce remords qui m'assaille aussi deux ou trois fois par semaine quand je dois tantôt m'attarder au bureau le soir, tantôt participer à un dîner de travail, et donc demander à Claire, la nounou australienne qui va chercher Ethan à l'école et le garde jusqu'à mon retour, de rester plus longtemps avec lui. Il ne se plaint que rarement de ces absences, lui, et pourtant je me sens invariablement misérable, envahie par la peur-paranoïa qu'elles puissent expliquer qu'il devienne plus tard un asocial, voire un accro au crack dès ses seize ans. Tout cela pour un boulot qui, si je puis me permettre d'ajouter, sert à payer le loyer, la moitié de sa scolarité, les factures et qui – soyons franche jusqu'au bout – est également là pour donner un peu de sens et d'orientation à mon existence. Les femmes de mon genre sont perdantes sur tous les tableaux, croyez-moi. Elles sont coincées entre les zombies post-féministes qui jouent à fond la carte des « valeurs de la famille » et de l'antienne « les enfants ont besoin de leur mère à la maison », d'une part, et de l'autre, les exemples de toutes ces « mamans modernes » de ma génération qui sont allées s'enterrer en banlieue pour mieux élever leur gosse et sombrent discrètement dans le gâtisme. Quand vous êtes à la fois une femme active et divorcée, le sentiment de culpabilité prend des proportions stéréophoniques, puisque non seulement vous n'êtes pas à la maison lorsque votre progéniture rentre de l'école mais vous vous reprochez aussi de saper en partie sa confiance en soi et son équilibre. Je revois encore aujourd'hui les yeux atterrés d'Ethan, la stupéfaction et la terreur qui s'y lisaient quand, il y a cinq ans, j'ai essayé de lui faire comprendre que désormais son papa allait vivre sous un autre toit.

Six heures quarante-huit à ma montre. La tentation était forte de sauter dans un autre taxi jusqu'à chez Matt, mais j'y ai renoncé rien qu'en m'imaginant à l'affût devant l'immeuble, guettant leur sortie telle une groupie ravagée. Et puis je craignais de tomber sur « Elle » et de risquer ainsi de perdre ma fameuse réputation de fille cool. En plus, ce pourrait être déboussolant pour Ethan que de me découvrir en bas de chez eux, l'amener à penser – il y avait fait allusion à plusieurs reprises, ces derniers temps – que ses parents allaient se remettre ensemble. Hypothèse qui demeure et restera exclue. À jamais.

Une fois dépouillée de mon répugnant tailleur, j'ai passé dix bonnes minutes sous une douche brûlante. En peignoir, la tête enturbannée d'une serviette, je suis allée à la cuisine me préparer un café et j'ai écouté les messages qui s'étaient accumulés la veille sur le répondeur en attendant que l'eau commence à bouillir. Il y en avait neuf en tout, dont cinq de divers amis et collègues, empreints de sympathie et qui finissaient tous par la formule aussi consacrée que rabâchée lorsqu'on s'adresse à une personne en deuil, « Si on peut faire quoi que ce soit... », mais qui, malgré son caractère convenu, était plutôt touchante. À huit heures et demie, Matt avait appelé pour dire qu'Ethan était en pleine forme, qu'il venait d'aller au lit après une super journée, et que... « si je peux faire quoi que ce soit ».

Trop tard, mon vieux. Beaucoup trop tard.

Et il y en avait un de ma tante, évidemment. Du Meg cent pour cent : « Voilà, c'est moi. Je me disais que tu allais avoir un peu de jugeote et que tu serais rentrée chez toi, mais bon, erreur. Enfin, je ne vais pas chercher à t'embêter chez ta mère, petit *a* parce que tu risques de me hurler dessus dans l'écouteur, petit *b* parce que tu as sans doute envie qu'on te fiche la paix. Toujours est-il que si tu décides que la pénitence a assez duré et que tu finis par revenir, passe-moi un coup de fil. Jusqu'à une heure raisonnable, bien sûr, ce qui est pour moi n'importe quand avant trois heures du mat. Je t'embrasse, chérie. Un baiser à Ethan. Et n'oublie pas de continuer à prendre ton traitement. » Par « traitement », elle entendait « whisky », bien entendu.

Finalement, il y avait deux appels sans message, enregistrés par l'horloge électronique du répondeur à 18 h 08 et à 21 h 44. Chaque fois, un petit moment de silence tendu, comme si la personne à l'autre bout de la ligne hésitait à parler dans la machine. Je déteste quand les gens font ça : j'ai l'impression d'être épiée, menacée et... seule au monde.

La bouilloire s'est mise à siffler. J'ai coupé le gaz, versé dans la cafetière assez de café extrafort et moulu de frais pour sept tasses, rajouté l'eau et appuyé sur le poussoir. J'ai bu ma première tasse pratiquement d'un trait. Après une gorgée de la deuxième, assez chaude pour s'incendier le gosier – mais le mien est en acier trempé –, et un coup d'œil à ma montre qui m'a appris qu'il était 7 h 12, j'ai pensé que j'étais maintenant en état d'appeler chez Matt.

– Ouuii... Al-lô ?

Une voix à moitié endormie, féminine. « Elle ». Je me suis lancée en bégayant salement.

– Euh, bonjour... Est-ce... est-ce qu'Ethan est là ?

– Ethan ? Qui est-ce ?

– Comment ça, qui est-ce ?

Pour le coup, elle s'est réveillée.

– Oh, pardon, désolée, pardon. Ethan ! Mais bien sûr que je sais...

– Je peux lui parler ?

– Ah... Il est encore là ?

– Eh bien, je ne peux pas vraiment savoir, moi, vu que je n'y suis pas.

Elle a paru estomaquée.

– Je vais voir si... Euh, c'est vous, Kate ?

– Exact.

– Ah... J'allais vous écrire, justement. Mais... Mais puisque je vous ai, là, je voulais vous dire que, que..

« Arrête les frais, face d'œuf ! »

– ... que, bon, pour votre mère... Ça m'a fait beaucoup de peine.

– Merci.

– Et puis... Bon, si je peux faire quoi que ce soit...

– Me passer Ethan, ce serait possible ? Merci.

– Oh ! Mais oui, tout de suite.

Je l'ai entendue chuchoter en posant le téléphone, puis Matt a été en ligne.

– Salut, Kate. J'étais juste en train de me demander comment ça s'est terminé pour toi, hier.

– Fantastique. Des années que je n'avais pas autant rigolé.

– Enfin, quoi, tu vois ce que je voulais dire.

J'ai bu un peu de café.

– Ça s'est passé comme ça s'est passé. Je peux parler à Ethan, S'il te plaît ?

– Mais oui, bien sûr. Il est à côté de moi.

J'ai entendu le combiné changer de main.

– C'est toi, mon cœur ?

– Salut, m'man.

Sa voix encore ensommeillée m'a remise instantanément d'aplomb. Pour moi, c'est du Prozac en dose massive, Ethan.

– Comment tu vas, bonhomme ?

– Le film était trop bien ! L'histoire de gens qui escaladent une montagne et puis il se met à neiger et ils ont plein de problèmes.

– Comment elle s'appelle, cette montagne ?

– Je... j'ai oublié.

Un petit rire de ma part.

– Et après, on est allés voir les jouets.

Tiens, surprise.

– Et qu'est-ce qu'il t'a acheté, papa ?

– Le CD des Power Rangers.

Excellent choix.

– Et une station spatiale en Lego. Et puis on est allés à la télé, au studio...

Magnifique.

– ... Blair était là-bas. Elle nous a fait entrer dans la pièce où ils parlent aux caméras, tu sais. Et on la voyait sur les écrans, même

– Une belle journée, on dirait.

– Elle est trop sympa, Blair ! Après on est allés au restaurant tous les trois. Celui du World Trade Center. On voit toute la ville de là-haut, les lumières. Et il y a un hélicoptère qui s'est posé sur le toit, aussi ! Et plein de gens sont venus à notre table pour demander des autographes à Blair, et...

– Je... je te manque, mon cœur ?

– Mais... oui, bien sûr, m'man.

À son ton soudain déconfit, je me suis sentie une complète imbécile. L'enquiquineuse.

– Je t'aime, Ethan.

– À plus, m'man.

Il a raccroché et, moi, je me suis maudite. Crétine ! On ne doit jamais s'imposer ainsi à un enfant. Je suis restée plantée devant le téléphone un moment en m'exhortant à ne pas craquer une nouvelle fois – j'en avais eu mon compte, dans les dernières vingt-quatre heures –, jusqu'à reprendre contrôle sur moi. Après avoir encore rempli ma tasse, je me suis laissée tomber sur le gros et moelleux canapé du living, notre dernier achat domestique important avant la sortie inopinée et spectaculaire de Matt. Enfin, sortie... Il n'a pas entièrement disparu de ma vie, non, et c'est bien là le problème, en partie. Si nous n'avions pas eu Ethan, la séparation aurait été beaucoup plus facile, tout simplement parce que après le choc, la colère, l'amertume et le renoncement du début j'aurais eu au moins pour consolation la certitude de ne plus jamais revoir sa tête. Mais l'existence de notre fils nous obligeait à... À quoi ? Coopérer, se concerter, accepter la présence de l'autre, comme vous voudrez. Ainsi qu'il l'avait lui-même déclaré au cours de la phase de marchandage antérieure au divorce et pudiquement appelée « concertation », il fallait « parvenir à une relative détente entre nous, pour le bien de tout le monde ». Et nous y sommes parvenus, certes : en cinq ans, nous avons cessé depuis longtemps de nous hurler dessus, nos relations sont plus ou moins cordiales. J'en suis venue à conclure que ce mariage avait été une grosse erreur depuis le début. Et cependant, en dépit de tous mes efforts afin de parvenir à la fameuse « rémission », la plaie reste étonnamment sensible.

Lorsque j'ai évoqué le sujet devant Meg au cours de l'un de nos dîners hebdomadaires (et copieusement arrosés), elle a eu ce commentaire : « Tu peux te dire et te répéter que ce gars-là n'était pas pour toi, ma grande, et que toute l'histoire n'a été qu'un vaste plantage, mais tu ne tourneras pas pour autant la page complètement. Il y a trop d'enjeux, de conséquences, pour que la peine s'en aille comme ça. C'est ce qui rend la vie si pourrie, parfois, cette accumulation de déceptions et de souffrances, petites ou grandes. Mais ceux qui ne baissent pas les bras – et tu fais partie de cette catégorie, mon cœur, aucun doute là-dessus – finissent par trouver comment survivre avec la douleur. Parce que bon, c'est intéressant, la douleur. Essentiel, même. Ça donne une signification aux choses. Et aussi c'est la raison pour laquelle Dieu a créé la gnôle. »

Pour formuler une philosophie catholico-irlandaise de la vie capable de vous remonter le moral, elle est inégalable, Meg.

« Une relative détente. » Ouais, je suis d'accord, Matt. Mais, malgré tout le temps écoulé, je ne sais toujours pas y parvenir. Et là, assise dans ce salon, une idée m'assaille. Tout est tellement... fortuit, non ? Tiens, la déco autour de moi, par exemple. Le fameux canapé Pottery Barn aux moelleux coussins couleur crème (si je me rappelle bien, ils appelaient cette teinte « cappuccino », au magasin), deux fauteuils assortis, une paire de lampes italiennes design, une table basse en hêtre avec quelques revues dispersées dessus. Chacun de ces meubles, nous avons passé un bon moment à en parler, à supputer les choix possibles, tout comme il a fallu maintes discussions avant que nous nous décidions pour le parquet, en hêtre également, qui se trouve maintenant au sol. Idem pour les éléments en acier brossé de la cuisine, que nous avions repérés à l'Ikea de Jersey City... Oui, nous prenions notre vie commune tellement au sérieux que nous étions allés jusque dans le New Jersey pour nous choisir une cuisine ! Et le tapis en raphia venu remplacer l'affreuse carpette bleue que ta grand-mère avait. Et plus loin, dans la chambre à coucher, le lit de style shaker qui nous avait coûté trois mille deux cents dollars... Eh bien, le spectacle de tous ces objets demeure une source d'étonnement pour moi. Parce qu'ils sont le témoignage posthume de tant de considérations rationnelles à propos de ce qu'il est convenu d'appeler « un avenir commun » entre deux êtres qui, dans le secret de leur cœur, n'y croyaient pourtant pas. Nous nous sommes rencontrés à un tournant de notre existence respective où nous avions besoin de nous impliquer envers quelqu'un d'autre, voilà tout. Et nous nous sommes efforcés de nous convaincre que nous étions compatibles, que la combinaison serait gagnante.

C'est incroyable comme on peut se persuader d'avoir trouvé une stabilité tout en sachant pertinemment que la situation n'a rien de durable. Quand on en a besoin, tout paraît à sa place et puis...

Le téléphone m'a tiré de mes méditations. J'ai quitté mon siège d'un bond pour aller décrocher dans la cuisine.

– Bien le bonjour, miss Malone.

– Constantine. Oui ?

– J'ai une lettre pour vous, en bas.

– Mais le courrier n'arrive pas avant onze heures, si ?

– Pas celui-là... Ça, c'est une lettre, comment... remise en main propre.

– Remise en main propre ?

– Apportée par quelqu'un, spécialement.
Pfff !

– Ça, j'ai bien compris, Constantine. Ma question, c'était quand, et par qui ?

– Quand ? Il y a cinq minutes, voilà quand.

J'ai consulté ma montre. À 7 h 36, un pli personnel apporté par coursier ? Qui pouvait faire une chose pareille ?

– Oui, Constantine. Et c'était qui ?

– Sais pas, moi ! Un taxi s'arrête, une femme descend la vitre, elle me demande si vous habitez ici, je dis oui et elle me donne la lettre

– Donc c'est une femme qui l'a apportée ?

– Voilà.

– Quel genre, cette femme ?

– Sais pas, moi !

– Vous ne l'avez pas vue ?

– Elle était dans une voiture.

– Mais elle avait descendu la vitre, vous dites

– Il y avait un reflet, j'étais... ébloui.

– Bon, mais vous avez quand même pu avoir un...

– Écoutez, miss Malone. J'ai vu ce que j'ai vu, moi, c'est-à-dire rien du tout, j'ai vu.

– D'accord, d'accord, ai-je concédé afin d'en terminer avec cet échange grotesque. Faites-la monter, cette lettre.

Revenue dans ma chambre, j'ai enfilé un jean et un polo, je me suis démêlé les cheveux à la brosse. La sonnette a bientôt retenti. Quand j'ai ouvert – en gardant la chaîne de sûreté en place dans le plus pur style parano new-yorkais –, il n'y avait personne, seulement une petite enveloppe posée sur le sol. Je l'ai ramassée, j'ai refermé.

Papier bleu-gris de très bonne qualité, agréable au toucher. Mon nom et mon adresse étaient calligraphiés au recto. Je l'ai ouverte avec soin, découvrant une carte sur laquelle figurait, en lettres carrées, la mention suivante : « 346 77ᵉ Rue Ouest, Apt 2B, New York, New York 10024, tel (212) 555 0745 ». « Pas loin de chez moi », me suis-je dit avant de la retirer entièrement. La même écriture précise, maîtrisée, que sur l'enveloppe. Le mot était daté de la veille :

« Chère Miss Malone,

J'ai appris avec tristesse le décès de votre mère dans les colonnes du *New York Times*.

Bien que nous ne nous soyons jamais rencontrées directement pendant ces années, je vous connais depuis votre enfance, ayant fréquenté vos parents à cette époque. Malheureusement, j'ai perdu le contact avec votre famille après la mort de votre père.

Je tenais à vous exprimer mes condoléances en cet instant pénible, et à vous dire ma certitude que quelqu'un veille sur vous aujourd'hui, tout comme il le fait depuis fort longtemps.

Sincèrement,

Sara Smythe. »

Je l'ai relue deux fois. Sara Smythe ? Jamais entendu ce nom. Mais le plus bizarre, c'était encore l'allusion à cet énigmatique ange gardien.

– Attends voir, m'a dit Meg une heure plus tard, quand je l'ai réveillée pour lui lire la lettre au téléphone. Ce « il », elle lui a mis une majuscule ?

– Non.

– Donc, il ne s'agit pas de quelque bigote siphonnée. « Il » avec la majuscule, ce serait le grand boss de là-haut, M. Tout-Puissant. L'alpha et l'oméga. Laurel et Hardy.

– Mais ce nom, Sara Smythe... Papa ou maman l'auraient déjà mentionné devant toi ?

– Hé, c'était leur couple, pas le mien ! Je n'étais pas dans le coup de toutes leurs fréquentations. Tiens, je doute que l'un ou l'autre ait jamais connu l'existence de Karoli Kielsowski.

– Karoli quoi ? Comment tu as dit ?

– Kielsowski. Un musicien de jazz polonais que j'ai ramassé un soir au Village Vanguard, en 64. Au lit c'était une catastrophe mais il était d'agréable compagnie, et comme saxo alto il se défendait.

– J'avoue que je ne vois pas le rapport.

– Mais si, c'est simple ! On s'aimait beaucoup, ton père et moi, mais on avait chacun notre vie. Tout ce que je sais, c'est que cette Sara Smythe était l'une de leurs amies. Enfin, on parle d'une époque qui remonte à quarante-cinq ans, au bas mot !

– O.K., je te suis. Mais ce que je ne pige pas, c'est qu'elle soit venue déposer cette lettre elle-même, chez moi. Comment elle connaît mon adresse, seulement ?

– Ton téléphone est sur liste rouge ?

– Euh... non.

– Alors voilà, tu as la réponse à ta question. Pourquoi elle l'a apportée elle-même, ça... Peut-être qu'elle a vu l'avis de décès dans le journal un peu tard, qu'elle n'a pas voulu trop attendre pour ses condoléances et qu'elle a donc choisi de te les déposer en allant au boulot, va savoir ?

– Tu ne trouves pas que ça fait beaucoup de coïncidences, tout ça ?

– Ma chérie, tu cherches une hypothèse, je t'en donne une, point.

– Tu penses que je me raconte trop d'histoires ?

– Je pense que tu es fatiguée et sur les nerfs, ce qui est très compréhensible. Et que tu te fais beaucoup de mouron pour un petit mot absolument anodin. Mais si tu veux en savoir plus, pourquoi ne pas lui téléphoner, à cette dame ? Il y a bien son numéro sur la carte, non ?

– Je n'ai pas du tout envie de l'appeler.

– Alors ne l'appelle pas ! Et tiens, pendant qu'on y est, promets-moi que tu ne vas pas te remettre en tête de passer la nuit toute seule chez ta mère,

– Là, je ne t'ai pas attendue. Je n'en ai pas la moindre intention.

– Heureuse de l'entendre. Je commençais à me demander si tu n'allais pas te transformer en personnage de Tennessee Williams, le genre cinglée du Sud, tu vois ? Qui essaie la robe de mariée de maman, qui picole du bourbon sec et qui sort des machins dans le style : « Il s'appelait Beauregard et c'est le garçon qui a brisé mon cœur »...

Elle s'est interrompue brusquement.

66

– Oh, chérie, toutes ces bêtises que je débite, moi !

– Pas grave.

– Des fois, je ne sais tout simplement pas la fermer.

– C'est un trait de famille, chez les Malone.

– Je suis vraiment navrée, Kate.

– Arrête. Je n'y pense même plus.

– Je vais dire trois actes de contrition, ce soir.

– Si ça te soulage... Bon, je te rappelle, d'accord ?

J'ai repris du café et je suis allée me rasseoir sur le gros canapé. Après avoir vidé la moitié de ma tasse, je l'ai posée sur la table et je me suis étirée, les paumes plaquées sur mes yeux, cherchant à tout oublier autour de moi.

« Il s'appelait Beauregard et c'est le garçon qui a brisé mon cœur. » Son nom, c'était Peter en fait. Peter Harrison. Celui avec qui j'étais avant de rencontrer Matt. Il se trouve qu'il était aussi mon patron. Et qu'il était marié, comme dans les livres...

Une précision, ici. Je ne suis pas une romantique éperdue, par nature. Je ne craque pas facilement, je n'ai pas le coup de foudre toutes les cinq minutes. J'ai passé mes quatre années de fac sans petit ami, même si je m'accordais une petite aventure de-ci de-là quand j'avais besoin de chaleur humaine. Quand je suis revenue à New York et que je me suis trouvé un boulot temporaire dans une agence de pub, je n'ai jamais manqué de compagnie masculine. Mais si plusieurs des (mauvais) coups que j'ai eus dans cette période m'ont accusée de garder farouchement mes distances, ce n'est pas parce que j'étais un glaçon. Tout bêtement, je n'avais encore connu personne qui m'inspire une vraie, une folle passion. Et puis j'ai croisé la route de Peter Harrison.

Quelle idiote j'ai été ! Alors que tout était couru d'avance. J'avais dépassé la trentaine, je venais de rejoindre une nouvelle agence. Harding, Tyrell & Barney. C'est Peter Harrison qui m'a recrutée. Il avait quarante-deux ans, une femme, deux enfants.

Séduisant, évidemment, et brillant comme pas possible. Le premier mois au bureau, il s'est établi entre nous cette sorte de curieuse densité qui apparaît quand deux individus ont conscience de la présence de l'autre sans l'exprimer. Lorsque nous nous croisions, dans les couloirs, l'ascenseur ou une fois à une réunion de service, nos rapports étaient parfaitement cordiaux et cependant l'électricité était palpable derrière les banalités que nous échangions. Nous avons commencé à nous inspirer une timidité réciproque alors que nous n'étions ni l'un ni l'autre des timides, loin s'en faut.

Un jour, en toute fin d'après-midi, il a passé la tête par la porte de mon bureau et m'a proposé de venir prendre un verre. Dès que nous avons été installés dans le petit bar au coin de la rue, nous nous sommes mis à parler sans pouvoir nous arrêter. Deux heures de confidences non-stop, comme si notre destin était depuis toujours de nous épancher l'un l'autre. Le courant circulait jusqu'à la fusion. Quand il a entrelacé ses doigts aux miens et qu'il m'a dit « On bouge », je n'ai pas hésité une seconde. À ce stade, le désir était si fort en moi que j'aurais pu lui sauter dessus entre deux tables.

C'est seulement plus tard, dans la nuit, alors que j'étais étendue à côté de lui et que je lui disais à quel point j'étais folle de lui, et que je l'écoutais reconnaître de pareils sentiments envers moi, que j'ai osé aborder la question sur laquelle je n'avais pas voulu l'interroger jusque-là. Il m'a expliqué qu'il n'y avait rien de tragique entre Jane, son épouse, et lui. Ils étaient ensemble depuis onze ans, s'appréciaient raisonnablement, adoraient leurs deux filles, menaient une vie agréable mais sans passion. Cet aspect-là de leur union s'était émoussé avec le temps.

– Limité mais confortable, lui ai-je fait remarquer. Pourquoi ne pas s'en contenter ?

– C'est ce que j'ai fait, plus ou moins. Jusqu'à ce soir.

– Et maintenant ?

Il m'a serrée plus fort contre lui.

– Maintenant, je ne te laisse plus partir.

Et en effet. Pendant l'année qui a suivi, il a passé avec moi tout le temps qu'il pouvait trouver, ce qui n'était jamais assez, de mon point de vue, mais qui aiguisait encore l'intensité de notre aventure... Non, il est trop galvaudé, ce terme, trop chargé de connotations sordides. Entre nous, c'était l'amour. Un amour total, absolu. De six à huit deux fois par semaine chez moi, et souvent à l'heure du déjeuner dans un hôtel discret à trois rues du bureau. J'aurais voulu plus, bien sûr. Son absence était une torture pour moi, surtout les nuits. D'autant plus brutale que je savais avoir trouvé en lui l'être qui m'était destiné depuis toujours. Et pourtant j'étais décidée à maîtriser le mieux possible mes émotions. Nous avions tous deux conscience de jouer un jeu dangereux qui tournerait très mal si nous devenions l'objet de ragots à l'agence ou, pis encore, si Jane découvrait notre secret. Au travail, nous gardions nos distances et sur le front domestique il couvrait soigneusement ses arrières, ne s'attardant jamais plus que prévu le soir, gardant la même eau de toilette chez moi que celle qu'il utilisait à la maison, m'empêchant chaque fois de planter mes ongles dans son dos...

– C'est le premier truc que je ferai quand on vivra ensemble. Te griffer.

Un soir de décembre, je l'ai plaisanté là-dessus tout en caressant ses épaules tandis que nous reprenions notre souffle sur les draps en désordre.

– Promis, oui, a-t-il répondu avant de m'embrasser. Parce que j'ai décidé de tout dire à Jane.

Mon cœur s'est emballé.

– Tu parles sérieusement ?

– Plus sérieusement que jamais.

J'ai pris son visage entre mes mains.

– Tu es sûr ?

Il n'a pas hésité.

– Absolument sûr.

Nous sommes convenus qu'il attendrait après Noël pour mettre sa femme au courant, soit à peine trois semaines plus tard, mais que je commencerais tout de suite à chercher un appartement pour nous. Il m'a fallu user de la semelle pour trouver un deux pièces vraiment sympa sur la 112e, avec vue partielle sur le fleuve, et j'ai résolu de lui faire la surprise à notre rendez-vous habituel chez moi le lendemain en l'emmenant voir notre future maison. Ce jour-là, il est arrivé avec près d'une heure de retard et, dès que j'ai aperçu son expression, j'ai été prise de terreur : il y avait un gros, un énorme problème. Quand il s'est laissé tomber sur mon canapé, je suis venue m'asseoir près de lui et je lui ai pris la main.

– Raconte-moi, chéri.

Ses yeux fuyaient les miens.

– Il paraît que... je pars vivre à Los Angeles.

J'en suis restée abasourdie un moment.

– À L.A. ? Toi ? Je ne comprends pas.

– Hier après-midi, vers cinq heures, la secrétaire de Bob Harding m'a appelé en me demandant si je pouvais passer voir notre grand patron. Assez urgent. Tout de suite, par exemple. Donc je monte au trente-deuxième et j'entre dans son bureau. Il y avait aussi Dan Downey et Bill Maloney, du service du personnel. Harding me dit de m'asseoir et il démarre bille en tête : Creighton Anderson, le chef de l'agence de L.A., venait de lui apprendre qu'il partait pour Londres. Débauché par Saatchi & Saatchi. Et donc son poste était libre, et il avait des projets pour moi depuis un bout de temps, Harding, et...

– Il te l'a proposé ?

Il a acquiescé d'un signe de tête.

– Mais c'est merveilleux, chéri ! C'est exactement

70

ce dont on rêvait, en fait ! Un vrai nouveau départ. L'occasion de nous faire une vie à nous. Et bien entendu s'il y a une objection à ce que tu me prennes dans l'équipe de L.A. je comprends parfaitement. Ce ne sont pas les jobs qui manquent, là-bas ! Je me vois très bien en Californie, moi ! Je...

Il a coupé court à ce monologue surexcité.

– S'il te plaît, Katie...

Sa voix s'est brisée. Après un long moment, il m'a fait face. Il avait les traits tirés, les yeux rouges. Je me suis sentie vaciller.

– Tu le lui as dit à elle avant moi, c'est ça ?

Il s'est à nouveau détourné.

– J'étais forcé. C'est ma femme.

– Je... je ne peux pas y croire.

– Harding m'a demandé de lui donner une réponse avant ce soir, et il a dit que je devais en parler avec Jane d'abord, évidemment...

– Jane que tu avais l'intention de quitter, tu te rappelles ? Alors pourquoi ne pas en parler d'abord à celle avec qui tu voulais tout recommencer ? Avec moi !

Il a haussé les épaules, résigné.

– Tu as raison.

– Bon, et qu'est-ce que tu lui as dit, exactement ?

– Je lui ai décrit la proposition et je lui ai expliqué que c'était une super-évolution de carrière, pour moi.

– Et sur nous ? Rien ?

– Si, j'allais en parler mais... mais elle s'est mise à pleurer. Elle a dit qu'elle ne voulait pas me perdre, qu'elle sentait bien que ça clochait entre nous mais qu'elle n'osait même pas aborder le sujet parce que...

Les mots se sont étranglés dans sa gorge. Peter, dont j'avais toujours admiré l'assurance et l'énergie, en était maintenant à balbutier.

– Parce que quoi ?

– Parce qu'elle... elle pensait qu'il y avait peut-être quelqu'un d'autre dans ma vie.

71

– Et tu lui as répondu quoi ?

Il s'est carrément tourné, comme s'il n'arrivait pas à supporter mon regard.

– Peter ? Tu dois me dire ce que tu lui as répondu.

Il s'est levé, s'est placé devant la fenêtre, les yeux perdus dans la nuit noire de décembre.

– J'ai... Je lui ai affirmé qu'il n'y avait qu'elle.

J'ai mis du temps à retrouver ma voix.

– Non, tu n'as pas pu lui dire ça... Dis-moi que ce n'est pas vrai.

Il a continué à me présenter son dos.

– Je suis navré, Katie. Bon sang, je suis désolé.

– Désolé, ça ne suffit pas. C'est un mot creux.

– Je t'aime, Katie, et...

Là, je me suis précipitée dans la salle de bains en claquant la porte derrière moi, j'ai poussé le verrou et je me suis effondrée par terre en sanglotant comme une perdue. Il a frappé, tambouriné, m'a suppliée de lui ouvrir. J'étais dans un tel état que je ne l'entendais même plus.

Finalement, les coups ont cessé à la porte, et j'ai émergé peu à peu de ma prostration. Je me suis relevée péniblement, quittant mon refuge. Peter n'était plus là. Je me suis assise au bord du canapé, dans la même stupeur hébétée qu'après un grave accident de voiture, quand on est seulement capable de se répéter : « Ça s'est vraiment passé ? »

Sur pilote automatique désormais, j'ai enfilé mon manteau, attrape mon trousseau de clés et je suis partie.

Ensuite, vaguement consciente d'être dans un taxi en route vers le sud, j'ai eu besoin d'un moment pour me rappeler ce qui m'avait poussée jusqu'ici lorsque je me suis retrouvée au pied d'un vieil ensemble immobilier de la 42e et 1re Avenue, le Tudor City.

Toujours dans un état second, j'ai pris l'ascenseur jusqu'au septième, descendu le couloir, appuyé sur la sonnette de l'appartement 7E. En peignoir bleu délavé, son éternelle cigarette coincée au coin de la bouche, Meg m'a ouvert.

– Tiens, et qu'est-ce qui me vaut la sur... ?

Elle est devenue blanche en me regardant mieux. Je me suis approchée d'elle, posant mon front sur son épaule, et elle m'a prise dans ses bras.

– Oh, ma belle... Ne me dis pas qu'il est marié ?

Dès que j'ai été chez elle, j'ai recommencé à pleurer. Pendant qu'elle me bourrait de scotch, je lui ai raconté toute la stupide tragédie. J'ai passé la nuit sur le sofa. Le lendemain matin, je lui ai demandé d'appeler le bureau pour moi et de leur dire que j'étais malade. Je ne me sentais pas capable d'affronter cette épreuve. Elle est allée téléphoner dans sa chambre, revenant peu après.

– Tu vas sans doute me traiter de vieille intrigante qui se mêle des affaires d'autrui mais tu seras certainement contente d'apprendre qu'ils ne t'attendent pas avant le 2 janvier, là-bas.

– Qu'est-ce que tu as encore fabriqué, Meg ?

– Eh bien, j'ai parlé à ton chef.

– Tu as demandé... Peter ?

– Mais oui.

– Oh, bon Dieu, Meg...

– Écoute, d'abord. Je lui ai simplement expliqué que tu n'étais pas trop en forme, aujourd'hui. Et lui, il m'a dit que « vu les circonstances » tu pouvais te reposer tranquillement jusqu'au 2. Et voilà le résultat, onze jours de vacances ! Pas mal, non ?

– Pas mal pour lui, surtout. Ça lui simplifie l'existence, c'est sûr. Il ne sera pas obligé de me revoir avant de s'esquiver à L.A.

– Et toi, tu as envie de le voir ?

– Non.

– L'affaire est entendue, alors.

Comme je baissais la tête, elle a ajouté, d'une voix douce :

– Ça va demander du temps, Kate. Beaucoup. Bien plus que tu ne penses.

Je ne le savais que trop bien, tout comme je savais que je me préparais à passer le Noël le plus interminable de ma vie. Le chagrin revenait m'assaillir par vagues successives, quelquefois réveillé par des détails apparemment anodins, croiser dans la rue un couple en train de s'embrasser, par exemple. Ou bien je revenais chez moi en métro, relativement détendue après un moment passé à flâner au musée d'Art moderne ou à m'offrir une shopping-thérapie chez Bloomingdale, quand je me sentais soudain basculer dans un abîme sans fond. J'ai perdu le sommeil, maigri à vue d'œil. Et, chaque fois que je me reprochais de trop dramatiser, la dépression me frappait à nouveau.

Le pire, c'était que je m'étais pourtant solennellement juré de ne jamais perdre la tête pour un homme et que j'avais jusqu'alors manifesté très peu de sympathie, pour ne pas dire un mépris affiché, à mes amies ou connaissances qui transformaient une simple rupture en épopée tragique, se jouant un Tristan et Iseut version Manhattan à chaque peine de cœur. Mais moi aussi, maintenant, il m'arrivait de me demander si j'allais survivre à une nouvelle journée, même si j'enrageais de sombrer dans un tel pathos.

Je me suis particulièrement maudite lorsque j'ai fondu en larmes au beau milieu d'un brunch dominical au restaurant avec ma mère. Barricadée dans les toilettes dames jusqu'à ce que je me tire de ce mélo à la Joan Crawford, j'ai fini par regagner la table. Entre-temps, Maman nous avait commandé du café. D'une voix calme, elle s'est contentée de remarquer :

– Tu m'as inquiétée, Katherine.

– La semaine a été dure, c'est tout. Ne m'expédie pas à l'asile de fous tout de suite.

– C'est à cause d'un homme, n'est-ce pas ?

Je me suis assise et j'ai trituré ma tasse avant de hocher la tête.

– Ce devait être sérieux, pour te mettre dans un état pareil... Tu veux m'en parler ?

– Non.

Elle a baissé les yeux mais j'ai vu à quel point je l'avais blessée. Qui a écrit qu'une mère se couperait un bras pour garder son emprise affective sur son enfant ?

– J'aurais aimé que tu puisses te confier à moi, Kate.

– Moi aussi, j'aurais aimé.

– Je ne comprends pas pourquoi tu...

– Ça a tourné comme ça entre nous, voilà tout.

– Tu m'attristes.

– Pardon.

Elle a tendu la main pour serrer brièvement la mienne. À ce moment, j'aurais voulu lui dire tant de choses... Que je n'avais jamais réussi à percer sa carapace d'équanimité, que je n'étais pas capable de lui faire confiance parce que j'avais toujours l'impression qu'elle me jugeait, que je l'aimais profondément mais qu'il y avait trop de contentieux entre nous. Oui, c'était un de ces instants tant appréciés par Hollywood où une mère et une fille auraient pu enfin franchir le fossé qui s'était ouvert à leurs pieds et se réconcilier non sans verser quelques larmes édifiantes. Mais, dans la réalité, nous hésitons toujours à les saisir, ces occasions, nous nous dérobons, nous les laissons passer. Est-ce parce que la vie de famille nous oblige tous à nous forger des armures derrière lesquelles nous nous dissimulons et qui, avec les années, deviennent de plus en plus difficiles à percer pour les autres, à enlever pour nous-mêmes ? Indispensables, en ce qu'elles nous protègent, nous mais aussi nos proches, du choc de nos certitudes respectives.

Après une semaine de musées et de cinémas, j'ai

repris le travail le 2 janvier. Au bureau, tout le monde m'a demandé si cette « affreuse grippe » était terminée, et si j'avais appris la mutation de Peter Harrison à Los Angeles. J'ai gardé profil bas en me concentrant sur mes activités. Les accès de tristesse se sont espacés mais la perte était toujours là.

À la mi-février, Cindy, une de mes collègues, m'a proposé de déjeuner ensemble au petit italien qui se trouvait près de l'agence. Pendant le repas, nous avons surtout parlé d'une campagne de pub que nous étions en train de peaufiner et puis, au moment de l'espresso, elle m'a dit :

– Bon, tu dois être au courant du méga-scandale à l'agence de L.A., non ?

– Non. Quoi ?

– Peter Harrison vient de laisser tomber femme et enfants pour se mettre avec une fille des services administratifs. Amanda Cole, je crois qu'elle s'appelle...

La nouvelle m'a explosé sous le nez comme une grenade à main. Je ne savais plus où j'étais, et je devais avoir une drôle de mine car Cindy m'a pris la main, soucieuse.

– Ça va, Kate ?

Je me suis dégagée brutalement.

– Bien sûr. Pourquoi tu me demandes ça ?

– Pour rien, s'est-elle défendue, mal à l'aise, tout en cherchant la serveuse des yeux et en lui faisant signe d'apporter l'addition.

– Tu étais au courant, c'est ça ? ai-je fini par articuler, le regard fixé sur ma tasse.

Elle a versé un sachet de sucre basse calorie dans son café et l'a remué. Longuement.

– Réponds-moi, s'il te plaît.

Sa cuillère s'est enfin arrêtée.

– Kate, tout le monde était au courant.

J'ai écrit trois lettres à Peter dans lesquelles je le traitais de tous les noms et l'accusais d'avoir ruiné mon existence, sans en envoyer aucune. Je me suis retenue plusieurs fois de lui téléphoner en pleine nuit. Sur une carte postale, j'ai griffonné un seul mot (« Minable ! ») mais je l'ai déchirée deux secondes avant de la glisser dans la boîte et j'ai éclaté en sanglots sur le trottoir, imbécile complète qui attirait l'attention voyeuriste et gênée des cohortes de passants à l'heure de la pause-déjeuner.

Quand nous avons commencé à sortir ensemble, huit mois après le départ de Peter, Matt savait que j'étais encore très fragile. Entre-temps, j'avais changé d'agence. Une autre grosse boîte, Hickey, Ferguson & Shea, où Matt a débarqué un jour avec une équipe télé dans le cadre d'un reportage sur les publicitaires qui continuaient à faire la retape pour l'herbe du diable, le tabac. J'étais parmi ceux qu'il a interviewés et ensuite nous avons continué à bavarder, en tout bien tout honneur. J'ai d'ailleurs été étonnée quand il m'a appelée peu après pour me proposer un rendez-vous. Plus surprise encore lorsqu'il m'a déclaré son amour un mois plus tard. D'après lui, j'étais « la nana la plus futée » qu'il ait jamais connue. « Blindée anti-conneries », « pas dépendante pour un rond », « battante » : bingo, il était tombé sur son idéal féminin, ni plus ni moins.

Je n'ai pas capitulé tout de suite, naturellement. Cette déclaration inopinée m'a plutôt troublée, à vrai dire. D'accord, il me plaisait bien : malin, ambitieux, dans le coup, le vrai New-Yorkais. Et il avait l'air de me comprendre, ce qui était normal puisque nous étions taillés dans la même étoffe citadine. Manhattan cent pour cent.

Il paraît que le destin tient au caractère de chacun. Possible, mais c'est aussi une affaire de coïncidence. Nous avions le même âge, trente-six ans. Il venait de se faire débarquer d'une longue histoire avec une correspondante de CNN aux dents ultralongues, Kate Brymer, qui l'avait éjecté pour se mettre avec un présentateur-vedette de la chaîne, et nous avions donc tous les deux une certaine expérience des plantages sentimentaux. Tout comme moi, il redoutait la perspective de piloter en solo pour aborder la quarantaine. Il voulait même des enfants, ce qui le rendait cent fois plus séduisant à un moment où je commençais à percevoir le tic-tac oppressant de mon horloge biologique. Sur le papier, donc, nous avions fière allure. Le couple new-yorkais parfait.

Il n'y avait qu'un seul problème : je n'étais pas amoureuse de lui. J'en avais parfaitement conscience mais je voulais me persuader du contraire, et la cour insistante qu'il me livrait y était pour beaucoup. Persuasif sans être lourd, il savait me flatter et j'en avais besoin, après l'humiliation subie. Besoin d'être admirée, désirée, sollicitée. Combinés à ma hantise de me transformer en quadragénaire célibataire et sans enfants, ses compliments ont arraché le morceau.

– Délicieux garçon, a décrété ma mère après l'avoir rencontré. Je pense qu'il te rendra très heureuse.

En clair, elle approuvait ainsi son vernis de jeune WASP bien éduqué, sa « correction ». Meg, elle, s'est montrée un peu moins enthousiaste.

– Très sympathique, ce petit.

– Ouais ? Tu n'as pas l'air transportée... En tout cas, je suis très heureuse, moi.

– Mais oui. C'est beau, l'amour. Et tu es amoureuse, n'est-ce pas ?

– Euh... Oui.

– Très convaincant.

Quatre mois plus tard, sa repartie aigre-douce est revenue me trotter dans la tête à trois heures du matin, dans une chambre d'hôtel sur l'île de Nevis, aux Caraïbes. À côté de moi, mon mari de trente-six heures dormait à poings fermés. C'était notre nuit de noces, et moi je contemplais le plafond sans pouvoir m'empêcher de me répéter : « Mais qu'est-ce que je fiche ici ? » Et puis j'ai repensé à Peter et les larmes se sont mises à couler, et je me suis traitée de crétine incurable.

Chacun est l'artisan de ses impasses, non ?

J'ai fait de mon mieux pour que ça marche. Matt a vraiment fait de son mieux. La coexistence s'est avérée difficile. Des disputes ridicules à propos de petits riens, des réconciliations immédiates et à nouveau les piques, l'affrontement. J'ai découvert qu'un mariage ne fonctionnait que si l'un et l'autre veillaient à faire respecter la paix domestique. Ce qui demande beaucoup, énormément de volonté. Et nous en manquions, lui comme moi. Alors nous avons esquivé le constat, de plus en plus évident, que nous formions un couple mal assorti. Les lendemains de prises de bec, nous nous faisions de coûteux cadeaux, ou bien on me livrait des fleurs au bureau avec un petit mot apaisant et spirituel : « Il paraît que le plus dur, ce sont les dix premières années. Je t'aime. Matt. »

Il y a eu aussi quelques week-ends « ranimons-la-flamme » dans la campagne du Connecticut ou à Long Island. Au cours de l'une de ces escapades, après un dîner arrosé, Matt m'a persuadée d'oublier mon diaphragme pour la nuit. Comme j'étais sérieusement beurrée moi aussi, j'ai accepté et c'est ainsi qu'Ethan est entré dans notre vie.

Un accident, donc, mais un merveilleux accident. Le coup de foudre au berceau. Une fois l'euphorie postnatale épuisée, cependant, les habituelles frustrations conjugales sont revenues. D'autant que ce petit ne croyait pas aux vertus roboratives du sommeil, pas du tout. Au cours des six premiers mois de son existence, il refusait de dormir plus de deux heures d'affilée, ce qui nous a rapidement conduits au bord de l'épuisement complet. Et, à moins d'avoir la vocation d'une Mary Poppins, la fatigue nourrit l'irritabilité qui, dans notre cas, a vite pris les proportions d'une guerre ouverte. Dès qu'Ethan a été sevré, j'ai exigé l'établissement d'un roulement équitable pour les biberons de nuit, mais Matt a catégoriquement refusé sous prétexte qu'il avait besoin de ses huit heures de repos en raison de son travail très prenant. Là, j'ai entendu le son de la canonnade et j'ai répliqué en l'accusant de faire passer sa carrière avant la mienne, ce qui a déclenché des contre-attaques à propos de mes responsabilités de mère, de mes enfantillages et de ma propension à chercher des histoires en permanence.

C'est toujours la femme qui finit par se coltiner la progéniture, et nous n'avons pas manqué à la règle. Le soir où Matt est rentré en m'annonçant qu'il venait d'accepter un remplacement de trois mois au bureau de Washington de la chaîne publique où il travaillait, ma seule réaction a donc été : « Quelle aubaine pour toi ! » Il s'est engagé à trouver – et à payer – une nourrice à temps plein, puisque j'avais repris mon job, ainsi qu'à rentrer chaque week-end. Il a aussi émis l'espoir que cette séparation dissipe l'atmosphère de belligérance permanente entre nous. Et je me suis retrouvée avec le bébé.

J'en ai été ravie, en fait, non seulement parce que je raffolais d'Ethan – d'autant que je ne pouvais m'occuper de lui que le soir après le travail – mais aussi parce que la guérilla avec Matt m'avait vidée. Bizarrement, d'ailleurs, deux changements d'importance sont intervenus après son départ à Washington : tout d'abord, Ethan s'est mis à faire des nuits complètes, et puis les choses se sont nettement améliorées entre Matt et moi. Ce n'était pas la configuration « je t'aime encore plus quand tu t'en vas », non ; simplement, la distance a créé les conditions d'une désescalade mutuelle, dissipé la confrontation induite par la cohabitation quotidienne. Nous avons pu recommencer à nous parler, c'est-à-dire avoir une conversation qui ne tourne pas en règlements de comptes sanglants. À ses retours le week-end, nous prenions tous deux soin de ne pas gâcher les quarante-huit heures que nous avions devant nous, et peu à peu une certaine confiance a été rétablie, une impression de bonne entente, l'idée que notre couple avait un avenir.

C'est du moins ce que je pensais, moi. Pendant son dernier mois à Washington, il a été retenu sur place trois semaines d'affilée par une grosse histoire : le scandale de Whitewater venait d'éclater. Lorsqu'il a fait sa réapparition, j'ai compris qu'il y avait anguille sous roche dès le premier coup d'œil. Il avait beau se forcer à se comporter normalement avec moi, il s'est crispé quand je l'ai interrogé en toute innocence sur la surcharge de travail qu'il avait à Washington, et il s'est empressé de changer de sujet. Là, je n'ai plus eu de doute. Les hommes se croient toujours d'excellents dissimulateurs mais quand il s'agit d'infidélité conjugale ils sont aussi transparents que du film alimentaire.

Une fois Ethan au lit et nous au salon avec une bouteille de vin, j'ai choisi l'attaque frontale.

– Comment elle s'appelle ?

Son visage a pris la couleur crayeuse d'un sirop contre la toux.

– Je ne te suis pas, là.

– Alors je répète lentement. Comment... elle... s'appelle ?

– Je ne vois pas de quoi tu parles, franchement.

– Mais si, mais si. Je veux juste savoir comment s'appelle la femme avec qui tu es sorti.

– Kate !

– Ça, c'est mon nom. Mais le sien ? Allez, dis.

Il a poussé un long soupir.

– Blair Bentley.

– Merci, ai-je répliqué du ton le plus dégagé.

– Je peux... m'expliquer ?

– Expliquer quoi ? Que c'était comme ça, « en passant » ? Ou bien que tu t'es saoulé un soir, que tu es tombé sur un lit et que tu t'es retrouvé avec une nana au bout de la queue ? Ou que c'est le grand amour ?

– C'est le grand amour.

J'en suis restée sans voix. Après un flottement, j'ai réussi à reprendre :

– Tu n'es pas sérieux ?

– Si.

– Salaud !

Il a quitté l'appartement un peu plus tard, et n'y a jamais repassé la nuit depuis. J'étais très montée contre lui. Ce n'était peut-être pas l'homme de ma vie mais il y avait Ethan, tout de même. Il aurait dû penser à l'équilibre de notre enfant. Et aussi reconnaître que la séparation nous avait fait du bien, nous avait détournés de la course aux armements pour établir un armistice. Non dénué de chaleur, puisque j'en étais même venue à attendre ses retours. On dit toujours que les deux premières années de mariage sont un enfer. Mais nous avions passé le cap, merde ! Nous étions en train de devenir une cause commune.

Lorsque j'ai découvert que miss Bentley avait vingt-six ans, qu'il s'agissait d'une blonde avec de longues jambes, une peau impeccable et un sourire Colgate, par ailleurs présentatrice de NBC à Washington et sur le point d'être promue à New York, mon amertume a quadruplé. Matt avait décroché la timbale.

Mais c'est surtout à moi que j'en voulais, évidemment. J'avais tout loupé. J'étais tombée dans tous les pièges que je m'étais juré d'éviter : être amoureuse d'un homme marié puis obéir aveuglément à la fichue « horloge biologique ». Nous ne cessons d'ergoter sur la nécessité de « construire sa vie », de trouver la carrière la plus enrichissante, la relation la plus gratifiante, l'équilibre idéal entre vie professionnelle et personnelle... Les revues féminines dissèquent les stratégies à suivre pour parvenir à cette existence millimétrée. Au pied du mur, pourtant, confrontée au type qui vous brise le cœur ou à celui avec lequel vous avez fait un enfant en dernier recours, vous vous découvrez otage du hasard autant que la première cruche venue. Si je n'étais pas entrée chez Harding, Tyrell & Barney, admettons ? Si je n'avais pas accepté de prendre ce verre avec Peter ? Si Matt n'était pas venu dans ma nouvelle boîte pour un reportage ? Une rencontre fortuite par-ci, une décision hâtive par-là, et vous vous réveillez un vilain matin mère, divorcée et déjà plus de la première jeunesse. En vous demandant comment vous allez finir...

La sonnerie du téléphone m'a extirpée de ces méditations en chaîne. À ma montre, il était presque neuf heures. Le temps avait donc passé si vite à mon insu ?

– C'est toi, Kate ?

J'ai eu la surprise de reconnaître la voix de mon frère. C'était la première fois depuis des années qu'il m'appelait chez moi.

– Charlie ?

– Ouais, c'est moi.

– Tu es bien matinal.

– Impossible de dormir. Écoute, je voulais juste te dire... Euh, ça m'a fait plaisir de te voir, Kate.

– D'accord.

– Et je ne voudrais pas qu'il s'écoule encore sept ans avant qu'on...

– Je te l'ai déjà dit hier, Charlie. Ça ne dépend que de toi.

– Je sais, je sais...

Il s'est tu.

– Bon, tu connais mon numéro. Si tu as envie, tu m'appelles. Et si tu n'en as pas envie, je n'en mourrai pas. C'est toi qui as rompu le contact, alors il ne tient qu'à toi de le rétablir. Pas vrai ?

– Si, si... bien sûr.

– Parfait.

Comme il replongeait dans l'un de ses silences exaspérants, j'ai mis les points sur les i :

– Eh bien, il faut que j'y aille, Charlie. À une prochaine...

Il ne m'a pas laissé le temps de terminer.

– Tu peux... tu pourrais me prêter cinq mille dollars ?

– Hein ?

Sa voix s'est mise à trembler.

– Je... je suis confus, vraiment. Tu vas me trouver nul, je sais, mais... Enfin, tu te rappelles que j'avais un job en vue ? Représentant chez Pacific Floral Service. Le plus gros fleuriste par portage de la côte ouest. Le seul truc que j'ai pu trouver. Ici, quand tu as dépassé la cinquantaine, on ne te regarde même plus. Le marché du travail est méchamment limité, dès qu'on a un certain âge et...

– Ne m'en parle pas ! Bon, c'est aujourd'hui, ton entretien, non ?

– Théoriquement, oui. Mais à mon retour hier soir j'ai trouvé un message de leur service du personnel. Comme quoi ils avaient décidé d'attribuer le poste en interne, et que le rendez-vous était annulé, donc.

– Ah, désolée.

– Pas autant que moi ! Parce que, merde... c'était même pas un poste de responsabilité, quoi ! Représentant à la con ! Et même ça, même ça...

Il s'est arrêté.

– Charlie ? Ça va ?

Je l'ai entendu reprendre son souffle.

– Non, ça ne va pas. Si je n'ai pas ramassé cinq mille dollars d'ici vendredi, ma banque menace de me prendre la maison.

– Avec cinq mille, tu résous le problème ?

– Pas vraiment. Parce que je leur en dois encore sept mille.

– Bon Dieu, Charlie !

– Je sais, je sais... Mais quand on est sans boulot pendant six mois, les dettes s'accumulent, s'accumulent... Crois-moi, j'ai essayé d'emprunter partout.

Seulement il y a déjà deux hypothèques sur la baraque, pour commencer, et...

– Qu'est-ce qu'elle en dit, Holly ?

– Elle... elle ne se rend pas compte à quel point on en est.

– Tu veux dire que tu ne lui as rien expliqué ?

– Euh, non... Non, je ne veux pas qu'elle s'inquiète, c'est tout.

– Eh bien, elle va s'inquiéter un peu, quand ils vont t'expulser de chez toi, non ?

– Oh, pas ce mot, s'il te plaît ! Expulsé...

– Bon, qu'est-ce que tu vas faire ?

– J'en sais rien. Le peu d'économies qu'on avait, et le plan épargne en actions... Tout est parti.

Cinq mille dollars. J'en avais huit sur un compte bloqué et je savais que maman avait autour de onze mille cinq en PEA, dont j'allais hériter avec le reste lorsque son testament serait certifié. Cinq mille ! C'était une somme, pour moi. À peine de quoi payer un trimestre d'école pour Ethan. Trois mois de loyer. Plein d'argent, pour un budget comme le mien...

– Je sais ce que tu es en train de penser. « Après toutes ces années, il ne prend son téléphone que pour essayer de me taper. »

– Bien vu, Charlie. C'est exactement ce que je pensais, en effet. À ça, et à la peine que tu as faite à maman.

– J'ai mal agi.

– Oui. Très mal.

– Je... je suis désolé. Je ne vois rien d'autre à dire que... que je suis désolé.

– Je ne peux pas te pardonner, Charlie. C'est impossible. Je sais qu'elle pouvait être dure, parfois, pas toujours facile. Mais tu l'as envoyée bouler, toi.

Je l'ai entendu réprimer un sanglot.

– Tu... tu as raison.

– Je me fiche d'avoir raison ou pas. C'est un peu

85

tard pour discuter de ça. Tout ce que je veux savoir, Charlie, c'est pourquoi.

– On ne s'est jamais entendus, elle et moi.

Ce qui n'était que la pure vérité, certes. Un de mes souvenirs d'enfance les plus tenaces était leurs disputes incessantes. Ils n'étaient d'accord sur rien et alors que j'avais trouvé le moyen de contrer, voire d'ignorer, la propension de notre mère à tout vouloir contrôler, Charlie était sans cesse heurté par ses intrusions, d'autant plus blessantes pour lui qu'elles venaient lui rappeler à quel point son père lui manquait. Il avait déjà presque dix ans à la mort de papa. À la façon dont il me parlait de lui je voyais qu'il lui vouait un véritable culte et blâmait confusément notre mère de sa disparition prématurée.

– Elle ne l'a jamais aimé, m'avait-il ainsi affirmé quand j'avais treize ans. Elle lui a rendu la vie tellement impossible qu'il ne rentrait pratiquement pas de la semaine.

– Mais maman dit que c'était pour son travail, avais-je rétorqué.

– Ouais. Il était toujours parti. Comme ça, il n'avait pas à la supporter.

Âgée d'à peine dix-huit mois à son décès, je n'avais pas de réminiscences directes de notre père, si bien que je buvais les paroles de Charlie dès qu'il l'évoquait. Surtout que maman évitait toujours le sujet de feu Jack Malone comme s'il était trop douloureux, ou hors de propos. Et ainsi, j'ai repris à mon compte la vision d'un couple sans harmonie qu'avait Charlie de nos parents, attribuant secrètement leur échec au caractère autoritaire de notre mère. D'un autre côté, je n'ai jamais compris pourquoi mon frère était incapable de mettre au point une stratégie envers elle. Dieu sait si je me confrontais à elle tout le temps, moi aussi, si elle me rendait folle, parfois, mais je ne l'aurais en aucun cas rayée de la carte comme il l'a fait.

Je ressentais bien chez elle une certaine ambivalence à l'égard de son unique fils, une réserve que j'ai déjà mentionnée. Elle l'aimait, évidemment, mais j'avais souvent l'impression qu'elle lui reprochait en silence d'être la cause de son mariage forcé et malheureux avec Jack Malone. Quant à Charlie, qui ne s'était jamais vraiment remis de la mort de son père, il n'appréciait pas du tout son statut de seul mâle de la maison : dès qu'il en a eu l'occasion, il s'est enfui, se jetant tout droit dans les bras d'une femme tellement tatillonne et despotique que maman paraissait soudain libertaire, en comparaison...

– Je sais bien que vous ne vous entendiez pas, Charlie. Et elle pouvait être très chiante de temps à autre, j'en conviens. Mais ça ne méritait pas la punition que vous lui avez réservée, toi et la Princesse.

Il est resté silencieux un long moment.

– Non. Elle ne le méritait pas. Qu'est-ce que je peux te dire, Kate ? Sinon que je me suis laissé bêtement influencer par...

Il s'est interrompu, baissant la voix.

– Pour résumer, la question m'a toujours été présentée en termes de « c'est elle ou moi », et j'ai été faible au point de l'accepter.

Nouvelle pause.

– Bon. Je vais t'envoyer un chèque de cinq mille par Federal Express. Aujourd'hui.

– Euh... Tu parles sérieusement ?

– C'est ce que maman aurait voulu.

– Mon Dieu, Kate, je ne sais pas quoi...

– Alors ne dis rien.

– Je... je suis scié.

– Pas de quoi. Solidarité familiale, point.

– Je te promets... je te jure que je te rembourserai dès que...

– Ça suffit, Charlie. Tu auras le chèque demain. Et quand tu seras en mesure de me rembourser, tu le feras. Maintenant j'aimerais te demander quelque...

– Tout ce que tu veux ! N'importe quel service, je suis là.

– Non, Charlie. C'est juste une question que j'ai à te poser.

– Mais oui, bien sûr.

– Une certaine Sara Smythe, ça te dit quelque chose ?

– Rien du tout, non. Pourquoi ?

– Je viens de recevoir une lettre d'elle, dans laquelle elle dit qu'elle a connu nos parents avant ma naissance...

– Non, je ne vois pas... Mais enfin, je ne me souviens pas trop de qui ils fréquentaient, à l'époque.

– Pas étonnant. Moi, je me rappelle à peine les gens que j'ai rencontrés il y a un mois ! Bon, merci quand même.

– Merci à toi, Kate. Tu n'as pas idée de ce que cet argent représente pour nous.

– Je crois que j'ai une petite idée, si.

– Que Dieu te bénisse, a-t-il soufflé.

En raccrochant, je me suis aperçue brusquement qu'il m'avait manqué, mon frère.

J'ai passé le reste de la matinée à ranger l'appartement et à quelques tâches domestiques. En revenant de la laverie du sous-sol, j'ai trouvé un message sur le répondeur. « Bonjour, Kate... » Une voix inconnue, grave, raffinée, avec un net accent de la Nouvelle-Angleterre. « Sara Smythe à l'appareil. J'espère que vous avez reçu ma lettre. Je prends la liberté de vous appeler chez vous mais j'aimerais vraiment vous rencontrer. Ainsi que je vous l'expliquais dans mon mot, j'ai été proche de votre famille au temps où votre père était encore en vie et j'aimerais beaucoup renouer le contact après tant d'années. Je sais que vous êtes très occupée mais n'hésitez pas à me téléphoner quand vous aurez un moment. Je suis au cinq cent cinquante-cinq, zéro sept, quarante-cinq. Je ne bouge pas cet après-midi, si vous êtes par là. Je répète que je suis avec vous en pensée dans ce moment pénible. Enfin, je sais que vous êtes résistante et courageuse, que vous surmonterez cette épreuve. J'attends avec impatience l'occasion de vous parler de vive voix. »

J'ai réécouté le message, à la fois oppressée et furieuse. « Renouer le contact après tant d'années » ? « Je sais que vous surmonterez cette épreuve » ? Quel toupet ! On aurait cru que c'était une amie de toujours, sur les genoux de laquelle j'avais sauté quand j'étais petite ! Et pas même le tact de comprendre que je n'étais pas d'humeur aux mondanités après avoir enterré ma mère la veille seulement !

J'ai pris sa lettre, je suis allée dans la chambre d'Ethan, j'ai allumé son ordinateur et j'ai écrit d'un trait :

« Chère Miss Smythe,

J'ai été extrêmement touchée par votre mot et votre message. Comme vous devez le savoir, j'en suis certaine, le chagrin et le deuil produisent des réactions inattendues selon les individus. En ce qui me concerne, j'éprouve pour l'instant un besoin de solitude, le désir de me consacrer à mon fils et à mes pensées.

Je vous remercie dès à présent de le comprendre et je vous exprime à nouveau ma gratitude pour m'avoir ainsi manifesté votre sympathie.

Bien à vous,

Kate Malone. »

Je me suis relue deux fois avant de cliquer sur la commande « Imprimer », puis j'ai signé au bas de la feuille, je l'ai pliée, glissée dans une enveloppe avec l'adresse de cette Smythe. Ensuite, j'ai téléphoné à ma secrétaire à l'agence, en lui demandant d'envoyer notre coursier prendre la lettre chez moi et l'apporter à sa destinataire. J'aurais pu la poster, tout simplement, mais je craignais qu'elle n'essaie de me joindre à nouveau le soir. Je ne voulais plus jamais l'entendre, cette femme.

Une demi-heure plus tard, le concierge m'ayant informée de l'arrivée du coursier, j'ai enfilé mon manteau et je suis descendue. Après avoir remis la lettre au motard, qui m'a assuré qu'elle serait à destination en trente minutes, je suis partie vers Lexington Avenue en m'arrêtant à un dépôt de services de messagerie. J'ai glissé l'enveloppe que j'avais préparée chez moi dans une pochette Federal Express, rempli le formulaire au nom de Charles Malone, Van Nuys, Californie, et expédié le tout à la boîte. Mon frère aurait son chèque le lendemain, accompagné d'un mot plus que laconique : « En espérant que ça puisse aider. Bonne chance. K. »

Ensuite, j'ai déambulé pendant une heure dans le quartier. J'ai fait quelques courses chez D'Agostino, en demandant à être livrée plus tard dans l'après-midi. J'ai flâné au Gap, où j'ai fini par acheter une autre veste en jean à Ethan, puis j'ai marché deux blocs vers l'ouest et je me suis accordé une trentaine de minutes dans la librairie de Madison Avenue. Découvrant que je n'avais rien mangé depuis la veille, je me suis arrêtée au Soup Burg de la 73e et Madison, où j'ai commandé un double cheeseburger au bacon avec des frites, que j'ai englouti avec une culpabilité aussi énorme que sa teneur en calories mais qui m'a procuré un bien fou. Je sirotais un café lorsque mon portable a sonné.

– C'est vous, Kate ?

Oh non ! Encore cette affreuse bonne femme ! J'ai quand même demandé :

– Qui est à l'appareil ?

– Sara Smythe.

– Comment avez-vous eu ce numéro, miss Smythe ?

– En appelant les renseignements de Bell Atlantic.

– C'était urgent à ce point ?

– Eh bien, je viens de recevoir votre lettre, Kate, et je...

– Je suis étonnée que vous m'appeliez par mon prénom, miss Smythe. Je ne crois pas vous avoir jamais rencontrée, pourtant.

– Mais si. Il y a des années, quand vous étiez toute petite...

– Peut-être. Ce n'est pas resté gravé dans ma mémoire, en tout cas.

– Oui, mais quand nous nous verrons je pense que je pourrai...

Je l'ai interrompue à nouveau.

– Vous avez reçu ma lettre, miss Smythe, mais est-ce que vous l'avez lue ?

– Bien sûr. C'est pour cela que je vous téléphone.

– Et je n'ai pas été claire sur ce sujet ? Qu'il n'était pas question de se voir ?

– Ne dites pas cela, Kate.

– Vous pourriez cesser de m'appeler Kate ?

– Si vous me laissiez seulement expliquer...

– Non. Je n'ai pas besoin d'explications. Je veux uniquement que vous cessiez de m'importuner.

– Tout ce que je demande, c'est...

– Et je présume que c'est vous qui avez téléphoné plein de fois chez moi hier, sans laisser de message ?

– Écoutez-moi deux minutes, je vous en prie.

– Et cette façon de vous présenter comme une vieille amie de mes parents ? Mon frère Charlie m'a dit qu'il n'a jamais entendu parler de vous, dans son enfance.

– Charlie ?

Son ton s'est animé, soudain.

– Vous lui reparlez enfin, à Charlie ?

C'était à mon tour de me sentir sur la défensive.

– Comment pouvez-vous savoir que je ne lui parlais plus ?

– Tout s'éclaircira si nous nous rencontrons, je vous...

– Non !

– S'il vous plaît, Kate, soyez raisonnable...

– Assez ! La discussion est close. Et n'essayez pas de me rappeler, parce que je ne vous répondrai pas

Sur ces mots, j'ai coupé la réception.

Je m'étais emportée, d'accord. Mais les manières insidieuses de cette inconnue étaient intolérables. Et qu'elle soit au courant de mon différend avec Charlie... En sortant du restaurant, j'étais toujours dans un tel état que j'ai résolu de terminer l'après-midi au cinéma. J'ai échoué dans une salle de la 72ᵉ Rue et perdu deux heures devant un navet à propos d'une navette spatiale américaine détournée par des pirates de la galaxie qui massacraient tout l'équipage à l'exception d'un cosmonaute balèze, lequel trucidait les méchants, évidemment, et ramenait le vaisseau en le pilotant d'une seule main et en le posant au sommet du mont Rushmore, même... Au bout de dix minutes de ces insanités, je n'en revenais pas d'avoir fini là mais je connaissais la réponse : la journée avait mal commencé et continuait de la même façon.

Rentrée vers six heures, je me suis félicitée en constatant que Constantine n'était plus là, déjà remplacé par Ted, celui de la vacation de nuit. Sympa, lui.

– Un paquet pour vous, miss Malone, m'a-t-il annoncé en me tendant une volumineuse enveloppe en kraft.

Ah... Quand est-ce arrivé ?

Il y a une demi-heure, à peu près. Quelqu'un est venu. J'ai grincé des dents, intérieurement.

– Une petite vieille en taxi, je parie ?

– Comment vous avez deviné ?

– Trop long à expliquer.

Je l'ai remercié et je suis montée chez moi. Assise à la table, j'ai ouvert le colis. Une carte, en papier bleu-gris désormais familier. Et voilà, c'était reparti...

« Chère Kate, je crois vraiment que vous devriez

m'appeler, non ? Sara. » J'ai retiré ensuite un grand livre rectangulaire. Un album-photo, sans doute. Oui. Dès la première page, plusieurs clichés noir et blanc d'un nourrisson protégés par un film transparent, très années cinquante puisque le bébé était endormi dans l'un de ces gigantesques landaus à la mode en ce temps-là. À la page suivante, le même gosse dans les bras de son père, un papa années cinquante aussi avec son costume prince-de-galles, sa cravate en Nylon, la coupe en brosse, les dents éblouissantes. Le genre de papa qui, huit ans plus tôt, avait dû esquiver les tirs ennemis dans quelque ville allemande.

Comme le mien, par exemple.

J'ai scruté le visage en papier. Jusqu'à en avoir le tournis. C'était lui. Et le bébé, c'était moi.

J'ai continué à feuilleter l'album. Moi à deux ans, à trois, à cinq. À ma première rentrée scolaire. En scout. Avec Charlie devant le Rockefeller Center, vers 1963, peut-être l'après-midi où maman et Meg nous avaient emmenés au spectacle de Noël du Radio City Music Hall. J'ai tourné encore les pages d'une main de plus en plus nerveuse. Moi dans une pièce de théâtre à l'école, en colonie de vacances dans le Maine, à mon premier bal, sur une plage du Connec-ticut en été, avec Meg le jour de la remise de mon diplôme...

Toute une vie en photos, dont mes noces et Ethan à la maternité. À la fin, il y avait des coupures de presse : articles que j'avais écrits dans la revue du campus à Smith, moi sur la scène du même campus pour la représentation de *Meurtre dans la cathédrale*, la plupart des pubs que j'avais réalisées dans ma car-rière, l'avis de mariage avec Matt dans le *New York Times*, celui de naissance d'Ethan. C'était incroyable, renversant, mais le pire choc était encore sur la der-nière page : découpé dans le journal de son école, un cliché de mon fils en tenue de sport, à la course-relais des épreuves du printemps dernier.

Trop. C'était trop. J'ai refermé l'album, l'ai glissé sous le bras après avoir remis mon manteau et je suis partie en courant, j'ai sauté dans le premier taxi et j'ai lancé au chauffeur, hors d'haleine :

– 77e Rue Ouest.

4

J'ai gravi le perron de son immeuble quatre à quatre. Son nom était tout en bas sur le panneau de l'interphone. J'ai gardé le bouton enfoncé une bonne dizaine de secondes. Elle a fini par répondre, d'un ton hésitant.

– Euh... Oui ?

– C'est moi. Kate Malone. Ouvrez.

Elle habitait au rez-de-chaussée et m'attendait sur le seuil. Un pantalon en flanelle gris, un pull de la même texture qui mettait en valeur son cou délicat, flexible. Toujours le même chignon impeccable, et vue de près sa peau était encore plus diaphane, seules quelques rides autour des yeux trahissaient son âge. Un maintien parfait qui rendait justice à son harmonieuse constitution et révélait un total contrôle de soi. À nouveau j'ai été frappée par l'intensité de son regard mais ce que j'ai lu dans ses yeux m'a aussitôt décontenancée : elle avait plaisir à me voir.

– Comment avez-vous osé...

Je brandissais l'album devant elle.

– Bonsoir, Kate.

Sa voix était calme, aucunement troublée par ma fureur.

– Je suis contente que vous soyez venue.

– Mais qui êtes-vous, bon sang ? Et qu'est-ce que ça signifie, ça ? ai-je sifflé en continuant à agiter l'album comme s'il s'était agi de la pièce à conviction essentielle dans le procès d'une meurtrière.

– Vous ne voulez pas entrer ?

– Non, je ne veux pas !

– Nous ne pouvons pas parler ici, je vous assure. S'il vous plaît...

Elle m'a fait signe de franchir son seuil. Après un silence menaçant, j'ai concédé :

– Bon, mais je ne vais pas m'éterniser, croyez-moi.

– Très bien.

Je l'ai suivie dans une petite entrée dont l'un des murs était entièrement couvert de rayonnages chargés de livres. Elle a ouvert un étroit placard à côté.

– Je peux prendre votre manteau ?

Je le lui ai tendu, je me suis retournée pendant qu'elle le passait sur un cintre et... le sol s'est dérobé sous mes pieds. Une demi-douzaine de photos encadrées semblaient me regarder. Mon père. Moi. Le même cliché de lui en uniforme de l'armée, et un agrandissement de celui où il me tenait dans ses bras. Un de moi étudiante, un autre avec Ethan nourrisson. Deux photos noir et blanc de papa avec une Sara Smythe bien plus jeune, la première très « couple uni », tous deux enlacés devant un sapin de Noël, la seconde en face du Lincoln Memorial à Washington... À l'ambiance et aux vêtements qu'ils portaient, j'ai estimé qu'elles avaient été prises au début des années cinquante. J'ai pivoté pour lui faire face, médusée.

– Je... je ne comprends pas.

– Ce n'est pas étonnant.

– Vous avez intérêt à vous expliquer, ai-je grondé, à nouveau très agressive.

– Oui. Je sais.

Elle a effleuré mon coude pour me faire passer au salon.

– Venez vous asseoir. Du café, du thé ? Ou quelque chose de plus fort ?

– Plus fort.

– Du vin ? Un bourbon ? Un sherry ? C'est à peu près tout ce que j'ai à vous offrir, je crains.

– Bourbon.

– Avec de l'eau ? Des glaçons ?

– Sec.

Elle s'est autorisé un petit sourire.

– Juste comme votre père...

Elle m'a invitée à prendre place dans un grand fauteuil tendu de lin fauve de même que le grand canapé en face. Des revues étaient soigneusement rangées en piles sur la table basse suédoise, le *New Yorker*, *Harper's*, *Atlantic Monthly*, la *New York Review of Books*... La pièce était de taille modeste mais lumineuse avec ses murs blancs, son parquet en bois décoloré, une vaste fenêtre donnant au sud sur une petite cour intérieure. Encore des livres partout, une discothèque de CD classiques bien garnie et une alcôve astucieusement aménagée en coin bureau avec une tablette en pin sur laquelle s'alignaient un ordinateur, un fax et des dossiers. En face, par la porte de la chambre ouverte, on apercevait un lit couvert d'un vieux patchwork et une commode de style shaker. Tout ici témoignait d'un bon goût discret. On devinait immédiatement, aussi, que l'habitante de ces lieux refusait de se laisser entraîner dans la morosité débraillée du grand âge, de passer le restant de sa vie dans un univers qui aurait accusé vingt années de retard et les reflets d'une prospérité disparue. Ce décor révélait un subtil mais implacable quant-à-soi.

Elle est revenue de la cuisine avec un plateau qu'elle avait garni de deux bouteilles – bourbon Hiram Walker et Bristol Cream –, d'un verre à whisky et d'un autre à liqueur. Elle a posé le tout sur la table basse et nous a servies.

– C'était le préféré de votre père, ce bourbon. Personnellement, je n'ai jamais pu en boire. Du scotch, exclusivement. Enfin, jusqu'à ce que j'atteigne les soixante-dix ans et que mon organisme décide que c'était terminé pour moi. Si bien que je dois me contenter de quelque chose d'aussi bêtement féminin que le sherry, désormais. À votre santé.

Je n'ai pas fait mine de lever mon verre comme elle, me bornant à l'avaler d'un trait. L'alcool m'a brûlé la gorge mais m'a également tirée de l'abattement dans lequel j'avais sombré. Un nouveau sourire est passé sur les lèvres de mon hôtesse.

– Votre père le buvait de la même manière... quand il était tendu.

– Tel père, telle fille, ai-je noté en tendant l'index vers la bouteille.

– Je vous en prie, servez-vous.

Cette fois, j'ai commencé par une petite gorgée. Après avoir pris place sur le canapé, Sara Smythe a posé sa main sur la mienne.

– Je tiens à vous demander pardon pour les méthodes disons... radicales que j'ai utilisées dans le but de vous conduire ici. Je sais que j'ai dû vous faire l'effet d'une vieille folle mais...

Je me suis dégagée aussitôt.

– Je veux juste mettre au clair une chose, miss Smythe.

– Sara, s'il vous plaît.

– Non. Pas de prénoms. Nous ne sommes pas amies. Même pas des connaissances, alors je...

– Je vous connais depuis toujours, Kate.

– Comment ? Comment vous m'avez connue ? Et pourquoi vous êtes-vous mise à me harceler dès que ma mère est morte ?

J'ai lancé l'album sur la table et je l'ai ouvert à la dernière page, la photo d'Ethan sur la piste de course de son école.

– J'aimerais aussi savoir comment vous vous êtes procuré ça.

– Je suis abonnée au bulletin d'Allan-Stevenson.

– Quoi ?

– Tout comme je recevais la revue du Smith College au temps où vous y étiez.

– C'est de la démence

– Puis-je vous expliquer ?

– Pourquoi est-ce que nous serions d'un intérêt quelconque pour vous ? Bon Dieu, à en juger par ce satané album, ce n'est pas une obsession qui date d'hier ! Voilà des années que vous nous épiez. Et toutes ces vieilles photos de mon père, d'où elles sortent ?

Elle m'a contemplée en silence avant de déclarer, d'une voix plus ferme que jamais :

– Je ne vais pas vous retenir plus longtemps ce soir, Kate. Sachez seulement que votre père a été le grand amour de ma vie.

II

Sara

1

Le premier, le tout premier souvenir de lui est un regard. Fortuit. D'un bout à l'autre d'une pièce bondée et enfumée. Il était adossé à un mur, un verre à la main, une cigarette entre les lèvres. Plus tard, il m'a raconté qu'il se sentait déplacé à cette soirée et qu'il cherchait des yeux le camarade qui l'y avait traîné. En passant d'un invité à l'autre, ils sont soudain tombés sur moi. Nous nous sommes regardés une seconde, peut-être deux. Il m'a souri, moi aussi, puis il a continué sa recherche. Tout s'est joué en un regard, un simple regard.

À cinquante-cinq ans de distance, je peux revivre cet instant dans ses moindres détails. Je vois encore ses yeux, d'un bleu clair, limpide, un peu las, ses cheveux couleur sable coupés très court sur les côtés et dans la nuque, son visage étroit aux pommettes saillantes, l'uniforme kaki qui paraissait avoir été taillé sur mesure pour lui. Il avait l'air si jeune... À peine la vingtaine, à vrai dire. Sérieux et innocent à la fois. Si beau. Tellement irlandais, enfin...

Un regard, ce n'est presque rien. Sans signification particulière, sans conséquence. Et c'est ce qui continue à me stupéfier, encore aujourd'hui : que l'existence d'un être puisse être bouleversée par quelque chose d'aussi éphémère, d'aussi périssable. Chaque jour, nous croisons des centaines de regards, dans la rue, dans le métro, au supermarché. C'est une réaction instinctive : vous remarquez quelqu'un en face de vous sur le trottoir, vos yeux se rencontrent une seconde et vous continuez votre chemin l'un et l'autre, et c'est terminé. Alors pourquoi ? Pourquoi ce regard-là aurait-il dû tant compter ? Il n'y avait aucune raison, et cependant... Il a tout changé, irrévocablement. Sauf qu'aucun d'entre nous ne s'en doutait, au moment où il s'est produit. Parce que ce n'était qu'un regard, après tout.

Une soirée, donc. La veille de Thanksgiving 1945. Roosevelt était mort en avril, les autorités militaires allemandes avaient capitulé en mai, Truman avait lâché la bombe sur Hiroshima en août, et huit jours plus tard les Japonais reconnaissaient leur défaite, eux aussi... Quelle année ! Il suffisait d'être jeune, américain et épargné par la tristesse d'avoir perdu un être cher pendant la guerre pour se laisser gagner par le plaisir capiteux de la victoire.

Nous étions une vingtaine dans le même état d'esprit, entassés dans un minuscule appartement au troisième étage d'un immeuble de Sullivan Street afin de fêter ce premier Thanksgiving de paix, de boire et de danser plus que de raison. La moyenne d'âge de l'assistance tournant autour de vingt-huit ans, j'étais la benjamine du groupe avec mes vingt-trois printemps, même si l'inconnu en uniforme de l'armée de terre semblait encore plus jeune. Et le principal sujet de conversation, pour nous tous, c'était l'Avenir avec un grand A. Plus encore qu'optimistes, nous nagions dans l'euphorie. En gagnant la guerre, nous venions aussi de terrasser un ennemi acharné, la dépression. Les bénéfices de la paix allaient commencer à entrer à flots. À nous la bonne vie ! Nous y avions droit par justice divine, tout simplement, puisque nous étions américains... Ce siècle serait « notre » siècle.

Même mon frère Eric partageait cette confiance alors qu'il était pourtant « un Rouge », d'après notre père. Moi, je n'avais cessé de lui dire qu'il jugeait beaucoup trop durement son fils, qu'en réalité Eric était plutôt un progressiste à l'ancienne manière doublé d'un romantique désarmant : un admirateur éperdu d'Eugene Debs qui était abonné à *The Nation* depuis ses seize ans et rêvait de devenir un second Clifford Odets. Parce qu'il écrivait des pièces de théâtre, lui aussi. Sorti de Columbia en 37, il avait été assistant-metteur en scène d'Orson Welles au Mercury Theater, et deux de ses œuvres avaient été montées par des ateliers d'art dramatique à New York. Oui, c'était le temps où le New Deal de Roosevelt subventionnait le théâtre expérimental en Amérique, si bien que les « prolétaires du spectacle », comme Eric aimait se nommer, ne manquaient pas de travail, et puis maintes petites compagnies ne demandaient qu'à donner leur chance à de jeunes auteurs tels que mon frère. Aucune de ses pièces n'avait été un grand succès mais il ne lorgnait pas sur Broadway et ses lumières, de toute façon, répétant que son œuvre voulait « répondre aux attentes et aux besoins de la classe ouvrière ». Le romantique fini, je l'ai dit, et j'ajouterai très franchement que j'avais beau aimer, non, adorer mon grand frère, le drame épique de trois heures qu'il avait consacré à une mobilisation syndicale sur le chantier de la voie ferrée du lac Érié en 1902 n'avait pas précisément de quoi faire grimper les spectateurs sur leur chaise.

En tant que dramaturge, il avait cependant d'énormes potentiels, mais dans ce genre « engagé » qui apparaissait, hélas, condamné au début des années quarante. Orson Welles est allé à Hollywood, Clifford Odets également. Accusés de propager le communisme par une poignée de sénateurs obtus, les ateliers dramatiques ont dû fermer en 39. À la fin de la guerre, Eric s'est donc résigné à gagner sa vie en écrivant pour la radio. Au début, il a composé le scénario de quelques épisodes de *Boston Blackie* mais le producteur l'a éjecté quand il a fait enquêter le héros sur la mort suspecte d'un dirigeant ouvrier, assassiné sur l'ordre d'un grand patron qui présentait plus d'une ressemblance avec le propriétaire de la station où la série passait... Il ne pouvait pas mettre ses idées dans sa poche, Eric, même si c'était au détriment de sa carrière. Il avait aussi un humour extraordinaire, ce qui lui a d'ailleurs permis de décrocher un nouvel emploi : écrire des gags pour *The Quiz Bang Show*, l'émission que Joe E. Brown animait tous les dimanches soir à vingt heures trente. Je parierais ma chemise que pas un seul Américain âgé de moins de soixante-quinze ans n'a le moindre souvenir de ce Joe E. Brown. Et c'est compréhensible : à côté de lui, Jerry Lewis serait la subtilité incarnée.

Enfin, la soirée se déroulait chez Eric. Un appartement-couloir de Sullivan qui pour moi représentait le summum du chic bohème, tout comme son locataire. La baignoire dans la cuisine, des bouteilles de chianti reconverties en pieds de lampe, de vieux coussins fatigués éparpillés sur le sol du salon, et des livres partout, partout. À une époque bien antérieure à l'ère beatnik du Village, il était nettement en avance sur son temps, surtout lorsqu'il s'agissait de porter des cols roulés noirs, de fréquenter l'équipe de la *Partisan Review*, de fumer des Gitanes ou d'entraîner sa petite sœur dans quelque club de la 52e pour écouter cette musique hallucinante qu'on appelait le be-bop. Quelques semaines seulement avant ce Thanksgiving, nous nous trouvions dans un tripot de Broadway lorsqu'un saxophoniste incroyable était apparu sur scène avec quatre musiciens. Il s'appelait Charlie Parker. À la fin de la première partie, Eric m'a regardée et il m'a dit :

– Tu verras qu'un jour tu seras toute fière d'avoir été ici ce soir, S. Parce que nous venons d'assister à rien moins qu'une révolution, une vraie révolution. À partir d'aujourd'hui, le rythme a changé complètement.

S. C'était le nom qu'il me donnait toujours. S pour « Sara », ou pour « Sœurette ». Depuis qu'il avait quatorze ans, il avait adopté ce surnom pour moi et j'en raffolais autant que nos parents le détestaient. C'était mon grand frère qui me l'avait trouvé, n'est-ce pas, et à mes yeux il était le garçon le plus original, le plus passionnant du monde. Ainsi que mon mentor et mon protecteur, notamment face à nos très traditionalistes géniteurs.

Nous sommes nés tous les deux à Hartford, dans le Connecticut. Comme Eric aimait à le rappeler, ce coin perdu n'a jamais abrité que deux êtres d'exception : Mark Twain, qui a perdu un tas d'argent dans une maison d'édition locale, et Wallace Stevens, qui fuyait l'ennui d'une vie de courtier d'assurances en écrivant des poèmes d'une modernité rare. J'avais douze ans quand il m'a déclaré qu'« à part Twain et Stevens personne de notable n'a vécu ici, et puis il y a eu nous deux »...

Merveilleusement impertinent, Eric. Toujours prêt à sortir une énormité pour mettre notre père hors de lui. Robert Biddeford Smythe III. Pompeux comme son nom. Un très scrupuleux, très protestant agent d'assurances – eh oui, lui aussi... – toujours en complet-veston, qui croyait aux mérites de la modération et de l'épargne, ne tolérait aucune fantaisie et encore moins les niches que mon frère affectionnait. Ida, notre mère, était taillée dans la même étoffe rigide : fille d'un pasteur presbytérien de Boston, elle avait un sens pratique redoutable et menait sa maisonnée à la baguette. Une paire vraiment peu commode, nos parents. Raisonnables jusqu'à la sécheresse, retenus jusqu'à la froideur. On ne manifestait guère ses sentiments, chez les Smythe. Fondamentalement, c'était d'authentiques puritains de la Nouvelle-Angleterre qui vivaient encore au XIXe siècle. Pour nous, ils étaient vieux depuis toujours. Conservateurs et passéistes. Tout sauf rigolos.

Nous les aimions quand même, évidemment. Parce qu'on « doit » aimer ses parents, sauf s'ils sont d'une totale cruauté avec leurs enfants. Cela fait partie du contrat social, ou du moins cela en faisait partie dans ma jeunesse. Tout comme de se résigner aux interdits les plus variés. J'ai souvent pensé qu'on ne devient réellement adulte qu'au moment où l'on pardonne à ses parents d'être aussi imparfaits que le reste des humains et où l'on reconnaît que, avec leurs limites, ils ont fait de leur mieux pour vous. Mais enfin, aimer ses géniteurs ne signifie pas que l'on reprenne à son compte leur conception de la vie. À peine entré dans l'adolescence, Eric a mis un point d'honneur à scandaliser Père... Oui, il tenait à ce que nous lui donnions du « Père », à la manière victorienne. Jamais de « papa », ni de « 'pa », ni quoi que ce soit qui puisse suggérer une certaine familiarité. Il m'arrive de me dire que les idées radicales d'Eric tenaient moins à de réelles convictions politiques qu'à l'objectif de faire monter la pression artérielle de notre père. Leurs affrontements étaient homériques. Par exemple quand il avait découvert les *Dix jours qui ébranlèrent le monde* de John Reed sous le lit de son fils, ou quand Eric lui avait offert un disque de Paul Robeson pour sa fête...

Ma mère ne se mêlait pas à ces disputes. Pour elle, une femme digne de ce nom n'était pas censée s'intéresser à la politique. C'était l'une des raisons de la haine qu'elle vouait à Eleanor Roosevelt, « cette Lénine en jupons », comme elle l'appelait. Elle ne cessait d'exhorter Eric à respecter son père, mais quand il a été en âge d'entrer à l'université elle s'est rendu compte que ses sermons n'avaient plus aucun effet sur lui, qu'elle l'avait perdu. Le constat l'a beaucoup attristée, et j'ai toujours senti qu'il lui était impossible d'admettre que son unique fils, pourtant élevé dans la tradition, soit devenu un sans-culotte. Qu'il y emploie une intelligence hors du commun ne faisait probablement qu'aggraver sa déception.

Car c'était le seul aspect d'Eric qui contentait mes parents, son exceptionnel cerveau. Lecteur insatiable, il lisait la littérature française dans le texte à quatorze ans et maîtrisait l'italien à seize. Il était capable de s'exprimer avec compétence sur des sujets aussi abscons que le cartésianisme ou la physique quantique, mais aussi d'exécuter d'époustouflants boogie-woogies au piano. À l'école, c'était un de ces petits génies qui ne récoltent que des A sans avoir à travailler ou presque. Harvard lui ouvrait ses portes, Princeton le réclamait, mais seule Columbia l'intéressait, lui, parce qu'il rêvait de New York et de la liberté qu'elle lui promettait. « Je te le dis, S : quand je serai à Manhattan, Hartford devra m'oublier. »

Ce qui ne s'est pas révélé entièrement exact car, tout rebelle qu'il était, Eric restait aussi un fils conscient de ses devoirs. Il écrivait une fois par semaine, revenait brièvement à la maison pour Thanksgiving, Noël et Pâques, et Père et Mère conservaient toujours une place dans sa vie. À New York, cependant, il se réinventait de fond en comble. À commencer par son nom, Theobold Ericson Smythe, épuré et simplifié en Eric Smythe. Il s'est débarrassé de la garde-robe d'étudiant modèle que nos parents lui avaient achetée, s'habillant au surplus de l'armée. Encore plus maigre qu'avant, il laissait ses cheveux très bruns pousser en tignasse qui, complétée par des lorgnons en acier, son manteau militaire et sa vieille veste en tweed, lui donnait l'allure de Trotski. Les rares fois où ils le voyaient, nos parents étaient horrifiés par la transformation, mais là encore ses résultats universitaires faisaient taire leurs récriminations. Sa première année achevée avec les honneurs et une mention d'excellence en anglais, il aurait pu entrer haut la main dans les meilleurs établissements du pays. À la place, il est allé s'installer Sullivan Street, balayait les planchers pour le compte d'Orson Welles à vingt dollars par semaine et caressait l'ambition d'écrire des œuvres « qui durent ».

En 1945, ces rêves étaient moribonds. Plus personne ne voulait se donner la peine de parcourir ses manuscrits puisqu'ils appartenaient à une ère révolue. Mais il était toujours déterminé à s'imposer en tant qu'auteur dramatique, même s'il devait gagner sa vie en écrivant des blagues oiseuses pour Joe E. Brown. Une ou deux fois, je lui ai suggéré de trouver un poste d'enseignant dans le supérieur, ce qui me paraissait autrement plus digne de ses talents que d'aligner des bons mots dans un programme comique. Il ne voyait pas les choses ainsi, lui. Il avait des arguments déjà prêts, comme :

– À partir du moment où un écrivain commence à enseigner son art, il est fichu. Et dès qu'il entre dans le moule universitaire, il se ferme la porte du monde réel, alors que sa place est là, justement, que c'est de « là » qu'il doit écrire.

– Mais le monde réel, ce n'est pas Joe E. Brown !

– Ça l'est plus que d'apprendre à rédiger correctement à une escouade de bas-bleus de Bryn Mawr.

– Merci !

J'étais diplômée de cet établissement pour filles, comme par hasard...

– Tu vois ce que je veux dire, S.

– Oui. Que je suis une bas-bleu qui devrait sans doute se marier avec un affreux banquier et aller vivoter dans une petite ville bas-bleu du fin fond de la Pennsylvanie...

C'était l'existence à laquelle mes parents m'auraient bien vue me résigner, en tout cas, mais pour moi il n'en était pas question. Quand je suis sortie de Bryn Mawr en 43, ils espéraient que j'allais épouser mon soupirant officiel de l'époque, Horace Cowett, un étudiant en droit très sérieux qui m'avait déclaré ses excellentes intentions. Moins rébarbatif que le prénom dont il était affublé, Horace était un garçon assez cultivé qui publiait des poèmes passables dans la gazette de son campus, mais cela ne suffisait pas à me persuader d'assumer les liens du mariage à un si jeune âge, surtout avec un homme que j'appréciais mais qui ne m'inspirait pas une passion débordante. Je n'étais pas prête à gâcher mes vingt ans en me laissant enfermer dans la poussiéreuse Philadelphie. C'était la ville un peu plus au nord qui polarisait tous mes rêves, moi aussi. Et personne ne pourrait m'empêcher de gagner New York.

Comme il fallait s'y attendre, mes parents ont essayé de me barrer cette voie. Ils ont été horrifiés quand je leur ai appris environ trois semaines avant la fin de mes études qu'un poste de stagiaire à la rédaction de *Life* m'avait été proposé. C'était au cours d'un week-end à Hartford, un séjour que j'avais planifié précisément pour les mettre au courant de cette perspective professionnelle et pour leur annoncer que j'allais répondre par la négative à la demande en mariage d'Horace. En dix minutes seulement, la température ambiante a atteint le point d'ébullition.

– Je ne tolérerai pas qu'une fille de mon sang se retrouve seule dans ce lieu de perdition ! a tonné mon père.

– Perdition, New York ? Et puis *Life*, ce n'est pas *Confidential*, tout de même !

Je parlais d'une feuille à scandale très en vogue à l'époque.

– Moi qui pensais que vous alliez être ravis par la nouvelle... Ils ne prennent que dix stagiaires par an, à *Life*. C'est une offre extraordinaire qu'ils me font.

– Ton père a raison, cependant, a objecté ma mère. New York n'est pas une ville pour une jeune fille isolée de sa famille.

– Et Eric, il n'est pas de la famille ?

– Ton frère... Ce n'est pas la morale qui l'étouffe, je dirais.

– Ce qui signifie ? ai-je demandé d'un ton abrupt qui a décontenancé mon père.

Il a masqué son embarras derrière une réponse évasive :

111

– Peu importe. L'essentiel, c'est que je ne te permettrai pas de partir vivre à Manhattan.

– Mais j'ai vingt-deux ans, Père

– Là n'est pas la question.

– Légalement, tu n'as pas le droit de me dicter mes actes.

– Ne sois pas impertinente avec ton père, je te prie ! Et je dois te dire que tu commets une grave erreur en rejetant Horace.

– Je m'attendais à cette réaction de ta part.

– Horace est un jeune homme exceptionnel, s'est interposé mon père.

– Oui, c'est un garçon « bien », avec l'avenir assommant que ça suppose.

– Pas d'impertinence, s'il te plaît.

– Ce n'est pas de l'impertinence mais de la lucidité. Et je ne me laisserai pas imposer une vie dont je ne veux pas.

– Je ne t'impose rien, que je sache !

– M'interdire de partir pour New York, c'est m'empêcher de prendre mon destin en main.

– Ton « destin » ? a-t-il repris avec une cinglante ironie. Parce que tu crois avoir un « destin », aussi ? Quels romans à l'eau de rose t'ont-ils fait lire, à l'université ?

J'ai couru m'enfermer dans ma chambre et je me suis jetée sur mon lit, en pleurs. Ni l'un ni l'autre n'est venu essayer de me consoler mais je ne m'y attendais pas. Ce n'était pas leur style. Ils partageaient une conception strictement patriarcale de la famille, avec Père dans le rôle domestique du Tout-Puissant dont la Parole demeurait sans appel. Et, de fait, le sujet n'est pas revenu de tout le week-end, la conversation se limitant aux percées que les Japonais venaient d'opérer dans le Pacifique. Enfin, « conversation »... Disons plutôt que je supportais en silence les jérémiades paternelles à propos de l'incurie de Roosevelt.

Le dimanche, lorsque nous sommes arrivés à la

112

gare où il m'avait reconduite, il a posé rapidement sa main sur mon bras. « Tu sais que je répugne à me fâcher avec toi, Sara. Malgré toute notre déception à te voir rejeter Horace, nous respectons ta décision. Et si le journalisme t'attire tellement, il se trouve que j'ai plusieurs connaissances au journal d'Hartford. Je pense qu'il ne devrait pas être difficile de te faire entrer au...

– Je vais accepter l'offre de *Life*, Père.

Il est devenu blanc comme un linge, une réaction que je ne lui avais jamais vue.

– Dans ce cas, je n'aurai pas d'autre choix que de renoncer à toute relation avec toi.

– C'est toi qui y perdras.

Et je suis sortie de la voiture.

Pendant le trajet jusqu'à New York, je me suis sentie très nerveuse. J'avais peur, pour tout dire : c'était la première fois que je défiais ouvertement mon père et, même si je faisais la brave, j'étais terrorisée à l'idée que je venais peut-être de perdre mes parents. C'était non moins déprimant que la perspective de finir en rédigeant les « Nouvelles de l'église » pour le *Hartford Courant* et en me maudissant de les avoir laissés m'imposer une vie si terne.

Et puis c'est vrai que j'étais persuadée d'avoir un « destin ». Cela peut paraître assez prétentieux et idéaliste, mais voilà, j'en étais encore tout au début de ce que l'on appelle l'âge adulte et j'étais parvenue à la conclusion – oh, très simple ! – que l'avenir est le champ du possible, à condition... À condition de se donner la chance de l'explorer. Or, justement, la plupart des gens de ma génération se contentaient d'entrer dans le moule, de faire ce que l'on attendait d'eux. Plus de la moitié des filles de ma promotion à Bryn Mawr avaient leurs noces programmées pour l'été, et tous ces garçons qui commençaient à rentrer de la guerre ne pensaient en général qu'à trouver un emploi, à « s'installer ». Nous, la jeunesse qui était censée récolter les fruits de la prospérité revenue, qui, comparée à nos parents, n'avait que des raisons d'être optimiste, qu'avons-nous accompli, pour la plupart ? Nous sommes devenus des salariés disciplinés, des femmes au foyer sans histoire, de braves consommateurs. Nous avons bouché notre horizon en nous enfermant nous-mêmes dans une existence étriquée.

Tout cela, bien entendu, je ne m'en suis rendu compte que des années plus tard. On est toujours plus lucide avec le recul, n'est-ce pas ? Mais, en ce printemps 1943, ma seule et unique préoccupation était de rendre ma vie « intéressante », ce qui supposait essentiellement de ne pas épouser Horace Cowett... et d'entrer à *Life*. En débarquant à Penn Station après cet affreux week-end, cependant, j'avais perdu courage. Malgré la relative émancipation que m'avaient apportée les études, l'approbation de mon père occupait encore une place énorme pour moi, même si je savais qu'elle était impossible à obtenir. Et j'étais convaincue qu'il mettrait sa menace à exécution si je m'installais à New York. Comment survivre sans mes parents ?

– Oh, arrête ! m'a lancé Eric lorsque je lui ai fait part de mes craintes. Père n'ira jamais jusque-là. Tu es la prunelle de ses yeux.

– Non, c'est faux.

– Écoute-moi. Ce vieux fou peut toujours jouer au pater familias victorien, il n'empêche qu'au fond de lui-même c'est un type de soixante-quatre ans qui se ronge en pensant que sa compagnie va le mettre au rancart l'année prochaine et en imaginant la monotonie infernale de la retraite. Alors, tu crois qu'il va claquer la porte au nez de son unique fille chérie ?

Nous étions au bar de l'hôtel Pennsylvania, juste en face de la gare. Eric avait tenu à venir me chercher au train d'Hartford et à passer avec moi les deux heures qui me séparaient de la correspondance pour Bryn Mawr *via* Philadelphie. Dès que je l'avais rejoint sur le quai, j'avais éclaté en sanglots sur son épaule, non sans me détester pour cet aveu de faiblesse. Il m'avait cajolée jusqu'à ce que je me calme, puis m'avait demandé innocemment :

– Alors, tu t'es bien amusée, à la maison ?

Je n'avais pas pu m'empêcher de rire.

– Comme jamais.

– Ça se voit, oui. Bon, le Pennsylvania est à deux pas et leur barman sait doser des manhattans à réveiller un mort.

Façon de parler. Après deux de ses cocktails, j'ai eu l'impression d'avoir été anesthésiée, une sensation qui dans certaines circonstances n'est pas désagréable, il faut le reconnaître. Eric voulait m'en commander un troisième, mais j'ai tenu bon, me contentant d'un ginger ale. Et ce n'est pas sans une certaine inquiétude, mais sans rien oser dire, que je l'ai observé engloutir quatre de ces manhattans explosifs. Nous nous écrivions régulièrement... Oui, les appels téléphoniques longue distance coûtaient cher, en ce temps-là. J'avais donc eu de ses nouvelles mais je ne l'avais pas revu depuis Noël et j'ai été vraiment atterrée par son aspect. Lui, toujours si mince, avait épaissi. Il avait un teint de papier mâché et un début de double menton. Il fumait une Chesterfield après l'autre et n'arrêtait pas de tousser. À vingt-huit ans seulement, il commençait à avoir l'allure poussive de quelqu'un que les déceptions ont vieilli prématurément. Son humour et sa verve ne l'avaient pas quitté, d'accord, mais je le sentais anxieux quant à son avenir professionnel. Dans ses lettres, il m'avait confié que sa nouvelle pièce, à propos d'une révolte de travailleurs immigrés au sud du Texas, avait été refusée par tous les directeurs de salle new-yorkais et qu'il arrondissait les fins de mois en lisant des pièces pour le compte de la Guilde du théâtre. « Un boulot plutôt déprimant », m'avait-il écrit en mars, « puisque ça consiste essentiellement à dire non à d'autres auteurs.

115

Mais enfin, c'est payé trente dollars par semaine, de quoi payer mes factures. » Et donc j'ai fini par risquer une remarque en le voyant expédier son quatrième verre.

– Encore un et tu vas monter sur la table pour chanter *Yankee Doodle*, non ?

– Ça y est, toi aussi tu fais ta puritaine ! Dès que je t'aurai mise dans le train pour la radieuse Philadelphie, je regagne mon antre de Sullivan Street en métro et je ne quitte plus ma table de travail jusqu'à l'aube. Cinq manhattans, bah ! À peine de quoi lubrifier les rouages de ma créativité.

– Très bien, mais tu devrais quand même passer aux cigarettes à bout filtre. Ça épargnerait un peu ta gorge.

– Non, mais écoutez-moi la nonne de Bryn Mawr ! Ginger ale, cigarettes à bout filtre... D'ici trois minutes, tu vas m'annoncer que tu voteras pour Dewey contre Roosevelt, si les républicains finissent par le nommer candidat.

– Tu sais parfaitement que c'est impensable !

– Euh, c'était une blague, tu vois ? Mais je dois dire que notre papa serait pas mal renversé en apprenant que tu votes conservateur.

– Ce qui ne l'empêcherait pas d'exiger que je revienne à Hartford comme une bonne petite fille.

– Et c'est exclu, ça.

– Il me place devant un choix plutôt rude, Eric.

– Non. Il emploie la tactique de poker la plus connue qui soit : il met tous ses jetons dans le pot en faisant croire qu'il a une quinte flush et en te mettant au défi de demander à voir. Tu prends ce job à *Life* et son bluff s'écroule. Ensuite, il pourra bien grogner et souffler un peu, voire jouer un moment les va-t-en-guerre, il finira par s'incliner. C'est « lui » qui n'a pas le choix. Et puis il sait que je vais veiller sur toi dans ce repaire de pêcheurs !

– C'est ce qui l'inquiète, justement, ai-je noté en regrettant aussitôt ce commentaire.

– Pourquoi ?

– Oh, tu comprends bien...

– Non, a-t-il rétorqué, aucunement amusé. Pas du tout.

– Il est sans doute convaincu que tu vas me transformer en marxiste enragée.

Il a allumé une autre cigarette en me fixant d'un œil où l'effet de l'alcool avait disparu d'un coup.

– Ce n'est pas ce qu'il a dit, S.

– Mais si ! ai-je protesté sans sonner tout à fait juste.

– Sois franche avec moi, s'il te plaît.

– C'est ce que je fais.

– Non. Tu m'as raconté qu'il n'aimait pas l'idée que tu sois sous ma protection à New York. Mais le pourquoi de cette mauvaise influence dont il me suspecte, il a dû te le donner aussi, non ?

– Je ne m'en souviens pas...

– Là, tu me mens carrément. Or il n'y a « pas » de mensonges entre nous, S.

Il m'a pris la main.

– Il faut que tu me dises.

J'ai relevé les yeux après un moment d'hésitation.

– Il a lancé que ce n'est pas la morale qui t'étouffe, pour reprendre ses termes.

Eric n'a pas réagi tout de suite. Il a tiré une longue bouffée de sa cigarette qui a provoqué une petite quinte de toux. Devant son silence, j'ai ajouté :

– Je ne suis pas d'accord, bien entendu.

– C'est vrai ?

– Tu le sais.

Il a écrasé son mégot dans le cendrier avant de finir son verre d'un trait.

– Mais s'il avait raison ? Si je n'étais pas... Si je n'avais pas de morale ? Ça te ferait quoi ?

C'était lui qui cherchait mon regard, maintenant.

Nous pensions à la même chose à cet instant, j'en étais sûre. Un sujet qui planait depuis toujours entre nous sans que nous ne nous risquions à l'aborder, ni l'un ni l'autre : comme mes parents, je m'interrogeais sur la vie sexuelle d'Eric, d'autant que je ne lui avais jamais connu de petite amie. Mais, à l'époque, c'était une question qui restait de l'ordre du non-dit. Assumer son homosexualité dans l'Amérique des années quarante aurait été suicidaire. Même devant une petite sœur qui l'adulait. Et donc notre échange ne pouvait être que codé.

– Je crois que tu es l'être le plus moral que je connaisse, lui ai-je affirmé.

– Mais dans la bouche de Père ce mot a un autre sens, tu le comprends, S ?

– Oui.

– Et ça te... gêne ?

– Tu es mon frère. C'est tout ce qui compte.

– Tu es certaine ?

– Certaine

– Merci.

– Oh, arrête ! l'ai-je taquiné avec un sourire.

Il m'a contemplée quelques secondes et :

– Je serai toujours de ton côté, S. Il faut que tu le saches. Et ne t'inquiète pas au sujet de Père. Cette fois, il n'aura pas gain de cause.

Une semaine plus tard, j'ai reçu une lettre au campus :

« Chère S,

Après notre rencontre dimanche, j'ai pensé qu'un petit aller-retour à Hartford s'imposait depuis longtemps et j'ai donc sauté dans le premier train le lendemain. Inutile de te dire que les parents ont été un tantinet surpris de me découvrir sur leur perron. Au départ, Père a refusé de m'écouter mais il n'a pas pu m'empêcher de plaider en ta faveur. Pendant la première heure de "négociations" – je ne vois pas

118

d'autre terme plus adéquat –, il s'est cantonné au refrain "elle revient à Hartford et point final", ce qui m'a obligé de jouer tout en finesse la carte du "ce serait lamentable que tu perdes l'un et l'autre de tes enfants". Pas comme une menace vraiment mais sous l'angle de la tragique éventualité. Et quand il s'est buté en répétant que sa décision était prise, je me suis levé en lui déclarant : "Dans ce cas, tu finiras vieux et seul", et je suis parti. Retour à New York direct !

Mardi matin, le téléphone sonne à une heure indue. C'était notre cher géniteur. Toujours aussi bougon et cassant, mais il ne chantait plus la même chanson. "Voici ce que je juge acceptable, m'a-t-il annoncé. Sara peut prendre ce travail à *Life Magazine* à la condition expresse qu'elle réside à l'hôtel pour femmes seules de la 63e Rue Est, le Barbizon. Il m'a été recommandé par l'un de mes collègues. Pas de visites autorisées après la tombée de la nuit, ni de sorties. Dès lors que ta mère et moi la savons en sécurité dans cet établissement, nous sommes prêts à tolérer qu'elle vive à Manhattan. Et puisque apparemment tu t'es attribué le rôle d'intermédiaire dans cette affaire, je te laisse le soin de soumettre cette proposition à Sara. Je te prie de lui préciser que si elle peut compter sur notre amour et notre compréhension, la condition que je t'ai dite est sans appel."

Évidemment, je n'ai fait aucun commentaire, sinon que j'allais te mettre au courant, mais à mon avis il s'agit d'une quasi-capitulation de sa part. Conclusion ? Tu t'offres cinq manhattans pour fêter la nouvelle et tu boucles tes valises. À toi New York, et avec bénédiction parentale en prime ! Quant à cette histoire de Barbizon, ne t'inquiète pas : nous allons t'inscrire là-bas pendant un mois ou deux puis tu commenceras à t'installer discrètement dans tes propres pénates. À ce stade, nous aurons

119

bien trouvé la manière d'apprendre ce changement aux parents sans provoquer une reprise des hostilités.

Vivement la paix !

Ton frère si "moral",

Eric. »

J'ai failli hurler de joie en achevant de lire sa lettre. Et je lui ai aussitôt répondu que je prenais sans tarder ma plume pour conseiller à notre président de le choisir pour candidat à la tête de la Société des nations, lorsqu'elle reprendrait vie après guerre, car il était en vérité un génie de la diplomatie... et le plus adorable des frères.

Dans un court message à notre père, j'ai indiqué que j'acceptais ses desiderata et que la famille pourrait être fière de moi une fois que je serais à New York, une façon discrète de lui certifier que j'allais rester une « fille bien » même dans le Sodome et Gomorrhe qu'était à ses yeux Manhattan. Il ne m'a jamais répondu, ce qui ne m'a pas étonnée. Là encore, ce n'était pas son style. Mais il est venu avec ma mère assister à la cérémonie de remise des diplômes, et Eric a fait le déplacement pour la journée lui aussi. Après, nous sommes tous allés déjeuner dans un hôtel proche du campus.

Pas vraiment détendu, ce repas. Les lèvres pincées, Père évitait de nous regarder, mon frère et moi. Pour l'occasion, Eric avait fait un effort vestimentaire mais sa veste était un vieux machin en tweed déniché chez le fripier, et avec sa chemise kaki du surplus militaire il ressemblait surtout à un leader syndical un peu endimanché. Il n'a pas cessé de fumer à table, quoique limitant sa consommation d'alcool à deux cocktails. Moi, j'étais en tailleur strict et cependant je sentais la sourde désapprobation de notre père, sa gêne aussi. Depuis que j'avais osé le contredire, je n'étais plus sa petite fille chérie et de toute façon je ne l'avais jamais vu à l'aise en notre compagnie. Quant à notre mère, elle se comportait comme à son habitude, c'est-à-dire en gardant un sourire inquiet et en approuvant tout ce que pouvait édicter son seigneur et maître.

Après quelques échanges laborieux à propos de la beauté du paysage à Bryn Mawr, de la piètre qualité du service dans le train qu'ils avaient pris depuis Hartford et de tel ou tel jeune voisin mobilisé en Europe ou dans le Pacifique, mon père a fini par lâcher tout à trac :

– Eh bien, Sarah, je voudrais juste que tu saches que nous sommes très satisfaits par ta mention, ta mère et moi. C'est un beau résultat.

– Oui, mais ce n'est pas mention « très bien », comme je l'ai eue, a glissé Eric en levant un sourcil narquois.

– Ah, merci !

– De rien, S.

– Vous nous avez fait honneur tous les deux, s'est interposée ma mère.

– ... Sur le plan universitaire, a complété Père.

– Oui, oui, bien sûr, s'est-elle empressée de renchérir.

C'est la dernière fois que la famille était réunie au complet. Un mois et demi plus tard, en revenant à mon fameux hôtel Barbizon après une dure journée à la rédaction de *Life*, j'ai eu la surprise de tomber sur Eric à la réception. Il avait les traits tirés, le regard anxieux. J'ai tout de suite compris qu'il avait une nouvelle terrible à m'annoncer.

– Bonsoir, S, a-t-il murmuré en me prenant par les deux mains.

– Que s'est-il passé ?

– Père est mort ce matin.

D'un coup, tout s'est arrêté autour de moi, en moi. Et puis j'ai eu conscience qu'il m'avait entraînée avec sollicitude vers un canapé et qu'il m'aidait à m'asseoir avant de s'installer à mon côté.

– Comment ?

– Une crise cardiaque. Sa secrétaire l'a découvert effondré sur son bureau. Ça a dû être foudroyant... heureusement, je crois.

– Comment Mère l'a-t-elle appris ?

– Par la police. Moi, ce sont les Daniel qui m'ont appelé. Ils m'ont dit que maman était bouleversée.

– Bien sûr qu'elle est bouleversée ! Il était toute sa vie..

Soudain, j'étais sur le point d'éclater en sanglots mais je me suis retenue, ou plutôt la voix de Père dans ma tête m'en a empêchée : « Pleurer, ce n'est jamais la solution... » Sa réaction quand j'étais rentrée de l'école en larmes après avoir eu à peine plus que la moyenne en latin. « Pleurer, c'est s'apitoyer sur soi-même, cela ne résout rien. »

J'étais perdue, en fait. Dans le désordre de mes émotions, je n'arrivais à déceler qu'une confuse mais douloureuse sensation de perte. J'avais aimé mon père, et je l'avais craint. J'avais recherché son affection sans jamais réellement la trouver et pourtant je savais que ses enfants avaient été sa raison de vivre, mais il n'avait pas su l'exprimer et maintenant c'était trop tard... Et la pire souffrance résidait là, dans le constat que nous n'aurions plus jamais la possibilité de franchir le fossé qui s'était creusé entre nous depuis toujours, et que mes souvenirs de lui seraient à jamais teintés par le regret de n'avoir pu lui parler vraiment, en toute franchise. C'est à mon avis ce qu'il y a de plus dur dans le deuil : découvrir ce qu'une relation aurait pu vous apporter si seulement vous aviez été capable de lui donner toute sa dimension.

Je me suis reposée sur Eric pour tout. Il m'a aidée à faire une valise, il a hélé un taxi, et nous avons attrapé un train pour Hartford vers huit heures du soir. Nous nous sommes assis au wagon-bar et nous avons bu sans relâche tandis que nous roulions vers le nord. Je sentais qu'il voulait m'encourager en ne manifestant pas son chagrin devant moi, et curieusement nous n'avons parlé à aucun moment de Père ni de Mère pendant le trajet. Une conversation décousue à propos de notre travail, des rumeurs qui commençaient à circuler au sujet de camps de la mort montés par les nazis en Europe de l'Est, des chances que Roosevelt garde Henry Wallace pour second lors de la campagne présidentielle de l'année suivante, de *Watch on the Rhine*, la pièce de Lillian Hellman qu'Eric, toujours très exigeant, jugeait épouvantable... C'était comme si nous n'arrivions pas encore à assumer le traumatisme que constitue la perte du père, surtout lorsqu'il inspirait à ses enfants des sentiments aussi complexes, aussi ambivalents. L'aspect familial n'a surgi qu'à une seule reprise, quand Eric a remarqué :

– Eh bien, je crois que tu vas pouvoir quitter le Barbizon, maintenant...

– Est-ce que Mère ne va pas protester ?

– Mais non. Elle n'aura certainement pas la tête à ça...

Sa remarque ne s'est révélée que trop juste. Plus encore que « bouleversée » par la mort de son mari, elle est apparue inconsolable. Au cours des trois jours qui ont précédé les obsèques, elle était si fragilisée que notre médecin de famille lui a prescrit des sédatifs. Elle a tenu bon pendant le service à l'église épiscopale mais au cimetière elle s'est effondrée, au point que le docteur nous a conseillé de la faire entrer en observation dans une maison de repos.

Elle n'en est plus jamais sortie. Une semaine après son admission, elle avait basculé dans une démence sénile prématurée qui l'avait retranchée du monde. Tous les spécialistes qui l'ont examinée se sont accordés à dire que le choc du deuil avait provoqué un arrêt cardiaque non fatal mais qui avait progressivement affecté les parties de son cerveau contrôlant son élocution, sa mémoire et sa motricité. Durant les premiers temps de sa maladie, nous sommes revenus chaque week-end à Hartford, Eric et moi. Nous restions à son chevet, guettant le moindre signe de lucidité de sa part, mais au bout de six mois les médecins nous ont prévenus qu'il était pratiquement exclu qu'elle revienne jamais à un état conscient, et nous avons dû alors prendre des décisions pénibles et cependant nécessaires. Nous avons mis en vente la maison familiale, vendu ou donné à des œuvres de charité les affaires personnelles de nos parents. Eric s'est borné à prendre pour lui une écritoire que Père avait dans sa chambre, et moi une unique photo d'eux pendant leur voyage de noces dans les Berkshires, en 1913. Habillée d'une robe en lin blanc, ses cheveux serrés dans un chignon austère, Mère est assise à côté de mon père, debout en costume et veston noirs avec un faux col. Il a la main gauche derrière son dos, la droite sur l'épaule de sa jeune épouse, mais on ne ressent aucune trace d'affection entre eux, aucune langueur de lune de miel ni même le plaisir d'être ensemble, tout simplement. Ils sont guindés, sévères, comme s'ils entraient à contre-cœur dans ce nouveau siècle.

Le soir où nous avons découvert cette photo au grenier alors que nous étions en train de trier leurs derniers biens, Eric n'a pu réprimer ses larmes. C'était la première fois que je le voyais pleurer depuis la mort de Père et l'irrémédiable dépression de Mère, tandis qu'il m'arrivait souvent d'aller m'enfermer dans les toilettes de la rédaction à *Life* pour y pleurer comme une Madeleine. J'ai tout de suite compris pourquoi il s'était laissé gagner par la tristesse : il y avait là un résumé saisissant de l'image rébarbative que nos parents avaient présentée aux autres, et à leurs enfants pour commencer. Nous, nous avions toujours pensé que cette froideur affichée existait aussi entre eux, puisqu'ils ne s'autorisaient jamais le moindre geste tendre en public, mais nous avions depuis découvert la passion qui les liait, un amour si profond que Mère n'avait pas pu continuer à vivre sans lui. Et, le plus étrange, c'était que nous ne l'avions à aucun moment soupçonné...

– On ne connaît jamais personne pour de bon, m'a dit Eric ce soir-là. On le croit, oui, mais ils finissent toujours par vous désarçonner. Surtout quand il est question d'amour. Le cœur est l'organe le plus secret que nous ayons. Et le plus imprévisible.

Mon seul refuge, pendant cette période, était mon travail. J'adorais mon job à *Life*, où j'étais passée journaliste après mon stage et où j'écrivais au moins deux courts articles par semaine. Les sujets m'étaient confiés par un des rédacteurs en chef adjoints, Leland McGuire, qui avait été chef de pupitre au *New York Daily Mirror* avant de se laisser tenter par le salaire et les horaires moins contraignants de l'hebdomadaire, ce qui ne l'empêchait pas de regretter l'atmosphère trépidante d'un grand quotidien populaire. Il m'avait prise en sympathie, m'invitant bientôt à déjeuner au bar à huîtres du sous-sol de Grand Central Station. Nous avions fait un sort à un bol de soupe de poissons et un plateau de clams quand il m'a demandé :

– Un petit conseil professionnel, ça vous intéresse ?

– Bien sûr, Mr McGuire !

– Leland, s'il vous plaît. Bon, allons-y. Si vous voulez devenir une journaliste vraiment digne de ce nom, fichez le camp de tous ces *Time* et tous ces *Life* pour entrer dans un quotidien costaud. Je suis sûr de pouvoir vous être utile, là-dessus. Au *Mirror* ou au *News*, disons.

– Vous n'êtes pas content de ce que je fais, alors ?

– Très content, au contraire. Et très impressionné. Mais *Life*, c'est d'abord et surtout un magazine d'images, et vous n'y pouvez rien. Ensuite, tous nos grands reporters sont des hommes et c'est à eux qu'on donne les plus grosses histoires, celles qui font la une : le blitz à Londres, Guadalcanal, les prochaines élections chez nous... Tout ce que je peux vous avoir, à vous, c'est deux feuillets sur le nouveau film à succès ou la dernière tendance en mode, ou des conseils de cuisine... Alors que si vous arrivez à la rubrique Métro du *Mirror*, vous aurez sans doute à couvrir les flics, les tribunaux, et même à décrocher un sujet en or, une exécution à Sing-Sing, par exemple.

– Je ne pense pas que l'exécution soit dans mon style, Mr McGuire.

– Leland ! Vous êtes déjà décidément bien trop polie, Sara. Un autre manhattan ?

– Merci, mais un seul me suffit, à déjeuner.

– Dans ce cas, vous n'êtes pas faite pour le *Mirror*, non ! Ou peut-être que si, après tout... Parce que au bout de trois mois là-bas vous aurez appris à en boire trois au petit déjeuner en gardant la tête claire.

– Je suis très heureuse à *Life*, sincèrement. Et j'apprends beaucoup.

– Donc vous ne voulez pas devenir un redoutable reporter à la Barbara Stanwyck ?

– Ce que je veux, c'est me lancer dans la littérature, Mr McGuire... pardon, Leland.

– Aïe aïe aïe !

– Quoi, j'ai dit une bêtise ?

– Mais non, mais non... C'est parfait, la littérature. C'est beau. Quand on a la carrure pour.

– Je vais m'y essayer, en tout cas.

– Et puis après ce sera un petit mari, des enfants et une jolie villa en banlieue, je présume ?

– Non, ce n'est pas dans mes priorités, en fait.

– Oui, j'ai déjà entendu ça, a-t-il soupiré en vidant son Martini.

– Je n'en doute pas. Mais dans mon cas c'est vrai !

– Bien sûr. Jusqu'au moment où vous rencontrerez quelqu'un et que vous vous direz que vous en avez assez d'aller au turbin tous les jours. Où vous aurez envie de souffler un peu et de le laisser payer les factures à votre place. Où vous déciderez que ce brave garçon peut vous offrir une prison dorée plus que convenable et...

– Merci. Je corresponds sans doute à cette caricature.

La colère qu'il y avait dans ma voix l'a visiblement décontenancé.

– Je faisais juste un peu d'esprit, vous savez...

– Certainement.

– Je ne cherchais pas à vous froisser.

– Je ne le suis pas... Mr McGuire.

– Vous m'avez l'air plutôt fâchée, si.

– Pas fâchée, non. Mais je n'apprécie pas d'être réduite à des poncifs, à ce personnage de femme intéressée.

– En tout cas vous avez la dent dure !

– À quoi sert une dent si elle n'est pas dure ? lui ai-je retourné avec un petit sourire sarcastique.

– Mieux vaut ne pas tomber sous la vôtre. Enfin, rappelez-le-moi si jamais je vous invite à boire un verre un soir.

– Je ne fréquente pas les hommes mariés.

– Pas de quartier, hein ? Votre petit ami doit avoir des nerfs d'acier.

– Je n'ai pas de petit ami.

– Vous ne m'étonnez qu'à moitié.

La raison était bien plus simple : j'étais beaucoup trop occupée, à ce stade. J'avais mon travail, et mon premier appartement à moi, un petit studio dans un coin délicieusement verdoyant de Greenwich Village, Bedford Street. Surtout, j'avais New York et entre nous c'était la plus belle histoire d'amour que je pouvais imaginer. Je m'y étais souvent rendue dans le passé, certes, mais y vivre au jour le jour ! Parfois, j'avais l'impression d'avoir été projetée dans une cour de récréation pour adultes. Après l'existence étriquée et cancanière du Connecticut profond, d'une ville conservatrice comme Hartford, Manhattan était une grisante découverte. Son fantastique anonymat, d'abord : ici, on pouvait devenir invisible, et surtout ne jamais sentir le regard désapprobateur de quiconque dans son dos, un des passe-temps favoris des bonnes gens d'Hartford. On pouvait passer la nuit debout, ou se perdre tout un samedi après-midi dans les kilomètres de livres de ses librairies, ou entendre Ezio Pinza chanter *Don Giovanni* au Met pour la somme dérisoire de cinquante cents – à condition de faire la queue, évidemment –, ou dîner à trois heures du matin chez Lindy, ou encore se lever à l'aube un dimanche, aller en flânant jusqu'au Lower East Side, acheter des oignons marinés tout droit sortis des tonneaux Delancey Street et s'installer chez Katz devant l'un de ces sandwichs au pastrami dont la dégustation vous conduisait au bord de l'extase mystique.

Et marcher, rien de plus que marcher, tout le temps, pour le plaisir. Je parcourais ainsi des distances énormes, remontant au nord jusqu'à l'université Columbia ou bien traversant le pont de Manhattan pour atteindre Park Slope par Flatbush Avenue. À la faveur de toutes ces promenades, j'ai appris à voir New York comme un gigantesque roman victorien qui vous oblige à cheminer au sein de sa vaste intrigue et de ses foisonnantes digressions. Et, moi, en lectrice avide, je me laissais chaque fois prendre par son récit, et j'avais hâte de connaître la suite.

C'était une extraordinaire sensation de liberté. Je n'avais plus de comptes à rendre à mes parents, ni à quiconque, j'avais pris ma vie en main, et grâce à Eric je disposais d'un accès direct à la faune la plus imprévisible, la plus cryptique de Manhattan, dont il paraissait connaître tous les spécimens, traducteurs de poésie médiévale tchèque, disc-jockeys de clubs de jazz qui ne fermaient pas de la nuit, sculpteurs émigrés d'Allemagne, obscurs compositeurs travaillant à quelque opéra atonal sur la vie à la cour du roi Arthur, bref le genre d'individus que vous n'auriez jamais eu l'occasion de croiser à Hartford, Connecticut. Parmi eux, les « politiques » constituaient une bonne part, maîtres auxiliaires se partageant entre plusieurs collèges de la ville, collaborateurs de revues aussi confidentielles qu'engagées, bénévoles occupés à réunir des vêtements et des vivres pour « nos camarades et frères soviétiques en lutte héroïque contre la barbarie fasciste », ou autres formules ronflantes de cet acabit.

Eric a naturellement essayé d'éveiller mon intérêt pour ces grandes causes, sans succès. Qu'on ne se méprenne pas, cependant : je respectais son enthousiasme, tout comme j'approuvais, et partageais, sa critique des injustices sociales et de la surexploitation. Là où je ne suivais plus, c'était quand je voyais ses condisciples élever leurs convictions au rang d'une sorte de religion laïque dont ils auraient été les grands prêtres, évidemment. Lui-même avait quitté le Parti en 41, heureusement. J'avais croisé certains de ses « camarades » lors de mes visites à New York au temps où j'étais encore étudiante et j'avais été effarée par leur dogmatisme. Tellement persuadés de détenir la vérité, tellement incapables de supporter la moindre dissonance... C'était d'ailleurs l'une des multiples raisons pour lesquelles Eric s'était fatigué et détourné d'eux.

Aucun d'entre eux n'avait cherché à lier plus ample connaissance avec moi, par chance. La perspective de passer une soirée avec l'un ou l'autre de ces rabat-joie était assez effrayante.

– Un communiste marrant, est-ce que ça existe ? avais-je d'ailleurs demandé à Eric alors que nous déjeunions à notre deli préféré un dimanche après-midi.

– On ne peut pas être et communiste et marrant.

– Toi tu l'es, pourtant.

– Pas si fort ! avait-il chuchoté.

– Hoover n'a pas des agents postés en permanence chez Katz, tout de même...

– On ne sait jamais. Et de toute façon je suis un ex-communiste, moi.

– Mais tu es toujours très à gauche, non ?

– À gauche du centre, disons. Démocrate tendance Henry Wallace.

– Bon, je te garantis une chose, en tout cas : je ne sortirai jamais avec un communiste.

– Pourquoi ? Par patriotisme ?

– Non. Parce que je sais qu'il ne me ferait pas rire une seconde.

– Ah... Il te faisait rire, Horace Cowett ?

– Parfois, oui.

– Comment peut-on faire rire qui que ce soit quand on s'appelle Horace Cowett ?

Il n'avait pas tort, bien que mon ancien soupirant n'ait tout de même pas été aussi prétentieux que son nom le faisait présager. Grand et mince, avec d'épais cheveux bruns et des lunettes en écaille, il affectionnait les vestes en tweed et les cravates en tricot, ce qui lui donnait des allures de prof à la retraite dès l'âge tendre. Sa discrétion confinait à la timidité mais il était également d'une rare intelligence, et un merveilleux causeur dès qu'il se sentait en confiance avec quelqu'un. Nous nous étions connus à une soirée intercampus entre Haverford et Bryn Mawr. Si mes parents trouvaient que c'était un magnifique parti, j'avais mes réserves, moi, tout en lui reconnaissant ses mérites, notamment l'éloquence avec laquelle il parlait des romans de Henry James et des tableaux de John Singer Sargent, son romancier et son peintre de prédilection. Même s'il n'exhalait pas précisément la joie de vivre, je l'aimais bien, mais non au point de le laisser m'entraîner au lit... Il est vrai qu'il ne s'est jamais montré très entreprenant, sur ce terrain. Nous étions beaucoup trop bien élevés, lui et moi.

Lorsque j'ai rompu une semaine après sa demande, il a eu cette remarque :

– J'espère que vous ne vous trompez pas parce que vous estimez qu'il est trop tôt pour vous marier. Vous pourriez changer d'avis d'ici un an ou deux, peut-être.

– Je sais très bien ce que sera mon avis d'ici un an ou deux : le même que maintenant. Je ne veux pas me marier avec vous, tout simplement.

Il a serré les lèvres en essayant de ne pas paraître blessé. Sans y réussir. Après un pesant silence, j'ai ajouté :

– Pardon.

– Pas de quoi.

– Je regrette d'avoir été aussi cassante.

– Vous ne l'étiez pas.

– Si.

– Non. Vous avez été explicite, je dirais.

– Explicite ? Directe, plutôt.

– Ou plutôt... informative.

– Ou franche, ou naïve, ou que sais-je ! Ce n'est pas important, si ?

– Eh bien, d'un point de vue sémantique...

Cet échange a suffi à dissiper les rares scrupules qui avaient pu m'assaillir à l'idée de rejeter son offre. Pour mes parents, et pour nombre de mes amies à Bryn Mawr, c'était aller à l'encontre de toutes les conventions : mon avenir n'était-il pas assuré, avec lui ? Mais j'étais sûre de pouvoir rencontrer un homme qui saurait demander ma main avec plus de brio, plus de passion. Et puis à vingt-deux ans je n'étais pas prête à prendre un aller simple pour l'univers conjugal sans même envisager d'autres destinations. Si bien qu'en arrivant à New York la recherche d'un fiancé potentiel n'arrivait pas du tout en tête de mes priorités, je le répète.

D'autres préoccupations allaient venir s'ajouter à mon existence déjà bien remplie, d'ailleurs. À Noël, la maison de famille était vendue mais cet argent a presque entièrement servi à couvrir les frais médicaux destinés à notre mère. Eric et moi, nous avons accueilli le nouvel an 1944 dans un lugubre hôtel d'Hartford, alertés d'urgence le 31 décembre par l'infirmière en chef nous informant que l'infection pulmonaire dont Mère souffrait depuis quelques jours avait soudain empiré en pneumonie. Le temps que nous arrivions, les médecins avaient réussi à limiter l'aggravation de son état mais elle était proche du coma. Nous avons passé une heure auprès d'elle sans qu'elle nous reconnaisse puis nous l'avons embrassée. Comme nous avions raté le dernier train pour Manhattan, nous nous sommes rabattus sur cet établissement minable près de la gare. Nous avons passé le reste de la soirée au bar. À minuit, nous avons entonné *Auld Lang Syne* avec le serveur et quelques voyageurs de commerce échoués là.

L'année avait commencé tristement, mais ce n'était pas tout. Au matin, alors que nous nous apprêtions à quitter l'hôtel, le téléphone a sonné à la réception. C'était le médecin de garde à la maison de repos. J'ai pris le combiné.

– Miss Smythe ? J'ai le regret de vous annoncer que votre mère est décédée il y a une demi-heure.

Étrangement, le chagrin ne m'a assaillie que quelques jours après. Sur le coup, je me suis sentie étourdie par le constat qui cheminait lentement en moi : désormais, Eric était toute ma famille.

Après un moment de stupeur, mon frère s'est mis à sangloter dans le taxi qui nous reconduisait à la maison de repos. J'ai passé mon bras autour de ses épaules.

– Elle détestait toujours le jour de l'an, a-t-il fini par articuler quand il a retrouvé sa voix.

L'enterrement a eu lieu le lendemain. Deux voisins et l'ancienne secrétaire de notre père nous ont rejoints à l'église. Dans le train de retour à New York, Eric a constaté, songeur :

– Cette fois, c'est certain. Je ne remettrai plus jamais les pieds à Hartford.

L'héritage se bornait à deux assurances vie, environ cinq mille dollars pour chacun de nous, ce qui était tout de même une somme à l'époque. Eric a aussitôt quitté son travail à la Guilde du théâtre et s'est mis en route pour le Mexique et l'Amérique du Sud, avec sa Remington portable car il comptait passer l'année suivante à écrire une pièce ambitieuse et peut-être l'ébauche d'un journal de voyage sur le subconscient. Il m'a incitée à l'accompagner mais je n'étais pas du tout prête à abandonner mon poste à *Life* au bout de sept mois seulement.

– Si tu venais avec moi, tu pourrais te concentrer entièrement sur un roman, a-t-il objecté.

– J'apprends plein de choses, au magazine.

– Quoi ? Comment raconter la première de *Bloomer Girl* en deux feuillets, ou expliquer pourquoi le collier de chien est l'accessoire incontournable cette année ?

– J'étais plutôt fière de ces deux papiers, figure-toi. Même s'ils ne me les ont pas signés.

– Exactement. Comme te l'a expliqué ton chef, d'après ce que tu m'as raconté, ils ne donneront jamais les sujets qui comptent à une « simple femme » comme toi, surtout à ton âge... Tu rêves de te lancer dans la littérature, alors qu'est-ce qui t'arrête ? Tu as l'argent, et la liberté ! On pourrait louer une hacienda près de Mexico, à deux, et écrire nuit et jour sans être gênés par personne.

– C'est un beau rêve, oui, mais je ne vais pas quitter New York après si peu de temps. Je ne suis pas prête à tout lâcher pour l'écriture. Il faut d'abord que je sois sûre de ma voie. Et puis j'accumule une expérience qui m'est nécessaire, à *Life*.

– Tu es dix fois trop raisonnable, oui ! Je suppose que tu comptes aussi placer en banque tes cinq mille dollars ?

– Prendre des bons du Trésor.

– S, vraiment ! Tu es devenue la Prudence personnifiée !

– Je plaide coupable, d'accord.

Eric a donc taillé la route du Sud et je suis restée à Manhattan, consacrant mes journées au journalisme et mes nuits à tenter des incursions sur le terrain de la nouvelle littéraire. Mais la fatigue du travail et la trépidation lointaine de la ville nuisaient à ma concentration. Chaque fois que je m'asseyais devant ma machine, je me prenais à penser : « Tu n'as vraiment rien d'important à dire, si ? » Ou bien la même voix insidieuse me chuchotait que le cinéma RKO de la 58e proposait une double séance alléchante. Ou encore c'était une amie qui téléphonait en suggérant de déjeuner ensemble le samedi suivant chez Schrafft. D'autres fois, je devais terminer un papier pour *Life*, ou je me disais que ma salle de bains avait besoin d'un coup de propre... Une des mille excuses que les écrivains en herbe arrivent toujours à trouver pour échapper à la hantise de la page blanche.

Un jour, j'ai résolu d'arrêter de me bercer d'illusions. J'ai rangé dans un placard ma Remington qui trônait jusque-là sur la table et j'ai écrit une longue lettre à Eric pour lui expliquer ce qui m'avait conduite à mettre mes ambitions littéraires entre parenthèses :

« Je n'ai jamais voyagé. Je ne suis jamais allée plus au sud que Washington. Je n'ai jamais couru de danger mortel. Je n'ai jamais connu d'ancien taulard ni de grand criminel. Je n'ai jamais travaillé dans un hospice ni dans une soupe populaire. Je n'ai jamais escaladé les Appalaches, ni le mont Kathadin, ni traversé le lac Saranac en canoë. J'aurais pu entrer à la Croix-Rouge et partir sur le front. J'aurais pu me porter volontaire pour aller enseigner en plein désert. J'aurais pu avoir dix mille activités plus passionnantes que celle qui m'occupe maintenant et du même coup trouver quelque chose d'intéressant à raconter, peut-être... Bon sang, Eric ! Je ne suis même pas tombée une seule fois amoureuse dans ma vie ! Alors, comment pourrait-il se passer quoi que ce soit quand je m'installe devant ma machine à écrire ? »

Je lui ai envoyé cette confession Poste restante, Zihuantanejo, DF, Mexique. Eric avait élu temporairement domicile dans ces parages tropicaux, où il louait une cabane sur la plage. Un mois et demi plus tard, la réponse est arrivée. Une carte postale couverte d'une écriture serrée, minuscule, avec le cachet de Tegucigalpa, la capitale du Honduras.

« S,
Le sens de ta lettre, c'est que pour l'instant tu penses que tu n'as rien à raconter. Or, crois-moi, tout le monde, je dis bien tout le monde, a une histoire à raconter. Parce que la vie est un récit en soi. Mais enfin cette information n'est sans doute qu'une maigre consolation pour quelqu'un qui souffre du syndrome de la page blanche (un état que j'ai traversé et que je continue à bien connaître !). La règle du jeu est des plus simples : si tu veux écrire, tu écriras ! Et si tu veux tomber amoureuse, tu trouveras toujours quelqu'un de qui t'enticher. Mais écoute le conseil de ton vieil éclopé de frère : il ne faut jamais chercher à tomber amoureux. Visiblement, ce genre d'expérience finit invariablement en mélodrame de bas étage. L'amour, le vrai, te tombe dessus quand tu ne t'y attends pas, au contraire... et te laisse souvent raide par terre.
Je n'aurais jamais dû quitter le Mexique. Ce qu'il y a de mieux à Tegucigalpa, c'est le bus qui te sort de là. Je mets cap au sud. Et je te réécris dès que j'ai posé mon sac quelque part.
Je t'aime,
E. »

135

Pendant les dix mois suivants, tout en travaillant dur et en continuant à écumer New York à chaque instant de liberté, je me suis efforcée de ne pas trop pleurer ma carrière littéraire avortée. Et je n'ai rencontré personne qui me donne envie de tomber amoureuse. Mais j'ai continué à recevoir plein de cartes d'Eric, postées de Belize, de San José, de Panamà, de Cartagena et enfin de Rio. Quand il est rentré en juin 45, il était fauché comme les blés. J'ai dû lui prêter deux cents dollars pour qu'il survive les premières semaines, le temps qu'il reprenne son appartement et se cherche de petits boulots.

— Comment as-tu pu dépenser tout cet argent aussi vite, Eric ?

— En menant la grande vie, m'a-t-il répondu sur un ton assez gêné.

— Ah ? Mais je croyais que c'était contre tes convictions politiques, ça ?

— Ça l'était. Ça l'est !

— Alors ?

— Alors c'est à cause du soleil, je pense. Trop de soleil. Ça m'a transformé en *gringo loco*. Un très généreux, très crédule et très stupide gringo. Mais, c'est promis, je recommence à porter le cilice dès demain.

C'est à ce moment qu'il a trouvé ce job de scénariste pour *Boston Blackie* qui s'est terminé comme je l'ai dit. Puis il a fourni Joe E. Brown en bons mots. Il n'a jamais fait allusion à la grande œuvre dramatique qu'il était censé écrire au cours de son escapade, et je me suis gardée de l'interroger à ce sujet : son silence était assez éloquent. Cela ne l'a pas empêché de retrouver son vaste cercle d'amis bohèmes et de tous les convier à une soirée chez lui pour Thanksgiving...

J'avais déjà été invitée au raout annuel de l'équipe de *Life*, qui devait avoir lieu au domicile d'un rédacteur en chef. Ce dernier habitait 77e Rue entre Central Park et Columbus, là où les montgolfières destinées

à la parade offerte par les magasins Macy's le lendemain devaient être gonflées. J'avais promis à Eric de
passer à sa sauterie en rentrant chez moi mais je n'ai
pu prendre congé qu'assez tard et il m'a fallu une
demi-heure pour trouver un taxi, les abords ouest de
Central Park ayant été envahis par la foule venue voir
les fameux ballons prendre du volume... Bref, il était
minuit passé, j'étais vannée et j'ai donc donné au
chauffeur mon adresse. J'étais à peine entrée dans
l'appartement que le téléphone s'est mis à sonner.
C'était Eric, avec un brouhaha de fête très audible
derrière.

– Mais où tu es passée, bon sang ?

– Je faisais des ronds de jambe du côté de Central
Park.

– Bon, et maintenant tu viens. Ici c'est la fiesta à
tout casser, comme tu peux entendre.

– C'est gentil, Eric, mais j'ai besoin d'au moins dix
jours de sommeil et...

– Tu as tout le reste du week-end pour dormir

– Permets-moi de te décevoir rien qu'une fois.

– Non ! Tu attrapes un taxi bien réveillé et tu te
présentes prontito au rapport, prête à te saouler
jusqu'à demain. Hé, c'est le premier Thanksgiving
sans guerre depuis des années et des années ! Ça vaut
la peine de s'esquinter un peu la santé, non ?

J'ai poussé un gros soupir.

– C'est toi qui fournis l'aspirine, demain ?

– Tu as ma promesse de patriote.

J'ai renfilé mon manteau. En moins de dix minutes,
j'ai atterri en plein milieu de la cohue. Le Victrola
beuglait de la musique de danse, la fumée de cigarette
plongeait le minuscule appartement dans un brouillard épais. Quelqu'un m'a collé une bouteille de bière
dans la main, je me suis retournée et je l'ai vu. Un
garçon en uniforme kaki de l'armée de terre, au visage
anguleux. Il était en train de scruter l'assistance, son
regard est tombé sur moi, a croisé le mien. À peine

137

une seconde, peut-être deux. Il a souri. Moi aussi. Il a tourné la tête. Et c'est tout. Un simple regard.

Je n'aurais pas dû être là mais dans mon lit, déjà endormie. Et depuis je me suis souvent demandé si nous serions passés complètement à côté l'un de l'autre au cas où je n'aurais pas été à cet endroit, à ce moment. Le sort ? Un accident ?

2

La porte d'entrée s'est ouverte à la volée et une dizaine de nouveaux venus ont joué des coudes avec les autres. Très bruyants, très expansifs et très imbibés. La pièce était maintenant si bondée qu'on ne pouvait plus bouger, mon frère était hors de vue et je commençais à sérieusement regretter de m'être laissé entraîner dans cette absurde soirée. J'aimais bien les amis d'Eric, mais pas « en masse ». Et il le savait puisqu'il me taquinait souvent en me traitant de misanthrope, à quoi je répondais invariablement : « Ce n'est pas l'humanité que je fuis, c'est la foule. »

Surtout quand elle s'attroupe dans un studio mouchoir de poche, aurais-je pu ajouter ce soir-là. Eric, au contraire, n'était jamais autant à son aise qu'au milieu de la cohue. Il avait des amis à la pelle et ne pouvait concevoir la perspective d'une soirée en solitaire, tranquillement chez soi. Il y avait toujours des copains à rejoindre dans un bar, une fête à trouver, un nouveau club de jazz à essayer, ou au pire un de ces cinés de la 42e dans lesquels on pouvait tuer le temps devant trois films projetés à la suite avec une seule entrée à vingt-cinq cents. Ce besoin permanent de compagnie s'était encore accru depuis son retour d'Amérique du Sud, au point que je me demandais s'il lui arrivait de dormir.

Bien à contrecœur, il s'était aussi résigné à changer d'allure pour être engagé dans l'équipe de Joe E. Brown. Il s'était coupé les cheveux et avait renoncé à son accoutrement à la Trotski, tristement conscient de la nécessité d'accepter les très strictes normes vestimentaires de l'époque s'il voulait gagner sa vie.

– Je parie que Père se tord de rire dans sa tombe en sachant que son rouge de fils s'habille chez Brooks Brothers, maintenant, m'avait-il lancé un soir.

– L'habit ne fait pas le moine.

– Arrête d'essayer d'arrondir les angles, S. L'habit fait « tout », tu veux dire ! Tous ceux qui me connaissent saisissent très bien le message qu'elles envoient, ces frusques : que je suis un raté.

– Tu n'es pas un raté.

– Quand on commence par se voir comme le nouveau Bertolt Brecht et qu'on finit en écrivant des calembours à la chaîne pour un programme de variétés, on peut légitimement se considérer comme un raté.

– Tu écriras d'autres pièces importantes.

Il avait eu un sourire amer.

– Je n'en ai jamais écrit et tu le sais, S. Même une pièce « passable », je n'en ai pas une seule dans mes cartons. Tu sais ça, aussi.

En effet. Mais je ne l'aurais jamais reconnu devant lui. Et je voyais également que sa sociabilité de plus en plus compulsive faisait office d'anesthésiant contre une douleur très précise, celle de la déception. Je voyais que son inspiration s'était tarie, je comprenais la cause de ce blocage : une totale perte de confiance en son talent. Pourtant, il m'empêchait de lui témoigner ma sympathie, préférant changer de sujet chaque fois que je m'en approchais. Jusqu'à ce que je préfère renoncer entièrement, ulcérée de ne pouvoir le conduire à exprimer son évident désarroi, impuissante devant cette recherche obsessionnelle de diversions qui lui permettaient d'occuper tous ses instants... et dont cette réception n'était qu'une manifestation de plus.

Lorsque le vacarme a atteint l'intensité d'une émeute, j'ai décidé de m'esquiver si je n'apercevais toujours pas Eric dans la minute suivante. Et là quelqu'un m'a frôlé l'épaule et m'a murmuré à l'oreille :

– Vous avez l'air de chercher une issue de secours, vous.

J'ai pivoté sur mes talons. Quelques centimètres derrière moi, un verre à la main, une bouteille de bière dans l'autre, se tenait le garçon en uniforme de l'armée de terre. De si près, il paraissait encore plus furieusement irlandais. Cela se décelait à une certaine rugosité de la peau, à sa mâchoire carrée, à la lueur malicieuse dans ses yeux, à ces traits d'ange déchu qui suggéraient à la fois beaucoup d'innocence et beaucoup d'expérience. On aurait dit James Cagney en moins agressif. S'il avait été acteur, il aurait été parfait dans le rôle du jeune curé de quartier pétri d'idéal, administrant les derniers sacrements à un Cagney criblé de balles par le gang rival.

– Vous avez entendu ? a-t-il crié par-dessus le brouhaha. Je disais que vous avez l'air de quelqu'un qui cherche une issue de secours.

– J'avais compris, oui. C'est très bien vu, en effet.

– Et vous avez rougi, aussi.

Brusquement, j'ai senti mes joues s'empourprer encore plus.

– Ce doit être à cause de la chaleur.

– Ou parce que je suis le type le plus séduisant que vous ayez jamais vu.

Je l'ai observé soigneusement, notant au passage que ses sourcils s'étaient arqués en signe d'attente narquoise.

– Séduisant, oui... Mais pas follement séduisant.

Il m'a jeté un long regard. Admiratif.

– Jolie réplique du gauche. C'est vous que j'ai vue affronter Max Schelling, l'autre soir ?

– Ça m'étonnerait. Je prends rarement des gants, en tout cas pas de boxe.

– Vous ne vous appelleriez pas Dorothy Parker, des fois ?

141

– Les flatteries ne vous mèneront nulle part, soldat.

– Alors il faut que j'essaie de vous saouler. Tenez, une bière !

– J'en ai déjà une, ai-je répliqué en levant la bouteille de Schlitz que je tenais dans mon autre main.

– Et elle boit des deux mains, en plus ! J'aime ça. Vous ne seriez pas irlandaise, par hasard ?

– Non, désolée.

– Tiens, tiens... J'étais sûr que vous étiez une O'Sullivan de Limerick. Pas une de ces têtes de cheval à la Katharine Hepburn qui ne...

– Je ne m'intéresse pas aux chevaux.

– Oui, mais vous êtes quand même une WASP, non ?

Comme je lui lançais un regard noir, il a repris :

– Ça, c'est un sourire typiquement WASP, non ?

J'ai tenté de ne pas rire. Impossible.

– Hé ! Elle a de l'humour, aussi ! Je ne savais pas que c'était compris dans l'équation Blanche plus Anglo-Saxonne plus protestante.

– Il y a toujours des exceptions à la règle.

– Enchanté de l'apprendre. Bon... On file d'ici, alors ?

– Pardon ?

– Vous avez dit que vous cherchiez un moyen de vous tirer de là. Je vous en sers un sur un plateau : partir avec moi.

– Mais pourquoi je ferais ça ?

– Parce que vous me trouvez drôle, charmant, envoûtant, attirant, fascinant...

– Non. C'est faux.

– Mensonge ! Mais je vous donne encore une autre raison de le faire : parce que entre nous ç'a été le déclic.

– Ah oui ? D'après qui ?

– D'après moi. Et d'après vous.

– Moi ? Je n'ai rien dit... Je ne vous connais même pas.

– Quelle importance ?

Il avait raison, bien sûr. Puisque j'étais déjà sous le charme. Mais je n'allais pas lui laisser voir à quel point...

– Des présentations ne seraient pas de trop, si ?

– Jack Malone. Ou sergent Jack Malone, si vous voulez respecter les formes.

– Et d'où êtes-vous, sergent ?

– Moi ? D'un paradis, d'un Walhalla, d'une contrée où les WASP redoutent de s'aventurer...

– Et qui s'appelle ?

– Brooklyn. Flatbush, pour être très précis.

– Je n'y suis jamais allée.

– Ah, vous voyez ! Quand on est blanche, anglo-saxonne et protestante, c'est une zone interdite, Brooklyn.

– Je connais les Hauts de Brooklyn.

– Oui, mais les Bas ?

– C'est là que vous m'emmenez, ce soir ?

Son visage s'est éclairé.

– Alors, c'est déjà gagné ?

– Je ne concède jamais ce genre de victoire facilement. Surtout quand mon adversaire a tout simplement négligé de me demander mon nom.

– Oups !

– Eh bien, allez-y. Demandez-le-moi.

– Comment voir qu'elle s'appellera, la dam'zelle ?

Il a repris son sérieux en entendant ma réponse.

– C'est Smythe avec un y et un e ?

– Impressionnant.

– Oh, on nous apprend à épeler, à Brooklyn ! Smythe, Smythe...

Il a fait rouler le mot dans sa bouche, affectant une caricature d'accent britannique.

– Smythe ! Je vous parie ce que vous voulez que dans le temps c'était ce bon vieux nom de Smith. Et puis un de vos ancêtres, un de ces pédants snobinards de la Nouvelle-Angleterre, s'est dit que ça faisait trop commun et il a concocté ce Smythe-là.

– D'où tenez-vous que je suis de Nouvelle-Angleterre ?

– Vous plaisantez, non ? Et si j'étais vraiment porté sur le jeu, je parierais encore à dix contre un que vous écrivez Sara sans h.

– Et vous auriez raflé la mise.

– Je vous avais prévenue que j'étais un malin, moi. Sara... Très joli. Quand on aime les puritains de la côte est, évidemment.

– Comme moi, vous voulez dire ?

J'ai sursauté à la voix d'Eric, qui s'était approché derrière moi.

– Et vous êtes qui, vous ? a lancé Jack, manifestement agacé par cet inconnu venu interrompre notre badinage.

– Je suis son puritain de frère, a rétorqué Eric en m'enlaçant par les épaules. Et maintenant, « vous êtes qui, vous » ?

– Moi ? Le général Grant,

– Très amusant.

– Qu'est-ce que ça peut faire, qui je suis ?

– C'est juste que je ne me rappelle pas vous avoir invité ici, voilà tout, a glissé Eric d'un ton amène.

– Ah, on est chez vous, ici ? s'est exclamé Jack sans un soupçon d'embarras.

– Fine déduction, docteur Watson. Vous ne m'en voudrez pas si je vous demande comment vous avez échoué ici ?

– Eh bien, j'ai croisé un copain au mess interarmes de Times Square qui m'a parlé d'un ami qui avait un ami dont un ami avait entendu parler d'une sauterie Sullivan Street pour ce soir. Mais dites, je ne veux pas faire d'histoires, moi. Donc, si c'est mieux comme ça, je m'en vais tout de suite, d'accord ?

– Et pourquoi ? ai-je protesté avec une telle hâte qu'Eric m'a adressé un sourire interrogateur.

– Oui, a-t-il repris, pourquoi partiriez-vous alors que votre présence est souhaitée ici par certains, visiblement ?

– Vous êtes sûr ?

– Tous les amis de Sara sont mes...

– Je vous remercie, vraiment.

– Où avez-vous servi ?

– En Allemagne. Enfin, j'étais reporter.

– Pour *Stars and Stripes* ?

Eric avait cité le journal officiel des forces armées américaines.

– Comment vous avez deviné ?

– À votre uniforme, sans doute. Et vous avez été basé où ?

– En Angleterre un moment. Et à Munich quand les nazis ont capitulé. Enfin, ce qui reste de Munich...

– Vous avez été sur le front de l'Est ?

– Euh, je travaille pour *Stars and Stripes*, pas pour la gazette du PC...

– Je l'aurais su, oui, puisque je lis le *Daily Worker* depuis dix ans, a répliqué Eric en se haussant un peu du col.

– Bravo. Moi aussi je lisais des bandes dessinées tous les jours, dans le temps.

– Je ne vois pas le rapport.

– On finit tous par dépasser le stade juvénile.

– Parce que le *Daily Worker* appartient au « stade juvénile », pour vous ?

– Et mal écrit, en plus. Comme presque tout ce qui est propagande. Quand on veut pondre chaque matin des jérémiades sur la lutte des classes, autant le faire avec un peu de style, non ?

– Des « jérémiades » ? Ciel ! On a du vocabulaire, a ce que je vois...

– Eric !

– Quoi, j'ai dit quèque... quelque chose de mal ?

J'ai compris qu'il était ivre à son élocution un peu hésitante, soudain.

– Pas mal, non. Juste un brin bourgeois. Mais c'est vrai que quand on s'adresse à un de ces Irlandoches incultes de Brooklyn...

– Je n'ai jamais dit une chose pareille.

– Non, c'était seulement sous-entendu. Mais bon, j'ai l'habitude que des parvenus se moquent de ma piètre prononciation.

– Nous, des parvenus ?

– Mais vous êtes impressionné par la richesse de mon vocabulaire, non ?

– Mais vous manquez de discernement en l'employant.

– Et vous de sens de l'humour. Enfin, vous permettrez à l'un de vos inférieurs intellectuels grandis du mauvais côté du pont de Manhattan de trouver hilarant que les pires snobs de cette ville sifflent *L'Internationale* entre leurs dents patriciennes. Mais peut-être lisez-vous la *Pravda* dans le texte, tovaritch ?

– Et vous, ça ne m'étonnerait pas que vous soyez un inconditionnel du père Coughlin.

– Assez, Eric !

J'étais scandalisée par la violence de son attaque. Charles E. Coughlin était un prêtre d'extrême droite, un précurseur de McCarthy qui prônait chaque semaine dans ses homélies radiophoniques la haine des communistes, des étrangers et de tous ceux qui ne s'agenouillaient pas devant l'emblème national. Il suffisait d'avoir un gramme d'intelligence pour être révulsé par le personnage. En constatant que Jack Malone ne cédait pas à la provocation, j'ai été soulagée, cependant. D'une voix toujours calme, il a déclaré :

– Considérez-vous heureux que je classe cette dernière remarque sous la rubrique « bavardage sans conséquence ».

– Excuse-toi, ai-je soufflé à mon frère en lui envoyant un coup de coude.

Eric a gardé le silence un moment, puis :

146

– C'était déplacé. Je vous demande pardon.

Jack a retrouvé instantanément le sourire.

– Donc nous nous séparons en amis ?

– Euh... oui.

– Alors joyeux Thanksgiving !

Eric a accepté sans chaleur la main qu'il lui tendait.

– Oui. Joyeux Thanksgiving.

– Et désolé d'avoir joué les pique-assiette.

– Mais non. Vous êtes ici chez vous.

Sur ces derniers mots, il a battu rapidement en retraite. Jack m'a regardée.

– C'était assez... plaisant, en fait.

– Ah bon ?

– Eh oui ! Je veux dire que les types cultivés ne se bousculent pas au portillon, dans l'armée de terre. Ça faisait longtemps que je n'avais pas été agressé en termes aussi châtiés.

– Je suis désolée, sincèrement. Quand il a trop bu, il lui arrive de prendre de grands airs et...

– C'était très amusant, je vous le répète. Et puis maintenant je sais d'où vient ce crochet du gauche polémique. C'est un trait de famille, de toute évidence.

– Je ne nous voyais pas en terreurs du ring, jusqu'ici.

– Parce que vous êtes trop modeste. Mais enfin, chère Sara sans h Smythe... le temps est venu pour moi de prendre congé. Revue de détail d'ici peu. À neuf heures zéro minute, pour être précis.

– Eh bien, allons-y.

– Mais je croyais que...

– Que quoi ?

– Je ne sais pas. Que vous ne voudriez plus entendre parler de moi, après cette petite scène avec votre frère.

– Vous avez cru à tort. À moins que vous n'ayez changé d'avis, entre-temps ?

– Moi ? Non, non ! Allez, on file !

Il m'a prise par le bras, m'aidant à me faufiler jusqu'à la porte. Nous étions dans l'entrée quand j'ai croisé le regard d'Eric.

– Quoi, tu pars déjà ? a-t-il crié dans le vacarme général.

Il paraissait effaré de me voir escortée par Jack.

– Déjeuner demain chez Luchows ?

– Si tu y arrives !

– Pas de problème, a lancé Jack.

Nous avons descendu les escaliers. Dans le hall de l'immeuble, il m'a attirée vers lui et m'a embrassée. Fougueusement. Reprenant mon souffle, j'ai murmuré :

– Vous ne m'avez pas demandé la permission.

– C'est vrai. Pardon. Puis-je vous embrasser, Sara sans *h* ?

– Seulement si vous arrêtez avec vos « sans *h* ».

– Marché conclu.

Ce deuxième baiser a duré une éternité. Quand nous avons fini par nous séparer, ma tête tournait comme une roulette au casino. Jack avait l'air parti, lui aussi. Il m'a pris le visage dans ses mains.

– Bonjour, toi.

– Bonjour.

– Tu sais que je dois être à la base...

– À neuf heures zéro minute, oui. Mais il est à peine une heure.

– Donc en décomptant le trajet jusqu'à Brooklyn, ça nous en laisse...

– Sept.

– Oui. Sept petites heures.

– Il faudra s'en contenter, ai-je plaisanté en l'embrassant encore. Et maintenant tu me paies un verre quelque part.

3

Nous avons fini à La Tête de Lion, Sheridan Square. Comme on était veille de fête, les consommateurs noctambules étaient peu nombreux, nous avons trouvé sans peine une table tranquille. J'ai avalé deux manhattans, puis un troisième plus posément, tandis que Jack enchaînait les « chaudronniers », bourbon accompagné d'une pinte de bière. Ils avaient baissé les lampes et allumé des bougies sur les tables. La flamme de la nôtre oscillait de droite à gauche tel un métronome de feu, illuminant à intervalles réguliers les traits de Jack. Je n'arrivais pas à détacher mes yeux de lui et je le trouvais plus beau encore à chaque seconde, peut-être parce que je découvrais en même temps que son esprit était du vif-argent. Il savait parler, oui, mais aussi écouter. Et les hommes sont toujours dix fois plus séduisants quand ils ont le don de mettre une femme en veine de confidence. Lui, il semblait vouloir tout connaître de moi : mes parents, mon enfance à Hartford, mes études à Bryn Mawr, mon travail à *Life*, mes ambitions littéraires restées sans lendemain, mon frère Eric...

– C'est vrai qu'il a lu le *Daily Worker* pendant dix ans ?

– Je crains que oui.

– C'est un compagnon de route ?

– En fait, il a eu sa carte du Parti un moment, à l'époque où il était en plein théâtre expérimental et où il se rebellait contre tout ce que l'on attendait de lui. Je ne le lui dirai jamais, bien sûr, mais je suis persuadée que ce n'était qu'une pose, pour lui. Une mode. Un style de costume que tous ses amis

149

portaient à cette époque mais qui l'a vite lassé, heureusement.

– Il n'est plus militant, donc ?

– Non. Il a arrêté en 41.

– C'est déjà quelque chose. Mais est-ce qu'il continue à apprécier le Petit Père des peuples ?

– On peut perdre la foi sans se convertir en athée convaincu, non ?

Il m'a contemplée d'un œil approbateur.

– Tu as l'étoffe d'un écrivain, c'est sûr.

– Quoi, pour une formule un peu percutante ? Je ne pense pas, non.

– J'en suis sûr.

– Impossible, puisque tu n'as jamais rien lu de ce que j'ai pu écrire.

– Tu me montreras des choses ?

– C'est assez minable.

– Quel manque de confiance en soi

– J'ai confiance en moi, si. Mais pas dans mes talents littéraires.

– Et tu l'établis sur quoi, cette confiance ?

– Comment ?

– Oui... En quoi tu crois, pour de bon ?

– Ah, grande question

– Essaie.

– Voyons voir...

Je me suis sentie très en verve, d'un coup, et tout l'alcool que j'avais ingurgité n'y était pas pour rien.

– Bon. En tout premier lieu, je ne crois pas en Dieu, ni en Jéhovah, ni en Allah, ni au Père Noël, ni en Donald Duck.

– O.K., a-t-il admis avec un petit rire, un point d'éclairci.

– Et j'ai beau chérir ce pays qui est le nôtre, je ne crois pas non plus qu'il faille sans cesse brandir la bannière étoilée. L'ultrapatriotisme m'effraie autant que les prédicateurs exaltés. C'est le même genre de dogmatisme effréné. Le vrai patriotisme est discret, réfléchi... retenu.

– Surtout quand on est une WASP de Nouvelle-Angleterre ?

Je lui ai décoché un coup de poing facétieux sur le bras.

– Tu vas arrêter avec ça ?

– Non. Et toi, tu n'as toujours pas répondu à la question.

– Parce qu'elle est beaucoup trop vaste... Et parce que j'ai beaucoup trop bu.

– Je ne te laisserai pas t'en tirer avec des arguties dans le style : « J'avais forcé sur la bouteille, monsieur le juge ! » Exprimez-vous sans détour, miss Smythe. En quoi croyez-vous, nom d'un petit bonhomme ?

J'ai à peine réfléchi et la réponse est venue d'elle-même.

– La responsabilité.

– Plaît-il ? Vous pouvez répéter ?

– La responsabilité. Je crois à la responsabilité. C'est clair ?

– Ah, la responsabilité...

Il a souri.

– Admirable concept, en vérité. L'une des bases fondatrices de notre nation.

– Si on est patriote.

– Je le suis.

– Oui, j'avais remarqué... Et je le respecte, honnêtement. Mais bon, comment expliquer sans basculer dans les grands mots ? Cette responsabilité dont je parle, celle à laquelle je crois, elle se résume à être responsable devant soi-même, finalement. Voilà, je ne connais pas grand-chose de la vie, je n'ai pas voyagé ni rien fait de si intéressant, mais quand je regarde autour de moi, quand j'écoute les gens de ma génération, ce qui paraît surtout les préoccuper, c'est de se décharger des problèmes de l'existence sur les autres. On me dit qu'à vingt-trois ans il est bon de se marier, que de cette manière on n'a plus à se soucier de gagner son pain, ni de faire des choix personnels, ni même de se débrouiller pour occuper son temps. Or, moi je trouve l'idée de confier tout mon avenir à un seul être plutôt effrayante. Un autre peut se tromper autant que moi, non ? Et avoir les mêmes peurs que moi ? Et... Oh, mais je divague !

Jack a fait signe au barman de nous resservir.

– Mais non, au contraire. Continue.

– Je n'ai pas grand-chose à ajouter. Si : à partir du moment où l'on remet son bonheur entre les mains de qui que ce soit, on met en péril les chances mêmes d'être heureux. Parce que sa responsabilité personnelle n'entre plus dans l'équation. On dit à l'autre : « Fais-moi sentir que je suis quelqu'un de complet, de comblé, de nécessaire. » Mais pour cela on ne peut compter que sur soi-même, en réalité.

Il m'a regardée droit dans les yeux.

– Alors l'amour ne compte pas, dans cette équation ?

– L'amour... Ça ne devrait pas être une affaire de dépendance, l'amour. Pas de « qu'est-ce que je peux attendre de toi ? », ni de « tu as besoin de moi-j'ai besoin de toi ». L'amour, ce devrait être...

Je ne trouvais plus mes mots, soudain. Jack a entrelacé ses doigts avec les miens.

– ... ce devrait être l'amour.

– Disons, oui... Embrasse-moi.

Il n'a pas perdu de temps.

– Bien, et maintenant tu dois me parler un peu de toi. À ton tour !

– Comme quoi ? Ma couleur préférée ? Mon signe astral ? Si je préfère Fitzgerald ou Hemingway ?

– Qui, alors ?

– Fitzgerald, de très loin.

– J'approuve. Mais pourquoi ?

– Oh, c'est un truc d'Irlandais...

– C'est toi qui te dérobes, maintenant.

– Que te dire d'autre ? Je suis un petit gars de Brooklyn. Ça résume à peu près tout.

– Il n'y a absolument rien d'autre que je doive savoir ?

– Je crois que non.

– Tes parents ne seraient pas très contents de t'entendre.

– Ils sont morts tous les deux.

– Oh, pardon !

– Pas de quoi. Ma mère est partie il y a douze ans. Je venais d'en avoir treize. Une embolie. Fulgurant. Affreux. Et c'était une sainte, oui... Mais c'était prévisible que je dise ça.

– Et ton père ?

– Il est mort quand j'étais en Europe. Il était flic et chercheur de noises professionnel. Il aimait se bagarrer avec tout le monde, notamment avec moi. Et boire, mais sec. Sa bouteille de whisky quotidienne, quoi. Suicide planifié. Il a eu ce qu'il voulait, finalement. Et moi aussi. Après une enfance à esquiver ses coups de ceinturon dès qu'il était paf... c'est-à-dire tout le temps.

– Ça devait être terrible.

– On ne va pas sortir les violons, quand même.

– Alors tu es seul au monde ?

– Non, j'ai une petite sœur, Meg. C'est elle, la grosse tête de la famille : en dernière année à Barnard, avec bourse honorifique et tout. Fichtrement impressionnant, pour une fille de rustauds irlandais.

– Tu as été à l'université, toi aussi ?

– Non, j'ai fait le *Brooklyn Eagle*, plutôt. Ils m'ont pris comme grouillot dès que j'ai terminé le collège. Et j'y étais journaliste à plein temps quand je me suis engagé. C'est grâce à ça que je me suis retrouvé à *Stars and Stripes*. Voilà, tout est dit.

– Oh, s'il te plaît ! Tu ne vas pas t'arrêter si vite ?

– Je n'ai rien de si passionnant...

– Tiens, je crois déceler un parfum de fausse

modestie... qui ne m'impressionne pas. Tout le monde a une histoire à raconter. Même un petit gars de Brooklyn.

– Et si elle est longue ?

– Au contraire.

– Et s'il est question de la guerre ?

– Du moment qu'il est aussi question de toi...

Il a allumé posément une cigarette.

– Pendant les deux premières années du conflit, j'ai végété derrière un bureau au siège de Washington. Comme je les suppliais de m'envoyer sur le terrain, ils m'ont expédié à Londres... pour couvrir les activités du commandement allié ! J'ai répété que je voulais aller sur le front mais on m'a dit que je devais attendre mon tour. Du coup, j'ai raté le débarquement, la libération de Paris, la chute de Berlin, notre entrée en Italie, tous ces trucs balèzes qu'ils réservaient aux reporters plus gradés que moi, à partir de lieutenant. Tous des fils à papa qui sortaient des meilleures facs, soit dit en passant. Mais, à force de les tanner, ils ont fini par m'affecter à la VIIe armée, qui avançait alors sur Munich, et pour une expérience c'en était une... À peine arrivés là-bas, un bataillon a été envoyé dans un petit village à une dizaine de kilomètres de Munich et j'ai décidé d'y aller avec eux. Dachau, ça s'appelait. La mission était simple : libérer un pénitencier que les nazis avaient monté dans le coin. Le village était assez mignon, en soi. Pas trop touché par nos avions ni ceux de la RAF. Des maisons coquettes, des jardins bien tenus, des rues toutes propres... Et à côté, ce camp. Tu en as entendu parler, de Dachau ?

– Oui.

– Je t'assure qu'on n'a plus entendu un murmure dans les rangs dès que le bataillon a passé les portes. Ils s'attendaient à rencontrer une résistance de la part des gardiens mais ils s'étaient tous enfuis vingt minutes avant qu'on apparaisse. Et là, ce qu'ils... ce

154

que « nous » avons vu... Il n'y a pas de mots pour ça. C'est au-delà de la description, et de la compréhension, et de la simple raison humaine. Tellement scandaleux, tellement épouvantable que ça en devenait irréel. Au point qu'en parler maintenant revient presque à le banaliser... Une heure après notre arrivée, le QG allié a donné l'ordre d'appréhender tous les résidents adultes de Dachau. Le commandant de l'opération, un certain Dupree, de La Nouvelle-Orléans, a chargé deux sergents d'organiser la rafle.

« C'était l'archétype de la grande gueule sudiste, ce Dupree. Il n'arrêtait pas de rappeler à nous autres Yankees qu'il sortait de l'Académie de la Citadelle, "le West Point des Confédérés", et j'étais persuadé qu'il n'y avait pas plus dur à cuire que lui. Mais quand il est revenu de son tour d'inspection au camp il était livide. Et il avait du mal à parler. Enfin, il a dit aux sergents de prendre quatre hommes chacun, de frapper à toutes les portes et de regrouper dans la rue tous les habitants âgés de plus de seize ans. "Hommes et femmes, sans exception." Ensuite, ils devaient les mettre en rang, en une seule file, et les conduire au camp. Comme un des sous-officiers levait la main, il lui a donné la parole d'un geste. "Et s'il y a des signes de résistance, mon commandant ? – Assurez-vous qu'il n'y en ait aucun, Davis. Par tous les moyens qui s'avéreraient nécessaires."

« En fait, aucun de ces braves gens n'a bronché devant l'armée américaine. Quand nos hommes leur ont ordonné de quitter leur domicile, ils sont tous sortis avec les mains sur la tête. Certaines femmes avaient des enfants dans les bras et suppliaient nos gars dans une langue qu'ils ne comprenaient pas, mais il était clair qu'elles redoutaient le pire de notre part. Une des plus jeunes mères – elle devait avoir à peine dix-huit ans, avec un bébé minuscule serré contre elle – s'est jetée littéralement à mes pieds en hurlant, en sanglotant. J'avais beau lui répéter "On ne va rien vous faire, on ne va rien vous faire", la peur l'avait rendue hystérique. Et comment le lui reprocher, d'ailleurs ? Au bout d'un moment, une femme plus âgée est sortie du rang, l'a relevée de force, l'a giflée et s'est mise à chuchoter frénétiquement dans son oreille. Ce qui a eu son effet puisque la petite a fini par réintégrer la file, toujours en pleurs mais silencieuse maintenant. Alors l'autre m'a jeté un regard craintif et elle a baissé la tête comme pour dire : "Elle s'est calmée, alors épargnez-nous, je vous en supplie !" Moi, j'avais envie de hurler : "Vous épargner ? On est américains, nous ! Pas des brutes ! Pas comme vous !" Mais je suis resté coi, je lui ai fait signe de se tenir tranquille et j'ai repris mon rôle d'observateur.

« Il a fallu près d'une heure pour tous les réunir dans la rue principale. Il devait y avoir quatre cents adultes dans cette colonne. Lorsqu'elle s'est ébranlée lentement, certains se sont mis à pleurer. Je suis sûr qu'ils s'attendaient à être abattus dès qu'ils arriveraient là-bas. Le trajet jusqu'au camp n'a pris que dix minutes. À peine plus d'un kilomètre. Dix minutes à pied séparaient ce joli petit village, où tout était si ridiculement propre et bien léché de l'horreur absolue. C'est ce qui rendait le camp encore plus incroyable et monstrueux de savoir que la vie normale avait continué si près de ses barbelés...

« Quand nous avons atteint la porte principale, le commandant Dupree nous attendait. Le sergent Davis lui a demandé ses instructions pour les villageois. "Vous les faites marcher dans le camp, tout le camp. Ce sont les ordres exprès que nous avons reçus du QG. Il paraît qu'ils viennent d'Ike en personne. Ils doivent tout voir, tout. Ne leur épargnez rien. – Et après, mon commandant ? – Vous les laissez partir."

« Les soldats ont suivi les instructions à la lettre. Ils ont escorté ces gens dans les moindres recoins de cette saleté de camp. Les baraquements aux sols couverts d'excréments. Les fours. Les tables de dissection. Les tas d'ossements et de crânes empilés devant le crématoire. Et pendant cette sinistre visite guidée, les survivants de Dachau, environ deux cents malheureux, sont restés en silence sur l'esplanade. On aurait dit des morts vivants tant ils étaient maigres. Mais aucun des villageois ne les a regardés directement. La plupart d'entre eux gardaient obstinément les yeux au sol. Et ils étaient aussi muets que les rescapés.

« Et puis l'un d'eux a craqué. Un type d'une cinquantaine d'années, bien nourri, bien habillé, chaussures cirées, montre en or au gousset. Le genre banquier. En une seconde, il a été secoué de sanglots violents. Sans laisser le temps à l'escorte de réagir, il a quitté la file et s'est dirigé en titubant vers Dupree. Deux de nos gars l'ont aussitôt couché en joue mais le commandant leur a fait signe de remettre leur arme en bandoulière. Le bonhomme est tombé à genoux devant lui en pleurant et en répétant la même phrase sans arrêt. En allemand, bien sûr, mais il l'a dite si souvent qu'elle est restée gravée dans ma mémoire : *"Ich habe nichts davon gewusst... Ich habe nichts davon gewusst..."* Dupree l'a observé un moment, réellement saisi, puis il a fait appeler l'interprète affecté à l'opération. Un garçon un peu dans la lune, très timide, au regard fuyant. Il est venu se placer près du commandant, et cette fois ses yeux étaient aimantés par le banquier effondré. "Garrison, qu'est-ce qu'il raconte, nom de nom ?" a aboyé Dupree. L'autre n'avait presque plus de voix, de sorte que l'interprète a dû s'accroupir à côté de lui. Il s'est relevé au bout de quelques secondes. "Commandant, il dit : Je ne savais pas, je ne savais pas." Dupree en est resté bouche bée. Soudain, il s'est penché, il a pris le gros bonhomme par les revers de son veston et l'a relevé jusqu'à ce qu'ils soient nez à nez. "Mon cul que tu ne savais pas !" Il lui a craché en pleine figure et l'a repoussé loin de lui.

157

« Le banquier a repris sa place. Pendant tout le reste de la visite, je l'ai surveillé du coin de l'œil. Pas une seule fois il n'a fait mine d'essuyer le crachat, et il continuait à marmonner son *"Ich habe nichts davon gewufsst..."*. J'ai entendu un soldat qui disait à son passage : "Non, mais écoutez-moi ce foutu schleu ! Il a perdu la boule !" Moi, je ne pouvais m'empêcher de penser que ses balbutiements ressemblaient à un acte de contrition, ou à un Ave Maria, ou à n'importe quelle formule incantatoire que l'on se répète pour faire pénitence, exprimer un regret dévastateur, que sais-je... Et je me suis surpris à éprouver de la pitié pour lui. Dans sa dénégation, j'entendais : "Oui, je savais ce qui se passait dans ce camp, mais comme je ne pouvais rien y faire j'ai fermé les yeux. Et je me suis persuadé que la vie poursuivait son cours normal dans mon petit village..."

Jack a marqué une pause.

– Je te dirai quelque chose : je ne pense pas que je pourrai jamais oublier ce type bien nourri, bien habillé, avec son « *Ich habe nichts davon gewufsst* ». Il demandait pardon, oui, et pour ça il invoquait l'argument le plus basique, le plus atrocement humain qu'on puisse avoir : nous tous, nous sommes prêts à faire n'importe quoi pour rester en vie.

Sa cigarette s'était éteinte depuis longtemps. Il a allumé une autre Chesterfield. Je l'ai laissé prendre une bouffée avant de la lui retirer des lèvres et de tirer moi aussi dessus, avidement.

– Tiens, j'ignorais que tu fumais.

– Je ne fume pas, je crapote. Surtout quand je suis d'humeur méditative.

– Et tu l'es, maintenant ?

– Tu m'as donné amplement de quoi...

Nous n'avons plus rien dit pendant un moment, nous contentant de nous repasser la cigarette. Et puis je lui ai posé la question qui accaparait mes pensées :

– Ce banquier allemand, tu lui as pardonné, toi ?

– Pardonné ? Jamais de la vie ! Qu'il soit rongé de remords, c'était bien mérité.

– Tu as dit que tu comprenais son dilemme, pourtant.

– Bien sûr. Mais de là à lui offrir l'absolution...

– Admettons que tu te sois trouvé à sa place. Tu es le directeur de la succursale bancaire, tu as une femme, des enfants, une bonne petite vie. Mais tu sais aussi qu'à un jet de pierre de ta jolie maison il y a un... abattoir, dans lequel des innocents, hommes, femmes et enfants, sont massacrés sans pitié parce que les autorités de ton pays se sont mis en tête qu'ils étaient des ennemis de l'État. Tu protesterais ou tu te conduirais comme lui, en gardant les yeux baissés, en faisant semblant de ne rien remarquer d'anormal ?

Jack a pris une dernière bouffée.

– Tu attends une réponse honnête ?

– Évidemment.

– Alors honnêtement je te réponds ceci je ne sais pas ce que j'aurais fait.

– Pour être honnête, ça l'est...

– On n'arrête pas de parler de « bien se conduire », de vivre « selon ses principes », d'être « fidèle à des idéaux communs ». Pour moi, ce n'est que du vent. Quand on se retrouve en première ligne, avec l'artillerie d'en face qui se déchaîne, la plupart d'entre nous se rendent compte qu'ils ne sont pas des héros. Et ils se terrent dans leur coin.

Je lui ai caressé la joue de toute ma main.

– Donc tu ne te considères pas comme un héros ?

– Oh non ! Comme un grand romantique.

Et sa bouche a fondu sur la mienne. Quand il s'est redressé, je l'ai attiré vers moi pour lui chuchoter :

– Partons d'ici.

Le voyant hésiter, j'ai continué :

– Il y a un problème ?

– Il faut que je mette une chose au clair. Je retourne à la base tout à l'heure, mais pour partir ailleurs.

– Et où vas-tu ?

– En Europe.

– En Europe ? Mais la guerre est finie ! Qu'est-ce que tu ferais là-bas ?

– Je me suis porté volontaire.

– Volontaire pour quoi ? Qu'est-ce que tu me racontes, enfin ?

– La guerre est terminée, d'accord, mais nous gardons une présence militaire considérable sur le continent. Nous les aidons à faire face à des tas de problèmes, les réfugiés, le rapatriement des prisonniers de guerre, désamorcer les milliers de bombes qui sont enfouies un peu partout... À *Stars and Stripes*, ils m'ont proposé de repartir pour couvrir toutes ces activités. Concrètement, pour moi, ça signifie une promotion immédiate au rang de lieutenant, sans parler d'une nouvelle affectation outre-mer. Donc...

– Et combien de temps elle va durer, cette nouvelle affectation ?

Il a détourné les yeux.

– Neuf mois.

Je me suis tue, mais neuf mois... cela me paraissait un siècle, soudain.

– Quand est-ce que tu as signé ? ai-je demandé calmement.

– Il y a deux jours.

Grand Dieu, non...

– C'est bien ma chance.

– La mienne aussi.

Il m'a embrassée à nouveau puis, presque timidement :

– Je ferais mieux de te dire au revoir, alors...

Mon cœur s'est arrêté une seconde, ou trois. Le temps d'un vertige devant la folie qui s'ouvrait devant moi. Quand il s'est remis à battre, il disait : C'est maintenant, c'est maintenant.

– Non. Pas d'au revoir. Pas tout de suite, au moins. Pas avant neuf heures zéro minute.

– Vrai ?

– Vrai.

De Sheridan Square, nous étions à deux pas de chez moi. Nous avons parcouru les rues désertes serrés l'un contre l'autre, sans un mot. Une fois à l'appartement, je ne lui ai pas proposé un dernier verre ou un café et il n'en a pas demandé, pas plus qu'il n'a observé les lieux, ni fait de commentaires admiratifs, ni tenté quelques banalités. Pour l'instant, nous n'avions rien de plus à nous dire. Nous étions trop occupés à nous déshabiller mutuellement.

Il ne m'a pas demandé si c'était la première fois. Il a été tendre, incroyablement, et passionné, et un peu maladroit... mais pas autant que moi, loin de là.

Après, je l'ai trouvé légèrement distant, presque timide. Comme s'il s'était trop exposé. J'étais étendue contre lui sur les draps en désordre, mes bras autour de son torse, mes lèvres contre sa nuque, quand j'ai rompu cette heure entière sans paroles

– Je ne te laisserai jamais sortir de ce lit.

– C'est une promesse ?

– Non, pire. Un serment.

– Oh, là, c'est sérieux...

– L'amour est une chose sérieuse, Mr Malone.

Il s'est retourné pour me faire face.

– Dois-je le prendre pour une sorte de déclaration, miss Smythe ?

– Oui, Mr Malone. Une déclaration. Cartes sur table, comme on dit. Tu as peur ?

– Au contraire. C'est moi qui ne te laisserai pas sortir de ce lit.

– C'est une promesse ?

– Pour les quatre heures qui suivent, oui.

– Et après ?

– Après, je te l'ai dit. Je repasse sous l'autorité de l'armée américaine. Pour l'instant, c'est elle qui me dicte ma vie.

– Même ta vie amoureuse ?

– Non. C'est le seul terrain qu'ils ne contrôlent pas...

Un silence, à nouveau.

– Mais je vais revenir.

– Je le sais. Tu as survécu à la guerre donc tu survivras à la paix, là-bas. La question, c'est : est-ce que tu reviendras pour moi ?

Quelle idiotie ! J'ai cherché aussitôt à m'expliquer :

– Non mais écoute-moi ! On dirait que je réclame un titre de propriété sur toi, ce que je viens de dire. Je suis désolée. C'est d'une bêtise grave.

Il m'a serrée plus fort.

– Pas d'une bêtise grave, non. D'une bêtise formelle.

– Ne prends pas ça à la légère, petit gars de Brooklyn ! Je ne donne pas mon cœur si facilement.

– Ça, je n'en doute pas une seconde, a-t-il répliqué en couvrant mon visage de baisers. Et moi non plus, que tu le croies ou non.

– Il n'y a pas une fille en réserve, quelque part à Brooklyn ?

– Non. Juré.

– Ou quelque Fräulein qui t'attend à Munich ?

– Non plus.

– Oh, je suis certaine que tu vas trouver l'Europe très excitante...

Je me serais giflée de paraître aussi lourde. Jack s'est contenté de sourire et de murmurer :

– Sara...

– Je sais, je sais ! Mais c'est trop... injuste, que tu t'en ailles demain.

– Écoute, si je t'avais connue deux jours plus tôt, je n'aurais jamais signé pour ce...

– Mais on s'est connus tout à l'heure, pas il y a deux jours, et maintenant...

– C'est une affaire de neuf mois, pas plus. Le 1er septembre 46, je rentre au pays.

– Est-ce que tu chercheras à me revoir ?

– J'ai l'intention de t'écrire chaque jour de ces neuf mois, Sara.

– Ne sois pas si ambitieux. Un jour sur deux, c'est suffisant.

– Si je veux t'écrire tous les jours, je le ferai.

– Promis ?

– Promis. Et toi, tu seras là à mon retour ?

– Tu le sais très bien.

– Vous êtes merveilleuse, miss Smythe.

– Idem, Mr Malone.

Je l'ai fait s'étendre sur le dos et je suis montée sur lui. Cette fois nous avons été moins timides, moins maladroits. Carrément débridés. Et pourtant j'étais morte de peur. Je venais de tomber amoureuse d'un parfait inconnu qui s'apprêtait à disparaître de l'autre côté de l'océan pendant près d'un an. Et malgré tous mes efforts pour la surmonter, la souffrance serait inévitable.

Le jour s'est glissé à travers les rideaux. Huit heures moins vingt, indiquait le réveil. Instinctivement, mes bras se sont resserrés autour de lui.

– Je viens de prendre une décision.

– Laquelle ?

– Je te garde prisonnier pendant les neuf mois à venir.

– Très bien. Comme ça, quand tu me relâcheras, l'armée pourra me mettre au cachot pendant encore deux ans.

– Mais au moins je t'aurai eu pour moi pendant tout ce temps.

– Dans neuf mois, tu pourras m'avoir tout le temps que tu voudras.

– J'aimerais tant y croire...

– Crois-le.

Il s'est levé, il a ramassé son uniforme éparpillé par terre.

– Je ne suis pas en avance.

– Je t'accompagne aux docks.

– Tu n'as pas besoin de...

– Si, j'ai besoin. J'aurai une heure de plus avec toi.

Il s'est penché pour me prendre la main.

– C'est long, en métro. Et puis c'est Brooklyn, là-bas.

– Tu vaux peut-être que je me risque à Brooklyn.

Nous nous sommes habillés, j'ai posé ma petite cafetière sur le feu. Quand le liquide est monté dans le versoir en aluminium, j'ai servi deux tasses. Nous avons trinqué, sans rien dire. Le café était peu corsé, anémique. Il n'a pas fallu une minute pour le terminer. Jack m'a regardée.

– Il est temps.

Nous sommes sortis dans le matin de ce Thanksgiving 45. Froid, éclatant. Beaucoup trop lumineux pour deux amoureux qui n'avaient pas fermé l'œil de la nuit. Les paupières plissées, nous avons atteint la station de Sheridan Square. La rame pour Brooklyn était déserte. Nous avons bringuebalé jusqu'au bas de Manhattan, silencieux, collés l'un contre l'autre. Dans le tunnel sous la East River, je lui ai dit :

– Je n'ai pas ton adresse.

Il a sorti deux pochettes d'allumettes, m'en a tendu une en prenant un crayon dans la poche intérieure de sa veste d'uniforme. Il en a humecté le bout, a griffonné une adresse postale militaire sur sa pochette, me l'a donnée. J'ai fait de même en lui empruntant son crayon et il a aussitôt glissé les allumettes dans la poche de sa chemise, dont il a refermé soigneusement le rabat.

– Ne t'avise pas de les perdre, surtout.

– C'est ce que j'ai de plus précieux, maintenant. Et toi, Sara, tu m'écriras aussi ?

– Sans cesse.

La rame a poursuivi sa plongée dans les entrailles de Brooklyn. Quand elle s'est immobilisée bruyamment à Borough Hall, Jack a murmuré :

– On y est.

Nous avons resurgi dans la lumière automnale, juste à côté des docks. Une zone industrielle désolée

164

avec une demi-douzaine de frégates et de transports de troupes amarrés à quai, tous peints en gris. Nous n'étions pas le seul couple à nous hâter vers l'entrée de la base. D'autres s'embrassaient sous un lampadaire, ou se juraient une dernière fois leur amour en chuchotant, ou se contentaient de rester les yeux dans les yeux.

– On dirait que nous avons de la compagnie, ai-je observé.

– C'est le problème de la vie de soldat. On n'est jamais tranquille.

Nous nous sommes arrêtés. Je l'ai regardé en face.

– Finissons-en ici, Jack.

– On dirait vraiment Barbara Stanwyck ! L'authentique dame de fer.

– Je crois que dans les films ils appellent ça « essayer d'être courageuse ».

– Et ce n'est jamais facile, hein ?

– Non. Alors embrasse-moi, et dis-moi que tu m'aimes.

Au moment où nous nous séparions, et alors que je lui avais murmuré la même chose, je l'ai rattrapé par les revers de sa veste.

– Un dernier point : ne t'amuse pas à me briser le cœur, Malone.

Je l'ai relâché.

– Et maintenant, grimpe sur ce bateau.

– À vos ordres, mon colonel.

Il est parti vers le portail, et moi je suis restée sur le trottoir, figée sur place, m'exhortant à rester stoïque... raisonnable. Quand l'homme de garde lui a ouvert le portillon, il a soudain pivoté sur ses talons et m'a crié :

– Le 1er septembre !

Je me suis mordu la lèvre pour contrôler ma voix.

– Oui, le 1er septembre... sans faute !

Il s'est mis au garde-à-vous, m'a adressé un salut

165

réglementaire. J'ai réussi à sourire. Il a repris sa route vers la base.

Je l'ai regardé s'éloigner. J'étais paralysée mais je me sentais tomber, tomber en chute libre dans une cage d'ascenseur obscure. J'ai véritablement repris conscience de la réalité dans le métro du retour. L'une des femmes que j'avais vues devant l'entrée de la base était assise un peu plus loin dans le même wagon. Elle ne devait pas avoir plus de dix-huit ans. Dès que la rame a démarré, elle a éclaté en sanglots déchirants, convulsifs.

Pour moi, la fille de mon père, pleurer en public était une faiblesse inimaginable. Dans la famille Smythe, on souffrait en silence, qu'il s'agisse d'une déception, d'un deuil ou d'une migraine. C'était la règle. Laisser libre cours à sa peine n'était concevable que derrière une porte close.

Cette fois, j'ai pleuré, et pleuré, et pleuré. Sans arrêter une seconde de me traiter d'idiote.

4

– Tu veux connaître mon avis ?

– Bien sûr !

– Sans détour, sans aucun détour ?

J'ai fait oui de la tête.

– O.K. Voilà : tu es une idiote.

J'ai attrapé nerveusement la bouteille de vin rouge, me reservant un verre dont j'ai vidé la moitié d'un coup.

– Merci, Eric.

– Tu m'as demandé d'être franc, S.

– Oui. C'est vrai. Et on peut dire que tu l'as été.

J'ai bu ce qui restait et j'ai à nouveau empoigné la bouteille, la seconde de l'après-midi.

– Pardonne-moi la rudesse, S, mais ce n'est tout de même pas une raison pour te noyer dans l'alcool !

– Tout le monde a droit à un verre ou deux de plus, de temps à autre. Surtout quand il y a quelque chose à fêter.

Il m'a lancé un regard à la fois sceptique et amusé.

– Oui ? Et qu'est-ce que nous fêtons ?

– Thanksgiving, évidemment !

– Alors bonne fête, a-t-il concédé en trinquant avec moi.

– Je dois aussi préciser que c'est le plus beau Thanksgiving de toute ma vie. En fait, je suis heureuse à un point délirant.

– Ouais. « Delirium », c'est le terme qui convient, je pense.

J'étais un peu partie, exact. Et transportée, aussi. Et encore épuisée par les émotions de la nuit. D'autant qu'une fois ma crise de larmes surmontée j'avais eu à peine une heure avant de rejoindre Eric chez Luchows pour notre déjeuner. Pas le temps de tenter quoi que ce soit pour recouvrer mes esprits, donc. Dormir, par exemple. Un bain rapide, un peu de café du matin encore plus acide d'avoir été réchauffé, en essayant de ne pas pleurer lorsque mon regard était tombé sur la tasse de Jack abandonnée près de l'évier, solitaire...

Un taxi m'avait déposée devant le restaurant, 14e Rue. Une véritable institution à New York, Luchows. On disait que le décor de cet immense établissement fondé par des émigrés allemands était une réplique du Hofbräuhaus de Munich, mais pour moi il était tout droit sorti d'un film d'Erich von Stroheim, avec son Art déco germanique un brin caricatural. Je crois qu'il flattait le goût que mon frère avait toujours eu pour l'absurde tout en satisfaisant son faible – que je partageais – pour les *schnitzels*, les *wursts* et les *Frankenwein* de la maison, même si la direction avait mis un point d'honneur à cesser de servir des vins allemands pendant la guerre.

Comme j'étais un peu en retard, Eric était déjà installé à une table, cigarette au bec, plongé dans la première édition du *New York Times*. Quand il a levé son regard sur moi, j'y ai lu une authentique surprise.

– Seigneur tout-puissant ! s'est-il exclamé d'un ton mélodramatique. Une victime du coup de foudre !

– Quoi, ça se voit autant ? me suis-je étonnée en me laissant tomber sur une chaise.

– Oh non, pas du tout. C'est juste que tes yeux sont assortis à ton rouge à lèvres et que tu exhales la béatitude postcoïtale par tous les pores, et...

– Chuuut ! Les gens vont t'entendre.

– Ils n'ont pas besoin de ça. Il suffit de te regarder une seconde. Tu es méchamment accrochée, hein ?

– Oui.

– Et peut-on savoir où est passé ton don Juan en uniforme ?

168

– Il est sur un transport de troupes en route vers l'Europe.

– Ah, grandiose ! Donc nous avons non seulement une passion fulgurante mais aussi un chagrin instantané... Parfait, magnifique ! Garçon ! Apportez-nous quelque chose de pétillant, par pitié ! C'est urgent !

Il s'est tourné vers moi.

– Bon, je suis tout ouïe. Raconte.

Et j'ai été assez bête pour obtempérer... tout en liquidant pratiquement à moi seule deux bouteilles de vin.

Je lui disais tout, à Eric. Personne n'était aussi proche de moi, et personne ne me connaissait mieux. Et c'était justement pourquoi je redoutais de lui parler de ma nuit avec Jack. J'imaginais par avance comment il allait interpréter les faits, lui qui était toujours soucieux de me protéger. Et je ne buvais que pour surmonter ma nervosité. Quand j'ai terminé, il a soupiré :

– Tu veux connaître mon avis ?

– Bien sûr !

– Sans détour, sans aucun détour ?

C'est là qu'il m'a traitée d'idiote, que j'ai caché ma gêne en trinquant à Thanksgiving et que je me suis ridiculisée en proclamant mon bonheur.

– Je sais bien que toute cette histoire paraît folle, et que tu me prends pour une adolescente attardée, mais...

– On régresse tous à l'âge de quinze ans, dans ce genre de cas. C'est ce qui rend l'expérience à la fois magique et dangereuse. Magique parce que, bon, soyons francs, rien de tel qu'un coup de foudre pour perdre merveilleusement la tête.

J'ai résolu de m'aventurer sur un terrain glissant.

– Tu as déjà connu cet état, alors ?

Il a cherché son paquet de cigarettes.

– En effet.

– Souvent ?

– Pas vraiment. Une ou deux fois. Au début c'est l'euphorie, d'accord, mais le danger est là, justement. Le danger, c'est de croire et d'espérer qu'il y a un avenir derrière cette ivresse initiale. C'est à ce stade qu'on risque d'avoir très, très mal.

– Ce qui t'est arrivé ?

– Il suffit d'être tombé vraiment amoureux pour avoir connu cette souffrance.

– C'est inévitable ?

Il s'est mis à tapoter la table avec l'index de la main droite, un symptôme de nervosité que je lui connaissais bien.

– D'après ce que j'ai vécu, oui. Ça l'est.

Quand il a relevé la tête, son expression disait : « Plus de questions, maintenant. » À nouveau, il me refusait l'accès à cet aspect de son existence. Il a poursuivi :

– Mais je ne veux pas que tu souffres, toi. Surtout que c'était, euh... ta première fois, je présume...

J'ai acquiescé rapidement.

– Mais si tu étais absolument certain que c'est la bonne...

– Pardonne-moi si je te donne l'impression d'être un vieux pédant, mais je dirais qu'il s'agit d'une certitude empirique. Qui ne s'appuie donc pas sur la théorie mais entièrement sur la pratique. De la même façon, par exemple, on est « certain » que le soleil va se lever à l'est et se coucher à l'ouest. Ou que l'eau gèlera au-dessous de zéro. Ou que tu es forcé de te retrouver par terre si tu te jettes de la fenêtre du cinquième étage. Mais que tu te tues par la même occasion, ce n'est pas sûr à cent pour cent. Ce n'est qu'une probabilité. Eh bien, avec l'amour c'est la même chose.

– Donc cela revient à se jeter par la fenêtre, de tomber amoureux ?

– Mmouais. À la réflexion, elle n'est pas mauvaise du tout, cette comparaison. Notamment quand on parle d'un coup de foudre. Voilà, tu as passé une journée normale, tu n'es absolument pas d'humeur romantique, tu te retrouves dans une soirée où tu n'avais pas l'intention d'aller, tes yeux croisent ceux de quelqu'un à l'autre bout de la pièce et... splatch !

– Ah, c'est joli, ce « splatch » !

– C'est ce qui se produit toujours au bout d'une chute libre, non ? Au début on a l'impression de voler, c'est follement grisant, et puis... splatch ! Revenir sur terre, si tu préfères.

– Mais en admettant que c'était... que cela « devait » t'arriver ?

– Là encore, nous quittons la sphère de l'empirisme. Tu as « besoin » de croire que ce type est l'homme de ta vie, que la destinée vous promettait l'un à l'autre. Mais c'est de la théorie, ça. Il n'y a rien de pratique là-dedans, sans parler de logique ! Aucune preuve empirique que ce Jack Malone est celui qui t'était destiné. Seulement l'espoir que ce soit vrai. Et même sur un plan théorique, « espérer » te conduit sur une base encore plus instable que « croire ».

Je me suis ravisée au moment où j'allais reprendre la bouteille.

– Finalement, tu en es un, de vieux pédant !

– Quand il le faut, oui. Mais je suis aussi ton frère qui t'aime et qui, par conséquent, te conseille la prudence, dans cette histoire.

– Il t'a tout de suite déplu, Jack.

– Ce n'est pas la question, S.

– S'il t'avait plu, tu ne serais pas aussi sceptique.

– Je lui ai parlé... quoi, cinq minutes ? La conversation a mal tourné. Point.

– Quand tu le connaîtras mieux, tu...

– Ah, justement ! Quand ?

– Il revient le 1er septembre.

– Oh, mon Dieu, mais écoutez-la, l'innocente !

– Il a promis. Il a juré qu'il...

– Tu as perdu ton dernier grain de raison, S ? Ou de jugeote ? D'après tout ce que tu m'as raconté, c'est le fantaisiste complet, ton Malone. Et sans doute un intrigant, pour compléter le tableau. L'Irlandais typique, en somme.

– Tu n'as pas le droit !

– Écoute-moi, maintenant. Ce zig est en permission, d'accord ? Il débarque à ma soirée sans avoir été invité, il te rencontre. Tu es certainement la fille la plus élégante et cultivée qu'il ait jamais eu la chance de croiser. Il y va de son bagou de mauvais garçon au cœur tendre, de Gaélique ténébreux. Avant que tu aies pu demander une Guinness, il t'apprend que tu es la femme de ses rêves, « celle qui m'était promise dans les étoiles », etc. Mais il sait pertinemment que son baratin ne l'engage à rien puisque le lendemain à neuf heures sonnantes il hisse les voiles ! Ou bien je ne comprends plus rien à rien, ma chérie, ou bien tu n'es pas près de le revoir.

Comme je me taisais, les yeux baissés, Eric s'est efforcé d'adopter un ton plus apaisant.

– Au pire, tu l'inscris dans la colonne des expériences inoubliables. C'est probablement ce qui peut arriver de mieux, qu'il disparaisse de ta vie. Comme ça il restera à jamais le héros d'une folle nuit d'amour, sans risque de perdre son aura. Alors que si tu l'épousais, tu risquerais fort de découvrir qu'il a l'habitude de se couper les ongles des pieds au lit, ou de se curer les narines, ou...

– Splatch ! Merci de me ramener sur terre.

– À quoi servirait un frère aîné, autrement ? Et puis je te parie ce que tu veux qu'après huit heures de sommeil tu vas commencer à remettre les choses dans leur perspective.

J'ai merveilleusement dormi ce soir-là, en effet. Dix heures d'affilée. Mais qui n'ont pas eu le résultat escompté par Eric : dès que j'ai eu les yeux ouverts, Jack est venu accaparer mes pensées et ne les a plus lâchées. Assise dans mon lit, j'ai revécu en plans-séquences tous les moments que nous avions passés ensemble. J'en gardais un souvenir d'une précision incroyable, au point d'entendre encore sa voix, de voir chacun de ses traits, de sentir son toucher. Et j'avais beau essayer de me rendre aux conseils de mon frère en me répétant qu'il n'y avait là rien de plus qu'une fulgurante aventure, je n'arrivais pas à m'en convaincre. Ou bien, pour l'exprimer en d'autres termes, alors que je discernais parfaitement toutes les raisons de considérer Jack Malone avec un sens critique proche de l'incrédulité, je les rejetais les unes après les autres.

Le plus déroutant, finalement, c'était ce refus d'écouter la logique, le bon sens, le scepticisme buté de la Nouvelle-Angleterre. J'étais comme une avocate entêtée à défendre un dossier sur lequel elle gardait des doutes sérieux. Et dès que j'étais sur le point de revenir à une certaine impartialité, Jack envahissait à nouveau mon esprit, abolissant mes repères.

L'amour, alors ? Le vrai, le pur, l'indicible amour ? Il n'y avait rien d'autre pour qualifier ce que je ressentais. Mais c'était aussi dévorant, épuisant, débilitant qu'une grippe carabinée. Avec une seule différence, et de taille : au lieu de baisser peu à peu, la fièvre montait.

Jack Malone ne me laisserait pas en paix. J'étais malade de lui.

Une semaine après notre déjeuner, Eric m'a appelée à la maison. Nous ne nous étions pas reparlé depuis.

– Tiens, bonjour, ai-je répondu d'une voix éteinte.
– Eh bien, eh bien...
– Eh bien quoi ?
– Eh bien, tu n'as pas l'air trop contente de m'entendre
– Mais si.
– Oui. C'est impressionnant, même. Enfin, je

téléphonais juste pour voir si les déesses Mesure et Proportion étaient venues te visiter.

– Non. Rien d'autre ?

– Je crois déceler une certaine lassitude dans ta voix. Tu voudrais que je passe chez toi ?

– Non !

– Comme tu veux.

– Si. Viens. Maintenant !

Il n'a pas été le seul à être stupéfait par mon revirement : je n'en croyais pas mes oreilles.

– Ça ne va pas du tout, alors ?

– Non. Pas du tout.

Mais le pire était encore devant moi. J'ai commencé à perdre le sommeil. Chaque nuit, entre deux et quatre heures du matin, je me réveillais hagarde et je restais les yeux au plafond, à la fois vidée et comblée par une nostalgie bouleversante, le besoin d'un homme que j'avais à peine connu, incontournable, absurde, essentiel.

Vaincue par l'insomnie, je me levais pour aller m'asseoir à ma table et je lui écrivais. Tous les jours, ou plutôt toutes les nuits. En me limitant à une simple carte postale, souvent, mais je peaufinais parfois pendant une heure le brouillon d'une épître de cinq lignes...

Ce n'est pas tout. Je conservais une copie-carbone de chaque lettre, de chaque mot. De temps en temps, je reprenais la chemise en kraft dans laquelle je les rangeais, je parcourais cette collection toujours plus épaisse de missives éplorées et, chaque fois que je la refermais, je gémissais en moi-même : « Quelle aberration ! »

Après quelques semaines, ma situation était devenue encore plus aberrante, puisque je n'avais rien reçu de Jack. J'ai d'abord voulu trouver des explications rationnelles à ce silence. Je comptais et recomptais, calculant que la traversée avait dû lui prendre au moins cinq jours, qu'il lui en avait fallu

174

au moins deux pour rejoindre son stationnement quelque part en Allemagne, puis que sa première lettre en mettrait au moins quinze à parvenir en Amérique, la poste aérienne n'existant pas à cette époque... En ajoutant l'engorgement de courrier pendant la période de Noël et le fait qu'il y avait toujours des centaines de milliers de GI basés dans le monde, il devenait évident que je n'aurais pas de nouvelles avant la fin décembre.

Le nouvel an est arrivé. Pas de lettre. Alors que moi je continuais à lui écrire quotidiennement. J'ai patienté. Les jours s'écoulaient, février était déjà là et j'avais commencé à guetter l'arrivée quotidienne du courrier à notre immeuble. Il fallait deux heures au concierge pour trier le sac et déposer la correspondance de chacun devant sa porte. J'en suis venue à adapter mon programme de travail à *Life* pour passer chez moi à midi et demi, prendre mes lettres et me hâter de retourner au bureau en métro avant la fin de ma pause-déjeuner, à une heure quinze. Je me suis scrupuleusement tenue à cette organisation pendant deux semaines, déterminée à garder l'espoir alors que je revenais toujours bredouille. Mais l'abattement me guettait, d'autant que mes crises d'insomnie ne cessaient de s'aggraver.

Un matin, Leland McGuire est apparu dans le box exigu que j'occupais à la rédaction.

– Je m'en vais vous confier le grand sujet de la semaine.

– Ah oui ? ai-je fait, l'esprit un peu ailleurs.

– Que pensez-vous de John Garfield ?

– Excellent acteur. Plaisant à l'œil. Plutôt à gauche, politiquement.

– Oui. Bon, nous n'allons pas nous appesantir sur ce dernier aspect. Je ne crois pas que notre chef suprême, Mr Luce, apprécierait de découvrir un exposé des convictions socialistes de Garfield dans les colonnes de *Life*. Non, c'est l'aspect bel animal qui nous importe, ici. Les femmes sont folles de lui. Donc je veux que vous preniez l'angle « tas de muscles avec un cœur de midinette ».

– Pardon, Leland, mais je ne comprends pas bien : vous me demandez un papier sur John Garfield ?

– Non seulement un papier mais une interview avec lui ! Il est de passage à New York et il a daigné accepter de nous consacrer un peu de son temps. Demain, à onze heures et demie, il y a une séance photo de trente minutes. Vous y allez, vous attendez et vous lui parlez vers la fin.

J'ai été prise de panique.

– À cette heure-là, je ne peux pas.

– Pardon ?

– Je ne pourrai pas, autour de midi.

– Vous avez un autre rendez-vous ?

– Non, j'attends une lettre.

Il m'a observée d'un œil incrédule. Il y avait de quoi.

– Vous attendez une lettre ? Et alors ? En quoi cela vous empêcherait-il d'interviewer Garfield à midi et demi ?

– En rien, Mr McGuire, en rien. J'y serai, sans faute. Avec plaisir.

Son regard s'appesantissait sur moi.

– Vous êtes certaine, Sara ?

– Oui, Mr McGuire.

– Très bien. Je vais dire à son attaché de presse de vous appeler pour tout mettre au point. En début d'après-midi. À moins que vous ne soyez trop occupée à attendre une lettre ?

J'ai relevé la tête.

– Je serai là, Mr McGuire.

Dès qu'il a tourné les talons, je suis allée m'enfermer dans les toilettes pour pleurer comme une Madeleine. Quand je me suis ressaisie, il était midi dix à ma montre. Je suis partie en courant à la station de métro. Une demi-heure plus tard, après plusieurs changements et un sprint à travers Sheridan Square, j'étais chez moi. Comme il n'y avait pas une seule enveloppe sur mon paillasson, je suis redescendue à toutes jambes et j'ai tambouriné à la porte du concierge, Mr Kocsis, un tout petit bonhomme d'une cinquantaine d'années, Hongrois d'origine, invariablement bougon sauf pendant la courte période où il attendait ses étrennes. Et puisque cette époque était passée, il n'était pas dans une charmante disposition lorsqu'il m'a ouvert.

– Vous voulez quoi, miss Smythe ? a-t-il marmonné avec son impossible accent.

– Mon courrier, Mr Kocsis.

– Vous pas de courrier, aujourd'hui.

– Comment ? Impossible !

– Moi dire vérité, s'est-il défendu, décontenancé par ma soudaine agressivité.

– Vous êtes certain ?

– Moi pas menteur !

– Il doit y avoir une lettre !

– Je dis « pas de courrier », c'est « pas de courrier »

Et il m'a claqué la porte au nez. Remontée chez moi, je me suis jetée sur mon lit et je suis restée les yeux perdus au plafond. Quelques minutes, il m'a semblé. Jusqu'à ce que je regarde le réveil sur ma table de nuit. Trois heures moins dix. « Mon Dieu, je suis en train de perdre les pédales ! » Le temps de sauter dans un taxi, je suis arrivée au bureau pour trouver quatre feuilles de « message en votre absence » sur ma machine à écrire. Les trois premiers signalaient l'appel d'un certain Tommy Glick, « attaché de presse de John Garfield ». Il avait essayé de me joindre toutes les trente minutes depuis une heure et demie. Le quatrième avait été déposé à trois heures moins le quart par Leland : « Passez me voir dès votre retour. »

Je me suis assise à ma table, la tête dans les mains. À cause de moi, l'interview de Garfield était perdue. Et McGuire allait me signifier mon renvoi. Je m'étais

177

attendue au pire et je l'avais maintenant, en plein. J'étais sur le point de payer le prix fort pour avoir laissé ma vie se faire envahir par l'irrationnel. La voix de mon père s'est élevée en moi : « Rien ne sert de pleurer, jeune fille. Contente-toi d'accepter les conséquences de ta faute avec grâce et dignité, et d'en tirer les leçons. »

Je me suis levée, j'ai remis un peu d'ordre dans ma coiffure, pris ma respiration, et je me suis engagée lentement dans le couloir, en marche vers un châtiment mérité. Deux coups, discrets mais fermes, à la porte vitrée sur laquelle la mention « Leland McGuire, rédacteur en chef adjoint » apparaissait en lettres noires.

– Entrez.

Les mots ont jailli de ma bouche dès que j'ai fait un pas à l'intérieur.

– Mr McGuire, je suis affreusement désolée de...

– Merci de refermer cette porte, Sara, et de vous asseoir.

J'ai obéi à son invite, formulée d'un ton calme. Sur la chaise en bois en face de son bureau, les mains sagement croisées dans mon giron, je devais avoir l'air d'une collégienne turbulente que la directrice a été obligée de convoquer. La seule différence, c'était que l'autorité à laquelle je me confrontais maintenant avait le pouvoir de me priver de mon gagne-pain et de briser ma carrière.

– Vous vous sentez bien, Sara ?

– Très bien, Mr McGuire. Si vous permettez, je peux vous expliquer...

– Non, Sara, vous n'allez pas bien. Et cela dure depuis des semaines, n'est-ce pas ?

– Je ne saurais vous dire à quel point je suis confuse de ne pas avoir pu parler à Mr Glick. Mais il est encore tôt, je pourrais le rappeler et mettre au point cette...

– Je l'ai confiée à quelqu'un d'autre. C'est Lois Rudkin qui va s'en charger. Vous la connaissez ?

Jeune diplômée de Mount Holyoke entrée à la rédaction en septembre, aussi ambitieuse qu'entreprenante, elle me considérait visiblement comme sa principale concurrente dans la place même si je me refusais à me prêter à ce genre de compétition, estimant peut-être naïvement que la qualité du travail l'emporterait toujours sur les intrigues de bureau. Aussitôt, je me suis résignée à l'inévitable : Leland avait décidé qu'une seule journaliste débutante suffisait dans sa section, et que ce serait Lois...

– Oui. Je la connais.

– Beaucoup de talent, cette fille.

Si j'avais voulu être virée séance tenante, j'aurais complété : « Et très occupée à vous faire du charme, ainsi que j'ai pu le constater. » Mais je me suis contentée d'acquiescer d'un signe.

– Voulez-vous m'expliquer ce qui vous arrive, Sara ? a-t-il repris.

– Vous n'êtes pas content de ce que je fais, Mr McGuire ?

– Je n'ai pas de réserves majeures, non. Vous avez une plume assez alerte, vous êtes rapide et... relativement fiable, en mettant de côté ce qui s'est passé aujourd'hui. Mais vous avez toujours l'air épuisée, et complètement dans la lune. On dirait que vous n'êtes là que par routine, parfois. Et je ne suis pas le seul à l'avoir remarqué, figurez-vous.

– Je vois...

– Il vous est arrivé quelque chose de grave ?

– Non, rien de grave.

– Est-ce qu'il s'agit d'un problème... euh, sentimental ?

– C'est possible.

– Bien. Vous ne voulez pas en parler, visiblement.

– Je suis navrée que...

– Les excuses sont hors de propos, ici. Votre vie

privée ne concerne que vous. Tant qu'elle n'interfère pas dans votre comportement professionnel. Vous savez que le vieux routier que je suis n'est pas un fanatique de « l'esprit maison » mais il se trouve que mes supérieurs tiennent à ce que tout le monde ait une « mentalité d'équipe », comme ils disent. Or, vous passez pour quelqu'un d'assez fermé, à la rédaction. Au point que certains vous reprochent d'être hautaine et guindée.

L'information était plus qu'une surprise, pour moi. Une authentique douche froide.

– Ce n'est pas du tout ce que je recherche, Mr McGuire.

– La manière dont les autres vous perçoivent est essentielle, Sara. Surtout dans une grosse société comme celle-ci. Et ce que la majorité de vos collègues semble penser, c'est que vous êtes là sans y être.

– Vous allez me licencier, Mr McGuire ?

– Je ne suis pas brute à ce point, Sara. D'ailleurs, vous n'avez rien fait qui puisse conduire à de telles extrémités. Mais j'aimerais que vous envisagiez de travailler pour nous sous un autre régime. En indépendante, si vous voulez. À la maison.

Ce soir-là, partageant une bouteille de piquette avec Eric chez lui, j'ai résumé à son intention la fin de mon échange avec mon chef.

– Et donc, après m'avoir asséné ce coup de massue, il a détaillé ses conditions. Il est prêt à maintenir mon plein salaire pendant une période de six mois, sur la base d'un sujet à réaliser tous les quinze jours. Et comme je serai free-lance, je perds les avantages de membre de la rédaction.

– Ah ! Ne pas être obligée d'aller au bureau tous les matins, c'est un avantage sérieux, d'après moi.

– Cette idée m'a effleurée, certes... Mais je me demande également comment je vais arriver à travailler toute seule, livrée à moi-même.

– Tu dis depuis longtemps que tu voudrais t'essayer à un roman. C'est l'occasion rêvée, non ?

– J'ai renoncé, tu le sais. Je ne suis pas faite pour ça, voilà tout.

– Tu n'as que vingt-quatre ans, voyons ! On ne se décrète pas laissé-pour-compte de la littérature aussi jeune. Surtout quand on n'a jamais mené une vraie tentative, au moins.

– Oui, c'est le petit problème que j'ai, avec l'écriture. Je n'arrive pas à m'y mettre.

– Ça pourrait faire une jolie chanson, ça.

– Très drôle. Et puis je ne suis pas seulement un écrivain raté. D'après Leland McGuire, je manque aussi d'esprit d'équipe.

– Quoi ? Ça sert à quoi, ce bidule ?

– À ne pas se faire qualifier de « hautain », de « guindé » et autres amabilités... Tu me trouves guindée, toi ?

Eric a éclaté de rire.

– Eh bien, disons que tu n'as pas vraiment la dégaine de la petite gisquette de Brooklyn...

– Merci, lui ai-je lancé avec un sourire amer.

– Pardon ! J'ai manqué de tact.

– En effet.

– Toujours pas de nouvelles de lui ?

– Tu sais très bien que je te l'aurais dit.

– Oui. Et moi je ne voulais pas te poser la question parce que...

– Attends ! Laisse-moi deviner. Parce que tu penses que je suis une écervelée qui s'est bêtement entichée d'un voyou après une seule nuit de stupre.

– Exact. Mais n'empêche, je suis prêt à remercier ton voyou irlandais de Brooklyn de t'avoir sortie de l'engeance *Life*, finalement. Nous n'avons pas « l'esprit d'équipe », S. Ni toi ni moi. Ce qui signifie que nous serons toujours des francs-tireurs. Et, crois-moi, ce n'est pas si mal... quand on a la force pour. Tu as l'occasion de découvrir maintenant si tu n'es pas ton meilleur employeur, la meilleure des « équipes » à toi toute seule. Profites-en ! Mon petit doigt me dit que tu es capable de travailler par toi-même. Il te reste encore un soupçon de personnalité pour ça, après tout...

– Oh, tu es impossible ! me suis-je exclamée en faisant mine de lui envoyer un coup de coude.

– Et tu me donnes chaque fois de merveilleuses raisons de l'être.

J'ai soupiré tristement.

– Je n'entendrai plus jamais parler de lui, c'est ça ?

– La réalité recommence à s'imposer, je vois...

– Mais je n'arrête pas de me demander si... Ah, je ne sais pas.

Il a peut-être eu un accident. Ou bien il a été transféré dans un coin tellement reculé qu'il n'a pas de relations avec l'extérieur. Ou...

– Ou il a été chargé d'une mission ultrasecrète en duo avec Mata Hari... même si les Français ont eu le toupet de la fusiller en 1917.

– D'accord, d'accord.

– Tourne la page, S. Je t'en prie. C'est pour ton bien.

– Mais c'est ce que je voudrais, mon Dieu ! Simplement, il... il ne s'en va pas. Il s'est passé quelque chose cette nuit-là, quelque chose d'inexplicable mais de fondamental. Et j'ai beau me répéter que je suis folle, je « sais », tu comprends, je sais que c'était lui, ce quelque chose.

Le lendemain, j'ai libéré mon bureau à *Life*. Quand j'ai terminé, je suis allée jusqu'à la porte de Leland McGuire. Elle était ouverte.

– Je voulais juste dire au revoir.

Il ne m'a pas proposé d'entrer, ne s'est pas levé. Il m'a semblé un peu gêné.

– Ce n'est pas vraiment un au revoir, Sara. Nous continuons à travailler ensemble.

– Vous avez une idée, pour mon premier sujet ?

Il a détourné le regard.

– Non, pas encore. Mais je vous contacterai d'ici deux ou trois jours pour discuter quelques points avec vous.

– Donc j'attends votre appel ?

– Mais oui, mais oui. Dès qu'on aura bouclé le numéro de cette semaine. Et profitez-en pour vous reposer, entre-temps.

Il a pris une liasse de papiers sur sa table et s'est remis au travail, me signifiant ainsi que l'entretien était clos. Je suis retournée prendre le petit carton où j'avais entassé mes modestes affaires et je me suis dirigée vers l'ascenseur. Au moment où les portes coulissantes s'ouvraient, quelqu'un m'a tapé sur l'épaule. Je me suis retournée. C'était Lorraine Tewksberry, une maquettiste qui avait la réputation d'être au fait de tous les cancans de la rédaction. La trentaine, grande, anguleuse, visage en lame de couteau, cheveux sombres tirés en arrière. Elle est entrée dans la cabine avec moi et, dès que nous avons commencé à descendre, elle s'est penchée pour me murmurer à l'oreille, ne voulant pas que le garçon d'ascenseur en uniforme l'entende : « Retrouvez-moi au bar de la 46e et Madison dans cinq minutes. » Elle a répondu à mon regard interloqué en clignant de l'œil et en posant un doigt sur ses lèvres, avant de fuser dehors à l'instant où les portes se sont rouvertes.

J'ai déposé mon carton à la réception et je me suis acheminée vers cet étrange rendez-vous. Lorraine m'attendait déjà sur une banquette isolée.

– Je ne vous prendrai qu'une minute. Je n'ai pas plus de temps que ça, de toute façon. On est en plein bouclage.

– Il y a un problème ?

– Pour vous, oui. Je voulais juste vous dire que nous sommes nombreux à regretter votre départ, au journal.

– Oui ? Vous m'étonnez. D'après Mr McGuire, tout le monde me trouvait distante et antipathique.

– Il n'allait pas vous raconter autre chose, évidemment. Puisqu'il a une dent contre vous depuis le moment où vous avez refusé de sortir avec lui.

– Comment savez-vous qu'il me l'a demandé ?

Elle a levé les yeux au ciel.

– Nous ne sommes quand même pas des milliers, à *Life*

– Mais il n'a plus réessayé ! Et il l'a pris plutôt bien, quand je l'ai éconduit.

– Le fait est que vous l'avez envoyé bouler. Et il cherchait n'importe quel moyen de se débarrasser de vous, depuis.

– C'est une histoire qui remonte à près de deux ans, enfin...

– Il attendait seulement que vous lui donniez une occasion. Or, vous me pardonnerez d'être rude, mais vous aviez l'air un peu déboussolée, ces dernières semaines. Peine de cœur, si je peux me permettre ?

– En effet.

– Oubliez-le, ma jolie. Tous les hommes sont pareils : ils ne valent rien.

– Vous pourriez avoir raison.

– Faites-moi confiance. Sur ce sujet, je suis une experte de catégorie internationale. Et je sais encore autre chose : McGuire ne vous confiera plus un seul sujet, dorénavant. Il a manigancé ce plan de soi-disant free-lance pour vous éloigner du bureau, comme ça il pourra tranquillement donner toutes les meilleures histoires à miss Lois Rudkin... Laquelle, vous êtes peut-être au courant, n'est pas seulement la journaliste favorite du chef en ce moment mais aussi sa partenaire de lit, et deux fois plutôt qu'une.

– Je m'étais demandé si...

– Vous aviez raison. Parce que, contrairement à vous, la douceureuse miss Rudkin a accepté de prendre un verre avec le bonhomme, marié ou pas, et puis ils ont fait plus ample connaissance, et puis... bang, vous vous retrouvez à la rue.

– Qu'est-ce que je devrais faire ?

– Si vous voulez mon modeste avis, à votre place je ne ferais ni ne dirais rien. Contentez-vous d'empocher l'argent de Mr Luce pendant les six mois qui viennent et mettez-vous à écrire le roman du siècle, puisque je crois savoir que vous êtes une littéraire. Ou allez voir Paris. Ou reprenez des études. Ou bien offrez-vous des grasses matinées jusqu'à ce qu'ils arrêtent de vous envoyer leur chèque. Ce qui est sûr, c'est que vous ne caserez plus une ligne dans le magazine. Il a pris toutes ses dispositions en ce sens. Et dans six mois il vous mettra dehors officiellement.

J'ai appris plusieurs années après que l'idéogramme chinois pour « crise » signifie à la fois « danger » et « potentialité ». J'aurais aimé l'avoir su, à l'époque... Cela m'aurait peut-être évité de réagir aux révélations de Lorraine par un accès de panique aiguë. Après l'avoir quittée, j'ai repris ma boîte chez le concierge, je suis rentrée chez moi en taxi, je me suis enfermée, je suis tombée sur mon lit en me prenant la tête dans les mains, me répétant que le monde était en train de s'écrouler autour de moi. Et une nouvelle fois je me suis surprise à pleurer sur Jack comme s'il était mort. Il n'y avait plus d'autre explication à son silence, pour moi.

Le lendemain matin, après avoir franchi non sans mal le barrage du standard téléphonique au département des Affaires militaires, à Washington, j'ai obtenu l'administration de *Stars and Stripes*. J'ai expliqué à la réceptionniste que je cherchais à retrouver un de leurs journalistes, un sergent du nom de John Joseph Malone qui effectuait une mission en Europe.

– Nous ne pouvons pas communiquer ce genre d'informations par téléphone, m'a-t-elle rétorqué. Il faut adresser votre demande au Service de gestion des personnels de carrière, par écrit.

– Mais il ne doit pas y avoir des dizaines de Jack Malone qui collaborent à votre publication, enfin !

– Le règlement, c'est le règlement.

J'ai donc appelé ce fameux service, où l'on m'a indiqué l'adresse à laquelle expédier ma requête. Après réception du formulaire que j'aurais dûment rempli, ils auraient besoin de six à huit semaines pour me donner une réponse.

– Comment ? On ne peut rien faire pour accélérer un peu le processus ?

– Nous avons encore plus de quatre cent mille hommes stationnés à l'étranger, m'dame. Ça prend du temps, ces recherches.

Je leur ai aussitôt adressé un courrier mais j'ai eu aussi une autre idée : je suis descendue au kiosque à journaux qui se trouvait juste à l'entrée du métro Sheridan Square. Le préposé s'est gratté la tête en m'écoutant lui expliquer mon problème.

– À partir de demain, je peux vous le trouver facile, votre *Stars and Stripes*. Mais des numéros passés... Là, il faut que je me renseigne.

J'étais de retour le lendemain, à neuf heures du matin.

– Vous avez de la chance ! m'a-t-il lancé. Mon distributeur peut me fournir toutes les parutions du mois écoulé. Ça fait trente numéros, en tout.

– Je les prends.

Deux jours plus tard, je les ai épluchés un par un sans trouver une seule fois la signature de Jack Malone. J'ai continué à acheter le journal chaque jour. Pas le moindre article de lui. À moins qu'il n'écrive sous un pseudonyme ? Ou qu'il soit en train de préparer un sujet ultrasecret auquel on lui avait demandé de se consacrer entièrement ? Ou peut-être m'avait-il menti depuis le début, peut-être n'y avait-il jamais eu de journaliste militaire répondant au nom de Jack Malone.

Le formulaire officiel m'est parvenu la semaine suivante et je l'ai immédiatement renvoyé après l'avoir rempli. En revenant du bureau de poste, j'ai aperçu un petit tas de lettres sur mon paillasson. S'il y avait une justice pour les cœurs en détresse, l'une d'elles était forcément de lui... Non.

Je me suis efforcée de conserver mon sang-froid, de trouver encore d'autres explications rationnelles à son silence, mais une seule question m'obsédait : « Pourquoi ne me réponds-tu jamais ? »

Après une nuit de mauvais sommeil, je me suis levée remplie d'énergie et de résolutions. Le moment était venu de mettre fin à l'autodestruction, de tourner la page sur toute cette folie. Et j'allais profiter de ce temps libre pour essayer sérieusement d'écrire. Sans attendre, tout de suite !

Une douche rapide, deux tasses de café. Je me suis installée devant ma Remington, j'ai glissé une feuille dans le rouleau et j'ai pris mon souffle, les doigts au-dessus du clavier. L'instant d'après, ils s'étaient posés sur la table et tambourinaient nerveusement. Je les ai ramenés de force en position, j'ai respiré profondément et soudain je me suis retrouvée paralysée, comme si un nerf s'était coincé dans mon dos, privant mes mains de tout mouvement. J'ai voulu leur faire taper un mot, une phrase. Impossible.

Quand j'ai réussi à retirer mes doigts des touches, ils sont allés agripper le bord de la table, à la recherche d'un équilibre que j'étais en train de perdre, lancée dans un tourbillon vertigineux, rendue muette par le tournis et par la peur.

J'ai repris conscience dans les toilettes. Quand la nausée s'est arrêtée, je me suis remise debout péniblement et je me suis traînée jusqu'au téléphone. J'ai composé le numéro de mon frère.

– Eric, ai-je chuchoté, à peine audible. Je crois que je ne me sens pas bien.

Dans notre famille, consulter un médecin était un acte pusillanime, répréhensible presque. S'avouer malade, ou même fatigué, était s'exposer aux froncements de sourcils. La résistance figurait parmi les vertus cardinales de mes parents. « Pas de plainte » : encore un principe paternel que j'essayais toujours de respecter à la lettre. Et c'est pourquoi Eric a décelé aussitôt derrière ma formule évasive un pressant appel à l'aide.

– J'arrive tout de suite.

Il a dû traverser le Village en courant car dix minutes ne s'étaient pas écoulées quand il a frappé à ma porte.

– C'est ouvert...

Je m'étais rassise devant la machine à écrire, à nouveau cramponnée à la table. C'était le seul point d'appui que je reconnaissais autour de moi.

– Bon Dieu, S ! s'est-il exclamé en me voyant. Qu'est-ce qui se passe ?

– Je ne sais pas. Je ne peux plus bouger.

– Une paralysie ?

– Non. Je n'arrive pas...

Il s'est approché pour poser une main sur mon épaule. Le contact m'a fait le même effet que si on m'avait piquée avec un aiguillon électrique. J'ai sursauté, poussé un cri perçant et je me suis agrippée encore plus fort à ma planche de salut.

– Pardon, pardon ! a-t-il murmuré, effrayé par la violence de ma réaction.

– Non. C'est moi qui devrais m'excuser.

– Tu n'es pas paralysée, au moins. Tu es sûre que tu ne peux pas te lever ?

– J'ai peur.

– C'est compréhensible. Mais essaie quand même de quitter cette chaise et d'aller t'étendre. D'accord ?

Comme je ne répondais pas, il m'a pris doucement les mains.

– Essaie de lâcher cette table, s'il te plaît.

– Je ne peux pas.

– Si, tu peux.

– Je t'en prie, Eric...

J'ai d'abord résisté à ses efforts mais il a insisté, et mes doigts ont lâché prise d'un coup, retombant sur mes genoux, sans vie. Je suis restée à les fixer d'un regard morne.

– Très bien. C'est un bon début. Maintenant, je vais t'aider à te mettre debout et à aller jusqu'à ton lit.

– Oh, je suis si honteuse, tu.

– La ferme !

Brusquement, il a passé un bras derrière mon dos, un autre sous mes jambes, il a pris sa respiration et m'a soulevée d'un coup.

– Tu n'as pas trop grossi, grâce à Dieu.

– Je ne risquais pas, non.

– Ça va aller, S... Voilà.

En cinq ou six pas, il avait franchi la distance qui séparait mon bureau de mon lit. Après m'avoir déposée sur le matelas, il est allé prendre une couverture dans le placard et m'a bordée dedans. Je me sentais gelée jusqu'aux os, soudain. Recroquevillée, je me suis mise à claquer des dents.

Eric a passé un bref coup de fil avant de revenir à mon chevet.

– Je viens de parler à l'assistante du docteur Ballensweig. Il est d'accord pour passer te voir à l'heure du déjeuner.

– Je n'ai pas besoin d'un médecin. Il faut que je dorme, c'est tout.

– Tu vas dormir, oui. Mais tu dois d'abord te faire examiner.

Il avait découvert ce praticien peu après être sorti de Columbia, et comme il ne jurait que par lui j'étais parfois allée le consulter depuis que j'habitais New

York. Nous appréciions tous les deux son solide bon sens, antithèse de la morgue qu'affichaient généralement les sommités médicales de Manhattan. Et puis avec ses épaules voûtées, son air impassible et sa modestie, il nous rappelait la figure rassurante du brave médecin de campagne.

Il est arrivé vers midi. Vieux costume pied-de-poule, lunettes en demi-lune, antique sacoche noire. Quand Eric lui a ouvert, il est venu directement devant mon lit.

– Bonjour, Sara. Vous m'avez l'air fatiguée.

– Je le suis, ai-je reconnu d'une voix éteinte.

– Vous avez perdu du poids. Vous avez une idée de la cause ?

Je me suis encore tassée sous ma couverture.

– Vous avez froid ?

J'ai acquiescé d'un signe.

– Et vous éprouvez des difficultés à vous mouvoir ? Bien. Je voudrais dire deux mots à votre frère. Vous nous excusez un instant ?

D'un geste, il l'a invité à le suivre sur le palier. Quand il est revenu au bout d'un moment, il était seul. Il a ouvert sa sacoche.

– J'ai demandé à Eric d'aller faire un tour pendant que je vous examine. Et maintenant, voyons voir...

Après m'avoir aidée à m'asseoir, non sans mal, il m'a inspecté le fond de l'œil, les oreilles, le nez, la gorge, a relevé mon pouls et ma pression sanguine, testé mes réflexes. Il m'a interrogée en détail sur mon état général, mon alimentation, mes accès d'insomnie, et m'a demandé de lui décrire l'étrange crise qui m'avait clouée à ma table près d'une heure. Enfin, il a pris une chaise et s'est assis à mon chevet.

– Eh bien, vous n'avez aucun problème, physiologiquement parlant.

– Oui ?

– Je pourrais vous envoyer passer toute une série d'examens neurologiques à l'hôpital général mais ils ne révéleraient rien, à mon avis. Ou vous faire admettre en observation au service psychiatrique de Bellevue, mais là encore je pense que ce serait cliniquement sans effet, et très déstabilisant pour vous. En réalité, j'ai le sentiment que vous avez subi une petite dépression...

Il a attendu ma réaction avant de poursuivre.

– Pas tant une dépression nerveuse qu'une sorte d'épuisement soudain, provoqué par le manque de sommeil et une tension émotionnelle excessive. Votre frère m'a laissé entendre que vous traversiez une phase difficile...

– Une bêtise, c'est tout...

– Si elle vous a conduite à un tel état, ce ne doit pas être une bêtise.

– Je me suis trop laissée aller. En dramatisant une déception sentimentale à un point ridicule.

– Nous avons tous tendance à dramatiser, dans ce genre de cas. Même des personnes aussi équilibrées que vous. Cela tient à la nature même de l'affection.

– Et quel est le remède, docteur ?

Il m'a souri avec bonté.

– Si je le connaissais, je serais le médecin le plus riche du continent, mais hélas... Vous vous doutez bien de ma réponse : il n'y a pas de remède. Sinon le temps, peut-être. Je me doute que c'est une piètre consolation pour quelqu'un comme vous, qui se trouve à la période la plus aiguë du mal. Néanmoins, je crois que le repos est essentiel, dans votre cas. Un long repos, si possible en dehors de votre contexte habituel. Eric m'a dit que vous étiez en congé professionnel, pour l'instant, et...

– C'est plutôt un congé permanent, docteur.

– Alors saisissez l'occasion pour changer d'air. Pas dans une autre ville, je dirais, mais quelque part où vous pourrez marcher et vous oxygéner. Le bord de mer est excellent, en général. Je vous assure que d'après moi une bonne promenade sur la plage vaut cinq heures passées sur le divan d'un psychiatre. Je suis sans doute le seul praticien de New York à penser de cette manière, certes... Enfin, voulez-vous considérer cette possibilité ?

J'ai hoché la tête.

– Parfait. En attendant, je comprends votre souhait d'éviter l'usage de sédatifs mais cette insomnie chronique m'inquiète et je voudrais vous administrer une injection qui va vous sonner un moment.

– Combien de temps ?

– Jusqu'à demain matin.

– C'est long...

– Vous en avez besoin. Tout paraît beaucoup moins insurmontable après un bon somme.

Il a rouvert sa sacoche.

– Remontez votre manche, s'il vous plaît.

Il y a eu une forte odeur d'alcool, le contact d'un coton sur mon bras, la brève morsure de la seringue hypodermique et à nouveau le frottement du coton imbibé. Je me suis rallongée sur le dos. En quelques minutes, le monde s'est effacé.

J'y suis revenue au matin, alors que les rideaux filtraient les premières lueurs du jour. Je voyais trouble, comme à travers un voile, j'avais la tête lourde et je me suis demandé un instant où j'étais, mais j'éprouvais aussi une quiétude bienfaisante... jusqu'à ce que Jack revienne envahir mon esprit, et avec lui une tristesse résiduelle. Cependant j'avais dormi, enfin. Combien de temps ? Mon réveil marquait six heures et quart. Seigneur ! Presque dix-huit heures d'affilée. Le brave docteur n'avait pas menti. Pas étonnant que je me sente l'esprit aussi embrumé...

La surprise suivante a été de constater que je pouvais me redresser et m'asseoir sans effort. Un net progrès par rapport à la veille. Et puis je me suis aperçue que j'étais en chemise de nuit, et entre les draps. Il ne m'a pas fallu longtemps pour comprendre qui s'était chargé de me déshabiller et d'ouvrir le lit pour moi : en boule sur le canapé, une couverture drapée autour de lui, Eric était en train de ronfler bruyamment. Je me suis levée doucement et je suis entrée dans la salle de bains à pas de loup.

Je suis restée près d'une heure dans un bain brûlant, les yeux dans le vague, retrouvant peu à peu ma lucidité tandis que l'anxiété du jour précédent me quittait par tous les pores. Ce long sommeil artificiel n'avait pas entièrement calmé mes nerfs à vif, ni dissipé cette sensation d'échec qui continuait à me tenailler, non seulement à cause de Jack mais aussi de l'emploi que je n'avais pas su garder, et pourtant le docteur Ballensweig avait raison : le monde me semblait moins hostile après cette plongée dans l'inconscient. Et je me réjouissais d'avoir retrouvé mes facultés, tout simplement.

J'ai fini par quitter la douce torpeur du bain, je me suis séchée, j'ai enfilé un peignoir et j'ai rouvert la porte le plus silencieusement possible. Alors que je revenais vers mon lit sur la pointe des pieds, j'ai entendu le claquement sec d'un briquet Zippo qui se refermait. Assis sur le canapé, mon frère savourait sa première cigarette de la journée.

– Hé ! Une revenante du royaume des morts !

Il semblait mal réveillé mais il avait un petit sourire.

– Il ne fallait pas rester toute la nuit, Eric.

– Mais si. Je n'allais certainement pas te laisser seule après ce qui s'est passé hier.

– Je suis navrée.

– De quoi ? Tu as la dépression nerveuse plutôt discrète, finalement. Et tu as évité d'y céder en public, qui plus est.

– N'empêche, quelle honte...

– Pourquoi ? Parce que pour une fois, pour à peine une journée, tu ne t'es pas sentie à la hauteur ? Sois un peu moins dure avec toi, S... et fais-nous un café.

– Mais bien sûr !

193

Je me suis hâtée d'allumer la plaque chauffante dans le coin-cuisine.

– Je ne sais pas ce qu'il t'a injecté, Ballensweig, mais c'était impressionnant. Tu n'as plus bougé pendant des heures. Et pour te mettre au lit, c'était comme déshabiller une poupée de chiffon. Mais bon, tu ne veux plus entendre parler de tout ça, j'imagine.

– Non. Vraiment pas.

– Pour tout dire, je t'ai laissée une heure, le temps de filer à la pharmacie demander ces comprimés pour toi. Là, sur la table de nuit. Ballensweig veut que tu en prennes deux avant de te coucher, histoire de te garantir une bonne nuit. Quand tu auras repris tes bonnes habitudes, tu pourras les jeter.

– Ce ne sont pas des calmants, au moins ? Je ne veux pas de ça, moi.

– Ce sont des somnifères. Pour t'aider à mieux dormir, ce dont tu as absolument besoin si tu ne veux pas recommencer le petit intermède d'hier. Donc, arrête de jouer les converties à la Science chrétienne, d'accord ?

– D'accord, ai-je concédé tout en remplissant le percolateur de café moulu.

– Bon. Et pendant que tu dormais, j'ai aussi passé un coup de fil. J'ai appelé ton supérieur à *Life*.

– Tu as quoi ?

– J'ai téléphoné à Leland McGuire pour lui dire que tu étais souffrante et que les médecins t'avaient recommandé une période de repos loin de New York.

– Oh, Eric ! Tu n'aurais pas dû...

– Bien sûr que si ! Autrement, tu aurais passé les dix jours à te morfondre en attendant que ce sinistre type daigne te proposer un sujet, quand bien même la reine des cancans de bureau, cette fille dont le nom m'échappe, t'avait prévenue qu'il ne le fera jamais. Moi, les prescriptions médicales, je prends ça au sérieux. La faculté a dit qu'il te fallait du repos,

194

beaucoup de repos, dans un endroit avec plein d'oxygène et de chlorophylle. Je traduis : tu pars pour le Maine.

J'ai ouvert de grands yeux.

– Comment ça, je pars pour le Maine ?

– Tu te souviens de la maison que les parents louaient à Popham Beach ?

Et comment. Une simple cabane en bardeaux au milieu d'un discret village de vacances situé dans l'un des coins les plus impressionnants de la côte. Ils l'avaient louée pour leurs deux semaines de congé annuel en juillet pendant dix années consécutives, et nous étions restés en bons termes avec les propriétaires, un couple de Hartford, les Daniel. Alors que je dormais comme une souche, Eric les avait appelés en leur expliquant que je désirais me retirer dans un endroit tranquille pour écrire.

– Ce brave vieux Daniel ne m'a même pas laissé terminer, m'a raconté mon frère. Il met son palais à ta disposition. Et il m'a répété que c'était une joie et un honneur pour lui, de savoir qu'une journaliste permanente de la rédaction de *Life* parte prendre un bol d'air là-bas.

– S'il savait, le pauvre...

– Bref. Quand je lui ai demandé quel loyer il te prendrait, j'ai eu l'impression de l'avoir insulté, presque. « Il est hors de question que je fasse payer quoi que ce soit à la fille de Biddy Smythe... surtout pendant la morte-saison. »

– C'est comme ça qu'il a appelé Père ? ai-je relevé sans pouvoir m'empêcher de rire. Biddy ?

– Ils ont la familiarité parfois très audacieuse, ces WASP. En tout cas, la maison est à toi, gratis. Jusqu'au 1er mai, si tu veux.

– Quoi, tout ce temps dans ce coin perdu ?

– Essaie quinze jours, pour commencer. Si tu ne t'y plais pas, si tu te sens trop isolée, tu reviens. Ta seule dépense sera pour la femme de ménage,

Mrs Reynolds, une locale. Pour cinq dollars, elle viendra nettoyer la maison deux fois la semaine. Comme elle a une voiture, en plus, c'est elle qui t'attendra à la gare de Brunswick lundi soir. Je t'ai réservé une place dans le train de neuf heures à Penn Station. Tu changes à Boston vers les trois heures et tu arrives à Brunswick à dix-neuf heures vingt.

– Tu as tout organisé pour moi, à ce que je vois.

– Tu peux appeler ça te forcer la main, oui. Mais tu as réellement besoin de ce dépaysement et tu n'aurais jamais pris la décision toute seule.

Ce n'était que trop vrai. S'il n'avait pas pris les devants, je serais restée à Manhattan en attendant des nouvelles de Jack, et de McGuire, et du service du personnel de l'armée. Or, il n'est jamais bon de s'entêter à guetter ce qui peut ne jamais arriver et c'est pourquoi je me suis laissé convaincre, en fin de compte. J'ai jeté de vieux habits et plein de livres dans une malle, et malgré les protestations d'Eric j'ai tenu à emporter ma machine à écrire dans ma bucolique retraite.

– Du repos, on a dit ! Que tu envisages seulement de travailler, c'est hors de question.

– Je préfère l'avoir sous la main au cas où l'inspiration me tomberait dessus. Ce qui est à peu près aussi probable que la chute d'une météorite sur la plage de Popham.

– Promets-moi au moins de ne même pas essayer de t'y mettre avant d'avoir laissé passer quinze jours.

Je lui ai donné ma parole et j'ai tenu ma promesse sans avoir à me contraindre car, sitôt arrivée dans le Maine, j'ai glissé dans une indolence proche de la fainéantise. La maison était agréable dans sa simplicité, très humide aussi en cette fin d'hiver, mais après plusieurs jours de feu continu dans la cheminée, judicieusement associé au renfort de quelques radiateurs à huile aussi efficaces que nauséabonds, les murs ont séché et elle est devenue extrêmement douillette. Je ne faisais rien, ou presque. Je passais la matinée au lit avec un bon roman, ou bien je me lovais dans le gros fauteuil fatigué devant l'âtre en feuilletant des revues vieilles d'une décade que j'avais découvertes dans le coffre en bois qui servait de table basse. Le soir, j'écoutais la radio, surtout s'il y avait un concert de l'orchestre de la NBC dirigé par Toscanini, et je lisais tard dans la nuit. Je résistais à l'envie d'écrire à Jack et je gardais ma Remington dans un placard, hors de vue.

Le grand moment de la journée, c'était cependant ma promenade sur la plage. Sur cette étendue de cinq kilomètres, le seul signe de vie humaine était, tout au nord, le village de vacances où j'avais élu résidence, soit une poignée de cahutes en bois délavées par les intempéries qui se dissimulaient assez loin du front de mer. Il suffisait de passer la barrière en bois et de prendre à droite pour n'avoir devant soi qu'une immensité faite de ciel, d'océan et de sable immaculé.

Comme on était en avril, la plage était déserte. C'était aussi la période où l'hiver commence à céder le pas au printemps, une saison de brise tonifiante et d'horizons dégagés. Tout emmitouflée que j'étais, je glissais dans une sorte d'ivresse lucide dès les premiers pas sur le littoral et c'est avec allégresse que je descendais au sud, là où les rochers rejoignaient la mer, avant de revenir en sens inverse, stimulée par le vent, l'air translucide et le bleu profond du ciel. Pendant ce trajet, que j'accomplissais généralement en deux heures, mon esprit se vidait entièrement, peut-être sous l'effet de la majesté du paysage, peut-être grâce à la sensation d'être seule au milieu des éléments. Une fois encore, le docteur Ballensweig avait vu juste : parcourir ainsi une plage relevait de la thérapie. La tristesse, la déception ne s'étaient pas évaporées mais peu à peu un équilibre se recomposait en moi, peu à peu la fébrilité des derniers mois se résorbait. Je n'avais pas trouvé la sagesse d'un coup de baguette magique, un scepticisme de bon aloi face à la vanité enfiévrée de l'amour fou. Non, je me sentais merveilleusement placide, heureusement fatiguée, contente d'avoir échappé aux incessantes sollicitations de la vie. C'était la première fois que je restais si longtemps en tête à tête avec moi-même et l'expérience m'enchantait.

Mon unique lien avec le reste de l'humanité était Ruth Reynolds, la femme de ménage. Solide quadragénaire d'humeur enjouée, elle était mariée à un soudeur qui travaillait aux aciéries de Bath, élevait une tripotée d'enfants et, en plus de s'occuper de toute cette maisonnée, elle gagnait quelque argent en veillant à l'entretien de la demi-douzaine de cabanons de Popham Beach. Étant l'unique résidente de la petite colonie à cette période de l'année, j'avais évidemment attiré sur moi toute sa prévenance et son attention. Il y avait un vélo dans la maison, avec lequel j'allais de temps à autre faire les courses au magasin général le plus proche, ce qui représentait une dizaine de kilomètres de chemins escarpés. Habituellement, toutefois, Ruth tenait à me conduire en auto jusqu'à Bath pour mes emplettes. Et j'étais attendue à dîner chez elle chaque jeudi soir.

Ils habitaient une maison de pêcheurs délabrée et trop exiguë pour cette grande famille, plus loin sur la route. C'était un tout autre univers que la petite enclave délibérément rustique qui plaisait à des estivants amoureux de la nature. Roy, son mari, un colosse aux bras aussi robustes que les poutrelles d'acier qu'il passait sa vie à souder, se montrait amical quoique notablement intimidé par moi. Leur marmaille, qui s'échelonnait de cinq à dix-sept ans, était d'une inépuisable exubérance, générant un chaos permanent que Ruth, en maîtresse femme qu'elle était, savait apaiser d'un seul regard.

Le dîner était à cinq heures et demie. À sept heures, les plus jeunes allaient se coucher tandis que les deux aînés s'installaient devant la radio dans la cuisine pour suivre leurs feuilletons et que Roy prenait congé, rejoignant l'équipe de nuit aux aciéries. Alors Ruth sortait du vaisselier une bouteille de porto Christian Brothers, posait deux verres sur la table et s'installait en face de moi dans un fauteuil aux ressorts distendus. C'était devenu un rite hebdomadaire, pour nous.

– Vous savez pourquoi j'aime vous avoir ici avec moi le jeudi soir ? m'a-t-elle demandé une fois alors que nous sirotions l'épais vin sirupeux. Parce que c'est le seul jour de la semaine où il prend le quart de nuit, Roy, et du coup la seule occasion, pour moi de bavarder tranquillement avec une amie.

– Je suis contente que vous me considériez comme une amie.

– Bien sûr que vous l'êtes ! Et laissez-moi vous dire que je voudrais vous voir plus souvent. Sauf qu'avec cinq marmots et une maison à tenir je trouve à peine le temps de dormir mes six heures.

– Eh bien, vous allez me voir un peu plus, je crois. J'ai décidé de rester encore quelques semaines par ici.

Elle a fait tinter son verre contre le mien, ravie.

– En voilà une bonne nouvelle !

– Il faut dire qu'ils ne sont pas si pressés de me revoir, à *Life*.

– Vous n'en savez rien, tout de même.

– Si.

Je lui ai raconté que j'avais envoyé un télégramme à mon chef, lui faisant part de mon intention de prolonger mon séjour dans le Maine mais précisant que je rentrerais à New York dès qu'une commande me serait proposée. Sa réponse était arrivée le lendemain : « Nous savons où vous êtes si nous avons besoin de vous. Stop. Leland. »

– Il a l'air un rien cassant, cet homme, a remarqué Ruth.

– Oh, je m'y attendais. Tout comme je m'attends à me retrouver sans travail dans cinq mois et demi.

– Si j'étais vous, je ne m'inquiéterais pas tant, va !

– Pourquoi ?

– Pardi ! Vous avez de l'éducation, et aussi du plomb dans la cervelle.

– Moi ? Si vous saviez les erreurs que j'ai pu commettre, récemment...

– Je parie qu'elles n'étaient pas si graves.

– Oh si, je vous assure ! Se laisser chambouler la tête par quelque chose à ce point...

– Par quelque chose ?

– Enfin... par quelqu'un.

– Je m'étais dit ça, justement.

– C'est criant à ce point ?

– Personne ne vient dans le Maine en avril à moins de vouloir s'éloigner d'un problème.

– Ce n'est pas un problème, dans mon cas. C'était de la folie pure. Alors qu'il n'y a eu qu'une nuit... Mais moi, j'ai été assez idiote pour m'imaginer que j'avais connu le grand amour, le vrai.

– Mais vous aviez peut-être raison, puisque c'est ce que vous avez pensé.

– Ou je me suis bercée d'illusions, plutôt. Je suis tombée amoureuse de « l'idée » que je l'étais.

– Où il est maintenant, ce garçon ?

– En Europe. Il est dans l'armée, voyez-vous. J'ai dû lui écrire trente lettres mais je n'ai rien reçu en retour... pour l'instant.

– Vous savez ce qui vous reste à faire, n'est-ce pas ?

– L'oublier, sans doute.

– Ça, vous ne pourrez jamais ! Il va toujours rester, au contraire. À cause de l'effet énorme qu'il vous a fait.

– Et qu'est-ce qu'il faudrait que je fasse ?

– C'est simple : vous dire que cela n'avait pas d'avenir.

« Vous savez ce qui vous reste à faire ? » La

question s'est gravée en moi parce qu'elle faisait écho à un dilemme fondamental de l'existence : comment concilier le cœur et la raison ? La seconde m'enjoignait de reconnaître que Jack Malone n'avait été qu'un épisode de douze heures dans ma vie, le premier soutenait le contraire, et je n'en revenais pas de constater à quel point son irrationalité pouvait être convaincante. D'autant que jusqu'à cette nuit de Thanksgiving je m'étais crue à l'abri de tout ce qui ne relevait pas de la logique. Mais maintenant...

Le lendemain de ma conversation avec Ruth, je me suis levée à l'aube et après un rapide petit déjeuner je suis descendue sur la plage. De retour à neuf heures, je me suis préparé une cafetière pleine puis j'ai sorti la Remington de sa cachette et je l'ai installée sur la table de la cuisine. J'ai pris une feuille de la petite liasse que je gardais à l'intérieur du capot de protection, je l'ai glissée sous le rouleau. Installée avec une tasse de café fumant à portée de la main, j'ai attendu un instant avant de poser mes doigts sur les touches. Ils se sont crispés d'eux-mêmes, se muant en deux boules obstinées. Je me suis forcée à desserrer les poings. Brusquement, sans même avoir eu le temps de m'interroger sur cette réaction, j'ai tapé une phrase. « Je n'avais pas prévu d'aller à cette soirée. »

Mes mains se sont éloignées du clavier, s'arrêtant nerveusement sur la surface en bois brut de la table pendant que je relisais et relisais ces mots. Au bout de quelques minutes, j'ai décidé de tenter une deuxième phrase. « J'avais d'autres projets. »

Mes doigts se sont à nouveau échappés pour reprendre leur tambourinement agacé. J'ai porté la tasse à mes lèvres, les yeux sur les deux lignes qui troublaient à peine la blancheur de la page. Encore un effort. « Cette nuit-là, en effet j'étais bien décidée à m'offrir le plus rare des plaisirs, à Manhattan : huit heures de sommeil ininterrompu. »

Trois phrases. Je les ai étudiées longuement. Il y

avait du punch là-dedans. Le ton était simple, direct, avec une pointe de sarcasme dans la dernière notation. Pas mal, pour un début. Pas mal du tout.

J'ai vidé ma tasse d'un trait. En me levant pour aller la remplir, j'ai été assaillie par l'envie de passer la porte et de m'enfuir à toutes jambes. Il m'a fallu convoquer toute ma volonté pour me rasseoir. Aussitôt, mes doigts ont recommencé leur « tacatac, tacatac » affolé sur le plateau en pin.

Trois phrases. Une quarantaine de mots. La page standard, double interligne, en compte normalement deux cents. Eh bien, finissons-la ! Il n'en manque que cent soixante, après tout. Tu as aligné quarante mots en dix minutes, donc pour cent soixante tu auras besoin de...

Quatre heures. J'ai eu besoin de quatre longues, interminables heures pour arriver au bout. Le temps d'arracher la feuille du rouleau à cinq reprises, de boire une deuxième cafetière, de faire les cent pas, de mordiller un crayon, de griffonner des notes dans la marge et de remplir tout de même, miraculeusement, cette maudite page.

Le soir, après dîner et en compagnie d'un verre de vin rouge, j'ai relu le fruit de ces efforts. Le récit coulait assez bien, me paraissait éveiller l'intérêt du lecteur ou du moins ne pas le décourager. Le style avait du caractère sans aller jusqu'au parti pris d'originalité. Surtout, on entrait vite dans l'histoire. C'était une ouverture plutôt prometteuse. Mais ce n'était qu'une page, aussi.

J'ai commencé la journée du lendemain de la même manière, sinon que j'étais déjà devant ma machine à huit heures et demie. À midi, j'achevais ma deuxième page et le soir, avant de me coucher, j'ai soumis le tout à une sévère relecture, supprimant une trentaine de mots superflus, condensant certaines descriptions, réécrivant une phrase maladroite et sabrant une image décidément ridicule. Sans laisser au doute le temps de s'installer, j'ai retourné les feuillets et je les ai abandonnés sur la table.

Levée avec le soleil. Un pamplemousse, un toast, du café. La plage. Encore du café. Au travail. Cette fois, je n'ai pas quitté ma place avant d'avoir achevé les deux cents mots de la journée. Peu à peu, un rythme se dessinait, le temps avait acquis une structure et une finalité. Un feuillet par jour, c'était pour moi un accomplissement. On évoque parfois le « plaisir enivrant de la création » mais seuls ceux qui n'ont jamais tenté d'écrire peuvent en parler ainsi. C'est un objectif que l'on se fixe, écrire, il n'y a rien d'enivrant là-dedans, et comme n'importe quel objectif il n'apporte de plaisir qu'une fois rempli : on est soulagé d'avoir assuré la moyenne quotidienne, on espère que le travail accompli dans la journée se révélera satisfaisant parce que le lendemain il faudra noircir une autre page, de toute façon... C'est une affaire de volonté mais aussi de confiance en soi. Oui, je découvrais pas à pas qu'écrire est d'abord un étrange défi lancé à soi-même.

Un feuillet par jour, six jours par semaine. J'avais achevé la deuxième semaine à ce rythme quand j'ai envoyé un télégramme à Eric : « Splendide isolement me convient, finalement. Stop. Pour l'instant je reste. Stop. Commencé à écrire un peu. Stop. Pas de panique. Stop. Résultats plutôt satisfaisants. Stop. Merci de surveiller mon courrier. Stop. Ta S. »

Quarante-huit heures plus tard, un employé de la Western Union est apparu à ma porte avec la réponse d'Eric : « Écriture égale masochisme. Stop. Bienvenue au club des masos. Stop. Ai relevé ton courrier deux fois par semaine. Stop. Rien d'Europe ni de Washington. Stop. Passe à autre chose. Stop. Je vomis Joe E. Brown. Stop. Et tu me manques. »

Pour la première fois depuis des mois, penser à Jack ne me faisait plus l'effet d'un coup de poignard mais provoquait plutôt une douleur sourde, diffuse. « Vous dire que cela n'avait pas d'avenir. » Et poursuivre votre travail, pendant que vous y êtes.

Une autre semaine. Encore six pages, trêve dominicale comme d'habitude et retour à ma table le lundi... Après les affres du début, quand il m'arrivait d'hésiter pendant des heures sur une phrase ou de barrer des paragraphes entiers, mes doigts se sont mis à courir sur le clavier. Trois feuillets le lundi, quatre le mardi. J'avais cessé de m'inquiéter sans cesse de la forme, du rythme, de la construction. Je m'abandonnais au récit. Il s'écrivait de lui-même.

Le mercredi 25 avril 1946, il était 16 h 02 à ma montre lorsque cette course s'est arrêtée. Je suis restée un moment les yeux sur la feuille à moitié couverte avant de comprendre ce qui m'arrivait : je venais de terminer ma première nouvelle.

Quelques minutes plus tard, je suis partie au bord de la mer. Accroupie sur le sable, j'ai contemplé le balancement régulier des vagues. J'ignorais si elle était bonne ou mauvaise, cette histoire. L'instinct hérité de la famille Smythe me poussait à estimer qu'elle n'était sans doute pas digne d'être publiée. Mais elle existait et me procurait ainsi la satisfaction du devoir accompli, en tout cas pour l'instant.

Le lendemain matin, j'ai relu d'une traite ces vingt-quatre pages. Intitulée *À quai*, la nouvelle était une version romancée de ma rencontre avec Jack, à la différence qu'elle se déroulait en 41 et que la narratrice était une éditrice d'une trentaine d'années, Hannah, une femme seule qui n'avait jamais eu de chance avec les hommes et commençait à croire que l'amour ne croiserait jamais son chemin. Entre en scène Richard Ryan, un lieutenant de vaisseau en permission d'un soir à Manhattan avant de s'embarquer pour le Pacifique. Ils font connaissance dans une soirée, l'attirance est réciproque, ils partent déambuler dans la ville, échangent leur premier baiser, prennent une chambre d'hôtel miteuse et se séparent « courageusement » devant les docks de la Navy à Brooklyn. Il lui a juré sa flamme mais Hannah sait qu'elle ne le reverra plus. Ce n'était pas leur heure, tout simplement. Il s'en va à la guerre, il oubliera vite cette nuit. Reste à la jeune femme la certitude d'avoir trouvé sa destinée par hasard et de l'avoir aussitôt perdue.

J'ai passé les trois jours suivants à corriger mon texte, traquant particulièrement les risques de mièvrerie. Comment Puccini avait-il formulé cette exigence alors qu'il travaillait sur *La Bohème* avec son librettiste, déjà ? « Du sentiment, mais pas de sentimentalité. » C'était ce que je recherchais, moi aussi : une émotion qui ne sombre pas dans le pathos. Le dimanche, j'ai tout retapé à la machine en faisant une copie au papier-carbone, puis j'ai relu une dernière fois cette version définitive sans savoir qu'en penser. La narration avait l'air de fonctionner, l'ambiance faite à la fois de douceur et d'amertume me plaisait, mais j'étais trop concernée par l'histoire pour être capable de prendre du recul. Alors j'ai plié le double de la nouvelle, je l'ai glissé dans une enveloppe et je l'ai adressé à Eric avec un petit mot dans lequel je lui demandais de ne rien me cacher des défauts qu'il allait certainement y trouver. Je lui annonçais aussi que j'allais revenir à Manhattan dans une dizaine de jours et je l'invitais à dîner au Luchows le soir de mon retour.

Le lendemain matin, j'ai enfourché le vélo pour me rendre au bureau de poste où j'ai fait affranchir ma lettre au tarif prioritaire. Ensuite, j'ai commandé un appel pour Boston et j'ai attendu dans la cabine que l'opératrice me mette en relation avec une ancienne amie de l'université, Marge Kennicott, qui travaillait dans une maison d'édition bostonienne et habitait Commonwealth Avenue. Elle a paru enchantée à l'idée de m'accueillir quelques jours chez elle, « si ça ne te dérange pas de dormir sur le canapé le plus inconfortable du monde ». Dès que nous nous sommes quittées, j'ai téléphoné à la gare de Brunswick en réservant une place dans le train de Boston du mercredi matin. Puis j'ai pédalé jusque chez Ruth pour la prévenir de mon départ imminent.

– Vous allez me manquer. Mais vous avez l'air prête à reprendre votre vie.

– J'ai l'air guérie, vous voulez dire ? l'ai-je reprise en riant.

– Guérie de lui ? Non, vous ne le serez jamais, je vous l'ai expliqué. Mais je parie que vous prenez cette histoire pour ce qu'elle était, maintenant.

– Possible, oui. En tout cas, je ne me laisserai plus jamais entraîner aussi loin.

– Et puis quelqu'un vous fera changer d'avis.

– Je l'en empêcherai. L'amour, c'est un jeu de dupes.

La dureté du jugement était à la mesure du mécontentement que je m'inspirais pour avoir autant perdu la maîtrise de mes sentiments. Dans ma nouvelle, Hannah se sent dépouillée à l'issue de sa fulgurante expérience mais elle a également appris qu'elle pouvait éprouver de l'amour. C'était précisément là que le bât blessait, pour moi : je m'étais rendu compte que je n'avais pas été amoureuse de Jack Malone mais de l'idée de tomber amoureuse. Et je me promettais bien de ne pas répéter cette erreur.

J'ai expédié ma malle et ma machine à New York. Il y a eu une dernière promenade sur la plage. Ruth a tenu à m'accompagner à la gare. Sur le quai, nous sommes tombées dans les bras l'une de l'autre.

– J'attends un exemplaire de votre livre quand il va être publié, Sara.

– Il ne le sera jamais.

– Ma petite, le jour viendra où vous commencerez enfin à vous apprécier...

J'ai passé une semaine absolument délicieuse à Boston. Marge avait un appartement et des amis absolument délicieux. Son fiancé, un George Stafford Junior héritier potentiel d'une dynastie d'investisseurs en Bourse, l'était tout autant. La ville était égale à elle-même : délicieuse, bien léchée, snob et fade. Mon amie ne demandait qu'à me présenter à de délicieux célibataires mais j'ai réussi à me dérober, et je ne lui ai rien dit non plus quant aux raisons qui avaient motivé ma retraite dans le Maine. Au bout de sept jours de patricienne et bostonienne urbanité, j'avais soif du désordre exubérant de Manhattan et c'est donc avec soulagement que j'ai pris le train pour New York.

J'avais téléphoné à Eric la veille, lequel m'avait annoncé qu'il ne pourrait pas venir me chercher à Penn Station mais qu'il me rejoindrait à dîner comme convenu. « Je t'en parlerai quand on se verra », s'était-il borné à répondre lorsque je lui avais demandé, non sans appréhension, s'il avait reçu mon envoi.

Arrivée chez moi, j'ai trié le gros tas de courrier qui s'amoncelait à ma porte sans plus rien attendre de Jack, désormais. Et à juste raison. Par contre, le Service de gestion des personnels de carrière avait fini par répondre, m'informant que le lieutenant John Joseph Malone était basé au quartier général allié, en Angleterre, et me communiquant l'adresse postale militaire à laquelle il pouvait être joint. J'ai laissé tomber la lettre dans ma corbeille à papier en me disant qu'il valait mieux se débarrasser de ses erreurs passées de cette façon : en les jetant à la poubelle de l'existence.

Une autre enveloppe a immédiatement attiré mon regard parce qu'elle venait du *Saturday Night/Sunday Morning*, un hebdomadaire avec lequel je n'avais jamais été en contact. Intriguée, je me suis hâtée de l'ouvrir. Nathaniel Hunter, chef de la section littéraire, m'indiquait que ma nouvelle, *À quai*, avait été retenue pour publication et qu'il l'avait programmée au premier numéro du mois de septembre 1946, avec un versement de droits d'auteur qu'il établissait à cent vingt-cinq dollars. « Bien que souhaitant rester au plus près de la forme originale de votre texte, j'aurais une ou deux propositions éditoriales qui retiendront votre attention, je l'espère », précisait-il en me demandant de téléphoner à sa secrétaire afin de convenir d'un rendez-vous.

Trois heures plus tard, je n'étais pas encore revenue de ma stupéfaction alors que je trinquais au champagne avec Eric à notre table, chez Luchows.

– Tu pourrais essayer d'avoir l'air contente, au moins

– Mais je le suis ! Simplement étonnée que tu aies organisé tout ça de ton côté...

– Comme je te l'ai déjà expliqué, je n'ai rien organisé du tout. J'ai lu ton histoire, je l'ai aimée, j'ai appelé mon vieux copain de fac Nat Hunter, je lui ai dit que je venais de tomber sur un texte qui conviendrait parfaitement à son journal et que... oui, il se trouve qu'il a été écrit par ma petite sœur. Il m'a demandé de le lui envoyer, il l'a aimé aussi, il va le publier. Et voilà. Si je n'avais pas été séduit, je ne lui en aurais pas parlé. S'il n'avait pas accroché, il l'aurait laissé tomber. Donc il n'y a aucun trafic d'influence, aucun favoritisme. Je suis innocent !

– Il n'empêche que sans toi je n'aurais jamais eu un accès direct à lui.

– Eh oui, ça marche comme ça, des fois.

Je lui ai pris la main.

– Merci.

– De rien. Elle se défend toute seule, ta nouvelle ! Tu es capable d'écrire.

– En tout cas, c'est moi qui invite, ce soir.

– Un peu, oui !

– Tu m'as manqué, Eric.

– Toi pareil, S. Et tu as vraiment, vraiment meilleure mine.

– Je me sens mieux, oui.

– Comme neuve ?

J'ai choqué ma coupe contre la sienne.

– Exactement.

J'ai appelé la secrétaire de Nathaniel Hunter dès le lendemain matin. Elle s'est montrée des plus accueillantes. Mr Hunter serait ravi de déjeuner avec moi dans deux jours, si mon emploi du temps le permettait.

– C'est tout à fait possible, oui, ai-je répondu en tentant de dissimuler mon enthousiasme.

L'accueil a été nettement moins chaleureux quand j'ai voulu reprendre contact avec McGuire à *Life*. Après m'avoir fait attendre un bon moment, son assistante est revenue en ligne pour me dire que Leland était content de me savoir de nouveau à New York et me téléphonerait dès qu'il aurait un sujet à me proposer. Je n'en ai pas été surprise. Les trois mois de purgatoire qu'il me laissait encore seraient conclus par une lettre de licenciement en bonne et due forme, j'en étais maintenant certaine. Mais le paiement de *Saturday Night/Sunday Morning* me permettrait de survivre quelque temps et, qui sait, j'arriverais peut-être à convaincre Nathaniel Hunter de me confier deux ou trois commandes journalistiques...

J'étais évidemment assez tendue avant mon rendez-vous avec lui. À onze heures, lassée de faire les cent pas chez moi, j'ai décidé de tuer le temps qui restait en me rendant à pied jusqu'à la rédaction de *Saturday*, sur Madison au niveau de la 47e Rue. Je venais de sortir sur le palier lorsque Mr Kocsis est apparu en haut de l'escalier, une pile de courrier dans les bras.

– Facteur en avance, aujourd'hui, a-t-il remarqué en me tendant une carte postale avant de continuer à distribuer sa manne.

Il y avait un timbre américain dessus mais mon estomac s'est serré quand j'ai lu le cachet : « US Army,

209

Zone d'occupation américaine, Berlin ». Je l'ai retournée, fébrile. Il n'y avait que deux mots au verso, écrits d'une main hâtive.

« Désolé.
Jack. »

Je suis restée sans bouger longtemps, très longtemps. Enfin, je me suis forcée à descendre. Débouchant dans l'étincelante lumière du printemps, j'ai pris à gauche et je suis partie vers le nord de la ville, serrant toujours la carte dans ma main. En traversant Greenwich Avenue, je suis passée devant une poubelle. Sans une seconde d'hésitation, j'ai expédié la lettre dedans. Je ne me suis même pas retournée pour vérifier si elle l'avait atteinte. J'ai continué droit devant.

5

Il s'est bien déroulé, ce déjeuner. Tellement bien que Nathaniel Hunter avait une offre de travail pour moi, rien moins que chef adjointe de la section littéraire. Sans arriver tout à fait à y croire, j'ai accepté immédiatement. Mon empressement a paru l'étonner, d'ailleurs.

– Vous pouvez y réfléchir un jour ou deux, vous savez, m'a-t-il glissé en allumant une Camel, qu'il fumait l'une après l'autre.

– C'est tout réfléchi. Quand est-ce que je commence ?

– Eh bien... lundi, si vous voulez. Mais Sara... Vous vous rendez bien compte que vous n'aurez plus beaucoup de temps pour écrire, si vous acceptez ?

– J'en trouverai toujours.

– Oui. J'ai entendu ça de beaucoup de jeunes écrivains très prometteurs. Ils se font publier une fois et puis, au lieu d'essayer de ne se consacrer qu'à leur art, ils trouvent une place dans une agence de publicité, un cabinet de relations publiques... Le résultat, c'est qu'ils sont bien trop épuisés à la fin de la journée pour aligner deux lignes. La vie de bureau, ça finit par se payer. Vous êtes au courant.

– Je dois payer mon loyer, aussi.

– Vous êtes jeune, libre, sans responsabilités familiales. C'est le moment idéal pour vous mettre sérieusement à un roman.

– Mais si vous en êtes convaincu à ce point, pourquoi m'avoir fait cette proposition ?

– Parce que, petit *a*, vous me semblez pleine d'idées et c'est la qualité qu'il me faut chez un adjoint ; petit *b*, étant moi-même quelqu'un qui a renoncé à une belle carrière littéraire pour m'abrutir en éditant les textes des autres, je mets un point d'honneur à inciter de jeunes auteurs à vendre eux aussi leur âme au diable.

Je n'ai pas pu m'empêcher de rire.

– Vous avez le mérite de la franchise, Mr Hunter !

– Pas de grandes promesses, pas de petits mensonges : tel est mon credo. Mais si vous voulez penser à votre bien, Sara, écoutez-moi... et refusez !

Pour moi, il n'en était pas question. Je n'avais pas assez confiance en mon talent pour ne me consacrer qu'à la création. La peur de l'échec était trop présente. Ensuite, toute mon éducation, tout mon passé familial me recommandaient de choisir la sécurité contre l'aventure. Et enfin j'avais le pressentiment que c'était un heureux hasard qui m'avait fait croiser le chemin de Nathaniel Hunter.

Il avait la trentaine, comme Eric. Grand, mince comme un fil, une épaisse chevelure déjà grisonnante, des lunettes en écaille, l'autodérision sans cesse apparente sur ses traits, il ne manquait pas de charme, et encore moins d'humour. Il m'a appris qu'il était marié depuis douze ans à une enseignante d'histoire de l'art à Barnard, Rose, qu'ils avaient deux enfants, des garçons, et qu'ils vivaient sur Riverside Drive à la hauteur de la 108e. À l'évidence, sa famille comptait beaucoup pour lui, même s'il en parlait avec une note de cynisme, ce qui était sa manière d'exprimer ses sentiments, comme je l'ai vite découvert. Je ne m'en suis sentie que plus à l'aise avec lui puisque nos relations étaient d'emblée dénuées de tentatives de flirt à la McGuire. J'ai également apprécié qu'il ne m'interroge jamais sur ma vie privée, préférant connaître mon avis sur tel problème d'écriture, ou tel écrivain, ou sur Harry Truman, ou savoir quelle était mon équipe de base-ball favorite, des Dodgers ou des Yankees – ni l'une ni l'autre : les Bronx Bombers, évidemment ! Il n'a pas non plus cherché à apprendre si ma nouvelle comportait des éléments autobiographiques. Non, il s'est contenté de la juger très bonne, et il a eu l'air surpris quand je lui ai avoué que c'était ma première incursion sur le terrain de la fiction.

– Il y a dix ans, j'étais exactement au même stade que vous, m'a-t-il déclaré. Le *New Yorker* venait de me prendre une nouvelle et j'avais déjà la moitié d'un roman dont j'étais certain qu'il allait faire de moi le John Marquand de ma génération.

– Et qui l'a publié, finalement ?

– Personne. Je ne l'ai jamais terminé, ce damné bouquin ! Et pourquoi ? Parce que je me suis bêtement laissé absorber par des choix tels que d'avoir des enfants, et d'entrer comme éditeur chez Harper pour avoir un salaire qui me permette de les faire vivre, et de passer ensuite à un poste encore mieux payé pour avoir de quoi les envoyer en école privée, prendre un appartement plus grand, louer une maison d'été sur la côte... Bref, les exigences de la vie de famille. Alors regardez bien ce vivant exemple de talent gâché et... dites-moi non. Ne le prenez pas, ce job !

– Nat a tout à fait raison, m'a affirmé Eric quand je lui ai téléphoné à son travail pour lui parler de cette proposition. Tu n'as aucun boulet au pied, c'est le moment de prendre des risques, d'éviter les pièges bourgeois dans...

– Les quoi ? l'ai-je coupé avec un petit rire. Ah, une fois qu'on a été au Parti, on y reste, au moins dans sa tête !

– Il n'y a rien de drôle là-dedans, a-t-il repris d'un ton sec. Surtout quand on pense aux écoutes téléphoniques.

– Pardon, Eric. C'était stupide, en effet.

– Bon, on continuera cette conversation plus tard.

Nous nous sommes retrouvés le soir au McSorley, un bar à bière proche du Bowery. Eric était assis à une table du fond, une chope de brune posée devant lui. Sans un mot, je lui ai tendu un paquet carré.

– Qu'est-ce que c'est ?

– Un *mea culpa* pour ne pas savoir tenir ma langue au téléphone.

Dès qu'il a déchiré l'emballage en kraft, son visage s'est illuminé en découvrant le disque de la *Missa Solemnis* de Beethoven sous la baguette de Toscanini.

– Je devrais te faire sentir coupable plus souvent, a-t-il plaisanté avant de se lever et de m'embrasser sur la joue. Merci.

– J'ai été totalement irresponsable.

– Et moi sans doute un peu trop paranoïaque. Mais il se trouve que...

Il a baissé la voix.

– ... certains anciens « amis » de l'époque ont eu des ennuis, dernièrement.

– Quel genre d'ennuis ?

Je chuchotais comme lui, à présent.

– Des questions de leur employeur à propos de leur engagement politique passé. Surtout ceux qui travaillent dans l'industrie du spectacle. Et puis il y a des rumeurs selon lesquelles le FBI se serait mis à fouiner dans la vie de tous ceux qui ont appartenu à ce petit machin que j'appelais « mon parti », dans le temps.

– Mais tu l'as quitté en... 40, non ?

– 41.

– Il y a cinq ans, donc. C'est de l'histoire ancienne, Eric ! Personne ne va s'intéresser au fait que tu as pu être compagnon de route. Tiens, regarde Dos Passos : ce n'était pas un membre important du Parti, dans les années trente ?

– Oui, mais maintenant il est plus à droite que n'importe qui.

– C'est bien ce que je dis ! Hoover et ses mignons ne s'aviseraient pas de l'accuser d'être un co...

– Un subversif, s'est-il empressé de m'interrompre,

ne voulant pas que je prononce même à voix basse le mot tabou.

– Oui, oui. Ce que j'essayais de dire, c'est qu'il importe peu que tu aies fait partie de ce... club, dès lors que ce n'est plus le cas aujourd'hui, à l'évidence. Imagine un athée convaincu qui se convertit au christianisme : est-ce qu'on va le considérer toute sa vie comme un « ancien athée » ou comme quelqu'un qui a fini par avoir l'illumination ?

– Tu as raison, je pense.

– Alors cesse de t'inquiéter. Tu as reçu la foi, toi aussi. Tu es un « bon Américain ». Tu es au clair avec tout le monde.

– J'espère que tu dis vrai.

– Mais je ne te promets pas moins de m'abstenir d'allusions comme celle de tout à l'heure, au téléphone.

– Bon, et cette place que Nat te propose ? Tu vas vraiment y aller ?

– J'en ai bien peur, oui. D'accord, je sais qu'il y aurait plein de raisons très logiques de refuser. Mais je suis lâche, voilà tout. J'ai besoin de pouvoir compter sur un bulletin de salaire. Et aussi je crois aux heureuses coïncidences.

– Comment ça ?

C'est là que je lui ai parlé de la carte de Jack que j'avais reçue le matin même. Eric est resté songeur un instant.

– Quoi, « désolé » et c'est tout ?

– Oui. Laconique, on peut dire. Et pas très gentil.

– Je comprends pourquoi tu veux accepter ce job, maintenant.

– J'aurais saisi cette chance dans tous les cas.

– Oui, mais la carte du Casanova n'a pas un peu précipité ta décision ?

– Ne l'appelle pas comme ça, s'il te plaît.

– Pardon. Ça me rend furieux pour toi, c'est tout.

– Je te l'ai déjà dit il y a des semaines : je suis guérie.

– Oui...

– J'ai mis sa carte à la poubelle, Eric !

– Et deux heures plus tard tu as dit d'accord à Nat.

– Une porte se ferme, une autre s'ouvre.

– C'est de toi, cette formule ?

– Va au diable ! lui ai-je lancé en souriant.

Nos bières sont arrivées. Eric a levé sa chope :

– Eh bien, à la santé de la nouvelle chef adjointe du service littéraire de *Saturday Night/Sunday Morning* ! Et fais-moi plaisir : continue à écrire.

– C'est promis.

Cette conversation est revenue me trotter dans la tête par un après-midi enneigé de décembre, six mois plus tard. J'étais dans mon bureau-placard au vingt-troisième étage du Rockefeller Center. La minuscule fenêtre m'offrait le paysage d'une arrière-cour lugubre. Une pile de manuscrits non sollicités s'élevait sur ma table. Selon ma cadence habituelle, j'en avais parcouru une bonne dizaine ce jour-là, sans rien trouver d'à peu près publiable. Comme d'habitude, j'avais rédigé une note de lecture plus ou moins longue sur chacun d'eux. Comme d'habitude, j'avais joint une lettre de refus standard aux enveloppes de retour, et comme d'habitude je m'affligeais de constater que je n'avais rien écrit pour moi.

Le travail au journal s'était révélé plus ingrat que je ne m'y étais attendue. Et il ne ressemblait pratiquement en rien à celui d'une éditrice puisque mon rôle, tout comme celui des deux autres assistants de Nat, se bornait à m'épuiser les yeux sur les quelque trois cents manuscrits d'illustres inconnus qui parvenaient chaque mois à la rédaction. Si la direction mettait un point d'honneur à garantir que tous seraient « scrupuleusement étudiés », j'avais vite eu la conviction que ma tâche consistait essentiellement à dire non. Quand il m'arrivait – très rarement – de tomber sur un texte digne d'intérêt, voire pétri de vrai talent, je n'avais de toute façon pas le pouvoir de le faire publier, mes prérogatives se limitant à le « faire remonter » à Nat Hunter avec un commentaire enthousiaste tout en sachant qu'il y avait fort peu de chance qu'il finisse par le sortir puisque la section littéraire n'ouvrait ses colonnes à des auteurs non confirmés qu'à quatre reprises sur les cinquante-deux numéros annuels du magazine. Les écrivains réputés se taillaient donc la part du lion, et, certes, l'hebdomadaire pouvait se targuer de publier les plus grands noms littéraires du moment, Hemingway, O'Hara, Steinbeck, Somerset Maugham, Evelyn Waugh, Pearl Buck... Devant une liste aussi intimidante, je mesurais la veine à peine croyable d'avoir été l'un des quatre auteurs sortis de l'anonymat en 1946.

Car, comme prévu, ma nouvelle a paru dans l'édition du 6 septembre de cette année-là. Plusieurs de mes collègues de bureau m'ont complimentée sur mon style, un éditeur de chez Harper and Brothers m'a envoyé un mot élogieux en précisant qu'il serait heureux d'envisager une publication lorsque j'aurais assez de matière pour constituer un recueil. Un cadre de la RKO m'a aussi téléphoné pour s'enquérir des droits éventuels en cas d'adaptation cinématographique, puis m'a envoyé une lettre dans laquelle il estimait que « le thème des amours en temps de guerre était maintenant galvaudé ». Fidèle à ma promesse, j'ai expédié un exemplaire du magazine à Ruth dans le Maine. Elle m'a répondu avec une carte de félicitations : « Écrivain, vous l'êtes. Et moi, lectrice, j'en redemande ! » Eric a écorné son modeste budget pour m'offrir un dîner au 21, et Nat Hunter a lui aussi voulu marquer l'occasion en m'invitant à déjeuner au Longchamps.

Dès le début du repas, il m'a demandé :

– Alors, vous regrettez d'avoir accepté ?

– Moi ? Pas du tout ! Pourquoi, j'en ai l'air ?

– Vous êtes trop bien élevée pour manifester votre déception. Mais je sais que vous avez découvert que ce travail est loin d'être gratifiant. Le mien non plus, je précise, mais il a au moins l'avantage de m'assurer une note de frais, ce qui me permet de régaler des écrivains à midi. Comme vous aujourd'hui, tenez ! Oh, à ce propos : où en est votre prochaine nouvelle ?

– J'y travaille. C'est un peu plus long que je n'avais pensé.

– Vous mentez très mal, miss Smythe.

Il avait raison sur tous les tableaux, puisque j'étais transparente, en effet, et que le texte que j'avais en tête n'avançait pas même si j'avais une idée précise de l'histoire. Une fillette de huit ans, en vacances d'été avec ses parents sur la côte du Maine. Fille unique, très gâtée et choyée, elle a cependant conscience que sa mère et son père ne s'entendent guère et qu'elle est le ciment qui unit encore leur couple. Un après-midi, alors qu'une dispute particulièrement pénible éclate entre eux, elle se glisse hors de leur maison de location au bord de la mer, quitte la plage, se trompe de route et se perd dans une forêt touffue où elle finit par passer la nuit, seule. Quand la police la retrouve le lendemain, elle a surmonté le choc. Elle est accueillie par ses parents qui pleurent de bonheur mais l'harmonie induite par cet heureux dénouement ne dure qu'un jour ou deux, puis ils recommencent à se quereller. À nouveau elle fugue dans les bois, parce qu'elle a compris que c'est seulement lorsqu'ils s'inquiètent pour elle que ses parents redeviennent solidaires, unis.

J'avais déjà un titre, *Peine perdue*, et les grandes lignes de la construction. Ce qui me manquait, en revanche, c'était la volonté de m'y atteler. Je rentrais chaque soir du bureau sur les nerfs, et après huit heures passées à lire la prose des autres je n'avais pas la moindre envie d'aligner la mienne sur la page. Ainsi a commencé la petite musique de l'atermoiement, sur

218

le thème « maintenant je suis trop fatiguée pour ouvrir ma machine mais je me lève à six heures demain et j'écris trois cents mots avant de partir au travail », sinon qu'au moment où le réveil sonnait je remontais les couvertures sur ma tête et je replongeais dans le sursis du sommeil. Les soirs où je ne me sentais pas entièrement vidée de mon énergie, je finissais toujours par trouver d'autres occupations, une double séance Howard Hawks dans un cinéma de la 14e, un roman à suspense de William Irish, ou encore le nettoyage de ma salle de bains qui soudain me paraissait indispensable... Et le week-end, c'était encore pire : résolue à ne pas relever la tête de mon clavier pendant au moins quatre heures, j'écrivais une phrase, elle me déplaisait, je déchirais la feuille, je refaisais un essai aussi peu concluant, et puis je me disais qu'il valait mieux aller faire un tour, m'arrêter au Café Reggio de Bleecker Street, remonter jusqu'au Metropolitan Museum, ou passer à la laverie automatique, n'importe quoi plutôt que d'écrire.

Ce manège a duré des mois. Chaque fois qu'Eric me demandait où j'en étais, je lui disais que j'avançais lentement mais sûrement dans ma nouvelle. Au scepticisme de son regard, je comprenais qu'il ne me croyait pas et je me sentais encore plus coupable. Je détestais mentir à mon frère, mais que pouvais-je lui raconter ? Que je n'étais même plus capable de former une phrase qui se tienne, et encore moins toute une nouvelle ? Que je me voyais désormais comme un auteur sans lendemain, quelqu'un qui n'avait eu qu'une histoire à raconter ?

Pour finir, je lui ai tout avoué. Thanksgiving 1946. Comme l'année précédente, nous nous étions retrouvés à déjeuner au Luchows. Mais là, je n'étais plus amoureuse, seulement déçue de mon travail, de mon existence, et de moi-même en général.

Eric a commandé le même vin pétillant que l'année d'avant. Alors qu'il venait de porter un toast à ma

« prochaine œuvre », j'ai reposé mon verre et, presque à mon insu :

– Il n'y a pas de prochaine œuvre, Eric, et tu le sais très bien.

– Je le sais, oui.

– Et depuis longtemps, non ?

Il a acquiescé.

– Alors pourquoi ne m'as-tu rien dit ?

– Parce qu'on est tous à la merci de la panne d'inspiration, quand on écrit. Et c'est un sujet qu'on n'aime pas trop aborder, en général.

– Je me fais l'effet d'une... ratée.

– C'est idiot, S !

– Peut-être, mais c'est vrai. J'ai tout gâché à *Life*, je n'aurais jamais dû entrer à *Saturday/Sunday* et maintenant je n'arrive plus à écrire quoi que ce soit. Une petite nouvelle publiée quand j'avais vingt-quatre ans, voilà toute la trace que je laisserai en littérature.

Eric a dégusté une gorgée de vin en souriant.

– Tu ne crois pas que tu donnes un peu dans le mélodrame ?

– « C'est » un mélodrame !

– Parfait. Je te préfère en Bette Davis qu'en Katharine Hepburn, de toute façon.

– Seigneur ! Je croirais l'entendre, « lui »...

– Ah, il est toujours dans tes pensées, alors ?

– Aujourd'hui seulement.

– Parce que c'est votre anniversaire, je présume ?

J'ai tressailli.

– Ce n'est pas très gentil.

– Exact. Je regrette.

– Tu es dur avec moi, parfois.

– Pas autant que tu ne l'es avec toi-même. Et puis ce n'était pas une critique, juste une taquinerie constructive. Une tentative de te sortir de tes idées noires. L'important, c'est que tu arrêtes de te torturer en te répétant que tu ne peux plus écrire. Si tu as quelque chose à dire, ça finira par sortir. Sinon... ce n'est pas la fin du monde. En tout cas c'est la conclusion à laquelle je suis parvenu, moi.

– Quoi, tu n'as pas renoncé à ta pièce, quand même ?

Il a contemplé son verre un moment avant d'allumer une cigarette, les yeux toujours détournés.

Il n'y a pas de pièce.

Comment ? Je ne comprends pas.

C'est simple, pourtant. La pièce que j'écris depuis deux ans n'existe pas.

– Mais... Explique-moi, Eric !

– Elle n'existe pas parce que je ne l'ai jamais commencée, en réalité.

J'ai tenté de dissimuler ma stupéfaction. En vain.

– Quoi, rien ?

– Pas un mot, a-t-il soufflé, les dents serrées.

– Mais pourquoi ?

– Pourquoi ? Parce qu'on peut encaisser les refus jusqu'à un certain point seulement. Sept spectacles jamais montés, ça faisait assez pour moi.

– Mais tout change, et les goûts aussi ! Tu finiras par percer !

– Oui, et « aide-toi, le Ciel t'aidera », pendant que tu y es.

– Tu sais bien qu'on ne peut pas se contenter de l'image que l'on a de soi-même.

– D'accord, et cela vaut pour toi aussi bien. Conclusion, cesse de t'affliger et range ta machine à écrire tant que tu n'es pas certaine d'être prête à t'en servir.

– Ce qui ne sera jamais le cas.

– Arrête de parler comme moi, bon Dieu ! Surtout que dans ton cas c'est faux.

– Comment en es-tu si sûr ?

– Parce que tu surmonteras ce passage, j'en suis convaincu. Et parce que tu finiras par oublier ce garçon.

– Mais c'est déjà fait !

– Non, S. Il est toujours là, il te ronge. Je le sens.

221

Était-ce patent à ce point ? La sécheresse de la carte de Jack ne pouvait pourtant que me renforcer dans la résolution de tourner la page. C'était donc la seule réponse qu'il avait pu trouver aux trois douzaines de lettres que je lui avais adressées ? Ses serments à l'entrée des docks n'étaient donc que de creuses proclamations ? J'avais été plus que naïve de le croire : ridicule. La colère, ce classique antidote aux peines de cœur, m'avait aidée à surmonter ce constat. Ainsi qu'Eric l'avait pressenti, Jack Malone n'avait été qu'un poseur, un Casanova en uniforme. Si encore il avait eu la correction – ou le courage ? – de m'écrire tout de suite, de m'annoncer sans attendre que notre histoire n'avait pas d'avenir... Si seulement je n'avais pas été aussi bêtement romantique !

Après la colère vient le ressentiment, puis l'amertume, et quand même cela finit par se dissiper arrive une certaine sagesse, ce mélange insipide de résignation et de regret que l'on doit goûter à l'école de la déception. Lors de ce déjeuner de Thanksgiving avec Eric, cependant, je n'en étais pas qu'à ce stade. La date elle-même, cet « anniversaire » qu'il avait raillé, me poussait à l'introspection, au bilan de ce qu'avait été cette chaotique année. Elle réveillait aussi une émotion que je ne cessais de dénier mais que mon diable de frère avait aisément détectée en moi : malgré tout ce que j'étais en droit de reprocher à Jack, il continuait à me manquer. Et je ne parvenais toujours pas à comprendre pourquoi une seule nuit avec un inconnu avait pu produire un tel impact sur ma vie. À moins... À moins qu'il n'ait été ce qu'on appelle « le destin » ? Mais je ne voulais pas m'attarder sur cette idée. Elle risquait de réveiller la douleur rémanente d'avoir perdu Jack.

Quelques jours après cet échange avec Eric, j'ai donc remis Mr Malone dans le tiroir mental qui portait l'étiquette « Faux pas sentimentaux ». J'ai aussi suivi le conseil de mon frère en mettant ma

Remington à hiberner dans le placard. Non sans de nouveaux accès de culpabilité, certes, mais à la mi-décembre j'avais retrouvé une certaine sérénité et, à grand renfort de rationalisation, réussi à me convaincre que ma carrière littéraire n'était pas forcément enterrée. Placée entre parenthèses, plutôt.

Nathaniel Hunter est resté bouche bée quand je lui ai appris qu'il n'y aurait pas d'autres nouvelles, pour l'instant. Nous déjeunions ensemble, peu avant Noël.

– C'est dommage, Sara. Vous avez beaucoup de ressources en vous.

– Merci pour le compliment, mais si je n'arrive pas à écrire, les ressources ne servent à rien, non ?

– Je me sens responsable.

– Pourquoi ? Vous m'aviez prévenue. Mais ce n'est pas mon travail qui est l'obstacle. C'est moi.

– Vous vouliez continuer, pourtant ?

– Oui, sans doute... Mais je ne sais plus où j'en suis, en réalité.

– C'est assez courant, hélas.

– À qui le dites-vous ! Moi, c'est surtout depuis l'an dernier, depuis que la vie m'a donné une leçon fondamentale.

– Laquelle ? J'aimerais apprendre, moi aussi !

– C'est simple : chaque fois qu'on a l'impression de savoir précisément ce que l'on attend de l'existence, quelqu'un surgit et bouleverse toutes vos certitudes.

– Il y en a qui appellent ça être capable de se remettre en cause.

– Moi, je dirais que c'est le plus sûr moyen de se rendre malheureux.

– Mais il arrive que ce « quelqu'un » soit ce qu'on voulait, tout de même !

– Bien sûr ! La question, c'est : une fois qu'on a trouvé ce qu'on attendait, est-ce qu'on peut le garder ? Et ce qui est terrible, c'est que la réponse se résume à des facteurs tels que la chance, le hasard, ou même votre « bonne étoile »... Des données sur lesquelles nous n'avons pratiquement aucun contrôle.

– Écoutez l'avis d'un type qui s'est contenté de son lot, Sara : nous n'avons aucun contrôle sur quoi que ce soit. On croit que si, mais en fait la plupart des grandes décisions que nous prenons dans notre vie ne nous appartiennent pas vraiment. Nous décidons dans l'urgence, guidés par l'instinct et en général sous l'emprise de la peur. Et l'instant d'après vous vous retrouvez dans une situation que vous n'aviez jamais cherchée, et vous êtes tout étonné, et vous maudissez le sort, mais la vérité c'est que vous l'avez voulu, depuis le début, même si vous passez le restant de votre vie à prétendre le contraire.

– Nous nous piégeons nous-mêmes, c'est cela ?

– Exactement. Je ne sais plus qui a dit que Dieu a fait la liberté et l'homme, l'esclavage. Dans l'Amérique d'aujourd'hui, nous nous couvrons de chaînes de notre plein gré. À commencer par celles du mariage.

– Je ne me marierai jamais, moi.

– Ah, je l'ai déjà entendue, celle-là ! Mais vous y passerez, croyez-moi. Et sans même y réfléchir tant que ça.

J'ai éclaté de rire.

– Vous savez tout, alors ?

– Non, mais c'est comme ça que ça se passe, toujours.

Sur le moment, je me suis dit qu'un regard aussi désabusé s'expliquait par son cynisme de bon aloi, ainsi que par la frustration d'atteindre le milieu de sa vie sans avoir réalisé ses ambitions littéraires. Mais il était aussi un bon mari et un bon père, je n'en doutais pas, et sans doute l'harmonie de sa vie familiale compensait-elle ses déceptions professionnelles. Il était « enchaîné », peut-être, et cependant il aimait sentir le poids de ces entraves sur lui.

En arrivant au travail quinze jours après Noël, je suis tombée sur une note de service épinglée à la porte de notre section, qui nous conviait à une réunion urgente avec le directeur de la rédaction à dix heures. Tous mes collègues étaient déjà regroupés devant le bureau de Nat, échangeant des regards entendus et des chuchotements de conspirateurs. Pas trace de Mr Hunter, par contre.

– Que se passe-t-il ? ai-je lancé en les rejoignant.

– Quoi, vous n'êtes pas au courant ? s'est étonnée Emily Flouton, une autre de ses adjointes.

– Au courant de quoi ?

– Eh bien, que notre respectable patron vient de laisser femme et enfants pour s'en aller avec Jane Yates !

J'ai senti le sang refluer de mon visage. Jane Yates. Avec ses traits anguleux, ses longs cheveux nattés, ses lunettes rondes et son air pincé, cette critique d'art d'une trentaine d'années m'avait toujours fait penser à une bibliothécaire de Nouvelle-Angleterre promise à devenir vieille fille.

J'ai exprimé ma stupéfaction sans réfléchir :

– Comment ? Avec « elle » ?

– C'est quelque chose, non ? Et en plus il démissionne ! Il paraît qu'ils ont l'intention d'aller s'installer à la campagne, dans le New Hampshire ou le Vermont, pour qu'il puisse écrire.

– Mais je croyais qu'il était heureux en ménage.

– Sara ! a-t-elle soupiré avec commisération. Vous connaissez un seul homme « heureux en ménage » ? Même si vous lui laissez toute la liberté du monde, il aura toujours l'impression d'être en cage.

Et c'est ainsi que je n'ai plus jamais revu Nat Hunter. Il n'a plus remis les pieds au journal, ce qui était compréhensible, vu la mentalité de l'époque. En 1947, abandonner son épouse était tenu pour un crime majeur, le coupable aussitôt frappé d'ostracisme professionnel. S'il avait continué à la tromper, personne n'aurait protesté, l'adultère étant toléré... à condition de ne pas se faire prendre en flagrant délit. Mais

225

renoncer à ses responsabilités conjugales et paternelles, c'était une conduite antiaméricaine, carrément. Et dans son cas précis aussi immorale qu'incompréhensible, puisque son démon de midi avait choisi une femme qui me rappelait furieusement le personnage de Mrs Danvers dans *Rebecca* !

Pendant des mois, j'ai repensé à ce qu'il m'avait dit lors de notre dernière conversation. Cette décision radicale, l'avait-il prise lui aussi « dans l'urgence, guidé par l'instinct et sous l'emprise de la peur » ? La peur de vieillir, peut-être, et de rester en cage, et de ne jamais écrire ce grand roman qu'il s'était juré de donner dans sa jeunesse ?

Autant que je sache, cependant, celui-ci n'a jamais été publié, retraite bucolique avec Jane Yates ou pas. J'ai entendu dire qu'il avait fini professeur de littérature anglaise dans une obscure école privée près de Franconia, et ce jusqu'à sa mort en 1960, que j'ai apprise par un bref avis de décès dans le *New York Times*. Il n'avait que cinquante et un ans.

Dans le temps qui avait suivi son départ impromptu de *Saturday/Sunday*, son constat implacable de notre inconséquence n'avait cessé de me hanter, et je m'étais fait le serment de ne jamais, jamais commettre ce genre d'erreur. Et puis, au début du printemps 1947, j'ai rencontré quelqu'un. George Grey. Vingt-huit ans, banquier chez Lehmann Brothers, diplômé de Princeton, cultivé, courtois, d'un physique un peu froid mais séduisant. Nous avons été présentés à la réception de mariage de l'une de mes anciennes camarades d'université, il m'a proposé de nous revoir, j'ai accepté. Cette première soirée a été plus qu'une agréable soirée pour moi, et à ma grande surprise il m'a annoncé à notre troisième rendez-vous qu'il était « ensorcelé ». À tel point qu'il m'a demandé ma main alors que nous nous connaissions depuis à peine un mois.

Ai-je mûri ma décision ? Ai-je demandé un peu de

temps pour soupeser les conséquences d'un choix aussi déterminant ? Ou même pour essayer d'imaginer ce que serait ma nouvelle vie ?

Non, bien entendu.

J'ai dit oui. Sans réfléchir.

6

Tout le monde a été étonné par la nouvelle. Mais personne autant que moi.

– J'ai bien entendu ? Tu épouses un type qui s'appelle... Grey ?

– Oh, Eric ! Je m'attendais à cette réaction.

– Ce n'est pas une réaction, c'est une question.

– Oui, il s'appelle Grey. Ce qui ne signifie pas qu'il soit gris. Content, maintenant ?

– Transporté. Par ailleurs, la première fois que tu as prononcé ce nom devant moi, c'était, voyons... il y a à peine quinze jours, je ne me trompe pas ? Et tu le connaissais depuis combien de temps, à ce moment-là ?

– Autant, ai-je reconnu d'un ton piteux.

– Je calcule donc un mois entre la rencontre et la demande en mariage. C'est un rapide, pas de doute. Enfin, rien de comparable avec l'autre, le Courant d'Air de Brooklyn.

– J'avais prévu ce coup bas, également.

– Parce qu'il est toujours là et que...

– Mais non, enfin !

– Mais si. Pourquoi te jetterais-tu au cou de ce garçon, autrement ?

– Je pourrais être amoureuse de lui, par exemple...

– Balivernes, et tu le sais très bien. Tu n'es pas le genre de femme à t'enticher d'un banquier qui s'appelle Grey.

– J'aimerais bien que tu arrêtes d'essayer de penser à ma place. George est quelqu'un de merveilleux. Je serai très heureuse avec lui.

– Il va te transformer en quelqu'un que tu n'aurais jamais voulu être.

– Mais c'est incroyable ! Tu ne le connais même pas et...

– Et je sais que c'est un « George Grey », et ça me suffit. C'est un nom qui sent la pipe et les pantoufles, voilà. Pantoufles qu'il te demandera de lui apporter au bout de dix jours de cohabitation, je parie.

– Je ne suis pas un chien, figure-toi. Je n'apporte rien du tout.

– On finit tous par se surprendre... surtout quand on court après cette chimère, l'amour.

– Arrête tes grands mots, Eric !

– Chimère, illusion, fantasmagorie, lubie... Oh, il y a plein de termes, pour décrire ton état.

– Quel état ? Je ne suis pas malade, il me semble.

– Si. Et d'un mal qui consiste à s'enfermer dans une prison pour se sentir en sécurité.

– Merci de reconnaître que je sais ce que je recherche, au moins.

– Personne ne sait ça, S. Personne ! Et c'est pourquoi nous n'arrêtons pas de tout gâcher.

Je les connaissais pourtant très bien, mes raisons d'épouser George Grey : c'était un garçon bien, sur lequel on pouvait compter, et surtout, surtout, il m'adorait tellement... Nous n'aimons rien de plus qu'être adulés, nous entendre dire que nous sommes uniques, incomparables. Or, c'était ce qu'il ne cessait de me répéter, et exactement ce dont j'avais besoin.

Il se montrait aussi plein de compréhension, notamment sur le terrain de mes débuts d'écrivain restés sans lendemain. Peu après l'annonce de nos fiançailles, nous sommes sortis un soir avec Emily Flouton, devenue ma meilleure amie à la rédaction après le départ de Nathaniel Hunter. Elle venait de rompre avec l'homme qu'elle fréquentait depuis deux ans et, lorsque j'ai remarqué devant George qu'elle se sentait un peu perdue, il a tenu à ce que je l'invite à se joindre à nous pour un concert au Carnegie Hall puis un dîner au restaurant de l'Algonquin.

Elle et moi, nous avons consacré la majeure partie du souper à parler de la remplaçante de Nate, Ida Spenser, une quadragénaire de modeste stature mais de tempérament inflexible qui dès son arrivée s'était imposée au journal avec ses manières de directrice d'école, voire de gouvernante britannique. Personne ne pouvait la souffrir, en d'autres termes, et nous n'avions pas encore été servis que nous nous sommes lancées dans un débinage en règle de miss Spenser, sous le regard captivé de George qui n'avait pourtant que faire de nos petites querelles de bureau. Mais il était si bien élevé...

– ... Et là, elle m'a dit que je n'avais aucun droit à encourager un auteur sans son accord, s'est indignée Emily. Il n'y a qu'elle qui puisse décider si un tel ou un tel mérite une lettre d'encouragement.

– Elle doit terriblement manquer de confiance en elle, a observé George.

Emily l'a contemplé d'un air admiratif.

– Comment avez-vous deviné ?

– George est un fin psychologue, ai-je commenté.

– Ne me flatte pas, a-t-il objecté en me prenant la main. Je finirais par avoir la grosse tête.

– Toi ? Aucune chance. Tu es bien trop gentil.

– Là, tu vas me rendre vraiment confus...

Il m'a déposé un rapide baiser sur les lèvres.

– Enfin, si j'ai dit ça à propos de votre chef, c'est parce que j'ai connu quelqu'un de ce style, à la banque. Il fallait qu'il contrôle tout, absolument tout. Le moindre dossier devait passer entre ses mains, la moindre correspondance avec un client. C'était une obsession qui ne tenait qu'à une seule chose : la peur. Il vivait dans la terreur de déléguer. Et il ne pouvait faire confiance à personne pour la bonne raison qu'il n'avait aucune confiance en lui.

– C'est miss Spenser tout craché ! s'est extasiée

Emily. Elle est tellement mal dans sa peau qu'elle a l'impression que nous lui cherchons tous noise. Ce qui est maintenant le cas, évidemment. Et le vôtre, de chef, comment a-t-il fini ?

– Il a grimpé les échelons et il est entré au conseil d'administration. Et franchement, j'ai poussé un énorme soupir de soulagement quand il a disparu dans les sphères. J'étais sur le point de démissionner, à cause de lui.

– Je ne te crois pas, ai-je remarqué en lui décochant une petite tape facétieuse. Tu ne donnerais jamais ta démission, toi. Ce serait trop en contradiction avec ton sens des responsabilités.

– Tu me fais passer pour un vieux grincheux, chérie.

– Mais non. Je dis que tu es responsable, c'est tout. « Très » responsable.

– On croirait que c'est un défaut, à la manière dont tu le dis, a-t-il rétorqué en affectant une moue contrariée.

– Pas du tout, mon amour. Je pense que c'est une énorme qualité... surtout chez un mari.

– Je lève mon verre à ça, a approuvé Emily d'un air sombre. On dirait que tous les garçons que j'ai connus étaient génétiquement programmés pour être irresponsables.

– Tu auras plus de chance un jour.

– Mais jamais autant que toi, a-t-elle renchéri.

– Attendez ! Le plus chanceux de tous, c'est encore moi. Épouser l'un des écrivains les plus talentueux d'Amérique...

– Oh, je t'en prie...

J'étais devenue rouge comme une tomate.

– Je n'ai été publiée qu'une seule fois. Et rien qu'une nouvelle.

– Mais quelle nouvelle ! Vous ne pensez pas, Emily ?

– Et comment ! Au journal, tout le monde trouve

qu'elle est parmi les trois ou quatre meilleurs textes que nous avons publiés l'an dernier. Quand on sait que les autres sont de Faulkner, d'Hemingway et de J. T. Farrell...

– Assez ! Si vous continuez, je me fourre sous la table

Emily a levé les yeux au ciel.

– Vous savez ce dont cette fille a besoin, George ? Qu'on lui apprenne à s'estimer un peu, enfin.

– Je suis l'homme de l'emploi, a-t-il confirmé avec un sourire.

– Pendant que vous y êtes, vous devriez la convaincre d'arrêter ce travail. Elle ne fait que gâcher son talent, là-bas.

– Mais quel talent, voyons ? Pour une simple nouvelle, alors qu'il n'y en aura sans doute pas d'autre ?

– Oh si ! est intervenu George. Parce qu'une fois mariée tu n'auras plus à te préoccuper d'argent. Ni de te confronter à ce dragon de miss Spenser. Tu pourras consacrer tout ton temps à l'écriture.

– Ça me paraît formidable, à moi ! s'est écriée Emily.

– Je ne me vois pas quitter le journal tout de suite, ai-je objecté.

– Bien sûr que si, a insisté George d'une voix tendre. C'est le moment idéal, au contraire.

– Mais c'est mon travail et...

– Non. Ton vrai travail, c'est d'écrire. Et je tiens à te donner tous les moyens de le faire dans les meilleures conditions.

Il s'est penché pour m'embrasser sur le front, puis s'est levé.

– Vous voudrez bien m'excuser une minute ? Et si tu commandais une autre tournée, Sara ? Ça donne soif, d'être amoureux !

J'ai souri. À peine. Parce que je me suis surprise à penser : « Quelle remarque idiote ! » Et aussitôt des phrases que nous venions d'échanger me sont revenues, ces roucoulements de couple déjà marié, « chéri », « mon amour ». Je me suis sentie tressaillir, à peine une crispation au niveau des épaules qui n'a duré qu'un éclair mais qui m'a laissée avec une question dérangeante. Venais-je de connaître mon premier accès de doute ?

Emily ne m'a pas donné le temps d'aller plus avant dans ces réflexions.

– Quelle veinarde tu fais, toi !

– Tu crois ?

– Si je « crois » ? Mais c'est une merveille, ce garçon !

– Oui. Sans doute.

– Non, mais écoutez-la ! Tu ne vois pas sur quoi tu es tombée ?

– Il est très gentil, oui.

– « Gentil » ? Mais quelle mouche t'a piquée, ce soir ?

– Non, je suis seulement... Ah, je ne sais pas ! Un peu nerveuse, c'est tout. Et tiens, un autre Martini ne me ferait pas de mal. Garçon !

J'ai désigné d'un geste nos verres à un serveur qui passait par là.

– Bien sûr que tu es nerveuse, puisque tu vas te marier ! Mais au moins tu épouses quelqu'un qui t'adore, c'est évident.

– Je suppose, oui...

– Elle « suppose » ! Tu veux dire qu'il vénère le sol que tu viens de fouler, oui !

– Et si tu étais l'objet d'une pareille adoration, toi, tu ne finirais pas par trouver cela un peu... inquiétant ?

Elle m'a lancé un regard sévère.

– Il t'arrive de t'écouter, Sara ? Enfin, tu es un auteur publié, tu es fiancée à un homme qui reconnaît sincèrement ton talent, qui s'engage à tout faire pour que tu puisses t'absorber dans ton art et qui pense que tu es la femme la plus extraordinaire de la planète. Et toi, tout ce que tu trouves à dire, c'est que tu as peur d'être tellement adorée ? Redescends sur terre, je t'en prie !

– Tout le monde a le droit d'avoir un moment de doute, non ?

– Pas quand on vient de faire la prise de l'année !

– On n'est pas à la pêche, Emily.

– Voilà, elle recommence !

– D'accord, d'accord.

– Je vais te dire une chose. Si c'est vrai que tu ne veux pas l'épouser, je serai trop contente de prendre ta place. Et en attendant essaie de reconnaître que tu as trouvé une mine d'or en amour. Je sais que c'est « terriblement » difficile d'admettre ça, pour toi, mais c'est ainsi.

– Je l'aime, Emily, je l'aime. C'est juste... de l'anxiété, rien de plus.

– Je paierais cher pour avoir tes soucis, tu...

– Me voilà !

Nous nous sommes redressées toutes les deux. George arrivait vers nous, tout sourires. Les gens s'extasiaient toujours sur son « air jeune », et c'était compréhensible car avec ses cheveux blonds séparés par une raie impeccable, ses grosses lunettes en écaille, son visage un rien poupon et constellé de taches de rousseur, cette façon qu'il avait de paraître toujours un brin dépenaillé même dans l'un de ses costumes Brooks Brothers sur mesure, il restait quelque chose du collégien en lui, quelque chose qui malgré son âge l'aurait empêché de paraître déplacé sur le terrain de football d'Exeter, son lycée. En le regardant se rasseoir, je n'ai pu m'empêcher de chercher derrière cette apparence juvénile, ce vernis d'adolescence, ce qu'il serait d'ici à dix ou douze ans. Et j'ai vu un banquier bien portant dont la vigueur se serait muée en superbe, un homme grave et lourd, dépourvu de toute légèreté.

– Tout va bien, chérie ?

Sa voix, où se distinguait une réelle inquiétude, m'a sortie de ces douloureuses pensées. Je lui ai souri avec chaleur.

– J'étais un peu ailleurs, c'est tout.

– Je parie qu'elle réfléchissait à son roman, a-t-il glissé à Emily.

– Ou qu'elle rêvait au jour du mariage, a rétorqué cette dernière avec une pointe d'ironie que mon fiancé n'a pas remarquée.

– Ah, c'est donc de ça que vous parliez, entre filles !

Pfff... Non, je n'ignorais pas que George Grey était avant tout un homme de conventions, qui resterait toujours fermement planté en terrain connu, étranger à la fantaisie. Lorsqu'il tentait de se montrer passionné, il était souvent d'un ridicule achevé. Mais il avait aussi une facilité désarmante – et plutôt attirante, à mes yeux – à reconnaître son manque d'imagination, son côté terre à terre. À notre troisième rendez-vous, il l'avait admis volontiers :

– Donnez-moi des comptes d'entreprise à vérifier et je peux me plonger dedans quatre heures de suite, aussi captivé que si j'avais un bon livre d'aventures entre les mains. Mais devant une symphonie de Mozart, je suis perdu. Je ne sais pas ce qu'il faut écouter, vraiment.

– Ce n'est pas la question, George. Il suffit d'aimer ce qu'on entend. Duke Ellington l'a très bien dit : « Si une musique vous paraît bien, c'est qu'elle est bien. »

Il m'avait lancé un long regard extasié.

– Qu'est-ce que vous êtes intelligente, vous !

– Mais non.

– Vous êtes cultivée, en tout cas.

– Et vous, vous ne venez pas du Bronx, ce me semble. Vous avez fait Princeton, tout de même...

– Ça ne garantit en rien de pouvoir se dire cultivé ! avait-il remarqué, ce qui avait provoqué notre commune hilarité.

J'appréciais la lucidité ironique avec laquelle il se

considérait. Et j'aimais son empressement à me couvrir de livres, de disques, de soirées au théâtre ou aux concerts du Philharmonic quand bien même je savais qu'un programme Prokofiev était pour lui l'équivalent musical de deux heures sur le fauteuil d'un dentiste. Il n'aurait montré pour rien au monde qu'il s'ennuyait, d'ailleurs, tant il était désireux de plaire. Et d'apprendre.

Il lisait énormément, lui aussi, mais surtout de gros essais, des tomes et des tomes de témoignages ou de relations factuelles. Je pense que je n'ai connu personne d'autre qui soit vraiment allé jusqu'au bout de *La Crise mondiale*, la somme de Churchill. Les œuvres romanesques ne l'emballaient guère, ainsi qu'il me l'avait avoué en proposant aussitôt que je lui « apprenne » à en lire, et je lui avais donc offert *L'Adieu aux armes*. Dès le lendemain, il m'avait appelée au journal.

— Eh bien, quel livre !

— Quoi, tu l'as déjà terminé ?

— Un peu ! Ce type sait raconter une histoire, tu ne crois pas ?

— Oui. On peut dire que Mr Hemingway a cette capacité.

— Et tout ce qu'il raconte sur la guerre... Triste.

— Et la passion de Frederic et Catherine ? Tu n'as pas été bouleversé ?

— Ah ! Pendant la dernière scène, à l'hôpital, j'ai pleuré comme une fontaine.

— Très bien, mon amour.

— Mais quand je l'ai refermé, sais-tu ce que je me suis dit ?

— Non.

— Que si elle avait eu un bon médecin américain pour s'occuper d'elle, elle s'en serait sans doute sortie.

— Euh... Je n'y avais jamais pensé, mais oui, tu as certainement raison.

– Ce n'est pas pour débiner les toubibs suisses, attention !

– Je ne crois pas que Hemingway ait eu cette intention, lui non plus.

– Mais bon, maintenant que je l'ai lu, l'idée que tu accouches en Suisse ne me plairait pas du tout. Pas du tout.

– C'est trop gentil.

Voilà, il était assez « au pied de la lettre ». Mais j'avais décidé que son esprit prosaïque était positivement contrebalancé par sa correction intrinsèque et sa nature débonnaire, sans parler de la dévotion qu'il me manifestait au point de m'en donner le tournis. Et c'est ainsi qu'au cours des semaines précédant le mariage j'ai réduit au silence les doutes qui venaient parfois m'assaillir quant à mon avenir en me répétant que George était gentil, si gentil...

– Ouais, d'accord, j'admets qu'il est aimable, a reconnu Eric lorsqu'il a fini par faire sa connaissance. Trop aimable, si tu veux mon honnête opinion.

– Comment est-ce qu'on pourrait être « trop » aimable ?

– Ce besoin de plaire qu'il a, d'être apprécié, à n'importe quel prix.

– Il y a pire, non ? Et puis il était intimidé de te rencontrer, ce qui est compréhensible.

– Et pourquoi aurait-il été intimidé, grand Dieu ? a-t-il repris doucement.

– Parce que pour lui c'était comme d'être présenté à Père. Il avait l'impression que notre mariage aurait été compromis s'il ne t'avait pas plu.

– Je n'ai rien entendu d'aussi grotesque depuis des années !

– Il est un tantinet vieux jeu, je sais, mais...

– Vieux jeu ? Dis plutôt paléolithique ! Et, de toute façon, ce que je peux penser de lui n'a strictement aucune importance, puisque tu n'écouteras pas mon avis.

– C'est faux !

– Dans ce cas, réponds-moi franchement. Si je t'avais dit que ce type était une énorme erreur, une catastrophe ambulante, tu aurais été d'accord ?

– Bien sûr que non !

– Fin de la discussion, alors.

– Mais ce n'est pas ce que tu penses, si ?

– Je répète : il est très convenable, ce garçon. Parfaitement convenable.

– Et c'est tout ?

– On a passé un agréable moment, non ?

Il disait vrai. Nous nous étions retrouvés tous les trois après le travail au bar de l'hôtel Astor, sur Broadway, à deux pas des studios de la radio où Eric concoctait ses bons mots. George était affreusement nerveux, moi aussi. Mon frère, affreusement calme. J'avais prévenu mon fiancé qu'il pouvait se montrer parfois un peu excentrique et qu'il était politiquement assez à gauche.

– Donc je ferais mieux de ne pas mentionner que j'appartiens au comité de soutien au gouverneur Dewey ?

– Nous vivons dans un pays libre, George. Tu peux t'exprimer comme tu veux. Mais je te prie de ne pas oublier qu'Eric est un vrai démocrate, à la Henry Wallace, qu'il abomine le parti républicain et l'idée qu'un des leurs puisse arriver à la Maison Blanche. Cela étant, tu es entièrement maître de tes paroles. Je ne te les dicterai ni maintenant ni jamais. À toi de décider.

Il avait réfléchi un moment.

– Bon. Je ferais peut-être mieux d'éviter la politique...

Et il y était en effet parvenu pendant cette heure passée avec Eric, tout comme il avait réussi à parler avec une étonnante pertinence de ce qui se donnait alors à Broadway et de l'expérience révolue du théâtre subventionné, amenant ainsi mon frère à évoquer

238

quelques-uns de ses souvenirs avec Orson Welles. Il l'avait également questionné de manière très sensée sur cette grande nouveauté de l'époque, la télévision : pensait-il qu'elle finirait par éclipser les chaînes radiophoniques ? À quoi Eric avait répliqué, cinglant :

– Non seulement elle va tuer la radio telle que nous la connaissions jusqu'à présent mais aussi abaisser le niveau intellectuel de ce pays d'au moins vingt-cinq pour cent.

J'ai été impressionnée, et touchée, par le sérieux avec lequel George s'était documenté sur des sujets susceptibles d'intéresser mon frère, d'autant plus que je n'avais évoqué qu'une ou deux fois la carrière passée d'Eric. Il était ainsi : précis, méticuleux, toujours à la recherche de ce qui pouvait correspondre aux préoccupations des autres. En l'écoutant commenter la saison théâtrale à Broadway, moi qui savais que l'art dramatique l'ennuyait et qu'il avait dû potasser *Variety* et les autres publications spécialisées pendant une semaine avant de se présenter à cette rencontre, j'ai été emplie d'un amour véritable, sincère. Je comprenais qu'il l'avait fait pour moi.

Vers la fin, alors qu'il nous avait quittés un instant pour une communication téléphonique avec son bureau, Eric s'était empressé de se pencher vers moi :

– Eh bien, je vois que tu l'as bien préparé.

– Je ne lui ai pratiquement rien raconté sur toi, au contraire.

– Ah ? Intéressant, dans ce cas.

– Vraiment ?

– Il n'est pas totalement inculte, pour un républicain.

– Et d'où sors-tu qu'il l'est ?

– Allons donc ! Il en a tout l'air, en tout cas. Je suis persuadé qu'il soutient la nomination de Dewey, même.

– Je ne pourrais pas te dire...

– Mais si, tu pourrais. Et je parie mon salaire que

Papa Grey est un gros bonnet au comité républicain de Westchester ou d'un coin huppé de ce genre.

Rien ne lui échappait, décidément ! Il n'avait tort que sur un point : « Papa Grey », ou plutôt Mr Edwin Grey, n'était rien moins que le président du parti pour tout l'État de New York, qui considérait Thomas Dewey comme son meilleur ami et qui avait rang de conseiller officieux auprès d'un jeune politicien plein d'ambition, un certain Nelson Rockefeller...

Mon futur beau-père avait de l'entregent, certes, en plus d'être un avocat d'affaires très lancé et un puritain aussi compassé que mon propre père l'avait été. Quant à son épouse, Julia, une dame de grande prestance et de maintien très aristocratique, elle nourrissait la conviction, informulée mais immédiatement discernable, que l'univers était partagé en deux sphères inconciliables, la plèbe repoussante et une poignée d'élus qu'elle daignait trouver à peu près fréquentables.

C'étaient des presbytériens, par conviction et par tempérament. Ils vivaient comme des nobles ennemis de l'ostentation dans une partie du Connecticut qui était encore la pleine campagne, en ce temps-là. Un faux manoir Tudor de quinze pièces au milieu de quatre hectares de bois traversés par une rivière. Très bucolique. Peu avant de faire sa déclaration, George m'y avait invitée un week-end.

– Je suis sûr qu'ils vont t'apprécier, m'avait-il dit dans le train pour Greenwich. J'espère seulement que tu ne les trouveras pas trop... à cheval sur l'étiquette. Ils sont assez réservés, disons.

– Ah ! Comme mes parents, alors.

En réalité, mes défunts parents auraient fait figure de viveurs effrénés devant ceux de George. Malgré leur courtoisie et le relatif intérêt qu'ils m'ont porté, ils étaient enfermés dans le protocole domestique qui régissait leur existence. La tenue de soirée était exigée au dîner, les apéritifs servis au salon par un majordome en livrée. C'était le père qui décidait des sujets de conversation et qui exprimait des opinions, Mrs Grey se bornant à des remarques anodines. Elle m'a posé des questions, aussi, beaucoup de questions. Un interrogatoire des plus polis mais habilement mené pendant lequel elle m'a fait parler de mon passé familial, de mes études, de mon expérience professionnelle, de mes idées en général. Comprenant que son but était de vérifier si je méritais ou non son fils, je m'y suis pliée de bonne grâce et j'ai veillé à ce que mes réponses ne paraissent ni trop défensives ni trop complaisantes, m'attirant chaque fois un sourire pincé derrière lequel il était impossible de discerner ses réactions. Pendant ces séances, George baissait les yeux sur son assiette et Papa Grey gardait un silence détaché, même s'il écoutait attentivement, ainsi que j'ai pu m'en rendre compte une fois, quand mes yeux se sont détournés une seconde de sa femme et que je l'ai vu m'observer avec attention, le menton posé sur ses doigts croisés tel un juge en train de suivre la déposition d'un prévenu.

Il n'a interrompu son épouse qu'à une seule reprise, pour me demander si mon père avait appartenu au Hartford Club, ce point de ralliement très sélect de l'élite financière locale.

– Il en a été le président pendant deux ans, ai-je répondu tranquillement en jetant un coup d'œil à George, qui tentait de réprimer un sourire.

Lorsque mon regard est revenu sur Papa Grey, il m'a gratifiée d'un brévissime hochement de tête qui semblait dire : « Si votre père a présidé le Hartford Club, il doit bien y avoir quelque chose de positif en vous. » Encouragée par son mari, Mrs Grey m'a souri à peine plus chaleureusement qu'à son habitude, et je lui ai répondu, non sans me dire que la componction est d'abord le signe d'un esprit étroit, occupé à classer les êtres selon l'université qu'ils ont fréquentée, le club auquel leurs parents ont appartenu... Les miens avaient obéi à ces rigides principes, eux aussi, et d'un coup j'ai été envahie d'une vague de sympathie pour George. Je comprenais qu'il avait grandi dans le même contexte d'aridité sentimentale que moi.

Mais lui n'avait pas eu un Eric pour compenser l'influence parentale. Son frère aîné, Edwin, était la légende de la famille. Premier de sa classe à Exeter, capitaine de l'équipe de jeu de la crosse, diplômé de Harvard avec mention en 1940, il avait préféré s'engager en tant qu'aspirant, renonçant ainsi à de brillantes études de droit pour partir à la guerre... Et il avait été tué au cours du débarquement en Normandie.

– Je ne crois pas que mes parents se soient vraiment remis de sa mort, m'avait confié George au cours de notre deuxième tête-à-tête. Ils avaient placé sur lui tous leurs espoirs, toutes leurs ambitions. C'était de l'adoration.

– Mais ils vous aiment tout autant, j'en suis sûre.

Il avait eu un haussement d'épaules résigné, triste.

– Oh, moi, je n'ai jamais été un sportif émérite, ni un étudiant étincelant.

– Vous êtes allé à Princeton.

– Uniquement parce que mon père y avait été avant. Il ne manque pas de me le rappeler, d'ailleurs. Je n'avais pas de notes extraordinaires. B moins, en général. C'était honorable mais, pour mes parents, « honorable » signifie « honteux ». Ils attendaient de moi l'exceptionnel, et je les ai déçus.

– La vie ne se résume pas aux bons bulletins et aux sports collectifs, George. Mais enfin, je comprends. Mes parents étaient pareils. Perfection, probité et rectitude, quel que soit le prix à payer.

Par la suite, il m'a raconté qu'il était tombé amoureux de moi à cet instant précis, parce que ma propre expérience me permettait de discerner exactement le milieu qui avait formé sa personnalité. Et parce que j'employais des mots comme « probité » et « rectitude ».

242

– Vous n'êtes pas seulement belle, vous avez un de ces vocabulaires... m'avait-il soufflé plus tard dans la soirée.

Et là, assise en face de ses parents boutonnés jusqu'au menton, je me suis sentie immensément proche de lui. Nous étions taillés dans une étoffe raide et compassée, lui et moi, mais nous cherchions tous deux à nous en dégager à notre manière, sans faire de scandale, discrètement. Et puis George avait eu un chagrin d'amour, lui aussi. Du peu qu'il m'avait raconté, je savais qu'il avait fréquenté pendant deux ans une Virginia, la fille d'un célèbre avocat de Wall Street, dont le statut social ne pouvait que complaire à ses parents mais qui avait rompu leurs fiançailles pour épouser finalement le fils d'un sénateur de Pennsylvanie. Les Grey avaient été profondément affectés par ce qu'ils considéraient être un nouvel échec de leur fils.

J'avais répondu encore plus laconiquement à ses questions à propos de Jack, réduisant l'aventure au rang de « tocade » sans lendemain puisqu'il avait disparu en Europe avant qu'elle puisse prendre quelque proportion.

– Il fallait qu'il soit fou, pour vous laisser.

– Et elle pour renoncer à vous.

– Oui ? Je ne pense pas qu'elle le voie de cette manière.

– Eh bien, moi si. Et c'est ce qui compte.

Il avait rougi légèrement, prenant ma main par-dessus la table.

– Mais cette fois au moins j'ai eu de la chance.

– Chaque chose arrive à son heure, sans doute.

C'était la nôtre, indubitablement. Nous avions nombre de points communs et surtout nous étions tous les deux prêts au mariage. Même moi, malgré toutes les objections que j'avais accumulées dans ma tête. Je n'étais pas follement amoureuse de cet homme équilibré, sensé, responsable et sincère, mais était-ce vital, la passion ? J'avais donné mon cœur à Jack et le seul résultat avait été de me sentir ridicule. La passion embrumait le cerveau, induisait en erreur, conduisait dans l'impasse. Pour moi, c'était une erreur que je ne reproduirais jamais.

En croisant son regard dans cette austère salle à manger, j'ai vu cette tendresse sans condition, cette confiance, et j'ai pris ma décision : s'il me demandait en mariage, j'accepterais.

Le reste du dîner s'est passé raisonnablement bien, en un bavardage urbain qui m'a permis de rapporter quelques bénignes anecdotes sur mon travail au journal. Je n'ai pas bronché quand Papa Grey a traité Harry Truman de « laquais des communistes », songeant seulement que mon père l'aurait serré mentalement dans ses bras s'il avait été encore en vie. J'ai même feint l'intérêt lorsqu'il s'est lancé avec George dans une conversation sur l'un des grands sujets du moment, la nouvelle réglementation qui obligeait les clubs de Princeton à ne plus sélectionner leurs membres en fonction de leurs convictions religieuses. « Encore un diktat du lobby juif », a-t-il édicté, amenant George à esquiver la polémique par un vague signe de tête. J'ai multiplié les sourires, veillé à ne prendre la parole qu'après y avoir été invitée.

Nous sommes passés à la bibliothèque. J'avais réellement besoin d'un cognac mais on ne m'en a pas proposé, Papa Grey se contentant de servir deux verres, l'un pour son fils, l'autre pour lui. Devant le feu de cheminée, j'ai siroté une demi-tasse de café. Un mur entier de la pièce était consacré à des photographies d'Edwin à divers stades de sa courte existence. D'autres portraits de lui étaient regroupés sur une table près du canapé, ceux-là réservés à sa période militaire. Il était en effet très impressionnant, en uniforme. Un culte était célébré ici, le culte rendu au fils disparu. J'ai cherché des yeux une photo de

George, au moins une. Il n'y en avait pas. Comme si elle avait lu dans mes pensées, Mrs Grey m'a glissé :

– George, nous l'avons un peu partout dans la maison. Mais la bibliothèque est pour Edwin.

– Bien sûr, me suis-je empressée d'approuver puis, après une pause : Je ne sais pas comment on peut surmonter une perte aussi cruelle.

– Nous ne sommes pas la seule famille à avoir perdu un fils, a répliqué Papa Grey en maîtrisant sa voix.

– Je ne voulais pas dire que...

– Le chagrin doit rester une affaire d'ordre privé, ne pensez-vous pas ? m'a-t-il coupée en me tournant le dos pour se servir un autre cognac.

– Si j'ai dit quoi que ce soit d'inconvenant, je vous prie de m'excuser.

Un silence pénible s'est installé, que Mrs Grey a finalement rompu d'une voix éteinte, un murmure presque.

– Vous avez raison. C'est un deuil qui ne peut être surmonté. Parce que Edwin était un être d'exception. Prodigieusement doué...

Elle a jeté un bref regard sur George avant de baisser les yeux sur ses mains sévèrement croisées sur ses genoux.

– Absolument irremplaçable.

Personne n'a soufflé mot. George contemplait le feu dans l'âtre, les yeux brouillés. J'ai pris congé peu après. Je suis montée à la chambre d'amis qui m'avait été assignée, j'ai enfilé ma chemise de nuit et je me suis mise au lit en tirant les couvertures au-dessus de ma tête. Le sommeil ne venait pas. J'étais trop occupée à décrypter ce dîner, l'étrange scène de la bibliothèque, la manière dont ses parents faisaient subrepticement payer à George la mort de son frère aîné.

« Un être d'exception, prodigieusement doué... » Si elle n'avait pas lancé ce regard à George, j'aurais cru qu'elle tentait simplement d'exprimer l'inexprimable, l'infinie douleur d'une mère. Mais en ajoutant qu'Edwin était « irremplaçable », elle avait adressé un terrible message au fils qui lui restait, et à moi-même : « L'enfant que j'aurais dû perdre, c'était toi. »

Je n'arrivais pas à croire à un tel degré de cruauté. Le constat m'emplissait d'un intense désir de protéger George et me désignait une nouvelle ambition dans ma vie : par mon amour je pouvais le libérer de sa famille, et j'étais certaine qu'avec le temps je finirais par l'aimer.

Je suis restée ainsi près d'une heure. Soudain, j'ai entendu des pas dans le couloir, la porte de la chambre de George s'ouvrir et se refermer juste en face de la mienne. J'ai attendu cinq minutes, je me suis levée, j'ai traversé le corridor sur la pointe des pieds et je suis entrée chez lui sans frapper. Il était déjà au lit, avec un livre. Il m'a regardée, ébahi. Posant un doigt sur mes lèvres, je suis venue m'asseoir à son chevet. Il avait un pyjama rayé. J'ai passé ma main dans ses cheveux, et ses yeux se sont encore élargis de stupéfaction. Je me suis penchée sur lui et je l'ai embrassé sur la bouche. Il a répondu avec une certaine maladresse d'abord, puis avec fougue. Au bout d'un moment, je me suis dégagée. Debout, j'ai retiré ma chemise de nuit. La pièce était si froide que j'ai frissonné. Je me suis glissée sous l'édredon à côté de lui, j'ai pris sa tête entre mes mains et j'ai commencé à couvrir son visage de baisers. Je le sentais nerveux.

– C'est... de la folie, a-t-il bégayé. Mes parents...
– Chuut !

Je me suis mise sur lui.

C'était notre première fois. Au contraire de Jack, George acceptait entièrement les conventions de l'époque : faire l'amour avant d'être mariés constituait une audace pleine de dangers et d'interdits, dans laquelle on ne pouvait se risquer qu'après avoir longtemps fréquenté sa partenaire. Nous avions déjà échangé des baisers, auparavant, mais sa circonspection naturelle l'avait empêché d'aller plus avant. Aux questions qu'il m'avait posées sur le compte de Jack et sur ce qu'il y avait d'autobiographique dans ma nouvelle j'avais compris qu'il se doutait que je n'étais plus vierge. Mais là, alors que nous sautions le pas, j'ai constaté que ce n'était pas son cas.

Il s'est montré anxieux, maladroit et expéditif. Si rapide, en fait, qu'il a bientôt chuchoté, hors d'haleine sous moi

– Je suis désolé.

– Mais non, l'ai-je corrigé, à voix basse moi aussi. Il y aura bien d'autres occasions.

– Vraiment ?

– Oui. Vraiment. Si tu le veux.

– Je le veux !

– Parfait. Parce que je commençais à me demander...

– Demander quoi ?

– Si cela allait finir par arriver.

– Je n'ai jamais été un grand séducteur, c'est vrai.

– Jamais ?

Il a détourné la tête.

– Non, jamais.

– Même avec Virginia ?

– Ça ne l'intéressait pas.

– C'est assez courant, il paraît.

– Oui. Mais moins quand on est déjà fiancés.

– Dans ce cas, tu as eu de la chance. Imagine le triste mariage dans lequel tu te serais retrouvé.

– Ma vraie chance, c'est de t'avoir connue.

– Tu me flattes.

– Non. Tu es merveilleuse. Et mes parents l'ont trouvé aussi.

– Ah oui ?

– Tu les as impressionnés. Je le sais.

– Eh bien, pour ma part, j'ai eu beaucoup de mal

à deviner ce qu'ils pouvaient penser. Je n'y suis pas arrivée, d'ailleurs.

– Ils sont comme ça, oui. En surface. Leurs deux religions, c'est le presbytérianisme et la méfiance.

– Cela ne leur donne pas le droit d'être aussi distants avec toi.

– Tout vient de la mort d'Edwin.

– Au contraire, ils ne devraient que plus te chérir.

– C'est ce qu'ils font. Mais ils n'arrivent pas à exprimer ce genre de sentiments.

– Ils te déprécient. C'est mal.

Il m'a dévisagée, très étonné.

– Vous... Tu penses vraiment ça, Sara ?

J'ai parcouru sa joue d'un doigt.

– Oui. Vraiment.

J'ai rejoint ma chambre juste avant l'aube. Comme je ne trouvais toujours pas le sommeil au bout d'une heure, j'ai pris un bain, je me suis habillée et je suis descendue avec le projet d'aller faire un tour dehors. Alors que je passais devant la salle à manger, une voix féminine m'a arrêtée :

– Vous avez dû mal dormir, miss Smythe.

Par la porte ouverte, j'ai vu Mrs Grey assise au bout de la table, déjà impeccablement vêtue et coiffée, une tasse de café devant elle.

– Pas si mal, non.

Elle m'a jaugée d'un regard ironique, dédaigneux presque.

– Si vous le dites... George dort-il encore ?

J'ai essayé de ne pas rougir, sans succès visiblement car elle a levé des sourcils interrogateurs.

– Je n'en ai pas la moindre idée.

– Bien sûr que non. Café ?

– Je ne veux pas vous déranger.

– Si vous me dérangiez, je ne vous proposerais pas de vous joindre à moi.

– Avec plaisir, alors.

J'ai pris place à la table. Elle s'est levée pour aller

248

jusqu'à la desserte où une cafetière en argent et des tasses en porcelaine attendaient. Après m'en avoir servi une, elle est venue la poser devant moi.

– Je suis sûre que cela ne peut que faire le plus grand bien, après une nuit si agitée.

Seigneur ! Le temps d'avaler une rapide gorgée, j'avais pris la décision d'ignorer sa pique et trouvé une vague parade :

– Vous avez mal dormi, vous-même ?

– C'est habituel, chez moi. Mais vous esquivez ma question.

J'ai soutenu son regard.

– Si vous m'aviez posé une question, Mrs Grey, j'y aurais répondu sans tarder. Le contraire serait une preuve d'impolitesse. Mais ce n'était pas une question, que je sache. Une simple observation.

À nouveau son sourire pincé.

– Je comprends que vous ayez décidé d'être écrivain, maintenant. Vous avez l'œil et l'oreille pour tout.

– Je ne suis pas écrivain.

– Plaît-il ? Et cette nouvelle que vous avez publiée, alors ?

– Un texte publié dans une revue ne suffit pas à faire un écrivain.

– Quelle modestie ! Surtout vu l'immodestie de l'histoire. L'avez-vous réellement aimé, ce marin ?

– Il s'agit d'une fiction, Mrs Grey, non de souvenirs personnels.

– Mais oui, ma chère. Les jeunes femmes qui écrivent à vingt-quatre ans s'inventent toujours des contes sur le grand amour de leur vie.

– Il y a ce que l'on appelle l'imagination, voyez-vous, et dans mon...

– Pas avec ce genre d'historiette, non. Tout le monde connaît ce type de « confessions sentimentales ». Les journaux féminins en regorgent.

– Si vous cherchez à m'insulter, Mrs Grey...

– En aucun cas, très chère. Mais je vous demande

de me répondre... Et notez que je formule ceci comme une question : avez-vous réellement passé une nuit dans un hôtel louche avec votre marin ?

J'ai plissé les yeux.

– Non. En réalité, il est venu chez moi. Et ce n'était pas un marin. Il était dans l'armée de terre.

Elle a bu posément son café.

– Je vous remercie de cette clarification.

– À votre service.

– Et si vous pensez que je vais rapporter à George ce petit échange, vous vous méprenez.

– J'ai le sentiment qu'il s'en doute déjà.

– N'en soyez pas si certaine. Quand il s'agit de femmes, les hommes n'entendent que ce qu'ils ont envie de savoir. C'est là l'une des multiples imperfections du sexe masculin.

– C'est ainsi que vous voyez votre fils, n'est-ce pas ? « Imparfait » ?

– George est un garçon plein de bonne volonté. Il n'a pas l'autorité naturelle de certains mais il est modeste et ne demande qu'à apprendre. Sur ma vie, je ne discerne pas ce qu'une fille aussi fine que vous peut lui trouver. Votre mariage sera un échec. Parce que vous finirez par vous ennuyer avec lui, je le sais.

– Qui a dit que nous allions nous marier ?

– Croyez-moi : le moment est là. C'est ainsi que cela se passe, toujours. Mais ce sera une affreuse erreur.

– Puis-je vous poser une question à mon tour, Mrs Grey ?

– Comment donc, ma chère.

– Est-ce la mort de votre fils qui vous a transformée en misanthrope, ou bien avez-vous toujours été aussi amère et désenchantée ?

Les lèvres serrées, elle s'est regardée un moment dans les reflets sombres de son café. Enfin, elle a relevé les yeux.

– J'ai grandement apprécié cette conversation, très chère. Elle a été des plus instructives.

– Pour moi également.

– Vous m'en voyez ravie. Et je dois dire que je sors de notre petit échange avec une aveuglante conclusion. Ce que vous autres écrivains appelleriez une « illumination », je crois.

– Laquelle, Mrs Grey ?

– Nous n'allons pas nous aimer, vous et moi.

En fin de matinée, nous sommes repartis pour New York, George et moi. Au wagon-bar, il a tenu à commander une bouteille de champagne, qui s'est avéré n'être qu'un simple mousseux américain. Il n'a pas lâché ma main jusqu'à notre arrivée à Grand Central, pas détourné un seul instant de moi ses yeux pleins d'adoration. Il paraissait ivre d'amour, de cette même ivresse que je devais trahir au matin de Thanksgiving, dix-huit mois plus tôt.

Nous avions dépassé Port Chester quand il s'est penché vers moi :

– Marions-nous.

J'ai entendu ma voix dans un brouillard :

– D'accord.

– Comment ?

– J'ai dit d'accord. Je suis d'accord.

– Tu es sérieuse ?

– Oui. Très sérieuse.

La stupéfaction a fait place à la joie sur ses traits.

– Je n'arrive pas à y croire.

– Tu ferais mieux.

– Il faut que j'appelle mes parents dès qu'on sera à la gare. Ils vont être dans tous leurs états ! Ma mère, surtout.

– Certainement.

Je ne lui ai pas rapporté le curieux petit déjeuner que j'avais partagé avec elle, pas plus qu'à Eric d'ailleurs : je savais que, si je lui décrivais l'ambiance qui régnait dans la famille à laquelle j'étais sur le point de m'allier, mon frère aurait déployé toute son éloquence pour m'en dissuader. Et donc je n'ai rien dit, sinon que j'étais au septième ciel, et persuadée d'avoir fait le bon choix. Il y a eu la rencontre au bar de l'Astor, et quand George m'a demandé comment Eric l'avait trouvé je lui ai répondu « Formidable ». Aussi formidable que je le suis aux yeux de ta mère, ai-je continué par-devers moi. Ah, les mensonges auxquels il faut consentir quand on veut se dissimuler une évidence !

La petite voix dubitative qui avait commencé à s'élever en moi dès que j'avais accepté sa demande ne s'est pas tue. Plus troublant encore, elle semblait s'affermir au fur et à mesure que je découvrais mieux George. Et après quelques semaines elle était devenue si forte qu'une idée s'est imposée avec toujours plus d'insistance : faire machine arrière, au plus vite.

Et puis je me suis réveillée un matin dans un état épouvantable. Pendant toute la semaine, chacune de mes journées a débuté par une course éperdue au lavabo. Persuadée d'être victime d'amibes, j'ai pris rendez-vous avec le docteur Ballensweig. Quand il m'a communiqué le résultat des analyses, j'ai cru que l'immeuble s'écroulait sur moi. Sitôt rentrée chez moi, j'ai appelé George à la banque.

– Bonjour, ma chérie ! Que me vaut le plaisir ?

– Il faut que nous parlions, George.

– Que se passe-t-il ?

J'avais la gorge trop serrée pour répondre.

– Sara ? C'est grave ?

– Tout dépend de la manière dont on le voit.

– Dis-moi, chérie. Je t'en prie !

– Voilà... Je suis enceinte.

252

7

Quelques jours éprouvants plus tard, je suis allée annoncer la nouvelle à Eric chez lui. Il a tressailli mais n'a rien dit, sur le coup. Au bout d'un moment, pourtant, il m'a simplement demandé :

– Tu es contente ?

Et j'ai fondu en larmes, la tête dans son épaule.

Il m'a tenue dans ses bras.

– Tu n'es pas obligée, si tu ne veux pas, a-t-il fini par murmurer.

Je me suis redressée d'un coup.

– Qu'est-ce que tu insinues par là ?

– Je dis juste que si tu ne le veux pas je crois que je pourrais t'aider.

– Tu parles d'un médecin ?

– Oui. Une de mes amies actrices connaît un type qui...

Je l'ai arrêté d'un geste.

– Non. Je ne peux pas.

– Très bien. J'essayais seulement de...

– Je sais, je sais. Et je te remercie mais...

J'ai été prise de sanglots, à nouveau.

– Je ne vois pas que faire, en réalité.

– Laisse-moi te demander quelque chose : ce garçon, tu veux vraiment l'épouser ?

– Non. C'est une erreur. Même sa mère le pense. Elle me l'a dit.

– Quand ?

– Quand j'ai dormi chez eux à Greenwich.

– C'est la nuit où toi et George... ?

J'ai hoché la tête en rougissant.

– Elle a tout deviné, je ne sais comment.

253

– Elle devait être dans le couloir, l'oreille collée à la porte. Mais bon, puisqu'elle trouve aussi que c'est un mauvais choix, elle ne risque pas d'être trop choquée si tu décides de laisser tomber.

– Tu ne parles pas sérieusement, Eric ! Il sait que je suis enceinte, ses parents aussi. Je n'ai absolument aucune autre solution.

– Nous ne sommes plus au Moyen Âge, malgré tous les efforts du parti républicain en ce sens. Le servage, c'est fini ! Tu peux et tu dois faire ce que tu veux, bon sang !

– Quoi ? Élever cet enfant toute seule ?

– Mais oui ! On pourrait s'en occuper ensemble, toi et moi.

J'en suis restée sans voix un instant.

– C'est très noble de ta part, Eric, mais c'est une folie. Et tu le sais. Je ne peux pas !

– Je serai là, tu peux compter sur moi.

– Ce n'est pas la question.

– Non. Ce qui t'inquiète, c'est ce que les autres penseraient.

– Ce qui m'inquiète, c'est d'être mise au ban de la société. Toi même, tu ne cesses de le répéter : fondamentalement, nous sommes une nation puritaine. Le moindre faux pas et c'est l'ostracisme. Donner le jour à un enfant en dehors des liens conjugaux, et l'élever sans père... Tout le monde criera au péché mortel !

– Mais se résigner à un mariage catastrophique, c'est mieux ?

– Je suis sûre que j'arriverai à arranger les choses. George a un bon fonds, tu sais.

– « Un bon fonds » ! C'est une raison pour se lier toute sa vie à quelqu'un !

– Non, je sais... Mais ai-je le choix ?

– Oui. Ne pas prendre de gants. Lui dire que tu vas avoir ce gosse, mais sans lui.

– Je n'ai pas ce courage, Eric. Je suis trop... vieux jeu, sans doute.

– Eh bien d'accord. Laisse le petit Georgie et ses parents te mener par le bout du nez. Et quand ils en auront fini avec toi, tu seras dans le même état qu'une héroïne d'Ibsen.

– Merci.

– Comment ont-ils pris la nouvelle, ces deux-là ?

– Euh... Avec pondération, je dirais.

– « Pondération » ? Qu'est-ce que tu vas chercher ?

– Ils l'ont accueillie de manière réservée.

– Je m'en doute. Ce sont des WASP, grand Dieu, pas des Italiens ! Mais je parie que cette « réserve » était un tantinet glaciale, non ?

Je me suis tue. Il avait trouvé le qualificatif approprié, une fois encore.

Depuis que George avait annoncé notre résolution à ses parents, nous étions convenus d'attendre un mois ou deux avant de fixer une date définitive pour les noces. Mais le diagnostic du docteur Ballensweig était tombé entre-temps. George avait très bien réagi, m'assurant aussitôt qu'il rêvait d'avoir des enfants de moi. Lorsque je m'étais inquiétée des conséquences que cela pourrait avoir sur un jeune couple – surtout après des fiançailles aussi brèves –, il s'était montré des plus optimistes :

– Tout va aller comme sur des roulettes. Quand on s'aime aussi fort que nous, rien n'est un problème.

Je n'ai pu m'empêcher de tiquer à ce « comme sur des roulettes ».

– Naturellement, a-t-il repris, Père et Mère risquent de se faire un peu de souci, puisque la cérémonie va devoir être légèrement avancée...

– Tu vas les mettre au courant, n'est-ce pas ?

Il a marqué une pause. Il avait maintenant le ton d'un soldat qui vient d'apprendre qu'il est « volontaire » pour conduire une incursion en territoire ennemi.

– Mais bien sûr que je vais leur dire, et je sais qu'ils

255

vont être enchantés à l'idée qu'ils seront bientôt grands-parents.

Il est parti pour Greenwich le soir même. Tôt le lendemain matin, le téléphone a sonné dans mon bureau.

– Julia Grey à l'appareil.

– Ah... Bonjour.

– Je serai en ville demain. Nous devons nous voir, c'est important. Seize heures au salon de thé du Plaza, entendu ?

Elle a raccroché sans me donner le temps de répondre. Que le rendez-vous me convienne ou pas n'était pas en question. C'était une convocation et je devais m'y rendre.

Sans perdre un instant, j'ai appelé George à la banque.

– Chérie ! J'allais te téléphoner.

– Ta mère t'a devancé.

– Oh...

– Rien qu'à ses manières, j'ai compris comment elle avait pris la nouvelle.

Il s'est éclairci la gorge. Bruyamment.

– Oui, naturellement, la surprise a été de taille, pour eux. Mais après le... comment dire ?

– Le choc.

– Oui, hmmm, en effet, ils ont eu un choc, au début. Mais après ils ont réagi avec...

– Des grincements de dents ?

– Non. Avec pondération.

– Ils me détestent pour de bon, maintenant.

– Pas du tout, chérie. Au contraire, ils...

– Qu'est-ce qu'ils disent ? Que je suis plus que présentable ? L'épouse de banquier idéale ?

– Tout va bien se passer, ma chérie. Au mieux. Fais-moi confiance.

– Je n'ai pas le choix, de toute façon.

– Et ne te laisse pas impressionner si Mère se montre... un peu brusque. C'est simplement son...

256

– Son style, non ?

– Zut ! Nous en sommes déjà à ne plus nous laisser terminer une phrase !

J'ai raccroché et j'ai plaqué mes mains contre mon visage. Je me sentais acculée, piégée. Sans issue.

Le lendemain, j'ai quitté le bureau à trois heures et demie, remontant la 5e Avenue à pied, pleine d'appréhension. Mrs Grey était déjà à une table du salon de thé. Elle m'a observée sans un sourire, sans me tendre la main, se contentant de désigner une chaise près d'elle et de me demander sèchement de m'asseoir. Je suis restée un moment sous son regard implacable, chargé d'un mépris qu'elle ne cherchait pas à dissimuler. Elle a remarqué que je me tordais les mains sous la table, évidemment.

– Vous êtes nerveuse, Sara ?

– Oui, je le suis.

– Je pense que je le serais aussi, dans votre situation. Mais je n'en serais jamais arrivée là, moi. On finit toujours par payer chèrement ses coups de tête.

– Et vous, vous n'avez jamais cédé aux impulsions, bien entendu ?

Ses lèvres ont daigné frémir jusqu'à former le fameux sourire.

– Non.

– Pas une seule fois, dans toute votre vie ?

– Je crains que non.

– Quel flegme, quel sang-froid !

– Je considérerai cette remarque comme un compliment, Sara. Mais pour en venir à nos affaires...

– Ah, je ne savais pas que nous devions parler affaires.

– Mais si. En ce qui me concerne, je ne suis ici que pour régler avec vous des questions purement matérielles, et plus précisément l'organisation d'un mariage dans l'urgence. Nous ne voudrions pas vous voir remonter la nef dans un... état qui prêterait à jaser, n'est-ce pas ? Vous ne répondez pas ? Oh, certes, tous les invités sauront pertinemment pourquoi la cérémonie a été convoquée dans une telle hâte. Et c'est justement pour cette raison que nous tenons à le faire en comité restreint, dans la discrétion. Je ne doute pas que cela ne répondra guère à vos rêves adolescents de noces fastueuses mais...

– Comment pouvez-vous savoir à quoi je rêvais, adolescente ? ai-je protesté sans arriver à dissimuler entièrement ma colère.

– N'est-ce pas ce que projettent toutes les filles, un grand mariage ?

– Non.

– Mais oui, j'oubliais ! J'oubliais que vous et votre frère avez toujours voulu vous distinguer de la norme, au désespoir de vos très respectables parents.

Je l'ai fusillée du regard.

– Comment osez-vous spéculer de la sorte sur une...

– Je ne spécule pas, ma chère. Je ne fais que rapporter des faits avérés. Il se trouve que nous avons de vieux amis à Hartford. Les Montgomery. Ils étaient voisins de vos parents, non ?

– Si. Ils habitaient dans la même rue.

– Vous voyez ? Donc, lorsque Mr Grey et moi-même avons appris – assez abruptement, je dois préciser – que nous allions vous avoir pour belle-fille, nous avons décidé de mener quelques petites vérifications sur votre compte. Mr Grey connaissait Mr Montgomery depuis Princeton. Promotion 1908. Miriam, son épouse, et lui se sont montrés fort diserts à votre sujet. Par exemple, j'ignorais que votre frère était un communiste.

– C'est faux !

– Il a adhéré à ce parti, exact ?

– Eh bien... Oui, mais il l'a fait dans les années trente, quand c'était la mode chez les...

– La mode ? Autant que je sache, le but que se fixe

le parti communiste est de renverser le gouvernement élu de notre pays. C'est là votre idée du « chic », Sara ?

– Il l'a quitté en 41. Il a commis une erreur et il est le premier à le reconnaître, maintenant.

– Quelle tristesse que vos parents ne soient plus de ce monde pour entendre son repentir.

La colère est encore montée d'un cran en moi.

– Écoutez ! Eric n'est peut-être pas le plus conventionnel des hommes mais il a toujours été un bon fils, toujours ! Et il est le meilleur frère qu'on puisse imaginer.

– Admirable, ce sens de la famille que vous avez. Surtout quand il s'agit de défendre un individu aussi peu... « conventionnel ».

– Je ne vois pas du tout ce que vous insinuez.

– Mais si, mais si. Et vos défunts parents le voyaient aussi, d'après ce que je me suis laissé dire. Pour être précise, il semblerait que le dédain des « conventions » affiché par votre frère outrageait tellement votre père qu'il a précipité l'arrêt cardiaque qui lui a été fatal.

– C'est honteux de faire reposer le blâme sur Eric !

– Personne ne blâme personne, Sara. Encore une fois, je me fais seulement l'écho de propos tenus par d'autres. Et je m'y borne aussi en relevant que vous avez outrepassé la volonté de votre père en partant vous établir à New York à la fin de vos études. Il a été terrassé par cette attaque peu après, si je ne m'abuse...

J'étais sur le point de hurler. Ou de la gifler. Ou de lui cracher à la figure. Je suffoquais de rage et elle l'a vu, et elle a répondu par l'un de ses sourires horripilants, qui m'encourageait à perdre mon sang-froid et du coup à payer encore plus cher que ce que j'étais en train de payer.

Contrôlant ma respiration, je me suis levée.

– Nous n'avons plus rien à nous dire, Mrs Grey.

– Partez, ma chère, et vous ne ferez que vous attirer de très sérieux problèmes.

Elle avait gardé le même ton posé, distant.

– Je m'en fiche !

– Ah oui ? Je vois mal une publication aussi respectable que *Saturday Night/Sunday Morning* tolérer une mère célibataire parmi ses effectifs. Et quand ils vous auront congédiée, qui voudra encore de vous ? Et puis il ne faut pas oublier l'appartement. N'y a-t-il pas une clause dans les baux de location à New York qui vise... Oui, Mr Grey a mentionné ce point en passant..., qui autorise un propriétaire à expulser un locataire convaincu d'atteinte à la moralité publique ? Je vous accorde que le fait d'avoir un enfant naturel n'entre peut-être pas dans ce que la loi tient pour tel. Mais auriez-vous les moyens de contester en justice un avis d'expulsion ?

Je me suis rassise sans un mot. Elle a baissé la tête un moment et, quand elle l'a relevée, son visage était à nouveau un modèle d'urbanité.

– Je savais qu'au fond vous étiez raisonnable, Sara. Et je suis certaine que nous allons fort bien nous entendre, à partir de maintenant. Du thé ?

Je n'ai pas répondu. Peut-être parce que j'avais l'impression d'être une criminelle qui vient d'entendre prononcer sa condamnation à perpétuité. Tout était consommé.

– Qui ne dit mot consent, alors, a-t-elle remarqué en faisant signe à une serveuse. Et maintenant, revenons à nos affaires. Ce mariage, donc...

Elle a entrepris d'exposer ses plans, méticuleusement. En raison des circonstances « exceptionnelles », une bénédiction nuptiale en leur église du Connecticut était exclue ; il y aurait donc un service des plus simples à la Marble Collegiate Church de Manhattan, auquel j'étais autorisée à inviter quatre personnes, mon frère compris – « Je présume que c'est lui qui vous conduira à l'autel ? » Ensuite, une réception tout aussi modeste dans un salon du Plaza. George était chargé d'organiser le voyage de noces mais Mrs Grey lui avait déjà suggéré « un joli hôtel sans prétention » à Provincetown et il avait réservé une semaine en conséquence. Après la lune de miel, nous nous installerions dans notre nouvelle maison. À Old Greenwich.

Il m'a fallu quelques secondes pour réagir à cette dernière information.

– Nous nous installons... où ?

– À Old Greenwich, dans le Connecticut. Vous voulez dire que George ne vous a pas mise au courant ?

– Étant donné qu'il ne vous a appris la nouvelle qu'hier soir, c'est assez...

– Évidemment, évidemment ! Ce pauvre garçon ne sait plus où donner de la tête. Mais enfin, lorsqu'il nous a fait cette « excellente » surprise hier soir, Mr Grey lui en réservait une autre : notre cadeau de mariage au jeune couple sera la maison que nous avons achetée il y a un an et quelque à Old Greenwich. C'était un investissement foncier, au départ, et vous comprendrez qu'il ne s'agit pas d'un manoir ! Mais pour débuter une petite vie de famille, c'est idéal. Qui plus est, elle se trouve à cinq minutes à pied de la gare. Très pratique pour que George se rende à son travail. Vous connaissez Old Greenwich ? C'est très coquet. Et tout près de la passe de Long Island, ce qui vous donnera l'occasion...

D'aller me noyer.

– ... de saines sorties en plein air avec d'autres jeunes mamans. Quand le bébé sera là, je suis sûre que vous trouverez amplement de quoi vous occuper. Il y aura les thés entre dames, les pique-niques de bienfaisance, l'association des parents d'élèves...

En l'écoutant résumer avec délectation le morose avenir qui m'attendait, je n'ai pu m'empêcher de penser qu'elle était experte dans l'art de torturer à petit feu. Finalement, j'ai dû l'interrompre :

– Pourquoi ne pourrions-nous pas habiter l'appartement de George pendant un temps ?

– Comment, cet endroit affreux ? Je ne le permettrais pas, Sara.

Un vaste studio dans une résidence-hôtel non loin de Central Park. Qu'y avait-il de si affreux ?

– Il sera toujours possible de trouver quelque chose de plus grand en ville.

– On n'élève pas ses enfants en ville.

– Mais le bébé ne sera pas là avant sept mois ! Je n'ai aucune envie de prendre le train deux fois par jour pour me rendre à mon travail !

– Votre travail ? a-t-elle repris d'un ton amusé. Quel travail ?

– Vous savez bien !

– Ah, oui ! Vous donnerez votre démission à la fin de la semaine prochaine.

– Pas question !

– Mais si. Parce qu'une semaine plus tard vous serez une femme mariée. Et les femmes mariées ne travaillent pas.

– Je comptais être l'exception, figurez-vous !

– Désolée, très chère. De toute façon, vous auriez été contrainte de renoncer un peu plus tard, vu votre état. Ainsi va la condition maternelle.

Je me suis efforcée de garder raison, de rester logique.

– Admettons que je refuse ? Admettons que je m'en aille sur-le-champ ?

– J'ai déjà évoqué les conséquences qu'aurait un tel choix, je crois ? Mais je respecte le libre arbitre de chacun et pour ma part vous pouvez faire ce que bon vous semble. Il est probable que vous aurez à regretter pareille décision, malheureusement : élever seule un enfant, sans ressources ni même un chez-soi... Enfin, nous n'aurions même pas l'idée de vous en dissuader, si vous le décidez.

262

Mes yeux se sont emplis de larmes que j'ai bientôt senties dévaler sur mes joues.

– Pourquoi ? Pourquoi me faire une chose pareille ?

– Mais vous faire quoi, ma chère ?

– Détruire ma vie !

– Détruire votre vie ! Épargnez-moi ce mélodrame, Sara ! Ce n'est, certes, pas moi qui vous ai encouragée à vous retrouver enceinte, n'est-ce pas ? Maintenant, si j'étais dans votre cas, je serais positivement ravie de la manière dont tout s'arrange. Je ne veux pas insister, mais on ne voit pas tous les jours une fille recevoir une jolie maison dans sa corbeille de mariée.

Ce sourire, encore. Je fixais la table. Elle a mis fin au silence qui s'était installé.

– Vous avez perdu votre langue, ma chère ? Ou bien vous êtes-vous rendue à la logique de mes arguments, tout simplement ? Alors ? Ah, je suis ravie ! Donc nous pouvons passer à la réalisation du programme que je vous ai exposé. Mais regardez qui vient nous saluer ! Ce garçon sait toujours choisir son heure, décidément !

J'ai relevé les yeux. George se tenait à l'entrée du salon, attendant visiblement que sa mère lui fasse signe d'approcher. C'était elle qui l'avait convoqué au Plaza à cet instant précis, tout comme elle lui avait fixé la marche à suivre. Le monde selon Mrs Grey : on ne transgressait pas impunément sa conception de l'ordre, des bonnes manières et des conventions sociales.

Son index levé lui ordonnait de nous rejoindre, maintenant, et il est venu vers nous à pas hésitants, tel un collégien appelé au tableau noir.

– Bonjour ! Tout se passe bien ?

Sa jovialité forcée a disparu dès qu'il a constaté que je pleurais. Mrs Grey a pris les devants.

– Nous venons de discuter en détail de nos plans, Sara et moi. Nous sommes en harmonie sur tout.

Comme je restais murée dans mon silence, sa voix s'est légèrement durcie.

– N'est-ce pas, très chère ?

Sans relever les yeux, j'ai réussi à articuler :

– Oui. C'est vrai.

– Et nous nous comprenons merveilleusement toutes les deux, n'est-ce pas ?

J'ai approuvé de la tête.

– Tu vois, George ? Je te l'avais bien dit. Je pense que vous l'avez déjà constaté, Sara, mais ce pauvre garçon a tendance à s'inquiéter pour un rien. Exact, George ?

– Je... Sans doute, oui.

Il s'est laissé tomber sur une chaise à côté de moi. Il a voulu me prendre la main mais je l'ai retirée en hâte. Mrs Grey a souri, n'ayant rien perdu de ce petit incident.

– Allons ! Je crois que je vais aller me repoudrer et laisser les tourtereaux en tête à tête un moment.

George a attendu qu'elle s'éloigne pour chuchoter :

– Ne sois pas fâchée, chérie...

– Je n'avais pas compris que c'était ta mère que j'épousais.

– Mais non.

– Si ! C'est elle qui décide de tout, ici.

– Dès que nous serons mariés, nous lui ferons vite comprendre que nous avons notre vie.

– Dès que nous serons mariés, nous serons exilés à Old Greenwich. Très aimable à toi de m'avoir consultée pour ce petit changement d'adresse.

– C'est une proposition qui ne date que d'hier soir, voyons !

– Et que tu as acceptée sans prendre mon avis, naturellement.

– J'avais l'intention de t'appeler ce matin.

– Mais tu ne l'as pas fait.

– Les réunions n'ont pas arrêté, chérie, et...

– Menteur. Tu avais peur de ma réaction, c'est tout.

Il a pris un air penaud.

– Oui, c'est vrai. Mais écoute. Cette maison, ce n'est qu'une offre de mes parents. Très généreuse, d'accord, mais nous ne sommes pas obligés de dire oui.

Je lui ai lancé un regard de pur mépris.

– Si, nous le sommes ! Et tu le sais !

Il a frémi sous la violence de l'attaque.

– Tu vas aimer Old Greenwich, j'en suis sûr.

– Du moment que tu en es sûr...

– Et si tu ne t'y plais pas...

– Oui ? Quoi ?

– Eh bien... on trouvera une solution. Je te le promets. Une fois que le mariage sera passé, je t'assure que...

– Que quoi ? Attends, laisse-moi deviner. Que tu lui diras de nous laisser en paix, enfin ?

Il est resté coi un instant.

– J'essaierai, oui...

D'une quinte de toux, il m'a fait comprendre que sa mère revenait. Elle était à deux mètres de nous quand il a bondi sur ses pieds pour lui tirer sa chaise. Une fois installée, elle lui a signifié d'un geste du menton qu'il pouvait se rasseoir puis elle m'a regardée :

– Eh bien, vous avez gentiment parlé, je vois ?

Avec un autre tempérament que le mien, j'aurais pris la porte sans me retourner. Mais malgré toute la répulsion qu'elle m'inspirait, je devais reconnaître qu'elle avait raison : choisir de devenir une mère célibataire restait à l'époque un acte de défi, voire de démence. Et je n'avais pas la mentalité « advienne que pourra » qui aurait pu m'aider à braver les préjugés de 1947. Bien qu'admirant et enviant l'esprit frondeur d'Eric, j'avais été trop soumise au culte de l'autorité et de la respectabilité dans ma jeunesse pour aller jusqu'à ce qui me paraissait alors impossible : envoyer paître George Grey et ses abominables parents.

Pour la même raison, j'avais aussitôt exclu la possibilité de révéler à mon frère le cauchemar domestique qu'on me préparait. Au mieux, il aurait fallu écouter ses philippiques passionnées contre cet enfermement volontaire. Au pire, il aurait peut-être réussi à me donner le courage de recourir à quelque romantique extrémité, par exemple m'enfuir à Paris ou à Mexico pour accoucher là-bas... Mais non, ma décision était prise. J'allais épouser George, et vivre dans une banlieue dorée, et y élever mon enfant. J'étais prête à accepter mon destin car je l'avais moi-même provoqué, car je le méritais.

Parallèlement, je m'étourdissais de raisonnements. Certes, George avait été infantilisé par sa mère mais je pensais être capable de réduire, voire d'annihiler la néfaste influence de cette dernière une fois que nous serions mariés. Certes, je détestais la perspective de quitter New York, et cependant la vie tranquille du Connecticut allait peut-être m'encourager à reprendre l'écriture ? Certes, mon futur époux était aussi brûlant qu'un pot de glace à la vanille mais n'avais-je pas juré moi-même de ne plus me laisser prendre aux jeux destructeurs de la passion ? N'avais-je pas fait le serment d'éviter un autre... Jack ?

Jack. Maudit Jack. Cette unique et absurde nuit passée avec lui m'avait jetée droit dans les bras sincères mais amorphes d'un George Grey.

Durant les quinze jours qui nous séparaient de la cérémonie, j'ai été... docile, très docile. J'ai laissé Mrs Grey décider des moindres détails, m'entraîner au rendez-vous pris en catastrophe chez un tailleur qui a expédié une robe de mariée passe-partout pour quatre-vingt-cinq dollars – « La note est pour nous, bien entendu », allait préciser Mrs Grey au cours de l'essayage –, choisir le menu de la réception, le motif du gâteau... J'ai accompagné George à Old Greenwich pour inspecter notre futur foyer, une petite maison à deux étages située sur Park Avenue, une allée très résidentielle. Tout était très vert là-bas, les arbres, les pelouses entretenues avec un soin maniaque. Il m'a suffi d'observer ces façades impeccables, ces toits refaits à neuf, ces jardins au cordeau pour comprendre que j'allais atterrir dans une communauté où un tas de vieilles feuilles mortes, une entrée de garage mal empierrée feraient figure de crime contre la sûreté de l'État.

Les maisons de Park Avenue étaient résolument Nouvelle-Angleterre, hommages au néogothique à la Edgar Poe avec leurs bardeaux blancs et leurs briques rouges unionistes. La nôtre comptait parmi les plus modestes. Les plafonds étaient bas, les pièces exiguës et tapissées de papier à motif floral ou à petits carreaux bleus et rouges, un genre de décoration « Amérique pionnière » qui me rappelait irrésistiblement l'intérieur des boîtes de chocolat Whitman. Le mobilier était spartiate dans l'esprit comme dans les proportions, canapés étroits, chaises compassées, sévères lits jumeaux dans la chambre à coucher parentale... La deuxième chambre ne comptait qu'une table en bois brut et un fauteuil en osier.

– Tu seras magnifiquement bien pour écrire, ici ! s'est exclamé George avec un enthousiasme laborieux.

– Oui ? Et le bébé, où va-t-il dormir ?

– Mais dans la nôtre, les premiers mois... Et puis il faut se dire que ce n'est qu'un point de départ, cette maison. Dès que nous aurons deux ou trois petits nous aurons besoin de...

– George ! Un enfant à la fois, d'accord ?

– Bien sûr, bien sûr. Je ne voulais pas paraître trop entreprenant, tu...

– Je m'en doute, oui.

Je suis retournée dans « notre » chambre et je me suis assise sur l'un des matelas, qui était dur comme une dalle en ciment. George est venu à côté de moi. Il m'a pris la main.

– On pourrait avoir un vrai lit double, si tu veux.

J'ai haussé les épaules.

– Et que tu saches : tout ce que tu veux changer ici, je suis d'accord.

« Et si j'y mettais le feu, chéri ? »

– Très bien, ai-je soupiré d'un ton morne.

– N'est-ce pas ? Et nous allons être heureux ici, vrai ? Je suis persuadé que tu vas finir par aimer ce coin. Old Greenwich ! Rien de mieux pour la vie de famille, mon sucre !

« Mon sucre ». J'allais épouser un homme qui m'appelait « mon sucre ».

Mais je n'ai pas reculé. J'ai donné ma lettre de démission au journal, informé mon propriétaire que je quittais les lieux. J'avais loué l'appartement meublé, il ne me restait donc qu'à empaqueter mes livres, mon pick-up et mes disques, quelques photos de famille, trois valises de vêtements et ma machine à écrire. En contemplant le petit tas que j'avais formé, je me suis dit : « C'est cela, voyager léger... »

Trois jours avant la noce, j'ai réuni tout mon courage pour annoncer à Eric mon départ dans le Connecticut. Je m'attendais à de véhémentes protestations et je ne m'étais pas trompée.

– Ils t'ont forcé la main, évidemment ? a-t-il demandé en allant et venant dans mon studio qui semblait déjà abandonné.

– Mais non. Les parents de George ont eu l'idée de nous offrir cette charmante maison et je me suis dit pourquoi pas.

– Et c'est tout ?

– Oui.

Il m'a dévisagée d'un œil plus que sceptique.

– Toi, plus new-yorkaise que le New York Steak, tu décides de dire adieu à Manhattan pour aller t'enterrer à Old Greenwich uniquement parce que les vieux du petit Georgie te donnent une bicoque là-bas ? Non, je ne marche pas.

– J'ai pensé qu'il était temps de changer de vie, Eric. J'ai envie de calme, c'est vrai.

– Oh, s'il te plaît, S ! Pas de ces histoires avec moi ! Tu n'as rien à faire dans le Connecticut, je le sais aussi bien que toi.

– C'est un pari, d'accord, mais il peut réussir à merveille.

– Je te l'ai déjà dit, S. Tu peux encore te sortir de là et je m'engage à tout faire pour t'aider, tout.

J'ai posé une main sur mon ventre.

– Je n'ai plus le choix,

– Si ! Tu ne veux pas le voir, plutôt.

– Oh si ! Mais il me demande trop... d'imagination, voilà. Il faut que j'agisse comme on l'attend de moi.

– Même si c'est pour démolir ta vie ?

Je me suis mordu les lèvres en détournant la tête, au bord des larmes.

– Arrête, je t'en prie !

Il s'est approché, il a voulu me prendre par l'épaule. Je me suis dégagée brusquement.

– Je suis désolé.

– Pas autant que moi.

– Chacun se gâche la vie à sa manière, sans doute...

– Tu crois que tu me consoles en disant des choses pareilles ?

– Non, je me console moi-même !

J'ai réussi à rire.

– Tu as raison, Eric. D'une façon ou d'une autre, nous finissons tous par nous la gâcher. C'est juste que certains d'entre nous le font plus systématiquement que d'autres.

Mais mon frère ne m'a jamais reproché ma décision, et je ne lui en rendrai jamais assez crédit. Trois jours après cette pénible conversation, revêtu de son seul et unique costume habillé, d'une chemise blanche et d'une cravate discrète – selon ses critères, tout du moins –, il me conduisait à l'autel. George était en redingote et col cassé, une tenue qui lui allait mal et ne faisait qu'accentuer son côté poupin. Le pasteur, un être revêche au crâne dégarni mais aux épaules couvertes de pellicules, a débité sa bénédiction d'une voix monocorde. La cérémonie n'a pas duré plus d'un quart d'heure, en tout et pour tout. Avec douze invités, la nef paraissait vide, froide. Quand nous avons échangé les vœux, nos voix ont résonné entre les bancs déserts.

La réception qui a suivi dans un salon privé du Plaza a été expédiée, elle aussi. Il faut dire que Mr et Mrs Grey n'étaient pas des amphitryons très avenants. Ils n'ont pratiquement pas adressé la parole à Eric, ni à mes trois amies de la rédaction. Les collègues de George se sont montrés aussi peu fréquentables. Avant de passer à table, ils se sont regroupés dans un coin en bavardant entre eux et en jappant de temps à autre un éclat de rire collectif. J'étais certaine que l'objet de leur déplaisante hilarité était ce que tous les autres se contentaient de penser tout bas – « Alors voilà donc ce que c'est, un mariage expédié ! » À cette distinction près qu'il s'agissait d'un mariage expédié WASP et que tout le monde s'efforçait donc de faire comme si de rien n'était.

Après un court dîner, Mr Grey a porté un toast à l'image de cette journée, c'est-à-dire dépourvu de chaleur et de conviction :

– Je vous prie de lever votre verre pour accueillir Sara au sein de notre famille. Nous espérons que les mariés seront heureux.

Celui de George était presque aussi plat :

– Je voulais simplement dire que je suis l'homme le plus chanceux du monde et que nous allons faire une équipe épatante, Sara et moi. Et puis sachez tous que ce sera la politique de la porte ouverte à Old Greenwich et donc nous attendons plein de visites très bientôt !

J'ai jeté un coup d'œil à Eric. Il avait pris un air incrédule qu'il a corrigé d'un sourire coupable en sentant mon regard sur lui. Mis à part ce bref moment que j'ai été la seule à surprendre, il avait été un modèle de tact et de diplomatie depuis le début mais malgré cela, et malgré sa très correcte allure, les parents de George n'avaient cessé de l'observer avec un mélange de dédain et d'inquiétude, comme s'ils s'attendaient à le voir grimper sur la table pour nous lire des extraits du *Capital*. Après le repas, toutefois, il a réussi à lier conversation avec eux, leur arrachant même un ou deux gloussements amusés. C'était une découverte si renversante – de l'humour chez les Grey ? – que je l'ai pris à part alors qu'il se dirigeait vers le bar.

– Quel philtre as-tu versé dans leur verre ? Raconte !

– Aucun. Je leur disais juste à quel point ils me font penser à *La Splendeur des Amberson*.

Voyant que je refoulais un rire, il a poursuivi :

– Je suis content de constater que tu n'as pas perdu ton sens du burlesque. Tu vas en avoir besoin, S.

– Tout ira bien.

– Et sinon tu peux toujours venir te réfugier chez moi.

Je l'ai serré dans mes bras.

– Tu es le meilleur, Eric.

– Ah ? Pas malheureux que tu t'en sois enfin rendu compte !

Si, il avait tout de même donné un aperçu de son espièglerie caustique lorsque George l'avait prié de porter un toast « au nom de la famille de la mariée ». Debout, son verre levé, il s'était lancé sans hésitation :

– D'après moi, c'est Toulouse-Lautrec, ce Français très petit de taille mais non d'esprit, qui a eu la meilleure réflexion à propos du mariage : « Un repas sans saveur qui commence par le dessert. » Je suis persuadé qu'il n'en sera pas ainsi avec George et Sara.

J'ai trouvé la formule brillante, moi, mais la plupart

des convives se sont nerveusement raclé la gorge lorsqu'il s'est rassis.

Ensuite, nous avons découpé le gâteau, posé pour les photographes, bu le café avec nos invités. Dix minutes plus tard, les Grey se sont levés, donnant ainsi le signal des adieux. Mon beau-père m'a planté un baiser sur le front sans un mot. Mrs Grey a vaguement fait mine d'approcher ses lèvres de ma joue et m'a soufflé :

– Vous avez été très bien, ma chère. Continuez sur cette voie et nous nous entendrons.

Puis Eric est venu m'embrasser, me glissant à l'oreille :

– *Nil carborundum*. En clair, ça veut dire à peu près : « Ne laisse pas les salopiots te marcher sur la tête. »

Il est parti. Le salon s'est vidé. À huit heures du soir, la « fête » était terminée. Il ne nous restait plus qu'à nous retirer dans la « suite des jeunes mariés » que George avait réservée pour la nuit au Plaza.

Là-haut, il a disparu dans la salle de bains pour revenir en pyjama, moi de même pour resurgir en peignoir de soie. Il était déjà au lit. J'ai laissé glisser le peignoir au sol et je l'ai rejoint entre les draps, nue. Il m'a attirée à lui, m'a embrassé le visage, le cou, les seins. Il a déboutonné sa braguette, m'a écarté les jambes et s'est juché sur moi. Une minute plus tard, il roulait sur le côté avec un grognement. Puis il s'est rajusté, il a déposé un baiser sur ma nuque et m'a souhaité bonne nuit.

Au début, je n'ai pas compris qu'il s'était endormi. Un coup d'œil au réveille-matin : neuf heures moins vingt. « Neuf heures moins vingt, un samedi soir, et ma nuit de noces encore ! Et mon mari dort déjà comme un sonneur ? »

J'ai fermé les yeux, tentant de le rejoindre dans ce sommeil de couche-tôt. Impossible. Je suis retournée dans le cabinet de toilette. Porte close, je me suis fait couler un bain et soudain j'ai cédé à ce qui menaçait depuis des heures : je me suis mise à pleurer.

Très vite, les sanglots sont devenus incontrôlables, et si violents qu'ils devaient être audibles malgré le bruit de l'eau tombant en cascade des robinets. Il n'y a pas eu de coup frappé à la porte, pourtant, ni d'étreinte réconfortante, ni de mots d'apaisement murmurés avec amour. Parce que George avait le sommeil lourd, très lourd. Si le mini-Niagara dans la salle de bains ne l'avait pas fait ciller, comment aurait-il pu entendre la plainte de sa femme ?

J'ai fini par me calmer peu à peu et je me suis allongée dans la baignoire en trempant une serviette dans l'eau chaude pour m'en couvrir la face. Les yeux ouverts dans cette blancheur vide, je me suis dit que je venais de commettre la pire erreur de toute ma vie.

Trop vite. Tout était arrivé trop vite, tout se passait trop vite. Il faisait l'amour trop vite. Nous nous étions trop vite promis l'un à l'autre. J'avais dit oui trop vite. Il s'endormait trop vite... Et maintenant j'étais piégée. Enfermée dans la prison que je m'étais moi-même forgée.

Notre lune de miel n'a guère été plus mémorable. La pension de Provincetown que Mrs Grey avait « suggérée » était aussi antique que ses propriétaires et que la grande majorité de ses clients. Tout était usé, gentiment fatigué, depuis notre sommier en creux et l'odeur de moisi des draps jusqu'à l'émail écaillé dans l'unique salle de bains de l'étage. Comme peu de restaurants restaient ouverts pendant la basse saison, nous devions nous contenter des repas à l'hôtel, dont le chef paraissait s'entêter à tout bouillir et rebouillir. Il a plu pendant trois des cinq jours où nous avons été là mais nous avons réussi à faire quelques promenades sur la plage ; autrement, nous restions au salon, chacun avec un livre. George s'efforçait d'être de bonne humeur, moi aussi. Je suis parvenue à le convaincre d'abandonner son pyjama quand nous faisions l'amour. La durée de ces rencontres ne variait pas, cependant : une minute. Je lui ai demandé de ne pas me tourner le dos et de sombrer dans le sommeil après. Il m'a présenté des excuses, en abondance, et il a pris soin de me garder dans ses bras en me serrant fort. Peu après, il ronflait et moi j'étouffais sous son étreinte. J'ai mal dormi cette nuit-là, comme toutes celles que nous avons passées à Provincetown, d'ailleurs. La faute en revenait au lit encaissé, à la nourriture exécrable, à l'atmosphère déprimante de la pension et à la progressive réalisation de ce que la vie conjugale avec George me réservait.

Le dernier jour est arrivé. De Cape Cod, il nous a fallu cinq heures d'autocar pour rallier Boston, où nous avons pris un train qui nous a déposés à Old Greenwich peu avant minuit. Il n'y avait plus de taxis, évidemment, et nous avons donc été contraints de traîner nos bagages jusqu'à Park Avenue. En approchant de la maison, une seule idée m'obsédait : « Je vais mourir, ici... » J'exagérais un peu, c'est vrai. Mais elle semblait si vétuste, si médiocre, si... triste, cette masure ! À l'intérieur, les caisses et les valises provenant de nos appartements respectifs avaient été sommairement empilées dans le living. À leur vue, j'ai été assaillie par d'autres pensées : « Je pourrais téléphoner aux déménageurs demain matin et réexpédier toutes mes affaires à New York pendant que George sera à sa banque, et avoir disparu quand il rentrera le soir. » Mais pour aller où ?

Dans la chambre, les deux lits jumeaux étaient séparés par une table de chevet. À notre première visite, George avait affirmé qu'il faudrait l'enlever dès que nous passerions une nuit chez nous mais nous étions tellement épuisés par ce voyage que nous nous sommes couchés chacun de notre côté avant de basculer dans un sommeil instantané.

En me réveillant le lendemain, j'ai trouvé un petit

mot sur la fameuse table : « Chérie, je suis parti à la ville gagner notre pain. Vu que tu dormais à poings fermés, j'ai préféré me le faire griller sans te déranger. Je reviens par le 6 h 12. Plein de baisers, G. »

Et il devait se trouver amusant, en gribouillant ces lignes...

J'ai passé la journée à ranger. À un moment, je suis allée faire quelques courses sur Sound Beach Avenue, qui tenait lieu de centre-ville. En ce temps-là, Old Greenwich était encore loin de devenir une cité-dortoir satellisée par New York. Il y régnait une ambiance de bourgade, et très logiquement, donc, tous les commerçants ont aussitôt repéré la nouvelle arrivée qui méritait des assauts d'amabilité provinciale.

– Oh, mais vous devez être celle que le fils Grey a mariée, bien vrai ? s'est exclamée la propriétaire de la papeterie locale, le seul endroit d'Old Greenwich qui recevait le *New York Times*.

– Oui, je suis Sara Grey, ai-je confirmé, m'étonnant moi-même de prononcer mon nom d'épouse.

– Bienvenue chez nous, alors. Et beaucoup de bonheur, dites !

– Merci. C'est très... accueillant, ici, ai-je affirmé avec l'espoir de paraître sincère.

– Pour être accueillant, ça l'est. Et pour avoir des bambins, il n'y a pas mieux !

Elle a contemplé ma taille, qui ne trahissait encore rien, et une nuance sardonique est vite passée sur ses traits.

– Mais peut-être qu'il n'y a pas urgence là-dessus, si tôt après les noces !

– On ne sait jamais, ai-je remarqué tranquillement.

Dans chaque boutique, j'ai été accueillie par des regards curieux et des questions. Quand je me nommais, je m'attirais en général un sourire entendu et une remarque gentiment inquisitrice, du genre : « Il paraît que vous avez eu un joli petit mariage ! »

ou « Eh bien, vous n'avez pas perdu de temps, George et vous ! Ah, l'amour ! »

À la fin de cette première incursion dans le centre d'Old Greenwich, j'en étais venue à me dire que je devrais sans doute m'accrocher un écriteau autour du cou qui proclamerait : « Jeune mariée ET enceinte. » Plus grave, cependant, était la bouffée de désespoir que je sentais en moi lorsque je pensais que les huit ou neuf boutiques qui s'alignaient sur Sound Beach Avenue allaient désormais constituer tout mon univers.

George est rentré le soir avec un bouquet de fleurs à la main. Après m'avoir donné un baiser distrait sur les lèvres, il a remarqué qu'une bonne partie des cartons et des valises avait disparu du living.

— Tu as commencé à ranger, déjà ?

— Oui. J'ai presque terminé avec mes affaires.

— Bien travaillé. Mes habits, tu pourras t'en occuper demain. Et chérie, si tu veux bien donner un petit coup de fer à mes costumes...

— Oui, bien sûr.

— Épatant ! Écoute, je monte me changer et je reviens tout de suite. Si tu nous préparais un Martini, histoire de fêter notre première vraie soirée chez nous ?

— Un Martini ? D'accord.

— Pas trop corsé, hein ? Moi, c'est surtout pour le vermouth. Et avec quatre olives, si on en a.

— Non, désolée.

— Aucune importance, hé ! Rajoute ça à ta liste de courses pour demain, simplement. Ah, j'ai oublié de demander.. Qu'est-ce qu'il y a, à dîner ?

— Euh... j'ai acheté des côtelettes d'agneau et des brocolis.

— Oh flûte ! J'aurais dû te le dire, mon sucre, mais j'ai horreur des brocolis.

— Pardon.

— Pas du tout ! Comment tu pouvais le savoir ?

Mais mon style, à moi, c'est le solide. Steak-patates, quoi. Hé, le pâté de viande, tu sais le faire ?

– Pas vraiment, non.

– Oh, c'est simple comme bonjour ! Je vais dire à Bea... C'est la cuisinière de maman. Je vais lui dire de t'appeler demain, qu'elle te donne sa recette ultra-secrète. Et puis, chérie...

– Oui ? ai-je soufflé avec le peu de voix qui me restait.

– Quand je dîne après sept heures, j'ai un mal fou à m'endormir. Alors si tu pouvais faire en sorte que tout soit servi dans les six heures et demie, sept heures moins le quart, ce serait l'idéal.

– Je ferai de mon mieux.

Il s'est approché pour m'embrasser sur le front.

– Là, je serais comblé.

Il est monté se mettre à l'aise, et je suis partie assumer mes nouvelles fonctions à la cuisine. J'ai enfourné les côtelettes, pelé des pommes de terre que j'ai mises à bouillir, puis j'ai fini par réunir une grande carafe en verre, une fiasque de gin Gilbey's et une bouteille de vermouth, de quoi préparer une bonne réserve de Martini. J'avais sérieusement besoin d'un remontant, soudain.

George m'a fait des compliments sur mon dosage, non sans me rappeler qu'il serait bon de « trouver ces olives » le lendemain matin. Il a apprécié les côtelettes, tout en laissant entendre qu'elles auraient pu être plus saisies – « Presque brûlée, c'est comme ça que je l'aime, ma viande ». Ma purée de pommes de terre n'a pas passé l'examen, par contre : « Un peu grumeleuse, tu ne penses pas, chérie ? Moi, de toute façon, je suis plutôt patates au four. » Je n'avais pas prévu de dessert, ce qui l'a déçu, mais : « Hé, c'est la première fois que tu me fais à dîner ! Alors comment tu pouvais savoir ce qui me plaît ou non ? C'est en forgeant qu'on devient forgeron, pas vrai ? »

En réponse, j'ai souri. Ou plutôt j'ai pincé les lèvres. Exactement comme sa mère.

– Tu as eu le temps de voir un peu le coin ? m'a-t-il demandé.

– Oui. C'est très... pittoresque.

– « Pittoresque »... c'est le mot juste. Je te l'avais bien dit, que tu aimerais.

– Tout le monde a l'air de savoir qui je suis.

– Que veux-tu, c'est une petite ville. Les nouvelles vont vite.

– Très vite, en effet. Visiblement, ils savent tous que je suis enceinte, aussi.

– Ah bon ? a-t-il fait, soucieux tout d'un coup.

– Oui. Et je me demande comment cette petite nouvelle-là s'est propagée.

– Aucune idée.

– Vraiment ?

– Qu'est-ce que tu insinues ?

– Rien. Je m'interroge, c'est tout.

– Je vais te dire ce qui s'est sans doute passé : les gens ont appris que nous nous étions mariés très rapidement et ils se sont mis à chercher une explication. C'est logique.

– À moins que quelqu'un n'ait trahi notre petit secret.

– Hein ? Qui aurait pu faire une chose pareille ?

– Ta mère.

– C'est affreux, de dire ça.

– Ce n'est qu'une hypothèse.

– Mais pourquoi ? Pourquoi elle chercherait à nous embarrasser ?

– Parce que c'est son style. Et un bon moyen de me remettre à ma place, en plus. Tiens, si je les avais, je parierais mille dollars qu'elle a mis au courant quelqu'un d'ici, rien qu'une personne, en sachant très bien que la rumeur allait se propager comme le cancer.

– Qu'est-ce que tu cherches, exactement ?

Sa voix s'était durcie, brusquement.

– Je te l'ai dit, j'émets seulement une hypothèse.

– Eh bien, arrête d'émettre, et tout de suite. Je ne le tolérerai pas.

Je l'ai regardé fixement.

– J'ai bien entendu ?

Aussitôt, il a repris un ton plus conciliant :

– Tout ce que je veux t'expliquer, c'est que Mère peut avoir des côtés... abrupts, oui, mais qu'elle n'est pas haineuse. Et d'ailleurs elle t'aime trop pour...

– Ne me fais pas rire.

– Je ne savais pas que j'avais épousé une cynique.

– Et je ne savais pas que j'avais épousé un poltron.

Sa tête a pivoté brusquement, comme s'il venait de recevoir une gifle.

– Excuse-moi, George.

– Tout va bien.

Mais nous pressentions le contraire, l'un et l'autre.

Il y avait encore un mot à mon réveil le lendemain, cette fois déposé sur mon oreiller : « Hé, la dormeuse ! Ce pain, je vais devoir me le griller tous les matins ? Bea va t'appeler tout à l'heure pour sa recette de pâté. J'attends avec impatience de goûter le tien ce soir. Bises. »

En effet. Il allait se le griller tous les matins, son pain. Je n'étais aucunement prête à me lever aux aurores pour jouer au cuistot personnel de Mr George Grey.

Bea a téléphoné à l'instant même où je finissais de ranger la garde-robe de mon seigneur et maître. La cinquantaine, ai-je jugé à sa voix qui était fortement teintée d'accent du Sud et se nuançait d'une déférence qui m'a rappelé le personnage de la nounou noire dans *Autant en emporte le vent*. Me donnant du « Miz Grey », elle m'a appris qu'elle cuisinait « pour Mistah George depuis qu'il est tout petiot » et que ce dernier était « le plus gourmand 'ti bougre qu'on ait jamais vu ». Tant que je flatterais son palais, je le mettrais au comble du bonheur, m'a-t-elle annoncé, et j'ai promis de redoubler de zèle. Puis elle m'a communiqué sa recette, une préparation complexe qui nécessitait plusieurs boîtes de soupe à la tomate Campbell's et au moins deux livres de viande hachée. J'avais toujours détesté ce plat, mais je savais que j'allais le vomir, désormais.

Une fois la formule magique bien notée, je suis partie au village, déposant en chemin ses costumes à la teinturerie car je ne me sentais pas prête à devenir sa repasseuse attitrée, en plus du reste. J'ai acheté tous les ingrédients nécessaires à son satané hachis, sans oublier un gros bocal d'olives et un gâteau bien crémeux. En revenant à la maison, je suis passée devant un garage qui vendait aussi des bicyclettes d'occasion. Mon œil a été attiré par un vélo de dame, un Schwinn noir avec un guidon haut et deux paniers en osier à l'arrière qui en faisaient le véhicule rêvé pour les courses. Il était en bon état, si bien que malgré son prix relativement élevé pour un article de seconde main – vingt dollars – j'ai pensé avoir trouvé une bonne affaire, d'autant que le garagiste s'engageait à assurer l'entretien. Et je suis donc repartie en pédalant, mes emplettes derrière moi.

Au lieu de rentrer directement, j'ai descendu la grand-rue ; après le lycée et le petit hôpital, j'ai pris à gauche et j'ai roulé pendant deux kilomètres environ, jusqu'à une barrière avec une pancarte qui annonçait l'entrée de la plage de Todd's Point : « Réservée aux riverains ». Mais on n'était que fin avril, il n'y avait pas de gardien et j'ai donc continué, traversant le parking désert puis tournant à gauche, et là... J'ai serré très fort les freins. Pour la première fois depuis des jours, je me suis sentie sourire. Là, devant moi, s'étendait un long ruban de sable blanc contre les eaux bleu cobalt de la passe de Long Island.

J'ai posé mon vélo contre un piquet en bois et j'ai

enlevé mes chaussures. Il faisait doux, clair, et le soleil était à son zénith. Je me suis avancée pieds nus vers la mer, en aspirant profondément l'air salé. J'allais sans hâte, désireuse de goûter pleinement un calme que je n'avais plus connu depuis le moment où le bon docteur m'avait appris que j'étais enceinte. Arrivée au bout de la plage, je me suis assise sur le sable, les yeux aimantés par le va-et-vient des vagues qui, en me berçant, m'installaient encore plus dans cet état de félicité temporaire. Alors je me suis dit que cette plage allait devenir mon refuge, un garant contre tout ce que la vie m'apportait d'hostile. Ma planche de salut face à George, à ses parents, à Old Greenwich, au pâté de viande...

Dès que je suis rentrée, je me suis mise à la cuisine, suivant la recette de Bea à la lettre : prenez deux livres de bœuf haché, malaxez avec oignon haché, du sel, du poivre et des corn flakes réduits en poudre – oui, des corn flakes ! –, le tiers d'une boîte de soupe de tomate Campbell's. Formez le tout en pain que vous placerez dans un plat allant au four. Couvrez avec le reste du concentré de tomate, laissez cuire trente-cinq minutes. George devait revenir par le train de 6 h 12, donc en mettant le pâté au four à 6 h 05 j'étais sûre de respecter le principe sacro-saint de mon mari, « pas de dîner après sept heures ».

Il est arrivé à 6 h 20. Avec des fleurs. Il m'a embrassée sur la joue.

– Mmm, je sens quelque chose de bon ! Bea a dû te téléphoner.

– Bien vu, ai-je confirmé en lui tendant un Martini.

– Tu as trouvé des olives !

Il l'a dit comme si j'avais réalisé une découverte extraordinaire, la fission de l'atome, par exemple.

– Tes désirs sont des ordres.

Un temps d'hésitation, un regard prudent :

– Tu plaisantes, n'est-ce pas ?

– Mais oui, George. Je plaisante.

– Je voulais être sûr. Tu es une fille plutôt imprévisible

– Ah oui ? Et qu'est-ce que je fais d'imprévisible ?

Il a bu une gorgée de son cocktail.

– La nouvelle bicyclette qui est devant la porte, par exemple.

– Elle n'a rien de nouveau, George. C'est une occasion.

– Pour moi elle est nouvelle, puisque je ne l'avais jamais vue avant.

Il m'a souri, et cette fois c'est moi qui ai pris une rasade de Martini. Une bonne rasade.

– Je l'ai achetée aujourd'hui.

– Je m'en doute, oui. Cher ?

– Vingt dollars.

– Ce n'est pas donné.

– C'est un vélo solide. Tu ne voudrais pas que je prenne des risques sur un vieux clou bringuebalant, je pense.

– Là n'est pas la question.

– Où est-elle donc, alors ?

– Tu l'as achetée sans me consulter.

J'en ai été presque désarçonnée.

– Tu te moques de moi ?

Il gardait ce sourire fixe, indéchiffrable.

– Je t'explique seulement que si tu engages des frais domestiques aussi importants que l'achat d'une bicyclette, eh bien, j'aimerais être prévenu.

– Mais cela s'est passé sur un coup de tête ! Je l'ai vue au garage Flannery, le prix était correct et je me suis décidée. J'en ai besoin pour me déplacer, de toute façon.

– Je ne conteste pas ce point.

– Alors que contestes-tu, exactement ?

– Que vingt dollars pris sur le budget du foyer aient été dépensés sans que...

– Non, mais est-ce que tu as conscience de ce que tu dis ?

– Inutile d'adopter ce ton, Sara.

– Si ! Parce que tu deviens grotesque, à la fin. Écoute-toi un peu ! C'est toi, le mari si généreux, attentionné... aimant ?

Son visage s'est décomposé.

– Je ne me doutais pas que tu avais des tendances aussi agressives.

– Agressives ! Parce que j'ose m'étonner que tu puisses me réserver des sornettes pareilles ? Me dire que j'ai besoin de ton autorisation écrite avant de nous mettre au bord de la faillite avec des dépenses aussi effarantes que vingt dollars pour une malheureuse bicyclette !

Il est resté coi un moment, puis :

– Je n'ai jamais parlé d'autorisation écrite.

Là, j'ai vidé le fond de mon verre d'un coup et je suis montée tout droit dans la chambre en claquant la porte derrière moi. La figure dans mon oreiller, je l'ai entendu frapper timidement au bout d'une minute à peine.

– Tu ne pleures pas, j'espère ? a-t-il demandé à travers le battant d'une voix oppressée.

– Bien sûr que non. Je suis trop furieuse.

– Puis-je entrer ?

– C'est aussi ta chambre.

Il a ouvert, s'est approché à pas lents. Il avait deux verres à la main, dont le mien qu'il avait rempli.

– Un gage de paix, a-t-il murmuré en me le tendant.

Je me suis redressée. Assise sur le lit, j'ai saisi le verre sans un mot. Il s'est accroupi près de moi, a tendu le bras pour trinquer.

– Tout le monde dit que les dix premières années sont les plus dures, dans un mariage.

J'ai tenté de sourire.

– Je voulais être drôle, là.

– Je sais, oui.

– On n'est pas en train de démarrer d'un bon pied, si ?

– Non. En effet.

– Qu'est-ce que je pourrais faire pour améliorer les choses ?

– Cesser de me traiter comme ta domestique, pour commencer. D'accord, je reste à la maison, ce qui signifie que je m'occuperai des courses, de l'intendance en général. Mais ce n'est pas parce que je suis dépendante de toi financièrement que tu dois me considérer à tes ordres.

– Moi ? Je ne t'ai jamais traitée de cette manière.

– Si, crois-moi. Et il faut que tu arrêtes.

– Entendu, a-t-il murmuré en détournant le regard tel un gamin qui vient de recevoir une réprimande.

– Quant à la question de l'argent, maintenant... Eh bien, tu te rendras vite compte qu'en matière de dépenses je suis une vraie fille de la Nouvelle-Angleterre. Je ne suis pas intéressée par les fourrures, ni par les diamants ni par les cabines de première classe sur le *Queen Mary*, et je ne passe pas mon temps à envier le train de vie du voisin. Et je ne pense pas que l'achat d'un vélo représente une exorbitante frivolité, d'autant qu'il va me servir chaque jour pour les courses.

– Tu as raison, Sara. Et moi j'ai eu tort. Je te demande pardon.

– Tu es sincère ?

– Cent pour cent. Mais tu comprends, je ne suis pas habitué à avoir une épouse...

– Je ne suis pas « une épouse ». Je suis Sara Smythe. Il y a une différence et tu dois te le mettre dans la tête.

– Oui, bien sûr.

Nous avons chacun pris une gorgée de Martini.

– Je veux vraiment que ça marche entre nous, Sara.

– Il le faut, ai-je répliqué en posant une main sur mon ventre. Pour des raisons évidentes.

– On y arrivera. Je te promets.

Il m'a embrassée rapidement sur les lèvres.

– Très bien, ai-je approuvé en lui donnant une caresse sur la joue.

– Je suis content que nous ayons eu cette conversation.

– Moi aussi.

Il m'a prise dans ses bras, m'a serrée contre lui, puis il a relevé le nez :

– Et ce pâté ? Il doit être cuit, non ?

Il l'était. Nous sommes redescendus ensemble et nous nous sommes mis à table. Il s'est dit très satisfait du plat de résistance et ses yeux se sont allumés en me voyant apporter le gâteau. Quand je lui ai rapporté ce que Bea avait dit au sujet de sa gourmandise, il a ri de bon cœur.

Nous sommes allés nous coucher. Nous avons fait l'amour. Il a tenu presque deux minutes, cette fois, ce qui a paru le surprendre agréablement. Après, il m'a embrassée, il s'est levé pour rejoindre son lit et il s'est cogné à la table de nuit qui continuait à nous séparer.

– Il faudra que j'enlève cette saleté de là, un jour ou l'autre, a-t-il grommelé en disparaissant sous ses couvertures.

J'ai bien dormi, cette nuit-là. Jusqu'au moment où George m'a secouée sans ménagement pour me réveiller. Il était très tôt. J'ai aussitôt été frappée par son air plus que contrarié.

– Que se passe-t-il, chéri ?

– Mes costumes !

– Oui ?

– Mes costumes. Où les as-tu mis ?

– Je les ai déposés chez le teinturier.

– Comment ?

La torpeur du réveil s'est dissipée d'un coup.

– Tu m'as dit qu'ils devaient être repassés, je les ai donc apportés chez le teinturier.

– Non. Je t'ai demandé de le faire, toi !

– Je ne sais pas repasser un costume.

285

– Ah non ?

– Désolée. Ils ont oublié de mettre au programme une matière aussi fondamentale, à Bryn Mawr.

– Et voilà, tu recommences avec tes persiflages !

– Je persifle quand je vois quelqu'un se conduire d'une manière aussi incroyablement immature.

– Immature ? Mais comment je vais aller au travail, aujourd'hui ? En caleçons ?

– Et le costume que tu portais hier ?

– Il est froissé.

– Eh bien, repasse-le.

Il est allé d'un pas rageur le retirer de son cintre dans le placard.

– Oui, très bien, très bien ! Moi, au moins, je sais le faire !

– Ah ! Ravie de constater que tu as retiré quelque chose de ton séjour à Princeton.

Je me suis laissée retomber sur le dos, j'ai tiré les couvertures par-dessus ma tête et je n'ai plus bougé pendant près d'une demi-heure, jusqu'au moment où j'ai entendu la porte d'entrée se refermer violemment. Mon estomac faisait des bonds, j'étais au bord de la nausée mais les malaises matinaux de la femme enceinte n'étaient pas ici en cause, j'étais malade de désespoir.

George n'a pas tardé à regretter son accès de furie, naturellement. Un bouquet de fleurs m'a été livré en début d'après-midi, accompagné d'un petit mot : « Pour l'intelligence, je repasserai. Un idiot qui t'aime. »

C'était moyennement spirituel, pour une fois.

À son retour le soir, il paraissait aussi radicalement transformé que saint Paul après sa révélation. Une autre brassée de fleurs, complétée d'une grande boîte de chocolats : ces nouveaux « gages de paix » révélaient assez à quel point il se sentait coupable.

– Quoi, deux bouquets dans la journée ? ai-je remarqué en pointant le menton vers la douzaine de roses qu'il m'avait envoyée plus tôt. On va finir par se croire à l'enterrement d'Al Capone, ici.

Ses épaules se sont affaissées.

– Tu n'aimes pas les fleurs ?

– Il m'arrive d'essayer de plaisanter, moi aussi.

– Oh oui, bien sûr ! C'était juste pour savoir...

– Merci.

– Non. Merci à toi.

– De quoi ?

– De me supporter. Ce ne doit pas être facile, j'en suis conscient.

– Tout ce que je demande, c'est un certain degré d'égalité entre nous.

– Je m'y engage.

– Sincèrement ?

– J'ai mal commencé, Sara, a-t-il murmuré en me prenant dans ses bras, mais je vais me rattraper.

– C'est bien.

Je l'ai embrassé sur le front.

– Je t'aime, Sara.

– Moi aussi, ai-je assuré en priant pour avoir l'air convaincue.

Mais il avait d'autres préoccupations, visiblement :

– Cette odeur... Tu nous as réchauffé le pâté ? Oui ? Tu es vraiment une merveille !

Pendant les quatre semaines qui ont suivi, George a déployé de vrais efforts pour parvenir à une « entente cordiale » entre nous. Il a banni toute exigence domestique de sa conversation, n'a plus demandé à Bea de me téléphoner, s'est résigné au fait que je ne savais pas repasser un costume. Lorsque j'ai suggéré de grever notre budget de cinq dollars par semaine afin d'avoir une femme de ménage, il a accepté sans broncher. Il a tenté de se montrer plus attentionné, d'autant que mon état devenait très visible et que je commençais à me sentir souvent fatiguée. Il a voulu être empressé, et respectueux.

Moi aussi, j'ai essayé. Essayé de m'adapter à une

vie casanière, loin de la trépidation et de la diversité électrisantes de la grande ville. Essayé de trouver de l'intérêt à des tâches et des responsabilités qui devaient me transformer en un personnage que j'avais toujours juré de ne devenir sous aucun prétexte, celui de la maîtresse de maison banlieusarde.

Par-dessus tout, j'ai essayé de me faire à la vie conjugale, à cette notion d'espace partagé, de préoccupations communes, de destinée et d'ambitions similaires. Mais au fond de mon cœur je savais qu'il n'y avait pas de partage, ni de communauté d'intérêts, ni de cohésion entre nous. Sans le petit accident biologique qui m'était arrivé, notre relation prémaritale n'aurait pas duré trois mois, notamment après les premiers aperçus de son despotisme que la mère de George m'avait donnés. Et cependant nous étions là, sur la scène domestique, à jouer les jeunes mariés au comble du bonheur quand nous étions l'un et l'autre persuadés que c'était une supercherie. Parce que cette comédie ne reposait sur aucune base. Notre cohabitation n'était pas solidement fondée sur la complicité, ni la sincérité. Sans même parler de l'amour.

J'avais l'intuition qu'il était parvenu à cette conclusion, lui aussi. Un mois après avoir été unis à l'église, nous en étions déjà à éviter certains sujets dans nos échanges. Nous nous parlions, certes, mais nos conversations manquaient de spontanéité, d'aisance, de vivacité. Notre vie sociale était pour moi tout aussi laborieuse et forcée. Les connaissances que George avait dans le Connecticut étaient toutes du genre country-club, les hommes visiblement incapables de s'intéresser à autre chose que le golf, l'indice Dow Jones ou les récriminations contre Harry Truman, les femmes papotant cuisine ou enfants tout en me jaugeant d'un œil soupçonneux, quand bien même de je n'étais pas assez bête pour me vanter de mon passé de New-Yorkaise émancipée devant elles. Je suis allée à trois de leurs thés, j'ai tenté de me joindre à leurs débats sur le spectre de la cellulite ou les mystères de la cuisson du clafoutis, mais je percevais bien leur méfiance. Je n'étais pas des leurs. Elles me trouvaient trop cérébrale, trop réservée, et certainement peu enthousiasmée par mon nouveau statut de femme entretenue. Malgré mes efforts, elles me sentaient ambivalente et, même dissimulée avec soin, cette distance est toujours immédiatement perceptible, surtout quand on a l'habitude de former une coterie.

Et puis il y avait Eric. Il tenait à me rendre visite une fois par semaine, en suivant un horaire immuable : il arrivait de New York en fin de matinée, passait l'après-midi avec moi et repartait avec le train de 6 h 08. Juste à temps pour ne pas avoir à croiser George. Nous déjeunions à la maison et ensuite, si le temps était clément, nous passions au garage emprunter un vélo pour lui – j'étais devenue amie avec Joe Flannery, le patron – avant de pédaler jusqu'à Todd's Point et de rester des heures sur la plage.

– Je vais te confier une chose, S, m'a-t-il dit par une belle journée de la mi-mai, alors que nous étions étendus sur un plaid, le visage offert à un soleil en avance sur l'été. Old Greenwich est sans doute le coin le plus collet monté de la planète mais sa plage, par contre, je ne m'en lasserais pas.

– C'est seulement grâce à elle que je ne suis pas encore tombée en morceaux.

– Ça va mal à ce point, alors ?

– Oh, il ne me bat pas avec une barre de fer et il ne m'a jamais attachée à un radiateur...

– Ce ne serait pas banal, au moins.

J'ai éclaté de rire.

– Quel pervers tu fais, Eric !

– C'est seulement maintenant que tu t'en aperçois ?

– Non... Mais peut-être qu'au temps où j'évoluais dans le Sodome et Gomorrhe de Manhattan ton indépendance d'esprit ne me paraissait pas aussi radicale.

– Tandis que là, en plein territoire cul-bénit.

– Si tu vivais ici, ils te désigneraient tout de suite comme l'Antéchrist. Au pilori sur la place du village, pour commencer.

– Comment tu supportes, toi ?

– En venant sur cette plage dès que je peux.

– Et la ville ne te manque pas ?

– Non. Seulement cinq ou six fois par jour.

– Eh bien, dis-lui que tu veux retourner à New York !

– Si je lui disais que j'avais envie de m'installer à Moscou, ce serait pareil. De toute façon, sa mère ne voudrait pas en entendre parler, et comme Mrs Julia Grey a le dernier mot sur tout...

– Oui, elle m'a eu l'air légèrement envahissante.

– Légèrement ? Outrageusement, oui ! Les deux ou trois premières semaines, elle nous a laissés assez tranquilles, mais comme la lune de miel est terminée pour de bon elle me téléphone au moins une fois par jour.

– Quelle chance tu as !

– Je ne l'avais jamais dit de quiconque, jusqu'à présent, mais je la déteste.

– À ce point ?

– À ce point, oui.

Et tout indiquait que le pire était encore à venir. Maintenant que j'étais légalement coincée avec son fils, ma belle-mère se jugeait en droit de contrôler mon existence dans ses moindres détails, et ce en ne manquant pas de me faire comprendre que mon seul intérêt à ses yeux était d'aider à perpétuer la lignée des Grey.

Il était à peine neuf heures quand elle m'appelait chaque matin. « Bonjour, ma chère », commençait-elle d'un ton pressé avant de se lancer dans ses lubies du jour, en s'épargnant les questions d'usage sur ma santé ou mon humeur.

– Je vous ai pris rendez-vous chez le meilleur gyné-cologue de Greenwich.

– Mais je suis très satisfaite du médecin qui me suit ici.

– Vous parlez du docteur Reid ?

– Peter Reid, oui. Son cabinet est à deux pas de la maison et pour tout dire je me sens vraiment à l'aise avec lui.

– Je suis certaine qu'il est très... sympathique. Mais savez-vous où il a fait ses études de médecine ? McGill, à Montréal !

– C'est une excellente université. Et puis, si je ne m'abuse, des bébés naissent sans problème tous les jours, au Canada. Donc je fais toute confiance au doc-teur Reid pour que...

– McGill est peut-être une bonne université, ma chère, mais ce n'est pas un établissement américain. Alors que le spécialiste chez lequel je vous envoie, le docteur Eisenberg, est diplômé de Harvard. Vous avez entendu parler de Harvard, n'est-ce pas ?

J'ai préféré ne pas répondre.

– Il se trouve aussi être le chef de service d'obsté-trique au Doctors Hospital, et il a un cabinet à Man-hattan, en plus de celui de Greenwich. Et puis il est juif.

– Mais... quel rapport ?

– Ce sont les meilleurs médecins, ces gens-là. Cela tient à la conscience qu'ils ont de leur infériorité sociale. Elle les rend beaucoup plus consciencieux et exigeants vis-à-vis d'eux-mêmes. Ils ressentent toujours le besoin de faire mieux, de gagner la reconnaissance. C'est notamment le cas du docteur Eisenberg, qui tente encore d'être accepté au Country Club de Greenwich. Vous n'avez pas d'objections à être suivie par un juif, n'est-ce pas ?

– Bien sûr que non ! Là où j'en ai, c'est quand on choisit pour moi le médecin qui doit me suivre.

– Mais ma petite, puisque nous payons vos frais médicaux, il est normal que nous...

– Ce n'est pas vous, mais mon mari !

– Oh non, très chère. Avec son salaire à la banque, George peut à la limite vous garantir les services du docteur Reid mais il ne serait certainement pas en mesure de faire face aux honoraires d'une sommité telle que Milton Eisenberg.

– Eh bien, je me passerai de cette « sommité ».

– Pas du tout. Il s'agit de notre petit-fils, ne l'oubliez pas. Il est de notre devoir de lui offrir le meilleur.

– Voulez-vous me laisser décider quel médecin est le m...

– C'est tout vu, ma chère. Votre rendez-vous est fixé à dix heures et demie demain. J'enverrai un taxi vous prendre à dix heures.

Elle a raccroché sans prendre congé. Le soir, lorsque j'ai dit à George ce que j'avais sur le cœur, il s'est contenté de hausser les épaules et de soupirer :

– Elle voulait bien faire, c'est tout.

– Non.

– Puisqu'elle souhaite que tu voies le meilleur docteur possible...

– Non, elle souhaite tout régenter.

– Tu es injuste.

– Injuste ? Moi, injuste ? Tu oses me parler d'injustice ?

– Fais-lui plaisir. S'il te plaît. Comme ça, la vie sera plus facile pour tout le monde.

Et c'est ainsi que je me suis retrouvée entre les mains du docteur Eisenberg, un sexagénaire bourru qui n'avait pas une once de chaleur humaine mais une haute, très haute idée de lui-même. Ce qui expliquait que Mrs Grey l'apprécie autant.

Chaque matin, le téléphone sonnait. Chaque jour, il y avait un nouveau sujet dont elle désirait

« discuter » avec moi de toute urgence. Mais la raison de son appel était le plus souvent parfaitement futile.

– Bonjour, ma chère. Je voudrais que vous alliez à la papeterie de Sound Beach Avenue et que vous achetiez à votre mari le *Wall Street Journal* d'aujourd'hui. Il y a un article sur son ancien camarade à Princeton, Prescott Lawrence. Il paraît qu'il fait des merveilles en Bourse.

– Je sais qu'ils l'ont, à la banque.

– Mais George ne l'aura peut-être pas « aujourd'hui », justement. Allez, soyez une bonne fille et courez l'acheter.

– D'accord, d'accord, ai-je concédé avec la ferme intention d'ignorer ce nouveau diktat.

Dans l'après-midi, on a frappé à la porte. Un coursier, avec le *Wall Street Journal* dans la main.

– Voilà le journal que vous avez commandé, m'dame.

– Je n'ai rien commandé du tout.

– Quelqu'un l'a fait pour vous, alors.

Une heure plus tard, le téléphone a sonné.

– Vous l'avez eu, très chère ?

Je me suis mordu les lèvres.

– Assurez-vous que George lise cet article dont je vous parlais. Et à l'avenir pas tant d'histoires quand on vous demande un petit service, je vous en prie.

La torture s'est répétée inexorablement jusqu'à ce que je finisse par perdre mon calme. C'était une journée particulièrement caniculaire de la mi-juillet, avec une chaleur et une humidité d'autant plus pénibles que j'entamais mon cinquième mois de grossesse et que je me sentais lourde, enflée. La maison était étouffante, notre chambre, un vrai four. Je ne me rappelais plus la dernière fois où j'avais dormi à peu près bien.

La sonnerie du téléphone à neuf heures, le « Bonjour, ma chère »... Avant qu'elle n'ait eu le temps de formuler sa lubie du jour, j'ai raccroché. Quelques secondes plus tard, il s'est remis à sonner. J'ai fait la sourde oreille, et encore cinq minutes après. En fait, je ne me suis plus approchée du maudit appareil quand bien même il recommençait son tapage toutes les demi-heures environ. En milieu d'après-midi, le harcèlement a cessé. J'en ai été plus que soulagée : je venais de remporter une modeste victoire. Elle avait compris, enfin.

Vers six heures vingt, il a repris vie. Était-ce George qui voulait me prévenir que son travail l'avait retenu plus tard que d'habitude ? J'ai répondu. Je n'aurais pas dû.

– Bonjour, ma chère.

Aucune trace de colère ni de nervosité dans sa voix.

– Voudriez-vous m'expliquer pourquoi vous m'avez raccroché au nez, ce matin ?

– Parce que je n'avais pas envie de vous parler.

Il y a eu un flottement. Ma réplique avait un peu entamé son aplomb, visiblement.

– C'est inacceptable.

– Peu m'importe. Je ne suis plus disposée à supporter votre comportement scandaleux envers moi, c'est tout.

Elle a laissé échapper un petit rire sans joie.

– Eh bien, eh bien, on se sent d'humeur belliqueuse, ce soir ?

– Non. Mais assez, c'est assez.

– Ah ? Hélas, vous n'avez pas d'autre choix que de tolérer mes manières prétendument « envahissantes ». Car il se trouve que vous avez épousé mon fils, voyez-vous, et...

– Cela ne vous autorise pas à me dicter mes faits et gestes.

– Au contraire, cela me donne tous les droits. Vous portez notre petit-fils, je vous le...

– Garçon ou fille, c'est « mon » enfant !

– Essayez donc de fuir vos responsabilités conjugales et vous découvrirez vite à qui est l'enfant.

– Je n'ai pas l'intention de fuir quoi que ce soit.

– Si. Autrement, pourquoi votre frère vient-il vous voir au moins une fois par semaine ?

– Parce que c'est mon frère, voilà pourquoi ! Et parce que je suis isolée, ici.

– Et pour quelle raison ? Parce que personne ne peut vous souffrir, ma chère. Vous ne vous intégrez pas. Je suis sûre que vous vous en plaignez à votre frère adoré durant ces longs après-midi que vous passez ensemble à Todd's Point.

– Bon Dieu, mais c'est de l'espionnage !

– Non. Vous êtes dans une petite ville. Les gens parlent. Plus précisément, ils « me » parlent. Et ne vous avisez pas de blasphémer encore devant moi, ma petite. Je ne le permettrai pas.

– Je me fiche de ce que vous permettez ou pas !

– Mais si, a-t-elle répliqué avec flegme. Parce que sachez bien une chose : si vous voulez abandonner le foyer conjugal, je n'y vois aucun inconvénient et Mr Grey non plus. Vous aurez seulement à nous laisser l'enfant.

Un instant, je me suis demandé si j'avais bien compris.

– Qu'est-ce que vous venez de dire ?

Toujours d'une voix posée, elle a repris :

– Je répète que je serais très contente de vous voir laisser mon fils en paix après la naissance, à condition que nous obtenions la garde de l'enfant, bien entendu.

– « Nous » ?

– Enfin, George... Légalement parlant.

J'ai dû crisper ma main sur le combiné, respirer profondément en essayant de me contrôler.

– Vous entendez ce que vous dites ?

– Quelle drôle de question, en vérité ! a-t-elle lancé en feignant un ton amusé. Évidemment que j'entends ce que je dis ! Mais l'important, c'est de savoir si « vous » entendez.

– Et si je partais, simplement ? Tout de suite ?

– Pour aller où ? Dans une hutte en pleine forêt ? Un studio de célibataire dans une grande ville ? Nous n'épargnerions aucune dépense pour vous retrouver, de toute façon. Et nous réussirions, soyez-en sûre. Votre fugue ne ferait que donner un argument de plus à notre action en justice contre vous. Oh, certes, vous pourriez décider d'attendre la naissance de l'enfant et demander ensuite le divorce. Avant que vous ne réfléchissiez à cette option, je tiens à vous rappeler que Mr Grey est associé à l'un des cabinets d'avocats les plus respectés de Wall Street, et qu'en cas de besoin toute la batterie judiciaire dont ils disposent pourra être braquée sur vous. Croyez bien que vous aurez à peine le temps de respirer qu'un juge des divorces vous aura déclarée mère indigne.

Reprise de frissons, je n'arrivais plus à parler.

– Vous êtes toujours là ? Allô ? Vous aurais-je froissée, très chère ? Oui, j'en ai l'impression... Alors que mon propos était simplement de vous montrer les conséquences inéluctables auxquelles vous vous exposeriez si vous commettiez quelque folie. Mais vous n'allez pas faire de bêtise, n'est-ce pas, ma petite ?

J'étais paralysée.

– J'attends une réponse. Vous entendez ? Répondez. Immédiatement !

– Non... je ne ferai pas de bêtise.

Et j'ai laissé le combiné retomber sur le poste.

Quand George est rentré, il m'a trouvée recroquevillée sur mon lit, sous une couverture.

– Chérie ? Tout va bien, chérie ?

Affolé, il m'a secouée par l'épaule. Je le regardais sans le voir, muette.

– Que se passe-t-il, chérie ?

Je ne pouvais pas lui expliquer parce que je n'étais plus en mesure de m'exprimer. J'étais là, dans cette chambre, et je n'étais plus là.

– Chérie, s'il te plaît ! Dis-moi ce qui ne va pas... Oh, mon Dieu !

Il est parti en courant et j'ai basculé dans le sommeil comme on s'évanouit. Lorsque j'en ai émergé, les secours étaient arrivés. En la personne de ma belle-mère. Elle se tenait au pied du lit, George à ses côtés. En me voyant ouvrir les yeux, il s'est approché, s'est agenouillé près de moi et m'a caressé les cheveux.

– Tu te sens mieux, chérie ?

Je n'avais pas recouvré l'usage de la parole. George s'est tourné vers sa mère, éperdu d'inquiétude. Sans un mot, elle lui a fait signe de quitter la chambre. Une fois seule avec moi, elle est venue s'asseoir sur l'autre lit jumeau et m'a observée longtemps, en silence.

– Je présume que je suis responsable de tout ceci, a-t-elle fini par déclarer de sa voix habituelle.

J'ai baissé les yeux. Je ne pouvais pas supporter sa vue.

– Je sais que vous êtes là, ma chère. Tout comme je sais que ces petits accès de morosité sont généralement un signe de grande faiblesse psychologique et n'ont souvent aucun fondement. Comprenez donc, s'il vous plaît, que vous ne m'impressionnez pas. Pas du tout.

Mes paupières sont tombées.

– Allez-y, faites semblant de dormir. Vous êtes déjà capable de simuler cette dépression, n'est-ce pas ? Si votre état physique en était la cause, je pourrais avoir une certaine sympathie, encore. Figurez-vous que j'ai détesté mes grossesses, moi-même. Du début à la fin. Je suppose que vous devez ressentir la même chose. Surtout compte tenu de la haine que vous portez à la famille qui vous a accueillie.

Sur ce point, elle n'avait que trop raison. Mais elle se trompait du tout au tout quant aux sentiments que m'inspirait le fait d'être enceinte. La situation dans laquelle je m'étais retrouvée me révulsait, l'absurdité de ce mariage, l'infect caractère de la mère de George... Dans ce contexte, la seule et unique source d'équilibre était l'enfant que je portais. J'ignorais ce qu'il ou elle allait devenir. Je n'avais qu'une certitude : l'amour absolu, inconditionnel, que j'éprouvais pour ce petit être et dont la force dépassait ma compréhension. Si on m'avait demandé de décrire ce sentiment en termes rationnels, j'en aurais été probablement incapable. Cela se situait au-delà de la rationalité et cependant ma vie entière en était emplie. Cet enfant était mon avenir, ma raison d'être.

Mais un spectre pesait désormais sur le futur, conjuré par cette femme. « Si vous voulez abandonner le foyer conjugal, je n'y vois aucun inconvénient et Mr Grey non plus. Vous aurez seulement à nous laisser l'enfant »...

Un scénario commençait à prendre forme dans mon cerveau. J'ai accouché. On me permet de serrer mon bébé contre moi quelques minutes puis une infirmière, entre et m'annonce qu'elle va l'installer à la nursery. Dès qu'elle a disparu avec lui, un huissier arrive, porteur d'un commandement : Mrs Grey a mis ses menaces à exécution.

« Vous aurez à peine le temps de respirer qu'un juge des divorces vous aura déclarée mère indigne. »

J'ai été parcourue d'un violent frisson, comme si je venais de toucher un fil électrique. J'ai serré la couverture autour de moi.

– Vous avez froid, ma chère ? Ou est-ce un peu de comédie à mon intention ?

J'ai à nouveau fermé les yeux.

– Très bien, continuez. Un médecin va bientôt venir mais je suis persuadée qu'il confirmera ce que je pense, c'est-à-dire que vous n'avez rien du tout. Si vous persistez dans cette... prostration, toutefois, il ne manque pas de très bons sanatoriums dans le comté où vous serez suivie jusqu'à l'arrivée de l'enfant. Voire après, au cas où votre état mental

resterait inchangé. On me dit qu'obtenir un placement d'office n'est pas difficile, notamment quand la
personne manifeste tous les symptômes classiques
d'abattement psychique. Ce qui est votre cas.

On a frappé à la porte.

– Ah, ce doit être le docteur...

Il s'est présenté. Docteur Rutan, remplaçant de Milton Eisenberg ce soir-là. La cinquantaine abrupte, il
avait autant de chaleur humaine que son collègue.
Lorsque je n'ai pas répondu à ses premières questions, parce que je ne retrouvais toujours pas l'usage
de la parole, il est resté impassible. Comme si de rien
n'était, il s'est contenté de procéder en prenant mon
pouls et ma pression sanguine, en plaçant son sté-
thoscope sur mon cœur puis sur mon abdomen dis-
tendu qu'il a palpé un peu partout. Il a regardé dans
ma bouche, m'a inspecté les pupilles avec une petite
lampe. Finalement, il s'est retourné vers mon mari et
ma belle-mère :

– Tout est en ordre. En conséquence, il doit s'agir
d'une dépression mineure, ou plutôt d'une très grosse
bouderie. Ce n'est pas rare, durant la grossesse. Pour
une femme un peu délicate, l'expérience est parfois
déstabilisante. Alors on voit tout en noir, on exagère
la moindre contrariété, on se renferme en soi-même
comme cela arrive chez les gamins. On fait la tête.

– Et... combien de temps ? s'est informé George.

– Je ne sais pas. Essayez de l'alimenter et veillez à
ce qu'elle reste au calme. Elle devrait reprendre goût
à la vie d'ici un jour ou deux.

– Et sinon ? a demandé Mrs Grey.

– Alors nous envisagerons d'autres réponses
médicales.

Mes paupières se sont refermées, mais cette fois en
produisant l'effet désiré : j'ai sombré dans le néant.

C'est la conscience très aiguë du danger qui m'a
réveillée en pleine nuit. J'entendais George ronfler
doucement dans le lit d'à côté. La chambre était

plongée dans une obscurité étouffante. J'étais en nage. J'éprouvais le besoin pressant d'aller aux toilettes mais, dès que j'ai cherché à me redresser, ma tête s'est mise à tourner à une vitesse vertigineuse. Quand j'ai réussi à poser les pieds au sol, j'ai à peine pu faire un pas avant de devoir m'appuyer contre le mur. La « bouderie » était plus grave que je ne l'avais moi-même perçue. J'étais à bout de forces.

Les mains tendues devant moi, j'ai titubé jusqu'à la salle de bains. J'ai appuyé sur l'interrupteur, provoquant un brutal flot de lumière. Et là j'ai poussé un cri. À cause de l'image que le miroir me renvoyait.

Un visage livide, des yeux morts. Et tout le bas de ma chemise de nuit était rouge, rouge écarlate. Imprégné de sang.

Je me suis sentie repartir dans le néant, sinon que cette fois j'ai eu le temps de percevoir un bruit sourd, le son d'un corps qui s'effondre. Tout s'est éteint.

Quand je suis revenue à moi, j'étais dans une pièce blanche, sous une lumière blanche, et un vieil homme en blouse blanche braquait une lampe d'examen dans mon œil. Mon bras gauche était attaché au lit dans lequel je me trouvais. J'ai suivi du regard le tube qui était fixé dessus. Il remontait jusqu'à un flacon de plasma suspendu à mon chevet.

– Bienvenue parmi nous, a prononcé l'inconnu.

– Ah...

– Vous savez où vous êtes ?

– Où... Quoi ?

Il a répété sa question d'une voix de stentor, comme si j'étais sourde.

– Euh... non.

– Hôpital de Greenwich.

Il m'a fallu un moment pour assimiler ces mots.

– D'accord.

– Vous me connaissez ?

– Il faudrait ?

– Nous nous sommes déjà rencontrés, oui. Je suis

le docteur Eisenberg, votre gynécologue. Vous savez pourquoi vous êtes ici, Sara ?

– Où ? Où suis-je ?

– Je vous l'ai dit. À l'hôpital de Greenwich. Votre mari vous a trouvée dans la salle de bains. Couverte de sang.

– Je me rappelle...

– Vous avez eu beaucoup de chance. Vous vous êtes évanouie. Vous auriez pu vous ouvrir le crâne en tombant. En fait, vous n'avez que des bleus.

Mon esprit s'éclaircissait peu à peu. Avec la lucidité est soudain venue la peur.

– Il n'y a rien de grave ? ai-je demandé d'une toute petite voix.

Il m'a dévisagée avec attention.

– Eh bien, quelques contusions superficielles, je répète. Et il y a eu une hémorragie assez sérieuse...

La peur s'est transformée en panique.

– Il n'y a rien de grave, docteur ?

Eisenberg a soutenu mon regard.

– Vous avez perdu votre bébé.

Non.

– Je suis navré, Sara.

Ma main libre s'est plaquée contre ma bouche. J'ai mordu une phalange, fort. Je ne voulais pas pleurer devant cet homme.

– Je repasserai plus tard, a-t-il murmuré avant de se diriger vers la porte.

– Était-ce un garçon ou une fille ?

La question était venue toute seule. Il s'est retourné.

– Il s'agissait d'une grossesse extra-utérine, donc le fœtus n'était pas totalement formé et...

– Répondez ! C'était un garçon ou une fille ?

– Un garçon.

Mes dents se sont encore resserrées sur la chair.

– J'ai d'autres pénibles nouvelles à vous communiquer. Nous avons été obligés d'intervenir chirurgicalement pour retirer le fœtus de la trompe de Fallope.

301

Au cours de l'opération, nous avons constaté que celle-ci, ainsi qu'une partie de la paroi matricielle, ont été sérieusement abîmées par cette grossesse ectopique, au point que, selon de fortes probabilités, vous ne serez plus en mesure de concevoir, sans même parler de pouvoir garder un enfant jusqu'à terme. Ce n'est pas un diagnostic définitif, vous comprenez. Mais mon expérience clinique me fait penser que vos chances d'avoir un autre enfant sont malheureusement plus que limitées.

Le silence s'est installé. Il gardait la tête baissée.

– Avez-vous une question ?

J'ai recouvert mes yeux de ma main. Je ne voulais plus rien voir, rien. Eisenberg a encore attendu avant d'ajouter :

– Vous avez certainement besoin d'être seule un moment.

Je n'ai pas bougé quand j'ai entendu la porte se refermer. Je ne pouvais pas.

Elle s'est rouverte. On a prononcé mon nom à voix basse. J'ai retiré ma main lentement et George m'est apparu. Très pâle, il paraissait ne pas avoir dormi depuis des jours. À ses côtés, sa mère. Sans même avoir eu le temps d'y penser, j'ai soufflé :

– Je ne veux pas d'elle ici.

Mrs Grey est devenue blanche comme le mur.

– Plaît-il ?

– Mère..., est intervenu George en essayant de la prendre par le coude, qu'elle a retiré d'un geste sec.

– Fais-la partir immédiatement, bon Dieu !

Elle s'est approchée posément du lit.

– Je veux bien tenir compte du traumatisme que vous venez de subir pour vous pardonner vos manières.

– Je n'ai rien à faire de votre pardon ! Allez-vous-en !

Elle s'est penchée sur moi, les lèvres pincées dans sa parodie de sourire.

– Laissez-moi vous poser une question, Sara. Maintenant que vous avez provoqué cette tragédie, est-ce que vous vous réfugiez derrière la grossièreté pour ne pas reconnaître que vous êtes désormais inutilisable ?

Je l'ai giflée de toute ma main libre, en pleine face. Elle a perdu l'équilibre et elle est tombée avec un cri perçant. Déjà George se précipitait vers elle en hurlant quelque chose que je n'ai pas compris. Tandis qu'il l'aidait à se relever, il chuchotait dans son oreille :

– Pardon, pardon, pardon...

La soutenant par la taille, il l'a conduite à la porte. Elle s'est retournée avant de sortir, me présentant une expression de surprise outragée, comme si elle n'en revenait pas que sa malveillance n'ait pas triomphé, pour une fois.

George est revenu au bout de quelques minutes, hagard.

– Une infirmière est en train de s'occuper d'elle. J'ai dit qu'elle avait glissé.

J'ai détourné la tête. Il a fait quelques pas en avant.

– Je suis désolé. Tu ne peux pas savoir à quel point je..

– Nous n'avons plus rien à nous dire.

Il a voulu se rapprocher mais je l'ai arrêté de mon bras tendu.

– Chérie...

– Laisse-moi, George.

– Tu as eu raison de la frapper. Elle méritait de..

– Je ne veux pas parler maintenant, George.

– Très bien, très bien. Je reviendrai plus tard. Mais, crois-moi, chérie : tout ira bien pour nous. Le docteur Eisenberg peut dire ce qu'il veut, ce n'est qu'une hypothèse. Au pire, nous aurons toujours l'adoption, mais en fait...

– George, tu vois la porte ?

Il a poussé un énorme soupir. La peur se mêlait à l'hébétude sur son visage.

– D'accord. Je serai là demain matin à la première heure.

– Non, George. Je ne veux pas te voir demain.

– Alors dans ce cas après-de...

– Je ne veux plus te voir, jamais.

– Ne dis pas ça...

– Je le dis.

– Je ferai n'importe quoi...

– C'est vrai ?

– Oui, ma chérie. N'importe quoi !

– Très bien. Je te demande deux choses, dans ce cas. Téléphoner à mon frère, d'abord. Raconte-lui ce qui s'est passé. Tout.

– Mais bien sûr ! Je l'appelle dès que j'arrive à la maison. Et ensuite ?

– Ensuite, ne cherche plus à me voir.

Il a mis un moment à encaisser le coup.

– Tu ne peux pas penser une chose pareille.

– Si. Je peux.

Comme il ne répondait pas, j'ai fini par reporter mon regard sur lui. Il s'était mis à pleurer.

– Pardon.

Il s'est frotté les yeux de ses poings.

– Je ferai ce que tu me demandes.

– Merci.

Il était paralysé sur place.

– Au revoir, George, ai-je murmuré en me détournant à nouveau.

Peu après son départ, une infirmière est entrée. Elle a posé sur la table de nuit un petit plateau en céramique qui contenait une seringue et une ampoule capsulée. Sans un mot, elle a entrepris de pomper le liquide visqueux après avoir introduit l'aiguille dans la capsule en caoutchouc.

– Qu'est-ce que c'est ?

– De quoi vous aider à dormir.

– Je ne veux pas dormir.

– Ordres du docteur.

Je n'ai pas eu le temps de protester. Il y a eu une brûlure fulgurante dans le bras et puis je n'ai plus rien senti du tout.

Il faisait grand jour quand j'ai repris connaissance. Eric était assis au bord de mon lit.

– Salut, toi, a-t-il lancé avec un sourire triste.

J'ai avancé ma main vers la sienne. Ses doigts se sont entrelacés aux miens.

– Est-ce que George t'a appelé ?

– Oui.

– Et il t'a dit que... ?

– Oui.

La seconde d'après, j'étais secouée de sanglots. La tête sur son épaule, je pleurais à en perdre haleine. Il m'a serrée fort mais j'étais inconsolable, incapable de mettre un frein à ce chagrin inouï, dévastateur.

Eric est resté silencieux. Qu'ils aient été de consolation, ou de condoléances, les mots n'avaient plus aucun sens à cet instant. Je n'aurais jamais d'enfant. Devant ce terrible constat, il n'y avait rien à dire.

Enfin, je me suis calmée, j'ai relâché mon frère et je me suis laissée retomber sur l'oreiller. Eric me caressait la joue, toujours silencieux. Et puis, au bout d'un long moment :

– Eh bien...

– Oui ?

– Mon canapé n'est pas ce qu'il y a de plus confortable, je sais, mais...

– Ce sera parfait.

– C'est décidé, donc. Tout à l'heure, en attendant ton réveil, j'ai parlé à l'une des infirmières. Ils pensent que tu pourras sortir dans trois ou quatre jours. Si tu es d'accord, je vais téléphoner à George et convenir d'une date pour aller chercher tes affaires chez toi.

– Cela n'a jamais été chez moi.

– George était pas mal secoué, quand je lui ai parlé.

Il m'a supplié de te demander de revenir sur ta décision.

– C'est absolument exclu.

– Je le lui ai laissé entendre, oui.

– Il n'a qu'à épouser sa mère et oublier.

– Oh ! Dans mon show, elle aurait été parfaite, cette réplique.

J'ai presque réussi à sourire.

– Je serai content de t'avoir de nouveau à New York, S. Tu m'as manqué.

– J'ai tout foiré, Eric. Tout.

– Ne pense pas ça, parce que c'est faux. Mais, par contre, continue à t'exprimer de cette façon, de temps à autre. Le contraste avec ton raffinement naturel, je trouve ça charmant.

– Et c'est moi seule qui suis la cause de ce gâchis.

– C'est une des interprétations possibles, oui. Elle t'offre plein d'occasions de t'affliger inutilement.

– Je le mérite.

– Arrête, S ! Tu ne méritais rien de ce qui s'est passé. Et avec le temps tu trouveras le moyen de surmonter.

– Non, jamais.

– Si. Parce que tu n'as pas le choix.

– Je pourrais encore me jeter par la fenêtre, non ?

– Pense à tous les mauvais films que tu raterais, si tu faisais ça.

Cette fois, je n'ai pas été loin du rire.

– Toi aussi, tu m'as manqué, Eric. Plus que je ne peux le dire.

– Attends quinze jours de cohabitation avec moi et on finira par ne plus s'adresser la parole, j'en suis sûr.

– Avant que nous en arrivions là, une météorite peut tomber sur Manhattan. On fait la paire, tous les deux.

– Jolie expression.

– N'est-ce pas ? Les Irlandais ont toujours le bon mot.

– « Qui vivra verra », par exemple.

– Et comment !

J'ai jeté un coup d'œil au-dehors. C'était un jour d'été idéal, avec un ciel limpide et un soleil resplendissant. Pas le moindre présage d'un avenir hostile. Tout aurait dû paraître possible, sous une pareille lumière...

– Dis-moi, Eric ?

– Oui ?

– Est-ce que c'est toujours aussi dur ?

– Quoi donc ?

– La vie.

Il a eu un petit rire.

– Bien sûr ! Tu n'avais pas encore compris ça ?

– Parfois je me demande si je comprendrai jamais quoi que ce soit.

Il gardait un air amusé.

– Tu connais déjà la réponse, non ?

J'ai gardé mon regard posé sur le monde, dehors.

– J'en ai bien peur, oui.

III

Sara

1

Ce que j'ai remarqué avant toute chose chez Dudley Thomson, c'étaient ses doigts. Courts, épais, boudinés, ils faisaient penser à un chapelet de saucisses de cocktail. Pour le reste, il avait une grosse figure ovale, un menton envahi par la graisse, le cheveu rare, des lunettes rondes en écaille et un trois-pièces gris foncé à larges rayures blanches certainement taillé sur mesure par le bon (et cher) tailleur puisqu'il parvenait à contenir sa corpulente anatomie. Avec ses boiseries sombres, ses lourds rideaux en velours, ses fauteuils en cuir et sa vaste table en acajou, son bureau m'a semblé un pastiche à échelle réduite de ces clubs londoniens où se retrouve la gentry. D'ailleurs, il empestait l'anglophile à trois lieues, Dudley Thomson. Une sorte de T. S. Eliot guetté par l'obésité, sinon qu'il n'était pas un poète sous les atours d'un banquier britannique, lui, mais un avocat spécialisé en divorces de chez Potholm, Grey et Connell, le cabinet de Wall Street dont Edwin Grey était l'un des plus influents associés.

J'avais été convoquée dans ce cadre prétentieux trois semaines après ma sortie de l'hôpital de Greenwich. J'habitais chez Eric, le petit appartement de Sullivan Street où chaque soir je me pelotonnais sur son étroit canapé. L'infirmière ne s'était pas trompée quand elle m'avait prévenue que je risquais de connaître une phase dépressive lorsque je reviendrais à la vie normale. Pendant toute cette période, je n'étais pratiquement pas sortie, à part pour quelques courses ou, plus rarement encore, une double séance de cinéma 14e Rue. En fait, je n'avais pas envie de

311

fréquenter grand monde, à commencer par mes amies qui étaient mariées et avaient des enfants. La seule vue d'un landau dans la rue me glaçait jusqu'aux os, tout comme de passer devant une vitrine de robes pour femmes enceintes ou d'articles pour nourrissons.

Étonnamment, toutefois, je n'avais pas pleuré depuis la crise de larmes sur mon lit d'hôpital. J'étais plutôt la proie d'une sorte d'apathie qui me poussait à m'enfermer entre les quatre murs de chez Eric. Avec sa tolérance coutumière, et son immense patience, celui-ci n'avait pas exprimé la moindre réserve devant cet accès de solipsisme. Alors je me contentais de passer mes journées en puisant dans une réserve de romans policiers et en explorant l'impressionnante discothèque de mon frère. Je n'allumais presque jamais la radio, je n'achetais pas de journaux, je ne répondais pas au téléphone – qui ne sonnait guère souvent, d'ailleurs. Tout en veillant discrètement à mon bien-être, Eric ne cherchait pas à me proposer un dîner au restaurant, ne faisait aucun commentaire sur ma sombre humeur. Il comprenait ce qui m'arrivait. Il savait qu'il fallait laisser du temps au temps.

J'étais donc en plein dans cet emprisonnement volontaire lorsque la lettre de Dudley Thomson est arrivée. Représentant les intérêts de la famille Grey dans une instance de divorce, il me demandait de convenir d'un rendez-vous avec lui aussi rapidement que possible. Il précisait que je pouvais venir avec mon propre avocat à cet entretien mais qu'à ce stade préliminaire il était sans doute inutile que j'engage de tels frais puisque les Grey désiraient parvenir à un accord au plus vite.

– Prends un avocat, m'a conseillé Eric quand je lui ai montré cette correspondance. Ils vont essayer de ne rien te donner, ou pratiquement rien.

– Mais je n'attends pas quoi que ce soit d'eux !

– Tu as droit à une pension. Ou au moins à une

compensation significative. Ces salauds-là te doivent bien ça, et c'est un minimum.

– Je préférerais ne plus entendre parler d'eux.

– Comment, ils t'ont exploitée et tu...

– Non, c'est faux.

– Ils ont voulu te transformer en poule de batterie !

– Cesse de tourner cette histoire en épopée de la guerre des classes, Eric ! Surtout que fondamentalement nous sommes du même monde, eux et nous.

– Ce qui n'empêche pas de leur prendre jusqu'au dernier dollar possible.

– Non. Parce que ce ne serait pas honnête et que je ne suis pas de ce genre. Je sais exactement ce que j'attends d'eux. S'ils me l'accordent, tout peut se régler sans de nouvelles souffrances. Et pour l'instant il n'y a rien que je désire autant, ne plus souffrir.

– Au moins trouve-toi un vétéran du prétoire sur lequel compter en cas de besoin.

– Je n'ai besoin de personne. C'est mon credo, maintenant dorénavant, je ne compte plus sur quiconque.

Et c'est ainsi que je suis entrée toute seule dans le bureau « londonien » de Mr Thomson. Il en a été plutôt surpris.

– Je m'attendais à vous voir arriver avec au moins un conseil juridique.

– Ah vraiment ? Après m'avoir écrit que je ferais mieux de m'épargner cette dépense ?

Il m'a décoché un sourire qui révélait surtout les piètres compétences de son dentiste – un signe irréfutable de son anglophilie compulsive.

– Je ne force personne à suivre mon avis.

– Eh bien, je l'ai fait, moi. Et maintenant, allons droit au but. Quelles sont vos propositions ?

Il a toussoté en farfouillant dans ses papiers, cherchant vainement à masquer son étonnement devant ma fermeté.

– Bien. Donc les Grey désirent se montrer généreux et c'est...

– Vous voulez dire que « George » Grey veut se montrer généreux. C'est à lui que j'étais... que je suis mariée, pas à sa famille.

– Oui, oui, évidemment, a-t-il repris avec une pointe d'agacement. George Grey veut vous proposer un arrangement des plus raisonnables.

– Et qu'entend-il, ou plutôt qu'entendez-vous par là ?

– Nous pensions à quelque chose qui se situerait autour des deux cents dollars mensuels. À verser jusqu'au jour où vous contracterez une autre union matrimoniale.

– Je ne me remarierai jamais.

Sa tentative de sourire bonasse a fait long feu.

– Je comprends votre sentiment, vu les circonstances. Mais je suis également certain qu'une jeune femme aussi séduisante et spirituelle que vous n'aura aucun mal à trouver un nouveau mari.

– Sauf si je n'en cherche pas, ce qui est le cas. Et quand bien même cela serait autrement, je me retrouve cliniquement parlant « inutilisable », pour reprendre la charitable expression de ma belle-mère.

Il a eu l'air extrêmement gêné.

– Oui, en effet, j'ai entendu parler de ce... ces complications médicales. Vous m'en voyez affreusement navré, Mrs Grey.

– Merci. Mais pour en revenir au fait, j'ai bien peur que deux cents dollars mensuels ne constituent une offre inacceptable. Mon dernier salaire était de trois cents dollars. J'estime que cette somme serait plus équitable.

– Et je suis persuadé que votre demande serait recevable.

– Parfait. Maintenant, j'ai une proposition, à mon tour. Lorsque je vous ai dit que je ne comptais pas me remarier, vous avez dû certainement en déduire que George serait obligé de me verser une pension jusqu'à la fin de mes jours ?

– C'est une déduction qui m'est en effet venue à l'esprit, oui.

– Eh bien, je voudrais simplifier les choses sur ce point. En clair, je suis prête à accepter un seul versement pour solde de tout compte. Une fois cela réglé, je m'engage à ne plus lui demander d'aide matérielle.

– Et quel montant avez-vous envisagé, au juste ? s'est-il enquis d'un ton méfiant.

– J'ai été mariée à George pendant cinq mois. Je l'ai connu deux mois, auparavant. Donc sept, au total. Je désirerais une année de pension alimentaire pour chacun de ces mois. Ce qui nous donne...

Il avait déjà aligné une multiplication sur son bloc-notes.

– Vingt-cinq mille deux cents dollars.

– Exact.

– C'est une somme considérable.

– Pas si vous calculez que je peux rester en vie pendant quarante-cinq ou cinquante ans, avec un peu de chance.

– Je retiens cet argument. Et dites-moi, Mrs Grey : il s'agit là d'une offre de départ, simplement ?

– Non. Elle est définitive. Ou George accepte de me verser cet argent tout de suite, ou il devra payer jusqu'à ma mort. Est-ce clair, Mr Thomson ?

– On ne peut plus clair. Bien entendu, il va falloir que j'en parle avec les Grey... pardon, avec George.

– Bien. Vous savez où me joindre, ai-je conclu en me levant.

Il m'a tendu sa main, que j'ai serrée. Elle était molle, spongieuse.

– Puis-je vous poser une question, Mrs Grey ?

– Mais oui.

– Vous allez peut-être trouver cela étrange, puisque je représente les intérêts de votre mari, et néanmoins la curiosité est trop forte – pour quelles raisons refuser une pension à vie ?

– Parce que je ne veux plus rien savoir d'eux une fois le divorce prononcé. Et vous pouvez en informer vos clients, si vous le souhaitez.

Il a enfin relâché ma main.

– J'ai l'impression qu'ils s'en doutent déjà. Bonne journée, Mrs Grey.

En regagnant la sortie, j'ai aperçu le père de George qui arrivait dans l'autre sens. Il a aussitôt détourné son regard et m'a croisée sans un mot.

Je suis rentrée directement chez Eric en taxi, épuisée par cet entretien. Je n'étais, certes, pas habituée à jouer les négociatrices dures en affaires mais je trouvais que je ne m'en étais pas trop mal tirée. L'autre grande surprise avait été de m'entendre déclarer qu'il n'y aurait plus de mariage dans ma vie. Cela avait été une affirmation spontanée, à laquelle je n'avais jamais réfléchi jusqu'alors mais qui reflétait sans nul doute mes convictions, à ce stade. J'ignorais si je penserais encore de même quelques années plus tard. Ce dont j'étais sûre, c'est que rien ne marche quand on laisse son cœur parler à la place de sa tête, et rien non plus lorsqu'on permet à sa tête de prendre le pas sur son cœur. Résultat ? Nous avons toujours faux, peut-être. Nous enchaînons erreur sur erreur.

Et c'est vraisemblablement ce qui explique que l'amour soit chaque fois une source de déception. Nous nous y abandonnons avec l'espoir qu'il nous fasse atteindre la plénitude, nous raffermisse, nous accorde enfin cette stabilité que nous poursuivons sans cesse. Puis nous découvrons qu'il s'agit au contraire d'une dangereuse épreuve, parce que profondément paradoxale : alors que nous cherchions des certitudes chez l'autre, nous ne rencontrons que des doutes, aussi bien quant à l'objet de notre flamme qu'envers nous-mêmes.

Alors peut-être le secret est-il d'accepter

l'ambivalence essentielle qui se tapit derrière n'importe quel aspect de l'humaine condition. C'est seulement lorsqu'on a reconnu cela, lorsqu'on a assumé l'imperfection de tout acte et de tout sentiment, qu'il est possible de continuer de l'avant sans être tenaillé par la déception. Jusqu'au jour où l'on retombe amoureux, évidemment.

Deux jours après cette rencontre, Dudley Thomson m'a adressé une seconde lettre. George Grey se rendait à ma proposition de versement définitif, à condition que je « renie » toute réclamation financière à venir, que ce soit en termes de pension et/ou d'aide matérielle ponctuelle. Il offrait de payer la moitié de la somme à la signature du contrat de décharge qu'il se proposait de rédiger dès que je lui aurais signifié mon accord, et le reste lorsque le divorce serait officiellement prononcé, c'est-à-dire à échéance de vingt-quatre mois, les autorités judiciaires de l'État de New York étant à cette époque plus que réticentes à autoriser une dissolution de mariage.

Je lui ai aussitôt téléphoné pour lui dire que j'acceptais les conditions. Une semaine plus tard, j'ai reçu un long document à la sémantique inabordable pour quiconque ne sortait pas de la faculté de droit. Eric, qui a tenté de le lire lui aussi, a décrété que c'était du pur sabir et s'est donc mis en chasse d'un avoué dans le quartier. Il l'a trouvé en la personne de Joel Eberts, un robuste cinquantenaire au physique de débardeur dont l'étude se situait au coin de Prince et de Thompson. Enfin, étude... Un studio couvert de linoléum fatigué et éclairé aux néons. Sa poignée de main était redoutable mais j'ai tout de suite apprécié son style direct.

Après avoir parcouru le projet de contrat, il a laissé échapper un sifflement entre ses dents noircies :

– Alors, vous étiez mariée avec le fils d'Edwin Grey ?

– Malheureusement. Pourquoi, vous les connaissez ?

– Je crois que je suis un peu trop sémite à leur goût. Mais dans mon jeune temps j'ai fait pas mal de droit du travail et j'ai défendu les dockers des installations de la Navy à Brooklyn. Vous n'êtes jamais allée dans ce coin, je suppose ?

– Si. Une fois.

– Enfin, le cabinet du père Grey se gagnait des fortunes avec les entrepreneurs privés qui étaient présents sur les docks. Lui-même avait la réputation d'être particulièrement féroce, de prendre un malin plaisir à coincer les travailleurs quand il s'agissait de renégocier des contrats. Et il gagnait toujours, l'enfant de salope ! Pas d'offense, hein ? Je le déteste depuis toujours et je serai donc heureux de regarder ça pour vous. Six dollars l'heure, voilà mon tarif. Ça vous va ?

– C'est très raisonnable. Trop, même. Je ne devrais pas vous donner plus ?

– Écoutez, on est au Village ici, pas à Wall Street. Je vous ai dit mon prix et je ne vais certainement pas le gonfler sous prétexte que vous avez affaire à Potholm, Grey et Connell. Une chose m'intrigue, quand même : pourquoi vous vous êtes contentée d'un seul versement à l'amiable ? Vous auriez pu tirer bien plus de ces malpropres.

– J'ai mes raisons.

– Puisque je vous défends, vous feriez mieux de me les expliquer.

Je me suis forcée à lui résumer mon pitoyable mariage, mes démêlés avec ma cauchemardesque belle-mère, la fausse couche et toutes ses conséquences... Quand j'ai terminé, il a tendu le bras par-dessus son bureau pour m'effleurer la main.

– Vous en avez vu de rudes, miss Smythe. Désolé, sincèrement.

– Merci.

– Bon, je vais vous régler ça rapidement. En tout,

ça ne devrait pas me prendre plus de dix ou douze heures de travail, grand maximum.

– Parfait.

Une semaine plus tard, il me téléphonait chez Eric.

– Pardon d'avoir un peu tardé, mais la négociation a été plus longue que je ne m'y attendais.

– Mais je croyais que tout était assez simple.

– Miss Smythe, dès qu'il s'agit de loi, rien n'est simple. Enfin, voici où nous en sommes. Les mauvaises nouvelles, d'abord : au final j'ai passé vingt heures là-dessus, de sorte que ça va vous coûter cent vingt dollars. Je sais que c'est le double de ce qui avait été prévu, mais je n'y peux rien. D'autant plus que les bonnes nouvelles sont vraiment bonnes : le versement s'élève maintenant à trente-cinq mille.

– Comment ? Mais nous étions convenus de vingt-cinq, avec Mr Thomson...

– Ouais, en effet. Mais j'aime toujours gratter un peu plus pour mes clients. Il se trouve que j'ai eu deux mots avec un ami médecin, qui m'a confirmé que vous pourriez très bien attaquer ce charlatan que votre belle-mère vous avait collé de force. Comment c'était déjà, son nom ?

– Le docteur Eisenberg.

– Oui, il s'appelle comme ça, ce connard. Quoi qu'il en soit, toujours d'après mon copain toubib, Eisenberg a fait preuve de négligence grave en ne décelant pas la grossesse extra-utérine. Il peut donc être tenu responsable du préjudice irréparable que vous avez subi. Bien entendu, ce faux-jeton de Dudley Thomson a commencé à faire des « oh » et des « ah » quand j'ai soulevé cette question d'erreur médicale, mais il s'est vite calmé dès que je lui ai dit : Okay, si la clique Grey veut un divorce qui s'étale bien juteux dans toute la presse, on est prêts à le leur donner.

– Mais jamais je n'accepterais d'en arriver là !

– Vous pensez que je ne le savais pas ? C'était un coup de bluff, rien d'autre. De quoi leur annoncer que nos exigences étaient passées à cinquante mille dollars, pour la peine.

– Mon Dieu !

– Je me doutais bien qu'ils ne marcheraient jamais, évidemment. Mais ça a tout de même fait son petit effet puisque le lendemain ils ont fait une contre-proposition à trente-cinq. Thomson prétend que c'est définitif mais mon petit doigt me dit que je peux les pousser jusqu'à quarante.

– Non, non ! Trente-cinq mille, c'est très suffisant. Et franchement je ne sais même pas si je devrais...

– Pourquoi pas, bon sang ? Ils ont de l'argent par-dessus la tête. Sur un plan médical, ils sont au moins partiellement fautifs de ce qui vous est arrivé. Et puis ça reste une excellente solution pour eux : ils paient une fois et ils se dégagent de toute responsabilité envers vous. Ce qui est exactement ce que vous vouliez, non ?

– Oui, mais... j'avais donné mon accord pour vingt-cinq.

– Jusqu'à ce que vous preniez un avocat ! Et, croyez-moi, ils vous doivent bien ça.

– Je ne sais plus quoi dire.

– Ne dites rien, alors. Contentez-vous de prendre cet argent, et surtout pas de remords !

– Laissez-moi au moins augmenter vos honoraires.

– Pourquoi ? Mon tarif ne change pas, je vous répète.

– Merci.

– Non, merci à vous. Battre Edwin Grey, pour une fois ! Vous n'imaginez pas comme j'étais content. Le contrat définitif doit me parvenir demain, je vous appelle dès qu'il est prêt à la signature. Et puis encore un peu de bonnes nouvelles, pour finir : le versement est complet tout de suite, plus de moitié-moitié. À condition que vous ne contestiez pas le jugement de divorce.

– Moi ? Quelle idée !

– C'est exactement ce que je leur ai répondu. Donc voilà. Satisfaite ?

– Et stupéfaite.

– Pas de quoi. Mais si vous voulez bien un petit conseil, miss Smythe...

– Je vous en prie.

– Eh bien, comme on disait à Brooklyn dans le temps « Dépense avec ta tête, pas avec tes mains. »

Je l'ai écouté. Quand l'argent est arrivé un mois plus tard, je l'ai déposé en banque et je suis partie à la recherche d'une seule chose : un appartement. Il ne m'a fallu qu'une semaine pour trouver mon bonheur. Un grand et lumineux trois pièces au rez-de-chaussée d'un immeuble fin XIXe sur la 77e Rue, non loin de Riverside. Il y avait de hauts plafonds, un beau parquet et même une alcôve dans le living qui pourrait faire un bureau très agréable. Mais ce qui m'a surtout décidée à le prendre immédiatement, c'était qu'il ouvrait sur un jardin privatif. Trois mètres sur trois d'herbe morte et de dalles disjointes, pour être plus précise, mais je me promettais d'en tirer une merveille. Et puis avoir son propre jardin en plein cœur de Manhattan, une petite pointe de couleur verte au milieu de tout ce béton et ces briques !

Certes, les murs étaient tendus d'un déprimant papier brun foncé et la cuisine datait un peu avec sa glacière en bois qui demandait à être rechargée régulièrement. Mais l'agente immobilière m'a assuré qu'elle obtiendrait un rabais de trois cents dollars sur les huit mille demandés afin de compenser les frais de rénovation. Je lui ai répondu que si elle réduisait d'encore deux cents j'étais prête à signer tout de suite. Elle a accepté. Comme ce n'était pas un immeuble en copropriété, je n'avais pas à attendre la décision du conseil. Les charges mensuelles s'élevaient modestement à vingt dollars. J'ai à nouveau fait appel à Joel Eberts pour qu'il s'occupe de la transaction. J'ai payé en liquide. Huit jours après avoir visité les lieux, j'avais les clés.

– Ma sœur en propriétaire foncière, maintenant, a constaté Eric d'un ton incrédule alors que je lui faisais les honneurs de l'appartement quelques jours avant la signature de l'acte.

– Oui, traite-moi de vampire capitaliste, pendant que tu y es.

– Je ne faisais pas de l'idéologie, mais de l'humour distancié. Il y a une différence, vois-tu.

– Ah bon ? Je ne savais pas, camarade.

– Chuut !

– Cesse un peu ! Je serais étonnée que Mr Hoover ait truffé cet endroit de micros. L'ancienne occupante des lieux était une vieille dame lettonne.

– Tout le monde est potentiellement subversif, pour Hoover. Tu n'as pas lu ce qui se passe à Washington ? Au Congrès, ils sont toute une bande à hurler que Hollywood est sous la coupe des cocos. Ils exigent une commission d'enquête sur l'infiltration communiste des milieux du spectacle.

– Ce n'est que Hollywood.

– Oui ? S'ils se mettent à traquer les rouges à Los Angeles, il ne leur faudra pas longtemps pour débarquer à New York.

– Je te l'ai dit : si on t'importune, tu n'auras qu'à répondre que tu as quitté le Parti depuis 41. Et au cas où le FBI insisterait, tu peux toujours leur parler de ta sœur « la propriétaire foncière ».

– Très drôle.

– Bon, réponds-moi franchement, Eric : tu aimes, ici ?

Il a jeté un nouveau regard circulaire sur le salon vide.

– Oui. Tu peux en faire quelque chose de très bien. Notamment quand tu te seras débarrassée de cet horrible papier peint. Qu'est-ce que tu crois que ça représente ? Le printemps à Riga ?

322

– Je n'en sais rien mais je ne m'installe pas ici tant qu'il n'a pas disparu. Avec la cuisine.

– Tu es certaine que c'est pour toi, de vivre dans le Upper West Side ? C'est plutôt... calme, comme contrée, non ?

– Je vais te confier une chose : tout ce que je regrette d'Old Greenwich, c'est la sensation d'avoir un espace ouvert, de ne pas être confinée. Voilà pourquoi je suis sûre de me plaire ici. Je suis à une minute de Riverside Park, j'ai les berges de l'Hudson, j'ai mon jardin, j'ai...

– Arrête, ou je vais penser que tu es devenue une émule de Thoreau !

J'ai ri de bon cœur, avant de reprendre d'un ton plus grave :

– Quand j'aurai payé l'appartement et les travaux, je devrais encore avoir dans les trente-deux mille en banque. Là-dedans, je compte l'héritage des parents que j'ai placé en bons du Trésor.

– Contrairement à ton dépensier de frère.

– C'est là où je voulais en venir, justement. L'agente immobilière qui m'a amenée ici m'a dit qu'il y avait un autre appartement en train de se libérer au deuxième étage. Pourquoi est-ce que je ne te l'achèterais pas, et...

– Pas question.

– Ne repousse pas l'idée si vite. Il y a tout de même mieux que ta tanière de Sullivan Street.

– Elle me convient parfaitement. Je n'ai pas besoin de plus.

– Allons, Eric ! Il n'y a que des étudiants, là-bas. On dirait une mauvaise version de *La Bohème*. Et tu as presque trente-cinq ans.

– Je connais mon âge, S, a-t-il répliqué abruptement. Et je sais aussi ce qu'il me faut ou pas. Je n'ai pas besoin de ta charité, compris ?

La violence de sa réaction m'a prise de court.

– Ce n'était qu'une suggestion... Bon, je sais que tu

n'apprécies pas le Upper West Side. Mais si tu voyais quelque chose dans le Village que tu aimerais acheter, je...

– Je ne veux rien de toi, S.

– Mais pourquoi ? Si je peux t'aider ?

– Parce que je ne veux pas de ton aide, justement. Parce que avoir besoin d'aide, ça me donne encore plus l'impression d'être un raté.

– Tu sais bien que je ne pense pas du tout cela de toi.

– Mais moi si. Donc merci, mais c'est non merci.

– Réfléchis, au moins.

– Non. Point final. Mais tiens, voici le conseil réaliste que te donne un complet irréaliste : trouve-toi un courtier malin qui t'investisse tout cet argent dans des valeurs sûres comme General Electric, la RCA, General Motors, etc. Il paraît qu'IBM est aussi un bon cheval, même s'ils en sont encore à trouver leurs marques.

– Je ne savais pas que tu suivais la Bourse, Eric.

– Bien sûr ! Quand on a été marxiste-léniniste, on sait toujours où il faut investir.

Dès que j'ai pris possession des lieux, j'ai embauché un décorateur qui a réglé son sort au fameux papier peint, replâtré les murs et tout repeint en blanc mat. Je lui ai aussi demandé de créer une cuisine à la fois simple et moderne, avec l'un de ces nouveaux réfrigérateurs Amana pour remplacer l'impossible glacière. Pour six cents dollars, il a encore accepté de poncer et de vernir les parquets, de créer des étagères sur deux parois entières du living et de carreler de neuf – et de blanc aussi – la salle de bains. Les quatre cents dollars qui me restaient sur mon budget ont été consacrés à l'achat de quelques meubles : un lit ancien en cuivre, une commode, un canapé Knoll tendu d'un beige discret avec un fauteuil assorti et une grande table en bois brut qui me servirait de bureau. Incroyable ce que l'on pouvait acheter à l'époque pour une telle somme, d'autant qu'il m'est resté encore de quoi acheter deux descentes de lit, quelques lampes, une table et deux chaises en acier chromé pour la cuisine.

Tout ce mobilier est arrivé le jour où les peintres ont enfin remballé leur matériel après environ un mois de travaux. À la tombée de la nuit, et grâce à la coopération d'Eric, j'avais tout mis en place. J'ai encore fait l'emplette de vaisselle, de linge de maison et j'ai décidé de dépasser de cent cinquante dollars la limite que je m'étais initialement fixée pour un combiné pick-up-radio dernier cri, présenté dans un beau meuble en acajou. Un caprice nécessaire, me suis-je dit. Je n'étais pas particulièrement matéria-liste, loin de là, mais après avoir lu l'article de *Life* consacré à l'« Auditorium domestique RCA » – appel-lation certifiée ! – j'étais certaine que je finirais par l'acheter malgré son prix exorbitant. Je l'avais main-tenant devant moi, dans un coin de l'appartement dont j'étais la propriétaire attitrée, diffusant à plein volume l'ouverture de la *Symphonie n° 3* de Brahms, et j'étais entourée des premiers meubles que j'aie achetés dans ma vie... J'avais des biens matériels, désormais, pas seulement des « affaires ». Je me sentais très adulte, soudain... et très vide.

– Ohé, tu es toujours là ? a plaisanté Eric en me tendant un verre du vin pétillant avec lequel nous fêtions mon installation.

– Je suis un peu abasourdie, c'est tout.

– De quoi ? D'être la maîtresse de tout ce sur quoi se porte ton regard, pour paraphraser William Cowper ?

– De me retrouver ici, avec toutes ces... choses autour de moi.

– Il y a pire. Tu pourrais être encore pensionnaire de la Colonie pénitentiaire Grey, à Old Greenwich.

– Oui. Le divorce a ses avantages, je reconnais.

– Tu te sens toujours coupable à cause de cette histoire, je le vois.

– Oh, je sais que c'est stupide mais je n'arrête pas de me dire que ce n'est pas bien, d'avoir reçu tout cela sans...

– Sans quoi ? Sans souffrance ? Martyre ? Crucifixion ?

– Oui ! ai-je avoue avec un petit rire. Une punition de ce genre.

– Masochiste et fière de l'être ! J'adore. Mais d'après moi trente-cinq mille dollars ne sont qu'une broutille face au fait que tu ne pourras plus jamais...

– Assez !

– Pardon.

– Non. Mais c'est mon problème. Et je finirai par m'y résigner.

Il a passé un bras autour de mes épaules.

– Tu n'as pas à te résigner, S.

– Si. Parce que sinon...

– Sinon ?

– Sinon je prendrai une voie sans issue. J'en ferai la grande tragédie de ma vie. Je n'en veux pas, de ce genre de mythes. Je ne suis pas faite pour jouer les héroïnes éplorées. Ce n'est pas mon style.

– Accorde-toi un peu de temps, au moins. Deux mois, c'est court.

– Tout va bien, je t'assure. Tout va pour le mieux.

Ce n'était pas qu'un pieux mensonge. De fait, je ne me laissais pas le loisir d'avoir du vague à l'âme, je m'employais à occuper entièrement mes journées. Une fois l'installation terminée, j'ai pris contact avec une demi-douzaine de courtiers en Bourse avant d'arrêter mon choix sur Lawrence Braun, le mari d'une ancienne amie d'université, Virginia, qui s'était lancée dans la vie conjugale sitôt ses études terminées et se débattait maintenant avec trois marmots dans une immense maison de style colonial à Ossining. Ce n'était pourtant pas ces liens avec Virginia qui m'avaient décidée à lui confier mes intérêts ; la raison essentielle, c'est qu'il avait été le seul de ces spécialistes à ne pas me prendre de haut ni à m'infliger des niaiseries du genre : « Oui, je sais que vous autres femmes n'avez pas une tête faite pour les chiffres. À part quand il s'agit de se souvenir de son tour de taille, ah, ah, ah ! » Au contraire, Lawrence m'a questionnée très sérieusement sur ma stratégie financière à long terme – de la sécurité, encore plus de sécurité, toujours plus de sécurité – et ma position vis-à-vis des investissements à risque – exclus.

– Voudriez-vous que cet argent vous rapporte immédiatement un revenu fixe ?

– Pas du tout. J'ai l'intention de retrouver du travail dès que possible. Je ne conçois pas que les femmes soient vouées à l'oisiveté, même si cela reste l'idée dominante...

– Et si un mariage se présente à nouveau ?

– Non. Jamais.

Il a réfléchi un instant.

– Bien. Dans ce cas, nous allons calculer à très long terme.

Le plan financier qu'il m'a soumis était clair et simple. Les cinq mille dollars en bons du Trésor seraient convertis en épargne retraite qui deviendrait disponible à mes soixante ans. Vingt mille autres devaient être consacrés à la constitution d'un portefeuille de valeurs sûres, avec un objectif de rendement de six pour cent annuels, au minimum. Les cinq mille restants seraient à ma disposition pour des opérations ponctuelles ou tout simplement pour assurer ma subsistance jusqu'à ce que je retrouve du travail.

– Si tout se passe bien, vous aurez un trésor de guerre important pour vos vieux jours, m'a affirmé Lawrence. Ajoutez à cela que vous bénéficiez déjà d'un bon capital potentiel, en l'espèce un appartement déjà entièrement payé... Oui, je pense que votre indépendance financière est assurée.

Il avait prononcé le mot qui m'était le plus cher. Ne plus dépendre de quiconque, jamais. Cela ne signifiait pas que je renonçais aux hommes, à une vie sexuelle, ou même à l'éventualité de tomber amoureuse. Mais il était hors de question que j'échoue encore dans une situation où ma dignité, ma place dans la société, voire mon argent de poche, seraient à la merci de quelqu'un d'autre que moi. Je me voulais autonome, libre de mes mouvements et de mes choix, autosuffisante.

J'ai donc accepté son plan. Des chèques ont été émis, des contrats, signés. J'avais désormais cinq mille dollars sur mon compte courant, une coquette somme pour l'époque, que je pouvais dépenser à ma guise. Mais je me suis forcée à la prudence, résolue à ne pas la dilapider en frivolités. Pour moi, cet argent signifiait la liberté, ou tout du moins l'illusion de la liberté.

Une fois ma situation financière éclaircie, je suis passée en visite à la rédaction de *Saturday Night/Sunday Morning*. La harpie qui avait succédé à Nathaniel Hunter s'était maintenue à peine quelques mois à son poste : elle avait été remplacée par une certaine Imogen Woods, une femme frêle mais vibrante d'énergie, réputée pour son humour cinglant, ses déjeuners bien arrosés et son goût infaillible en littérature. Elle m'a proposé de venir la voir le lendemain vers dix-sept heures.

Je l'ai trouvée installée dans un fauteuil, en train de corriger des épreuves. Sur l'accoudoir de droite, une Pall Mall se consumait au bord d'un cendrier qui menaçait de déborder. Sur celui de gauche, un verre de whisky à l'eau. Son crayon arrêté en l'air, elle m'observait à travers ses lunettes en demi-lune perchées au bout de son nez.

– Tiens, encore une réfugiée de l'univers conjugal...

– Les nouvelles vont vite, ici.

– C'est un journal, vous oubliez ? Donc un endroit

328

rempli de gens qui croient faire quelque chose d'important mais qui savent bien au fond d'eux-mêmes qu'ils perdent leur temps. Alors, quoi de mieux que de cancaner sur ceux qui ont des vies plus intéressantes ?

– La mienne ne l'est pas particulièrement.

– Un mariage qui dure aussi peu que le vôtre est toujours intéressant. Le plus court que j'aie fait, en trois catastrophes conjugales, c'était six mois.

– Et le plus long ?

– Un an et demi.

– Impressionnant.

Elle a lâché un rire sardonique, libérant un nuage de fumée de cigarette.

– Oui, affreusement impressionnant... Bien, dites-moi, maintenant : quand est-ce que vous allez nous écrire quelque chose ? J'ai retrouvé la première nouvelle que vous avez publiée chez nous. Vraiment bonne, je pense. Et la prochaine, où est-elle ?

Je lui ai expliqué que l'inspiration ne m'avait sans doute visitée qu'une seule et unique fois, que je m'étais essayée à poursuivre mais qu'apparemment je n'avais plus rien à raconter.

– Donc c'est cette histoire et rien d'autre ?

– Je crois, oui.

– Ce devait être quelqu'un, votre marin.

– C'est un personnage de fiction.

Elle a vidé son verre d'un trait.

– Oui. Et moi je suis Rita Hayworth. Enfin, je ne vais pas être indiscrète, même si j'adorerais. Alors, en quoi puis-je vous aider ?

– Je sais qu'on m'a remplacée à mon poste ici mais je me demandais si je ne pourrais pas faire quelques lectures pour vous, en indépendante.

– Sans problème. Depuis que cette fichue guerre est finie, on dirait que tout le monde s'est mis en tête de devenir écrivain, dans ce pays. Nous sommes sub-mergés de manuscrits ni faits ni à faire. Ce sera un plaisir de vous en repasser une vingtaine par semaine. Trois dollars la note de lecture. Ce n'est pas une fortune, je sais, mais cela devrait vous payer l'épicerie. Votre amie qui est ici, Emily Flouton, me disait que vous veniez de vous prendre un appartement ?

– Oui.

– Racontez-moi.

Docilement, je lui ai décrit la manière dont je m'étais absorbée dans cette chasse immobilière après avoir quitté George, ma découverte 77e Rue Ouest, les travaux de rénovation...

– Bon. Ça fonctionnera très bien.

– Quoi donc ?

– Mais cette histoire d'appartement ! On va l'appeler « Deuxième acte », ou « Tout recommencer », ou un machin approchant. Ce que j'attends de vous, c'est un récit brillant, et drôle, de votre quête d'un endroit à vous après que votre mariage s'est cassé la figure.

– Mais je n'écris plus de fiction, je vous l'ai dit.

– Ce n'est pas ce que je vous demande. Je vous propose d'être la première intervenante dans une nouvelle rubrique que Notre Tout-Puissant Directeur m'a demandé de créer. Il veut que ça s'appelle « Tranches de vie », ce qui vous dit assez bien l'imagination qu'il a... Mais c'est l'idée, en gros : une courte dépêche en provenance de ce front oublié qu'est « la vie de tous les jours ». Cinq feuillets, pas plus, payés quarante dollars. Et, pour m'assurer que vous n'allez pas trop vous ronger les ongles là-dessus, je vous donne un délai précis : lundi prochain, à la première heure. Vous avez cinq jours, c'est bien assez. On est d'accord, Smythe ?

– Vous êtes sûre que vous voulez quelque chose de moi ?

– Non. J'ai l'habitude de perdre mon temps à commander des textes qui ne m'intéressent pas... Allons, Sara, vous vous y mettez, oui ou non ?

Il y a eu un silence tendu, puis je me suis résignée :

– Oui. Entendu.

– Marché conclu, donc. En attendant, je vais demander à l'une de mes esclaves de sortir vingt spécimens de notre tas de manuscrits en souffrance et de vous les envoyer chez vous. Mais vous commencez par écrire, n'est-ce pas ? Et quand je dis lundi, c'est lundi !

– Je ferai de mon mieux.

– Non, le « meilleur ». C'est ce que j'attends de vous, pas moins. Ah, une dernière chose : écrivez sans concession. J'aime qu'un texte aille droit au but. Ça marche toujours.

Bien entendu, mes derniers espoirs de tenir son délai de remise étaient partis en fumée à dix heures du soir dimanche, alors que le sol autour de mon bureau faisait penser à un champ de neige artificielle avec toutes ces feuilles rageusement froissées en boule qui s'étaient peu à peu accumulées. Mon esprit était plus que bloqué : congelé, barricadé. En quatre jours, j'avais essayé des douzaines d'entrées en matière qui toutes m'avaient arraché des cris de désespoir. Je me maudissais de m'être prêtée à cette sinistre farce, moi que l'on disait écrivain quand j'avais été fortuitement visitée par une muse en une seule occasion, puis laissée en tête à tête avec ma nullité ! Le pire, et je le savais parfaitement, c'était que l'inspiration ne comptait que pour moitié environ dans les ingrédients nécessaires à un bon texte : savoir-faire, application et pure volonté faisaient le reste, toutes qualités dont je manquais si clairement. Je n'étais pas assez obstinée ni confiante en moi pour aligner cinq malheureux feuillets à propos de la remise à neuf d'un appartement new-yorkais, alors comment avais-je pu imaginer une seule seconde pouvoir gagner ma vie en écrivant ? Je n'avais ni le talent, ni la rigueur, ni le toupet suffisants pour aborder le métier de l'écriture. Je ne croyais pas en moi.

Il était presque minuit quand j'ai téléphoné à Eric

pour lui répéter ce lamento autodépréciateur, que j'ai conclu par une remarque qui se voulait désabusée :

– Enfin, je pourrai toujours éditer les textes des autres, à la limite.

– Quelle tragédie ! a-t-il remarqué avec plus qu'une pointe d'ironie.

– Je m'attendais à ce que tu me manifestes autant de compréhension, merci.

– Je ne comprends pas pourquoi tu ne veux pas tout simplement écrire ce machin et passer à autre chose.

– Parce que cela n'a rien de « simple », justement ! Pardon, je vois bien que je me mets dans tous mes états...

– Tu as encore un brin de lucidité, au moins.

– Pourquoi est-ce que je te raconte quoi que ce soit ?

– Dieu seul le sait. Mais si tu veux un conseil de cuisine, je t'en donne un : assieds-toi et balance ! Tu n'as pas à réfléchir. Contente-toi d'écrire.

– Merci encore !

– De rien. Bonne chance.

J'ai raccroché et je suis partie en chancelant dans ma chambre. Dès que je suis tombée sur mon lit, j'ai perdu connaissance car je n'avais pratiquement pas dormi la nuit précédente. Il était 5 h 12 à mon réveil quand j'ai rouvert les yeux. Avec une idée déjà formée dans ma tête : « Il ne me reste que cinq heures pour y arriver. »

Je me suis jetée sous la douche, terminée par trente secondes de jet glacé, brutal mais revigorant. Le temps de m'habiller et de préparer du café, il était 5 h 31. Après avoir engagé une feuille de papier sous le rouleau de la Remington, j'ai pris une gorgée de breuvage brûlant.

« Tu n'as pas à réfléchir. Contente-toi d'écrire. » D'accord, d'accord, j'essaie...

Le premier paragraphe a été mitraillé sur la page :

« L'agence immobilière m'a envoyé une femme d'une cinquantaine d'années trop maquillée, au sourire fixe, mécanique. J'ai aussitôt surpris son regard sur ma main gauche dépourvue d'alliance, puis sur la belle bague de fiançailles que je venais de transférer à la main droite.

– C'était un bon à rien ?

– Non. Ça n'a pas marché, voilà tout. »

Je me suis interrompue, les yeux fixés sur ces quelques lignes tandis que je reprenais un peu de café.

– Donc vous cherchez à tourner la page ?

– Non. Je cherche un appartement. »

Pas mal. Continuons. J'ai baissé à nouveau la tête. Quand je l'ai relevée, le jour entrait à flots dans la pièce, il était 8 h 49 et quatre feuillets étaient empilés à côté de la machine, auxquels j'ai ajouté celui que je venais d'achever. Sans m'accorder un instant, j'ai attrapé un crayon et je suis partie à la chasse aux fautes de grammaire et aux maladresses de style. Ma montre marquait 9 h 02 quand j'ai engagé deux feuilles séparées par un carbone et entrepris de tout retaper au propre. Il m'a fallu quarante minutes. J'ai réuni un jeu de copies, que j'ai fourré dans mon sac en ouvrant déjà ma porte à la volée. Au premier taxi repéré sur Riverside j'ai promis un royal pourboire s'il me déposait au Rockefeller Center avant dix heures.

– Tout ce trajet en douze minutes ? Vous rêvez, miss.

– Faites pour le mieux, s'il vous plaît.

– C'est le maximum qu'on puisse faire, tous tant qu'on est, non ?

Le chauffeur ne se contentait pas d'être un philosophe à temps partiel, c'était aussi un fou du volant qui m'a arrêtée sur la 50e et 5e Avenue à 10 h 04. Le compteur indiquait seulement quatre-vingt-cinq cents mais je lui ai donné un dollar cinquante.

– Rappelez-moi de vous avoir encore comme

cliente, a-t-il observé quand je lui ai dit de garder la monnaie. Et j'espère que vous serez à temps là où vous êtes si pressée d'arriver.

L'ascenseur, bondé, n'a cessé de s'arrêter aux étages avant de parvenir au quinzième. 10 h 11. J'ai descendu le couloir presque en courant, frappé à la porte d'Imogen Woods, m'attendant que sa secrétaire vienne m'ouvrir. Mais c'est elle qui s'est déplacée.

– Vous êtes en retard.

– De quelques minutes, seulement.

– Et vous avez l'air à bout de nerfs.

– Les embouteillages, vous comprenez...

– Oui, oui, on me l'a déjà faite, celle-là. Laissez-moi deviner, maintenant : votre chien vous a volé votre texte et l'a déchiqueté.

– Non ! ai-je protesté en me battant avec le fermoir de mon sac. Je l'ai ici, tenez !

– Eh bien, eh bien... Il faut croire aux miracles, alors.

Elle a pris les feuillets que je lui tendais et m'a rouvert la porte.

– Je vous appellerai quand je l'aurai lu. Ce qui pourrait bien être dans un jour ou deux, vu le retard que j'ai sur tout... En attendant, vous feriez mieux d'aller vous payer un café. On dirait que vous en avez besoin.

Je me suis en effet accordé un somptueux petit déjeuner au Lindy's, bagels et saumon fumé accompagnés de litres de café noir. Ensuite j'ai marché jusqu'au magasin de disques Colony Record où j'ai déboursé deux dollars quarante-neuf pour une nouvelle version de *Don Giovanni* avec Ezio Pinza dans le rôle-titre. Assaillie par quelques scrupules après toutes ces dépenses, j'ai préféré rentrer chez moi en métro. J'ai envoyé au diable mes chaussures, j'ai empilé les quatre disques sur le pick-up que j'ai réglé en position marche, puis je me suis affalée sur le canapé et je me suis laissé emporter par Mozart et

Da Ponte, par cette sublime et sensuelle histoire de crime et de châtiment. Épuisée, transportée, je n'en revenais décidément pas d'avoir réussi à relever le défi. La copie de mon texte était encore sur le bureau mais je ne voulais pas le relire tout de suite. Il serait toujours bien assez tôt pour m'assurer si le résultat était satisfaisant ou non.

Il était trois heures et Don Giovanni venait d'entamer sa descente aux enfers quand le téléphone a sonné. Imogen Woods.

– Eh bien... vous avez une plume, vous !

– Euh... vraiment ?

– Oui, vraiment !

– Vous voulez dire que l'histoire vous a plu ?

– Oui, au risque de heurter votre modestie maladive. Oui ! À telle enseigne que je veux vous en commander une autre. Si vous n'êtes pas trop assaillie de doutes pour vous remettre en piste, évidemment.

– Je peux m'y remettre, je crois.

– Voilà qui est bien parlé.

C'était encore pour la rubrique « Tranches de vie » mais cette fois elle voulait que j'évoque avec un humour distancié ce rite de passage qu'est « le premier rendez-vous ». Même longueur, mêmes délais, et de ma part mêmes assauts d'angoisse jusqu'à ce que je me décide à suivre encore le conseil d'Eric et que je me lance sans trop réfléchir dans le récit de ma modeste soirée avec Dick Becker, un camarade de lycée à Hartford, matheux, dégingandé, boutonneux et les dents un peu en avant, qui m'avait invitée à danser le quadrille à une fête de l'église épiscopalienne. Ce n'était pas une expérience d'une insoutenable sensualité, loin de là, mais il pouvait y avoir une certaine poésie dans toute cette timidité adolescente, cette maladroite tension. À neuf heures et demie – le début du couvre-feu imposé par mes parents –, il m'avait raccompagnée à pied jusque devant chez moi et m'avait chastement serré la main.

« Rien de mémorable n'est arrivé, ni en bien ni en mal », ai-je commencé. « Rien d'embarrassant, comme de buter durement tête contre tête dans une tentative de baiser. Parce qu'il n'y en a pas eu, tout simplement. Nous étions l'un et l'autre trop intimidés. Intimidés, bien élevés et tellement, tellement innocents... Mais n'est-ce pas ainsi que se doit d'être un premier rendez-vous, finalement ? »

Cette fois, j'avais vingt minutes d'avance sur l'heure limite. En sortant de la rédaction, j'ai suivi ce qui semblait devoir devenir un rituel : petit déjeuner au Lindy's, shopping à Colony Record où j'ai fait l'emplette d'un nouveau disque de Vladimir Horowitz interprétant trois sonates de Mozart. Le téléphone sonnait quand je suis rentrée chez moi.

– Jalouse comme je suis, je dirais que moi, pour un premier rendez-vous, il faudrait au moins que je me réveille le lendemain matin en découvrant Robert Mitchum à côté de moi dans le lit. Mais il est vrai que je ne suis pas une fille bien comme vous.

– Je ne le suis pas, miss Woods.

– Oh que si ! Et c'est pourquoi vous êtes la contributrice idéale pour ce canard.

– Vous avez aimé, alors ?

– Oui. À part une formule bateau par-ci par-là, j'ai aimé. *Mucho*. Bon, et maintenant ?

– Vous voudriez que j'écrive autre chose pour vous ?

– Ah, ce pouvoir de déduction, c'est épatant...

Ma troisième « tranche de vie » s'attaquait à cette éternelle hantise des femmes américaines : entamer sa journée en étant sûre que sa coiffure ne va pas. Sujet anodin, encore, qui ne me vaudrait certainement pas un prix Pulitzer. Mais je m'étais découvert la faculté de porter un regard ironique sur les petits faits et gestes de la quotidienneté. Et surtout, j'étais à nouveau capable d'écrire, un constat qui ne laissait pas de me stupéfier et de m'enchanter. Ce n'était pas un roman, ce n'était pas du « grand art », mais j'étais contente de la densité de mes textes et je les trouvais relativement spirituels. Pour la première fois depuis des années, je me surprenais à avoir confiance en moi. J'avais un don, sans doute modeste, mais...

« Quand on se fait des cheveux », ma troisième contribution, a été rendue avec un jour d'avance. À nouveau, un délicieux petit déjeuner au Lindy's, à nouveau, un disque, les *Variations Goldberg* par Wanda Landowska au clavecin, « prix sacrifié » à quatre-vingt-neuf cents... Mais cette fois je n'ai eu aucune nouvelle d'Imogen Woods pendant quarante-huit heures. Quand elle a fini par appeler, je m'étais convaincue qu'elle avait détesté mon texte et que ma carrière à *Saturday Night/Sunday Morning* était terminée.

– Nous avons eu une prise de bec à votre sujet, Notre Tout-Puissant Directeur et moi, a-t-elle annoncé sans même dire bonjour.

– Ah... Un problème ?

– Oui. Il ne peut pas souffrir ce que vous faites et il m'a demandé de vous le dire.

Je suis restée un moment sans voix.

– Eh bien... il fallait s'y attendre, sans doute.

– Doux Jésus ! Vous marchez à tous les coups, avec votre fatalisme à la noix !

– Comment ? Mais vous disiez qu'il ne voulait plus...

– Pas du tout ! Il a adoré ces trois petites choses que vous nous avez données. À tel point qu'il veut que je vous propose un contrat.

– Un contrat ? Quel genre de contrat ?

– D'après vous ? Un contrat de travail, grosse maligne ! Nous vous offrons un espace à vous dans le journal.

– C'est encore une plaisanterie ?

Pas cette fois. Dès le début de l'année 1948, j'ai commencé ma rubrique, « La vie selon Sara

337

Smythe ». Il s'agissait de poursuivre la voie que j'avais déjà explorée, notations quotidiennes, anecdotes « sur le vif », observations qui devenaient le prétexte à un court divertissement : « L'homme à la mauvaise haleine », « Pourquoi je ne réussis jamais mes spaghetti », « Comment acheter des bas qui filent »... définitivement prosaïque mais assez drôle, en fin de compte. Et je n'étais jamais à court d'idées puisque je puisais mon matériau dans l'expérience la plus quotidienne d'une New-Yorkaise.

Au départ, ils m'avaient garanti cinquante dollars la rubrique pour quarante-huit parutions dans l'année. Des conditions stupéfiantes pour moi, d'autant que chaque contribution ne me prenait qu'à peine une journée de travail. Et au bout de six mois, ayant appris que deux publications rivales avaient essayé de me débaucher, Notre Tout-Puissant Directeur a décidé d'augmenter le tarif. Car, à mon immense surprise, « La vie selon Sara Smythe » avait tourné au phénomène de presse : je recevais d'un peu partout une cinquantaine de lettres de lectrices par semaine, toutes pour me féliciter de la justesse de mon regard sur ce qu'Imogen Woods appelait avec un sourire sardonique « ces trucs de fille ». Le directeur lui-même, Ralph J. Linklater, avait commencé à enregistrer des retours très positifs à mon sujet, avec des indicateurs aussi importants pour lui que la demande faite par quatre gros annonceurs d'avoir leur publicité à côté de ma colonne, et ces propositions alléchantes que le *Ladies' Home Journal* et le *Woman's Home Companion* m'avaient adressées.

Quand je les avais très naïvement mentionnées à Imogen Woods alors que nous bavardions au téléphone, elle s'était aussitôt inquiétée et m'avait fait promettre de ne pas y répondre tant qu'elle n'en aurait pas parlé à son supérieur. Je n'en avais aucunement l'intention, d'ailleurs, car je me contentais fort bien de mes honoraires à *Saturday/Sunday*. Mais quand Ralph Linklater m'a personnellement appelée chez moi le lendemain matin, je me suis soudain rendu compte que ces ouvertures de la concurrence étaient devenues ce qu'elles n'avaient jamais été dans mon esprit : un argument de poids dans l'éventuelle renégociation de mon contrat.

Je ne l'avais rencontré qu'à une occasion, lorsqu'il m'avait invitée à déjeuner en compagnie de miss Woods quelques mois après le lancement de ma nouvelle rubrique. Grand, corpulent, son physique me rappelait beaucoup celui de Charles Laughton. Il avait la réputation de diriger le journal avec une affabilité de gentil grand-père, mais aussi de tolérer très difficilement la contradiction. Imogen Woods m'avait mise en garde avant notre rencontre :

– Traitez-le comme votre oncle préféré et tout ira bien. Mais si vous cherchiez à l'impressionner, et je sais que ce n'est pas du tout votre style, il ne marcherait pas.

Bien entendu, mon éducation me poussait naturellement au respect envers un homme plus âgé et bien plus haut placé que moi. Après ce déjeuner, miss Woods m'avait appris que Notre Tout-Puissant Directeur m'avait trouvée « mignonnette » *(sic)*, « exactement le genre de charmante et fine jeune femme que nous avons envie de lire dans nos colonnes ».

Il m'a téléphoné à huit heures du matin. Je m'étais couchée tard pour terminer ma contribution hebdomadaire et c'est donc d'une voix ensommeillée que j'ai répondu.

– Sara ? Bonjour, Ralph Linklater à l'appareil ! Je ne vous ai pas réveillée, au moins ?

– N... non, monsieur. C'est un plaisir de vous entendre.

– Et pour moi un immense plaisir de parler à notre vedette. Vous êtes toujours notre vedette, n'est-ce pas ?

– Bien sûr, Mr Linklater ! Je suis ravie de travailler pour votre journal.

– Bien, Sara, parfait ! Parce que, vous le savez certainement, j'aime à penser que nous formons tous une famille, à la rédaction. Et vous nous voyez comme votre famille, je pense ?

– Absolument, Mr Linklater.

– Magnifique ! Et pour nous vous en êtes un membre très important. Si précieux, en fait, que nous avons décidé de vous placer sous contrat d'exclusivité et de porter votre rétribution hebdomadaire à quatre-vingts dollars.

J'ai tressailli à ce terme d'« exclusivité ». Ma prudence naturelle m'a dicté une réponse nuancée :

– C'est une offre extrêmement généreuse, Mr Linklater. Et Dieu sait si je tiens à continuer avec *Saturday/Sunday*. Mais si j'accepte, cela signifie que mes revenus ne pourront être « que » ceux-là. C'est un peu... limitatif, ne pensez-vous pas ?

– Cent dollars, alors.

– C'est très aimable à vous, Mr Linklater. Mais, en admettant que quelqu'un d'autre me propose cent vingt dollars, sans clause d'exclusivité ?

– Personne ne ferait ça, a-t-il rétorqué, soudain moins amène.

– Vous avez sans doute raison, Mr Linklater, ai-je approuvé avec la plus grande urbanité. Il faut croire que je suis uniquement perplexe à l'idée de me priver d'autres possibilités. N'est-ce pas ce qui est à la base même de notre société, entreprendre sans se fixer de contraintes ?

J'étais stupéfaite de me transformer ainsi en porte-parole du culte américain de la réussite, et de m'être engagée dans un bras de fer aussi risqué – pour moi – avec notre bienveillant patron. Mais j'étais entrée trop avant dans cette logique de négociation pour battre en retraite, désormais.

– Vous avez tout à fait raison, Sara, a concédé le

grand homme. Un marché compétitif, c'est l'un des fleurons de notre système démocratique. Et je respecte qu'une jeune femme comme vous comprenne la valeur de son talent dans le jeu fondamental de l'offre et de la demande. Mais je ne pourrais absolument pas aller plus haut que cent vingt dollars par semaine, et ce serait pour bénéficier de votre apport en exclusivité, oui. Mais je suis prêt à faire encore un pas. Miss Woods m'a dit que vous étiez grande amatrice de musique classique, et très compétente sur ce sujet. Alors, que penseriez-vous d'une rubrique amusante qui nous explique avec le sourire comment écouter Brahms ou Beethoven, ou quel disque offrir à son fiancé pour Noël ? Nous appellerions ça... Voyons, vous avez une idée ?

– « Musique pour tous », peut-être ?

– Parfait ! Je suis disposé à vous donner soixante dollars pour cette intervention, en plus des cent vingt sur lesquels nous nous sommes entendus, je crois... Est-ce que ça ne vous paraît pas mignon, tout ça ?

– Très mignon.

Quelques jours plus tard, je soumettais le projet de contrat à mon conseiller juridique attitré, Joel Eberts. Grâce à quelques coups de fil au service administratif du magazine, il a obtenu le rajout d'une clause stipulant que chacune des deux parties pourrait demander une révision au bout de dix-huit mois. Il n'avait toujours pas changé ses tarifs, lui, et quand il m'a tendu une note d'honoraires de vingt-quatre dollars il s'est encore excusé :

– J'ai eu besoin d'un peu plus longtemps parce que...

– S'il vous plaît, Mr Eberts ! Cela n'a rien d'exorbitant pour moi. En fait, je gagne tellement d'argent, maintenant, que je ne sais plus quoi en faire !

– Je suis sûr que vous trouverez bien comment le dépenser.

Mais non. Toutes les maisons de disques

341

m'inondaient d'exemplaires de presse depuis que j'avais débuté ma seconde rubrique. Je n'avais pas de prêt à rembourser, pas de loyer à payer. Personne n'était à ma charge. Je n'avais pas touché à mon compte courant, et Lawrence Braun semblait faire raisonnablement prospérer mon portefeuille d'actions. Et d'un coup je me retrouvais avec sept mille dollars de rentrées annuelles, soit cinq mille après impôt. Prudente comme toujours, j'ai décidé d'en transférer deux mille par an sur mon plan de retraite, mais il me restait encore soixante dollars par semaine pour vivre. À l'époque, les meilleures places dans un théâtre de Broadway ou à Carnegie Hall ne dépassaient pas les deux dollars cinquante. La place de cinéma était à soixante cents, le petit déjeuner au café grec de ma rue en coûtait quarante – œufs brouillés, bacon, toasts, jus d'orange et café à volonté –, un splendide dîner pour deux au Luchows revenait à huit dollars au maximum...

J'aurais évidemment voulu aider Eric le plus possible, mais il n'acceptait que de me laisser payer l'addition de temps à autre, ou de prendre quelques disques gratuits dans le flot de ceux que l'on m'envoyait. Les rares fois où j'ai tenté de revenir à la charge sur ce projet de lui acheter un appartement, la réponse immédiate a été un « non merci » sans appel. Mais même s'il se disait enchanté par ma réussite, je voyais bien qu'elle le remettait en cause, aussi.

– Bientôt il faudra que je dise « Bonjour, je suis le frère de Sara Smythe » quand je me présenterai, a-t-il remarqué un soir.

– Mais moi, je commence toujours par annoncer que je suis la sœur du plus brillant auteur de gags de New York, ai-je répliqué sur le ton de la plaisanterie.

– Tout le monde s'en fiche, des auteurs de gags.

Il exagérait, ainsi que nous allions bientôt le voir. Un matin, peu après l'entrée en vigueur de mon nouveau statut à *Saturday/Sunday* il m'a téléphoné dans

342

un état de grande excitation. Marty Manning, un jeune artiste comique, venait d'être chargé par la NBC de créer un show télévisé à une heure de grande écoute, avec une première diffusion prévue pour janvier 1949. Il avait invité Eric à déjeuner, lui avait répété tout le bien que son vieil ami Joe E. Brown disait de lui et lui avait proposé d'entrer dans son équipe.

– J'ai accepté tout de suite, tu penses ! C'est quelqu'un de très bien, Manning. Non conformiste, vraiment intelligent... Le seul problème, c'est que ce soit pour la télévision. Qui regarde ça ? Enfin, est-ce que tu connais seulement quelqu'un qui a un téléviseur chez lui ?

– Non, mais tout le monde dit que c'est le divertissement du futur.

– Ah ? Dans trois siècles, peut-être.

Quelques jours plus tard, un avocat de la chaîne l'a appelé pour discuter de son contrat. La somme proposée était incroyable : huit cents dollars mensuels, et ce à partir de septembre 1948 quand bien même l'émission ne débuterait que le 28 janvier de l'année suivante. Il y avait une réserve, cependant. La direction avait appris qu'Eric était activement engagé dans la campagne électorale d'Henry Wallace, l'ancien vice-président de Roosevelt que celui-ci avait abandonné lors des élections de 1944 parce qu'il le trouvait trop radical, lui préférant le peu populaire et peu expérimenté Harry Truman. Si FDR avait eu le courage de le garder alors, Wallace l'aurait remplacé à la Maison Blanche après son décès, et nous aurions eu un vrai socialiste à la tête du pays, ainsi qu'Eric aimait à le répéter, au lieu de « cette vieille came du Missouri » que personne ne voyait vaincre le républicain Dewey en novembre. D'autant que Wallace était maintenant dans la course, présenté par son « parti progressiste », et allait sans doute ravir de nombreuses voix de gauche à Truman.

Eric admirait Henry Wallace pour son intelligence, ses convictions sociales, son soutien indéfectible à la cause ouvrière et aux principes fondateurs du New Deal. Dès que celui-ci avait annoncé sa candidature, au printemps 1948, mon frère était donc devenu un membre en vue du mouvement « Les professionnels du spectacle pour Wallace » et l'un de ses plus actifs supporters à New York. Et maintenant, comme il allait me le raconter plus tard, l'avocat de NBC, Jerry Jameson, lui expliquait en termes très raisonnables, d'une voix très raisonnable, que ses patrons sourcillaient devant tant de zèle politique.

– Dieu sait si on respecte les droits garantis par le Premier Amendement, à la NBC, lui avait déclaré Jameson. Et donc la liberté de soutenir le parti ou le candidat de son choix, qu'il soit complètement à gauche, complètement à droite ou complètement loufoque !

Eric ne s'était pas joint à son hilarité, au contraire :

– Venez-en au fait, Mr Jameson.

– Oh, c'est très simple, Mr Smythe. Que vous souteniez individuellement Wallace, cela vous regarde. Mais il y en a à la tête de la chaîne qui ne sont pas très contents de vous voir vous démener en public pour ce... radical. Ils savent que Manning tient à vous, et ils veulent lui donner toute satisfaction, mais ils craignent juste que...

– Que quoi ? Que je monte mon Politburo dans les studios ? Que je dise à Joe Staline de venir écrire des blagues avec nous ?

– Oui, je vois pourquoi Manning vous réclame à cor et à cri. Vous avez de la repartie, pour sûr !

– Je ne suis pas communiste.

– Je suis ravi de l'entendre.

– Je suis un honnête citoyen américain. Je n'ai jamais collaboré avec quelque régime étranger que ce soit. Ni appelé à l'insurrection, ni préconisé le renversement du Congrès, ni soutenu que notre prochain commandant en chef devait être un cadre de l'Armée rouge.

– Franchement, Mr Smythe, vous n'avez pas à me convaincre de votre patriotisme. Tout ce que nous demandons... Ou plutôt, le conseil que je vous donne, c'est de mettre la pédale douce dans votre soutien à Wallace. Vous pouvez aller à des réunions, si vous voulez, mais que vous soyez à la tribune, à récolter des fonds pour sa campagne... Admettez qu'il n'a absolument aucune chance d'être élu, de toute façon. Le 6 novembre, Dewey sera notre nouveau Président et tout le monde aura oublié ces petites histoires. Mais la télévision, par contre, la télévision va compter de plus en plus, Eric. Croyez-moi, d'ici cinq ou six ans elle aura liquidé les radios. Et vous, vous pouvez être un des pionniers de cette ruée vers l'or. À l'avant-garde d'une vraie révolution, mon cher ami !

– Arrêtez votre baratin, Jameson. J'écris des gags, pas une nouvelle Déclaration d'indépendance ! Et puis que ce soit clair : je ne suis pas votre ami.

– Très bien. Pour moi aussi, c'est très clair. Donc je vous demande simplement de vous montrer réaliste.

– Ah, vous voulez du réalisme ? En voilà : si vous voulez que je me retire de la campagne Wallace, vous me signez un contrat de deux ans avec Manning, à trois cents dollars la semaine.

– C'est très exagéré.

– Non, Jameson. C'est ça ou rien.

Et il avait raccroché.

J'ai rempli à nouveau son verre de vin. Il en avait besoin.

– Et ensuite, que s'est-il passé ?

– Il a rappelé au bout d'une heure, ce macaque. Pour me dire que mon prix était accepté, que le contrat serait de deux ans, avec trois semaines de congés payés, assurance maladie, et patati, et patata, mais qu'ils me couperaient tout ça si on me voyait collecter des fonds en soutien au satanique Wallace. Même si on m'apercevait à l'un de ses meetings !

– Mais c'est scandaleux ! Et contraire à la Constitution, en plus.

– Jameson a lui-même souligné que rien ne m'obligeait à répondre oui. Parce que, je cite, « nous sommes une grande démocratie, après tout ».

– Et alors, que vas-tu faire ?

– C'est déjà fait. J'ai dit oui.

Comme je restais silencieuse, il m'a fixée du regard :

– J'ai l'impression de déceler une pointe de désapprobation, non ?

– Je suis un peu... surprise par ta décision, c'est tout.

– Je dois préciser qu'ils ont été très compréhensifs, dans l'entourage de Wallace. Et très reconnaissants, aussi.

– Reconnaissants de quoi ?

– Mais que je leur donne les cinq mille dollars de plus que j'ai arrachés à ces requins en échange de ma discrétion, tiens !

J'ai éclaté de rire.

– Pour une belle revanche, c'en est une !

– Chuuut ! C'est ultrasecret, tu penses bien. Si les gros bonnets de la NBC apprennent où part la rançon de mon silence, ils me pendront haut et court ! Le problème, c'est que je ne vais pas toucher cet argent d'un coup, dès le début...

– Je te fais un chèque.

– Et tu seras entièrement remboursée d'ici au 1er février, je m'y engage.

– Rien ne presse. Mais, quand même, comme Machiavel, tu te poses un peu là ! Tu arrives toujours aussi bien à jouer sur les deux tableaux ?

– Hé, S ! C'est ça, l'Amérique, non ?

Wallace a subi une cuisante défaite aux élections, ce qui était prévisible. L'était moins, par contre, la victoire *in extremis* de Truman : alors que tard dans la nuit tous les résultats donnaient Dewey vainqueur, le pays s'est réveillé en apprenant que le locataire de la Maison Blanche resterait à sa place. Moi-même, je m'étais résignée à voter « utile », craignant que voter pour Wallace ne puisse qu'aider le républicain à gagner. Lorsque j'ai avoué ce revirement à Eric, il a eu un haussement d'épaules et cette remarque :

– Il faut bien qu'il y ait quelqu'un de raisonnable, dans cette famille...

Deux mois plus tard, *The Big Broadway Review*, le show de Marty Manning, a débuté sur NBC avec un succès aussi immédiat que massif. Peu après, un matin, mon banquier m'a téléphoné pour m'aviser que je venais de recevoir un chèque de cinq mille dollars. Égal à lui-même, Eric : un homme de parole. Et qui atteignait enfin, enfin, la consécration. Toute la ville s'est mise à attendre l'émission, rebaptisée *The Marty Manning Show*, et j'ai fini par m'acheter un téléviseur, moi aussi, désireuse comme je l'étais de suivre ce que mon frère concoctait pour sa vedette comique. L'attention s'est évidemment portée sur Eric et son équipe d'auteurs : le *New York Times* lui a consacré un long portrait dans son supplément dominical et le célébrissime Walter Winchell a salué son talent dans sa rubrique « On Broadway », non sans mentionner au passage que je faisais « rire les dames chaque semaine » avec ma chronique et que le frère et la sœur Smythe constituaient « une paire de rigolos sacrément doués ».

– Comme tous ces républicains enragés, il n'a aucun humour, Winchell, a noté Eric tandis que nous commentions son papier.

– Être qualifiés de « rigolos », c'est charmant, non ?

– Que veux-tu, S ? C'est ça, la gloire...

Et, de fait, il semblait transfiguré par son succès, sa réputation professionnelle et sa soudaine prospérité.

En l'espace d'un mois, il s'est dépouillé de la dégaine d'écrivain raté qu'il s'était imposée. Il a aussi abandonné son atelier étriqué du Village pour s'installer dans un bel appartement meublé à Central Park Sud. Le loyer était quatre fois plus élevé que dans son antre de Sullivan Street mais, ainsi qu'il aimait à le répéter, « l'argent est fait pour être dépensé, pas vrai ? ». Car, outre ses talents humoristiques, Eric s'était découvert un autre don peu commun en cette année euphorique avec Manning, à savoir une propension à dilapider allègrement tout ce qu'il gagnait. Dès son installation à Central Park, il a changé du tout au tout ses habitudes vestimentaires, affichant un goût prononcé pour les costumes prince-de-galles sur mesure, les chaussures cousues main, les eaux de toilette de luxe. De sortie tous les soirs, c'était un habitué du Stork Club, du 21, de l'Astor Bar et des multiples clubs de jazz qui se succédaient sur la 52e Rue. Et c'était lui qui prenait toujours l'addition, de même qu'il avait tenu à tout payer lorsqu'il m'avait invitée à un séjour d'une semaine à Cuba, au ruineux hôtel Nacional. Il avait engagé un valet de chambre. Il prêtait de l'argent à tous ceux qui en avaient besoin. Et donc il terminait chaque mois sans un cent en poche. Quand je lui conseillais une certaine prudence financière, il ne m'écoutait pas, voué comme il l'était au plaisir de la prodigalité.

Il était amoureux, également. De Ronnie Garcia, un saxophoniste qui jouait dans l'orchestre attitré du Rainbow Room. Un garçon d'origine cubaine qui avait grandi dans le Bronx, n'avait jamais terminé ses études, avait appris la musique tout seul et trouvait encore le temps de dévorer les livres. Il accompagnait des vedettes telles que Mel Torme ou Rosemary Clooney mais il était aussi capable de parler avec érudition – et avec son accent faubourien de la poésie d'Eliot. Ils s'étaient rencontrés à une soirée donnée au Rainbow pour Artie Shaw en avril 1949 et ne se quittaient plus depuis. La plus grande discrétion était de rigueur, cependant. Même si le personnel de la résidence d'Eric savait que Ronnie vivait avec lui, aucune allusion n'y était faite. Quant à ses collègues, ils ne lui posaient pas de questions sur sa vie privée, même s'ils avaient remarqué qu'il était le seul d'entre eux à ne pas se vanter de multiples conquêtes féminines. En public, ils veillaient tous deux à s'interdire le moindre geste d'affection et même devant moi ils n'évoquaient jamais leur intimité. Sauf une seule fois, quand Eric m'a demandé ouvertement ce que je pensais de Ronnie alors que nous dînions ensemble à Chinatown.

– Je le trouve merveilleux. Tellement brillant, et au saxo il est époustouflant.

– Ah, très bien, a-t-il approuvé en rougissant un peu. Je suis content parce que... parce que tu vois où je veux en venir, non ?

J'ai posé ma main sur la sienne.

– Oui, Eric. Je vois. Aucun problème.

– Tu es sûre ?

– Si tu es heureux, je le suis aussi. C'est tout ce qui compte.

– Vraiment ?

– Vrai de vrai.

– Merci, a-t-il murmuré. Tu n'imagines pas comme c'est important pour moi, ce que tu...

– Suffit ! l'ai-je coupé en l'embrassant sur le front.

– Maintenant il ne nous reste plus qu'à te trouver quelqu'un de bien.

– Oublie-moi, ai-je répliqué, sans doute trop sèchement.

J'étais sincère. Je ne manquais pas d'hommes autour de moi, voire de prétendants, mais je me gardais bien de m'engager trop loin avec quiconque. D'accord, j'avais eu une relation de près de quatre mois avec un éditeur à Random House, ainsi qu'une courte aventure avec un journaliste du *Daily News*, mettant fin à l'une et à l'autre d'autant plus volontiers que le premier était décidément trop conventionnel et que le second, âgé d'à peine trente ans, essayait de s'anéantir dans l'alcool. Quand il était à jeun, cependant, Gene pouvait être délicieux. Et il n'a pas été enchanté en m'entendant lui annoncer que c'était terminé, car il avait fini par se persuader, qu'il était fou amoureux de moi.

– Attends que je devine. Tu me quittes pour un type du genre cadre supérieur, quelqu'un qui te donnera tout le confort et la sécurité que je suis incapable de t'assurer.

– J'ai déjà été mariée à ce genre d'individu, Gene, et tu le sais très bien. Tu sais aussi que cela n'a pas dépassé cinq mois. Je ne suis pas à la recherche de sécurité, non. J'en ai bien assez en moi-même.

– Mais il y a quelqu'un d'autre, c'est forcé !

– Pourquoi les hommes pensent-ils toujours qu'une femme qui ne tient plus à les voir a forcément quelqu'un d'autre dans sa vie ? Non, je suis désolée de te décevoir mais je ne te quitte pas pour un autre. Je m'en vais parce que tu es décidé à t'autodétruire d'ici cinq ans et que je n'ai pas envie de jouer le second rôle dans ce mélodrame.

– C'est qu'elle a la dent dure, la gisquette !

– Je suis obligée d'être dure, vois-tu. C'est le seul moyen de s'en tirer, quand on est... une « gisquette ».

Après cet échange final au bar du New Yorker Hotel, je suis rentrée chez moi en métro et j'ai passé la fin de la soirée à réécouter *Don Giovanni* dans la fabuleuse interprétation d'Ezio Pinza, qui demeurait mon disque préféré dans ma collection chaque jour plus fournie. Ce soir-là, j'ai compris pourquoi l'intrigue de cet opéra me fascinait autant. Donna Elvira jure de se venger de celui qui l'a dépouillée de sa vertu, et son désespoir est d'autant plus aigu qu'elle a perdu la tête pour le traître séducteur. De son côté, Donna Anna est prête à tout pour échapper au

soporifique Ottavio qui voudrait tellement l'épouser...
Oui, cette histoire réveillait de curieux échos en moi.
J'avais cédé à un Don Giovanni, et à un Don Ottavio.
Mais pourquoi s'abandonner encore à quiconque
lorsqu'on a enfin trouvé sa place dans le vaste
monde ?

Pour la nouvelle année 1950, Eric a donné une
grande réception chez lui, avec plus d'une quarantaine d'invités et un quintette de jazz où figurait évidemment Ronnie au saxo. Je venais de renouveler
mon contrat à *Saturday/Sunday* pour deux ans, me
voyant confier en plus de mes rubriques la critique
cinématographique hebdomadaire, ce qui portait
mes honoraires annuels à seize mille dollars, une fortune pour un travail aussi facile et amusant. De son
côté, Eric s'était chargé de superviser d'autres pro-
grammes de la NBC, qui avait décidé de porter son
salaire à mille six cents dollars mensuels, d'y ajouter
une prime annuelle de douze mille dollars pour son
intervention de « consultant » et de lui donner un
bureau et une secrétaire personnelle, tout cela dans
le but non avoué de le tenir loin des sirènes de la
chaîne concurrente, CBS.

Dans le grand salon dont les baies donnaient sur
Central Park, nous avons donc compté à l'unisson les
dernières secondes des années quarante avant
d'accueillir par des hourras la nouvelle décennie.
Deux douzaines d'inconnus m'avaient embrassée
pour me souhaiter une bonne année quand j'ai fini
par trouver mon frère près de l'une des fenêtres, les
yeux perdus sur le feu d'artifice qui montait du parc.
Il m'a enlacée impétueusement, encore plus expansif
avec tout le champagne qu'il avait bu.

– Tu arrives à y croire ? m'a-t-il chuchoté à l'oreille.

– Croire à quoi ?

– Toi. Moi. Ici. Tout !

– Non, je n'y arrive pas. Ni à la chance que nous
avons.

Il y a eu une rafale d'explosions au-dehors, suivie par un bouquet de lumières rouge, blanc, bleu.

– On y est, S ! Et il faut le goûter, ce moment, parce que ça ne durera pas forcément. Tout peut changer du jour au lendemain. Mais pour l'instant la vie est à nous, on a gagné, on les em... ! Ici et maintenant, en tout cas...

La fête s'est achevée à l'aube. Mes yeux rouges de fatigue ont cligné dans le premier soleil 1950 tandis que le portier de chez Eric me cherchait un taxi. Je me suis jetée dans mon lit dès mon retour et je n'ai émergé à nouveau qu'à deux heures de l'après-midi. Il avait commencé à neiger. À la nuit tombée, c'était une tempête, qui s'est poursuivie jusqu'au 3 janvier au matin. La ville était prise sous un épais manteau blanc qui a rendu tout mouvement pratiquement impossible pendant deux jours supplémentaires. Résignée à tirer parti de cet emprisonnement forcé, j'ai épuisé ma réserve de conserves tout en écrivant quatre rubriques d'avance.

Le 5, la radio a annoncé que la vie reprenait son cours normal dans la cité. C'était une belle et froide journée, les rues avaient été déblayées, les trottoirs grattés et salés. Je suis sortie, prenant à pleins poumons l'air vicié de Manhattan. Il fallait que je regarnisse mon garde-manger mais j'avais d'abord besoin de marcher après toutes ces journées entre quatre murs. Sur un coup de tête, j'ai décidé de partir à l'est plutôt que de me contenter de ma promenade habituelle au Riverside Park.

La 77ᵉ jusqu'à Broadway, Amsterdam et Columbus Avenue, le musée d'Histoire naturelle dont la splendeur gothique m'a comme toujours arrêtée, Central Park. Ici, les allées n'avaient pas encore été déneigées, et au bout de quelques pas je n'étais plus à New York mais dans un coin perdu de Nouvelle-Angleterre, au milieu d'un paysage immaculé où tous les sons étaient assourdis. J'ai continué à descendre jusqu'au chemin qui conduisait à un petit kiosque. Je me suis assise sur un banc, face au lac gelé au-dessus duquel s'élevait la silhouette de la ville, fière, hautaine, impavide. J'aimais par-dessus tout ce contraste saisissant entre le calme bucolique du parc et l'audace tape-à-l'œil de cette cité unique. Quel meilleur endroit pour se préparer à une nouvelle décennie et à toutes ses promesses, et à tous ses risques ?

Au bout de quelques minutes, j'ai entendu quelqu'un entrer sous le kiosque. Une femme de mon âge, aux traits nobles et simples, de cette belle austérité qui m'a fait aussitôt comprendre qu'elle était de la Nouvelle-Angleterre, elle aussi. Elle poussait un landau. Avec un sourire, j'ai regardé à l'intérieur. En y découvrant le bébé soigneusement emmitouflé, j'ai ressenti la vague de tristesse trop connue, que j'ai repoussée comme d'habitude derrière un masque avenant et quelque banalité.

– Un beau garçon.

– Merci, a-t-elle répondu en me rendant mon sourire. Je trouve aussi.

– Comment s'appelle-t-il ?

Une voix d'homme s'est élevée derrière elle. Une voix que j'ai eu l'impression de connaître.

– Il s'appelle Charlie

Il suivait la femme au landau, sur le bras de laquelle il a aussitôt posé une main de propriétaire. Puis il s'est tourné vers moi et soudain il est devenu blanc comme la neige autour de nous.

Ma gorge s'est nouée d'un coup. Après quelques secondes de douloureux silence, j'ai réussi à articuler un vague « Bonjour ».

Jack Malone a mis un moment à surmonter le choc, lui aussi. Un sourire contraint est apparu sur ses lèvres.

– Bonjour, Sara.

2

Je l'ai regardé sans un mot. Combien de temps avait passé ? Thanksgiving 1945. Quatre années, à un mois ou deux près. Quatre ans, grand Dieu ! Mais il n'avait pas cessé de me hanter, pourtant. Pas un jour ne s'était écoulé sans que je pense à lui, sans me demander où il était, si je le reverrais jamais, et si les quelques mots de sa carte seraient les derniers que j'aurais de lui.

Quatre ans, disparus en un clin d'œil. Hier, une New-Yorkaise en herbe à peine sortie du campus, aujourd'hui une divorcée de vingt-huit ans qui se retrouve devant un homme avec lequel elle a passé une seule nuit cinquante mois plus tôt mais dont le souvenir a pesé sur toute son existence depuis...

J'ai détaillé ses traits. La mâchoire toujours aussi carrée, toujours cet air d'enfant de chœur rebelle, toujours aussi... irlandais. Cette fois il portait un pardessus marron, des gants de cuir et une casquette mais pour le reste il était apparemment la réplique exacte du Jack Malone que j'avais connu en 1945.

– Vous vous connaissez ?

La femme est intervenue, brisant notre silence. Non. « Sa » femme. Un ton modérément surpris, sans la moindre trace de soupçon ou d'irritation malgré l'évidente stupeur dans laquelle cette rencontre venait de nous plonger, son mari et moi. Elle avait certainement mon âge, me suis-je assurée d'un nouveau regard. Aussi grande que Jack – autour d'un mètre soixante-quinze –, mais d'une extrême minceur qui se devinait sous son gros manteau bleu marine à col de fourrure, avec des gants assortis. Ses courts cheveux auburn étaient retenus par un bandeau en velours noir. Un visage harmonieux mais sévère qui rappelait les portraits des premiers colons de Massachusetts Bay. Je pouvais l'imaginer supportant la rude existence des années 1630 avec une résolution de fer. Elle me souriait avec urbanité, et cependant je percevais une grande force en elle, possiblement redoutable.

Le bébé dormait toujours. Plutôt un petit garçon, d'ailleurs. Il devait avoir dans les trois ans. Très mignon, comme tous les garçons de son âge. Il était emmitouflé dans une combinaison de laine avec des moufles retenues aux manches par des boutons-pressions, de la même couleur que le manteau de sa mère... Quel privilège, de pouvoir coordonner sa tenue et celle de son enfant ! Mais j'étais sûre qu'elle ne voyait rien d'exceptionnel dans ce détail. Pourquoi ? Elle avait un mari, un fils... Elle avait « cet » homme, et un ventre toujours fécond. Et sans doute était-elle convaincue d'avoir droit à tout cela, le droit divin à la Maternité et à l'Amour de cet abominable, égoïste, insupportable, irrésistible Irlandais...

Mon Dieu, mais écoutez-moi !

– Oui, bien sûr, a-t-il fini par répondre. N'est-ce pas, Sara ?

Retour à la réalité.

– Oui, c'est vrai, ai-je bredouillé.

– Eh bien, Sara Smythe... Dorothy, ma femme.

Elle a accueilli ces présentations d'un sourire et d'un petit signe de tête. J'ai fait de même.

– Et Charlie, notre fils, a-t-il complété en tapotant la capote du landau.

– Quel âge a-t-il ?

– Juste trois ans et demi, a annoncé Dorothy.

Après un rapide calcul dans ma tête, j'ai fixé Jack droit dans les yeux. Qu'il a détournés.

– Ah... Ce doit être le bel âge, certainement.

– C'est merveilleux, oui, a-t-elle approuvé. Surtout

355

maintenant qu'il parle. Et quel petit bavard, n'est-ce pas, chéri ?

– Oui. Comment va votre célèbre frère ?

– De plus en plus célèbre.

– C'est par lui que nous nous sommes connus, Sara et moi, a-t-il expliqué à sa femme. À une soirée que donnait son frère en... quand était-ce, déjà ?

– Pour Thanksgiving 1945.

– Hé, vous avez meilleure mémoire que moi ! Et vous étiez avec un garçon très sympathique ce soir-là, comment s'appelait-il...

Le filou ! Il ne perdait pas une seconde pour couvrir ses arrières celui-là !

– Dwight Eisenhower.

Ils sont restés tous deux interloqués avant d'éclater de rire à l'unisson.

– Je vois que vous avez gardé votre sens de la repartie.

– Attendez ! s'est exclamée Dorothy. Sara Smythe ? Vous écrivez dans *Saturday Night/Sunday Morning*, non ?

– Oui, c'est bien elle, a confirmé Jack.

– J'adore votre rubrique. Je ne la rate jamais, vraiment.

– Moi de même, a-t-il renchéri.

– Merci, ai-je soufflé en baissant les yeux au sol.

– Jack ! Tu ne m'avais jamais dit que tu connaissais « la » Sara Smythe de « Tranches de vie » !

Il a haussé les épaules.

– Et j'ai lu quelque part que votre frère travaillait avec Marty Manning, n'est-ce pas ?

– C'est son bras droit, a confirmé Jack. Son auteur vedette.

Sans croiser son regard, je me suis adressée directement à lui :

– Vous avez suivi de près nos carrières, on dirait...

– Oh, je lis les journaux, comme tout le monde. Mais c'est épatant, de savoir que vous avez si bien réussi, tous les deux. Vous passerez le bonjour à Eric pour moi, d'accord ?

J'ai hoché la tête tout en pensant : « Tu as donc oublié qu'il ne t'avait guère apprécié, lui ? »

– Il faut que vous veniez nous voir un de ces jours, a poursuivi Dorothy. Vous habitez dans le quartier ?

– Pas loin.

– Nous non plus, a annoncé Jack. 84e Rue, au 20, juste à côté de l'entrée ouest du parc.

– Jack et moi, nous serions ravis de vous avoir à la maison, avec votre mari, bien sûr.

– Je ne suis pas mariée, ai-je précisé non sans remarquer que Jack détournait à nouveau son visage.

– Pardonnez-moi. Je suis très indiscrète.

– Mais non. Il se trouve que je l'ai été mais que je ne le suis plus.

– Ah oui ? a fait Jack. Combien de temps ?

– Pas longtemps.

– Je suis désolée, a murmuré Dorothy.

– De rien. C'était une erreur, mais une courte erreur.

– Ce sont des choses qui arrivent, a constaté Jack.

– Oh oui...

J'ai consulté ma montre, pressée d'en finir.

– Mon Dieu, il est tard ! Je devrais déjà être rentrée.

– Vous nous rendrez visite, alors ? a insisté Dorothy.

– Entendu.

– Et nous pouvons vous joindre, au cas où ? a risqué Jack.

– Je ne suis pas dans l'annuaire.

– Bien sûr ! s'est exclamée Dorothy. Connue comme vous l'êtes...

– Mais non.

– Eh bien, nous ne sommes pas sur liste rouge, nous, a continué Jack. Et vous me trouverez toujours au bureau, si vous voulez.

– Jack travaille chez Steele & Sherwood, a précisé Dorothy.

– L'agence de relations publiques ? Mais je croyais que vous étiez journaliste...

– Je l'étais, oui. Tant qu'il y avait une guerre à raconter. Mais c'est dans ce secteur que se trouve l'argent, maintenant. Et d'ailleurs, n'oubliez pas, hein, si jamais vous avez envie de soigner un peu votre image, nous sommes là pour ça !

Son assurance était proprement incroyable, son aisance à me traiter comme une simple connaissance... Mais peut-être n'étais-je rien de plus, pour lui ? Dorothy lui a décoché un coup de coude taquin.

– Tu ne pourrais pas arrêter de penser au travail, un peu ?

– Je parle sérieusement. Nous pourrions beaucoup faire pour un jeune talent comme Sara, à l'agence. Vous donner un tout nouveau profil, Sara.

– Avec anesthésie générale ou sans ? ai-je lancé, provoquant un éclat de rire de leur part.

– Toujours aussi rapide, je vois, a remarqué Jack. C'est un plaisir de vous revoir, après tout ce temps.

« Moi aussi », me suis-je retenue de répondre, préférant me tourner vers elle :

– Je suis contente d'avoir fait votre connaissance, Dorothy.

– C'est moi qui devrais le dire, plutôt ! Vous êtes vraiment la plume que je préfère, dans la presse.

– Très flattée.

Sur ce, avec un petit signe de la main en guise d'adieu, j'ai tourné les talons et j'ai repris le chemin à grands pas. Revenue à l'allée principale, j'ai dû m'adosser un instant à un lampadaire pour reprendre mon souffle, et mes esprits, mais en les entendant se rapprocher je me suis remise en route sans tarder, fusant vers la sortie de la 77e Rue. Je ne me suis pas retournée une seule fois tant j'avais peur de les trouver derrière moi.

Rentrée chez moi en taxi, je me suis enfermée, j'ai jeté mon manteau dans un coin et j'ai commencé à faire les cent pas dans le salon. J'étais abasourdie, oui, et déstabilisée, et bouleversée.

Un salaud, une brute, voilà ce qu'il était.

« Juste trois ans et demi », avait-elle dit. Charlie était donc né au début de l'été 1946, et il avait donc été conçu... J'ai entrepris de compter sur mes doigts, juin, mai, avril... octobre 45. Cet ignoble type l'avait déjà engrossée quand il s'était amusé à me rouler dans la farine. Et penser que la naïve idiote que j'étais s'était laissé ensorceler aussi stupidement, penser à toutes ces lettres inutiles que je lui avais envoyées, à tous ces mois perdus, gâchés par la déception que me causait son silence, seulement rompu par cette minable carte postale dont je venais de comprendre la signification. « Désolé »... Et lui, pendant tout ce temps, il avait gardé un œil attentif sur ma vie professionnelle, et sur celle d'Eric. Il aurait très bien pu reprendre contact avec moi par l'intermédiaire de la rédaction, mais non, c'était bien trop simple et franc pour un imposteur pareil !

J'ai envoyé un coup de pied dans un meuble, je me suis maudite d'avoir été aussi émue en le revoyant, et de le trouver encore séduisant. Soudain, je suis partie dans la cuisine, j'ai sorti du placard une bouteille de J&B et je me suis versé un verre que j'ai avalé d'un trait, tout en me disant que je ne buvais jamais avant le soir, d'habitude... Mais j'avais besoin d'un sérieux remontant, et pas uniquement pour tenter de sortir du tourbillon d'émotions contradictoires qui m'avait prise depuis cette rencontre fortuite : parce que la plus forte de toutes était le désir irrépressible que cette crapule m'inspirait toujours. J'aurais aimé pouvoir le détester, le mépriser pour sa malhonnêteté et le tour pendable qu'il m'avait joué. Hausser les épaules et continuer ma vie. Et pourtant j'étais là, à peine vingt minutes après l'avoir revu, partagée entre la haine et l'envie de lui, toujours sous le coup de la surprise, du ressentiment et du désir qui m'avaient laissée sans voix dans le parc. Que la passion ait pu renaître en moi aussi vite, aussi brutalement, dépassait mon entendement et nécessitait à tout le moins un deuxième cordial...

Après m'être autorisé cette nouvelle entorse à la règle, j'ai décidé, de ressortir. Je me suis forcée à prendre un rapide déjeuner dans le quartier puis je suis allée chercher la distraction au cinoche du coin, le Beacon. En première partie, il y avait un film de guerre sans grand intérêt mais ils passaient ensuite *Madame porte la culotte* avec Katharine Hepburn et Spencer Tracy, une pure merveille de finesse et de vivacité dont l'action se situait dans le monde de la presse, ce qui ne pouvait évidemment que m'amuser encore plus. Et me rappeler que les stars du cinéma, non contentes d'avoir les meilleures reparties, jouissent aussi du privilège – à l'écran, en tout cas – de toujours se tirer des imbroglios amoureux avec une aisance merveilleuse, ou dans un dénouement fabuleusement tragique, alors que le commun des mortels n'en fait qu'un gâchis sans fin...

Revenue chez moi vers six heures, j'ai donné un coup de fil à l'épicerie pour leur dire qu'ils pouvaient me livrer la commande que j'avais passée le matin. J'avais à peine raccroché que le téléphone a sonné.

– Bonsoir bonsoir...

Mon cœur s'est arrêté une seconde.

– Sara ? Tu es toujours là ?

– Oui. Je suis là.

– Alors ton numéro n'est pas sur liste rouge, finalement...

Je n'ai pas répondu.

– Enfin, je ne te reproche pas de m'avoir dit le contraire.

– Je n'ai pas du tout envie de te parler, Jack.

– Je le comprends, et je le mérite, mais je voulais seulement...

– Quoi ? Expliquer ?

– Oui. Essayer, au moins.

– Inutile.

– Sara, attends un...

– Non ! Pas d'explications, ni d'excuses ni de justifications, rien !

– Je suis désolé. Tu ne sais pas à quel point.

– Bravo ! Il y a de quoi, en effet. Désolé de m'avoir trompée et de l'avoir trompée, « elle ». Parce qu'elle était déjà là quand nous nous sommes rencontrés, n'est-ce pas ?

Comme il ne répondait pas, j'ai insisté :

– Oui ou non ?

– Ce n'est jamais si simple...

– Oh, assez !

– Quand je t'ai connue, je ne...

– Jack ! Je répète que je ne veux pas savoir. Donc cela suffit. Nous n'avons plus rien à nous dire.

– Si, au contraire ! a-t-il protesté. Il faut que tu saches que pendant ces quatre années j'ai...

– Je raccroche.

– ... Pendant ces quatre dernières années il n'y a pas eu un jour, pas une heure sans que je pense à toi.

Nous sommes restés silencieux un long moment.

– Pourquoi me dire cela maintenant, Jack ?

– Parce que c'est la vérité.

– Je ne marche pas.

– Ça ne m'étonne pas. Et... Oui, je sais que j'aurais dû écrire, répondre à toutes ces lettres incroyables que tu m'as envoyées, mais..

– J'ai dit que c'était assez, Jack.

– Voyons-nous, je t'en prie.

– Pas question.

– Écoute, je suis sur Broadway, 83e Rue. Je pourrais être chez toi en cinq minutes.

– Mais tu connais mon adresse, en plus ?

– L'annuaire, Sara.

– Ah ! Et tu as dit à ta femme que tu sortais acheter des cigarettes et prendre un peu l'air, je parie...

– Oui, a-t-il reconnu à contrecœur. À peu près ça, oui.

– Évidemment. Mensonges après mensonges.

– Prenons au moins un café ensemble. Ou un verre.

– Au revoir.

– Sara, s'il te plaît ! Accorde-moi une chance !

– Je l'ai déjà fait. Il y a longtemps.

J'ai reposé le combiné. La sonnerie a aussitôt retenti.

– Dix minutes de ton temps, Sara. C'est tout ce que je demande.

– Je t'ai donné huit mois de ma vie, Jack. Et toi, qu'en as-tu fait ?

– J'ai commis une erreur terrible.

– Ah, enfin un grain de lucidité. Mais peu importe. Laisse-moi en paix et ne rappelle pas, surtout.

Cette fois, j'ai laissé le téléphone décroché. Quelques minutes plus tard, alors que je luttais contre la tentation d'un autre whisky, on a sonné dehors. Ce devait être lui, mon Dieu ! Je suis allée prendre l'interphone dans la cuisine.

– J'ai dit que je ne voulais plus jamais te voir ! ai-je crié, hors de moi.

– Il y a ce café, là, au coin de la rue, a-t-il plaidé dans les grésillements de la ligne. Je t'y attends.

– Inutile de perdre ton temps. Je ne viendrai pas.

Et j'ai raccroché à nouveau, plutôt violemment.

Au cours de la demi-heure qui a suivi, j'ai cherché à m'occuper en lavant le peu de vaisselle qui traînait dans l'évier, en me préparant un café, en essayant de corriger le papier que j'avais écrit pendant la tempête de neige. Et puis il a été impossible de tenir plus longtemps : j'ai pris mon manteau et je suis sortie.

Gitlitz's Delicatessen n'était qu'à deux pas de chez moi. Je l'ai trouvé installé sur une banquette près de l'entrée, avec une tasse et un cendrier contenant déjà quatre ou cinq mégots devant lui. Au moment où je suis entrée, il allumait une autre Chesterfield. À ma vue, il a bondi sur ses pieds, un sourire tendu aux lèvres.

– Je commençais à perdre espoir...

– Très judicieux, ai-je approuvé en m'asseyant. Parce que d'ici exactement dix minutes je ne serai plus là.

– C'est fabuleux de te revoir, Sara. Tu n'imagines pas à quel...

– Un café ne me déplairait pas non plus.

– Mais bien sûr ! s'est-il récrié en faisant signe à la serveuse. Et grignoter un morceau ? Qu'est-ce que tu aimerais ?

– Rien.

– Sûre ?

– Je n'ai envie de rien, non.

Il a essayé de prendre ma main, que je lui ai refusée.

– Tu es toujours aussi sacrément belle, Sara.

J'ai consulté ostensiblement ma montre.

– Neuf minutes, quinze secondes. Ton temps est limité, Jack.

– Tu me détestes, hein ?

J'ai esquivé la question en regardant à nouveau l'heure.

– Huit minutes quarante-cinq.

– Je te l'ai dit, j'ai commis une énorme erreur et...

– « Cause toujours », comme on dit à Brooklyn.

Il a eu une grimace peinée. Il a pris une longue bouffée de cigarette tandis que la jeune femme me servait mon café.

– Tu as raison, a-t-il repris. Je suis inexcusable.

– Il suffisait que tu répondes à une seule de mes lettres. Une seule. Tu les as toutes reçues, n'est-ce pas ?

– Oui. Toutes. Des lettres magnifiques, extraordinaires. Je les ai toutes gardées.

363

– Oh, je suis touchée. Et tu vas même me dire que tu les as montrées à... Comment s'appelle-t-elle, déjà ?

– Dorothy.

– Oui, Dorothy. Très *Magicien d'Oz*, comme nom. Je présume que tu l'as rencontrée dans le Kansas et qu'elle avait Toto le petit chien avec elle, et... Je ferais mieux de m'en aller tout de suite.

– Non, Sara ! Écoute, je suis navré à un point que...

– J'ai dû t'envoyer je ne sais combien de...

– Trente-deux lettres et quarante-cinq cartes.

Je l'ai dévisagé un instant.

– Voilà un décompte fort précis.

– Je me les rappelle toutes, une à une.

– Oh, suffit ! Les mensonges, je tolère à peine, mais les mensonges à l'eau de rose...

– C'est vrai, pourtant.

– Je ne te crois pas.

– Elle était enceinte, Sara. Mais je ne le savais pas, quand je t'ai rencontrée.

– Oui ? Mais tu savais au moins qu'elle existait, à ce moment. Autrement elle n'aurait pas été enceinte de par tes œuvres, ce me semble. Ou bien je me trompe, là aussi ?

Il a poussé un profond soupir.

– Voilà. Je l'ai connue en avril 45. Je revenais d'Allemagne, le journal m'avait affecté pour trois mois à leur rédaction européenne. On était installés au QG allié, dans la banlieue de Londres. Dorothy était sténo là-bas. Volontaire tout juste sortie de l'université. Elle m'a raconté plus tard qu'elle s'était imaginée en héroïne d'un livre d'Hemingway, infirmière dans un hôpital volant, et qu'elle s'était retrouvée à faire la secrétaire pour les bureaucrates de l'armée. Nous avons commencé à nous parler au mess, pendant une pause. Elle en avait assez de taper à la machine toute la journée, et moi de réécrire les reportages des autres. Nous avons pris l'habitude de bavarder ensemble, puis de dormir ensemble... Pas le grand amour, pas la passion, non. Simplement une façon de nous distraire, de ne pas mourir d'ennui dans cette ville de guindés. On s'aimait bien, c'est sûr, mais pour l'un comme pour l'autre il était clair que cette histoire serait terminée dès que nous finirions notre temps en Angleterre.

« Début novembre, on m'a dit que j'allais être chargé de couvrir les débuts de la reconstruction en Allemagne mais que j'aurais d'abord une permission au pays. Quand je lui ai appris que je partais, elle a été un peu triste. Et réaliste, aussi. D'accord, on se plaisait, et moi je la trouvais vraiment classieuse... Tu imagines, pour un petit gars de Brooklyn, une protestante de Mount Kisco, avec de l'éducation et tout ! Bien au-dessus de moi, en fait, et elle le savait parfaitement, elle aussi, même si elle était bougrement trop gentille pour me le dire. Parfois, je me sentais flatté qu'elle daigne passer des moments avec moi. Ce sont des choses qui arrivent en période de guerre. On est là tous les deux, on n'a rien en commun mais on se dit "Pourquoi pas ?". Enfin, quand j'ai embarqué pour l'Amérique le 10 novembre, j'étais persuadé que je ne la reverrais plus. Et puis quinze jours plus tard je t'ai rencontrée et...

Il a écrasé sa cigarette pour en reprendre aussitôt une autre.

– Et quoi ?

– J'ai su.

Je l'ai regardé sans un mot.

– Ça s'est passé d'une façon complètement inattendue, et immédiate. Mais je savais.

J'ai baissé les yeux sur ma tasse. Il a cherché encore à prendre ma main que j'ai gardée à plat sur la table, inerte. Lorsque ses doigts ont effleuré les miens, un frisson m'a parcourue. Je voulais me dégager mais j'en étais incapable. Il a continué, presque en un murmure :

– Tout ce que je t'ai dit cette nuit-là, je le pensais. Tout, Sara.

– Je ne veux rien entendre à ce sujet.

– Si, tu le veux.

Cette fois, je me suis rejetée en arrière.

– Non !

– Toi aussi, Sara, tu savais.

– Bien sûr que je savais, ai-je sifflé entre mes dents. Trente-deux lettres, quarante-cinq cartes, et tu me demandes si je savais ! Ce n'est pas seulement que je te regrettais, je me languissais de toi. Malgré moi. Et comme tu n'as jamais répondu, je...

Sans un mot, il a sorti deux enveloppes de la poche intérieure de son pardessus et les a placées devant moi.

– Qu'est-ce que c'est ?

– Deux lettres que je t'ai écrites mais que je n'ai jamais envoyées.

Elles portaient toutes deux le cachet de l'armée américaine. Le papier était un peu jauni, déjà.

– La première, c'était sur le bateau quand je suis reparti en Europe, a-t-il poursuivi. J'avais l'intention de la poster dès que je débarquerais à Hambourg. Seulement, quand je suis arrivé là-bas, il y avait une lettre de Dorothy pour moi. M'annonçant qu'elle était enceinte. J'ai tout de suite demandé une semaine de permission et j'ai pris le premier transport maritime pour Londres. Pendant la traversée, j'ai résolu de lui dire que je la respectais mais que je ne pouvais pas l'épouser parce que... parce que je n'étais pas amoureux d'elle. Et parce que je t'avais rencontrée. Mais à mon arrivée elle a...

– Elle a quoi ? Fondu en larmes ? Elle t'a supplié de ne pas l'abandonner ? Annoncé enfin qu'elle t'aimait, elle ?

– Oui. Tout ça. Et aussi que sa famille la rejetterait s'ils apprenaient qu'elle était mère célibataire. Je les ai rencontrés, je sais qu'elle n'exagérait pas. Écoute, tu ne dois pas lui en vouloir de...

– Moi, lui en vouloir ? J'aurais agi exactement de la même manière, si j'avais été dans sa situation.

– Je me suis dit que je n'avais pas le choix. Toute l'éducation des jésuites m'est revenue dessus : « Il faut être responsable de ses actes », « on n'échappe pas aux conséquences du péché de chair », etc. La vieille culpabilité catholique, elle a la vie longue. Et elle me poussait à répondre « d'accord, j'assume ».

– Un modèle de responsabilité, vraiment.

– C'est quelqu'un de bien, Dorothy. On coexiste sans gros problèmes. Notre vie est... satisfaisante, disons.

Voyant que je ne réagissais pas, il a posé le doigt sur l'une des enveloppes.

– La seconde, je te l'ai écrite pendant mon retour à Hambourg. Pour t'expliquer que...

– Je répète que je ne veux pas de tes explications, l'ai-je contré en repoussant les deux lettres vers lui.

– Au moins prends-les avec toi et lis-les.

– À quoi bon ? Ce qui est fait est fait. Surtout quand plus de quatre ans ont passé. Nous avons eu une nuit d'amour, j'ai cru que ce pouvait être le début de quelque chose, je me suis trompée. « C'est la vie », comme disent les Français. Je ne te reproche pas d'avoir « fait ton devoir » envers Dorothy. Simplement... tu aurais pu m'épargner beaucoup de souffrance en me disant la vérité tout de suite.

– Mais c'est ce que je voulais ! C'était l'objet de cette seconde lettre. Sauf qu'à mon arrivée il y en avait trois de toi, si belles, alors j'ai paniqué. Je ne savais plus quoi faire, Sara.

– Et donc le mieux était de se taire ? De me traiter par le silence ? De me laisser me morfondre ? Ou bien tu espérais que je finirais par comprendre et par renoncer ?

Il a baissé la tête sans répondre.

– Bon. *Ego te absolvo* : c'est ce que tu attends de moi, n'est-ce pas ? La honte, j'aurais pu l'accepter. Le remords aussi. Et même la vérité, j'aurais pu ! Mais toi tu as choisi le silence. Après m'avoir juré ton amour, ce qui n'est pas rien dans la vie, figure-toi, tu n'as même pas eu l'honnêteté de mettre les choses au clair avec moi.

– Je ne voulais pas te faire de mal.

– Oh, par pitié, assez de ces simagrées ! me suis-je emportée. Tu m'as fait bien plus de mal en me laissant sans nouvelles. Et quand tu as enfin daigné m'envoyer une carte, c'était pour me dire quoi ? Une vague excuse après huit mois et toutes ces lettres que je t'écrivais « Désolé » ! J'ai trouvé cela... méprisable !

– Parfois on est incapable d'expliquer ses propres réactions.

Il a écrasé sa cigarette, a fait mine d'en prendre une autre, s'est ravisé. Il avait l'air perdu, accablé, comme devant un mur.

– Mieux vaut que je m'en aille, maintenant.

Il m'a saisie par le bras alors que je me relevais.

– Pendant tout ce temps, j'ai toujours su où tu vivais, Sara. Je n'ai pas manqué une seule de tes rubriques. J'ai eu envie de t'appeler tous les jours.

– « Envie »

– Je ne « pouvais » pas ! Jusqu'à aujourd'hui. Quand je t'ai vue tout à l'heure, j'ai tout de suite compris que...

– C'est inutile, Jack.

– Permets-moi de te revoir. S'il te plaît.

– Je ne fréquente pas les hommes mariés. Or c'est ce que tu es, tu ne l'as pas oublié ?

Je me suis éloignée rapidement, sans me retourner pour voir s'il me suivait. En sortant, j'ai reçu l'air de cette nuit de janvier comme une gifle en pleine figure. Je me disposais à rentrer chez moi mais, à l'idée qu'il puisse encore téléphoner, j'ai préféré descendre Broadway. Réfugiée au bar de l'hôtel Ansonia, j'ai avalé un scotch, puis un second. « Parfois on est incapable d'expliquer ses propres réactions. » Oui. Tomber amoureuse de toi, par exemple...

J'ai payé, je suis sortie, j'ai arrêté un taxi et je lui ai demandé de descendre au sud. Au niveau de la 34e, je lui ai dit de faire demi-tour. Étonné par ce revirement, il m'a regardée dans le rétroviseur.

– Vous savez à peu près où vous allez, m'dame ?

– Non, pas du tout.

Il m'a déposée devant chez moi, finalement. J'ai constaté avec soulagement que Jack ne rôdait pas alentour. Mais il m'avait rendu visite puisque les deux enveloppes étaient là, sur le paillasson de l'immeuble. Je les ai ramassées. Une fois dans ma cuisine, j'ai mis de l'eau à chauffer, je me suis débarrassée de mon manteau et j'ai jeté les lettres à la poubelle. Passée au salon avec une tasse de thé, j'ai choisi un disque du Quatuor de Budapest, Mozart, et je me suis installée sur le canapé en essayant de me plonger dans la musique. Au bout de cinq minutes, pourtant, je suis allée reprendre les enveloppes, que j'ai posées sur la table et contemplées longuement en m'exhortant à ne pas les ouvrir. Le microsillon s'achevait lorsque j'en ai pris une, avec mon ancienne adresse new-yorkaise dont certaines lettres étaient brouillées comme si elles avaient été atteintes par quelques gouttes de pluie. J'ai ouvert l'enveloppe. Sur une feuille à en-tête de *Stars and Stripes*, l'écriture de Jack était nette, fluide, très lisible.

« Le 27 novembre 1945

Ma belle, ma merveilleuse Sara,

Me voilà donc quelque part au large de la Nouvelle-Écosse, en mer depuis deux jours maintenant. Nous devons atteindre Hambourg dans une semaine. J'ai une "cabine" qu'on pourrait dire douillette puisqu'elle a les dimensions d'une cellule de prison, sauf que je la partage avec cinq autres bonshommes, dont deux ronfleurs congénitaux. Comment caser six gars dans un placard à balais, il n'y a que notre armée qui sache relever pareil défi. Pas étonnant que nous l'ayons gagnée, cette guerre !

Quand nous avons levé l'ancre à Brooklyn, j'ai eu un mal fou à ne pas sauter par-dessus bord, revenir à la nage et aller frapper à ta porte à Manhattan. Le résultat aurait été une année au violon tandis que ma peine d'emprisonnement est "seulement" de neuf mois. Et à mon retour en septembre tu as intérêt à te trouver sur les quais si tu ne veux pas que je commette une folie suicidaire quelconque, par exemple entrer dans les ordres...

Qu'est-ce que je peux vous dire, miss Smythe ? Je n'ai jamais cru au "coup de foudre". Pour moi, c'était un mythe réservé aux mauvais films, en général avec Jane Wyman dans le premier rôle féminin. Je n'y croyais pas parce que c'est une chose qui ne m'était jamais arrivée, sans doute. Jusqu'à ce que je te rencontre.

Tu ne trouves pas que la vie est absurde, merveilleusement absurde ? Ma dernière soirée à New York, j'échoue dans une fête où je n'ai jamais été invité et je tombe sur toi, et presque tout de suite j'ai cette certitude : je vais me marier avec elle ! Et c'est ce qui va se passer. Si tu veux bien de moi, évidemment.

D'accord, je vais un peu vite en besogne. D'accord, je m'emballe. Mais c'est normal quand on est fou amoureux, non ?

Bon, notre sergent nous appelle, il faut que je m'arrête. Cette lettre partira vers toi à l'instant où je débarque à Hambourg. D'ici là, je vais penser à toi nuit et jour.

Je t'aime

Jack. »

Je l'ai relue deux ou trois fois, cette lettre, d'un œil que j'aurais voulu sceptique, froid, distant, alors que j'éprouvais seulement une immense tristesse en repensant à toutes les promesses que portait alors cette rencontre, à tout cet avenir gâché... J'ai saisi la seconde enveloppe, aussi racornie et fatiguée que l'autre. En quatre ans le papier vieillit comme les êtres.

« Le, 3 janvier 1946
Chère Sara,
J'ai compté, ce matin : trente-sept jours ont passé depuis que nous nous sommes dit au revoir à Brooklyn. En partant, j'étais sûr d'avoir rencontré le grand amour de ma vie. Et pendant toute la traversée je me suis creusé la tête à la recherche d'un moyen de résilier mon contrat et de revenir au plus vite à toi sans me retrouver devant une cour martiale. Et puis à Hambourg on m'a remis une lettre qui était déjà arrivée pour moi, une lettre qui bouleverse mon existence. »

Il me racontait en quelques phrases sa rencontre avec Dorothy, son départ précipité à Londres en apprenant qu'elle était enceinte, sa décision de ne pas l'abandonner.

« Il n'y a pas d'actes sans conséquences. Des fois, on a la chance d'y échapper mais des fois il faut payer. C'est ce que je fais maintenant.
Je n'aurais jamais cru devoir t'annoncer pareille décision, toi, celle avec qui je voulais, je veux passer le reste de ma vie. Car c'est toi, oui, je le sais, j'en suis sûr. Je le sais ! Et pourtant je dois prendre une autre voie, m'incliner devant mes responsabilités. Je dois épouser Dorothy.
Je voudrais me frapper, me cogner la tête contre les murs, me maudire. Parce que je suis certain que

371

je te perds maintenant mais que tu ne me quitteras pas jusqu'à ma mort.

Je t'aime. Je te demande pardon. Essaie de me pardonner.

Jack. »

L'insensé ! Pourquoi ne l'avait-il pas envoyée ? J'aurais compris, j'aurais pardonné, oui, sur-le-champ. Et j'aurais surmonté mon chagrin. Et je n'aurais pas éprouvé de haine. Mais non, il n'avait pas pu assumer... quoi, d'ailleurs ? La perspective de me faire souffrir ? L'idée de renoncer à moi ? Ou tout simplement la honte de reconnaître la stupidité de ce destin ? Admettre que sa vie entière a basculé à cause d'une erreur, d'un faux pas, ce n'est certes pas facile. Surtout dans ce cas, lorsqu'on se retrouve soudain à la merci d'un hasard biologique.

– Tu y crois vraiment, à son histoire ? m'a demandé Eric quand je lui ai téléphoné plus tard dans la soirée.

– Elle explique pas mal de choses, oui...

– Quoi ? Que c'est un lâche, qu'il n'a même pas pu te donner la triste satisfaction de connaître la vérité ?

– Il a reconnu qu'il avait commis une affreuse erreur.

– C'est notre sort à tous, S ! Il y a des erreurs qu'on pardonne, d'autres non. Et toi, tu veux lui pardonner ?

J'ai réfléchi un long moment.

– Est-ce que ce n'est pas le mieux pour l'un et l'autre ?

– Mais oui, a-t-il soupiré. Et pendant que tu y es, tu devrais te tirer une balle dans le pied, en prenant le temps de recharger pour recommencer.

– Aïe !

– Je te dis ce que je pense. Mais enfin tu es une grande fille, maintenant. Crois-le, si tu en as envie. Tu sais ce qui t'est déjà arrivé avec lui. J'espère de tout cœur que ça ne se reproduira pas. Alors juste un petit conseil : *caveat emptor !*

– Mais je n'ai rien à « acheter », Eric ! Il est marié, juste Ciel !

– Depuis quand ce statut a-t-il empêché qui que ce soit de se lancer dans quelque bêtise adultérine ?

– Moi, je ne ferai plus de bêtises, en tout cas.

Et c'était bien mon intention. À trois heures du matin, après avoir capitulé dans ma guerre contre l'insomnie, je me suis installée devant ma machine pour écrire une lettre, à mon tour.

« Le 5 janvier 1950
Cher Jack,

Qui a dit qu'on a toujours une vue perçante après coup ? Et qu'il faut toujours s'engager dans une voie nouvelle lorsqu'on parvient à une croisée de chemins ? Enfin, je suis contente d'avoir lu tes lettres, que je te renvoie. Elles ont répondu à maintes questions tout en m'attristant, car moi aussi, comme toi, j'avais pensé ne pas être loin d'une certitude après cette rencontre. Mais tout le monde a un passé et le tien est venu nous interdire un avenir commun. Ta décision ne m'inspire aucune rancœur, aucune hostilité. Je déplore seulement que tu n'aies pas eu le courage de me l'annoncer à l'époque.

Tu as laissé entendre que ton expérience conjugale était "relativement satisfaisante". La mienne ayant tourné à la catastrophe, je trouve ce "relativement" plus que satisfaisant. Tu peux, tu devrais te considérer heureux.

Je conclurai avec mes meilleurs souhaits pour ta famille et pour toi-même.

Bien à toi,

Sara Smythe. »

La tonalité, jusqu'à la signature, ne visait qu'à souligner le message sous-jacent que j'avais voulu inscrire dans ces quelques lignes : c'était un adieu, à jamais.

Après avoir cherché l'adresse de son agence dans l'annuaire, j'ai préparé une enveloppe, je me suis habillée en hâte et j'ai couru la glisser dans la boîte aux lettres au bout de ma rue, puis je suis revenue me mettre au lit. Le sommeil pouvait venir, maintenant.

Il n'a pas été très long, cependant. Il était huit heures quand on a sonné à l'interphone. Le livreur de mon fleuriste. Je lui ai ouvert, le cœur serré. Il m'a tendu une douzaine de roses rouges, avec une carte : « Je t'aime. Jack. »

J'ai placé les fleurs dans un vase, déchiré la carte et je suis sortie toute la journée, m'enfermant dans différents cinémas pour préparer mes critiques des dernières nouveautés cinématographiques. En revenant chez moi le soir, je me suis félicitée de ne voir aucune lettre devant ma porte.

Le lendemain matin, à huit heures, nouveau coup de sonnette. « Bonjour, c'est le fleuriste ! » Oh non... Des œillets roses, cette fois, et encore une carte. « Pardonne-moi, s'il te plaît. Appelle-moi. Je t'aime. Jack. »

J'ai répété le même cérémonial en priant pour que ma lettre lui parvienne ce jour-là et le décide enfin à me laisser tranquille. Mais le lendemain à huit heures...

– Bonjour, m'dame !

– Qu'est-ce que c'est, aujourd'hui ?

– Une douzaine de lis.

– Remportez-les.

– Désolé, m'dame, mais quand c'est livré, c'est livré.

Alors j'ai sorti un troisième vase, le dernier, j'y ai disposé les fleurs et j'ai ouvert la carte : « À la croisée des chemins, je continue. Et je continue à t'aimer. Jack. »

Assez ! Sans un instant d'hésitation, je me suis ruée au bureau de poste de la 72e Rue, j'ai attrapé un formulaire de télégramme et un stylo mâchouillé :

« Arrête. Laisse-moi en paix. Je ne t'aime pas. » Je suis allée au guichet. L'employé a relu mon message d'une voix monocorde, en ajoutant des « Stop » à la place des points. « Le plus vite possible », lui ai-je répondu quand il m'a demandé si je désirais le tarif normal ou urgent. Pour un dollar quinze, le télégramme arriverait au bureau de Jack en moins de deux heures. C'est seulement lorsque je lui ai tendu l'argent que ma main s'est mise à trembler.

En revenant chez moi, je me suis arrêtée prendre un café dans un snack-bar. La tête baissée sur ma tasse, j'ai voulu me convaincre que j'avais fait le bon choix. J'étais désormais à l'abri des soucis matériels, j'avais surmonté l'échec de mon mariage, tout allait bien même si l'idée d'être stérile à jamais continuait à me hanter. Mais elle serait encore plus présente si je m'avisais de fréquenter un homme marié, père de famille qui plus est... J'étais obligée de reconnaître que je l'aimais encore, oui. Mais l'amour ne pouvait exister sans la moindre base un peu solide et il n'en existait aucune avec lui. Aucune. Pour nous, pour « moi », il n'y avait que du malheur en perspective dans cette passion. J'avais donc été bien avisée en l'envoyant paître.

Et pourtant je n'ai pas pu refouler ma déception quand j'ai constaté qu'aucun télégramme de lui ne m'attendait à mon retour chez moi. Il était près de midi quand je me suis réveillée en sursaut. Descendue vérifier ma boîte aux lettres, j'ai soudain été assaillie par un constat : il n'y avait pas eu de fleurs. Mais peut-être n'avais-je pas entendu l'interphone ? J'ai téléphoné à mon fleuriste : rien pour moi ce jour-là, non. Ni le lendemain. Ni pendant toute la semaine qui a suivi. Et rien au courrier non plus. Jack m'avait prise au mot, et plus je me répétais que j'avais eu raison, plus son silence me pesait.

Neuf jours après l'envoi de ce télégramme, enfin, j'ai eu une courte lettre de lui. Il respecterait ma volonté, même si l'amour qu'il me portait demeurerait à jamais. Je ne l'ai pas déchirée, celle-ci. Peut-être parce que j'étais trop abasourdie par sa réaction.

Quelques heures plus tard, je prenais le train pour Chicago. J'avais été invitée à un déjeuner-débat par une association féminine locale, qui me payait deux cents dollars et tous mes frais pour une si courte intervention. Théoriquement, je devais m'absenter quatre jours en tout mais je suis arrivée au cœur de la pire tempête de neige que Chicago avait connue depuis trente ans. En comparaison, les bourrasques new-yorkaises n'étaient qu'une volée de flocons. Prise dans un étau glacial, la ville s'est pétrifiée sous la bise venue du lac Michigan. Ma conférence a été annulée, puis le train que j'aurais dû prendre pour rentrer à New York. Claquemurée dans ma chambre de l'hôtel Ambassador, j'ai consacré ces longues heures à prendre de l'avance dans mes rubriques, à lire et à entretenir ma conviction d'avoir bien agi en envoyant ce télégramme. J'avais l'impression d'avoir échoué dans un mauvais roman russe plutôt que dans le Midwest américain.

Les trains ont fini par circuler à nouveau, mais ils étaient pris d'assaut. Il a fallu encore quarante-huit heures pour que le concierge de l'hôtel me trouve une place assise, toutes les couchettes ayant été réservées. J'ai donc passé la nuit dans la voiture-bar, à boire du café noir et à essayer de m'intéresser à la peu crédible crise spirituelle que traversait un banquier bostonien dans le tout dernier roman de J. P. Marquand. Un magnifique lever de soleil sur le New Jersey m'a surprise à moitié somnolente, les yeux rouges et le dos en compote. Je me suis d'ailleurs instantanément endormie dans le taxi qui me conduisait de la gare à chez moi.

Il y avait une pile de courrier sur le paillasson, mais aucune enveloppe avec l'écriture si reconnaissable de Jack. Je suis allée à la cuisine. Constatant que mes réserves étaient à nouveau au plus bas, j'ai téléphoné à mon magasin habituel. Ma commande me serait livrée d'ici une bonne heure, m'a-t-on dit. Cela me laissait le temps de défaire ma valise et de prendre un bain.

J'étais en train de me sécher quand on a sonné. Attrapant un peignoir au passage, j'ai couru dans la cuisine pour décrocher :

– Je vous ouvre dans une seconde !

J'ai traversé le hall d'entrée, déverrouillé la porte. C'était Jack.

– Bonjour, a-t-il murmuré, un sourire tendu sur les lèvres.

– Bonjour, ai-je répondu à grand-peine tant j'avais la gorge nouée.

– Je t'ai dérangée dans ton bain.

– Oui.

– Pardon. Je repasserai plus tard, alors.

– Non. Viens.

Je l'ai fait entrer chez moi. Il a refermé derrière lui, nous nous sommes regardés une seconde, peut-être, et nos bouches se sont réunies. À un moment, il a prononcé mon nom mais je l'ai réduit au silence en l'embrassant encore plus fiévreusement. Les mots étaient inutiles. Tout ce que je voulais, c'était le garder dans mes bras. Pour toujours.

3

– Je voudrais te demander une petite faveur, lui ai-je dit plus tard dans la matinée.

– Vas-y.

– Me laisser t'avoir avec moi toute la journée.

– Accordé, a-t-il répondu simplement avant de se glisser hors du lit et de disparaître dans la cuisine tout nu.

Je l'ai entendu décrocher le téléphone et mener une conversation à voix basse qui a duré quelques minutes. Lorsqu'il est revenu, il avait une bouteille de bière dans chaque main.

– Voilà. Officiellement, je suis en déplacement professionnel jusqu'à vendredi cinq heures. Soit trois jours et deux nuits pour nous. Dis-moi ce que tu aimerais faire, où tu as envie d'aller.

– Nulle part. Je veux juste rester avec toi ici.

– Parfait, a-t-il approuvé en me rejoignant entre les draps. Trois jours au lit ensemble, c'est l'idéal. Surtout que ça nous donne le droit de boire de la Schlitz à dix heures du matin.

– Si j'avais su que tu allais venir, j'aurais acheté du champagne.

La confiance totale entre deux êtres, cela se vérifie aisément au besoin qu'ils ont de se parler dès qu'ils se retrouvent ensemble, de se confier sans réserve l'un à l'autre. Pendant ces trois jours, nous n'avons pas quitté l'appartement, ni entretenu le moindre rapport avec le monde extérieur, sinon lorsque je commandais quelque plat au Gitlitz's Delicatessen ou du vin, du bourbon et de la bière à mon fournisseur de spiritueux.

Nous parlions, nous faisions l'amour, nous dormions un peu et dès notre réveil la conversation reprenait. Nous avions tant besoin de mieux nous connaître, lui et moi. Je voulais tout savoir de lui, en apprendre bien plus que ce qu'il m'avait raconté quatre ans auparavant sur son enfance à Brooklyn, sur son père, sa mère décédée quand il avait treize ans.

– Je m'en souviens comme d'hier. Le dimanche de Pâques 1935. Nous venions de rentrer de l'église, mes parents, Meg et moi. Je me suis changé et je suis parti jouer au stick-ball avec des copains du quartier. Maman m'a dit que j'avais une heure, pas plus, parce que plein de gens de la famille venaient déjeuner chez nous. Donc j'étais là, avec les amis, quand j'ai vu Meg arriver en courant comme une folle dans la rue. En larmes. Elle n'avait que onze ans. Elle criait : « Maman est malade, très malade ! » Je me suis précipité à la maison. Devant l'immeuble, il y avait une ambulance et une voiture de flics. Et brusquement deux types sortent sur le perron en portant une civière, avec quelqu'un allongé dessus mais entièrement couvert d'un drap. Derrière, je vois mon père, soutenu par Al, son frère. Lui qui n'avait jamais pleuré, il sanglotait comme un gosse... J'ai tout de suite compris.

« Elle a eu une embolie. Une artère bouchée, son cœur s'est arrêté et... À trente-cinq ans ! Elle n'avait eu aucun problème cardiaque avant, rien du tout. Jamais une maladie : elle passait bien trop de temps à s'occuper de nous tous pour se payer le luxe d'être malade. Et puis elle est partie comme ça, sur une civière... Moi, j'ai eu l'impression que la terre se dérobait sous moi. Quelle leçon ! Tu sors t'amuser, tu crois que ton petit monde est indestructible, tu reviens et tu te rends compte qu'il a été cassé à jamais...

J'ai passé ma main dans ses cheveux.

– Oui, c'est vrai. On vit sur un fil. Et je ne crois pas

que quiconque puisse échapper à un mauvais coup du sort.

– Il y a aussi de sacrés coups de chance, quelquefois, a-t-il noté en me caressant la joue.

– Tu veux dire que je suis ton carré d'as ?

– Tu es la meilleure main qui soit.

Dans la soirée, alors que nous nous étions revigorés avec deux des célèbres sandwichs pain de seigle-corned beef de Gitlitz et quelques Budweiser, il en est venu à évoquer son travail :

– Je me voyais très bien quitter *Stars and Stripes* pour devenir une grande signature au *Journal-American* ou même au *New York Times*. Mais quand j'ai appris que j'allais me retrouver père de famille, je me suis résigné à chercher quelque chose de plus rentable que les salaires minables qu'ils offrent aux petits nouveaux, dans ces grands journaux. À condition qu'ils aient voulu de moi, évidemment... Enfin, il se trouve que le chef du bureau londonien de *Stars and Stripes* avait bossé chez Steele & Sherwood avant guerre et avec sa recommandation tout a été facile. En fait, je suis loin de le détester, ce job. La plupart du temps, ça consiste à inviter les journalistes à des déjeuners bien arrosés ou à baratiner le client. Au début, mon seul rayon d'action était Manhattan mais nos activités se sont beaucoup développées et maintenant je m'occupe des relations publiques de toute une série de compagnies d'assurances de la région de New York. Bon, ce n'est plus aussi rigolo qu'au temps où j'avais un organisateur de combats de boxe et une poignée de producteurs de Broadway mais je gagne pas mal, mes frais de déplacement sont très corrects et...

– Ils devraient même te donner une prime, pour devoir fréquenter des coins aussi lugubres qu'Albany ou Harrisburg.

– Je me donne encore deux ans dans ce travail et après, si je peux, je reviens au journalisme. Meg, ma sœur, me dit toujours qu'elle ne me parle plus si je n'ai pas eu le Pulitzer à trente-cinq ans. Je lui réponds : « D'accord, mais seulement quand tu seras la patronne de McGraw-Hill ! » Et elle n'en est pas loin, figure-toi. Vingt-cinq ans à peine et elle fait la pluie et le beau temps, là-bas.

– Elle est déjà mariée ?

– Tu parles ! D'après elle, tous les hommes ne sont que des bons à rien.

– Elle a fichtrement raison !

Il m'a lancé un regard courroucé.

– Quoi, tu le penses vraiment ?

– Mais oui ! ai-je répondu avec un grand sourire.

– Ton ex-mari, c'était un bon à rien ?

– Non. Un banquier, simplement.

– Ça s'est très mal passé entre vous ?

– Comment as-tu deviné ?

– À la façon dont tu refuses de parler de lui.

– Je t'ai dit que j'ai commis une grosse erreur en épousant George. Mais, à l'époque, je pensais que je n'avais pas le choix J'étais enceinte.

Et là, je lui ai tout raconté. Les noces bâclées, l'épouvantable lune de miel, ma vie étriquée à Old Greenwich, ma cauchemardesque belle-mère, la perte de mon enfant, et de tout espoir d'en avoir d'autres. À la fin, il a pris mes deux mains sur la table de la cuisine.

– Oh, ma chérie... Comment tu as pu surmonter tout ça ?

– Comme on le fait toujours : en continuant à vivre. À part sombrer dans l'alcool, ou marcher aux tranquillisants, ou multiplier les dépressions nerveuses, ou se laisser aller de telle ou telle manière, il n'y a pas d'autre choix. Mais tu sais ce qui me tourmente, parfois ? Surtout la nuit, quand je n'arrive pas à dormir. Je me demande si je ne suis pas la seule responsable. Si je ne l'ai pas désirée plus ou moins inconsciemment, cette fausse couche. Parce que je n'arrêtais pas de me dire, à ce moment.. de me dire que ce serait une manière de me libérer de George.

– C'est très compréhensible, vu l'existence infernale qu'ils t'ont imposée, ce minable et sa sorcière de mère. Et en plus on a tous des idées noires, quand on se sent piégé ou menacé.

– Enfin, mon vœu a été exaucé, dans ce cas. J'ai perdu le bébé et du coup je me suis rendue stérile.

– Pourquoi dis-tu des choses pareilles, Sara ? Tu n'y es pour rien, toi ! C'est juste... ah, je ne sais pas comment appeler ça ! De la déveine, voilà. On se croit maître de notre existence, et il y a des fois où il faut se montrer moralement responsable, oui. Mais pour le reste on n'a aucun contrôle sur ce qui nous arrive. Toi pas plus que les autres ! Aucun contrôle !

Je l'ai contemplé, surprise par sa soudaine véhémence. Surprise et soulagée. Ma gorge s'est dénouée.

– Merci, Jack.

– De rien.

– Si. J'avais besoin qu'on me parle ainsi.

– Alors c'est que j'avais besoin de te le dire.

– Viens là.

Il s'est levé, s'est approché de moi et je l'ai embrassé passionnément.

– Retournons au lit, maintenant.

Vers neuf heures, le deuxième soir, il a passé son pantalon, coincé une cigarette entre ses lèvres et m'a demandé la permission d'aller téléphoner dans la cuisine. Je l'ai entendu parler à voix basse, posée, presque tendre. Pour essayer de distraire mon esprit de cet appel, je suis allée prendre une douche. Dix minutes plus tard, je l'ai trouvé assis au bord du lit, une nouvelle Chesterfield au bec. Je me suis forcée à sourire, à refouler la culpabilité et l'agressivité que je sentais prêtes à poindre.

– Tout va bien chez toi ?

– Oui, très bien. Charlie a eu un petit accès de

grippe hier et donc Dorothy n'a pas trop bien dormi mais...

– Pauvre Dorothy.

Il m'a dévisagée un instant.

– Tu n'es pas jalouse, au moins ?

– Bien sûr que si ! Je veux être avec toi tout le temps, nuit et jour, mais c'est impossible puisque tu es marié avec elle, alors oui, je suis jalouse. Jalouse qu'elle soit ta femme, elle. Je n'ai pas de haine pour elle, mais de l'envie. Ce qui prouve mon mauvais goût, n'est-ce pas ? Et par ailleurs tu l'aimes, non ?

– Sara...

– Ce n'est pas une accusation mais une simple question. J'ai de bonnes raisons d'être curieuse, non ?

Il a terminé sa cigarette avant de répondre.

– Oui, je l'aime. Mais ce n'est pas de... l'amour.

– Pardon ?

– Nous avons été réunis par Charlie. Ce petit, nous l'adorons, elle et moi. Et entre nous ça se passe bien, ou plutôt nous avons fait en sorte que ça se passe bien. Il n'y a pas de passion, tu comprends ?

– Quoi, vous ne faites jamais...

– De temps à autre, bien sûr. Mais ça n'a pas l'air si important pour elle.

– Ni pour toi ?

– Disons qu'avec elle c'est... comment, agréable ? Rien de plus. Alors qu'avec toi c'est... incroyable. Si tu vois ce que je veux dire.

– Je vois, oui, ai-je confirmé avec un baiser.

– Maintenant, pour ton bien, Sara, jette-moi dehors. Avant que les choses ne se compliquent trop.

– Le problème, c'est que si je le fais tu seras devant ma porte dans cinq minutes, à me supplier de te laisser entrer.

– Exact.

– Donc aujourd'hui c'est aujourd'hui, non ?

– Exact ! Et nous avons encore toute la journée de demain.

– Oui. Presque toute la journée.

Il s'est redressé pour m'embrasser dans le cou, puis sur la bouche.

– Reste là, a-t-il murmuré.

– C'est bien mon intention.

Nous nous sommes réveillés tard, le lendemain matin, et nous avons pris notre petit déjeuner au lit. Dehors, il neigeait. Pour la première fois depuis des jours, nous sommes restés presque sans rien dire, dans ce confortable silence que seuls les couples unis de longue date savent établir, d'habitude. Nous nous sommes partagé les cahiers du *New York Times*. J'ai mis un disque, les *Suites pour violoncelle seul* de Bach interprétées par Pablo Casals. La neige continuait à tomber.

– Je pourrais prendre goût à tout ça, a-t-il fini par soupirer.

– Moi aussi.

– Bon, tu me montres ton histoire ?

– Quoi ? Quelle histoire ?

– La nouvelle que tu as écrite sur notre rencontre.

– Comment es-tu au courant ?

– Par Dorothy. Elle te l'a dit l'autre jour, c'est une inconditionnelle de ta prose. Et elle achète ton magazine depuis des années. Alors, quand nous sommes ressortis du parc, elle m'a raconté que le premier texte qu'elle avait lu de toi était une nouvelle que tu avais écrite pour *Saturday/Sunday*. C'était à quel moment ?

– En 1947.

– Lorsqu'elle m'a résumé l'histoire, j'ai fait semblant d'être intéressé, sans plus, tout en espérant qu'elle ne voie pas le choc que j'ai eu.

– Elle n'a rien soupçonné entre nous ?

– Mais non. Elle n'a aucune idée de ce qui s'est passé. Tu me la montres ?

– Je ne pense pas que j'aie le numéro ici.

– Tu voudrais me faire croire une chose pareille ?

– D'accord. Attends un peu.

Je suis allée farfouiller dans mon coin bureau. Revenue avec l'exemplaire en question, je le lui ai tendu et j'ai tourné aussitôt les talons.

– Je vais prendre un bain. Frappe à la porte quand tu as fini.

Un quart d'heure plus tard, il est entré et s'est assis sur le bord de la baignoire en allumant une de ses éternelles cigarettes.

– Eh bien ?

– Tu penses vraiment que j'embrasse comme un mioche de quatorze ans ?

– Non. Mais le garçon de la nouvelle, si.

– C'est notre histoire !

– Oui. Et aussi une simple histoire.

– Superbement écrite, en tout cas.

– Tu es trop gentil.

– Non, je ne le dirais pas si je ne le croyais pas. Bon, et les suivantes ?

– Tu as ici la totalité de mon œuvre littéraire à ce jour.

– J'aimerais lire d'autres choses de toi.

– Facile. Chaque semaine dans *Saturday Night/ Sunday Morning*.

– Tu comprends très bien ce que j'entends par là.

J'ai posé une main savonneuse sur sa cuisse.

– Je n'ai pas honte de faire dans le léger, l'inconséquent, le mineur.

– Tu vaux mieux que ça.

– C'est ton opinion et je la respecte. Mais je connais mes limites, aussi

– Tu as un talent fou

– Mais non. Et, de toute façon, je me contente parfaitement de vivre sans « grande » littérature. Je gagne bien ma vie, on me paie pour voir des films... Que demander de plus ?

– La gloire, disons ?

– La gloire est une abeille. Elle bourdonne. Elle pique. Ah, et elle s'envole, aussi.

– C'est d'Emily Dickinson, non ?

Je l'ai regardé en souriant.

– Vous êtes incollable, Mr Malone.

La journée est passée dans un rêve. Vers cinq heures, je l'ai attiré contre moi. Un peu plus tard, il a chuchoté :

– Je ferais mieux d'y aller, je crois.

– Oui. Tu dois, même.

– Je ne veux pas.

– Moi non plus. Mais voilà.

– Oui, voilà...

Il a pris une douche, s'est rhabillé.

– Je pars, alors. Avant de me remettre à t'embrasser.

– D'accord, ai-je approuvé doucement. Vas-y.

– Demain ?

– Comment ?

– Je peux te revoir demain ?

– Bien sûr... Bien sûr ! Mais tu... tu auras le temps ?

– Je le trouverai. Vers cinq heures, si ça te va.

– Je serai là.

– Parfait.

Il s'est penché sur moi mais j'ai plaqué une main sur sa joue pour l'empêcher de se rapprocher encore.

– À demain, Mr Malone.

– Un dernier baiser.

– Non.

– Pourquoi ?

– Parce que cela nous mènerait où tu sais.

– Je reconnais, oui...

Je l'ai aidé à enfiler son pardessus.

– Je ne devrais pas m'en aller.

– Mais c'est ce que tu fais.

Je lui ai ouvert la porte.

– Sara ? Je...

J'ai posé un doigt sur ses lèvres.

– Ne dis plus rien.

– Mais...
– Demain, mon amour. Demain.

Il a attrapé ma main, m'a regardée droit dans les yeux. Il a souri.

– Oui. Demain.

4

À cinq heures vingt-cinq, j'étais persuadée qu'il ne viendrait plus. J'errais dans l'appartement en me disant qu'il avait soudain changé d'avis, ou que Dorothy avait tout découvert, ou qu'il avait été assailli par les remords. Mais l'interphone a retenti et je me suis ruée à la porte. C'était lui, une bouteille de mousseux français dans une main, un bouquet de lis dans l'autre.

– Désolé, chérie, mais j'avais une réunion qui s'est...

Je ne l'ai pas laissé terminer.

– Tu es là, c'est tout ce qui compte, ai-je soufflé en le prenant par les revers de son manteau pour l'entraîner contre moi.

Une heure après, il s'est redressé dans le lit :

– Et ce champagne, où est-il passé ?

J'ai inspecté le sol de la chambre, – que nos vêtements parsemaient, jusqu'à découvrir la bouteille dans un pli de son pardessus. Les fleurs étaient tombées à côté.

– La voilà !

Il a bondi pour la ramasser, la dépouiller de sa protection métallique et faire sauter le bouchon. Un geyser de mousse nous a baptisés.

– Quelle adresse ! ai-je plaisanté, le visage dégoulinant.

– Oh !

– Tu as de la chance que je sois folle de toi.

Il m'a tendu la bouteille.

– Allez, hardiment.

– J'ai encore des verres, chez moi.

– Niet ! Au goulotte, ma trrrès chérrrrie ! Nous toujourrrs fairrre ça, à Moscou.

– Entendu, camarade. Mais je te rappelle que ce vin arrive de France et qu'il mérite mieux que d'asperger toute ma chambre. Il doit être au moins à six ou sept dollars, non ?

– C'est important ?

– Quand on a une famille à nourrir comme toi, ça l'est, oui.

– Grand Dieu, qu'est-ce qu'elle est raisonnable !

– Tais-toi ! ai-je répliqué en lui ébouriffant les cheveux.

– Avec plaisir.

Et il m'a repoussée sur le lit.

Après, nous sommes restés côte à côte, enlacés, plongés dans une rêverie silencieuse qui a duré quelques minutes.

– Depuis que je t'ai quittée hier, je n'ai pensé qu'à une chose revenir ici.

– J'ai compté les heures, moi aussi.

– Et cette nuit, impossible de dormir.

– Bienvenue au club.

– Ah, toi aussi ? Si j'avais su... Je mourais d'envie de t'appeler.

– Il ne faut jamais me téléphoner de chez toi. Jamais.

– Entendu.

– Nous devons observer une discrétion absolue. Si tu veux me parler, utilise un téléphone public. Pas de lettres, non plus. Si je te fais un cadeau, tu le laisses ici. Personne ne doit être au courant, personne.

– On est dans un film d'espionnage ?

– C'est sérieux, Jack. Je ne veux pas finir cataloguée comme la briseuse de ménages, la femme fatale. Ou entretenue, selon le genre de mauvaises langues. Je serai ton amante, pas ta maîtresse. Je tiens à toi mais sans les calamités habituelles auxquelles on s'expose quand on aime un homme marié. C'est à cette conclusion que je suis parvenue cette nuit, pendant mon insomnie. Nous aurons chacun notre vie, plus une autre encore quand nous serons ensemble. Mais celle-là, elle restera secrète.

– Je t'assure que Dorothy n'a pas le moindre soupçon. Si, elle a été un peu intriguée par mon nouvel after-shave, hier.

– Ah ? Pourtant je ne m'étais pas mis de parfum, hier.

– N'empêche, je me suis arrêté dans une pharmacie en rentrant à la maison et j'ai acheté deux flacons de Mennen. Quelques gouttes avant de passer la porte, pour le cas où ton odeur flotterait encore sur moi...

– Deux flacons ? Pourquoi ?

Il a sorti un sachet en papier de son manteau.

– Un pour la maison, un pour ici. J'ai aussi acheté le même savon et le même dentifrice que j'ai chez moi.

Je me suis raidie, soudain.

– Tu apprends vite, toi ! Ou bien tu as déjà une certaine expérience en la matière ?

– Aucune, je te le jure.

– Heureusement.

– Je ne veux pas faire de mal à Dorothy, c'est tout.

– Ah oui ? Si c'est vraiment le cas, rhabille-toi et va-t'en, alors. Parce qu'elle ne pourra qu'en souffrir.

– Non, tant qu'elle ne le sait pas...

– Elle finira par savoir.

– Si je me trahis, oui. Autrement, il n'y a aucun risque.

– Tu es si malin que cela ?

– La question n'est pas d'être malin, mais de vouloir la protéger.

– La protéger ? Encore ton système – « elle ne peut pas être triste puisqu'elle ne sait pas » ?

– Non. Tout simplement, je ne la laisserai pas mais je ne renoncerai pas à toi non plus. Enfin, il est possible que tu n'apprécies pas cet arrangement, toi.

– Oh, un « arrangement » ? Je vois. Un « cinq à sept », comme disent ces coquins de Parisiens ? Tu connais la littérature française aussi bien que moi, Jack, alors dis-moi : je suis censée être qui ? Une nouvelle Emma Bovary ?

– Elle n'était pas mariée, elle ?

– Bien joué.

– Écoute, Sara...

– Mais oui, quelle idiote je suis, de m'imaginer en femme adultère alors que je ne suis que... qu'une courtisane, en réalité ! Car c'est bien le terme, non ? Oui, une courtisane visitée par un aristocrate qui prend soin de laisser un flacon d'after-shave dans son boudoir !

Un long silence s'est installé. Il a voulu m'attirer dans ses bras mais je l'ai tenu à distance sans animosité.

– Je ne suis pas prête à me laisser encore torturer. Jack.

– Je ne te ferai jamais de mal.

– J'y veillerai, oui.

J'ai regardé ma montre.

– Il faut que tu retournes à ta femme, maintenant.

Quelques minutes plus tard, pendant qu'il remettait son manteau :

– Je suis en déplacement lundi et mardi. Retour prévu mercredi en milieu de journée.

– Ah...

– Mais si je me débrouille bien, je pourrais avancer mes derniers rendez-vous à Philadelphie et être ici mardi soir vers huit heures. Si tu as envie de compagnie pour la nuit, bien sûr...

– Je ne sais pas, Jack. Il faut vraiment que je réfléchisse à tout cela.

– Sara...

– Et n'oublie pas de reprendre ton eau de toilette et ton dentifrice. Je n'en veux pas chez moi.

– Je te téléphone, a-t-il murmuré avant de me déposer un baiser sur le front.

Aucun appel le week-end, pourtant. Ni le lundi. « Idiote ! me répétais-je, c'est à cause de toi ! » Le mardi à huit heures, je me préparais au pire. Pourquoi avoir clamé que Dorothy allait souffrir, quoi qu'il fasse ? Pourquoi toutes ces histoires à propos d'un flacon de Mennen dans ma salle de bains ? Parce qu'à force de me vouloir raisonnable je devenais raisonneuse. « Il faut que tu retournes à ta femme. » Oui, il m'avait obéi. Pour toujours.

Quand on a sonné à huit heures dix, j'étais d'humeur exécrable. J'ai ouvert la porte d'entrée à la volée. Il neigeait à nouveau. Jack portait l'un de ces chapeaux en feutre marron que les journalistes affectionnaient, à l'époque. Il avait une valise et un bouquet de fleurs.

– Où étais-tu passé, bon sang ?

– À Philadelphie, a-t-il répondu presque timidement, interloqué par ma colère. Mais je te l'avais dit...

– Et samedi ? Et dimanche ?

– Chez moi, en famille, comme tu me l'as recommandé.

– Je sais ce que je t'ai recommandé ! Cela ne signifie pas que tu doives suivre à la lettre mes stupides idées !

Il a essayé de refouler un sourire.

– Tu l'as dit.

Nous ne sommes pas allés plus loin que le tapis du salon. Lorsque j'ai senti que j'étais sur le point de scandaliser les voisins, j'ai plaqué ma bouche contre la sienne. Puis nous sommes restés silencieux, merveilleusement épuisés.

– Bonsoir, a-t-il fini par articuler.

J'ai éclaté de rire.

– Bonsoir.

– Quatre jours, c'était...

– Affreusement long. Tu ne sais pas à quel point tu m'as manqué.

– Ah, je n'aurais pas cru.

– Ne dépassez pas les bornes, soldat !

Je suis allée dans ma chambre, où j'ai enfilé une robe de chambre et retiré un sac du placard. Quand je suis revenue, Jack était sur le canapé, en train de remettre son tricot de corps.

– Pas besoin de se rhabiller.

– Parle pour toi ! Je suis en train de geler, moi. Il n'est pas trop chauffé, ce living.

– Voilà de quoi te tenir au chaud, lui ai-je lancé en déposant sur ses genoux un paquet emballé dans le sobre papier bleu de chez Brooks Brothers.

– Un cadeau ?

– Eh bien, eh bien, quelle perspicacité !

Il l'a ouvert, a eu un grand sourire en découvrant le contenu et a immédiatement passé le peignoir en lin que j'avais acheté pour lui la veille.

– Quelle classe vous avez, miss Smythe avec un y !

– Tu l'aimes ?

– Et comment ! Brooks Brothers ! Je me sens comme... comme un gars qui a fait Princeton !

– Il te va bien.

Après être allé s'inspecter dans la glace de l'entrée, il a confirmé :

– Oui, c'est vrai.

Puis, en me voyant sortir un autre paquet du sac :

– Tu es devenue folle ?

– Non. Dépensière, uniquement.

– Trop dépensière.

Il m'a embrassée avant de déchirer l'emballage et cette fois il a ri de bon cœur en découvrant deux flacons d'after-shave Bay Rum de chez Caswell & Massey.

– Deux, hein ? a-t-il constaté en dévissant un des bouchons.

– Un pour ici, un pour chez toi.

Il m'a regardée d'un air amusé puis il a humé avec délice les arômes subtils.

– Ce n'est pas n'importe quel parfum. Je dois y voir un message particulier ?

– Oui. Que le Mennen fait penser à un vestiaire de seconde division.

– Quelle snob ! Peignoirs Brooks Brothers, eaux de toilette Caswell & Massey... Bientôt tu vas me prendre un prof de diction !

– Alors, tu n'es pas content que je t'achète de belles choses ?

Il m'a caressé les cheveux.

– Mais si, au contraire. Je me demande juste comment je vais expliquer ce changement d'after-shave à ma femme.

– Tu peux lui dire que tu te l'es acheté, non ?

– Moi ? Je ne dépenserais jamais autant pour un peu de sent-bon !

– Ah ! Alors voilà une idée pour le petit gars de Brooklyn. Demain, tu passes chez Caswell & Massey, ils sont sur Lexington Avenue au niveau de la 46e, et tu achètes une eau de toilette pour ton épouse. Ensuite, tu lui dis qu'ils t'ont fait essayer le Bay Rum pendant que tu choisissais et que tu as décidé de tourner la page Mennen. Elle en sera ravie, je suis sûre.

Il en a versé dans sa paume et s'est frictionné le visage.

– Alors, qu'en pensez-vous, miss Smythe ?

Je me suis rapprochée de lui et j'ai commencé à l'embrasser sur la nuque.

– Effet garanti.

– Merveilleux. Bon, ta machine à écrire, on la déplace ?

– Difficilement.

Il est allé soulever la Remington sur mon bureau.

– Moi je peux.

– Je n'en doute pas. Mais pourquoi ?

– J'ai une idée.

Deux jours plus tard, je prenais le train pour Albany avec lui. Nous sommes descendus au Capital Hotel sous le nom de Mr et Mrs Jack Malone. Pendant qu'il rencontrait ses clients, j'ai rédigé à la machine une de mes « Tranches de vie » dans notre chambre. Dès son retour, vers cinq heures, je l'ai déshabillé de pied en cap. Après avoir repris son souffle et allumé une cigarette, il a constaté, les yeux au plafond :

– Je n'avais encore jamais rien vécu d'aussi excitant à Albany, pas de doute.

– J'ose l'espérer.

Comme il gelait à pierre fendre, nous nous sommes fait monter à dîner. Le lendemain matin, Jack a bravé les éléments pour d'autres rendez-vous professionnels pendant que je me risquais à une petite marche au centre-ville qui m'a vite convaincue qu'il était inutile de s'attarder dehors. Ensuite je suis rentrée écrire ma critique de cinéma, puis j'ai passé l'après-midi devant deux films du génialement mauvais Victor Mature, *Samson et Dalila* suivi de *L'Île aux plaisirs* dans une salle toute proche de l'hôtel.

Au moment où j'allais ouvrir la porte de notre chambre, j'ai entendu Jack à l'intérieur. Il parlait au téléphone. « D'accord, d'accord, je sais que tu n'es pas contente mais... Une nuit, qu'est-ce que c'est ? Oui, oui, oui... Comment ? Attends, ce n'est pas que je n'ai pas envie de rentrer, tout de même !... Bien sûr que je t'aime ! Écoute, je suis coincé ici une nuit de plus mais c'est autant d'indemnités de déplacement en plus... Oui, très bien, chérie... Oui. Embrasse le petit pour moi et... Mais oui ! Demain cinq heures, sans faute. Allez, à demain. »

J'ai attendu quelques secondes avant d'entrer. Une cigarette aux lèvres, Jack était en train de se servir une rasade de bourbon Hiram Walker dans un verre à dents. Il s'est forcé à me sourire mais il semblait nerveux. J'ai passé mes bras autour de son cou, lui murmurant à l'oreille :

– Raconte-moi.

– Non, rien.

– Pourquoi tu as l'air si tendu, alors ?

– Un imprévu avec un client, voilà tout.

Je me suis dégagée sans un mot. Après avoir pris le second verre dans la salle de bains, je suis revenue me verser deux doigts de bourbon.

– Qu'est-ce qui ne va pas, Sara ?

– Je déteste qu'on me mente.

– Moi, je t'ai menti ?

– Cette histoire de client. Je t'ai entendu au téléphone, tout de suite.

– Comment ça, tu m'as entendu ?

– J'étais derrière la porte.

– Tu écoutais à la porte ?

– Je n'ai pas voulu entrer pendant que tu parlais avec Dorothy.

– Oui. Ou bien tu avais envie d'écouter sans que je le sache.

– Moi ? Tu divagues, Jack ! Pourquoi aurais-je fait une chose pareille ?

– Je ne sais pas. C'est toi qui es restée dans le couloir, pas moi !

– Parce que je ne voulais pas te mettre mal à l'aise en surgissant sans crier gare.

– Excuse-moi !

– Je ne veux pas de mensonges, Jack. Jamais !

Il a détourné les yeux vers la fenêtre sale, les ternes lumières d'Albany.

– Non, c'est que j'ai pensé... Je me suis dit que tu n'aurais surtout pas envie d'apprendre que je me suis disputé avec Dorothy.

– Vous déraillez, soldat. Je n'apprécie pas que tu sois marié, sans doute, mais c'est ton affaire et je l'accepte. Si cela doit continuer entre nous, tu seras forcé de mentir encore à Dorothy. C'est ton problème. Tu assumes, tant mieux. Tu n'assumes pas, je prends le dernier train pour New York ce soir.

Il m'a fait face.

– Non. Reste, s'il te plaît.

– Cette dispute, c'était à quel sujet ?

– Elle voulait que je rentre ce soir.

– Alors tu aurais dû le faire.

– Mais je voulais rester avec toi.

– J'en suis très heureuse, mais pas si tu commences à me mentir pour me cacher les mensonges que tu réserves à Dorothy.

– Je suis un salaud.

J'ai réussi à sourire.

– Non. Tu es un salaud marié. Elle a des soupçons ?

– Mais non ! Elle se sent seule, c'est tout. Et moi je ne sais plus quoi faire. Parfois, je voudrais qu'elle ne soit pas si correcte, si arrangeante. Si c'était une garce...

– Tout irait bien ?

– J'aurais moins de remords.

– Mais ce n'est pas une garce. Pauvre petit malheureux !

– Tu as vraiment la dent dure, tu sais.

– Je suis obligée. Ce n'est pas facile, d'aimer quelqu'un d'aussi partagé.

– Pas tant que ça. Je t'adore.

– Oui, mais tu as des devoirs envers elle.

Il a haussé les épaules, fataliste.

– Je n'ai pas le choix.

– Donc tu es dans un dilemme. La question, c'est de savoir si tu as l'intention qu'il devienne insoluble.

– Et qu'est-ce que tu proposes ?

– Trouve un moyen d'être avec moi et d'être avec Dorothy. Apprends à compartimenter ta vie. Sois français !

– Et tu supporteras, toi ?

– Je ne sais pas. On verra avec le temps. Mais toi, Jack ?

– Je ne sais pas non plus.

Sur le quai de Grand Central, le lendemain matin, il m'a serrée contre lui.

– Il vaut sans doute mieux que je ne m'éloigne pas trop de la maison, ces prochains jours.

– En effet, oui.

– Je peux te téléphoner ?

– Tu crois vraiment qu'il faut demander ?

Il m'a déposé un baiser sur les lèvres.

– Je t'aime.

– Tu m'as l'air hésitant.

– Je ne voudrais pas, non.

Pas de nouvelles de lui le lendemain, ni le surlendemain ni les jours qui ont suivi. Et je me suis mise dans tous mes états, bien sûr. Parce qu'il n'y avait qu'une explication : c'était fini.

Je suis restée tout le lundi près du téléphone. Il était six heures et demie du matin, mardi, quand l'interphone a retenti. Il était à la porte, un taxi en attente derrière lui. Son visage s'est illuminé en me voyant et pourtant j'étais en chemise de nuit, probablement bouffie de sommeil.

– Tu es prête ?

– Où étais-tu encore passé ? ai-je grogné.

– Je t'en parlerai plus tard. Maintenant, tu t'habilles et tu te prépares un sac de voyage.

– Je ne comprends pas.

– C'est simple : on a deux places sur le huit heures quarante-sept pour Washington. Et une chambre au Mayflower. On part trois jours.

– Jack ? Je veux que tu m'expliques ce...

Il s'est penché pour m'embrasser.

– Plus tard, chérie. Il faut que je passe au bureau avant notre départ.

– Et qui a dit que je venais ? Pourquoi m'annonces-tu tout cela maintenant ?

– Parce que je l'ai décidé il y a dix minutes. Bon, c'est le quai 17 à Penn Station. Arrive avant huit heures trente, d'accord ?

– Je ne sais pas, Jack.

– Mais si. À tout de suite.

Sans me laisser le temps d'ajouter un mot, il est remonté d'un bond dans le taxi, a baissé sa vitre et m'a crié :

– Je t'attends là-bas !

Revenue chez moi, j'ai pesté en expédiant un coup de pied à une chaise. Fuguer à Washington parce que l'envie lui en était venue, brusquement ? Pas question ! Après six jours de silence radio ? Qu'il aille au diable !

Parvenue à cette conclusion, je suis allée dans ma chambre et j'ai entassé quelques affaires dans une valise, puis j'ai sauté sous la douche, je me suis habillée en hâte et je suis partie en traînant ma Remington et mon baluchon.

Je suis arrivée avec dix minutes d'avance sur l'heure du départ. Jack était déjà sur le quai. En me voyant approcher, précédée d'un porteur et de son chariot, il a soulevé son chapeau pour m'adresser un salut emphatique.

– Je suis folle à lier d'accepter une...

– Embrasse-moi.

J'ai effleuré ses lèvres.

– Tu appelles ça un baiser ?

– J'attends des explications, d'abord.

– Tu les auras, a-t-il affirmé en tendant un pourboire au porteur.

À peine le train s'était-il ébranlé que Jack m'a proposé d'aller prendre un petit déjeuner au wagon-restaurant. C'est lui qui a entretenu la conversation, avec une pétulance ahurissante, jusqu'à ce que je le coupe :

– Mais qu'est-ce qui te rend si joyeux, ce matin ?

– Oh, plein de choses ! a-t-il répliqué d'un ton beaucoup trop enjoué à mon goût.

– Tu vas daigner m'expliquer pourquoi tu as disparu pendant tout ce temps ?

– Promis.

Nous avons gardé le silence tandis que le serveur nous versait du café.

– J'écoute, alors.

Il a allumé l'inévitable cigarette, vérifié d'un coup d'œil à la ronde que personne n'était à portée de voix. Il s'est penché vers moi :

– Je lui ai dit.

– Tu... Quoi ?

– Je lui ai raconté.

Ma stupeur allait croissant.

– À qui ? À Dorothy ? Oui. Tu lui as dit... quoi, exactement ?

– Tout !

– Comment, tout ?

– Oui. Tout.

5

Le train sortait du tunnel du New Jersey quand j'ai recouvré l'usage de ma voix.

– Quand ? Quand as-tu fait cela ?

– Le soir où nous sommés rentrés d'Albany.

– Et tu lui as dit...

– Tout. Depuis notre rencontre à mon retour aux États-Unis en 45. Que j'avais immédiatement compris que tu étais...

Il s'est interrompu pour tirer sur sa cigarette.

– Elle n'est pas bête, Dorothy. Elle a bien vu à quel point c'était sérieux, et donc elle m'a demandé si j'allais la quitter. Je lui ai dit que non, que j'étais lié à elle par mes vœux, et par Charlie. Mais que je n'allais pas renoncer à toi. Que si elle ne voulait plus me voir, je m'en irais, bien entendu, mais que ce devait être sa décision.

– Et alors ? Elle t'a mis à la porte.

– Non. Elle a répondu qu'il lui fallait du temps pour réfléchir. Et elle m'a fait promettre que je ne te contacterais pas tant qu'elle ne serait pas parvenue à une conclusion. Voilà pourquoi tu ne m'as pas entendu pendant près d'une semaine. J'ai respecté sa volonté, même si elle ne m'a plus adressé la parole pendant tout ce temps. Et puis hier soir elle m'a donné sa réponse. En gros, qu'elle n'a pas le choix mais qu'elle ne veut rien savoir. Qu'elle ne me questionnera pas sur ce que je fais quand je suis en déplacement un ou deux jours par semaine. Mais que par ailleurs je devrai être « complètement » avec Charlie et elle.

– Pas le choix ? Bien sûr que si. Elle aurait pu te

jeter dehors. À sa place, c'est ce que j'aurais fait, moi. Sans hésiter une seconde.

– Ouais... C'est probablement ce que je mérite.

J'ai reposé ma tasse en le dévisageant. Je me suis exprimée à voix basse, mais en détachant tous mes mots :

– Non, Jack, ce n'est pas ce que tu penses. Tu aurais dû te voir tout à l'heure sur le quai. On aurait cru que tu venais de... décrocher la timbale. Sur le coup je n'ai rien compris mais maintenant je vois bien pourquoi tu es si guilleret. Quelle vie de roi pour un type dans ton genre ! D'un côté la gentille petite femme qui attend à la maison avec le marmot, de l'autre la... la « seconde », celle que l'épouse officielle a décidé de tolérer à condition qu'elle reste « ailleurs ». Tiens, tu pourrais m'appeler ainsi, à partir de maintenant : « Ailleurs ». Ce serait pratique, non ?

– Je croyais que tu serais contente...

– Mais comment donc ! Puisque tu l'es, toi. Puisque brusquement le catholique bourrelé de remords s'est transformé en mormon fier de sa polygamie ! Puisque cette pauvre femme s'est résignée à accepter tes fichus caprices !

– Je suis puant à ce point ?

– Non. Juste très satisfait de toi-même. Et pourquoi pas, en fait ? Tu t'es confessé et tu as obtenu l'absolution. Désormais, tu peux me baiser deux ou trois fois par semaine et revenir à la maison avec un bouquet de roses, le cœur serein et...

– Chuut ! a-t-il soufflé en jetant des regards inquiets autour de nous.

– Tu ne m'empêcheras jamais de m'exprimer ! ai-je tranché en me levant.

– Où vas-tu ?

– Je m'en vais.

– Quoi ? Comment ?

Je suis partie dans la travée. Jack a jeté quelques billets sur la table et s'est lancé à ma poursuite. Il m'a rattrapée dans le soufflet au bout du wagon. Je me suis dégagée d'un geste sec.

– Je ne comprends pas ! a-t-il hurlé par-dessus le fracas des roues.

– Bien sûr que non. Tu te moques trop de ce que les autres peuvent ressentir pour les comprendre.

– Si j'ai tout dit à Dorothy, c'est parce que j'en avais assez de mentir !

– Non. Parce que tu voulais qu'elle prenne sur elle le remords que tes mensonges t'inspiraient. Tu as fait le pari qu'elle ne romprait pas avec toi, tu as gagné et maintenant tu as l'existence rêvée. À un petit détail près : je ne veux pas y être associée, moi !

– Si tu me laissais au moins t'expliquer...

– Au revoir.

– Hein ?

– Je descends à Newark.

Je suis passée dans l'autre wagon, Jack toujours sur mes talons.

– Ne fais pas ça, Sara !

– Je ne veux pas de pis-aller.

– Ce n'en est pas un !

– Pour moi si. Donc je prends congé.

– Chérie.... a-t-il commencé en effleurant mon épaule.

– Ne me touche pas !

J'avais crié si fort que tous les yeux se sont braqués vers nous. J'ai rougi jusqu'à la racine des cheveux. Jack est devenu livide, lui.

– D'accord, d'accord, a-t-il murmuré. À ta guise.

Sans un mot de plus, il est reparti au wagon-restaurant. Baissant la tête pour éviter les mines désapprobatrices des autres voyageurs, je suis allée me rasseoir à ma place et j'ai laissé mon regard errer à travers la vitre, prise de ces frissons de chaleur qui suivent toujours ce qu'on appelle « une scène ». Quelques instants plus tard, un contrôleur est passé en annonçant « Newark, Newark »...

403

J'ai eu l'impulsion de me lever et de prendre mes affaires mais je n'ai pas bougé. Le train s'est arrêté. Je n'ai pas bougé. Enfin, il y a eu un coup de sifflet et nous avons repris notre route vers le sud.

Une demi-heure s'était écoulée quand Jack est arrivé dans la travée. Il a sursauté en me découvrant à ma place mais il n'a pas souri.

– Tu es toujours là, a-t-il constaté en s'asseyant en face de moi.

– Apparemment.

– Je suis surpris.

– Moi aussi.

– Qu'est-ce qui t'a fait changer d'avis ?

– Qui dit que j'ai changé d'avis ? Je peux encore descendre à Philadelphie.

– C'est ton choix, Sara. Tout comme c'est à toi de décider si...

– Je ne jouerai pas le rôle de la courtisane, non.

– Mais c'est exactement pour cette raison que je lui ai tout raconté ! Que je lui ai avoué que je t'aimais ! Pour ne pas que tu sois reléguée au statut d'« aventure ». Parce que Dorothy devait savoir, même si elle en souffrait... Savoir pour être capable de décider elle-même, en retour.

– Et tu n'as pas été déçu qu'elle ait été assez folle pour décider de te garder ?

– À un certain niveau... si, je l'ai été. J'aurais été libre d'être avec toi sans cesse. Mais j'aurais été affreusement mal, aussi. À cause de Charlie, et à cause d'elle, parce qu'elle vaut bien mieux que d'avoir un vaurien comme moi pour mari.

J'ai poussé un profond soupir.

– J'aurais préféré que tu ne lui dises rien, n'empêche. Dorénavant, chaque fois que je te verrai, je vais me dire : « Elle est au courant. »

– Oui, elle l'est. Mais ce n'est pas comme si elle avait été folle de moi, et moi d'elle. Elle sait très bien que nous ne serions pas ensemble sans cet... accident.

Le « pis-aller », c'est avec elle, pas avec toi. Jamais avec toi ! Non, je t'assure que tout se passera bien.

– Je ne sais pas...

– Je te le promets.

– Pas de promesse, non. Jamais.

– Pourquoi ?

– Parce que qui dit promesse dit déception possible. Et parce que cela ne sera plus comme avant entre nous, maintenant que Dorothy est au courant.

– Je veillerai à ce que rien ne change entre nous.

– Tu n'y peux rien, mon amour. Nous ne vivrons plus dans la crainte d'être découverts, désormais.

– Mais c'est bien, non ?

– Oui... Et aussi moins romantique, non ?

Dès notre arrivée à l'hôtel de Washington, nous avons fait l'amour, puis encore dans la nuit, puis le soir suivant à Baltimore, et celui d'après à Wilmington. De retour à Manhattan, il m'a déposée chez moi en taxi, avec un baiser passionné et le serment qu'il me téléphonerait le lendemain.

Je n'ai pas attendu en vain, cette fois. Il a appelé dans l'après-midi, de son bureau. Quand je lui ai demandé quel accueil lui avait réservé sa femme la veille, j'ai senti qu'il choisissait avec précaution les termes de sa réponse.

– Elle a été contente de me voir.

– Pas de questions au sujet d'Ailleurs ?

– Non, aucune.

– Comment va Charlie ?

– En pleine forme.

J'ai été la première stupéfaite par la question qui m'est venue ensuite.

– Tu as fait l'amour avec elle ?

– Sara...

– Je dois savoir.

– Nous avons partagé le même lit, a-t-il concédé en maîtrisant sa voix.

– Arrête tes fadaises, Jack.

– Elle a voulu, donc...

– Donc tu as dû t'exécuter. Ah, c'est peut-être un peu brutal, comme formule ?

– Tu n'aurais pas dû me demander ça.

– C'est vrai. Je n'aurais pas dû. C'est du maso-chisme. Tout comme d'aimer un homme marié... Tu pourrais venir, là ?

– Maintenant ?

– Oui, maintenant ! C'est maintenant que j'ai besoin de toi.

Il est arrivé trente minutes plus tard. Au bout d'une heure, il a sauté du lit pour téléphoner à un client et lui annoncer qu'il aurait dix minutes de retard. Tout en se rhabillant en hâte, il m'a dit :

– Je suis en déplacement, demain.

– Vers quels horizons ?

– Hartford et Springfield, officiellement. Mais ce pourrait être ici, au cas où ton agenda le permettrait.

– Je vais voir si je peux déplacer quelques engagements.

Le lendemain soir, il avait une grosse valise avec lui quand je lui ai ouvert la porte.

– J'ai pensé que je devrais peut-être laisser quelques affaires chez toi. Si tu n'y vois pas d'objec-tion, bien entendu.

– Je présume que tu aimerais avoir un placard à toi ?

– Ce serait pratique.

Plus tard, il a rangé à la place que je lui avais assi-gnée deux costumes, deux paires de chaussures, trois chemises et des vêtements de corps. Bientôt, un de ses parapluies se serrait contre le mien à l'entrée, tout comme son peignoir dans la salle de bains, où ses articles de toilette colonisaient toute une partie de la tablette. Sa garde-robe s'est étoffée peu à peu, jusqu'à un imperméable et un chapeau de rechange. Ses cravates se sont accumulées sur le bouton de porte de son placard avant que je ne lui achète un porte-cravates. Il y avait toujours deux cartouches de Chesterfield sur une étagère de la cuisine, des bouteilles de bière Ballantine (sa marque préférée) dans le frigidaire, et une fiasque de Hiram Walker près du canapé.

Il vivait chez moi, désormais.

Deux jours par semaine, du moins. Le reste du temps, il était vraiment « ailleurs » : Nouvelle-Angleterre, Philadelphie et région, Washington, et je l'accompagnais parfois, armée de ma Remington, même si ma condition de snob me faisait éviter les destinations les plus « provinciales ». Le vendredi soir, il regagnait le cocon familial et je ne le revoyais plus jusqu'au lundi, mais il veillait à me téléphoner pendant le week-end, toujours d'une cabine téléphonique.

Au début, j'ai souffert de ces disparitions, et puis j'en suis venue à goûter cette organisation domestique peu commune. J'adorais la compagnie de Jack, l'avoir dans mon lit, parler avec lui, mais je ne détestais pas me retrouver en tête à tête avec moi-même quand le week-end arrivait. Ma brève et désastreuse cohabitation avec George m'avait prouvé que je n'étais pas de celles qui renoncent facilement à leur jardin privé et, malgré toute la passion que je vouais à Jack, je reconnaissais qu'il était bon de vivre trois jours à mon propre rythme, selon mes seules envies. Le dimanche soir venu, il me manquait affreusement, certes. Et le lundi, à partir de six heures, j'étais aux aguets, l'oreille tendue pour l'entendre ouvrir la porte d'entrée – car il avait ses clés –, puis la mienne...

J'ai fini par admettre que nous avions là un « arrangement », en effet, et qu'il présentait ses avantages. Contrairement à un mariage classique, notre relation était commandée par des règles strictes mais établies de concert. Je l'avais pour moi pendant une durée déterminée de la semaine, que je pouvais prolonger en l'accompagnant dans ses voyages. Je ne lui téléphonais jamais au bureau, encore moins chez lui. C'était contraignant mais cela me laissait aussi une latitude dont bien des femmes mariées auraient rêvé. Et puis ce *modus vivendi* tacitement défini nous épargnait les luttes de pouvoir qui ravagent la plupart des couples légitimes. Personne ne commandait, chez nous. Il n'y avait pas de « chef de famille ». Personne ne pourvoyait plus que l'autre aux besoins du foyer, personne n'était censé « rester à la maison ». Entre nous, c'était l'égalité.

Ce qui n'empêchait pas les disputes, évidemment. Mais, au fur et à mesure que cette organisation du temps se rodait, nos différends ont de moins en moins eu pour objet la complexité de notre situation affective. Lorsqu'une histoire d'amour inspire d'interminables discussions sur ses difficultés, la précarité de son avenir, elle commence déjà à être condamnée, et nous avons donc pris l'habitude d'éviter le sujet. Naturellement, je demandais toujours des nouvelles de Dorothy et de Charlie, mais Jack avait senti que la moindre allusion à son fils réveillait en moi le souvenir douloureux de ma stérilité et il cherchait souvent à dévier la conversation lorsqu'il était question de Charlie. J'insistais, cependant, parce que je voulais sincèrement savoir comment il grandissait et parce que je mesurais l'adoration que Jack lui portait.

Nous vivions ainsi depuis environ trois mois quand j'ai été frappée par un constat : pratiquement toutes nos disputes éclataient sur des questions qui n'avaient rien de personnel. La politique américaine de soutien à un État policier tel que la Corée du Sud, par exemple...

– Ce saligaud qu'ils ont là-bas... Comment s'appelle-t-il, déjà ?

– Syngman Rhee.

– Oui. Que ce soit un dictateur ne fait aucun doute. Mais c'est « notre » dictateur.

– Ah, tu le reconnais ! Son régime est abominable.

Et même si je n'ai que du mépris pour Staline et ses marionnettes nord-coréennes, est-ce que l'Amérique doit vraiment encourager et soutenir des dictatures ?

— Écoutez-la ! On dirait ces libéraux à la sauce Adlai Stevenson !

— C'est ce que je suis, justement.

— Oui. Et donc tu as une vision idyllique du monde. Naïve, pour ne pas dire plus. Il faudrait que tu apprennes les bases de la realpolitik, un de ces jours. L'apaisement n'a jamais mené à rien, ainsi que Chamberlain l'a découvert à ses dépens.

— S'il te plaît, épargne-moi ton credo de rouleur de mécaniques ! La politique du gros bâton, cela valait peut-être pour Roosevelt, mais aujourd'hui, en guise de bâtons, nous avons des bombes atomiques, et figure-toi que j'en ai une peur bleue, oui !

— Écoute, Sara. Un ennemi potentiel ne craint que la force. C'est le général MacArthur qui a raison. Pour liquider la crise coréenne en deux jours, il suffit de donner un aperçu de notre puissance atomique aux Nord-Coréens et aux Chinois, puis de confier à Tchang Kaï-chek les commandes de toute la zone.

— Eh bien, grâce à Dieu, c'est encore Truman qui est à la Maison Blanche, et non ce fou de MacArthur !

— Il s'est conduit en héros pendant la guerre.

— Oui, mais depuis il a perdu les pédales.

— Il n'y a que les communistes qui pensent ça.

— Je ne suis pas communiste !

— Peut-être pas. Mais vu que c'est un trait de famille, chez vous...

Il s'est aussitôt repris.

— Pardon. C'est ridicule, ce que je dis.

— Oui. Plus, même.

— Excuse-moi.

— À une seule condition. Que tu ne fasses plus jamais ce genre d'allusions. Je regrette de t'avoir parlé de cette vieille histoire d'Eric avec le Parti.

— Je ne dirai plus rien là-dessus.

– Juré ?

– Juré.

– Très bien. Parce que je pense qu'il est temps que je mette mon frère au courant à notre sujet.

– Comment crois-tu qu'il va le prendre ?

J'ai haussé les épaules, préférant éviter une réponse qui aurait été « Pas bien du tout. »

Cette année-là, je ne le voyais guère, Eric, tant il était accaparé par son travail à la NBC, sa notoriété, sa relation avec Ronnie et plus généralement sa vie à grandes guides. Mais il n'oubliait pas son rôle de frère aîné attentionné et m'appelait au moins une fois par semaine. Un dimanche vers cinq heures, pourtant, il a surgi inopinément avec Ronnie. C'était peu après que Jack avait commencé à laisser des affaires chez moi. Sur le pas de la porte, Eric m'a annoncé qu'ils m'entraînaient boire un verre au St Regis, puis à dîner au 21 et enfin à un bœuf au Blue Note.

– Magnifique ! J'attrape mon manteau.

Ils ont échangé un regard étonné.

– Quoi, tu ne nous fais pas entrer ? a demandé Eric.

– Bien sûr que si, ai-je rétorqué, mal à l'aise. Mais à quoi bon puisque nous y allons tout de suite ?

Il m'a dévisagée d'un air des plus sceptiques.

– Qui caches-tu là-dedans, S ?

– Personne ! Quelles idées tu te...

– Parfait. Mettons-nous un peu à l'abri du froid pendant que tu te prépares.

Et il s'est frayé un chemin à l'intérieur tandis que son ami hésitait sur le seuil, craignant de s'imposer.

– Vous feriez aussi bien d'entrer, Ronnie. Je crois que je suis démasquée, de toute façon...

Non que Jack ait décidé de me rendre une visite-surprise et se soit caché dans un coin, mais les preuves de son existence se voyaient partout chez moi et je n'avais bien sûr pas eu le temps de les dissimuler avant d'ouvrir à Eric.

– Tiens tiens, a lancé celui-ci en remarquant

aussitôt une paire de lourdes chaussures de ville noires dans l'entrée, non seulement elle cache quelqu'un mais c'est quelqu'un avec de grands pieds, en plus !

Il a continué son inspection, levant les sourcils devant des pantoufles d'homme près de mon lit ou les livres de poche qui s'empilaient sur la table basse du living.

– Je ne savais pas que tu aimais ce gros dur de Mike Hammer, a-t-il persiflé en soulevant un roman de Mickey Spillane.

– J'ai appris à aimer.

– Oui. Comme le bourbon Hiram Walker et les Chesterfield... Dis-moi, S, je trouve que tu développes des tendances nettement masculines, ces derniers temps. Encore un peu et tu auras un crachoir dans ta chambre à coucher. Ou bien on te verra jouer au billard avec les copains tous les soirs.

– En fait, je pensais plutôt au bowling.

Eric s'est tourné vers Ronnie.

– Toujours le bon mot, ma petite sœur.

– J'avais déjà constaté.

– Merci, Ronnie, ai-je dit.

– Et toi, tu ne penserais jamais qu'un homme vit ici, n'est-ce pas ? l'a interrogé Eric.

– Je ne vois pas pourquoi, a-t-il répondu sans perdre son sérieux.

– Encore merci, Ronnie.

– Oui, Ronnie, merci mille fois de prendre le parti de ma sœur contre moi.

– Je ne prends pas son parti, je respecte sa vie privée.

– Bien répondu. Mais pour moi, en tant que grand frère, il n'y a pas de vie privée qui compte ! Et donc je lui pose la question sans barguigner : pourquoi est-ce que tu ne m'as pas dit que tu vivais avec quelqu'un, cachottière ?

– Parce que ce n'est pas le cas.

– Désolé, docteur Watson, mais pour moi tout établit la présence d'un individu de sexe masculin ici. Une présence « régulière », je dirais même.

– Peut-être qu'elle n'a pas envie de te le dire ? a suggéré Ronnie.

– Oui, ai-je renchéri, c'est une hypothèse.

– Mais bien entendu ! Il ne me viendrait pas une seconde à l'esprit, pas une seconde, d'être indiscret avec ma petite sœur. A-t-il au moins un nom, cet homme invisible ?

– Il se trouve que oui. Et il se trouve que je ne suis pas encore disposée à te le dire.

– Mais pourquoi, zut ?

– Parce que je ne suis pas prête.

« Qui est-ce ? » Eric n'a cessé de me tourmenter avec cette question pendant la soirée, jusqu'à ce que Ronnie finisse par se lever en déclarant qu'il s'en irait s'il entendait encore une seule fois cette rengaine. Eric n'a pas insisté, sur le moment. Le lendemain, cependant, il m'a téléphoné en me demandant... comment s'appelait ce mystérieux monsieur.

– Je m'inquiète. Autrement tu ne ferais pas tous ces secrets.

– Un peu de patience. Quand ce sera le moment, je te le dirai.

– Pourquoi pas maintenant ?

– Parce que je ne sais pas encore si cela durera.

– Raison de plus pour te lancer tout de suite !

– Eric ? Arriveras-tu à accepter un jour que tu n'as pas besoin de « tout » connaître de ma vie ?

– Non.

– Dommage. Mais moi, c'est bouche cousue.

Il a maintenu la pression pendant deux bonnes semaines, aiguisant ainsi mes remords. Car c'était lui qui avait raison : nous n'avions jamais eu de secrets l'un pour l'autre. Il était allé jusqu'à me confier son homosexualité, une révélation terriblement embarrassante à l'époque, alors je lui devais bien cet aveu, même si je redoutais sa réaction. Je lui ai finalement donné rendez-vous au bar du Plaza et j'ai attendu d'être enhardie par deux Martini pour me lancer :

– Voilà. Il s'appelle Jack Malone.

Eric est devenu blanc comme la mort.

– Tu plaisantes, j'espère.

– Non, pas du tout.

– Lui ?

– Oui.

– Mais c'est incroyable ! C'était réglé, cette histoire ! Il t'avait déjà assez pourri la vie, non ? Et quand tu l'as rencontré par hasard avec sa femme, tu m'as dit que tu l'avais envoyé sur les roses...

– Je sais, je sais...

– Alors depuis quand ça dure, exactement ?

– Quatre mois et quelques.

Il a été très affecté par la nouvelle, apparemment.

– Quatre mois ! Bon Dieu, pourquoi avoir gardé ça secret si longtemps ?

– Parce que j'avais trop peur de tes reproches.

– Oh, pour l'amour du ciel, S ! Je reconnais que je ne l'ai guère apprécié la première fois, et encore moins après la façon dont il t'a traitée, mais de là à...

– Quand il a disparu, tu n'as cessé de me répéter que j'avais tort de perdre mon temps, que c'était un sale type... Logiquement, je ne pouvais que craindre ta réaction lorsqu'il est réapparu dans ma vie.

– Je ne mords pas, S.

– Oui, oui. Et je m'en suis voulu de te le cacher tout ce temps. Mais avant de t'en parler j'avais besoin d'être sûre que cette histoire avait un avenir.

– Et elle en a un, donc. Puisque tu m'en parles.

– Je l'aime, Eric.

– J'ai cru comprendre.

– Mais c'est sérieux ! Ce n'est pas une simple tocade pour un homme marié, un caprice romantique. C'est sérieux, et c'est réciproque.

Il s'est tu un moment. Il a terminé sa cigarette, puis :

– J'en déduis que je dois le revoir, non ?

Quelques jours plus tard, c'était chose faite. Un vendredi après-midi au bar du St. Moritz, non loin de chez Eric. J'étais horriblement nerveuse, Jack aussi, quand bien même je lui avais rapporté que mon frère promettait de se montrer aussi aimable que possible. Et nous n'étions pas plus détendus au bout d'une demi-heure d'attente, lorsqu'un serveur est venu nous dire qu'Eric avait téléphoné pour s'excuser, qu'il avait été retenu au travail et serait là d'ici dix minutes.

Près d'une heure s'est encore écoulée, au cours de laquelle Jack a bu deux autres bourbons-sodas et fumé trois cigarettes.

– C'est ça, le fameux humour de ton frère ? a-t-il fini par maugréer.

– Je suis sûre que ce n'est pas de son fait, ai-je tenté d'une voix mal assurée.

– Oui. Ou bien il se dit que son temps est plus précieux que le mien. C'est vrai que je ne suis pas si célèbre, moi.

– S'il te plaît, Jack !

– D'accord, d'accord. Je n'ai pas de patience, disons.

– Mais si, et tu as toutes les raisons d'être agacé. Seulement, je n'y peux rien, moi.

– Alors, prenons un verre.

– Un quatrième bourbon ?

– Tu suggères que je ne tiens pas l'alcool ?

– Garçon ! ai-je lancé au serveur qui passait par là. Un autre bourbon-soda pour monsieur !

– Merci, m'a dit Jack sèchement.

– Je n'empêcherai jamais un homme de se saouler.

– Et ça, c'est ta façon de faire de l'humour ?

– Non. Ce n'est qu'une modeste mise en garde, dont tu te fiches bien, je le sais.

– Je connais mes limites.

– Très bien.

– Mais ton frère, par contre...

414

J'ai suivi son regard, qu'il venait de fixer sur l'entrée, et mon cœur s'est arrêté. Eric se tenait sur le seuil, ostensiblement, pathétiquement ivre. Une cigarette éteinte en équilibre sur sa lèvre inférieure, les yeux vitreux, il oscillait de droite à gauche. Quand il nous a aperçus, il a levé son chapeau avec un moulinet de bras qui se voulait plein de superbe. Puis il a titubé jusqu'à notre table et m'a planté un baiser collant sur la bouche.

– Tout ça... Tout est la faute de Mr Manning. Il a tenu à me faire écluser deux bouteilles de vin au déjeuner.

– Tu as plus d'une heure et demie de retard, Eric.

– C'est ça, le show-business, a-t-il soupiré en se laissant tomber sur une chaise.

– Tu pourrais au moins t'excuser auprès de Jack.

En une seconde, il s'était relevé et mis au garde-à-vous pour lui décocher un salut militaire plein de raideur. J'avais envie de le tuer mais Jack a gardé son flegme, heureusement. Il a pris le verre que le serveur venait de poser devant lui.

– Content de vous voir, Eric.

– Et ben le bonjour à vous autre, m'sieur Malone, a répliqué mon frère en affectant un horrible accent irlandais.

– On devrait peut-être remettre à un autre jour, ai-je tenté.

– Oui, sans doute, a approuvé Jack.

– Ridicule ! Un petit remontant et je vais retrouver tout mon équilibre. Bien, qu'est-ce qu'ils pourraient boire avec moi, ces deux tourtereaux ? Mais oui, suis-je bête ! Une bouteille de champagne, garçon !

– Je m'en tiens au bourbon, moi.

– Du bourbon ? Fi, point besoin de goûts si prolétariens !

– Vous me traitez de prolo ?

Eric a repris son accent caricatural.

415

– Hé, il y a un poète qui sommeille en chacun d'nous autres, pas vrai ?

– Eric !

– Je plaisante, je plaisante, a-t-il concédé de sa voix habituelle. Pas de quoi se froisser.

Jack a hoché la tête sans un mot, puis il a vidé la moitié de son verre.

– Ah, un spécimen de mâle taciturne, amateur de boissons fortes...

– Quel est votre problème, Eric ?

– Problème, moi ? Aucun ! Je suis aussi heureux qu'un Irlandais pataugeant dans son bocage.

– Assez, Eric !

– Tu as mille fois raison. Je vous prie humblement d'excuser mes divagations. Et maintenant, noble seigneur, scellons l'armistice en trinquant avec ce nectar de France.

– Je vous l'ai dit. Je reste au bourbon.

– Parfait, parfait ! Je comprends et j'avalise.

– Pardon ?

– J'avalise. Votre choix. Le bourbon, ce tord-boyaux si authentiquement américain...

– C'est mal, de boire quelque chose d'américain ?

– Oh non, fils, oh non !

Il jouait les John Wayne, maintenant.

– Juste que c'est pas mon eau-de-feu préférée, l'ami.

– Ah oui, j'oubliais. Les cocos ne boivent que du champagne.

On aurait cru qu'Eric venait de recevoir une gifle. Moi, j'aurais aimé rentrer sous terre. Finalement, il a surmonté sa stupéfaction pour se risquer à une imitation de Scarlett O'Hara :

– Oh, très cher, mon petit doigt me dit que quelqu'un s'est montré un peu trop volubile quant à mon pittoresque passé. Ce ne serait pas toi, sœurette ?

– Allons-y, Jack.

– Mais... et ce champagne ?

416

– Mettez-le-vous où je pense.

– Ah, ce lyrisme des natifs de Brooklyn !

– Je parle américain. Mais vous allez penser que c'est encore une proclamation patriotique, je parie.

– Mais non. Attendez, ce n'est pas ce brave vieux Sam Johnson qui a dit que le patriotisme était le dernier refuge des intrigants ?

– Allez vous faire voir !

Déjà levé, Jack lui a jeté le reste de son verre à la figure puis il a tourné les talons et il a quitté le bar comme une tornade. Eric, le visage trempé, ne sachait visiblement que penser de ce baptême impromptu.

– Merci, ai-je chuchoté, des larmes dans la voix. Merci beaucoup.

– Quoi, j'ai fait quelque chose de mal ?

– Va au diable !

J'ai traversé le hall à pas pressés, rattrapant Jack sur le perron de l'hôtel.

– Je suis navrée, chéri.

– Pas autant que moi. Quelle mouche l'a piqué, bon Dieu ?

– Je ne sais pas. La nervosité, sans doute.

– Nervosité ? Stupidité, oui !

– Pardonne-moi, je t'en prie.

– Tu n'as rien à te reprocher, ma belle. C'est lui qui a un problème. Et ce problème, c'est moi.

Il m'a embrassée sur la joue.

– Écoute, il faut que je rentre, maintenant. Je t'appellerai pendant le week-end... quand je serai un peu calmé.

Il s'est éloigné en hâte. J'aurais voulu lui courir après, lui remontrer que cet incident navrant n'avait aucune importance, mais je savais que ce n'était pas vrai. L'un de nos pires travers, c'est de prétendre que tout ira bien lorsque quelque chose de grave s'est produit, que la raison et le respect mutuel finiront par triompher. Si seulement la vie pouvait se dérouler ainsi, si seulement nous ne nous entêtions pas à tout compliquer...

J'ai donc préféré le laisser partir en me disant que je lui parlerais lorsqu'il aurait la tête froide, et je suis revenue au bar, résignée à l'explication houleuse que j'allais devoir exiger de mon frère.

Je l'ai trouvé affalé sur son fauteuil, inconscient. Ses ronflements puissants agaçaient de toute évidence les consommateurs alentour, sans parler du barman qui s'est approché alors que je me penchais sur Eric.

– Il est avec vous, ce zigue ?

– J'en ai bien peur, oui.

– Alors sortez-le d'ici !

J'ai dû le secouer une bonne minute avant qu'il finisse par ouvrir des yeux hagards.

– Qu'est-ce que tu fais là, toi ?

– Je m'occupe d'un abruti.

Aidée d'un garçon que le barman avait réquisitionné pour cette tâche, je l'ai escorté jusqu'à son appartement. Ronnie était là, grâce au ciel. En constatant l'état d'Eric, il a poussé un soupir découragé. Nous l'avons pris chacun par un bras pour l'étendre sur son lit.

– C'est juste un peu... de fatigue, a-t-il marmonné avant de perdre à nouveau conscience.

Ronnie lui a retiré ses chaussures, a jeté une couverture sur le corps inanimé et m'a fait signe de retourner au salon.

– Laissons-le récupérer. Je crois qu'un verre vous ferait du bien, à vous.

– Après ce qui s'est passé, je serais prête à rejoindre l'Armée du Salut, plutôt.

Et je lui ai raconté la scène qu'Eric nous avait infligée au St. Moritz.

– Eh bien, on peut dire qu'il s'y entend pour semer la pagaille, quand il veut...

– Qu'il se soit conduit de cette façon, alors qu'il

savait comme c'était important pour moi qu'ils s'entendent tous les deux...

– Il est jaloux.

– De quoi ?

– De votre gars, évidemment.

– Mais c'est ridicule ! Quand j'étais mariée, il n'a jamais cherché noise à mon...

– Parce qu'il ne représentait pas une menace pour lui, d'après ce que j'ai compris. Tandis qu'avec celui-là...

– Enfin, en quoi Jack le menacerait-il ?

– En ce que vous êtes folle de lui, voilà. Et puis il a été vraiment blessé que vous le lui ayez caché pendant tout ce temps.

– Comment le savez-vous, Ronnie ?

– Il me l'a dit.

– J'étais obligée ! Tant que je n'étais pas certaine que...

– Hé, Sara, je ne vous juge pas, moi ! Tout ce que je vous explique, c'est que votre toqué de frère vous met plus haut que n'importe qui au monde. Vous devriez l'entendre parler de vous. Il vous adule. Et brusquement ce type surgit... Il l'avait déjà rencontré, non ?

– Oui. Et ils se sont détestés mutuellement à la première seconde.

– Voilà. Donc ce Jack revient dans votre vie, et apparemment c'est sérieux puisque vous le gardez secret. Pendant des mois. Alors maintenant il a peur de vous perdre, Eric.

– De me perdre ? Mais c'est absurde !

– Vous, vous le savez. Moi aussi. Mais la jalousie et la logique, ça fait deux, non ?

Je suis restée avec lui un long moment en espérant qu'Eric finirait par se réveiller. Parvenue vers dix-huit heures à la conclusion qu'il ne réémergerait pas avant le lendemain matin, je suis retournée chez moi, où j'ai attendu en vain un appel de Jack.

419

La sonnette m'a tirée d'une nuit de mauvais sommeil à huit heures. Je me suis précipitée à la porte. C'était Eric, les yeux rouges, le teint cendreux. Il avait l'air sur des charbons ardents.

– Tu m'adresses encore la parole, S ?

– Je n'ai pas trop le choix, si ?

Pendant que je préparais un café, il s'est assis à la table de la cuisine, perdu dans ses pensées jusqu'à ce que je rompe le silence :

– Allez, écoutons l'acte de contrition.

– Je me suis mal conduit.

– Affreusement mal.

– Et maintenant Jack me hait.

– Est-ce vraiment important pour toi, qu'il te haïsse ou non ?

– Oui, ça l'est. Parce que je sais que tu tiens à lui.

– Dans ce cas, ce n'est pas qu'à moi qu'il faut présenter tes excuses.

– Exact. Ça ne se reproduira plus, S.

– Non. Je ne veux jamais être dans la situation où j'aurais à choisir entre Jack et toi. C'est une question qui ne se pose pas, Eric.

– Je sais, je sais. C'est ce que Ronnie m'a dit hier soir. Après m'avoir passé un savon terrible. Il trouve que je me suis comporté comme un gamin de treize ans.

– Même moins.

– Tu crois que Jack pourrait me pardonner ?

– Essaie.

Je n'ai pas eu de nouvelles de lui ce week-end. Son silence m'a peinée, puis inquiétée, puis paniquée. Le lundi matin, je redoutais un bref appel par lequel il m'annoncerait qu'après mûre réflexion il avait conclu à l'impossibilité de continuer cette double vie, qu'il revenait à sa famille. Ou bien ce serait une courte lettre m'apprenant que le scandale d'Eric n'avait fait que lui ouvrir les yeux. Ou pire encore, un télégramme reprenant le message accablant de cette vieille carte postale : « Désolé. Jack. » Rien n'est plus effrayant que le silence d'un être aimé.

À neuf heures, pourtant, la sonnerie du téléphone a retenti.

– J'ai cru que je ne t'entendrais plus jamais.

– Je ne suis pas bête à ce point, Sara.

– Mais tu étais fâché.

– Oui. Pas contre toi.

– Mais tu ne m'as pas appelée. Et je me suis tourmentée.

– J'avais besoin de me calmer. En plus, tout s'est mal passé à la maison. Charlie a eu une grosse fièvre et...

– Mon Dieu ! Il va mieux ?

– Oui. Nous avons fait venir le pédiatre. Un virus, rien de grave, mais la nuit de vendredi a été rude. Et puis samedi matin, au petit déjeuner, Dorothy a fondu en larmes, brusquement. Impossible de lui faire dire pourquoi. Plus j'essayais, plus elle se butait. À un moment, je lui ai demandé si elle en avait assez de moi, si elle voulait que je m'en aille, et là elle s'est arrêtée de pleurer d'un coup. Elle est devenue folle de rage. Elle m'a crié : « Ça t'arrangerait bien, avoue ! », et elle est partie s'enfermer dans la chambre. Moi, j'ai pensé qu'il valait mieux ne pas insister. Une demi-heure plus tard, elle est revenue. Habillée, maquillée, très calme. Elle m'a embrassé en me demandant pardon, elle m'a dit qu'elle sortait nous prendre un bon repas chez le traiteur puisque nous étions forcés de rester à la maison à cause de Charlie. Et ensuite... Comme si rien ne s'était passé. On a déjeuné, la fièvre de Charlie est enfin tombée, on a un peu regardé la télé... Une petite famille bien tranquille. Ce matin, j'ai pris ma valise, je lui ai dit que je serais absent jusqu'à jeudi soir et elle, simplement : « N'oublie pas de téléphoner, d'accord ? » Et je dois t'avouer, Sara : je ne me suis jamais senti aussi minable de ma vie.

421

– Alors arrête-toi là, Jack.

– Tu ne voudrais pas ça, si ?

– Bien sûr que non ! Et toi ?

– Moi ? Je tiens à toi plus qu'à n'importe qui. Si tu n'étais pas là, je ne sais pas comment je ferais pour... Oh, mais voilà que je me transforme en bêleur sentimental, là !

– Je ne m'en plains pas. Tu peux continuer sur ta lancée, si tu veux.

– J'ai eu des nouvelles de ton frère, tout à l'heure.

– Tu... quoi ?

– Quand je suis arrivé au bureau, il y avait un paquet et une lettre. Tu veux savoir ce qu'il m'écrit ?

– Mais oui.

– Voilà, c'est rapide et gentil : « Cher Jack, je me suis conduit comme un gosse l'autre jour. Un gosse et un poivrot. C'est inexcusable. Il nous arrive à tous de faire des bêtises mais moi j'ai été particulièrement bête. Je sais l'amour que vous porte ma sœur, je ne chercherais jamais à la blesser ou à la chagriner, et pourtant mon comportement de vendredi n'a pu qu'avoir ce résultat. J'ai honte de l'avoir blessée, tout comme de vous avoir traité de cette manière. Je n'aurai aucun droit de vous en vouloir si vous refusez de me pardonner. Mais je répète, j'ai eu tort et je m'en excuse. » Il a ajouté un post-scriptum : « Voici la bouteille de champagne que je comptais vous offrir l'autre soir. J'espère que vous trinquerez à votre bonheur avec Sara. » Ça m'a touché, je reconnais. Alors je viens de lui écrire un petit mot en réponse. Je te le lis ? « Merci pour la roteuse. Sans rancune, Jack. » Tu crois que c'est suffisant ?

– C'est parfait. Merci, mon amour.

– De quoi ?

– De ne pas être rancunier. Ce n'est pas toujours facile, je le sais.

– Je t'aime, Sara.

– De même. Est-ce que je te vois, ce soir ?

– Eh bien, je ne vais pas boire cette bouteille dans mon coin, si ?

Dès lors, une sorte de *gentleman's agreement* s'est établi entre eux. Même s'ils ne se rencontraient que très rarement, ils prenaient toujours des nouvelles l'un de l'autre auprès de moi. Jack, qui était un inconditionnel du *Marty Manning Show*, envoyait souvent un mot à Eric lorsqu'il avait trouvé l'émission particulièrement réussie. Et quand son anniversaire est arrivé, cette année-là, Eric lui a offert un superbe stylo Parker. J'étais bien entendu ravie de cet armistice, tout en sachant que leurs personnalités étaient trop opposées pour qu'ils puissent trouver un véritable terrain d'entente. Depuis la scène au St. Moritz, en tout cas, tous deux s'abstenaient de la moindre remarque désobligeante à propos de l'autre en ma présence, peut-être parce qu'ils avaient compris qu'il aurait été stupide de rivaliser dans mon affection. Comme je l'avais expliqué à Eric peu avant qu'il ne présente ses excuses à Jack :

– Ce n'est pas un concours de popularité, n'est-ce pas ? Tu es le frère que j'adore, il est l'homme que j'adore. Si je n'avais pas existé, vos chemins ne se seraient jamais croisés.

– Oui, tu as une sacrée responsabilité.

– Je sais, je sais. Et je conçois très bien que vous ne soyez pas d'accord sur...

– Sur quoi que ce soit.

– Oui, évidemment. Il ne jure que par Eisenhower, toi tu es à la gauche des démocrates. Tu es dans la création, pas lui. Tu es athée alors qu'il reste attaché à ses convictions catholiques.

– Y compris lorsqu'il s'agit de respecter à la lettre le septième commandement.

– Tu n'arrêteras jamais, alors ?

– Pardon, pardon.

– S'il te plaît, Eric. Ne fais pas de Jack une pomme

de discorde entre nous. C'est tout ce que je te demande. Cela serait mauvais pour nous tous.

– Le sujet ne reviendra plus, je te le garantis.

Et il a respecté cet engagement, tout comme Jack n'a plus eu un mot de travers sur mon frère, et tout comme sa femme ne lui a plus fait de scènes, du moins d'après ce qu'il me racontait. Tout à fait dans l'esprit des années cinquante, nous avons tous préféré observer le silence sur des questions qui risquaient de s'avérer douloureuses. L'introspection à tout prix, la sincérité coûte que coûte n'étaient pas dans les mœurs du temps. Un statu quo tacite s'est donc instauré. Je voyais Eric le week-end, j'étais avec Jack quelques jours par semaine, son épouse ne faisait aucune allusion à moi et je laissais toujours à Jack l'initiative d'évoquer sa famille. Tout cela était très urbain, très policé, très pratique. Et puis je me suis découvert une alliée précieuse en la sœur de Jack, Meg.

Après l'incident avec Eric, j'avais eu plus que des réticences à faire la connaissance de Meg, redoutant une antipathie immédiate de sa part ou simplement qu'elle réprouve ma liaison avec un homme marié qui n'était autre que son frère. Jack ne semblait d'ailleurs pas pressé de la mettre dans la confidence, répétant qu'il voulait « attendre le bon moment » pour nous présenter. J'ai donc été prise de court lorsque le téléphone a sonné chez moi un matin de juin, un mois environ après l'aveu que j'avais fait à Eric.

– Ici Meg Malone. La sœur fantôme.

Une voix assurée, pleine d'allant.

– Ah... Euh, bonjour !

– Vous m'avez l'air inquiète.

– En fait...

– Pas besoin. Je ne suis pas une pimbêche, moi. Vous êtes libre à déjeuner, aujourd'hui ?

– Eh bien... oui.

– Parfait. À une heure au Sardi. Ah, petite question : il vous arrive de boire un peu, non ?

– Si.

– Dans ce cas, nous allons nous entendre.

Malgré ses manières directes, je n'en menais pas
large quand je me suis présentée au restaurant, où le
maître d'hôtel m'a immédiatement conduite à « la
table habituelle de miss Malone », en plein milieu de
la salle. Elle était déjà là, cigarette dans une main,
verre dans l'autre, un numéro de *l'Atlantic Monthly*
ouvert devant elle. De petite taille, contrairement à
son frère, elle avait la joliesse d'une enfant terrible
parvenue à l'âge adulte. Elle m'a jaugée de pied en
cap pendant que j'approchais, puis m'a montré d'un
geste son magazine au moment où je m'asseyais :

– L'idée ne vous a jamais effleurée que cet Edmund
Wilson ne valait pas un clou, et ses critiques encore
moins ?

– Qu'il soit gros et suffisant, c'est indéniable.

Mon commentaire a provoqué une ébauche de
sourire.

– Qu'est-ce que vous buvez ?

– Comme vous, si c'est bien un gin tonic que vous
avez.

– Emballé !

Et elle est repartie dans une diatribe contre Wilson,
Cyril Connolly et autres pontifes de la critique littéraire américaine. À la seconde tournée, je n'ignorais
plus rien des luttes intestines au sein de sa maison
d'édition, McGraw-Hill. Quand nous avons été servies
et qu'une bouteille de soave a trôné sur la table, elle
me bombardait de questions sur ma collaboration à
Saturday/Sunday. Quand le café est arrivé, il était
trois heures, nous étions toutes les deux « bien », au
double sens du terme, et je savais presque tout de sa
récente liaison avec un grand manitou de chez Knopf.

– Vous voulez que je vous dise ce qui me plaît le
plus chez les hommes mariés ? m'a-t-elle demandé en

faisant de grands gestes avec son verre de vin. C'est qu'ils se croient tellement forts alors que c'est nous qui contrôlons tout, nous et personne d'autre ! À l'instant où nous en avons assez, il nous suffit de les mettre dehors, et point final. Bon, je sais que je suis très fleur bleue, sur ce sujet.

– Je vois, oui, ai-je rétorqué en riant.

– Jack dit toujours que c'est moi qui ai hérité du cynisme familial, génétiquement parlant. Contrairement à lui. Sous ses dehors de dur à cuire de Brooklyn, c'est un tendre, mon frère. Vous devriez l'entendre parler de vous ! Vous êtes sa planche de salut, le rachat de tout ce qui a fait qu'il se retrouve pris au piège de sa vie. La première fois qu'il a essayé de me parler de vous, il avait tellement la trouille que j'ai fini par lui dire : « Bon Dieu, Jack, tu n'es pas à confesse, là. Cette fille, tu l'aimes ? » Et il a répondu : « Plus que tout ! » Et alors... Non, mais regardez-moi ça ! Vous rougissez !

– Oui, c'est vrai...

– Pas besoin de rougir ! Je suis très contente pour vous deux. Comme quelqu'un de célèbre l'a écrit, « l'amour est une chose merveilleuse ».

– Mais il avait peur de se confier à vous.

– Parce que mon cher frère est le pire catholique irlandais qui soit. Il croit vraiment au péché originel, vous savez ! L'exil du paradis, les feux de l'enfer, toutes ces gâteries que nous a données l'Ancien Testament, il y tient dur comme fer. Moi, je lui répète que tout ce moralisme n'est que de la foutaise, que l'important, c'est d'être relativement correct avec les autres. D'après ce que je sais, il l'a plutôt été, avec Dorothy.

– Peut-être... Mais cela ne m'empêche pas de me sentir affreusement coupable envers elle, parfois.

– Oui ? Écoutez, il aurait pu se conduire comme le dernier des derniers, abandonner femme et enfant. Beaucoup de bonshommes auraient agi ainsi, c'est un fait. Mais il est honnête, tout comme Dorothy l'est de son côté. J'ai toujours pensé qu'elle était fondamentalement correcte, elle. Pas spécialement étincelante, pas le boute-en-train absolu mais quelqu'un de bien. Alors, que ce ne soit pas la grande passion entre eux, qu'importe, finalement, puisqu'il a ça avec vous ? Ils s'entendent, ils se respectent, ce n'est déjà pas si mal. La plupart des couples mariés que je connais fonctionnent sur la base de la haine mutuelle.

– Ce qui signifie que vous ne vous marierez jamais ?

– Fontaine, je ne boirai pas de ton eau... Non, je ne dis jamais « jamais ». Mais, très sincèrement, je crois que je suis faite pour vivre, seule. J'aime bien avoir un homme avec moi, mais j'aime bien aussi qu'il s'en aille.

– Je comprends ce point de vue, oui.

– Et donc vous pouvez vous satisfaire d'être « l'autre femme » ?

– C'est incroyable comme on découvre tout ce dont on peut se satisfaire, non ?

Devenues amies au cours de ce déjeuner, nous avons pris l'habitude de nous retrouver pour une soirée « entre filles » tous les mois environ, Meg et moi. Jack était enchanté que nous nous entendions si bien, même si ce dont nous pouvions parler entre nous pendant ces dîners arrosés ne manquait pas de l'inquiéter un peu. Un soir que nous étions ensemble chez moi, lovés l'un contre l'autre sur le canapé, il a cherché à me soutirer des confidences sur mes récentes conversations avec sa sœur.

– Cela ne te regarde en rien, très cher, l'ai-je taquiné.

– Des trucs de bonnes femmes, je parie.

– Non mais écoutez-le ! Deux filles sorties des meilleures écoles, avec un métier et tout, et il faudrait qu'on s'échange des recettes de cuisine !

– Non, je vous vois plutôt parler de bas et de vernis à ongles.

– Si je ne savais pas que tu essaies de me pousser à bout, tu en prendrais pour ton grade !

– Bon, alors... De quoi vous parlez ?

– De tes prouesses au lit.

Il est devenu blafard.

– Tu plaisantes ?

– Pas du tout. Et Meg réclame tous les détails.

– Mon Dieu !

– Eh bien, de quoi d'autre voudrais-tu qu'on parle ?

– Tu te moques de moi, là ?

– Pourquoi les hommes sont-ils aussi bêtes ?

– Parce qu'ils commettent l'erreur de tomber amoureux de petites malignes comme toi.

– Tu préférerais une petite idiote ?

– Jamais !

– Pas si bête, la réponse.

– Donc tu ne veux pas me dire...

– Non. C'est privé et cela doit rester privé. Si, je vais quand même te confier une chose. Hier, je lui ai dit que j'étais heureuse.

Il m'a observée avec attention.

– C'est vrai ?

– Ne prends pas cet air surpris !

– Je ne suis pas surpris. Je suis content, c'est tout.

– Eh bien, moi aussi. Parce que tout se passe si bien...

Il s'est penché pour m'embrasser.

– La vie est belle, parfois.

– Oui, ai-je acquiescé en lui rendant son baiser. Elle peut être cela aussi.

Mais quand c'est le cas, elle paraît passer à toute allure, également. Cette accélération vient peut-être du rythme aisé avec lequel les jours se suivent et s'écoulent, une sorte d'enchaînement simple et harmonieux qui concourt entièrement à la félicité. Je n'avais que de bonnes réactions à mes articles,

Harper & Brothers venaient de me proposer une somme coquette pour sortir un recueil de mes chroniques de l'année 1952, Jack a eu une promotion qui ne le dispensait pas de ses clients assureurs mais doublait son salaire... Pendant ce temps, Eric signait un nouveau contrat encore plus lucratif avec la NBC. Meg, qui continuait son ascension chez McGraw-Hill, avait une aventure avec un bassiste de l'orchestre d'Artie Shaw qui a duré près de six mois, toute une épopée sentimentale à l'aune de ses expériences habituelles. Et puis ma vie avec Jack se déroulait sans heurts, et, d'après ce que je pouvais glaner auprès de lui, Dorothy avait fini par accepter la peu banale existence de son mari même si elle ne voulait toujours pas « savoir » ce qu'il faisait quand il était « ailleurs ».

Le bonheur se reconnaît seulement une fois qu'il est passé : c'est une évidence maintes fois rabâchée et pourtant j'avais conscience d'être à un moment sans aucun doute merveilleux de mon existence.

Et puis il s'est terminé. Le 8 mars 1952 à six heures du matin, exactement. Je me souviens encore de la date et de l'heure. Quand j'ai été tirée de mon lit par des coups de sonnette insistants à l'entrée. Comme Jack était alors en déplacement à Pittsburgh, je me suis demandé qui avait le toupet de venir me déranger à l'aube.

Eric était sur le pas de la porte. Il frissonnait, de fatigue ai-je d'abord pensé car il avait l'air de ne pas s'être couché depuis la veille. Mais il semblait épouvanté, aussi, et j'ai été gagnée par la peur.

– Que s'est-il passé, Eric ?

– Ils veulent que je leur donne des noms.

6

« Ils », c'était la chaîne. La NBC. La veille, l'après-midi, un de leurs directeurs administratifs, un certain Ira Ross, avait téléphoné à Eric, qui se trouvait dans son bureau au trente-deuxième étage du Rockefeller Center. Avait-il un moment pour le rencontrer, lui et l'un de ses collègues ? Eric avait suggéré d'attendre jusqu'au lendemain car il était en plein bouclage du programme de la semaine suivante pour le *Marty Manning Show*. « Désolé », avait rétorqué Ross. « C'est tout de suite que nous devons vous voir. »

– « Nous » ! a fulminé Eric. Dès que ce salaud a dit « nous », j'ai compris que j'étais fichu.

Il a pris une gorgée du café que je lui avais préparé et m'a demandé si j'avais du whisky chez moi.

– Il est six heures du matin, Eric !

– Je sais quelle heure il est. Mais ce café est un peu faible, un doigt de scotch ne serait pas de trop pour le corser.

Puis, comme j'hésitais :

– Allez, S ! Ce n'est pas le moment de se lancer dans une polémique sur les vertus et les dangers de l'alcool au petit matin !

Je me suis levée pour aller chercher une bouteille dans un placard. Du Hiram Walker.

– C'est du bourbon, je te préviens. Jack ne boit pas de scotch.

– Je me fiche de ce que c'est, du moment que ça dépasse les quarante degrés.

Il s'est versé une copieuse rasade dans sa tasse et s'est remis à la siroter, avec une petite grimace quand le whisky est passé dans sa gorge.

– Ah, c'est mieux... Donc je suis monté chez ce Ross, au quarante-troisième. Il faut que je te dise qu'il a un surnom dans la boîte : Himmler. Parce qu'il extermine tous ceux dont la direction veut se débarrasser. Sa secrétaire est devenue blanche comme un linge quand elle m'a vu, ce qui signifiait sans hésitation possible que j'étais dans le caca. Au lieu de me faire entrer dans son bureau, elle m'a conduit à une salle de réunion plus loin dans le couloir. Il y avait cinq types installés autour de la table. Ils m'ont regardé entrer comme si j'étais un condamné à mort qui se présente devant la commission de la dernière chance. C'était tellement pesant, ce silence, que j'ai essayé de détendre l'atmosphère en plaisantant un peu. Ton idiot de frère égal à lui-même... « Quoi, tout ça pour moi ? » j'ai lancé. Ce qui n'a fait rire personne. Ross s'est levé. Un vrai colin mayonnaise, ce bonhomme. Genre expert-comptable avec des lunettes-hublots et des cheveux gras. L'ancien souffre-douleur à l'école qui prend sa revanche et se délecte du peu de pouvoir qu'il a sur les autres. Surtout à un moment pareil, imagine ! Présider une séance d'interrogatoire sur les « activités antiaméricaines » d'un clampin au quarante-troisième étage du Rockefeller Center.

« Bon. Il m'a présenté tout ce monde. Bert Schmidt, le patron du département Variétés et comédies de la chaîne. Deux gars du service juridique, Golden et Frankel. Et puis l'agent Brad Sweet du FBI, excusez du peu ! La gueule de l'emploi, c'est sûr ! Une grosse figure rougeaude de péquenot, avec la boule à zéro et un cou de taureau. Je suis sûr qu'il était capitaine de l'équipe de football dans son collège du Nebraska, qu'il a épousé la fille qui était sa cavalière au bal de fin d'année et qu'il rêvait depuis toujours de travailler pour Mr Hoover, histoire de défendre sa maman et le drapeau américain contre les dangereux subversifs dans mon genre. Tu vois le tableau ?

– Oui, je vois, ai-je répondu en ajoutant quelques gouttes de bourbon à mon café.

– Tiens, tu bois aussi ?

– Je crois que j'en ai besoin, oui.

– Ross m'a montré une chaise du doigt. En m'asseyant, j'ai remarqué un dossier bien épais que l'agent Sweet avait devant lui, avec mon nom en gros dessus. J'ai lance un coup d'œil aux deux avocaillons. Ils avaient tous mes contrats de travail étalés en face d'eux. J'ai essayé de croiser le regard de Bert Schmidt, qui a toujours été mon allié à NBC. Il avait l'air mort de trouille... Enfin, en bon inquisiteur, Ross a démarré avec la question classique : « Je suis sûr que vous savez pourquoi vous êtes ici ? – Non, je lui ai répondu, mais puisque je vois deux avocats, j'ai dû commettre quelque infamie. Attendez voir... J'ai fauché deux ou trois bons mots à Ernie Kovaks et maintenant il y a une plainte pour plagiat contre moi ! » Là encore, aucun succès. À la place, Ross a pris un air pincé et m'a demandé de témoigner un peu plus de respect à cette digne assistance. Et moi : « Je ne voulais pas manquer de respect à quiconque. Je me demande juste ce que je fabrique ici. Ce que j'ai fait de mal. »

« Là, le Brad Sweet m'a fusillé d'un regard "patriote outragé" avant de lâcher ce à quoi je m'attendais depuis le début : "Êtes-vous ou avez-vous été membre du parti communiste, Mr Smythe ?"

« J'ai dit non sans réfléchir une seconde. Il a réprimé un mauvais sourire en ouvrant ce dossier impressionnant qu'il avait. "Vous mentez, Mr Smythe. Si vous étiez devant une cour, vous pourriez être inculpé pour outrage à magistrat." J'ai répliqué du tac au tac : "Mais ce n'est pas une cour, c'est un simulacre de tribunal !" Là, Ross est devenu furieux. "Attention, la grande gueule ! a-t-il sifflé entre ses dents. Ou bien vous répondez, ou bien on va..." Un des avocats a posé la main sur son bras, comme pour le calmer, et puis il a pris une voix doucereuse pour me dire que j'avais entièrement raison, que nous n'étions pas devant un tribunal, ni même devant une commission d'enquête, mais dans "une réunion convoquée pour votre propre intérêt", *sic*. "Oh, alors on est tous des amis, ici ? ai-je persiflé en regardant Schmidt avec insistance. Eh bien, je ne savais pas que j'avais des amis si haut placés..." Comme Ross s'énervait encore, Schmidt a voulu jouer le rôle du gentil flic : "S'il vous plaît, Eric. Essayez de coopérer un peu !" J'ai dit d'accord et l'agent Sweet a indiqué son dossier.

« "Je répète, Mr Smythe, que nous avons ici des preuves qui démentent votre dénégation. Nous croyons savoir que vous avez intégré le parti communiste en mars 1936 et que vous avez appartenu à l'une de ses cellules new-yorkaises pendant cinq ans puisque vous ne l'avez quitté qu'en 1941." J'ai dit que oui, en effet, dans ma jeunesse et pendant une courte période... Mais il a insisté : "Pourquoi m'avez-vous répondu de façon mensongère à ce sujet il y a un instant ? – Vous, vous reconnaîtriez facilement une bêtise qui remonte à des années ? – Non, bien sûr. Mais si je devais répondre à un représentant des autorités fédérales des États-Unis, je dirais la vérité. Une erreur de jeunesse, ce n'est pas grave, à condition de vouloir sincèrement la racheter par sa conduite." L'autre avocat, Golden, m'a demandé d'un ton patelin : "Et qu'est-ce qui vous a amené à quitter le Parti, Eric ?" Je lui ai dit que j'avais cessé de croire à la doctrine qu'ils enseignaient, qu'ils faisaient fausse route sur plein de questions idéologiques, et aussi que j'avais commencé à accorder du crédit à toutes ces rumeurs sur la terreur que Staline faisait régner en Russie. "Bref, vous avez compris que le communisme était une impasse", a résumé ce cher maître Golden. Ce n'était pas une question, plutôt un constat. Bert Schmidt m'a lancé un regard suppliant, du genre :

"Réfléchis à ce que tu dis, là !" "Exactement, j'ai dit. Une dangereuse impasse."

« Ce devait être la bonne réponse puisque tout le monde s'est détendu d'un coup, même si Ross a eu l'air déçu que j'arrête de jouer les témoins récalcitrants. Il aurait évidemment préféré me braquer une lampe dans la figure et me tirer la vérité en me martelant la tête avec un annuaire téléphonique. Et là, au contraire, ce n'était qu'amabilités... Enfin, pendant un moment. L'agent Sweet a repris d'un ton dégagé : "Et donc, compte tenu de cet admirable revirement à propos du communisme, vous considérez-vous comme un authentique patriote américain ?" Cette stupidité-là, je l'attendais aussi. J'ai donc répondu que j'aimais mon pays plus encore que la vie, ou une crétinerie approchante. Il a paru très satisfait et il a continué : "Donc vous êtes prêt à coopérer ? – Coopérer ? Qu'est-ce que vous voulez dire ? – Je veux dire nous aider à infiltrer les réseaux communistes qui menacent la stabilité même des États-Unis. – Ah, je n'étais pas au courant de cette menace", j'ai dit. Et lui : "Elle est pourtant sérieuse, terriblement sérieuse, Mr Smythe. Mais grâce à la collaboration d'anciens militants tels que vous, nous serons en mesure de pénétrer jusqu'à son cœur et de démasquer les véritables meneurs."

« Je t'assure, S, à cet instant, j'ai failli tout envoyer bouler. Lui dire qu'il me faisait penser à une mauvaise caricature, qu'il rêvait debout, etc. J'ai voulu me montrer apaisant, rationnel : "Écoutez, plein de gens ont rejoint le Parti dans les années trente parce que c'était une mode, une pose." Et là, nous nous sommes lancés dans un échange grotesque sur les mérites du système démocratique américain, l'idéal des pères fondateurs, etc. Je lui ai sorti que nos illustres prédécesseurs seraient sans doute atterrés de voir un citoyen de ce pays interrogé sur sa loyauté envers son drapeau. Il a explosé : "Ce n'est pas un interrogatoire !" avec un grand coup de poing sur la table. Une nouvelle fois, Frankel l'a rappelé à la modération puis il a glissé : "Je pense que l'agent Sweet, comme toutes les personnes ici présentes, cherche seulement à établir si vous êtes encore lié au Parti ou non, Eric."

« J'ai contre-attaqué : "Et cet énorme dossier, là, ne prouve-t-il pas que j'en suis sorti il y a plus de dix ans ?" À quoi Sweet a répondu que ce pouvait être un stratagème, que je pouvais très bien être l'un de leurs agents me faisant passer pour un communiste repenti. Je n'en croyais pas mes oreilles ! J'ai répété que je n'avais plus rien à voir avec cette organisation, que je maudissais le jour où j'avais pris ma carte. "Bon sang, j'écris des blagues pour Marty Manning ! me suis-je exclamé. Depuis quand un écrivain comique est une menace pour la sûreté nationale ?" Mais Sweet a alors annoncé qu'il avait des preuves selon lesquelles j'avais fréquenté de nombreux communistes au cours des dix dernières années. Il s'est mis à citer des noms, plein de noms. Pour l'essentiel, d'autres auteurs dramatiques avec lesquels j'avais eu de vagues relations professionnelles. Quand j'ai observé qu'ils appartenaient à ma génération, qu'ils avaient donc eu le même engouement passager pour cet idéal, tu sais ce qu'il m'a répondu ? "J'ai un frère de votre âge, Mr Smythe, et il n'a jamais été au Parti" !

« Là encore, je me suis retenu de lui répondre que c'était probablement parce que son frérot devait être un brave plouc du Midwest et non un rat de bibliothèque de la côte est qui avait été assez bête pour lire Marx et croire un instant à ses élucubrations prolétariennes. Et à nouveau Golden a fait semblant de vouloir me tirer d'affaire : "Je suis persuadé que tout le monde ici est satisfait par la manière dont vous avez reconnu votre erreur. Comme l'a souligné l'agent Sweet, il nous arrive à tous de nous tromper, surtout dans notre jeunesse. Mais si je vous crois lorsque vous nous assurez que vous n'avez plus eu de contacts avec le Parti depuis 1941, vous comprendrez aisément qu'il serait nécessaire d'apporter des preuves substantielles pour établir ce fait." Je savais ce qui allait suivre et pourtant j'ai voulu espérer jusqu'au bout que je serais capable de m'y dérober. C'est Golden qui m'a mis au pied du mur : "Tout ce que l'agent Sweet veut connaître, Eric, c'est le nom de ceux qui vous ont fait entrer au Parti et de ceux parmi eux qui sont encore des militants actifs." Et le type du FBI, avec sa subtilité coutumière, de préciser que ce serait ma manière de prouver que je n'avais plus rien à voir avec le Parti... et la sincérité de mes convictions patriotiques !

« "Parce que dénoncer des innocents est un acte de patriotisme ?" ai-je voulu argumenter. "Il n'y a pas de communistes innocents !" a beuglé Ross. "Ceux que j'ai connus un temps l'étaient, en tout cas." Sweet m'attendait au tournant : "Donc vous reconnaissez connaître des communistes ?" Et Frankel de reprendre l'antienne : "On vous demande seulement quelques noms, et s'ils sont aussi innocents que vous le dites il ne leur arrivera rien... – Sauf s'ils refusent de donner des noms à leur tour, évidemment ! C'est bien cela que vous cherchez, jouer sur la lâcheté des gens pour essayer de les prendre à je ne sais quel piège ?" Ils m'ont encore harcelé, jusqu'à ce que je lance : "Et si je dis non ? – Alors vous pouvez renoncer à votre travail, a répliqué Ross. Non seulement ici, à NBC, mais dans n'importe quelle station, n'importe quel studio, n'importe quelle agence, n'importe quel établissement scolaire. Vous serez grillé partout. J'y veillerai personnellement."

« Brusquement, Schmidt a retrouvé sa langue pour me dire tout le bien qu'il pensait de moi, la carrière qu'il me voyait, que c'était, certes, déplaisant mais que si je n'aidais pas à récolter ces informations d'autres le feraient à ma place et garderaient leur poste, que personne n'apprendrait jamais que j'avais coopéré avec le FBI... "Absolument, a confirmé Sweet. Votre déclaration signée sera classée confidentielle, avec accès limité à nos services et à quelques enquêteurs de la Commission sénatoriale sur les activités antiaméricaines." J'ai voulu le prendre au mot : "Donc moi non plus, je ne saurai jamais qui m'a balancé au FBI ? – Personne ne vous a balancé, Mr Smythe. Il y a simplement eu des gens pour se conduire en authentiques Américains. Nous ne vous demandons rien d'autre que d'en faire autant."

« Quand j'ai remarqué que j'étais sous contrat, qu'on ne pouvait pas me jeter à la rue, les deux avocats ont fait mine de consulter leur paperasse et puis Frankel a cité la clause 21 (a) de mon contrat, à propos du licenciement autorisé dans le cas de comportement contraire à la morale ! "Absurde !", ai-je crié, et lui : "Ce serait à un tribunal d'en décider, Eric, et je ne veux surtout pas paraître menaçant mais nos moyens sont infiniment plus étendus que les vôtres. Cela prendrait des années, pendant lesquelles vous seriez devenu inemployable, ainsi que l'a indiqué Mr Ross." Kafka au Rockefeller Center ! J'ai préféré gagner du temps, annoncer que j'allais réfléchir. Grand seigneur, Sweet m'a accordé soixante-douze heures tout en soulignant qu'un refus de ma part signifierait non seulement mon licenciement de la NBC mais aussi une convocation devant la Commission, avec peine de prison à la clé si je n'y répondais pas ou si je me dérobais à leurs questions.

« Et puis il a sorti sa carte maîtresse, celle qu'il avait gardée dans sa manche tout ce temps. Une photo de Ronnie. Elle était dans le dossier. J'ai dû cacher mes mains sous la table pour qu'ils ne voient pas comment elles s'étaient mises à trembler... "Vous connaissez cet homme ? – Oui. – À quel point ? – C'est un ami. – Quel genre d'ami ?"... Oh, tu aurais dû voir son air outragé ! Comme s'il avait à la fois Sodome et Gomorrhe devant lui. J'ai cherché des yeux une aide chez Bert

Schmidt mais à nouveau il m'a lancé un de ces regards désespérés... Sweet a répété sa question, j'ai soufflé : "Un ami, c'est tout." Il a pris son temps pour sortir une chemise de mon fichu dossier et il s'est mis à lire : "Ronald Garcia, 31 ans, né dans le Bronx. Profession musicien. Casier judiciaire vierge. Adresse actuelle : Hampshire House, appartement 508, 150 Central Park South, New York... C'est aussi la vôtre, non, Mr Smythe ? Oui ? Donc il vit avec vous ? – Je répète que nous sommes amis. Nous nous sommes connus dans un cadre professionnel, Ronald devait changer de domicile, ses finances n'étaient pas au plus haut et je lui ai proposé un toit le temps qu'il se remette à flot. – Et où dort-il, sous ce toit ? – Sur le canapé. Un de ces machins qui se transforment en lit..." Il a examiné ses papiers un moment. "Oui... Selon deux femmes d'étage de la résidence où vous habitez, interrogées par nos soins, ce canapé n'a jamais été utilisé. L'une et l'autre ont certifié avoir remarqué sur votre table de nuit des effets personnels appartenant à Mr Garcia, et ses articles de toilette dans votre salle de bains. Plus encore, elles ont constaté que, euh... que l'état de votre literie prouvait indubitablement que deux personnes partageaient ce lit et, hum, s'y livraient à des..." C'est Frankel qui l'a arrêté : "J'ai l'impression qu'il est inutile d'aller plus loin, agent Sweet. Mr Smythe a compris, ce me semble."

« Je me suis pris la tête dans les mains. J'étais au bord de la nausée. J'étais piégé et ils le savaient, ces ordures ! Soudain, j'ai entendu Schmidt me murmurer à l'oreille : "Venez, Eric, allons prendre un café." Il m'a aidé à me relever. J'étais à peine capable de tenir debout, et surtout pas de supporter la vue de l'un ou l'autre de ces chacals. Quand je suis sorti, Sweet a lancé dans mon dos : "Soixante-douze heures, Mr Smythe ! Pas une de plus ! Et j'espère que vous allez faire le bon choix."

« On est descendus, on a pris un taxi. Bert a donné au chauffeur l'adresse du Carnegie Deli, 56ᵉ Rue, et quand je lui ai dit que je n'avais certainement pas faim il m'a répondu qu'il voulait seulement mettre de la distance entre cette maison de fous et nous. Une fois installés là-bas, il m'a certifié qu'il était écœuré, désolé... "Qu'est-ce que vous leur avez raconté sur moi, Bert ? – Moi ? Ils ne m'ont pas interrogé. – Bien sûr que si ! Je vous ai entendu vous vanter plus d'une fois du bon vieux temps avec Clifford Odets et Harold Clurman et le Group Theater... Un vivier de subversifs, non ? – Contrairement à vous, je n'ai jamais été assez bête pour entrer au Parti. – Oui, mais vous y connaissiez plein de monde. Et vous aussi on vous a forcé à donner des noms, je parie. – Pour rien au monde ! – Vous vous fichez de moi, Bert. Vous avez deux divorces derrière vous, trois gosses en école privée. Vous n'arrêtez pas de chialer qu'il ne vous reste même pas de quoi payer ces starlettes que vous rêvez de vous taper... – Moins fort, merde – Ils sont en train de me démolir et vous voulez que je chuchote ?"

« Là, il a reconnu que c'était monstrueux, oui, mais qu'il n'avait aucun pouvoir sur eux. "Pas plus que quiconque. Ils ont leurs propres règles. – Et ils piétinent la constitution, Bert ! – Possible, oui. Mais tout le monde a bien trop la trouille pour le leur dire. – Vous devez être franc avec moi : c'est vous qui leur avez donné mon nom ? – Sur ma tête, sur celle de mes enfants, Eric, je jure que ce n'est pas moi. – Mais vous avez coopéré ?" À force de le presser, j'ai appris qu'il leur avait refilé "deux, trois, peut-être quatre noms". Des gens sur lesquels ils voulaient enquêter de toute façon, d'après lui. Quand il a vu que je ne répondais rien, que je ne lui accordais pas l'absolution, il s'est mis en colère : "Vous me faites rire, avec votre silence méprisant ! Je n'avais pas le choix, aucun choix ! J'ai des bouches à nourrir, des responsabilités à assumer ! Si j'avais refusé... – Vous auriez

439

tout perdu, je sais. Et maintenant, si les gens que vous leur avez donnés refusent de parler, ils sont fichus. C'est ce qu'on appelle s'en tirer sur le dos des autres, non ? – D'accord, d'accord, vous voulez le putain d'Oscar du plus noble cœur ?"

« Quand je lui ai rétorqué que la NBC allait me virer de toute façon, puisqu'ils connaissaient désormais tous mes vilains petits secrets, il m'a dit que les deux avocats l'avaient assuré du contraire : "Si vous aidez le FBI, ils garantissent que la direction fermera les yeux sur votre, euh... votre vie domestique. – Vous avez vu ça par écrit ? – Bien sûr que non ! Ils ne vont pas prendre ce risque alors qu'ils ont toutes les cartes en main ! Mais je sais, Eric, je sais qu'ils ne vont pas vous vider s'il n'y a pas d'esclandre avec le FBI. Je l'ai dit tout à l'heure, personne n'a envie de vous perdre. Vous comptez beaucoup pour la chaîne. Et moi, sur un plan personnel, j'espère que je peux toujours vous considérer comme un ami ? C'est là que je me suis levé et que je suis parti. Il devait être... cinq heures du soir, hier. Et depuis j'ai marché, marché...

Je lui ai versé une autre rasade de bourbon.

– Tu n'es pas rentré chez toi ?

– Non, j'ai erré sans but. À la fin, j'ai échoué dans un cinéma de nuit sur la 42e Rue. Et j'ai essayé de tout oublier.

– Et Ronnie, où est-il ?

– Atlantic City, avec une partie de l'orchestre. Ils accompagnent Rosemary Clooney en concert là-bas. J'ai failli l'appeler à son hôtel mais je n'ai pas voulu l'inquiéter. Il sera toujours bien assez tôt pour ça... Et puis je ne supporte pas l'idée de revoir cet appartement, maintenant que ces salauds sont allés jusqu'à interroger des femmes de ménage à propos de...

Il a vidé sa tasse d'un coup.

– Franchement, S ? Je suis si dangereux que ça ? Je suis un ennemi public au point d'obliger des bonnes à leur raconter qui dort dans mon lit ?

440

– Je n'arrive pas à y croire, moi non plus.

– Oh, il le faut, S, il le faut ! Parce qu'ils iront jusqu'au bout, eux ! Ou on se plie à leur démence, ou c'est le suicide professionnel.

– Tu devrais prendre un avocat.

– Pour quoi faire ? Qu'est-ce qu'une de ces fines mouches surpayées pourrait me dire que je ne sais déjà ? Mais même si par extraordinaire l'un d'eux arrivait à persuader le Bureau de me laisser en paix, ils n'auraient de cesse de pousser mon employeur à me rayer des cadres pour « immoralité ». Et dès que ma vie privée sera exposée aux yeux de tous je peux dire adieu à ma carrière. Liquidé !

– Il faut que tu saches qui t'a dénoncé.

– À quoi bon ?

– Tu pourrais peut-être le forcer à se rétracter, éthiquement parlant...

– Éthiquement parlant ! Oh, tu es un esprit supérieur, S, mais tu parles comme une enfant de cinq ans. Il n'y a aucune éthique en question, ma belle, aucune ! Désormais, c'est chacun pour soi, et c'est pourquoi McCarthy et ses sbires jouent sur du velours. Ils spéculent sur la peur panique que n'importe quel adulte éprouve lorsqu'il est menacé de perdre tout ce qu'il a gagné si durement. Bert Schmidt a raison, tu sais : entre perdre ses amis et perdre son gagne-pain, le choix est simple, hélas.

– Alors, tu vas accepter ?

Il s'est raidi, brusquement.

– Ne me regarde pas de cette manière !

– Je ne te regarde d'aucune manière, Eric. Je te pose une question, c'est tout.

– Eh bien... je ne sais pas. J'ai encore deux jours et demi pour décider, non ? Et je n'ai plus rien sur mon compte en banque, aussi.

– Quoi, plus rien ? Voyons, tu as gagné plus de soixante mille dollars l'an dernier !

– Oui. Et j'ai dépensé plus que ça.

441

– Comment, Eric ? Comment ?

– Oh, c'est très facile. Tellement facile que j'ai même des dettes, figure-toi !

– Des dettes ? Combien ?

– Je n'en sais rien ! Sept mille, peut-être huit...

– Seigneur !

– Exactement : Seigneur ! Tu comprends mon problème, maintenant. Si je les envoie paître, non seulement je suis étiqueté bolchevik et déviant mais la NBC me coupe les vivres. Banqueroute sur toute la ligne.

– Qu'est-ce que tu vas faire, alors ?

– Je n'en ai pas la moindre idée, bon Dieu ! Toi, qu'est-ce que tu ferais ?

– Franchement ?

– Oui, franchement !

– Franchement, Eric... Je ne sais pas.

442

7

Les deux jours suivants ont été un cauchemar.
Cédant à mon insistance, Eric a accepté de consulter
un avocat et naturellement le choix s'est porté sur
Joel Eberts. Dès que neuf heures ont sonné, je lui ai
téléphoné. Il a répondu en personne, nous proposant
de venir sans tarder. Avec son passé syndicaliste, il
ne pouvait que comprendre le dilemme devant lequel
mon frère était placé, mais, après avoir lu attentivement le contrat d'Eric à la NBC et entendu ce que le
FBI savait de Ronnie, il a reconnu qu'à part son soutien moral il n'avait rien à lui proposer.

– Il serait possible d'aller en justice, bien sûr. Seulement, l'avocat de la chaîne vous l'a dit clairement,
ils ont les moyens de faire traîner l'affaire des années.
Et entre-temps vous aurez été étiqueté à jamais.
Quant à votre vie privée, je ne m'en soucie pas une
seconde, moi, mais c'est un fait qu'ils peuvent vous
coincer sur le plan de la moralité. Pire encore : si vous
résistez, ils sont très capables de refiler des informations à quelque fouille-merde du genre Winchell.
Avant que vous ayez dit ouf, vous vous retrouverez
roulé dans la boue sur la place publique. Et ce sera
fini.

– Quelles sont les options, alors ?

– La décision vous revient entièrement, mon ami.
Et je n'aimerais pas être à votre place, pas du tout.
Parce que dans un cas comme dans l'autre vous êtes
perdant. La seule question, c'est de savoir ce qui est
le moins grave de perdre, pour vous.

Eric s'est redressé sur sa chaise.

– Je ne peux tout simplement pas me mettre à

canarder des gens dont le seul crime est d'avoir été aussi bêtement idéalistes que moi. Bon sang, même s'il s'agissait des Rosenberg, je n'arriverais pas à les dénoncer ! Je ne dois pas être assez patriote, il faut croire...

– Patriote ? Joseph McCarthy et ce clown de Nixon se disent les plus grands patriotes de ce pays, et cela ne les empêche pas d'être des filous complets ! Non, le problème est autrement plus difficile : est-ce que vous êtes prêt à vous nuire afin de protéger d'autres personnes, tout en sachant pertinemment qu'elles finiront par être inquiétées, quoi que vous fassiez. Oui, c'est facile pour moi de vous dire comment je réagirais à votre place. Je n'y suis pas. Je sais que Hoover et sa bande ont un dossier contre moi mais ils ne peuvent pas me rayer du barreau à cause de mes convictions politiques. Pas pour l'instant, en tout cas. Ils ne peuvent pas me détruire. Vous si.

J'ai regardé Eric. Il se balançait d'avant en arrière sur son siège, les yeux vides, hagard. Il aurait tellement eu besoin de dormir, au moins pour échapper à cette torture quelques heures... J'aurais tant voulu l'aider. Je ne voyais pas comment.

– Il y a un conseil que je suis en mesure de vous donner, a repris Joel Eberts. Un seul. Et si j'étais dans votre situation, c'est ce que je ferais, moi. Quitter le pays.

Eric a réfléchi un moment.

– Pour aller où ?

– Il n'y a pas que l'Amérique, sur cette terre.

– Je voulais dire : Où est-ce que je pourrais gagner ma vie ?

– Et Londres ? ai-je suggéré. Ils ont une télévision, là-bas.

– Oui, mais ils n'ont pas mon sens de l'humour. Des Anglais, mon Dieu !

– Je suis sûre que tu trouveras quelque chose. Si ce n'est pas Londres, il y a Paris, ou Rome...

– Mais oui. Je vais écrire des blagues qui ne se racontent qu'avec les mains. Excellente idée.

– Votre sœur a raison, Eric, est intervenu Eberts. Avec le talent que vous avez, vous trouverez du travail n'importe où. Mais ce n'est pas ce qui me préoccupe le plus. La priorité, c'est de préparer votre départ d'ici quarante-huit heures.

– Le FBI ne va pas me poursuivre ?

– Sans doute pas. Pour l'instant, ils laissent les gens tranquilles une fois qu'ils les ont fait fuir. Si vous essayez de revenir, bien entendu, ce sera différent...

– Vous voulez dire que je n'aurai plus jamais le droit de vivre aux États-Unis ?

– Vous voulez ma conviction absolue ? Dans deux ou trois ans, tout ce délire de listes noires aura été ridiculisé à jamais.

– Deux ou trois ans ! a gémi Eric. Mais merde, depuis quand un Américain est obligé de s'exiler ?

– Que voulez-vous ? C'est une sale période.

Eric a pris ma main et l'a serrée, fort.

– Je ne veux pas m'en aller ! Je me plais ici. C'est tout ce que je connais. C'est tout ce que j'ai...

La gorge nouée, je me suis forcée à parler :

– Les autres solutions sont trop affreuses, Eric. De cette façon, tu pars la tête haute, au moins.

Le silence s'est installé. Il pesait sa décision. Finalement, il a murmuré :

– Même si je voulais, je n'ai pas de passeport...

– Ce n'est pas un problème, ça ! a rétorqué Eberts.

Il nous a expliqué la marche à suivre, en nous pressant d'agir sans tarder. Car Eric n'aurait pas le luxe de revenir sur son choix, nous a-t-il prévenus.

– Ils veulent des noms dans quarante-huit heures. Si vous ne leur donnez pas, le rouleau compresseur se mettra en marche. Vous n'aurez plus de travail, vous serez convoqué devant la Commission, et à partir de cet instant le département d'État refusera toute demande de passeport tant que vous n'aurez pas témoigné. Ils l'ont fait à Paul Robeson, donc ils ne vont pas se gêner avec vous.

Cela n'avait rien d'évident, pourtant. D'après Joel, l'établissement d'un passeport exigeait généralement quinze jours, à moins de présenter la preuve que vous étiez contraint de voyager à la dernière minute. Aussitôt, nous sommes partis en taxi à une grosse agence de Thomas Cook, 43e Rue et 5e Avenue. Après quelques vérifications, l'employée a trouvé une couchette simple sur le vapeur *Rotterdam* en partance pour la Hollande le lendemain soir. Dès que nous avons eu le billet en main, nous avons filé au Bureau des passeports, 51e Rue. Le préposé m'a vite rendu son verdict : s'il voulait avoir son document en règle à cinq heures le lendemain, soit deux heures avant le départ du *Rotterdam*, il devait apporter les photographies adéquates, une copie de son certificat de naissance et différentes attestations certifiées conformes avant la fermeture des services. Eric a galopé dans tous les sens, tenu le délai imposé et on lui a assuré qu'il aurait ce passeport le lendemain. Cela ne lui laisserait qu'une heure pour traverser la ville et se présenter à l'embarquement, mais c'était faisable.

Ces formalités terminées, il m'a proposé de l'accompagner chez lui. Je l'ai aidé à parcourir sa vaste garde-robe et à préparer une seule grande valise. Après avoir verrouillé le couvercle de sa Remington, il s'est soudain laissé tomber sur le fauteuil de son bureau.

– Ne m'oblige pas à embarquer sur ce bateau, S.

– Tu n'as pas le choix, Eric, ai-je répondu en maîtrisant les tremblements dans ma voix.

– Je ne veux pas te quitter. Je ne veux pas laisser Ronnie. Il faut que je le voie ce soir.

– Alors appelle-le. Demande-lui de revenir à New York, si c'est possible.

Il a lâché un sanglot.

– Non ! Je ne pourrais pas le supporter ! Les adieux sur le quai, toutes ces... conneries.

– Oui. J'éviterais, moi aussi.

– Je vais lui écrire une lettre. Tu la lui donneras quand il sera de retour ce week-end.

– Il comprendra, Eric. Je m'en charge.

– Quelle absurdité, tout ça !

– Oui. C'est absurde !

– Je ne suis qu'un cabotin, moi ! Pourquoi ils me traitent comme si j'étais Trotski ?

– Parce que ce sont des brutes. Et parce qu'on leur a donné carte blanche pour se comporter en brutes.

– Tout allait si bien, S !

– Cela reviendra, je t'assure.

– J'aime ce que je fais, tu comprends ? Non seulement je gagne un argent fou mais je m'amuse ! C'est ce qui est le plus rageant. Devoir m'enfuir en sachant que pour la première fois de ma vie tout marchait comme je voulais. Tout, le travail, les finances, le succès, Ronnie...

Il s'est dégagé doucement de mon étreinte pour aller à la fenêtre. La nuit était tombée sur Manhattan. Autour de la masse sombre de Central Park, les appartements allumés sur la 5e Avenue et Central Park West irradiaient le confort et l'indifférence. J'ai toujours été frappée par la manière dont cette vue de la ville résumait sa superbe arrogance, lançait sans cesse un défi renouvelé : « Essaie toujours de me conquérir, toi ! » Car même quand on y parvenait, même quand on atteignait la célébrité comme Eric, on ne laissait jamais pour autant sa marque sur ces lieux. Réussite, ambition... Mais, une fois qu'on avait eu son moment de gloire, on retombait dans l'oubli. Parce qu'il y avait toujours quelqu'un derrière vous, quelqu'un qui voulait son grand moment, lui aussi. Ce soir-là, Eric était encore l'auteur humoriste adulé de la télévision new-yorkaise. Quand le *Rotterdam* appareillerait le lendemain, on apprendrait vite qu'il avait fui à l'étranger plutôt que de devenir un délateur. Certains applaudiraient à sa décision, d'autres se récrieraient. Mais au bout d'une semaine il disparaîtrait des préoccupations immédiates de ses anciens collègues. Sa disparition serait une mort symbolique, et seuls ceux qui l'avaient vraiment aimé pleureraient son absence. Pour les autres, ce serait d'abord une forme de distraction. On évoquerait en chuchotant ce que le succès a d'éphémère, on discuterait de l'acte de courage, ou de lâcheté, que constituait sa fuite, et puis on passerait à autre chose. La vie continuait, et le *Manning Show* aussi, non ?

Sans avoir besoin de l'interroger, je sentais qu'il était traversé par les mêmes idées que moi tandis que nous gardions les yeux sur les douces lumières de la ville. Et, certes, il a fini par passer un bras autour de mes épaules.

– Il y a des gens qui s'esquintent toute leur vie pour avoir ce que j'ai eu...

– Arrête de parler au passé, Eric.

– Mais c'est du passé, S. C'est fini.

Nous nous sommes fait monter à dîner. Nous avons bu deux bouteilles de champagne. Je me suis étendue sur le canapé, regrettant à chaque instant que Jack ne soit pas là. Le lendemain matin, Eric a établi une liste de ses dettes. Près de cinq mille dollars auprès des magasins chic et des bars à la mode où il avait un compte ouvert. Et il lui restait moins de mille en banque.

– Comment as-tu fait pour en arriver là ? me suis-je encore étonnée.

– En prenant toujours l'addition à la fin. Et puis il y a aussi que je me suis découvert des goûts de luxe postmarxistes.

– Dangereuse tendance. Surtout associée à une générosité effrénée.

– Que veux-tu que je te dise ? Je n'ai jamais compris le plaisir de l'épargne, contrairement à toi...

448

Enfin, il y a au moins un point positif, dans cette fuite : j'échapperai aux impôts.

– Parce que tu es dans le rouge avec eux aussi ?

– Pas vraiment. Simplement, je ne me rappelle pas avoir rempli de déclaration depuis... trois ans, disons.

– Mais tu leur as quand même versé quelque chose ?

– Pourquoi me fatiguer à leur envoyer un chèque alors que je ne déclarais rien ?

– Donc tu leur dois...

– Des tas d'argent. Je crois que ce doit être dans les trente pour cent de tout ce que j'ai gagné depuis que je travaille à la NBC. Assez considérable, quoi.

– Et tu n'as rien mis de côté, rien ?

– Pour l'amour du Ciel, S ! Tu m'as déjà vu faire quoi que ce soit de raisonnable ?

J'ai consulté sa liste, résolue à la liquider dès qu'il serait de l'autre côté de l'Atlantique. Parce que j'avais économisé, moi, et j'avais de quoi sauver sa réputation auprès des commerçants les plus en vue de cette ville. Pour les impôts, en revanche, il faudrait sans doute contracter un emprunt, ou prendre une hypothèque sur mon appartement... Mais le principal, pour l'heure, c'était de veiller à ce qu'il embarque. Craignant qu'il ne commette quelque folie sur un coup de tête, je lui ai fait promettre de ne pas sortir de chez lui jusqu'à quatre heures et demie, quand il serait temps d'aller chercher son passeport.

– Mais c'est peut-être mon dernier jour à Manhattan Laisse-moi au moins t'inviter à déjeuner au 21.

– Je préfère que tu ne te montres pas trop, Eric. Simplement au cas où...

– Où quoi ? Tu penses que la bande à Hoover a décidé de me filer nuit et jour ?

– Essayons juste de nous en sortir le plus proprement possible.

– Il n'y a rien de propre là-dedans, S. Rien !

Il a tout de même accepté de garder profil bas

tandis que je me mettais à l'ouvrage. Munie du chèque couvrant la totalité de son avoir à la banque qu'il m'avait signé, je suis allée à son agence, j'ai retiré l'argent que j'ai immédiatement converti en traveller's checks. Puis je suis passée chez Joel Eberts, auquel j'ai demandé un pouvoir en blanc, et je me suis ensuite hâtée chez Tiffany, où j'ai acheté à Eric un stylographe en argent avec une formule que j'ai fait graver sur-le-champ : « S à E, pour toujours ».

J'étais de retour chez lui à trois heures. Il a apposé sa signature sur le pouvoir, me confiant la gestion de toutes ses affaires financières. Nous sommes convenus que je trouverais le lendemain un garde-meubles où tous ses biens personnels seraient placés jusqu'à son retour. Il m'a remis une épaisse enveloppe adressée à Ronnie puis il s'est absenté un moment dans la salle de bains et j'en ai profité pour glisser le stylo emballé dans sa valise. Il a bientôt été l'heure de lui annoncer doucement :

– Il faut y aller, Eric.

Il s'est approché une fois encore de l'une des hautes fenêtres, s'est perdu dans la contemplation de la ville.

– Je n'aurai plus jamais une vue pareille...

– Je suis sûre que Londres peut être très beau.

– Mais ils n'ont pas de gratte-ciel !

Il s'est retourné. Il avait le visage baigné de larmes. Je me suis mordu les lèvres.

– Pas maintenant, Eric... Ne me fais pas pleurer maintenant.

Il s'est essuyé les yeux avec sa manche, a pris sa respiration :

– D'accord. Allons-y.

Nous sommes partis très vite, pour nous retrouver enferrés dans une circulation monstrueuse sur la 5e Avenue. Nous sommes arrivés deux minutes avant la fermeture du Bureau des passeports. Derrière son guichet, l'employé qui l'avait reçu la veille lui a demandé de prendre un siège un instant.

– Il y a un problème ?

Sans répondre, l'autre a décroché son téléphone pour prononcer quelques mots à voix basse.

– Quelqu'un va venir vous voir.

– Il y a un problème ? a répété Eric.

– Asseyez-vous, je vous prie.

Et il nous a montré un banc du doigt. Nous avons pris place côte à côte. Je ne pouvais m'empêcher de surveiller l'horloge sur le mur. À pareille heure, Eric allait mettre au moins quarante minutes pour rejoindre les quais de la 46e Rue. Chaque seconde comptait.

– Qu'est-ce que tu en penses ? lui ai-je murmuré.

– Rien de grave, sans doute. Des caprices de bureaucrates.

Une porte latérale s'est ouverte. Deux hommes vêtus sévèrement se sont approchés de nous. En les voyant, Eric est devenu livide.

– Oh merde.... a-t-il soufflé.

– Bonsoir, Mr Smythe. J'espère que la surprise n'est pas désagréable.

Eric n'a pas répondu.

– Eh bien, vous ne me présentez pas ? Agent Brad Sweet, du FBI. Vous devez être Sara Smythe, non ?

– Comment le savez-vous ?

– Le portier du Hampshire vous connaît bien. Il nous a appris que vous aviez beaucoup été chez votre frère, ces derniers temps. Nous savons aussi que vous vous êtes rendus ensemble au cabinet d'un... Voyons ces notes. Oui, d'un certain Joel Eberts, Sullivan Street. Un avocat des causes perdues, visiblement. Avec un dossier chez nous plus volumineux que le bottin de Manhattan. Après avoir pris ses douteux conseils, vous avez foncé acheter un billet sur le *Rotterdam* qui lève l'ancre ce soir, puis vous êtes venus ici jouer la carte du départ inopiné, ce stratagème si cher à ceux qui veulent abandonner leur pays en catimini...

Il a refermé son dossier.

– Mais je regrette, Mr Smythe. Vous ne partez pas. Le département d'État a décidé de geler votre demande de passeport en attendant le résultat de nos vérifications sur votre engagement politique.

– C'est scandaleux ! ai-je explosé.

– Mais non, mais non, c'est tout ce qu'il y a de plus légal. Pourquoi le département d'État accorderait-il un passeport à un individu qui risquerait de nuire aux intérêts américains à l'étranger ?

– Oh, Dieu du Ciel ! De quoi parlez-vous, enfin ?

Eric restait silencieux, les yeux baissés sur le sol en faux marbre.

– Si Mr Smythe se montre coopératif demain, il aura son passeport dans les vingt-quatre heures. Pour autant qu'il désire encore quitter les États-Unis, évidemment. À demain, cinq heures, au siège de la NBC, Mr Smythe. Je vous y attendrai.

Avec un bref signe de tête à mon intention, il s'est éloigné, suivi par son acolyte. Nous sommes restés un long moment sans pouvoir bouger.

– Je suis fichu, a-t-il fini par constater.

Je suis restée encore avec lui, ce soir-là, essayant d'envisager une stratégie pour sa comparution du lendemain, tentant de raisonner...

– Il n'y a plus rien à discuter, S.

– Mais qu'est-ce que tu vas faire, alors ?

– Je vais me mettre dans mon lit et me cacher sous les couvertures.

Je ne pouvais pas l'en empêcher, et je n'en avais d'ailleurs pas l'intention. De cette façon, je savais au moins où il était... Il était si épuisé, et si désespéré, qu'il s'est endormi presque tout de suite. J'aurais voulu l'imiter mais j'ai passé la majeure partie de la nuit éveillée, partagée entre la rage et une terrible sensation d'impuissance face à ce lynchage. J'avais beau me creuser la cervelle, je ne voyais aucune issue pour mon frère. Je voulais me persuader qu'à sa place j'aurais joué les Jeanne d'Arc, préférant me perdre plutôt que de me trahir. L'héroïsme paraît toujours si facile quand on n'est pas soi-même devant le précipice...

Le sommeil est finalement venu vers trois heures du matin. Je me suis réveillée en sursaut, noyée de soleil. Il était onze heures vingt à ma montre. Zut ! J'ai appelé Eric. Pas de réponse. Je suis allée dans sa chambre. Il n'y était pas, ni dans la salle de bains, ni dans la cuisine. Prise de panique, j'ai cherché des yeux un mot qu'il m'aurait laissé pour me dire qu'il allait faire un tour. Rien. J'ai téléphoné à la loge du portier.

– Ouais, Mr Smythe est sorti vers les sept heures. C'était drôle.

– Quoi ? Qu'est-ce qu'il y avait de drôle ?

– Il m'a appelé avant de descendre en me demandant si je voulais me faire un billet de dix. Un peu, j'ai dit ! Alors il m'a expliqué que je les aurais si je lui ouvrais la porte de service qu'il y a dans la cave. Et si je répondais qu'il n'a pas bougé de chez lui au cas où on me poserait la question. Facile, j'ai dit ! Pour dix dollars, je me tais, moi !

– Quelqu'un est venu vous interroger ?

– Oh non ! Mais il y a ces deux types, en face, dans leur voiture. Ils étaient là quand j'ai pris mon service à six heures.

– Ils ne l'ont pas vu sortir, alors ?

– Et comment ils l'auraient vu, puisqu'il est parti par-derrière ? Vous a-t-il dit où il allait ?

– Oh non ! Quoique, il avait une valise et donc...

– Comment ?

– Une grosse valise, oui. Comme s'il partait en voyage.

J'ai réfléchi deux secondes.

– Vous voulez encore gagner dix dollars ?

Je me suis habillée en hâte, je suis descendue en ascenseur jusqu'au sous-sol et j'ai tendu son billet au portier. Il a déverrouillé la porte par laquelle Eric était parti.

– Si on revient vous poser des questions sur Mr Smythe ou moi...

– Vous êtes toujours là-haut.

Je suis sortie dans un passage qui donnait sur la 56e Rue et j'ai arrêté le premier taxi en lui donnant l'adresse de Joel Eberts. Parce que je ne voyais personne d'autre à qui me confier. Il s'est montré plein de compréhension, comme toujours, et révolté par mon récit de la scène au Bureau des passeports.

– Nous sommes en train de devenir un État policier, je vous le dis ! Et tout ça au nom du péril rouge !

La nouvelle de la fuite d'Eric l'a encore plus alarmé.

– Il n'échappera jamais à ces salauds ! S'il ne se présente pas à la convocation, la machine va se mettre en route. Le FBI saura toujours inventer une histoire pour obtenir un mandat d'arrêt contre lui. Il faut qu'il assume, maintenant, quelles que soient les conséquences.

– Je suis d'accord. Mais comme je n'ai pas la moindre idée d'où il est, je ne peux pas le lui dire, hélas.

– Vous savez une chose ? Pour aller au Canada, pas besoin de passeport...

Aussitôt, il a téléphoné au service réservations de Penn Station. Un train était bien parti à dix heures, mais sans passager au nom d'Eric Smythe. Quand il a demandé s'ils pouvaient chercher sur d'autres départs, on lui a répondu qu'ils n'avaient ni le temps ni le personnel pour éplucher toutes les listes de voyageurs.

– Quelle ironie ! s'est-il exclamé en raccrochant. Imaginez ce qu'il m'a sorti, ce type : « Si vous tenez tellement à retrouver ce bonhomme, vous n'avez qu'à alerter le FBI ! »

C'était la première fois que je riais, en deux jours.

Et puis j'ai eu une idée, soudain. Eberts m'ayant volontiers laissée utiliser son téléphone, j'ai appelé le club de jazz de Ronnie, où j'ai appris que les musiciens en déplacement à Atlantic City étaient logés à l'hôtel Shoreham. Nouveau coup de fil et par chance il était encore au lit à midi et demi, en vrai jazzman qu'il était. Il n'a pas tardé à se réveiller complètement lorsque je lui ai résumé les événements des dernières quarante-huit heures.

– J'espérais qu'il soit parti vous voir là-bas, lui ai-je expliqué. Mais dans ce cas il serait déjà arrivé, sans doute.

– Écoutez, je ne vais pas quitter la chambre de l'après-midi. S'il n'est pas là à quatre heures, j'essaie de me faire remplacer ce soir et je rentre à New York. Je prie seulement pour qu'il ne fasse pas de bêtises. Qu'il perde son job, ce n'est pas la fin du monde ! Je me chargerai de lui, tout comme je sais que vous le ferez, vous.

– Il a dû paniquer, c'est tout, ai-je affirmé en essayant de m'en convaincre moi-même. Je suis sûre qu'il va refaire surface d'ici peu. D'ailleurs je retourne chez lui tout de suite. Vous pouvez me joindre là-bas quand vous voulez.

À une heure, je me faufilais dans l'immeuble par la porte de service. Aucun signe de son retour à l'appartement. Il n'y avait pas de message en attente pour lui au standard. J'ai rappelé Sean, le portier.

– Non, miss Smythe, désolé, mais je n'ai pas revu votre frère. Les deux types dehors, par contre, ils sont toujours là.

Je suis partie en quête d'Eric au téléphone, appelant tous les bars, restaurants ou clubs qu'il fréquentait, et même l'agence de Thomas Cook dans le cas peu probable où il aurait demandé un billet pour une destination aux États-Unis. Je faisais aussi le point avec Ronnie toutes les heures, et j'ai encore appelé mon concierge en lui posant la même question. Toute cette agitation était futile, je le savais, mais il fallait que j'occupe mon esprit.

À quatre heures, Ronnie a téléphoné. Il avait trouvé un remplaçant et prenait le prochain train pour Manhattan. Quand il est arrivé deux heures et demie plus tard, je faisais les cent pas, folle d'inquiétude, sans cesser de me demander pourquoi l'agent Sweet n'avait pas appelé en constatant qu'Eric ne s'était pas présenté à sa convocation. Mon frère était maintenant un fugitif et, même si je ne voulais pas ajouter aux appréhensions de Ronnie, je commençais à me dire que je ne le reverrais plus jamais.

Nous avons continué à monter la garde la nuit tombée, avec des sandwichs et des bières que nous avions commandés au Carnegie Deli. Le temps passait vite, Ronnie se révélant un conteur captivant qui avait mille anecdotes sur son enfance à Porto Rico et ses débuts de musicien. Il m'a parlé de ses nuits de beuverie avec Charlie Parker, du rythme infernal qu'Artie Shaw imposait à ses jazzmen, du peu d'estime dans lequel il tenait Benny Goodman. Il m'a même fait rire à plusieurs reprises mais vers minuit il a été obligé d'admettre ses craintes les plus secrètes.

– Si votre cinglé de frère a vraiment cédé à l'auto-destruction, je ne lui pardonnerai jamais.

– Moi de même.

– Je ne peux pas imaginer qu'il...

Il a frissonné. J'ai posé une main sur son bras.

– Il va revenir, Ronnie. J'en suis certaine.

À deux heures du matin, cependant, nous nous sommes résignés à nous coucher, lui dans la chambre et moi une nouvelle fois sur le canapé. La tension avait été tellement éprouvante que je me suis endormie presque tout de suite. Une odeur de cigarette m'a réveillée. La lumière de l'aube filtrait à peine par les rideaux. J'ai cligné des yeux sur ma montre. Six heures vingt.

– Bonjour !

Eric était installé dans l'un des fauteuils, sa valise

456

à ses pieds. Je me suis levée d'un bond et je suis tombée dans ses bras.

– Grâce à Dieu !

Il a réussi à sourire.

– Dieu n'a rien à voir là-dedans.

– Où étais-tu passé, bon sang ?

– Un peu partout.

– J'étais désespérée ! Je me suis dit que tu avais quitté New York.

– C'est ce que j'ai fait, plus ou moins. En me réveillant hier matin, j'ai décidé que ma seule chance était d'attraper le premier avion pour Mexico. Pas besoin de passeport, comme le Canada, et puis c'était logique, j'y ai passé un bout de temps après la mort de Père, non ? Je me doutais qu'ils surveillaient l'immeuble, donc j'ai demandé au portier de me faire sortir par l'accès de service. J'ai dit au taxi de me conduire à l'aéroport d'Idlewild et là... C'est bizarre, la vie ! S'il n'avait pas pris le pont de la 59e Rue, je suis sûr que je serais en route pour le Mexique, à l'heure qu'il est. Mais voilà, on roulait vers Queens sur le pont et j'ai fait la bêtise de me retourner, de regarder par la lunette arrière et... cette vue sur New York, c'était trop ! J'ai dit au chauffeur de faire demi-tour dès que possible. Il m'a pris pour un fou, mais tant pis.

« Il m'a déposé à Grand Central. Je suis allé mettre ma valise à la consigne mais comme il pleuvait je l'ai d'abord ouverte pour prendre ce parapluie pliant que j'ai acheté... J'étais censé partir pour Londres, non ? Et là j'ai découvert ton cadeau. En voyant ce qu'il y avait gravé dessus, j'ai pleuré, comme un gosse. Parce que ce stylo, je savais que je m'en servirais pour écrire ma déposition... Oui, S, c'est ce que j'ai résolu là-bas, au milieu du pont de la 59e Rue. Que j'allais me transformer en mouchard. Que j'allais chanter, chanter comme un canari. Trahir des gens que je n'ai pas revus depuis des années et qui sont aussi innocents que moi. Que je garderais mon contrat, et mon niveau

457

de vie, et mes goûts de luxe... Je n'étais pas fier, non, mais avec un tas de raisonnements... Par exemple, si le FBI sait que j'ai été membre du Parti, il doit aussi le savoir de ces gens-là, donc je ne leur apprendrai rien.

« J'ai rangé ton stylo dans ma poche et je me suis dit que je méritais de passer mes dernières huit heures de type à peu près respectable en faisant ce qui me passerait par la tête. Surtout qu'avec mille dollars en traveller's checks dans mon portefeuille la tentation était forte ! Alors direction le Waldorf pour un petit déjeuner au champagne et ensuite dépensons gros chez Tiffany ! Un étui à cigarettes en argent pour Ronnie et une breloque pour toi.

Il a sorti un petit écrin bleu aux armes de Tiffany, qu'il m'a lancé avec un air espiègle.

– Tu as perdu la raison, Eric ?

– Mais oui ! Allez, ouvre.

J'ai soulevé le couvercle et je suis restée sans voix devant la splendeur irréelle des boucles d'oreilles, deux larmes en platine incrustées de petits diamants.

– Je dois prendre ton silence pour de la réprobation ?

– Elles sont merveilleuses. Mais tu n'aurais pas dû.

– Bien sûr que si ! Tu ne connais pas encore ce principe fondamental de la vie américaine ? Quand tu te rends coupable de lâcheté morale, tu atténues tes remords en allant claquer plein d'argent ! Enfin, après ça j'ai marché et je suis entré au Metropolitan pour regarder leurs Rembrandt. Le musée d'Amsterdam leur prête *Le Retour du fils prodigue*, en ce moment. Il y a tout, là-dedans ! L'enfer familial, le besoin de rédemption, le choc du devoir et du désir, tout ça dans un tableau vraiment sombre. Franchement, S, il n'y a personne qui sache aussi bien se servir du noir que Rembrandt, si ce n'est Coco Chanel !

« Après, j'ai repris des forces au 21. Deux Martini,

un homard entier, une bouteille de pouilly-fumé, et me voilà prêt pour une nouvelle incursion dans la culture avec un grand C. Matinée au New York Philharmonic avec l'une de tes idoles au pupitre, Bruno Walter. La *Neuvième* de Bruckner, hallucinant ! C'est une cathédrale, cette symphonie. Un tour guidé du paradis en compagnie d'un vrai croyant. Ce qui nous laisse entrevoir qu'il y a un peu plus grand que les mesquineries de la vie sur notre planète de singes... Il y a eu une ovation incroyable, à la fin. Moi aussi, j'étais debout, je criais de tous mes poumons et puis j'ai regardé ma montre. Quatre heures et demie. À peine le temps de courir au Rockefeller Center me replonger dans lesdites mesquineries.

« J'ai retrouvé le Sweet et ce connard de Ross. "Alors, on a décidé d'être raisonnable ?" il m'a lancé dès qu'il m'a vu. "Oui, je vais vous donner quelques noms. – L'agent Sweet m'a rapporté votre excursion au Bureau des passeports, hier." J'ai raconté que j'avais cédé à la panique, mais que j'avais vu la lumière, depuis, et que donc j'étais prêt... Sweet s'est assis tout frétillant : "Nous aimerions savoir qui vous a fait entrer au Parti, qui était le secrétaire de votre cellule ainsi que les autres membres. – Parfait. Ça ne vous embête pas que je mette ça par écrit." Il m'a tendu un bloc-notes, j'ai décapsulé mon superbe stylo tout neuf, j'ai pris ma respiration et j'ai aligné huit noms, en moins d'une minute. Le plus drôle, c'est que je m'en sois si bien souvenu...

« J'ai repoussé le bloc-notes, comme si sa vue m'était insupportable. Sweet est venu me taper sur l'épaule : "Je comprends que ça n'a pas dû être facile, Mr Smythe. Mais je suis content que vous ayez décidé de faire votre devoir de patriote." Il a attrapé le bloc, l'a contemplé un moment avant de le jeter sur la table devant moi. "Qu'est-ce que ça signifie ?" Moi : "Vous vouliez des noms, je vous en ai donné ! – Des noms ? Vous appelez ça des noms ?" Il s'est mis à lire à haute voix, enragé : "Dormeur, Grincheux, Timide, Atchoum, Joyeux, Prof, Simplet, et... BN, c'est qui, ça ? – Mais Blanche-Neige, voyons..." Ross s'est approché pour regarder la feuille et il m'a dit : "C'est votre hara-kiri professionnel. – Ah, j'ignorais que vous parliez japonais, Ross. Peut-être que vous espionniez pour eux pendant la dernière guerre ?" Il a hurlé : "Dehors !" Le temps que j'arrive à la porte, Sweet m'a prévenu que la convocation de la Commission allait me parvenir très vite : "On se revoit bientôt à Washington, crapule !" il a vociféré. Je suis parti, et me voilà.

Je le dévisageais, éperdue d'étonnement.

– Tu leur as donné... les sept nains ?

– Eh bien oui, ce sont les premiers communistes qui me soient venus à l'esprit. Parce que, regarde, ils vivaient en collectivité, ils mettaient en commun leurs ressources, ils partageaient même...

Il s'est interrompu, la voix brisée de fatigue. J'ai couru à lui.

– Tout va bien, Eric, tout va bien ! Tu as été merveilleux ! Oh, je suis si fière de...

– Fière de quoi ? Que j'aie tiré un trait sur ma carrière ? Que je sois sur le point de tout perdre ?

– Tu ne nous as pas perdus, nous.

J'ai sursauté. C'était Ronnie, apparu sur le seuil de la chambre. Eric lui a lancé un regard inexpressif.

– Qu'est-ce que tu fais là, toi ? Tu étais parti jusqu'au week-end, non ?

– On était juste un peu inquiets que tu te volatilises dans les airs, Sara et moi.

– Je crois que vous feriez mieux de choisir des raisons un peu plus importantes de vous inquiéter, vous deux.

– Oh, quelle modestie ! a remarqué Ronnie. Et après avoir balancé les sept nains, où tu étais passé, sans indiscrétion ?

– Oh, j'ai fait quelques bars louches à Broadway,

ensuite un cinéma. Un nouveau Robert Mitchum. Avec Jane Russell en duo, évidemment. Scénario très nunuche, dans le style : « Je venais de retirer ma cravate en me demandant si je ne devais pas me pendre avec. » Pas mal dans le ton de ce que je ressens moi-même.

– Pauvre chou ! Dommage que tu n'aies pas eu l'idée de nous passer un petit coup de fil pour nous rassurer, Sara et moi.

– Ah, mais c'était facile, ça ! Et moi je ne fais jamais dans la facilité.

– Mais tu as été épatant, ai-je complété en lui ébouriffant les cheveux. N'est-ce pas, Ronnie ?

– Ouais, a-t-il admis en s'approchant. Il a été très bon, sur ce coup.

– Un toast s'impose, ai-je annoncé en prenant le téléphone. Est-ce qu'ils vont trouver que c'est trop tôt, pour nous monter du champagne ?

– Mais non ! Et pendant que tu y es, demande-leur un peu d'arsenic pour moi, aussi.

– Allez, Eric ! Ne t'inquiète pas. Tu vas t'en tirer.

Il a posé la tête sur l'épaule de Ronnie, les yeux fermés.

– J'en doute, S. J'en doute.

8

L'histoire était dans les journaux dès le lendemain. Comme il fallait s'y attendre, c'est ce grand patriote de Walter Winchell qui a servi le premier ce plat peu ragoûtant. Un passage de cinq lignes dans sa chronique du *Daily Mirror*, mais qui a suffi à provoquer des ravages :

« Il est peut-être le meilleur nègre de Marty Manning mais il se trouve qu'il était aussi... un Rouge ! Et maintenant Eric Smythe est à la rue après avoir rué dans les brancards avec les petits gars du FBI. S'il sait aligner les bons mots, il a oublié les paroles de *God Bless America*. Et que dire de la compagnie qu'il accueille dans son nid d'amour de Central Park, lui qui n'a jamais été marié ? Pas étonnant que la NBC lui ait montré la porte marquée "Du balai" ! »

Cette infamie était dans tous les kiosques à midi. Une heure plus tard, Eric m'a téléphoné. Il m'a suffi d'entendre sa voix pour comprendre qu'il l'avait déjà lue, lui aussi.

– Tu as vu le papier de Winchell ?

– Oui. Et je suis sûre que tu peux attaquer cette ordure en diffamation.

– On vient de m'adresser un avis d'expulsion, S.

– Un quoi ?

– Une lettre glissée sous ma porte à l'instant. La gérance de Hampshire House. Ils m'informent que je dois avoir quitté les lieux sous quarante-huit heures.

– Comment ? Et pourquoi donc ?

– Mais voyons, tu sais bien ! La fine allusion de Winchell à mon « nid d'amour ».

– Ils savaient déjà pertinemment que Ronnie vivait avec toi, enfin !

– Bien sûr. Sauf que nous avions un accord tacite : pas de vagues, pas de questions. Et maintenant que cette merde ambulante a fait éclater l'affaire, ils sont obligés de réagir publiquement, et lourdement. En expulsant le pervers.

– N'emploie pas ce terme, Eric.

– Pourquoi pas ? C'est comme ça que tout le monde va me considérer, maintenant. « Lui qui n'a jamais été marié »... Pas besoin d'être grand clerc pour comprendre le sous-entendu.

– Appelle Joel Eberts ! Demande-lui de déposer un recours contre eux et d'aller en justice.

– Pour quoi faire ? Ils gagneront, au final, et je n'aurai fait que m'endetter encore plus.

– Je paierai les frais. De toute façon, les honoraires de Mr Eberts sont plus que raisonnables.

– Mais c'est une histoire d'au moins six mois et qui se terminera en leur faveur ! Non, je ne veux pas que tu te ruines pour moi. Parce que tu vas en avoir besoin, de cet argent, S. Ta position à *Saturday/Sunday* est probablement compromise, maintenant. Grâce à ton imbécile de frère.

– Ne dis pas de bêtises ! Ils ne feraient jamais une chose pareille.

J'avais tort. Le lendemain de cette conversation avec Eric, j'ai reçu un appel d'Imogen Woods, ma rédactrice en chef. Malgré son ton posé et amical, j'ai immédiatement décelé qu'elle était mal à l'aise en me proposant de prendre un café avec elle. Et quand je lui ai répondu que j'étais assez en retard dans mon travail, qu'il serait préférable pour moi d'attendre la semaine suivante, elle n'a plus masqué sa nervosité :

– Euh, Sara ? C'est plutôt urgent, en fait.

– Ah... Eh bien, pouvons-nous en parler tout de suite ?

– Non, je ne pense pas que ce soit bien par téléphone... si vous me suivez.

Oui, hélas. Et mon inquiétude est montée d'un cran.

– D'accord. Où voulez-vous ?

Elle a suggéré le Roosevelt Hotel, près de la gare de Grand Central. Dans une heure.

– Mais je devais terminer un papier pour vous cet après-midi..

– Ça pourra attendre.

À onze heures, je l'ai trouvée à une table du bar, un manhattan devant elle. Avec un sourire préoccupé, elle s'est levée et m'a embrassée sur la joue avant de me demander ce que je prendrais. Un café, lui ai-je répondu.

– Quelque chose de fort, plutôt, ma belle...

– D'accord, ai-je accepté, convaincue désormais que j'allais avoir besoin d'un peu d'alcool. Un whisky-soda, dans ce cas.

En attendant, elle a engagé la conversation sur des mondanités, notamment la première de la nouvelle pièce de Garson Kanin à Broadway la veille, à laquelle elle avait assisté.

– Winchell y était aussi, a-t-elle remarqué en surveillant ma réaction.

Je n'en ai eu aucune.

– C'est un monstre, ce type.

– Je le pense également.

– Et je tiens à vous dire que j'ai eu une peine terrible pour vous quand j'ai vu son article, hier.

– Merci. Mais c'est mon frère qui a été sali.

– Écoutez ! Que ce soit très clair : personnellement, je suis sans réserve avec vous deux.

Cette déclaration m'a encore plus alarmée.

– Je suis contente de l'entendre, mais je le répète, pour l'instant c'est Eric qui a été attaqué, pas moi.

– Sara, je...

– Qu'est-ce qui ne va pas, Imogen ?

– Le grand chef m'a appelée ce matin. Il se trouve que le conseil d'administration du journal avait sa réunion mensuelle hier soir et qu'ils ont passé un bon moment à évoquer la controverse autour de votre frère. Et bon, le fait est que ce n'est pas seulement son engagement politique passé qui les a heurtés mais aussi son... sa vie privée actuelle.

– Comme vous dites, Imogen. « Son » engagement, « sa » vie privée. Cela ne regarde que lui, pas moi.

– Oh, nous savons bien que vous n'avez jamais milité, vous, et que...

– « Nous » ? De qui parlez-vous ?

– Le patron a eu la visite d'un représentant du FBI hier matin. Un certain Sweet. Il lui a expliqué qu'ils enquêtaient sur le passé politique de votre frère depuis plusieurs mois déjà. Et que naturellement ils avaient été amenés à s'intéresser à vos antécédents, aussi.

– C'est incroyable ! En quoi serais-je « intéressante » pour eux ?

– En ce que, comme votre frère, vous disposez d'une tribune, vous exercez une influence publique.

– Moi ? J'écris des critiques de cinéma et des chroniques sans conséquence sur les sujets les plus frivoles qui soient !

– Je vous en prie, Sara ! Je ne suis qu'une intermédiaire !

Après avoir jeté un regard circulaire autour de nous, elle s'est penchée vers moi en chuchotant :

– Pour moi, toutes ces enquêtes sont de la démence pure. Et encore plus « antiaméricaines » que les activités qu'ils prétendent pourchasser. Mais voilà, je suis obligée de jouer le jeu, comme tout le monde.

– Je n'ai jamais, absolument jamais été communiste ! ai-je sifflé entre mes dents. Grand Dieu, en 48 j'ai voté Truman, pas Wallace. Plus apolitique que moi, dans ce pays, on peut difficilement trouver !

465

– C'est ce que ce type du Bureau a dit à Linklater, oui.

– Alors quel est le problème ?

– Il y en a deux, en fait. Le premier, c'est votre frère. S'il avait répondu aux demandes de la NBC, tout aurait été oublié. Mais il ne l'a pas fait et du coup il a créé une... difficulté entre vous et la direction de *Saturday/Sunday*.

– Mais pourquoi, enfin ? Je ne suis pas sa tutrice, il me semble !

– Attendez ! Si Eric avait parlé, Winchell n'aurait jamais écrit ces lignes et l'affaire aurait été enterrée. Mais maintenant il est sous les projecteurs en tant qu'ancien communiste et en tant qu'homme menant une vie sentimentale... particulière. Ce que Linklater m'a laissé entendre ce matin, c'est que le conseil d'administration craint que tout cela ne nuise à votre image et...

– Assez tourné autour du pot, Imogen ! Pour parler clair, la revue est gênée d'avoir une collaboratrice dont le frère est non seulement un ancien communiste mais aussi un homosexuel actif !

J'avais élevé à nouveau la voix et du coup toutes les conversations se sont arrêtées autour de nous. Imogen ne savait plus où se mettre. Elle a tout de même repris, doucement :

– Oui. C'est essentiellement ça. Mais il y a un second problème...

Elle m'a fait signe de me rapprocher d'elle.

– Linklater est au courant, au sujet de votre liaison avec un homme marié.

Je me suis radossée à mon siège, stupéfaite.

– Comment... Qui lui a dit ?

– L'agent du FBI.

– Mais comment ?

– Il faut croire que c'est au moment où ils ont décidé d'enquêter sur vous à cause de votre frère. Ils n'ont rien trouvé de politique mais ils sont tombés sur cette... histoire.

– Pour cela, ils ont dû m'espionner ! Mettre mon téléphone sur écoute, ou...

– Je n'en sais rien, Sara. Tout ce que je sais, c'est qu'ils sont au courant ! Et qu'ils l'ont dit à Linklater, lequel l'a répété au conseil.

– Mais c'est ma vie privée, enfin ! Cela n'a aucune influence sur ma collaboration à la revue ! Voyons, vous savez bien que je ne suis pas du genre à rechercher la publicité ! Quand vous avez voulu mettre ma photo dans la rubrique, j'ai refusé ! Personne ne sait qui je suis et j'en suis très heureuse. Alors pourquoi ? Pourquoi me chercher noise à propos de ce qui ne regarde que moi ?

– Je crois que le patron a peur que l'attention ne se porte sur votre vie sentimentale, maintenant que celle de votre frère alimente les commérages. Eric est sur le point d'être convoqué devant la Commission d'enquête ! Ce sera dans tous les journaux. Et s'il refuse de coopérer il risque de faire de la prison, et il y aura encore plus d'agitation... Qu'est-ce qui empêcherait le FBI de refiler à Winchell ou à une commère dans son style quelques tuyaux sur votre aventure avec un homme marié ? Je vois déjà les perfidies qu'il serait capable de publier : « Non seulement Eric Smythe prône l'abolition de la propriété privée mais sa petite sœur, la vedette de *Saturday/Sunday*, fréquente assidûment un monsieur qui porte une alliance à la main gauche ! Et dire que ce canard se prétend l'hebdomadaire des familles ! »

– C'est de l'insanité !

– Je le sais, oui, mais c'est ainsi que les gens raisonnent, pour l'instant. Tenez, j'ai un frère professeur de chimie à Berkeley. Eh bien, son université vient de l'obliger à signer une déclaration sur l'honneur, oui, un bout de papier dans lequel il jure ses grands dieux qu'il n'appartient à aucune organisation

467

menaçant la stabilité des États-Unis ! Et tous ses collègues ont dû en passer par là aussi. Je trouve ça répugnant, tout comme ce qui arrive à votre frère. Et à vous.

– À moi ? Que m'arrive-t-il exactement, Imogen ?

Elle n'a pas détourné son regard.

– Ils veulent suspendre votre rubrique pendant un moment.

– Je suis licenciée, en d'autres termes ?

– Non, pas du tout.

– Ah oui ? Comment appelez-vous cette « suspension », alors ?

– Écoutez-moi bien, Sara. Linklater a beaucoup d'estime pour vous, comme nous tous, au journal. Nous ne voulons pas vous perdre. Simplement, nous pensons que tant que le cas de votre frère n'est pas résolu il serait préférable pour vous de moins occuper le devant de la scène.

– De débarrasser le plancher, pour parler sans détour.

– Voici ce qu'on vous propose. Et dans le contexte aberrant où nous sommes, je crois que c'est loin d'être mauvais pour vous. Dans le prochain numéro, nous annoncerons que vous prenez un congé de six mois afin de vous consacrer à d'autres projets littéraires. Pendant ce temps, nous vous versons un forfait de deux cents dollars par semaine et au bout de ces six mois nous refaisons le point avec vous.

– Et si les ennuis de mon frère ne sont pas terminés ?

– On verra quand on y sera.

– Et si je décide de me battre ? Si je dénonce publiquement la façon dont vous cédez aux pressions, dont...

– Je n'y penserais même pas, à votre place. Vous avez affaire à plus fort que vous, Sara. Si vous choisissez la confrontation, ils vous mettront à la porte et vous aurez tout perdu. Tandis que là vous gardez la face, et des revenus corrects. Tenez, dites-vous que c'est un congé sabbatique offert par la revue. Partez en Europe. Écrivez un roman. Tout ce que le patron vous demande, c'est...

– Je sais ! De rester muette comme une tombe.

Je me suis levée.

– Bien, je m'en vais.

– S'il vous plaît, Sara, conservez votre sang-froid. Ne faites rien avant d'avoir mûrement réfléchi.

Elle s'est levée, m'a prise par la main.

– Je suis désolée.

Je me suis dégagée brusquement.

– Honte à vous !

Je suis partie en trombe et j'ai remonté Madison Avenue, égarée par la rage, capable d'arracher les yeux au passant qui aurait osé ne pas s'écarter sur mon passage. À cet instant, je vomissais le monde entier, sa petitesse, sa méchanceté, et plus encore la façon dont les êtres humains se servent de la peur pour imposer leur emprise sur les autres. J'aurais été capable de sauter dans le premier train pour Washington, de forcer l'entrée du bureau personnel de J. Edgar Hoover et de lui demander le but qu'il recherchait exactement en persécutant ainsi mon frère. « Vous prétendez défendre la démocratie américaine, lui aurais-je déclaré, mais vous ne faites que consolider votre pouvoir. Savoir, c'est contrôler. Contrôler, c'est intimider. Vous nous tenez par la crainte et donc vous avez gagné. Et nous ne pouvons nous en prendre qu'à nous-mêmes, moutons stupides que nous sommes, de vous avoir donné un tel pouvoir. Parce que c'est grâce à nous que vous l'avez. »

J'étais dans un tel état que j'ai marché des kilomètres avant que mes yeux ne tombent sur le panneau de la 59e Rue Est. J'étais seulement à cinq minutes de chez Eric mais je me suis dit qu'il valait mieux ne pas lui rendre visite tant que je n'aurais pas recouvré mon calme. Et puis je ne me sentais pas capable de lui rapporter la conversation que je venais d'avoir avec Imogen Woods, même si je me doutais qu'il se chargerait de toute la responsabilité de mon « congé sabbatique » dès qu'il verrait l'encadré dans le numéro suivant de *Saturday/Sunday*.

J'ai repris mon souffle en m'adossant à une cabine téléphonique. Que faire, maintenant ? La réponse est venue immédiatement. Je suis entrée à l'intérieur, j'ai glissé un nickel dans l'appareil et j'ai enfreint la règle que je m'étais fixée depuis le début : j'ai appelé Jack à son bureau.

Rentré de Pittsburgh le matin, il se disposait à passer me voir le soir avant de rentrer chez lui. Mais je ne pouvais pas attendre. Il fallait que je le voie sur-le-champ. Sa secrétaire m'a répondu qu'il était en réunion.

– Dites-lui que Sara Smythe lui a téléphoné, s'il vous plaît.

– Il saura de quoi il s'agit ?

– Oui. Je suis une amie d'enfance, de son quartier. Comme je suis de passage à Manhattan, je comptais le retrouver à déjeuner chez Lindy. J'y serai à une heure, s'il peut se libérer. Sinon, qu'il m'appelle là-bas.

Il est arrivé au restaurant à une heure tapante, visiblement très nerveux. Il ne m'a pas embrassée, puisque nous n'avions pas l'habitude de nous retrouver pendant la journée, et encore moins dans un endroit public. Mais il m'a pris les mains sous la table dès qu'il s'est assis.

– J'ai vu l'article de Winchell...

Je lui ai tout raconté, depuis Eric refusant de jouer les délateurs jusqu'à la révoltante proposition d'Imogen Woods. Lorsque j'ai mentionné que le FBI avait mis au courant la rédaction de mon aventure avec un homme marié, je l'ai senti se tendre davantage.

– Ne t'inquiète pas, Jack. Je ne pense pas que cela se saura. J'y veillerai.

470

– Je n'arrive pas à y croire. C'est inconcevable, c'est...

Ne trouvant plus ses mots, il a lâché mes mains pour palper sa veste, à la recherche de ses cigarettes.

– Ça va, Jack ?

– Non, a-t-il répondu en sortant une Chesterfield et son briquet.

– Je te le promets. Ton nom ne sera jamais associé à...

– Je m'en fiche, de mon nom ! Vous avez été salis, Eric et toi. Et c'est... les salauds ! Ils...

Son indignation me touchait au-delà des mots. Je ne l'en ai aimé que plus fort, sans condition.

– Je suis navré. Quelle honte ! Comment Eric encaisse-t-il ?

– Je pense qu'il cherche un nouveau toit, surtout. Ils lui ont ordonné de vider les lieux avant six heures demain soir.

– Dis-lui que si je puis être utile de quelque façon... Tout ce que je pourrais...

Je n'ai pas pu m'empêcher de rapprocher ma tête de la sienne et de l'embrasser.

– Tu es un homme de cœur, Jack.

Il devait retourner au plus vite à son bureau mais il m'a annoncé qu'il me téléphonerait en fin d'après-midi, avant de retourner chez lui. Il l'a fait, et plus encore : il a aussi téléphoné à Eric en lui proposant son aide. Le lendemain, à cinq heures, il s'est présenté chez mon frère pour transférer avec lui ses affaires à une résidence-hôtel de Broadway, l'Ansonia, 74e Rue, habitée en majorité par des professionnels du show-business aux revenus modestes. Eric a échoué dans un studio donnant sur une arrière-cour, au sol couvert d'une vieille moquette verte trouée de brûlures de cigarette, avec un coin cuisine qui se résumait à une petite plaque chauffante et à une glacière hors d'usage. Mais le loyer était plus que raisonnable, à vingt-cinq dollars la semaine, et la direction ne cherchait pas à fourrer son nez dans la vie des pensionnaires. Il suffisait de payer sa note et de ne pas troubler la paix de ses voisins.

Eric a tout de suite détesté son nouveau logement, l'ambiance cabaret de la dernière chance dans laquelle baignait l'Ansonia. Mais il n'avait guère le choix, vu le piètre état de ses finances. Après son dernier accès de folie dépensière, il lui restait moins de cent dollars en poche et la gérance de Hampshire House lui en avait réclamé quatre fois autant pour diverses notes en souffrance ! Comme ils le menaçaient de saisir ses biens s'il ne payait pas avant son départ, je m'étais rendue en hâte chez Tiffany, avec Ronnie, et nous avions pu récupérer sept cents dollars et quelques en rendant moi mes boucles d'oreilles, lui son porte-cigarettes. Le plus gros de cette somme avait servi à régler ses dettes à Hampshire House, ainsi que la caution et deux mois d'avance à l'Ansonia. Mais Jack avait tenu à prendre en charge la location de la camionnette pour son déménagement. Il avait aussi embauché deux peintres dont la mission était de dépouiller le studio d'Eric de son horrible papier peint et de lui donner un coup de fraîcheur.

Sa générosité nous a profondément émus, mon frère et moi.

— Tu n'étais pas forcé de faire tout cela pour Eric, ai-je remarqué alors que je nous préparais un rapide dîner chez moi, le lundi soir suivant l'expulsion. Ils ont commencé à travailler ce matin, j'ai appris.

— Deux peintres pour quelques heures de travail, ce n'est pas la ruine ! Et puis j'ai eu une prime qui tombait à point : plus de huit cents dollars, comme ça ! Un petit merci de mes employeurs pour leur avoir trouvé un nouveau client. Quand on a de la veine, on peut bien aider les autres, non ?

— Bien sûr. Mais je pensais que par rapport à Eric tu avais...

— C'est du passé, Sara ! Moi, je le considère comme

472

ma famille. Et il traverse une mauvaise passe. Si on me forçait à quitter Central Park pour l'Ansonia, je ne crois pas que je serais très heureux. Alors, si un peu de peinture blanche peut lui remonter le moral, c'est de l'argent bien dépensé. Et je suis révolté par ce qui t'est arrivé, à toi aussi.

– Tout finira par s'arranger, ai-je assuré d'une voix qui manquait de conviction.

– Tu as repris contact avec eux, depuis l'autre jour ?

– Non.

– Il faut que tu acceptes leur proposition, Sara. Cette femme a raison : si tu choisis la bagarre, tu perdras. Prends ce qu'ils te donnent, chérie ! Profites-en pour souffler, et dans un mois ou deux toutes ces histoires de délation vont se dégonfler comme une baudruche. C'est allé trop loin dans la folie.

Je ne demandais qu'à partager son optimisme mais je n'étais pas pour autant prête à me résigner à ce qui était à mes yeux un pacte de Faust, un peu d'argent facile contre leur tranquillité d'esprit. Je ne voulais pas être payée pour qu'ils se sentent moins coupables de m'avoir mise en quarantaine, pour dissiper leur crainte ridicule de perdre le label de « journal des familles » au cas où l'on découvrirait que l'une de leurs collaboratrices couchait avec un homme marié... et était affublée d'un frère ancien communiste et adepte de « l'amour qui n'ose pas dire son nom ».

« Nous ne voulons pas vous perdre. Simplement, nous pensons que tant que le cas de votre frère n'est pas résolu il serait préférable pour vous de moins occuper le devant de la scène. » Imogen Woods avait paru se débattre dans un tel drame de conscience lorsqu'elle m'avait exposé cette « suggestion » ! Mais elle aussi vivait dans la peur, elle aussi sentait qu'elle risquait d'être menacée professionnellement si elle ne suivait pas les ordres, voire suspectée dans sa loyauté envers « Dieu et la Nation ». Là encore, la logique de la « liste noire » fonctionnait dans toute son abjection : détourner les individus des scrupules moraux les plus évidents en faisant appel à l'instinct numéro un, celui de survie. À tout prix.

« Prends ce qu'ils te donnent, chérie »... J'ai écouté le conseil de Jack, finalement. Parce que c'était un combat perdu d'avance, en effet, parce que ma voix ne serait jamais écoutée et parce que cet argent m'aiderait à venir au secours d'Eric pendant les six prochains mois, au moins.

Car le fiel distillé par Winchell n'avait pas seulement fait perdre à Eric son appartement à Central Park : un à un, les magasins huppés et les restaurants chic où il était accueilli en hôte de marque hier encore, et où ses largesses lui avaient assuré une ligne de crédit illimité, lui ont claqué leur porte au nez. Quelques jours après son déménagement, il était convenu de retrouver Ronnie au Stork Club pour prendre un verre après l'un de ses concerts. À son arrivée, cependant, le directeur de salle, qu'Eric connaissait par son petit nom, lui avait signifié que sa présence dans l'établissement n'était pas souhaitée, ajoutant que la direction s'inquiétait de l'ardoise que mon frère avait chez eux. Et, de fait, l'addition lui est parvenue dès le lendemain : sept cent quarante-quatre dollars et trente-huit cents, à payer dans les vingt-huit jours. Alfred Dunhill, le 21, El Morocco, Saks, n'ont pas tardé à se poser également en créanciers outragés.

– Je n'aurais jamais cru que tant de gens lisaient Walter Winchell, ai-je remarqué en feuilletant la liasse de lettres comminatoires qu'il avait reçues.

– Oh, il est très populaire, ce sagouin ! C'est un tel défenseur de la nation américaine, tu comprends...

– Mais tu as vraiment dépensé... cent soixante-quinze dollars dans une paire de chaussures cousues main ? me suis-je étonnée en jetant un rapide coup d'œil aux factures.

– Un fou et son argent ne font jamais bon ménage.

– Attends que je devine de qui c'est. Bud Abbott ? Ou Lou Costello, peut-être ? Ou Abbott et Costello ensemble, dans leur show ? En tout cas ce n'est pas de l'Oscar Wilde.

– Non, je ne crois pas. Encore que je me sente de plus en plus d'affinités avec ce monsieur. Surtout que j'écrirai moi aussi mes mémoires de prison, bientôt. Dès que la digne Commission d'enquête m'aura convaincu d'obstruction à la justice.

– Une seule crise à la fois, s'il te plaît. Ils ne t'ont pas encore convoqué.

– Que si, a-t-il répliqué en attrapant un papier sur la vieille table de jeu qui lui servait désormais de bureau. Une bonne nouvelle n'arrive jamais seule. Celle-ci m'est tombée dessus ce matin. Apportée par huissier, ma chère. Il y a même une date fixée pour ma comparution. Le 25 juillet. C'est plutôt humide en juillet, Washington, non ? Comme la paille des cachots.

– Tu n'iras pas en prison, Eric !

– Mais si, mais si. Puisqu'ils vont me demander des noms, encore, mais cette fois sous serment. Et quand je vais refuser, ce sera le violon. C'est ainsi que ça fonctionne, S.

– Appelons Joel Eberts. Tu as besoin des conseils d'un avocat.

– Non, pas du tout. L'équation est tellement simple qu'il n'y a pas de quoi ratiociner : je « coopère » et j'évite le trou, je ne « coopère » pas et je deviens pensionnaire de l'une des prisons fédérales grand luxe des États-Unis d'Amérique. Et ce de six mois à un an.

– Commençons par le commencement, Eric. Je prends ces factures.

– Pas question !

– J'ai de quoi, sur mon compte courant. Ce n'est pas...

– Je ne te laisserai pas payer mes imbécillités.

– Ce n'est que de l'argent, Eric.

– Que j'ai jeté par la fenêtre. Tant pis pour moi.

– Par générosité, surtout. Alors laisse-moi l'être à mon tour. À combien s'élèvent les dégâts, au total ? Cinq mille ?

– Je me fais horreur, S.

– Ce sera encore pire quand tu te retrouveras devant un tribunal pour dettes. Réglons déjà ce point, veux-tu ? Un souci de moins. Ce n'est pas du luxe, dans ton cas.

– D'accord, d'accord, a-t-il concédé en me jetant la liasse de feuilles. Tu veux jouer les bons Samaritains, à ta guise. Mais à une seule condition : c'est un prêt, rien de plus. Que je rembourserai dès que j'aurai retrouvé du travail.

– Tu préfères le voir ainsi ? Parfait. Mais je ne te réclamerai jamais rien, sache-le.

– Toute cette gentillesse, c'est un peu trop pour moi.

J'ai ri de bon cœur.

– Eh bien, peut-être qu'un beau jour tu te réveilleras sans ta misanthropie et que tu commenceras à reconnaître qu'il y a encore quelques êtres corrects sur cette terre, et qui veulent ton bien, en plus.

J'ai liquidé ses dettes dès le lendemain. J'ai également téléphoné à Imogen Woods, l'informant que j'acceptais leurs conditions.

– D'ici à six mois, vous aurez à nouveau votre rubrique et... Vous ne m'en voulez pas, j'espère, Sara ? Je suis prise dans l'engrenage, comme tout le monde.

– Comme tout le monde, oui.

– À quoi allez-vous consacrer ce temps libre ?

– À empêcher que mon frère ne se retrouve en prison, avant tout.

Ma première préoccupation, à vrai dire, était d'essayer d'arracher Eric à la spirale dépressive dans laquelle il s'enfonçait rapidement, un abattement qui n'a fait que s'aggraver lorsque Ronnie a reçu une offre

476

fantastique une semaine seulement après leur départ de Central Park : une tournée nationale de trois mois dans l'orchestre de Count Basie. Il m'a confié que, tout en étant transporté par la perspective de jouer dans la formation de Count, il hésitait à accepter tant l'état psychologique de mon frère l'inquiétait.

– Il ne dort plus, m'a-t-il appris alors que nous prenions un café au Gitlitz's tous les deux. Et il vide une bouteille de whisky tous les soirs.

– Je vais lui parler.

– Bon courage. Il ne veut rien entendre.

– Vous lui avez parlé de la proposition de Basie ?

– Bien sûr ! « Vas-y, vas-y », il m'a dit. « Je me passerai de toi. »

– Vous êtes tenté, n'est-ce pas ?

– C'est un privilège, de jouer avec eux... J'ai très envie, oui.

– Alors faites-le.

– Oui, mais... Eric a besoin de moi ici. Et il en aura encore plus besoin quand ils vont le convoquer.

– Je suis là, moi.

– J'ai peur pour lui.

– Il ne faut pas. Il va se remettre d'aplomb dès qu'il aura trouvé un nouveau travail.

Et, en effet, Eric a frappé à de nombreuses portes après son éviction de la NBC, d'abord avec optimisme, fort de sa réputation de grand novateur dans le registre de la comédie depuis le *Manning Show*. Professionnellement parlant, il était aussi connu pour son aisance et sa fiabilité, jamais à court d'idées et toujours en avance sur les délais. Et pourtant personne ne l'a engagé, ni même écouté.

Dès son installation à l'Ansonia, il avait passé des heures au téléphone, cherchant à obtenir un rendez-vous avec divers producteurs et agents.

– J'ai dû donner une bonne douzaine de coups de fil aujourd'hui, m'a-t-il annoncé une fois où j'étais venue lui apporter quelques provisions. Tous les gens que j'ai appelés n'arrêtaient pas de me courir après pour que je travaille avec eux, avant. Mais là, plus personne. Il y en avait trois en réunion, quatre dans un déjeuner qui durait plus que prévu, et le reste était en déplacement...

– Ce n'était pas ton jour de chance, voilà tout.

– Merci de toujours chercher le bon côté des choses, très chère sœur.

– Je voulais juste dire que... Inutile de paniquer si vite.

Le lendemain, cependant, il était au bord du désespoir. Il avait cherché une nouvelle fois à entrer en relation avec ces douze contacts, qui s'étaient encore tous esquivés.

– Donc tu sais ce que j'ai décidé ? m'a-t-il raconté au téléphone. De débarquer à l'heure du déjeuner dans ce petit bistro de la 15e Rue, le Jack Dempsey's, le repaire de la moitié des agents de Broadway spécialisés dans les trucs d'humour. Il devait y en avoir six ou sept de cette espèce autour d'une table, en train de causer affaires. Tous me connaissant très bien, tous ayant essayé à un moment ou un autre de m'avoir pour client, sauf que moi j'ai toujours été le crétin sûr de lui qui trompette qu'il n'a pas besoin d'agent pour bien se vendre... Mais bon, j'y suis allé. Quand ils m'ont vu approcher, on aurait cru qu'ils avaient un lépreux devant eux. La moitié ne m'ont pas adressé un mot, les autres ont détalé en racontant qu'ils étaient pris ailleurs. En deux minutes ils avaient tous disparu, tous sauf un vieux bonhomme, Moe Canter. Il doit avoir pas loin des quatre-vingts ans, celui-là. Déjà dans le métier à l'époque du vaudeville. Pas le genre à se défiler. Il m'a dit de m'asseoir, il m'a payé un café et il a démarré franchement. En me disant que la profession entière vivait dans la trouille, que n'importe qui serait prêt à dénoncer son propre frère pour ne pas se retrouver sur « leurs listes de merde », je cite. À son avis, je ferais mieux de changer

478

mon fusil d'épaule. Depuis le papier de Winchell, je suis devenu un paria dans cette ville. Il a dit aussi qu'il m'admirait beaucoup d'avoir refusé de jouer les mouchards. À quoi j'ai répliqué : « Ouais, les gens adorent les héros. Surtout quand ils sont morts. »

La gorge serrée, j'ai cherché à le rassurer :

– D'accord, Eric, cela se présente mal mais...

– « Mal » ? C'est la ruine complète, tu veux dire ! Ma carrière est kaput. La tienne aussi, et tout est entièrement ma faute.

– Mais non. Et ne t'avoue pas battu si vite. Pour l'instant, à une semaine de distance à peine, les calomnies de Winchell sont encore dans tous les esprits. Je suis sûre que dans un mois ils...

– Oui, ils auront oublié les saletés de Winchell. Et pourquoi ? Parce qu'ils seront trop occupés à papoter sur mon passage forcé devant la Commission d'enquête. Et après ce petit show devant les disciples de McCarthy je vais crouler sous les propositions de travail, c'est évident...

J'ai surpris un bruit caractéristique à l'autre bout de la ligne. Il remplissait un verre.

– Qu'est-ce que tu bois ?

– Canadian Club.

– Tu commences le whisky à trois heures de l'après-midi, maintenant ?

– J'ai commencé il y a une heure, si tu veux savoir.

– Je me fais du souci, Eric.

– Pas de quoi. Après tout, je peux encore gagner ma croûte en composant des sonnets. Ou bien je vais me spécialiser dans l'épopée scandinave. C'est certainement un secteur de l'édition qui a échappé à la chasse aux sorcières. Il me suffit de travailler un peu mon vieux norrois et...

– Attends-moi. J'arrive.

– Mais non, S. Tout va au poil, je t'assure.

– Je suis chez toi dans cinq minutes.

– Je serai parti. J'ai un rendez-vous important.

– Avec qui ?

– Avec le cinéma Loew de la 84e Rue. Splendide programme, aujourd'hui : *Le Masque arraché* avec Joan Crawford, Gloria Grahame et le délicieux Jack Palance, suivi du *Piège d'acier* avec Joe Cotton. Quelques heures de pur bonheur sur grand écran.

– Bien. Mais tu dînes avec Jack et moi, au moins.

– Dîner ? Une minute, je consulte mon agenda... Non, malheureusement je suis pris, ce soir.

– Par quoi ?

– Il y a écrit que je dois me saouler. Tout seul.

– Pourquoi me fuir de cette façon, Eric ?

– Il se trouve que je n'ai pas envie de compagnie, cheuurie.

– Un café ensemble.

– On se cause demain, ma beauté. Et n'essaie pas de rappeler, surtout, je vais laisser le téléphone décroché.

J'ai réessayé, bien entendu, et comme il avait mis sa menace à exécution j'ai attrapé mon manteau et couru jusqu'à son hôtel. À la morose réception, l'employé m'a appris que mon frère venait de sortir. Sans perdre un instant, j'ai sauté dans un taxi qui m'a déposée devant le cinéma de la 84e Rue. Après avoir acheté un billet, j'ai inspecté l'orchestre, les loges, le balcon. Pas de trace de lui. Quand j'ai compris que je ne le trouverais pas ici, je me suis laissée tomber dans un fauteuil. Sur l'écran, Joan Crawford était en train de se disputer avec Jack Palance.

– Rappelle-toi ce que Nietzsche a dit : il faut vivre dangereusement.

– Et tu sais ce qu'il lui est arrivé, à Nietzsche ?

– Quoi ?

– Il est mort.

Rentrée chez moi, j'ai rappelé l'Ansonia. Toujours pas d'Eric. Jack est arrivé de son travail et il est resté près de moi tandis que je composais le numéro de mon frère toutes les demi-heures. Plus tard, il est sorti jeter un coup d'œil dans différents bars du quartier pendant que je montais la garde devant le téléphone. Revenu bredouille, il a renoncé à attendre après minuit et il est allé se coucher. Je me suis assoupie dans le fauteuil. J'ai rouvert les yeux à six heures et demie. Déjà habillé, Jack me tendait une tasse de café.

– Tu dois te sentir en pleine forme.

– N'est-ce pas ?

J'ai bu une gorgée avant de composer le numéro de l'hôtel. Pas de réponse dans son studio.

– Je devrais peut-être prévenir la police, ai-je réfléchi tout haut.

– Tu lui as parlé hier après-midi, non ? Eh bien, les flics ne vont pas se déranger pour un type qui a disparu depuis moins de vingt-quatre heures. Donne-lui jusqu'à ce soir. S'il n'y a toujours rien, tu pourras t'inquiéter. D'accord ?

Je l'ai laissé m'envelopper de ses bras.

– Tâche de dormir un peu pour de bon. Et appelle-moi au bureau si tu as besoin de moi.

– Tu es sûr ?

– Tu n'as qu'à dire que tu es miss Olson de chez Standard Life à Hartford. Ma pipelette de secrétaire n'aura pas le moindre soupçon.

– Qui est-ce, cette miss Olson ?

– Je viens de l'inventer. S'il te plaît, ne t'inquiète pas trop, promis ? Je suis certain qu'Eric va bien.

– Tu as été merveilleux dans toute cette histoire, Jack.

– Mais non. J'aurais aimé pouvoir faire plus.

Je me suis jetée dans le lit. Il était midi quand je suis revenue à moi. J'ai pris le téléphone et cette fois... Eric a répondu. Il avait l'air affreusement endormi.

– Merci mon Dieu !

– Merci de quoi, bon sang ?

– Que tu sois là ! Où étais-tu passé ?

– Oh, la nuit blanche habituelle. Avec les clodos au balcon du New Liberty.

– Je t'ai cherché à la salle de la 84e, hier après-midi.

– Je m'en doutais. C'est pour ça que je n'y suis pas allé.

– Pourquoi m'éviter ainsi, Eric ? Tu ne l'as jamais fait.

– Il faut un commencement à tout, non ? Écoute, je retourne me coucher, moi. Et je décroche le téléphone. « Ne rappelez pas, c'est nous qui vous recontacterons », comme tout New York me dit, maintenant.

Après quatre ou cinq essais infructueux, j'ai été tentée de foncer à l'Ansonia et de lui demander des explications. À la place, « miss Olson » a téléphoné à Jack. Qui m'a donné un conseil impérieux : laisser Eric tranquille, lui donner quelques jours en tête à tête avec lui-même.

– Il faut qu'il surmonte tout ça dans sa tête, d'abord.

– Mais il n'est pas en état de rester seul.

– Il n'a pas encore sombré dans la démence, je crois ?

– Non. Il se saoule et il erre dehors toute la nuit, c'est tout.

– Il fait son deuil. Ce qui lui est arrivé, c'est une sorte de mort. Tu dois le laisser, Sara. Pour l'instant, rien de ce que tu pourras lui dire n'aura le moindre sens. Rien n'a de sens pour lui.

J'ai donc attendu trois jours avant de le rappeler. Le vendredi soir, à cinq heures. Sa voix m'a paru moins inquiétante.

– J'ai trouvé un nouveau job.

– Vraiment, Eric ? Mais c'est magnifique !

– Vraiment. Plus qu'un job, en fait. Une vocation que je me suis découverte.

– Raconte !

– Je suis devenu vagabond professionnel.

– Eric...

– Attends, attends ! C'est un travail fantastique. La

façon la plus productive de perdre son temps qu'on puisse imaginer. Toute la journée, je traîne. Dans les musées, de ciné en ciné, et je marche, je marche ! Tiens, hier je suis allé de la 72ᵉ Ouest à Washington Heights. En trois heures à peine ! J'aurais continué encore plus au nord mais comme le jour allait se lever...

– Tu as marché jusqu'à Washington Heights en pleine nuit ? Tu es cinglé, Eric ?

– Non. Je fais mon job, c'est tout.

– Et tu as beaucoup bu ?

– Pas quand je dors, non. Ah, il y a encore d'autres nouvelles, sur le plan professionnel.

– C'est vrai ?

– Oui. Excellentes. Voilà, j'ai décidé de court-circuiter tous ces agents et j'ai appelé directement cinq humoristes que je connais. Et tu sais quoi ? Ils m'ont tous envoyé bouler. Et ce ne sont pas des vedettes, attention ! Le genre de cabotins qui font les clubs de deuxième catégorie dans les Poconos, les Catskills ou à West Palm Beach. Pour les vacanciers, quoi. Enfin, il se trouve que même à ce niveau on ne veut pas de moi.

– Je te l'ai dit et répété, Eric. Que ce serait dur, au début. Mais dès que cette affaire de la Commission sera passée...

– Et que je serai derrière les barreaux...

– Admettons ! Admettons que tu ailles en prison, même ! Ce sera une épreuve terrible, d'accord, mais elle n'aura qu'un temps. Et quand ils en auront fini avec leurs listes noires, non seulement tu auras le respect de tous pour avoir refusé de moucharder mais encore tu...

– Quand ils en auront fini avec leurs listes noires ? Tu rêves, S ! Pour l'instant, c'est une éventualité aussi probable que ma nomination comme secrétaire d'État ! Et même s'ils se discréditent au final, la boue

483

qu'on m'a jetée dessus va me coller, je le sais. Plus personne n'aura de travail pour moi.

Il s'entêtait dans ces sombres pensées. À nouveau, je me suis précipitée à l'Ansonia et à nouveau il avait disparu le temps que j'arrive. Vingt-quatre heures ont encore passé avant que je l'aie au téléphone. Cette fois, je n'ai pas cherché à apprendre ce qu'il avait fait mais j'ai voulu le rappeler à la réalité.

– Comment t'en tires-tu avec l'argent, en ce moment ?

– Magnifiquement. J'allume mes havanes avec des billets de cinq.

– Tant mieux. Bien, je dépose une enveloppe à la réception pour toi, avec cinquante dollars dedans.

– Pas besoin, merci.

– Eric ! Je connais ta situation.

– Ronnie m'a laissé du liquide avant de partir.

– Combien ?

– Beaucoup.

– Je ne te crois pas.

– Tant pis pour toi, S.

– Pourquoi ne me laisses-tu pas t'aider ?

– Parce que tu as déjà bien assez payé pour ma stupidité. Bon, il faut que j'y aille.

– Tu dînes avec moi, ce week-end ?

– Non.

J'ai tout de même apporté l'enveloppe. Le lendemain matin, elle était sur mon paillasson, avec le nom d'Eric barré et remplacé par le mien. C'était son écriture, évidemment. Ce jour-là, je lui ai laissé une douzaine de messages. Sans réponse. En désespoir de cause, j'ai fini par trouver Ronnie dans un hôtel de Cleveland. Il a été stupéfié par ce que je lui ai raconté du comportement de mon frère.

– Je l'appelle deux fois par semaine, environ, et il a toujours l'air bien...

– Il m'a dit que vous lui aviez laissé de l'argent.

– Oui. Une trentaine de dollars.

– Mais vous êtes en tournée depuis dix jours ! Il ne doit plus rien lui rester. Il faut qu'il accepte que je l'aide.

– Il ne le fera pas. Il se sent trop coupable.

– Enfin, je continue à toucher un forfait de la rédaction et il le sait ! Cinquante dollars quand j'en reçois deux cents par semaine, quand je n'ai pratiquement pas de charges, ce n'est rien !

– Je ne vais pas vous expliquer comment il fonctionne, si ? Votre frère a des scrupules à revendre et c'est une tête de mule, en plus. Mauvaise combinaison, ça.

– De vous il l'accepterait ?

– Peut-être. Mais cinquante par semaine, pour moi, c'est impossible.

– Ne vous inquiétez pas, j'ai une idée.

Peu après, j'étais dans un bureau de la Western Union et j'envoyais la somme par mandat télégraphique à Cleveland. Le lendemain, il en faisait de même à l'intention d'Eric. Entre-temps, la tournée s'était déplacée à Cincinnati et c'est là que je lui ai téléphoné le soir.

– Il a fallu que je lui raconte que Basie avait décidé d'augmenter tous les gars de l'orchestre. Il a eu l'air convaincu. Je crois qu'il en avait plus que besoin, de cet argent. Il m'a dit qu'il allait tout de suite récupérer le mandat.

– Parfait. Maintenant nous savons qu'il aura de quoi se nourrir chaque semaine, au moins. Si seulement il acceptait de me voir...

– Il le fera dès qu'il en sera capable. Je sais que vous lui manquez, Sara.

– Ah ? Et comment le savez-vous ?

– Parce qu'il me l'a dit.

J'ai gardé mes distances, donc, me contentant de lui parler au téléphone quand je pouvais l'atteindre. Parfois, il paraissait relativement lucide mais la plupart du temps il avait une voix déformée par l'alcool et les désillusions. Je ne l'interrogeais plus, me contentant d'écouter ses monologues sur les cinq films qu'il avait vus d'affilée, ou sur les heures qu'il passait à la bibliothèque publique de la 42ᵉ Rue, ou sur la technique qu'il avait mise au point à Broadway :

– Prendre le train en marche, j'appelle ça. Tu attends l'entracte près de l'entrée du théâtre et, quand tout le monde sort pour griller une cigarette, tu te glisses dans la foule et tu te trouves un strapontin. Les deux derniers actes, c'est déjà quelque chose, non ?

– Mais oui ! ai-je répondu en affectant un ton amusé comme si je pensais qu'il était parfaitement normal qu'un homme approchant la quarantaine ait à frauder pour assister à un spectacle théâtral.

En réalité, j'aurais voulu intervenir, employer les grands moyens embarquer Eric dans une auto et l'envoyer dans le Maine quelques semaines. Je lui ai même avancé cette idée au téléphone, suggérant qu'un tour au grand air ne pourrait que lui faire du bien et l'aider à remettre ses difficultés en perspective.

– Oui, je comprends. À force d'arpenter une plage déserte, je vais retrouver mon équilibre et ma foi en l'humanité, et comme ça je serai tout fringant pour tailler une bavette avec ces messieurs de la Commission.

– Je pensais seulement que...

– Désolé. Je ne marche pas.

Au lieu de continuer à le supplier, j'ai repéré un employé de la réception de son hôtel qui, en échange de cinq dollars hebdomadaires, a volontiers accepté de me tenir au courant des allées et venues de mon frère. J'étais trop inquiète pour ne pas m'imposer de le soumettre ainsi à une discrète surveillance. Ce garçon, Joey, avait mon numéro et la consigne de me contacter en cas d'urgence.

Il était trois heures du matin, une semaine avant la

comparution d'Eric, lorsque le téléphone a sonné chez moi. Endormi près de moi, Jack s'est relevé d'un bond. Moi aussi. J'ai décroché en m'attendant au pire.

– Miss Smythe ? Ici Joey à l'Ansonia. Pardon de vous déranger en pleine nuit mais vous m'aviez dit...

– Que se passe-t-il ?

– Je vous rassure, votre frère n'a rien de grave. Mais il est arrivé il y a une quinzaine de minutes dans un état... Complètement bourré, pour tout dire. Au point que j'ai dû demander au veilleur de nuit de m'aider à le sortir du taxi. Et là-haut il a vomi partout. Il y avait du sang, dans ce qu'il a rejeté.

– Appelez une ambulance, tout de suite.

– C'est déjà fait. Ils seront là d'ici peu.

– J'arrive.

Nous nous sommes habillés en deux secondes. L'ambulance était devant la porte de l'hôtel. Au moment où nous sommes entrés, Eric est apparu sur une civière. Je ne l'avais pas revu depuis trois semaines et j'ai eu l'impression qu'il avait vieilli de dix ans. Son visage émacié était envahi par une barbe hirsute, tachée de sang coagulé. Il paraissait au bord de l'inanition mais ce sont ses yeux qui m'ont le plus effrayée, rouges, vitreux, fixes, comme s'il avait subi un choc dont il ne se remettrait jamais. J'ai pris sa main inerte, exsangue. Quand j'ai prononcé son nom, il m'a regardée sans me voir. Je me suis mise à pleurer. Livide, Jack m'a soutenue pendant que les brancardiers hissaient mon frère dans le véhicule. Ils ont accepté de nous prendre avec eux. Je n'ai pas lâché la main d'Eric tandis que nous roulions à grande vitesse jusqu'à l'hôpital Roosevelt. Les yeux pleins de larmes, je ne pouvais que répéter :

– Je n'aurais jamais dû. Je n'aurais jamais dû le laisser seul.

– Tu as fait tout ce que tu pouvais.

– Tout, Jack ? Mais regarde-le ! Je l'ai abandonné.

– Arrête, Sara. Je t'en prie.

487

Il a été aussitôt transporté aux urgences. Une heure s'est écoulée, Jack est sorti un moment, revenant avec des donuts et du café. Pendant qu'il fumait à la chaîne, je faisais les cent pas en me demandant pourquoi personne ne nous disait rien. Un médecin en blouse blanche, d'une trentaine d'années, est finalement apparu par la double porte des urgences.

– Vous attendez pour Mr...

Il a jeté un coup d'œil au dossier qu'il avait en main.

– ... Mr Eric Smythe ?

Je me suis présentée, Jack à mes côtés.

– Voilà, miss Smythe : votre frère souffre de malnutrition, d'intoxication éthylique et d'un ulcère ouvert du duodénum qui l'aurait sans doute emporté en deux heures s'il n'avait pas été amené à temps ici. Comment a-t-il pu arriver à un état de sous-alimentation pareil ?

– C'est ma faute.

Jack s'est immédiatement interposé :

– Ne l'écoutez pas, docteur. Mr Smythe a eu de graves difficultés professionnelles, récemment, et il a commencé à se laisser aller. Sa sœur a fait tout ce qui était en son pouvoir mais...

– Je ne suis pas là pour distribuer les blâmes. J'ai seulement besoin de savoir, cliniquement, ce qui l'a conduit à un tel état. Parce que nous le transférons tout de suite en salle d'opération et...

– Mon Dieu !

– En cas de lésion des glandes duodénales, c'est l'intervention chirurgicale ou la mort. Mais je crois qu'il est encore temps. Les deux ou trois prochaines heures seront décisives. Vous pouvez rester ici, sans aucun problème, mais si vous préférez nous laisser un numéro...

– Je ne bouge pas.

Jack a indiqué d'un signe de tête qu'il restait aussi, et le médecin s'est éloigné en hâte. Je suis tombée sur

488

une chaise de la salle d'attente. Jack s'est assis près de moi, son bras autour de ma taille.

– Il va s'en tirer, Sara.

– Il n'aurait jamais dû en arriver là...

– Tu n'es pas responsable.

– Si ! Il ne fallait pas qu'il soit livré à lui-même.

– Écoute, Sara, tu ne vas pas commencer à tout prendre sur toi !

– Mais il est tout pour moi, Jack. Tout !

J'ai caché mon visage dans son épaule. Au bout d'un moment, j'ai murmuré :

– Ce n'est pas ce que je voulais dire, Jack...

– Je comprends.

– Maintenant je t'ai blessé.

– Assez, a-t-il commandé d'une voix douce. Tu n'as pas à t'expliquer.

À sept heures du matin, nous n'avions eu aucune autre information, sinon qu'il avait quitté le bloc et se trouvait en soins intensifs. Jack voulait rester en disant à son bureau qu'il ne se sentait pas bien mais je l'en ai dissuadé. Il n'est parti qu'après m'avoir fait promettre que je l'appellerais toutes les heures, même si je n'avais pas de nouvelles d'Eric.

Après son départ, je me suis étendue sur un canapé de la salle d'attente et j'ai succombé à la fatigue. Soudain, une infirmière m'a secouée par le bras :

– Miss Smythe ? Si vous voulez voir votre frère, vous pouvez.

– Il va bien ?

– Il a perdu beaucoup de sang mais il s'en est sorti. Tout juste.

Elle m'a escortée jusqu'à une salle commune lugubre. Eric occupait le dernier lit sur une rangée de vingt malades. Réverbéré par cette obscure caverne, le bruit était effrayant : une cacophonie de plaintes, de brusques répliques lancées par des infirmiers excédés, de visiteurs criant pour se faire entendre. Mon frère avait repris connaissance. Il était couvert jusqu'au cou par un drap sous lequel deux tubes de transfusion disparaissaient, l'un de plasma, l'autre d'un liquide clair et visqueux. Il n'a rien dit quand je me suis approchée. Je l'ai embrassé sur le front. Je ne voulais pas pleurer. Je n'ai pas réussi.

– Ça, c'est idiot, a-t-il articulé de cette voix paresseuse que l'on a toujours après l'anesthésie.

– Quoi donc ?

– Pleurer. Comme si j'étais mort.

– Tu en avais bien l'air, tout à l'heure.

– J'en ai toujours l'impression. S ? Fais-moi sortir d'ici.

– Dans tes rêves.

– Je veux dire, trouve-moi une chambre. Ils paie-ront la facture, à la NBC.

Je n'ai pas répondu, persuadée qu'il délirait.

– La NBC... Ils vont payer.

– Ne parlons pas de cela maintenant, Eric.

– Mon assurance maladie. Ils ne l'ont pas... supprimée.

– Comment ?

– Dans mon portefeuille...

J'ai réussi à convaincre un garçon de salle de me conduire au dépôt central de l'hôpital, où ses modestes possessions avaient été placées en lieu sûr : sa montre, les sept dollars qui lui restaient et son portefeuille. Il y avait une carte de mutuelle avec un numéro de téléphone au dos. Je les ai appelés. Eric était toujours inscrit à la couverture maladie de la chaîne, en effet. La préposée m'a confirmé que mal-gré sa radiation des cadres ses avantages restaient effectifs jusqu'au 31 décembre 1952.

Une heure plus tard, il était transféré dans une chambre à l'étage, petite mais nettement moins déprimante.

– C'est tout ce qu'il y a, comme vue ? s'est-il borné à chuchoter en tournant la tête vers la fenêtre exiguë avant de retomber dans un état second.

Il était quatre heures quand j'ai téléphoné à Jack pour lui annoncer qu'Eric était hors de danger. Je ne sais plus comment je suis rentrée chez moi. Je me suis effondrée sur mon lit. À mon réveil, Jack dormait contre moi. J'ai passé mes bras autour de lui. Nous étions passés à côté de la tragédie. Eric était sauvé et j'avais cet homme hors du commun avec moi...

– Tu es tout pour moi, tout, ai-je murmuré.

Il a continué à ronfler. Au bout de quelques minutes, je me suis levée. Après une douche, je lui ai apporté son petit déjeuner au lit. Comme toujours, il a allumé une cigarette dès sa première gorgée de café avalée.

– Tu tiens le coup, Sara ?

– La vie paraît toujours plus belle quand on a dormi douze heures, non ?

– Et comment ! Bon, tu retournes le voir quand ?

– D'ici une trentaine de minutes. Tu peux venir avec moi ?

– C'est que j'ai un rendez-vous très tôt à Newark et...

– D'accord, Jack.

– Mais dis-lui bien des choses pour moi, tu veux ?

En route vers l'hôpital, j'ai soudain été frappée par la manière avec laquelle Jack en était venu à traiter mon frère. Depuis le début des vexations imposées à Eric, il avait été d'une correction et d'une générosité exemplaires envers lui tout en gardant soigneusement ses distances, en évitant un contact direct avec lui. J'étais loin de le lui reprocher, d'autant que Jack savait que le FBI connaissait son existence en tant que « mari infidèle » lié à moi. Et je l'admirais énormément d'avoir continué à soutenir Eric dans cette mauvaise passe, en toute discrétion, certes, mais avec une constance digne de respect, alors que la plupart des gens étaient terrorisés à l'idée de s'approcher de lui.

Eric était réveillé. Pâle et encore ravagé, mais moins cadavérique que la veille. Et bien plus lucide.

– J'ai l'air aussi mal que je me sens, S ?

– Oui.

– C'est franc, au moins.

– Tu le mérites. Après ce que tu as fait... Qu'est-ce que tu cherchais, Eric ?

– À boire pour oublier.

– Et il fallait te laisser mourir de faim, pour cela ?

– Oh, manger... Ça prend trop de temps, quand on veut se saouler pour de bon.

– Heureusement que Joey avait l'œil sur toi. Tu sais, le garçon à la réception de l'Ansonia ? Il a...

– J'avais vraiment l'intention d'en finir, S.

– Ne dis pas des choses pareilles, s'il te plaît.

– C'est la vérité. Je ne voyais pas comment m'en sortir.

– Combien de fois faut-il te le répéter ? Tu t'en sortiras. À condition que tu me laisses t'aider.

– Je ne vaux pas ce que tu as payé pour moi.

– Arrête, Eric. Ce n'est rien. À part la vie, qu'est-ce qui compte ?

– La gnôle.

– Peut-être. Mais j'ai vraiment de mauvaises nouvelles pour toi. Je viens de voir ton médecin et il a été catégorique : la bouteille, c'est terminé. Ton intestin ne tient plus qu'à un fil, mon cher. Il va se retaper, oui, mais c'est ton estomac qui ne pourra plus supporter le choc. Donc plus d'alcool, désolée.

– Pas autant que moi.

– Il m'a dit aussi que tu en avais pour au moins quinze jours ici.

– Ah ? C'est la NBC qui devra payer, au moins.

– Oui. C'est une petite satisfaction.

– Et mon show devant la Commission la semaine prochaine ?

– Je vais demander à Joel Eberts d'obtenir un renvoi.

492

– *Sine die*, si possible.

Notre avocat a gagné un mois, en fait, pendant lequel Eric a réussi à retrouver quelques forces, d'abord à l'hôpital puis dans la maison que j'ai louée à Sagaponack malgré ses objections. En ce temps-là, c'était encore un village de pêcheurs de Long Island sans aucune prétention, à trois heures de train seulement de Manhattan mais laissé intact dans sa simplicité. Ce que j'ai trouvé était un simple bungalow de deux pièces qui donnait directement sur une plage battue par le vent. Au début, Eric ne pouvait que s'asseoir dans le sable et contempler les vagues mais bientôt il a été capable de marcher deux ou trois kilomètres par jour. Malgré le régime volontairement insipide auquel il était soumis – je suis devenue une spécialiste des macaronis au fromage –, il a repris un peu de poids. Et surtout, surtout, il a retrouvé le sommeil.

Nous menions une existence de reclus qui nous convenait parfaitement. Nous avons dévoré la pile de romans policiers que quelqu'un avait laissés dans le bungalow. Sans radio ni télévision, nous n'avons pas acheté un seul journal pendant ces quinze jours. Eric m'avait fait comprendre qu'il voulait se couper du monde, et je n'y voyais moi-même aucune objection, trop heureuse d'oublier le gâchis et la confusion qu'on appelle la vie. Jack me manquait affreusement, bien sûr. Je lui avais proposé de venir nous rejoindre quelque temps mais il m'avait expliqué qu'il était débordé de travail. Et ses week-ends restaient réservés à sa femme et à son fils. Deux fois par semaine, j'allais à la poste attendre son appel téléphonique aux moments convenus, à trois heures les mardi et jeudi après-midi. La standardiste locale m'ayant paru très intéressée par les affaires d'autrui, je prenais garde de ne mentionner ni la liste noire ni la situation familiale de Jack. Si elle nous écoutait – ce qui était le cas, j'en aurais mis ma main à couper –, elle ne pouvait donc

qu'entendre deux amoureux souffrant de leur séparation. Jack ne s'est pas laissé fléchir, pourtant : il était
débordé, ainsi qu'il me l'a répété.

Le dernier soir, Eric et moi sommes descendus sur
la plage pour regarder le soleil se dissoudre dans les
eaux calmes de la baie. Alors que tout autour de nous
baignait dans une lumière ambrée, Eric a soupiré :

– À des moments pareils, je me dis qu'un bon verre
ne serait pas de refus.

– Mais tu as la chance d'être encore là pour les
goûter, ces moments.

– Sauf qu'ils sont encore meilleurs avec un Martini ! C'est en pensant à ce qui m'attend maintenant
que je sais que l'alcool va vraiment me manquer.

– Tout ira bien.

– Non. Dans quatre jours, je serai devant ces
salauds de la Commission.

– Tu n'en mourras pas.

– À voir.

Le lendemain, nous étions de retour à midi. Nous
avons partagé un taxi, j'ai laissé Eric à son hôtel après
avoir décidé de nous retrouver à l'heure du petit
déjeuner le lendemain. Ensuite, je devais l'accompagner chez Joel Eberts.

– C'est absolument indispensable, ces trucs d'avocat ? m'a-t-il demandé alors que le portier de l'Ansonia retirait sa valise du coffre.

– C'est « ton » avocat, Eric. Il va être avec toi vendredi. Donc il est nécessaire que vous conveniez d'une
stratégie quelconque ensemble.

– Il n'y a pas de stratégie qui tienne devant ces
gens-là.

– Il sera temps d'y penser demain. Maintenant, va
appeler Ronnie. Où joue-t-il, ce soir ?

– Je n'en sais rien. J'ai le programme de sa tournée
quelque part dans mon fouillis.

– Trouve-le et passe-lui un coup de fil. Je suis sûre
qu'il est sur des charbons ardents.

– Merci pour ces quinze jours, S. On devrait faire ça plus souvent.

– On le fera.

– Tu veux dire quand je serai sorti de prison...

Je l'ai embrassé et je suis repartie jusqu'à la 77ᵉ Rue. Chez moi, j'ai passé un bon moment à lire le courrier qui s'était accumulé pendant mon absence. La rédaction de *Saturday/Sunday* m'avait notamment fait suivre de nombreuses lettres de lecteurs qui disaient espérer mon prochain retour après avoir appris ce prétendu « congé sabbatique ». Elles m'ont émue plus que je ne l'aurais avoué devant Eric ou Jack. Le plaisir d'écrire, et d'être publiée, me manquait terriblement.

Je suis allée faire quelques courses. Revenue vers cinq heures, j'ai soudain entendu la clé tourner dans la serrure de la porte d'entrée. J'ai ouvert la mienne, guettant l'arrivée de Jack. Je ne lui ai pas donné le temps de dire un mot. Ce n'est qu'après, au lit, que nous avons pu parler.

– Je crois que tu m'as manqué.

– Toi aussi, je crois.

J'ai préparé un dîner que nous avons dégusté avec une bouteille de chianti. Nous sommes retournés nous coucher. Je ne sais plus à quelle heure nous nous sommes endormis mais je me souviens d'avoir été réveillée en sursaut par la sonnette. Nuit noire. Quatre heures dix-huit à ma montre. On a sonné encore. Jack s'est étiré en grommelant :

– Qu'est-ce que c'est que ce cirque ?

– Je vais voir.

J'ai enfilé ma robe de chambre et je suis allée décrocher l'interphone dans la cuisine.

– Oui ?

– Vous êtes Sara Smythe ? m'a-t-on demandé d'un ton brusque.

– Oui. Et vous, qui êtes-vous ?

– Police. Ouvrez, s'il vous plaît.

Oh non... Je suis restée sur place, pétrifiée.

– Miss Smythe ? Vous m'entendez ?

J'ai appuyé sur le bouton commandant la porte principale. Quelques secondes plus tard, on a frappé à la mienne mais je n'arrivais pas à bouger. Les coups ont redoublé. Jack s'était levé. Il est entré en serrant la ceinture de son peignoir.

– Jésus, que se passe-t-il ? s'est-il écrié en me découvrant la tête contre le mur.

– Va ouvrir, je t'en prie.

Ils frappaient encore plus fort.

– Mais qui est-ce, enfin ?

– La police.

Il est devenu blanc. Il a tourné les talons. Je l'ai entendu déverrouiller la porte.

– Sara Smythe, s'il vous plaît.

La même voix impérieuse.

– Quel est le problème, dites-moi ?

– C'est à miss Smythe que nous voulons parler.

Deux policiers en uniforme ont fait irruption dans la cuisine, Jack derrière eux. L'un d'eux est venu se placer devant moi. La cinquantaine, un visage rond, aux traits peu accusés, avec l'expression tendue de quelqu'un porteur de mauvaises nouvelles.

– C'est vous, Sara Smythe ?

J'ai acquiescé d'un signe.

– Vous avez un frère nommé Eric ?

Je n'ai pas répondu. Mes jambes se sont dérobées sous moi. J'étais en pleurs.

496

9

À l'arrière de la voiture de police, j'ai caché ma figure dans l'épaule de Jack. Il me serrait si fort que j'ai eu l'impression qu'il voulait me retenir. Et c'est ce dont j'avais besoin car je me sentais au bord de l'évanouissement.

Les premières lueurs du jour pointaient dans le ciel quand nous avons pris la 34e Rue. Les deux policiers avaient le regard fixé sur le pare-brise constellé de pluie, oublieux des crachotements de leur radio de bord. Jack s'efforçait de demeurer silencieux mais il était très visiblement bouleversé. J'entendais son cœur battre très fort dans sa poitrine. Il avait peut-être peur que je ne me remette à hurler comme plus tôt, dans la cuisine, lorsqu'ils m'avaient annoncé la nouvelle. Et après, quand je m'étais enfuie dans le lit et que je lui criais de me laisser seule chaque fois qu'il tentait de me venir en aide. Mais rien ne pouvait me consoler, rien, et c'est seulement lorsque l'un des flics avait suggéré d'appeler un médecin que j'avais retrouvé un semblant de volonté. Je m'étais habillée. Ils avaient voulu me soutenir jusqu'à l'auto mais je les avais repoussés poliment. Comme Eric l'aurait dit dans l'une de ses imitations narquoises de Père, « une Smythe reste digne en public ». Même déchirée par la peine.

Il n'y avait plus de larmes en moi. Le chagrin était tellement immense, tellement inimaginable qu'il se situait au-delà des pleurs et des gémissements. J'avais perdu la parole, et la raison.

Nous avons pris la 2e Avenue puis la 32e Rue avant de nous arrêter devant un immeuble en briques rouges, dont le grand portail était orné d'une inscription : « Services de la médecine légale de New York ». Mais c'est vers une porte latérale qui portait une plaque laconique, « Livraisons », qu'ils nous ont conduits. À l'intérieur, un vieux Noir très digne était assis à son bureau. Le saint Pierre de la morgue. L'un des policiers s'est penché sur lui en chuchotant « Smythe ». Il a ouvert un grand registre, son doigt a parcouru une colonne de noms jusqu'à s'arrêter sur celui de mon frère. Il a décroché son téléphone, composé un numéro :

– Smythe. Casier cinquante-huit.

À nouveau mes jambes menaçaient de me trahir, et Jack l'a senti car il m'a prise par la taille. Au bout d'un moment, un employé en blouse blanche a surgi dans l'entrée.

– Vous êtes là pour identifier Smythe ? a-t-il demandé d'un ton neutre.

Sur un signe des policiers, il nous a escortés dans un étroit couloir à la peinture verte réglementaire, violemment éclairé. Il s'est arrêté devant une porte en acier, l'a ouverte. C'était une petite salle réfrigérée comme une armoire de boucher, dont un mur entier était occupé par des battants métalliques numérotés. On m'a poussée doucement vers le casier cinquante-huit. Jack était près de moi. Les policiers m'observaient d'un air gêné tandis qu'un silence irréel s'installait. L'employé s'est mis à tambouriner distraitement des doigts sur le loquet. J'ai pris ma respiration et j'ai fait oui de la tête.

Le battant a pivoté avec un long soupir. Il m'a fallu un moment pour rouvrir les yeux. Eric était couché devant moi, un drap blanc tiré jusqu'au cou. Ses paupières étaient closes, son visage plâtreux, ses lèvres bleues. Il n'avait pas l'air apaisé, mais privé de vie. Une coquille vide qui avait été mon frère.

J'ai étouffé un sanglot et j'ai refermé les yeux. Je ne voulais pas le voir, je ne voulais pas que cette dernière image de lui efface toutes les autres et me hante à jamais.

– C'est bien Eric Smythe ?

J'ai acquiescé. Le préposé a remonté le drap sur ses traits, a repoussé le chariot à l'intérieur. La porte a claqué avec un bruit sourd. Saisissant une liasse de feuilles accrochée au mur, il a cherché dedans avant de me présenter un formulaire.

– Vous signez en bas, s'il vous plaît.

Il m'a prêté un crayon mâchonné qu'il avait sorti de la poche de sa blouse d'un blanc grisâtre. J'ai obéi.

– C'est qui, vos pompes funèbres ?

– Je n'en sais rien.

Il a détaché un papillon qui portait le nom de mon frère suivi d'un numéro de série, me l'a tendu :

– Quand vous aurez décidé, vous leur dites de nous contacter en précisant ce numéro. Ils connaissent la procédure.

Jack le lui a pris des mains et l'a fourré dans sa veste.

– Compris. Bien, c'est fini ?

– Ouais, fini.

Dehors, l'un des policiers nous a demandé si nous voulions qu'ils nous reconduisent chez moi.

– Je veux aller à l'Ansonia, ai-je annoncé.

– On ira plus tard, Sara. Pour l'instant, il faut que tu te reposes.

– Je veux y aller maintenant. Je veux voir là... là où il était.

– Franchement, Sara, je...

– J'y vais maintenant ! ai-je bredouillé en contenant difficilement la colère dans ma voix.

– D'accord, d'accord.

Il a fait signe aux flics et nous sommes montés en voiture. Jack paraissait épuisé, très préoccupé aussi. Et loin de moi, même s'il me tenait la main. Ou bien était-ce parce que j'avais l'impression d'être dans un cauchemar éveillé dont je ne pouvais pas m'enfuir ?

Joey était encore de service à la réception. Il s'est fait aussitôt remplacer et nous a entraînés au bar.

– Je sais que c'est un peu tôt mais vous avez sans doute besoin d'un remontant, non ?

– Si.

– Whisky ?

Il nous a apporté une bouteille de scotch de deuxième ordre et deux verres qu'il a remplis à ras bord. Jack a vidé le sien d'un trait. J'ai failli m'étrangler à la première gorgée mais j'ai continué. L'alcool me brûlait l'œsophage, cruel mais radical remède. Joey nous a resservis.

– C'est vous qui l'avez, trouvé ? lui ai-je demandé.

– Oui, a-t-il répondu d'une voix calme. C'est moi. Et si j'avais été là, je ne l'aurais jamais laissé monter, le livreur.

– Quel livreur ?

– Le commissionnaire du magasin qui vend de l'alcool, au coin de la rue, vous savez ? D'après ce que j'ai compris de ce que Phil m'a raconté – c'est lui qui est là dans la journée –, votre frère leur a commandé par téléphone deux bouteilles de Canadian Club hier après-midi. Si j'avais été de service, je vous aurais appelée tout de suite quand ils l'ont livré, parce qu'après l'autre fois je savais qu'il ne devait plus picoler. Enfin, j'ai pris mon poste à sept heures sans rien savoir. Et à minuit il me téléphone, dans un état... Je ne comprenais pas un mot de ce qu'il disait. Donc je suis monté tout de suite. J'ai dû taper à sa porte au moins cinq minutes. Je suis redescendu, j'ai pris le passe. Et quand j'ai ouvert la porte...

L'air lui a manqué. Il a dû s'interrompre.

– Ah, ce n'était pas beau à voir, miss Smythe ! Il était par terre, avec le sang qui lui sortait de la bouche. Du sang près du téléphone aussi, comme quoi l'hémorragie avait commencé au moment où il m'a appelé. J'ai pensé vous alerter mais c'était tellement grave que je me suis dit qu'il valait mieux attendre l'ambulance. Ils ont fait vite, dix minutes, pas plus, mais c'était trop tard. Et puis les flics ont débarqué et ils ont pris les choses en main. Soi-disant que je ne devais pas vous téléphoner, que c'était à eux de vous annoncer...

Il a attrapé un verre et s'est servi à son tour.

– Moi aussi, il m'en faut. Ah, je peux pas vous dire comme ça me navre, tout ça...

– Ce n'est pas votre faute, est intervenu Jack.

– Et les deux bouteilles ? Elles étaient vides ? ai-je demandé.

– Oui. Complètement.

J'ai revu le moment où je lui avais annoncé ce que le médecin avait recommandé : plus jamais d'alcool. Il avait pris la nouvelle avec philosophie. Sans l'exprimer, il paraissait content d'être revenu parmi les vivants. Et pendant ces quinze jours à Sagaponack il avait vraiment repris le contrôle sur lui. Et je l'avais déposé devant l'hôtel en pensant le revoir ce matin même...

Un sanglot m'a échappé. J'ai caché ma tête dans le cou de Jack.

– Ça va, ça va, a-t-il murmuré en me caressant les cheveux.

– Non ! ai-je hurlé brusquement. Il s'est tué !

– Nous n'en savons rien, Sara.

– Il a vidé ces deux bouteilles en sachant qu'il n'y résisterait pas, avec son ulcère. Je l'avais prévenu, les médecins aussi. Il avait l'air si bien, hier, dans le train. Je ne me faisais plus de souci. Mais je n'ai pas compris que...

J'ai détourné mon visage. Joey a toussoté nerveusement.

– Euh, il y a encore quelque chose que je dois vous dire, miss Smythe. C'est Phil qui me l'a raconté. Vers trois heures hier, il a eu de la visite, votre frère. Un type en costume, avec un attaché-case. Il a montré à Phil son insigne d'huissier fédéral et il lui a demandé d'appeler votre frère pour qu'il descende à la réception, mais sans lui dire qui l'attendait. Mr Smythe est arrivé et donc l'autre lui a sorti un baratin officiel, comme quoi « je vous notifie par la présente injonction, blabla », Phil n'a pas pu entendre la suite mais il m'a dit que votre frère avait l'air plutôt remué.

– Et qu'est-ce qu'Eric a fait, après ?

– Il est remonté dans sa chambre.

– Et il n'est pas ressorti ?

– D'après Phil, non.

– Alors le papier doit toujours être dans sa chambre. Allons-y.

Joey a hésité.

– Vous devriez peut-être attendre un peu, miss Smythe. On n'a pas encore nettoyé et...

– Tant pis, ai-je fait en me levant.

– Ce n'est pas une bonne idée, a objecté Jack.

– C'est à moi de juger.

Et je suis sortie du bar, suivie de près par Jack, et Joey, qui a pris la clé du 512. Nous sommes montés au cinquième en ascenseur. Parvenu devant la porte tout éraflée, Joey a marqué un nouveau temps d'arrêt :

– Vous êtes sûre, miss Smythe ?

– Sûre.

– Laisse-moi entrer à ta place, a proposé Jack.

– Non. Je veux voir.

J'ai fait un pas à l'intérieur. Je m'étais armée de courage mais je ne m'attendais pas à une telle mare de sang, encore humide sur la moquette, avec des éclaboussures sur le téléphone, les meubles... La trace d'une main sanguinolente était visible sur le mur et sur la table proche de l'endroit où Eric s'était écroulé. Soudain, j'ai eu devant les yeux les derniers moments de mon frère. Une bouteille de Canadian Club au pied de la télévision, vide, une autre devant le canapé sur lequel il avait laissé tomber son verre, lui aussi maculé de sang. L'hémorragie avait commencé, il avait plaqué ses mains sur sa bouche, horrifié, ce qui expliquait les traces. Il avait chancelé jusqu'au téléphone, il voulait prévenir Joey mais tout cet alcool et sa frayeur le rendaient trop incohérent pour se faire comprendre. Il avait lâché le combiné, s'était rattrapé à la table qui lui servait de bureau avant de s'effondrer sur le sol. Et il était mort presque tout de suite. C'était ce que je souhaitais de tout mon cœur, en tout cas. Que la souffrance n'ait pas trop duré.

Une feuille était glissée sous un cendrier sur le bureau, elle aussi éclaboussée de rouge. Je l'ai prise. C'était un avis du Service des impôts l'informant qu'une procédure de redressement fiscal avait été ouverte contre lui. Sur la base des indications fournies par la NBC, ils exigeaient le paiement immédiat de plus de quarante mille dollars, couvrant trois années de taxes impayées. Il avait trente jours pour contester cette injonction, en fournissant les justificatifs nécessaires. Autrement, il devait s'acquitter de cette dette sur-le-champ s'il ne voulait pas s'exposer à un recours en justice, à une peine de prison et à la saisie de ses biens.

Quarante-trois mille cinq cent soixante dollars, exactement... Si seulement il m'avait appelée. J'aurais loué une voiture et je l'aurais conduit au Canada. Ou bien je lui aurais donné de quoi s'enfuir au Mexique et subsister quelques mois là-bas. Mais non, il avait cédé à la panique et s'était tué. Ou peut-être n'avait-il pas supporté l'idée de ce nouveau procès après son passage devant les inquisiteurs de la Commission, et de ce qui s'annonçait pour lui après, banqueroute, incarcération, avenir définitivement détruit par cette dette...

– Les salauds. Les salauds...

Jack m'a pris la lettre des mains, l'a lue rapidement.

– Bon Dieu ! Comment ont-ils pu aller jusque-là ?

– Comment ? Comment ?

Ma voix tremblait de rage.

– C'est facile ! S'il avait accepté leurs saletés, les impôts auraient proposé un arrangement. Mais quand on ne joue pas leur jeu, à ces ordures, ils usent de toutes les armes pour tuer ! Toutes !

J'étais en larmes. Jack m'a serrée contre lui. Et puis j'ai senti une autre main sur mon épaule. Joey.

– Venez, les amis. Inutile de rester ici.

Il nous a ramenés au bar. Encore du whisky. Il le fallait pour résister au désespoir. Jack était affaissé dans un fauteuil, hagard. Je lui ai pris la main.

– Jack ?

– Je suis écœuré. Et je me sens coupable...

– De quoi ?

– De ne pas avoir été assez proche d'Eric.

– C'est ainsi, Jack.

– J'aurais dû faire plus d'efforts. J'aurais dû...

Sa voix s'est étranglée. Comme on peut être surpris par quelqu'un que l'on croit pourtant connaître...

Jack, qui ne l'avait jamais réellement apprécié, pleurait sur mon frère. La mort apaise toutes les querelles, toutes les inimitiés. Elle les abolit comme elle abolit cette agitation éphémère qu'est la vie. Et cependant nous continuons avec les disputes, la rancœur, la jalousie, le ressentiment, tout en sachant qu'au final leur inanité sera patente. C'est peut-être cela, la vraie nature de la colère : tempêter contre l'absolue futilité de l'existence. La colère permet de donner un sens à ce qui n'en a fondamentalement pas. La colère nous fait croire que nous n'allons pas mourir.

Nous avons continué à boire, à nous laisser prendre par les effets bénéfiques de l'alcool. La lumière du jour a envahi peu à peu le bar. J'ai retrouvé la parole après un long moment :

– Il faut que je prévienne Ronnie.

– Oui... Je pensais à lui, justement. Tu veux que je m'en charge ?

– Non. Il doit l'entendre de moi.

J'ai demandé à Joey de bien vouloir remonter à la

504

chambre et de trouver le programme de la tournée dans les papiers d'Eric. Il est revenu rapidement. Ronnie était en concert à Houston, ce soir-là. J'ai attendu midi pour l'appeler. À cette heure, j'étais de retour chez moi et j'avais commencé à prendre les dispositions pour les obsèques. Mal réveillé, Ronnie a été étonné de m'entendre. Et inquiet, tout de suite :

– Vous avez une drôle de voix, Sara.

– Je sais, Ronnie.

– C'est... c'est Eric ?

Je lui ai annoncé la nouvelle le plus simplement possible tant je craignais d'éclater en sanglots si j'entrais dans les détails. À la fin, il n'y a eu que le silence sur la ligne.

– Ronnie... Vous êtes là ?

– Pourquoi...

Il chuchotait.

– Pourquoi il ne m'a pas téléphoné ? Ou à vous ?

– Je ne sais pas. Ou peut-être que si, je le sais, mais je ne veux pas...

– Il vous aimait plus que...

– S'il vous plaît, Ronnie. Je ne pourrai pas...

– D'accord, d'accord.

Nouveau silence.

– Vous êtes là ?

– Oh, Sara...

Il pleurait. Et puis il a raccroché, sans un mot. Une demi-heure plus tard, le téléphone a sonné chez moi.

– Pardon d'avoir coupé comme ça mais...

– Je comprends, Ronnie. Vous êtes mieux ?

– Non. Je ne pourrai jamais accepter ça.

– Je sais.

– Je l'aimais, Sara.

– Et lui aussi, Ronnie.

Je l'ai entendu avaler sa salive, refouler sa peine. Pourquoi essayons-nous toujours de nous montrer courageux à des moments où le courage ne signifie plus rien ?

– Je ne sais pas quoi dire, quoi penser. Je n'arrive pas à trouver un sens à...

– Alors n'essayez pas. L'enterrement est après-demain. Vous pourrez venir ?

– Impossible. Basie est intraitable, en tournée. Si c'était ma mère, à la limite... Mais me laisser revenir à New York pour enterrer un ami ? Il ne voudra jamais. Et puis les gens commenceraient à se demander quel genre d'amis nous étions et...

– Ne vous inquiétez pas, Ronnie.

– Mais si ! Je voudrais être là. Je devrais être là

– Appelez-moi à votre retour. N'importe quand.

– Merci.

– Prenez soin de vous.

– Vous aussi. Et... Sara ?

– Oui ?

– Qu'est-ce que je vais faire, maintenant ?

Moi, je savais ce qui me restait à faire. Sitôt après avoir raccroché, je suis allée dans ma chambre, je me suis jetée sur mon lit et j'ai pleuré, pleuré. Jack s'est approché. Je lui ai crié de me laisser. J'avais besoin de m'abandonner au chagrin, enfin.

Parfois, on se dit qu'on ne s'arrêtera jamais de pleurer. Mais si, on s'arrête. D'épuisement. Quand le corps n'en peut plus, oblige au calme après le tourbillon démentiel de la détresse. Donc, au bout d'une heure, ou plus, car je n'avais plus la notion du temps, je me suis relevée. J'ai enlevé mes vêtements un par un, en les laissant tomber sur le sol. Je me suis fait couler un bain chaud, non, brûlant, dans lequel je suis entrée en réprimant un cri de douleur. J'ai posé une serviette imbibée de ce feu sur mon visage et je me suis abandonnée à la chaleur, à l'oubli. Jack a eu la sagesse de ne pas venir me déranger, ni de m'infliger quelque platitude lorsque j'ai fini par réapparaître en peignoir (« Ça va mieux, chérie ? »), ni de tenter de me prendre dans ses bras. Il avait compris ce que je venais de traverser.

– Tu as faim ? s'est-il contenté de me demander.

J'ai fait non de la tête en m'asseyant sur le canapé.

– Viens par là, ai-je murmuré.

Il s'est installé à côté de moi. J'ai pris sa tête entre mes mains et je l'ai regardé longtemps, longtemps, sans un mot. Il se taisait, lui aussi. Il n'a pas cherché à connaître mes pensées. Il les a lues, peut-être. « Maintenant, tu es tout ce que j'ai. Tout. »

Les obsèques d'Eric ont eu lieu deux jours après, au funérarium de Riverside, 75ᵉ Rue et Amsterdam. Il n'y avait qu'une douzaine de présents : Jack et Meg, Joel Eberts, quelques amis de jeunesse, un ou deux camarades d'études. Personne de la NBC, bien entendu. Marty Manning avait envoyé une couronne et une lettre pour moi, dans laquelle il affirmait qu'Eric n'avait pas mérité le sort qui s'était acharné sur lui. « Nous vivons une étrange époque, écrivait-il notamment, pour qu'un être aussi brillant, spirituel et attentionné que votre frère soit conduit à un tel désespoir. Toute l'équipe l'adorait. Nous aurions tous voulu être là pour lui dire au revoir mais le lundi est le jour des répétitions finales, et comme Eric l'aurait dit lui-même, "le spectacle continue". Sachez que nous sommes avec vous en pensée. »

Je savais pertinemment, Eric me l'ayant raconté, que le lundi était seulement consacré à une première lecture du script et que le travail ne commençait pas avant onze heures. Si Manning et sa bande l'avaient voulu, ils auraient pu aisément assister au service en début de matinée. Mais je comprenais leur réticence : ce qui se lisait dans sa lettre, c'était leur terreur de connaître le même sort que lui. J'étais prête à parier que la direction de la chaîne avait expressément interdit à son personnel de se rendre aux funérailles, pour le cas où un sbire du FBI aurait relevé le nom de ceux qui auraient osé se montrer.

Mr Hoover et ses seconds couteaux devaient

néanmoins avoir estimé qu'Eric ne représentait plus de danger pour la sûreté nationale puisque je n'ai pas relevé la moindre présence suspecte dans la chapelle de Riverside. Notre petit groupe s'est massé sur les deux premiers rangs tandis que l'officiant, un prêtre unitarien du nom de Roger Webb, entamait un éloge dans lequel il a salué l'intégrité de mon frère, son sens des responsabilités, son courage. Le directeur des pompes funèbres me l'avait recommandé lorsque je lui avais expliqué qu'Eric avait été, par nature, un agnostique : « Dans ce cas, c'est l'unitarien qu'il vous faut ! » avait-il décidé, et je m'étais attendue à quelque révérend morose égrenant des platitudes en surveillant sa montre. Au contraire, Roger Webb s'était révélé plein d'égards et de zèle. Il avait tenu à me téléphoner la veille de l'enterrement et m'avait posé tant de questions sur mon frère que j'avais fini par lui proposer de passer me voir. Quelques heures plus tard, il était chez moi. À peine la trentaine, une bouille enfantine de garçon de l'Ohio. Alors que nous buvions un café ensemble, j'avais senti qu'il était d'esprit ouvert, sincèrement libéral comme la plupart des unitariens, et j'avais donc décidé de ne rien lui cacher de l'enfer qu'avait subi Eric, de son choix admirable mais suicidaire de préférer son honneur à sa sécurité, et même de sa liaison avec Ronnie. Il m'avait écouté avec la plus grande attention, puis :

– C'était un homme remarquable, d'après ce que vous me dites. Et un grand original.

– Oui, avais-je répondu, au bord des larmes. Il a été tout cela.

– L'originalité est mal vue, dans ce pays. En apparence, nous prônons l'individualisme pur et dur, toutes ces bêtises à la John Wayne, mais intrinsèquement nous sommes une nation de conformistes. Il ne faut pas faire de vague, jamais s'écarter des conventions sociales, jamais mettre en doute le système. Discipline de jeu, discipline d'entreprise... Et si vous n'êtes pas dans la norme, que Dieu vous vienne en aide.

– On croirait entendre parler Eric.

– Je suis sûr qu'il l'aurait exprimé avec bien plus d'humour que je n'en suis capable. Je n'ai pas raté une seule émission du *Manning Show*, vous savez.

– Je n'ai pas à vous dicter quoi que ce soit mais j'aimerais que vous disiez tout cela, demain. Que vous parliez aussi directement.

– Personne ne peut parler directement, par les temps qui courent. Il y a trop d'oreilles malveillantes. Mais il est toujours possible de faire passer le message...

Et donc, debout à la gauche du cercueil de mon frère, Roger Webb a évoqué devant la maigre assistance la question du choix :

– C'est par nos choix que nous nous définissons. Ce sont eux qui nous forcent à assumer ce que nous sommes réellement, nos aspirations, nos craintes, nos exigences morales. Souvent, nous faisons le mauvais choix. Ou bien, comme dans le cas d'Eric, nous sommes discrètement héroïques en faisant le bon choix tout en sachant qu'il risque de remettre en cause tout ce que nous avons créé dans ce monde. Eric a été placé devant un terrible dilemme : fallait-il nuire à d'autres pour se protéger soi-même ? C'est un choix qui exalte la conscience d'un être, celui-ci. S'il avait choisi de penser d'abord à lui, sa décision aurait été compréhensible car l'instinct de préservation est puissant, chez l'homme. Personnellement, j'ignore ce qu'aurait été la mienne dans sa situation. Et c'est pourquoi j'espère que nous saurons tous trouver de la compréhension dans nos cœurs envers ceux qui ont été confrontés dans la période récente à un tel choix et qui, pour une raison ou une autre, n'ont pas pu atteindre la même force d'abnégation qu'Eric. Le pardon est l'un des actes les plus difficiles à réaliser, et peut-être le plus fondamental. Eric s'est montré

509

d'un courage hors du commun, oui, mais ceux qui ont choisi autrement ne devraient pas être condamnés sans appel. Notre pays traverse une phase complexe, qui à mon sens sera jugée plus tard comme une triste page de notre histoire collective. Permettez-moi d'espérer que nous ayons tous le courage de comprendre le désarroi moral dans lequel tant d'entre nous ont plongé. De saluer la résolution d'Eric, sa suprême exigence, mais aussi de manifester notre sympathie à ceux qui ont dû faire des choix tout aussi difficiles mais plus guidés par l'instinct de survie.

« Mon ministère voudrait sans doute que j'invoque une parole de la Bible pour conclure ces propos. Mais j'appartiens à l'Église unitarienne et de ce fait je peux aussi convoquer la poésie, en l'occurrence ces vers de Swinburne : "Dors/Et si la vie t'a été amère, pardonne/Si elle t'a été douce, rends grâce/Car tu n'as plus à vivre/Et il est bon de rendre grâce comme de pardonner."

À côté de moi, Jack avait plaqué ses mains sur son visage. Meg sanglotait, ainsi que la plupart des autres, mais moi je gardais simplement le regard fixé sur le cercueil, sidérée par son existence. Peut-être était-ce l'idée que mon frère se soit trouvé dans cette boîte en bois brut, ou le constat que tout dans notre vie se résumerait un jour ou l'autre à ces quelques planches ? En tout cas, j'étais trop assommée pour pleurer, trop engourdie par la souffrance de ces derniers jours.

Nous avons récité l'action de grâces en priant pour que nos offenses soient pardonnées tout comme nous étions censés pardonner à ceux qui nous avaient offensés. Nous n'avons chanté qu'un hymne, *Citadelle invincible est Notre-Seigneur*, que j'avais choisi non en raison de son message d'optimisme luthérien mais parce que Eric m'avait confié un jour que c'était le seul air qu'il n'avait pu sortir de sa tête d'incroyant après tous ces dimanches où nos parents nous avaient traînés à l'église. Roger Webb a terminé par une bénédiction et nous a demandé d'aller en paix. Le cercueil a été emporté dehors, et nous avons suivi dans la lumière d'un jour de printemps idéal. Il y a eu maintes embrassades et larmes essuyées tandis que la bière était hissée dans le corbillard, puis la petite foule a commencé à se disperser. Nous n'étions que quatre à continuer avec Eric jusqu'au crématorium de Queens : Jack, Joel Eberts, Roger Webb et moi. Je l'avais voulu ainsi car je savais que tous les yeux seraient braqués sur moi quand le cercueil allait disparaître dans les flammes et je tenais à ce que ces derniers instants se passent dans la plus stricte intimité.

Précédant le corbillard, la limousine dans laquelle nous étions montés s'est retrouvée au milieu d'un énorme embouteillage sur le pont de Queensboro. Un accident s'était produit plus loin devant nous et un concert de Klaxon s'est élevé peu à peu. C'est Roger Webb qui a rompu le silence dans lequel nous étions restés depuis le départ :

– On dirait que nous allons être un peu en retard, a-t-il observé machinalement.

– Je pense qu'ils nous attendront, a répondu Joel Eberts.

Je n'ai pu m'empêcher de rire, pour la première fois depuis...

– Eric aurait adoré, ai-je remarqué par-dessus le vacarme. Un vrai adieu à la new-yorkaise. Quoiqu'il n'ait jamais beaucoup aimé Queens.

– Quand on est de Manhattan, on ne peut pas aimer Queens, ni le Bronx ni Brooklyn, a noté Joel. Le problème, c'est que quand vous êtes mort Manhattan ne veut plus de vous, et donc vous vous retrouvez forcément expédié à Queens, ou dans le Bronx, ou à Brooklyn. C'est ce qu'on appelle « l'ironie du sort », sans doute.

– Est-ce que votre frère a demandé à être incinéré, dans son testament ? s'est enquis Roger Webb.

– Il n'y avait pas de testament, l'a informé Joel.

– Le contraire m'aurait étonnée, de la part d'Eric, ai-je remarqué. Mais il n'avait presque rien à léguer, le pauvre. Et ce presque rien, les impôts se seraient empressés de le rafler. Je suis sûre qu'ils vont faire main basse sur le peu qu'il laisse derrière lui, ces rapaces.

– Il sera temps de s'occuper de ça plus tard, Sara, a objecté Joel.

– Oui, vous avez peut-être raison.

– Il a raison, s'est interposé Jack. Chaque chose en son heure. Tu en as déjà vu assez, pour l'instant.

– Et ce n'est pas terminé, ai-je ajouté sombrement.

Joel s'est tourné vers Roger Webb.

– Sacrément fort, votre sermon, mon révérend. Je dois vous faire un aveu, quand même. Tendre la joue gauche, je pense que c'est une belle et noble idée. Mais la mettre en pratique, c'est infernal... si vous me permettez l'expression.

– Je ne m'offusquerais pas pour si peu, a répondu Webb en souriant. Et vous avez raison, en plus. C'est un idéal chrétien, oui, et comme tous les idéaux – surtout les chrétiens, d'ailleurs – il est très difficile à réaliser. Cependant, nous devons essayer.

– Même quand on est face à la lâcheté la plus totale ? Vous m'excuserez, mais je crois qu'il y a une relation de cause à effet pour chacun de nos actes. Si vous prenez le risque de faire telle chose, appelons-la petit *a*, telle autre, petit *b*, se produira forcément. Le problème, c'est que la plupart des gens pensent qu'ils pourront esquiver les conséquences de petit *b*. Mais ils ne peuvent pas. On est toujours rattrapé au tournant.

– C'est plutôt Ancien Testament, comme morale. Vous ne trouvez pas ?

– Mais oui ! Je suis juif, moi ! Sur ce genre de question, je suis totalement dans la ligne de l'Ancien

Testament. On fait un choix, on prend une décision, on assume la suite.

– Donc il n'y a rien qui ressemble à l'absolution, dans cette logique ? est intervenu Jack.

– Typiquement catholique, la question ! Oui, c'est la grande différence entre nous, les Irlandais et les juifs. Nous nous vautrons dans la culpabilité, les uns et les autres, mais vous, vous êtes sans cesse à la recherche du confessionnal et de l'absolution. Vous fonctionnez au pardon. Tandis que nous autres juifs nous allons à notre tombe en prenant sur nous la faute de tout, absolument tout !

La circulation a fini par reprendre son cours normal. Lorsque nous sommes arrivés devant le cimetière dix minutes plus tard, le silence était revenu dans la voiture. Sans un mot, nous avons remonté l'allée centrale à travers des kilomètres de stèles et de pierres tombales. Le corbillard a contourné un petit bâtiment en granit flanqué d'une cheminée tandis que nous faisions halte devant l'entrée principale. Notre chauffeur s'est retourné vers nous :

– On va attendre ici jusqu'à ce qu'ils nous préviennent qu'ils sont prêts, entendu ?

Un quart d'heure a passé et puis un homme grisonnant, en costume sombre, est apparu sur le perron en nous faisant signe de le rejoindre. La chapelle du crématorium était toute simple, avec cinq rangées de bancs alignés devant le cercueil d'Eric, déjà placé à droite de l'autel. Ainsi que nous en étions convenus, Roger Webb n'a pas prononcé d'ultime prière ni de bénédiction, se bornant à réciter un passage de l'*Apocalypse* :

> *Et Dieu essuiera toute larme de leurs yeux,*
> *Et la mort ne sera plus, ni deuil,*
> *Ni pleurs, ni souffrance ne seront plus*
> *Car ce qui est passé s'en est allé.*

Je ne croyais pas un seul mot de ce message bibli-
que, pas plus que mon frère disparu. Pas plus que
Roger Webb, j'en avais l'intuition. Mais j'avais toujours aimé ce qui était suggéré au-delà des mots, l'idée
d'une éternité enfin paisible et sereine, d'une ré-
compense céleste pour les vicissitudes de l'humaine
condition. Et dans sa bouche ils étaient si beaux que
j'ai senti un sanglot monter dans ma gorge. Et puis il
y a eu un bruit de mécanique se mettant en route, le
rideau derrière la bière s'est ouvert en glissant et le
tapis roulant sur lequel le cercueil était posé l'a
entraîné vers le brasier. J'ai tressailli. Jack a saisi ma
main et l'a serrée dans la sienne, fort. C'était fini.

Nous sommes repartis, muets, perdus dans nos
pensées. Quand nous sommes arrivés devant chez
moi, Jack m'a proposé de rester encore, une nuit avec
moi. Seulement, cela en faisait cinq d'affilée qu'il passait loin de chez lui et je devinais que cette absence
prolongée devait rendre Dorothy encore plus
anxieuse. Ne voulant pas mettre en danger l'équilibre
précaire qui s'était établi entre ses deux foyers, je l'ai
encouragé à retourner vers sa famille.

– Bon. Dans ce cas je vais me mettre en congé
jusqu'à la fin de la semaine. Comme ça je pourrai
passer toute la journée avec toi demain.

– Non, Jack. Et tu le sais très bien. Tu as déjà trop
manqué.

– C'est toi qui passes avant tout le reste.

– Non, ai-je répliqué en le prenant dans mes bras.
Tu as une place à tenir, ne risque pas de la perdre
pour moi. Tout ira bien, je t'assure.

Il m'a promis de m'appeler deux fois par jour,
matin et soir. Le premier coup de fil du lendemain
n'a pas été de lui, pourtant, mais du funérarium de
Riverside. Ils avaient reçu les cendres d'Eric et se
proposaient de me les apporter.

Une heure plus tard, j'ai ouvert à un monsieur en
costume et chapeau noirs. Très poliment, il m'a

demandé de confirmer mon identité avant de me remettre une petite boîte enveloppée dans du papier marron. Je l'ai posée sur la table de la cuisine et je suis restée les yeux sur elle, d'abord incapable de la toucher. Je me suis décidée, finalement. Je n'avais pas demandé d'urne et c'était une simple boîte en carton peint dans des tons de faux marbre gris. Une carte blanche était collée sur le couvercle. Eric Smythe. J'ai admiré la calligraphie. Très impressionnante.

Je me suis interdit de jeter un coup d'œil au contenu. Brusquement, je me suis levée, j'ai pris mon imperméable, glissé la boîte dans ma poche, et je suis partie vers la station de métro de la 72ᵉ Rue.

Je savais où j'allais. J'avais décidé de la marche à suivre durant les rares moments de lucidité que j'avais eus depuis la mort d'Eric, quand je me demandais où il aurait aimé que ses cendres soient dispersées. Les eaux de l'Hudson paraissaient la destination la plus pratique mais je me doutais qu'il n'aurait pas apprécié de terminer aux abords du New Jersey, connaissant son aversion pour l'« État-Jardin ». East River ? Cela n'avait aucune signification pour lui. Central Park ? Mon ultracitadin de frère n'avait jamais manifesté grand intérêt pour la verdure. Non, il aimait le chaos des rues encombrées, la clameur de la ville, la foule pressée sur les trottoirs, la grandiose folie de Manhattan. J'avais eu l'idée de laisser ses cendres sur la 42ᵉ Rue mais cela aurait été aller un peu trop loin dans le grinçant. Et puis j'avais eu une illumination : le parc de Washington Square, le moins verdoyant, le plus urbain des espaces verts de Manhattan où il adorait traîner pendant des heures. Durant ses années au Village, la petite place avait été son bureau en plein air. Il s'asseyait sur un banc avec un livre, ou bien engageait d'interminables parties avec les joueurs d'échecs qui campaient à droite de l'arche. Il me parlait souvent de la faune hétéroclite qui se retrouvait là dans un coude à coude bon enfant, cet échantillon humain de New York sans cesse en mouvement. « Je m'assois là-bas et je comprends pourquoi j'ai tiré un trait définitif sur Hartford et tout ce que ça représente », m'avait-il confié.

Il n'était pas question de m'y rendre en taxi. Malgré ses habitudes dispendieuses, Eric aurait sans doute adoré l'idée de se rendre à sa dernière demeure en métro. Et je ne voulais personne avec moi, non plus. Cet ultime instant avec mon frère n'appartenait qu'à nous.

J'ai pris la ligne 1 en direction du sud. L'heure de pointe était passée mais la rame était encore pleine, sans un siège libre. Je suis restée debout, agrippée à une poignée. Quelqu'un m'a bousculée. Instinctivement, j'ai palpé ma poche, étonnée par la bizarrerie de ce qui venait de me traverser l'esprit : si cela avait été un pickpocket et qu'il m'avait dérobé ma boîte, le pauvre bonhomme aurait eu une crise cardiaque en découvrant sa prise...

Sortie à Sheridan Square, j'ai fait un détour par Bedford Street, ma première adresse new-yorkaise, puis je suis passée devant l'immeuble de Sullivan où Eric avait vécu plus d'une décennie. La bohème... Est-ce que mon frère aurait été encore en vie s'il n'avait pas atteint la notoriété ? Auraient-ils cherché à le tourmenter s'il était resté dans l'obscurité, s'il n'était pas devenu un auteur célèbre travaillant pour un moyen de communication dont la nouveauté excitait toutes les imaginations ? Aucun succès ne méritait de payer un prix pareil. Aucun.

Quand je suis arrivée à Washington Square, le soleil était à son zénith. Quelques ivrognes étaient endormis sur un banc, deux petits génies s'affrontaient aux échecs, quelques étudiants de la NYU avaient enfreint le commandement des pancartes « Gazon interdit », un joueur d'orgue de Barbarie tournait sa manivelle avec un singe apprivoisé sur l'épaule, égrenant une version bastringue de *La donna è mobile*. Eric aurait apprécié, oui, aussi bien Verdi que ce départ vers l'au-delà avec un accompagnement musical aussi incongru. J'ai regardé le ciel immaculé, heureuse que le vent se soit abstenu de souffler ce jour-là. J'ai sorti la boîte, retiré le couvercle et contemplé la poussière blanche qu'elle contenait. Et puis j'ai commencé à faire le tour du parc, moins de dix minutes à pas tranquilles, dispersant une pincée de cendres toutes les deux ou trois enjambées. Je n'ai pas cherché à vérifier si quelqu'un avait remarqué mon manège, m'attachant seulement à accomplir un tour complet. Lorsque je suis revenue à l'entrée de la 5ᵉ Avenue, la boîte était vide. Cap au nord. J'ai remonté Manhattan à pied.

Le lendemain, j'ai encore beaucoup marché, jusqu'à Battery Park et retour. Le jour suivant, ou celui d'après, car j'avais perdu la notion du temps, je suis allée à Fort George, toujours à pied. Jack m'appelait régulièrement, s'inquiétant de mon état. Je lui disais que tout était pour le mieux. Il avait dû se rendre à Wilmington et à Baltimore pour son travail et s'en voulait de ne pas être avec moi.

– Je t'assure que tu n'as aucun souci à te faire. Je tiens le coup.

– Tu es sûre ?

– Sûre, ai-je menti.

– Tu me manques. Affreusement.

– Tu es en or, Jack. Sans toi, je n'aurais pas pu surmonter tout cela.

Mais je n'avais rien surmonté du tout. Je ne dormais plus. Je ne m'alimentais qu'avec des crackers, de la soupe en boîte et des litres de café. Quand je ne marchais pas des heures sans but, je me réfugiais dans l'un ou l'autre des grands cinémas de Broadway. J'étais devenue comme mon frère dans ses dernières semaines. Une vagabonde professionnelle.

Huit jours avaient dû passer depuis l'enterrement quand Joel Eberts m'a téléphoné.

– Vous avez un moment, ce matin ? m'a-t-il demandé d'un ton préoccupé.

– Je suis une femme oisive, grâce à qui vous savez.

– Passez me voir à mon bureau, alors. Il y a deux ou trois choses dont je voudrais discuter avec vous.

Je suis arrivée une heure plus tard. Joel était nettement plus tendu qu'à son habitude. Il m'a serrée paternellement dans ses bras, a remarqué que j'avais l'air fatiguée, puis m'a fait signe de m'asseoir en face de lui. Il a pris un dossier sur son bureau et s'est mis à le feuilleter. Le nom de mon frère s'étalait sur la couverture.

– Il faudrait que nous examinions quelques points. Pour commencer, l'assurance vie d'Eric.

– La quoi ?

– Oui. Il se trouve que la NBC lui avait pris une assurance. Dans le cadre du contrat de couverture sociale qui a servi à régler ses frais d'hospitalisation. Or, non seulement il est resté en vigueur après son licenciement mais j'ai aussi découvert que l'an dernier ses ex-employeurs avaient compris qu'ils tenaient la huitième merveille du monde avec lui... et quelqu'un de très rentable, en plus. Résultat, ils ont augmenté notablement son capital décès. Soixante-quinze mille dollars.

– Mon Dieu !

– N'est-ce pas ? C'est une sacrée somme. Qui vous revient entièrement.

– Quoi ?

– Enfin, disons qu'au final la moitié vous parviendra. Parce que nos amis des impôts guettent, évidemment. Bon, pour l'instant ils réclament dans les quarante-trois mille mais j'ai dans ma manche un expert fiscal qui est une vraie terreur quand il veut. Je lui ai exposé le cas et il se fait fort de rabattre leur caquet de sept à dix mille dollars. Ce qui nous amènerait à environ trente-cinq mille pour vous. Pas trop mal, je dirais.

– Je ne sais pas quoi dire.

– Eric aurait été heureux de savoir que cet argent va être à vous.

– Mais puisqu'il n'y a pas de testament, comment...

– Vous êtes son unique parente vivante, non ? Pas de demi-frère ou de demi-sœur quelque part, non ? Bien, il va falloir en passer par quelques tracasseries juridiques mais c'est du tout cuit, croyez-moi.

Il m'a observée un moment tandis que je restais sans voix, puis il s'est raclé la gorge :

– Voilà pour les bonnes nouvelles, Sara.

– Ce qui signifie qu'il y en a d'autres qui...

– Il y a un problème, oui.

– Grave ? ai-je demandé, effrayée par la tristesse que j'avais vue passer sur ses traits.

– J'en ai peur.

Il s'est interrompu. Ce n'était pas le Joel Eberts que je connaissais.

– Sara ? Je dois vous poser une question.

– Très bien. Allez-y.

– Admettons que je vous dise...

Les mots ne sortaient pas.

– Que se passe-t-il, Joel ?

– Ah, je ne voudrais pas faire ça mais...

– Faire quoi ?

– Vous poser cette question.

– Allez-y.

Il a pris son souffle.

– D'accord... En admettant que je vous dise que je sais qui a mis le FBI sur la piste de votre frère, est-ce que...

– C'est vrai ? Vous le savez ?

Il a levé une main devant lui.

– Une minute, Sara. Admettons que je le sache, oui. Mais ce que je veux vous demander, c'est... Et s'il vous plaît, pesez bien votre réponse. Est-ce que vous voudriez connaître le nom de ce... de cet individu ?

– Vous plaisantez, Joel ? Mais évidemment ! Dites-moi, dites-moi qui est le salaud qui a pu...

– Sara ? Vous en êtes sûre ? Sûre et certaine ?

Je me suis sentie glacée, d'un coup. Mais j'ai acquiescé de la tête.

– Je veux savoir, oui.

Ses yeux n'ont pas quitté les miens quand il a repris la parole :

– Jack Malone.

10

Son regard pesait toujours sur moi, je le sentais. J'avais baissé la tête. Je contemplais mes mains. Je n'étais plus là.

– Sara ? Vous tenez le coup, Sara ? Je suis navré, bon sang, navré !

– Vous êtes au courant depuis...

– Le lendemain de l'enterrement.

– Et vous avez attendu tout ce temps ?

– Il fallait que je vérifie plein de choses, d'abord. Je ne voulais pas vous infliger une épreuve pareille avant d'être certain, absolument certain. Et même après je me suis demandé pendant des jours si je devais vous le dire... ou pas.

– Vous avez eu raison, Joel. Il fallait que je sache.

Il a soupiré. Il avait l'air épuisé.

– Oui... Sans doute.

– Comment avez-vous découvert ?

– Oh, un avocat parle à un avocat, qui parle à un avocat...

– Je ne vous suis pas.

– Marty Morrisson, ça vous dit quelque chose ?

– Non.

– Un poids lourd du barreau de New York. Depuis que ces conneries de liste noire ont commencé, le cabinet de Marty s'est occupé de plein de gens appelés à témoigner devant la Commission. Parce que ce n'est pas seulement le show-business qui intéresse ces malades. Ils sont allés fourrer leur nez dans les lycées, les universités, et même dans les plus grosses compagnies américaines. Ils voient des rouges partout, n'est-ce pas ? Y compris chez les gros bonnets

521

de l'industrie. Enfin, on se connaît depuis la nuit des temps, Marty et moi. On était gosses dans la même rue de Flatbush, on a fait l'École de droit de Brooklyn ensemble et même quand il a pris la filière Wall Street on est restés copains. Sans arrêter de nous prendre le bec sur les questions politiques, évidemment. Je dis toujours que c'est le seul et unique républicain avec qui je peux déjeuner. Mais c'est un brave type. Et il est très, très bien informé. Il sait toujours dans quels placards sont les cadavres, Marty.

« C'est aussi un inconditionnel de l'autre Marty. Manning. Il y a environ un an, nous dînions ensemble et il s'est mis à s'extasier sur le *Manning Show* qu'il avait vu la veille. Alors, pour me faire mousser un peu, je lui ai dit, tiens, il se trouve que le principal auteur de Manning est un de mes clients, Eric Smythe. Marty a ouvert de grands yeux, même s'il n'a pas pu s'empêcher de me lancer une pique du genre : "Je croyais que tu ne défendais que les dockers, toi !" C'est la seule fois où le nom de votre frère est apparu entre nous, remarquez. Bref, le temps passe, les ennuis d'Eric commencent, Winchell pond sa saleté d'article et le lendemain Marty m'appelle. Il m'explique qu'il a vu le machin à propos de mon client et il me demande s'il peut m'être utile, parce qu'il connaît tous les débiles mentaux qui siègent à la Commission. Il ne l'avouera pas publiquement, Marty, mais c'est ça qu'il pense d'eux. Enfin, je le remercie mais je lui réponds qu'Eric ne cherche pas d'accord à l'amiable avec eux, qu'il ne veut pas se transformer en mouchard et que le mal est fait, hélas... Trois semaines plus tard, votre frère meurt et...

Il a serré les lèvres, détournant la tête.

– Vous allez vraiment être fâchée, là. Parce que je me suis mêlé de ce qui ne me regardait pas, mais...

– Continuez, Joel.

– J'étais tellement furieux... enragé, après sa mort que j'ai téléphoné à Marty. « Rends-moi un service, je lui dis. Trouve le nom du fils de pute qui a balancé mon client. » Il l'a fait.

– Et c'était Jack Malone ?

– Oui. Jack Malone.

– Comment l'a-t-il appris, votre ami ?

– Facile. Légalement, tout ce qui se dit pendant les séances de la Commission ou pendant les interrogatoires du FBI est classé confidentiel. Mais, mais... Il y a cette société qui s'appelle American Business Consultants. Montée par trois anciens agents du Bureau avec le soutien d'Alfred Kohlberg, vous savez, le magnat des supermarchés plus républicain que personne, et la bénédiction du prêcheur superpatriote, le père John Cronin. Leur boulot consiste à enquêter sur les cadres des grosses compagnies, à vérifier que ce ne sont pas des cocos infiltrés. Incroyable, non ? Et ils publient aussi deux lettres d'information avec des titres tout aussi incroyables, *Contre-Attaque* et *Lignes rouges*. Ces torchons n'ont qu'une seule raison d'être : tenir à jour la liste de ceux que la Commission accuse d'être communistes, à huis clos théoriquement ! C'est la bible de la chasse aux sorcières, dans laquelle les patrons puisent leur soi-disant information. Vu son travail, Marty est abonné aux deux, évidemment. Et c'est dans *Lignes rouges* qu'il a vu que votre frère avait été nommé pendant une déposition devant la Commission. Les pontes de la NBC ont eu le tuyau de la même façon.

« À partir de là, il lui a suffi d'appeler quelques confrères, des gens qui ont accaparé le marché "listes noires" et qui se font des fortunes en défendant les pauvres types traînés devant la Commission. On se renvoie l'ascenseur, dans le métier. Au troisième coup de fil, Marty est tombé dans le mille : un avocat d'affaires très lancé, Bradford Ames, qui a entre autres Steele & Sherwood pour clients. Marty lui avait rendu un service, Ames était obligé d'en faire autant. Il connaissait toute l'histoire de votre frère, bien entendu, avec les papiers qu'il y a eu dans les journaux... "Évidemment que je sais qui a donné Smythe, puisque j'étais son conseil légal quand il a témoigné devant la Commission. Le plus drôle, c'est qu'il n'a rien à voir avec le milieu du spectacle. C'est un publicitaire de chez Steele & Sherwood. Jack Malone. Ça reste entre nous, hein ?"

La tête me tournait.

– Jack a déposé devant la Commission ?

– C'est ce qui ressort de tout ça, oui.

– Je ne peux pas y croire. Jack ? Avec son patriotisme ? Non, c'est impossible.

– D'après Marty, il a un cadavre dans le placard, lui aussi. Oh, pas gros, mais par les temps qui courent ils se contentent de ronger quelques os. Juste avant la guerre, Mr Malone a signé un appel d'un certain Comité de soutien aux réfugiés antifascistes. Une de ces organisations qui aidaient les gens ayant fui l'Allemagne nazie, l'Italie, les Balkans... Pour les émules de McCarthy, en tout cas, ça signifiait qu'il était à la solde de Moscou ! Il a juré sur la Bible qu'il n'a jamais appartenu au Parti, qu'il n'avait participé qu'à une ou deux réunions de ce Comité, avec deux amis de Brooklyn qui l'avaient entraîné là-dedans. Le problème, c'est que l'un de ces deux gars avait justement été convoqué par la Commission, qu'il avait donné le nom de Malone, que *Lignes rouges* l'avait publié et que ses chefs à Steele & Sherwood l'ont vu. Malone leur a chanté *Yankee Doodle* avec la main sur le cœur et il leur a dit qu'il ferait tout pour prouver son patriotisme. Les chefs ont alerté leur avocat, Ames, qui a cuisiné Malone avant de prendre contact avec un type de la Commission pour mettre au point un petit troc. C'est comme ça que ça marche, avec eux : si le témoin est coopératif, ils décident avec son avocat combien de noms il devra donner, et même quels noms ! Malone a proposé de nommer celui qui l'avait déjà balancé mais non, ça ne leur suffisait pas, alors il a proposé de donner trois noms mais les petits malins ont dit encore non, vu qu'ils les avaient déjà eus par le dénonciateur de Malone ! "Il faut quelqu'un de nouveau, lui a expliqué Ames. Juste un. Et après vous leur déclarez que vous aimez votre pays plus fort encore que Kate Smith quand elle beugle *God Bless America*, etc. Et c'est terminé."

« Et donc Malone a dit "Eric Smythe". Naturellement, Ames a tout de suite percuté. Il a assuré Malone que la Commission allait être contente parce que le Smythe du *Manning Show*, tout de même, c'était une bonne prise... Une semaine plus tard, Malone est allé témoigner à Washington. Comme c'était en séance restreinte, il a pensé que cela n'irait pas plus loin, que personne ne l'apprendrait jamais. Mais voilà, Sara. Les avocats, ça parle toujours...

Jack. Malone. Bouleversé en apprenant qu'Eric était menacé. Pleurant dans cette affreuse chambre de l'Ansonia. Et moi éperdue de reconnaissance, transportée par sa générosité... Alors qu'il versait des larmes de honte, de remords, non de chagrin sincère. Il pleurait parce qu'il était coupable.

Mes poings se sont serrés. Non seulement il nous avait trahis mais il pleurait, en plus ! J'ai eu du mal à articuler une question :

– Et la Commission a décidé d'innocenter Malone ?

Plus de Jack, non. Jack n'existait plus. Il n'y avait que Malone, le lâche qui avait conduit mon frère à la mort.

– Bien sûr. Complètement lavé. D'après Marty, Steele & Sherwood ont été tellement satisfaits de son comportement qu'ils lui ont même accordé une prime.

Quand il avait fait repeindre le taudis d'Eric, que m'avait-il raconté ? « J'ai eu une prime qui tombait à point : plus de huit cents dollars, comme ça ! Un petit merci de mes employeurs pour leur avoir trouvé un nouveau client. » Non, pour avoir mouchardé. Pour avoir sauvé ta peau en ruinant la vie de mon frère. Pour avoir interdit tout amour, toute confiance entre nous. À jamais. Huit cents dollars... Était-ce l'équivalent de trente deniers d'argent, au cours du jour ?

– Donc il pense toujours que personne ne sait ?

– Sans doute. Je répète, Sara : vous n'imaginez pas comme je me sens mal à cause...

– Pourquoi ? ai-je répliqué en me levant. Je vous remercie, Joel.

– De quoi ?

– De m'avoir appris la vérité. La décision n'a pas dû être facile, mais c'était la bonne.

– Qu'est-ce que vous allez faire, maintenant ?

– Il n'y a plus rien à faire, Joel. Plus rien.

Je suis sortie en hâte. Sur le trottoir, j'ai risqué un pas, puis deux, avant de me raccrocher à un lampadaire. Je n'ai pas fondu en larmes, non. Ni hurlé ni imploré le ciel. Une seconde onde de choc m'a retourné l'estomac. Je me suis penchée et j'ai vomi. Les nausées ont fini par s'arrêter. Je me suis essuyé la bouche avec mon mouchoir. J'étais en nage. J'ai eu la force de lever un bras pour arrêter un taxi.

Enfermée chez moi, recroquevillée dans un fauteuil, imperméable au temps, j'ai sombré dans une torpeur qui me vidait au point de rendre futiles toute réaction, tout sentiment. Des heures ont passé. Soudain, j'ai entendu une clé tourner dans la serrure. Il est entré, à peine revenu de voyage, sa valise dans une main, un bouquet de fleurs dans l'autre.

– Il y a quelqu'un ? a-t-il lancé joyeusement.

J'ai baissé la tête. Sa vue m'était insupportable, intolérable. Il s'est approché, s'est accroupi près de moi.

– Sara, qu'est-ce qui se passe ?

– Je veux que tu t'en ailles immédiatement. Va-t'en et ne reviens jamais.

Il a laissé tomber les fleurs par terre. Sa voix n'était plus qu'un murmure, ensuite :

– Je ne comprends pas.

– Si, tu comprends, ai-je constaté d'un ton neutre tout en me relevant. Va-t'en, s'il te plaît.

– Je t'en prie, Sara !

Il a tenté de me retenir par l'épaule. Je me suis dégagée, furieuse maintenant.

– Ne me touche pas. Plus jamais !

– Pourquoi...

– Pourquoi ? Tu sais très bien pourquoi ! Simplement, tu croyais que je ne le découvrirais jamais !

Il s'est assis lourdement sur le canapé, la figure dans les mains. Sans rien dire pendant un long moment.

– Je peux m'expliquer ?

– Non. Pas un mot de toi n'a de valeur.

– Sara, mon amour...

– Assez. Pas d'amour. Pas d'explication. Rien. Nous n'avons plus rien à nous dire.

– Il faut que tu m'écoutes !

– Non. Tu vois cette porte ? Passe-la et disparais.

– Qui te l'a dit ?

– Joel Eberts. Il connaît quelqu'un qui... Enfin, d'après son confrère, tu n'as pas opposé la moindre résistance. Tu as mouchardé tout de suite.

– Je n'avais pas le choix. Aucun choix !

– Tout le monde l'a. Tu as choisi, maintenant tu dois faire avec.

– Ils m'ont coincé contre le mur, Sara ! J'allais perdre...

– Quoi ? Ton travail ? Tes revenus ? Ton standing ?

– J'ai un enfant. Un loyer à payer. Des bouches à nourrir.

– Tu n'es pas le seul. Eric aussi, il devait.

– Écoute ! Je ne voulais pas nuire à ton frère, jamais !

– Mais tu as donné son nom à ces...

– Parce que j'ai cru que...

– Que quoi ? Que le FBI allait lui faire la morale et le laisser partir ?

– On m'a dénoncé. Ils ont réclamé des noms.

– Tu pouvais refuser.

– Tu penses que je ne voulais pas ?

– Mais tu l'as fait.

– C'était sans issue. Un engrenage dont je devais sortir. J'avais mes responsabilités, avant tout.

– Responsabilités ? Envers qui ?

– Dorothy, Charlie.

– Mais pas envers moi ? Pas envers mon frère, qui était totalement innocent ? Ou bien nous étions... sacrifiables, face à tes « responsabilités » ?

– Tu sais bien que je ne suis pas comme ça.

– Je ne sais plus qui tu es.

– Ne dis pas ça, s'il te plaît !

– Pourquoi pas ? C'est la vérité. Tu as tout démoli.

J'avais gardé une voix calme, étonnamment. Il a replongé la tête dans ses mains, à nouveau silencieux. Puis il a repris tout bas :

– Essaie de comprendre, je t'en prie. Ils voulaient, ils exigeaient un nom. J'ai essayé d'expliquer que j'avais dix-huit ans quand j'ai adhéré à un comité anti-fasciste, par principe, parce que je pensais sincère-ment qu'ils s'opposaient à Hitler, à Mussolini, à Franco, que ça n'avait rien à voir avec le commu-nisme. Les types du FBI ont dit qu'ils me croyaient, qu'ils se rappelaient que j'avais servi mon pays pen-dant la guerre, qu'ils savaient que je n'ai jamais eu d'activités politiques à part « cette petite erreur de jeunesse ». Qu'il y en avait eu d'autres dans mon cas et qu'ils avaient coopéré. « Nous enquêtons sur une vaste conspiration, m'a dit l'un d'eux. Nous voulons savoir qui la dirige, c'est tout. En nous donnant des noms, non seulement vous aidez votre pays mais vous vous excluez de notre enquête. Tandis que si vous refusez, les soupçons continuent à peser sur vous »...

Il s'est interrompu, cherchant mes yeux du regard. Je les lui ai refusés.

– Il y avait une logique implacable, là-dedans : on a donné ton nom, tu en donnes un autre pour prouver ton innocence, ce quelqu'un en donnera un à son tour... La trahison en chaîne. Mais sans avoir le choix.

– Si, il y en a ! Les dix d'Hollywood ont préféré aller en prison. Et Arthur Miller : il a refusé de témoigner et il a été poursuivi. Et mon frère aussi, il a eu le choix... et il en est mort !

– J'ai tenté de leur nommer des gens déjà repérés, Sara. J'ai dit qu'à part eux je ne connaissais aucun ancien communiste. « Impossible », ils ont répondu. Un nom, un seul, et il ne lui arrivera rien s'il accepte de coopérer à son tour. C'était ça ou... Mais c'était vrai, je n'en connaissais aucun...

– À part mon frère.

– J'étais acculé, Sara. Je leur ai dit : « Écoutez, la seule personne qui a pu avoir un lien avec le Parti s'est désengagée depuis tellement longtemps que ça n'a plus de sens. – Au contraire, ce sera encore plus facile pour lui de se disculper, tout comme vous êtes sur le point de l'être. »

– Et c'est là que tu leur as donné le nom d'Eric.

– Écoute-moi, chérie ! Il était à la télévision, il était connu, son passé politique allait lui être ressorti tôt ou tard. Tu t'en rends compte, non ?

– Oh oui, je m'en rends compte. Je m'y attendais depuis le début, même. Mais ce que je n'aurais jamais cru, c'est que l'homme que j'ai aimé soit le traître, le... Judas.

Un long silence.

– Que tu « as » aimé ?

– Oui. C'est fini.

– Je n'ai pas eu la moindre intention malveillante à son égard, Sara. Pas un seul instant. Je me suis dit qu'il allait jouer le jeu, comme tout le monde.

– Heureusement, Eric avait cette chose qu'on appelle une « conscience ».

– Et moi pas ?

Il a bondi sur ses pieds.

– Tu ne crois pas que j'ai été... bouleversé par ce qui lui est arrivé ?

– Tu me l'as fait croire, en effet. Tu aurais dû être acteur. Toutes ces attentions, toutes ces protestations d'amour et de solidarité...

– Ce n'était pas simulé. C'était...

– Je sais ce que c'était. De la culpabilité. De l'angoisse. Et surtout, surtout, le besoin de faire pénitence. Oh, tu es catholique à cent pour cent ! Je parie que tu es allé à confesse après l'avoir balancé.

– Je n'aurais jamais, jamais pensé qu'il allait s'effondrer de cette...

– Ce qui justifie ton acte ?

– Je ne lui voulais rien de mal.

– Mais tu l'as infligé, le mal !

– Je ne savais pas...

– Comment ? l'ai-je coupé à voix basse. Qu'est-ce que tu viens de dire ?

– Que je ne savais pas.

Je l'ai regardé fixement.

– *Ich habe nichts davon gewusst*.

– Quoi ?

– Je ne savais pas. En allemand.

– Je ne saisis pas.

– Mais si. Dachau, en 1945. Avec les troupes qui libéraient les camps. Ce gros banquier qui avait vécu tout près de l'horreur et qui répétait : « *Ich habe nichts davon gewusst... Ich habe nichts davon gewusst.* » Tu as oublié ?

– Non.

– C'est arrivé, oui ou non ? Tu l'as vu ? Ou bien c'est encore l'un de tes mensonges ?

– Non. C'est vrai.

– Tu me l'as raconté le premier soir, le tout premier

soir. J'étais déjà amoureuse de toi mais en t'écoutant je... je me suis dit que tu étais l'être le plus exception-nel que j'aie jamais connu. Quelle imbécile j'étais, n'est-ce pas ? Surtout quand tu t'es évanoui dans les airs tout de suite après. Mais tu avais pris mon cœur, espèce de...

– Le mien est toujours à toi, Sara.

– Menteur ! Si c'était le cas tu n'aurais pas trahi Eric. Mais non, tu as cru que tu t'en tirerais, que je ne l'apprendrais jamais.

Des larmes sont apparues dans ses yeux.

– Pardon...

– Excuses refusées. Je n'avais qu'Eric et toi. Main-tenant je n'ai plus rien.

– Je suis là, chérie !

– Non. Va-t'en.

– Ne fais pas ça...

Il est venu à moi en ouvrant les bras.

– Je t'aime, Sara.

– N'emploie plus ce mot devant moi.

– Je t'aime...

– Dehors !

Il a essayé de m'enlacer. J'ai hurlé. Et puis je me suis mise à le frapper. Maladroitement. Durement. Il n'a pas tenté de répliquer ni de se défendre. Soudain, je pleurais, moi aussi. D'impuissance. Je suis tombée au sol, il a voulu m'approcher encore et cette fois je l'ai atteint en pleine bouche de mon poing serré. Il a titubé en arrière, s'est cogné à un guéridon qui s'est renversé, entraînant la lampe posée dessus. Lui-même s'est retrouvé à genoux, une main sur ses lèvres en sang. Mes larmes se sont taries d'un coup. Nous nous sommes regardés ainsi, une minute qui a duré un siècle. J'étais paralysée mais il s'est relevé pénible-ment et il a disparu dans la salle de bains. Il est bien-tôt revenu, un mouchoir taché de rouge pressé sur sa bouche. J'ai refusé son aide pour me remettre sur mes pieds. Dans la cuisine, j'ai sorti un bloc de glace, je l'ai attaqué au pic dans l'évier. J'ai enroulé un gros morceau dans un torchon et je suis retournée au salon.

– Tiens. Cela devrait moins enfler.

Il l'a posé contre ses lèvres.

– Maintenant je veux que tu partes.

– Bon.

– Je vais emballer tes affaires. Demain je laisserai un message à ton bureau pour te dire quand je ne serai pas ici, que tu puisses passer les prendre.

– On parlera, Sara ?

– Non. Ne téléphone plus. Et donne-moi tes clés d'ici.

– Attendons demain avant de...

– Les clés !

J'avais crié, à nouveau.

Il a sorti à contrecœur son trousseau, a retiré les clés de chez moi et les a posées sur la main que je lui tendais.

– Maintenant sors d'ici, ai-je conclu en allant m'enfermer dans ma chambre.

Je suis tombée sur mon lit. Il a frappé à plusieurs reprises, en m'appelant. J'ai plaqué un coussin sur ma tête pour ne plus l'entendre. Au bout d'un moment, il a parlé à travers la porte :

– Je te téléphonerai. Essaie de me pardonner, je t'en supplie.

Je n'ai pas répondu. Ni bougé quand la porte d'entrée s'est refermée. À la détresse avait succédé une sorte de lucidité hagarde. Il n'y aurait pas de pardon, pas d'absolution. Il avait trahi Eric, et ma confiance. Je comprenais ses raisons, les pressions qu'il avait subies, mais cela ne changeait rien. On peut pardonner un geste stupide, irréfléchi, non un acte cyniquement calculé. Certes, Eric aurait fini tôt ou tard par se voir reprocher ses lointaines sympathies communistes. Mais comment accueillir encore dans mon lit celui qui s'était chargé de l'accuser ? C'était là un aspect de son choix qui me sidérait, qu'il n'ait pas compris qu'en désignant Eric à la vindicte de la Commission il ruinait du même coup notre amour. Il savait que nous étions inséparables, mon frère et moi. Et qu'Eric était ma seule famille. Il était même, je l'avais ressenti depuis toujours bien qu'il ne l'ait jamais exprimé, jaloux de l'adoration réciproque que nous nous portions. Était-ce ce ressentiment qui l'avait poussé à tout détruire ? Ou bien il y avait une vérité encore plus profonde, encore plus dérangeante qui se distinguait derrière sa décision : Jack Malone était, intrinsèquement, un lâche. Quelqu'un qui refusait de faire face à la vie et qui, confronté à un choix essentiel, choisirait toujours ses petits intérêts. Il n'avait pas pu se résoudre à m'écrire après avoir appris que Dorothy était enceinte, et quand il avait resurgi dans mon existence des années plus tard il avait mis sa disparition sur le compte de la culpabilité. Et moi j'avais été assez idiote pour croire à cette plate excuse, doublée qu'elle était de protestations d'amour passionnées. En lui permettant de reprendre pied dans ma vie, j'avais déclenché le processus qui avait finalement conduit mon frère à la mort.

Toujours blottie sur mon lit, j'ai entendu à nouveau Eric m'exhorter à oublier ce « bon à rien ». Et je me suis aussi souvenue du catastrophique rendez-vous que j'avais organisé au bar du St. Moritz, lorsque mon frère, ivre mort, l'avait insulté jusqu'à lui faire perdre patience. Ils s'étaient toujours détestés, l'un et l'autre, quand bien même ils s'entêtaient l'un et l'autre à le nier. Alors, quand le FBI lui avait demandé le nom d'un communiste, peut-être avait-il pensé : « Je vais pouvoir enfin le coincer, ce salaud ! » ?

Toutes ces spéculations n'avaient plus de sens, désormais. Parce que j'avais devant moi un constat, aussi simple qu'incontournable : Jack Malone n'existait plus pour moi.

Le téléphone a sonné. Je n'ai pas bougé. Une heure

plus tard, un livreur s'est présenté avec des fleurs. Je les ai refusées, lui suggérant de s'en débarrasser dans la première poubelle en vue. En fin d'après-midi, il y a eu un télégramme. Je l'ai déchiré sans l'ouvrir. À six heures, la sonnette m'a fait sursauter. Elle a retenti par intermittence pendant quinze minutes au moins, puis s'est arrêtée. J'ai attendu le même laps de temps avant d'ouvrir ma porte pour inspecter le hall. Il y avait une lettre sur le paillasson de l'entrée. Après l'avoir ramassée, je suis rentrée chez moi et je suis allée la jeter dans le vide-ordures. J'ai pris ma machine à écrire et la valise que j'avais préparée peu avant, j'ai fermé l'appartement et je suis sortie en me débattant avec mon fardeau.

Il était sur le perron, frigorifié, livide, trempé de pluie. Ses yeux affolés se sont posés sur mes bagages.

– Qu'est-ce que tu fais ?

– Je m'en vais.

– Où ?

– Ce n'est pas ton affaire.

– Non, ne pars pas, je t'en prie...

Sans répondre, je me suis engagée dans la rue, lui sur mes talons.

– Tu ne peux pas faire ça !

Il a accéléré le pas et soudain il s'est retrouvé devant moi, à genoux, me barrant le passage.

– Tu es l'amour de ma vie, Sara.

Je l'ai regardé, sans colère ni pitié, sans rien.

– Non. L'amour de ta vie, c'est toi.

Il s'est accroché au pan de mon imperméable, le visage ruisselant de larmes.

– Sara, ma chérie...

– Laisse-moi, s'il te plaît.

– Non ! Pas tant que tu ne m'auras pas écouté !

– C'est fini, Jack. Fini !

– Vous avez un problème, m'dame ?

J'ai pivoté sur mes talons. Un policier en tenue s'approchait de nous.

– Demandez-lui, plutôt, ai-je répliqué en montrant du menton la forme prostrée à terre, que l'agent a considérée avec un dédain amusé.

– Alors, quel est le problème, mon gars ?

Jack a enfin lâché prise.

– Non, rien. Je voulais juste...

– Demander pardon, on dirait ?

Celui qui avait été mon amant a baissé les yeux vers le sol.

– Il vous embêtait, m'dame ?

– Je cherchais un taxi, simplement, mais il n'avait pas l'air d'accord.

– Il va se comporter gentiment, là, gentiment. Pas vrai, mon gars ? Il va se remettre debout et aller s'asseoir sur ces marches, là-bas, et se tenir tranquille pendant que j'aide cette dame à trouver un taxi. Il est d'accord ? Oui, il est d'accord.

Il a obéi comme un automate. Le policier avait déjà pris mes bagages et me précédait vers le carrefour de la 77e Rue et West End Avenue. En deux secondes, il avait fait s'arrêter un taxi devant nous.

– Merci, lui ai-je dit pendant que le chauffeur plaçait mes affaires dans le coffre.

– De rien. Vous n'avez rien de sérieux à reprocher à ce garçon ?

– Légalement parlant, non.

– Alors bonne route, où que vous alliez. Je vais encore garder un oeil sur le don Juan, juste pour être sûr qu'il ne vous court pas après.

Je suis montée dans la voiture.

– Penn Station, s'il vous plaît. Nous nous sommes engagés dans le flot des voitures. J'ai jeté un coup d'œil derrière moi. Jack était assis sur les marches, secoué de sanglots.

Je me suis installée dans le compartiment que j'avais réservé plus tôt dans l'express de nuit pour Boston. Comme je voulais absolument être seule, j'avais payé un supplément pour avoir une cabine simple. Je me suis déshabillée, j'ai enfilé une chemise de nuit et une robe de chambre. Au steward qui est passé me demander si je voulais dîner j'ai répondu qu'un whisky-soda me suffirait amplement. Il me l'a apporté. Je l'ai bu lentement. Je me suis étendue sur la couchette.

J'ai été réveillée par l'odeur du café. Nous étions à une demi-heure de Boston. J'ai siroté mon café en contemplant par la vitre une aube de Nouvelle-Angleterre. J'avais dormi profondément, sans rêves. Le chagrin me nouait l'estomac mais je n'avais plus de larmes. Ma décision était prise, mes émotions sous contrôle, un nouveau jour commençait, je continuais de l'avant... Et ce café des chemins de fer était tout à fait buvable, ma foi.

J'ai changé de train à la gare du Sud. À midi, j'étais à Brunswick. Comme convenu, Ruth Reynolds m'attendait. Plus de cinq années avaient passé depuis ma retraite du printemps 46, quand j'avais fui dans le Maine les ravages provoqués par la disparition de Jack Malone. Lorsque j'avais senti que je touchais à nouveau le fond, la veille, je m'étais dit que cette fois encore la seule issue était de quitter New York un moment, sans laisser de piste. À Manhattan, il aurait continué à me harceler de coups de téléphone, de fleurs, de télégrammes et d'incursions nocturnes autour de mon immeuble. Et puis j'avais besoin de m'éloigner de toutes ces listes noires, de la NBC, du journal, de Walter Winchell, des résonances douloureuses que la ville éveillait désormais en moi. J'avais pris mon carnet d'adresses, retrouvé le numéro de Ruth Reynolds à Bath. Elle m'avait reconnue instantanément – « Mais pourquoi je ne vois plus votre rubrique ? Je l'attendais chaque semaine ! » Elle avait deux villas à louer, pour l'instant. À partir du lendemain ? Sans problème.

Et donc j'étais de retour sur la côte du Maine,

présentement enveloppée dans l'impétueuse accolade de Ruth.

– Quelle bonne mine vous avez ! a-t-elle menti.

– Vous aussi, ai-je répondu, même si j'avais pâli en la découvrant sur le quai quelques minutes plus tôt : elle avait pris au moins quinze kilos depuis la dernière fois que je l'avais vue.

– Pas besoin de vous forcer, ma petite. Je suis grosse, je le sais.

– Mais non.

– Vous êtes un amour, Sara. Mais vous ne valez rien pour les mensonges.

Nous sommes montées dans sa voiture et nous avons pris la route de Bath.

– Alors, quel effet cela fait, d'être une vedette de la presse ?

– Vous exagérez. De toute façon, je suis en congé longue durée.

– Et donc vous avez décidé de revenir par chez nous ?

– Oui... J'ai envie d'écrire un peu pour moi, à vrai dire.

– Eh bien, pour le calme et la tranquillité, vous ne pouviez pas trouver mieux qu'ici ! Malheureusement, je n'ai pas pu vous avoir votre vieille maison. Les Daniel ont vendu il y a des années, déjà. Vous êtes toujours en relation avec eux ?

J'ai fait non de la tête.

– Enfin, je vous ai trouvé quelque chose de très mignon. Il y a même une chambre d'amis, si vous voulez de la visite. Ou si votre frère vient vous voir.

J'ai tressailli et elle l'a remarqué.

– Tout va bien ?

– Oui.

Je m'étais juré de ne mentionner sous aucun prétexte les terribles événements des derniers mois.

– Comment va-t-il, le frérot ?

– Bien, bien...

– Tant mieux.

Nous avons bavardé jusqu'à Bath. Après avoir pris la route 209, nous nous sommes arrêtées devant le magasin général d'un petit village, Winnegance, où j'ai fait quelques courses, puis nous avons poursuivi sur la deux-voies qui serpentait jusqu'à Popham Beach. La plage était aussi déserte que dans mes souvenirs.

– Rien ne change, ici...

– C'est le Maine, Sara.

Ruth m'a invitée à dîner chez elle le soir même mais je me suis excusée en prétextant la fatigue du voyage.

– Demain, alors ?

– Voyons dans deux ou trois jours, le temps que je m'installe.

– Vous êtes sûre que ça va ?

– Mais oui. La maison est parfaite.

– Je parlais de vous, Sara. Tout va bien pour vous ?

– Vous m'avez dit que j'avais bonne mine, non ?

Elle a été surprise par la soudaine agressivité de ma voix.

– C'est la vérité, oui, mais...

– Je viens de passer des moments difficiles, d'accord ?

– Excusez-moi, Sara. Je ne voulais pas me mêler de...

– Mais non, Ruth. C'est à moi de vous demander pardon d'être si brusque. Simplement... Il faut que je reprenne un peu mes esprits.

– Nous autres, dans le Maine, on laisse à chacun sa vie. Quand vous voudrez de la compagnie, vous savez où la trouver.

Je n'en voulais pas, non. Mon seul but était de me couper du monde. Je m'y suis employée, en écrivant d'abord à la comptabilité de *Saturday/Sunday* pour leur demander d'envoyer mes chèques directement à la banque, puis à Joel Eberts pour lui donner pouvoir sur l'argent qu'allaient verser les assureurs d'Eric.

538

Je lui ai adressé aussi un double des clés de l'appartement en le priant de trouver quelqu'un qui, moyennant rétribution, pourrait passer relever le courrier chez moi et payer les factures à ma place. La seule condition : que personne ne sache où je me trouvais, à commencer par Jack Malone. « S'il vous contacte, je ne veux pas que vous me le disiez », ai-je précisé. Il m'a répondu que sa secrétaire se chargerait de ce que je demandais. Il y avait aussi des formulaires que je devais signer pour qu'il puisse faire des chèques à ma place.

Le mur que j'édifiais ainsi n'était pas seulement dû à l'irrévocabilité de ma décision. Au fond de moi, j'étais terrifiée à l'idée que je puisse oublier toutes mes résolutions si j'en venais à lire l'un de ces mots suppliants avec lesquels il avait su me convaincre de le revoir, des années plus tôt. Notre histoire était morte et enterrée. Il était sorti de ma vie, me laissant dans la solitude absolue. Et c'est ce que je voulais.

Ruth venait deux fois par semaine faire le ménage mais je m'arrangeais toujours pour être sur la plage à ces moments-là. Tolérant ma misanthropie, elle ramassait les listes de courses, ou de livres à prendre à la librairie locale, que je lui laissais sur la table en les accompagnant de quelques phrases d'excuses pour mes manières de sauvage. Un jour, je lui ai écrit ainsi : « Dès que je serai revenue sur cette planète, je passerai vous voir avec une bonne bouteille d'origine écossaise et je vous expliquerai tout. Promis. » Le lendemain, à mon retour de promenade, j'ai trouvé les emplettes demandées ainsi que trois épais volumes dont j'avais toujours retardé la lecture : *La Montagne magique* de Thomas Mann, *Les Ailes de la colombe* d'Henry James et, friandise après cette sérieuse et monumentale littérature, le récit de guerre merveilleusement drolatique de Thomas Heggen, *Mister Roberts*. Mais ce n'était pas tout. Il y avait aussi une bouteille de J&B, avec un mot à côté : « Sara, nous sommes là si vous avez besoin de nous. Et comme les nuits sont encore fraîches je me suis dit que ce scotch pourrait vous réchauffer... surtout si vous en avez assez d'allumer un feu tous les soirs ! »

Une semaine s'est écoulée, une autre, une autre encore. J'ai lu, j'ai marché, j'ai dormi. Par lettre, Joel Eberts m'a informée que la somme de l'assurance d'Eric avait été versée, que son expert fiscal était parvenu à un accord avec les impôts – ils se contenteraient de trente-deux mille cinq cents – et qu'il avait pris contact avec mon conseiller financier, Lawrence Braun, afin de placer le reste en valeurs boursières. Il concluait par des considérations plus personnelles, pleines de tact et de sympathie, et m'assurait que je pouvais compter sur lui à tout moment.

Mais je n'avais besoin de personne. Et puis, alors que le premier mois d'isolement venait de se terminer, tout a changé. C'était un mardi matin. J'étais mal à l'aise en me réveillant. Deux minutes plus tard, j'ai été secouée par de violentes nausées. Le lendemain, mêmes symptômes. Une trêve le jeudi et de nouveau ces réveils affreux. Il fallait que je consulte, d'autant que j'étais en retard de deux semaines dans mon cycle. Je suis allée voir Ruth, sans rentrer dans les détails, et elle m'a adressée à son médecin de famille, un cinquantenaire d'allure sévère nommé Grayson. Avec sa blouse amidonnée, ses lunettes en demi-lune et son air renfrogné, il faisait penser à un vieux pharmacien aigri. Habitué à traiter les employés des aciéries et leurs enfants, il ne brillait pas par sa qualité d'écoute.

– Ça m'a l'air d'être une grossesse, a-t-il constaté d'un ton brusque lorsque je lui ai décrit les symptômes.

– Mais c'est impossible !

– Quoi, votre mari et vous, vous n'avez pas eu de...

Il s'est interrompu avant d'ajouter « relations » du bout des lèvres :

– Je ne suis pas mariée.

Son regard a fusé sur ma main gauche, dépourvue d'alliance.

– Mais vous avez bien eu des... euh, relations avec quelqu'un ?

– Oui. Seulement, je ne peux pas être enceinte, médicalement parlant.

Je lui ai relaté ma fausse couche et le diagnostic sans appel de l'obstétricien de Greenwich.

– Il a pu se tromper, a-t-il grommelé avant de me demander de remonter ma manche.

Il m'a fait une prise de sang, puis m'a tendu un flacon en verre et m'a montré la porte des toilettes. Ensuite, il m'a dit de revenir dans deux jours pour les résultats.

Je les connaissais d'avance, ces résultats ! Et pourtant les nausées matinales ont continué. Et quand je suis entrée dans son bureau il a levé les yeux de mon dossier :

– Le test est positif.

Je suis restée sans voix.

– Ils sont fiables, en général.

– Pas dans ce cas, sans doute.

Il a haussé les épaules.

– Si vous voulez vous raconter des histoires, à votre guise.

– Comment pouvez-vous me parler de cette manière ?

– Vous êtes enceinte, « miss » Smythe, a-t-il édicté en insistant sur mon statut de célibataire. C'est ce qu'indique le test, et c'est aussi ma conclusion clinique. Croyez-y ou non, c'est votre choix.

– Je peux avoir une deuxième analyse ?

– Dix, si vous voulez. Du moment que vous payez. Mais je dois vous conseiller de consulter un gynécologue obstétricien au plus vite. Vous résidez par ici, exact ? Le plus proche sera le docteur Bolduck à Brunswick. Son cabinet est juste à côté du lycée, au bout de Maine Street. Je vous donne son numéro.

Il a gribouillé quelques chiffres sur une ordonnance, me l'a tendue.

– Voyez avec ma secrétaire pour le règlement.

Je me suis levée.

– Ah, et puis, miss Smythe...

– Oui ?

– Mes félicitations.

Ruth m'attendait dans l'entrée. Je ne lui avais pas parlé de l'analyse mais je devais avoir l'air décomposée car elle m'a prise par le bras dès que nous avons été dehors.

– Rien de grave, j'espère ?

J'ai réussi à émettre un petit rire.

– J'aurais préféré...

– Oh, ma petite !

J'ai compris instantanément que je venais de me trahir. Soudain épuisée, dépassée, j'ai posé ma tête sur son épaule.

– Et si on prenait un bon petit déjeuner quelque part ?

– Je risque de le rendre tout de suite après.

– Ou peut-être pas.

Après m'avoir entraînée dans un snack proche des aciéries, elle m'a forcée à ingurgiter des œufs brouillés, des pommes sautées et deux toasts beurrés. J'ai vite oublié mes réticences : après ces jours nauséeux, tout m'a semblé délicieux. Et puis c'était une façon de calmer mes nerfs.

– Je sais que vous ne vous confiez pas facilement, m'a dit Ruth, et je ne vais certainement pas insister. Mais si vous voulez me parler...

Alors je lui ai tout raconté, tout depuis mon dernier séjour à Popham Beach. Elle est devenue très pâle quand je lui ai parlé de ma fausse couche, m'a pris la main lorsque je lui ai appris le sort d'Eric, et le rôle de Jack Malone dans sa mort.

– Oh, Sara, a-t-elle murmuré, si seulement j'avais su, pour votre frère...

– Je ne pense pas que les journaux du Maine en aient parlé.

– Je ne les lis pas, de toute manière. Pas le temps.

– Vous ne manquez rien.

– Quelle année vous avez eue...

– J'en ai connu de meilleures, oui. Et maintenant, comme si cela n'avait pas suffi, j'apprends que je suis enceinte...

– J'ai du mal à imaginer le choc que vous avez dû avoir, chez Grayson.

– Environ dix sur l'échelle de Richter.

– Vous êtes... contente, quand même ?

– Pour l'instant, c'est comme si un immeuble m'était tombé dessus... Mais quand je vais reprendre mes esprits je serai plutôt heureuse, oui, idiote comme je suis.

– C'est bien, Sara.

– Vous comprenez, je m'étais habituée à l'idée que je n'aurais jamais d'enfants. Alors cette nouvelle, c'est... surnaturel.

– Les médecins se trompent souvent.

– Heureusement.

– Je peux vous poser une question ?

– Mais oui, Ruth.

– Vous allez le lui dire ?

– Jamais.

– Vous ne pensez pas qu'il a le droit de savoir ?

– Non.

– Pardon. Cela ne me regarde pas.

– Je ne peux pas... Je ne veux pas lui dire. Parce qu'il m'est impossible de lui pardonner.

– Je comprends que ce serait très difficile, en effet...

– Mais ? l'ai-je pressée, ayant noté ce que sa remarque avait d'ambivalent.

– Encore une fois, Sara, je n'ai pas à me mêler de vos affaires.

– Allez-y. Vous vouliez dire quelque chose.

– Eh bien... C'est aussi son enfant, je pense.

– Et Eric était mon frère.

Silence.

– C'est vrai. J'arrête.

– Merci.

J'ai levé ma tasse de café.

– Mais c'est une bonne nouvelle, aussi.

Elle a pris la sienne, a trinqué avec moi.

– Une grande nouvelle, Sara. La meilleure qui soit.

– Et incroyable, en plus !

Ruth a éclaté de rire.

– Toutes les bonnes nouvelles sont incroyables, ma chérie. Pour plein, plein de raisons que vous savez.

11

Quelques jours après, je suis allée voir le docteur Bolduck. Je m'attendais à une nouvelle version du médecin puritain de Nouvelle-Angleterre qui fronce-rait les sourcils devant mon annulaire sans alliance mais j'ai eu en face de moi un homme de moins de quarante ans, ouvert et détendu, un ancien de Bow-doin qui était resté pratiquer dans sa ville natale à la fin de ses études. Il m'a mise à l'aise tout de suite.

– Vous venez de la part du docteur Grayson, donc ? Vous le consultez depuis longtemps ?

– Je suis nouvelle dans la région. Et franchement, je suis à la recherche d'un autre généraliste.

– Vraiment ?

– Oui. Je pense que le courant n'est guère passé, entre nous.

– Comment, mais c'est une pâte, le docteur Gray-son ! s'est-il exclamé en remuant les sourcils à la manière de Groucho Marx. Et tellement attentionné avec ses patients...

J'ai ri volontiers.

– Je crois qu'il n'a pas apprécié que je ne sois pas mariée. Et vous, docteur ? Est-ce un problème pour vous ?

– Votre vie privée vous appartient, miss Smythe. Je ne suis là que pour vous aider à accoucher dans les meilleures conditions pour votre bébé et pour vous-même.

– Je n'arrive toujours pas à croire que je suis enceinte.

Il a souri.

– C'est une remarque que j'entends assez souvent.

– Non, je veux dire que je ne suis... que je n'étais pas en état de l'être.

À nouveau, j'ai raconté ces moments pénibles à l'hôpital de Greenwich. Contrairement à Grayson, il m'a écoutée attentivement et m'a demandé le nom de l'obstétricien qui m'avait donné ce diagnostic.

– Je vais lui écrire pour lui demander votre dossier. En attendant, je suis d'accord avec vous. Il serait prudent de procéder à un deuxième test.

Dont acte. Après être convenus d'un rendez-vous la semaine suivante, je suis rentrée à Popham Beach et j'ai essayé de me faire à la nouvelle. J'avais désiré un enfant, puis je m'étais résignée peu à peu à ne pas en avoir, enfin la réapparition de Jack Malone dans ma vie avait réveillé cette souffrance, ce manque que j'avais pourtant refusé d'exprimer devant lui. Et voici que j'étais enceinte, indiscutablement, à moins de ne plus accorder aucun crédit à la médecine...

Si j'avais été croyante, j'y aurais vu un miracle. Si j'avais encore été avec Jack, j'aurais été transportée de bonheur. Mais là, j'étais curieusement partagée entre l'exaltation et le découragement. Exaltation à l'idée de tenir enfin mon enfant dans mes bras, découragement devant la certitude que je ne parlerais plus jamais à son père. Le sort abonde d'amers paradoxes. Celui-ci était particulièrement accablant.

Hantée par Eric, hantée par Jack, je revenais sans cesse au bord de l'abîme, même quand je croyais avoir finalement surmonté la douleur de la perte. Cet état me ramenait à la période qui avait suivi ma fausse couche, lorsque le chagrin était devenu une présence tapie dans l'ombre mais toujours prête à surgir. Sinon que cette fois elle était encore plus tenace, plus implacable. Parce que Jack Malone avait tout ravagé, tout détruit. Et c'est ce qui me renforçait dans la décision de le laisser dans l'ignorance de ma grossesse. Il était indigne de confiance, au-delà du mépris. Il devait rester étranger à cet enfant. Je faisais preuve de dureté, certes, mais cela me permettait de me blinder peu à peu contre ce sentiment insidieux d'avoir tout perdu, cela m'aidait à passer le temps qui autrement m'aurait paru sans fin, et puis cela prenait une autre nuance avec cette nouvelle, cette renversante perspective de l'enfant. Il y avait désormais une vie au bout de toute cette destruction, un but qui devait me permettre d'émerger de toute cette angoisse.

À notre deuxième entrevue, le docteur Bolduck s'est montré aussi enjoué et plaisant.

– J'ai peur que mon charmant confrère n'ait eu raison. Les tests de grossesse sont rarement trompeurs. Vous serez bientôt mère, miss Smythe.

Je me suis sentie sourire.

– Eh bien, au moins vous avez l'air satisfaite !

– Je le suis, docteur. Et stupéfaite, aussi.

– C'est compréhensible. D'autant que je viens de parcourir votre dossier... Il ne m'est parvenu qu'hier soir, figurez-vous. Mais à mon avis le médecin qui vous a communiqué ce diagnostic sans appel était dans l'erreur. D'accord, l'une de vos trompes de Fallope a été sérieusement abîmée par cette grossesse ectopique, ce qui réduit les chances de fécondation. Mais ne les exclut pas. J'ai moi-même eu des cas similaires, avec des grossesses menées à terme sans problèmes majeurs. Pour simplifier, disons que votre spécialiste de Greenwich a pu être un brin trop pessimiste dans ses conclusions. Personnellement, je trouve qu'il s'est conduit de manière scandaleuse, parce qu'il a ruiné vos espoirs de maternité pendant des années, mais cette dernière remarque restera entre nous, d'accord ? Il y a une clause dans le serment d'Hippocrate qui précise que l'on ne doit jamais critiquer un confrère... notamment devant l'un de ses patients !

– Ne vous inquiétez pas, docteur. Je le critiquerai toute seule. C'est un être répugnant. Tellement méchant qu'à côté de lui le docteur Grayson pourrait passer pour Albert Schweitzer.

Il a éclaté de rire.

– Ah, je la resservirai, celle-là !

– Je vous en prie.

Il a repris tout son sérieux professionnel.

– Bien. Grandiose nouvelle, donc. Mais je vais devoir vous demander de la prendre très, très sereinement. En douceur. À cause des lésions internes que vous avez subies, il va s'agir d'une grossesse délicate, qui requiert de la vigilance.

– Vous voulez dire que je peux le perdre ?

– Pendant les trois premiers mois, les risques de fausse couche sont de un sur six, dans tous les cas.

– Et dans le mien, avec ce qui m'est arrivé ?

– Un sur trois... Cela signifie simplement que vous devrez être aussi prudente que possible. Mais tant que vous ne vous mettez pas en tête de faire de l'escalade ou de jouer au hockey sur glace, vous avez de bonnes chances de garder votre bébé. Je dis chance parce qu'il s'agit malheureusement pour beaucoup de cela. Enfin... Vous comptez rester dans la région ?

Où pouvais-je aller ? Quant à revenir à Manhattan, alors que le calme allait être essentiel pour moi durant les huit mois à venir, c'était exclu.

– Pour le moment, oui.

– Cela vous regarde, mais pensez-vous vraiment que ce soit judicieux de vivre toute seule dans un endroit aussi isolé que Popham Beach ?

Il avait raison. Surmontant ma tristesse à quitter cette extraordinaire symphonie du ciel, de la mer et du sable, j'ai déménagé une semaine plus tard à Brunswick, où, à force de consulter les annonces du journal local, j'avais trouvé un appartement modeste mais agréable. Un studio dans une maison en bardeaux blancs sans prétention. La décoration était un peu « fatiguée », avec ses murs jaunis, son mobilier hétéroclite, son coin cuisine réduit au strict minimum et son lit en cuivre qui aurait eu besoin d'un bon coup de brosse. Mais la lumière du jour entrait à flots, il y avait un vaste bureau en acajou ainsi qu'une chaise pivotante du bon vieux temps – c'étaient ces deux atouts qui m'avaient convaincue de le prendre, en réalité –, et j'étais à deux pas de tout.

Ruth m'a aidée à m'installer dans mes nouveaux quartiers. J'ai ouvert un compte à l'agence de la Casco National Bank et Joel Eberts a veillé à ce que mon traitement hebdomadaire m'y soit versé. Le prétendu « congé avec solde » durerait encore quatre mois, de quoi couvrir aisément mon très raisonnable loyer de dix-huit dollars et mes besoins quotidiens. J'ai eu même de quoi m'acheter une radio, un phonographe et une substantielle provision de livres et de disques. J'ai aussi recommencé à lire les journaux, la *Maine Gazette* et le *Boston Globe*, car il fallait trois jours au *New York Times* pour parvenir à Brunswick. L'hystérie démagogique de Joe McCarthy était à son comble. Les Rosenberg faisaient appel contre leur condamnation à mort pour haute trahison, convaincus d'avoir fourni des secrets sur la bombe atomique aux Soviétiques. Eisenhower se faisait fort de battre à plate couture le démocrate Stevenson aux présidentielles de novembre. Et chaque dépêche d'Associated Press en provenance de Washington semblait allonger la liste noire à l'infini... À mon petit niveau personnel, je comprenais que toute cette paranoïa signifiait que la direction de *Saturday/Sunday* ne voudrait pas de moi à la fin de la quarantaine qu'ils m'avaient imposée. Le décès d'Eric avait trop accaparé la presse pour qu'ils puissent oublier ma parenté avec quelqu'un qui avait eu le toupet antipatriotique de ne pas moucharder.

Ils allaient certainement cesser de racheter leur culpabilité en me payant à ne rien faire avant mon accouchement. Il faudrait donc puiser dans mon épargne, un recours contre lequel mes principes puritains les mieux ancrés se rebellaient : toucher à mon capital encore si jeune, et alors que j'allais devoir élever un enfant par moi-même... Mais le scandale provoqué par Winchell, ma disgrâce à peine voilée à *Saturday/Sunday* n'allaient-ils pas me fermer toutes les portes de la profession ? Malgré ces sombres suppositions, je gardais pourtant une confiance étonnante. J'étais sûre que je trouverais un moyen de gagner mon pain. Surtout, j'avais conscience d'être une privilégiée : mon compte en banque était bien garni, j'étais propriétaire d'un appartement à Manhattan. On pouvait ruiner ma carrière mais non me mettre à la rue.

Et il n'était pas question de revenir à New York pour l'instant, ni d'apprendre à quiconque mon état. La seule à être dans la confidence était Ruth et elle m'avait juré la discrétion absolue.

– Je sais comment cela se passe dans les petites villes, Sara. Si on commence à vous regarder avec insistance dans les magasins, c'est que tout est découvert.

– Mais il y aura bien un moment où mon état deviendra... visible ?

– Tout dépend de la vie que vous menez, du nombre de gens que vous fréquentez et de ce que vous leur dites. Si vous laissez entendre que vous êtes celle qui écrivait dans *Saturday/Sunday*, tous les profs de littérature de la région voudront faire votre connaissance. Ici, les nouvelles têtes sont rares, et quand elles sont célèbres, en plus...

– N'exagérons rien. Je ne suis pas Walter Lippmann, moi. J'écris de petites choses à propos de petites choses.

– Votre modestie vous perdra.

– Non, c'est vrai. Et je ne dirai pas un mot sur mon passé, bien entendu. Grâce à ces messieurs du FBI, j'ai eu mon compte d'indiscrétion pour la décennie !

Profil bas, donc. Sur les recommandations du

docteur Bolduck, j'ai évité les efforts physiques, me limitant à des promenades quotidiennes dans les bois qui bordaient le campus de Bowdoin. Je me rendais à la bibliothèque de l'université, où j'avais obtenu une carte de lectrice extérieure. J'ai trouvé un épicier qui voulait bien livrer, un dépôt de presse où l'on faisait venir l'édition dominicale du *New York Times* pour moi. Bientôt j'appelais par leur prénom les bibliothécaires de Bowdoin, le livreur, la préposée de la Casco National, le pharmacien... Ils m'avaient demandé mon nom au début, puisque j'étais une « nouvelle tête », mais personne ne m'a jamais posé de questions insidieuses sur les raisons de mon séjour à Brunswick, ou ma situation conjugale, ou mes sources de revenus. J'ai découvert, avec admiration, cette discrétion essentielle des gens du Maine, ce besoin d'indépendance élevé au rang de code social : « Tes affaires sont tes affaires, crénom, par les miennes ! » Ils redoutaient tellement de passer pour cancaniers qu'ils s'abstenaient de questionner même ceux qui présentaient l'intérêt de la nouveauté. C'était sans doute l'une des rares contrées d'Amérique où il était bien vu d'être réservé.

Après cinq années de rythme journalistique, j'appréciais aussi la tranquillité de la petite ville et le fait de laisser ma machine à écrire au placard. J'ai lu toujours plus, je me suis inscrite à un cours de français oral à Bowdoin en auditrice libre et je travaillais mes conjugaisons au moins trois heures par jour. Des habitudes se sont installées. Une fois par semaine, Ruth venait me chercher dans sa vieille Studebaker et m'emmenait dîner chez elle sans que je puisse le lui refuser. Chaque jeudi, je me rendais à pied au cabinet du docteur Bolduck pour un examen général. Au bout d'un mois et demi, il s'est déclaré satisfait de l'évolution de la grossesse.

– Pour l'instant, tout va bien, m'a-t-il déclaré une fois que je m'étais rhabillée et assise en face de lui.

Continuez comme ça et toutes les chances seront de votre côté. Vous y allez doucement, n'est-ce pas ?

– On ne peut pas dire que la vie soit trépidante, à Brunswick.

Il a eu une petite grimace.

– Dois-je le prendre pour un compliment empoisonné ?

– Pardon. Ce n'était pas mon intention, non.

– Vous avez raison. C'est une jolie petite ville sans histoire.

– Et c'est ce qui me convient parfaitement, à ce stade de ma vie.

– Je voulais vous demander : vous continuez à écrire, depuis que vous êtes là ?

Il a vu que j'avais pâli.

– Désolé. Je suis indiscret.

– Comment avez-vous su ce que je faisais ?

– Je suis abonné à *Saturday Night/Sunday Morning*, Sara. Et je lis le journal d'ici tous les jours. Qui a rapporté la mort de votre frère, à l'époque.

– Ah...

– Une dépêche d'agence, courte mais complète. Et qui vous mentionnait.

– Pourquoi ne pas me l'avoir dit plus tôt ?

– Parce que je ne voulais pas... Même maintenant, je me sens ridicule d'avoir abordé ce sujet. J'aurais dû tenir ma langue.

– Vous pensez que d'autres personnes savent qui je suis, ici ?

Il s'est redressé sur sa chaise, mal à l'aise.

– C'est le cas, n'est-ce pas ?

– Eh bien... Nous sommes dans une petite ville. Les gens ne vous poseront pas de questions directement mais ils parlent entre eux, forcément... Tenez, l'autre soir j'étais à un dîner avec quelques enseignants de Bowdoin et Duncan Howell. C'est le rédacteur en chef de la *Maine Gazette*. Enfin, je ne me rappelle plus comment votre nom est arrivé dans la conversation, mais Duncan m'a dit : « Vous saviez qu'elle était ici, à Brunswick ? J'appréciais beaucoup sa rubrique et j'adorerais lui demander d'écrire un peu pour nous, éventuellement. Mais c'est délicat. J'ai cru comprendre qu'elle a voulu s'éloigner de New York après toute cette histoire avec son frère... »

J'avais la gorge nouée, soudain.

– Vous n'avez pas dit que j'étais votre patiente, docteur ?

– Grand Dieu, non ! Ce serait contraire à la déontologie la plus...

– Bien, bien, ai-je murmuré.

– Ah, je regrette terriblement... Mais je vous assure que les gens ne montreront jamais qu'ils savent qui vous êtes. C'est le Maine, ici.

– Ce n'est pas ce qui m'inquiète le plus, docteur. Ce que je redoute, ce sont les regards dans la rue quand mon état va devenir apparent.

– Là encore, personne ne se permettra de commentaires sur votre statut conjugal.

– Non. Ils se contenteront de jaser derrière mon dos.

– Écoutez, mes concitoyens sont plutôt tolérants, en général. On vous manifestera plus de sympathie qu'autre chose. Et je tiens à vous préciser qu'à ce dîner tout le monde était d'accord pour constater que ce qui est arrivé à votre frère est révoltant, et qu'il avait fait preuve d'un grand courage.

– Donc vous ne pensez pas que c'était un espion communiste ? Un suppôt de Staline déguisé en tête pensante de Marty Manning ? Vous souriez ? Pourquoi ?

– Parce que avoir un échantillon de « l'esprit Manhattan », à Brunswick, en chair et en os, c'est plutôt rare ! Mais si mon avis vous intéresse, et c'est aussi celui de nombre de mes connaissances, je puis vous dire que j'ai les plus grandes réserves quant aux menées de McCarthy et de son engeance. Notamment quand je vois que cette chasse aux sorcières est menée en notre nom, au nom du peuple américain. J'ajouterai juste que je suis sincèrement navré, pour votre frère. Vous avez d'autres parents ?

– Il était toute la famille que j'avais.

Il n'a pas insisté, ce que j'ai beaucoup apprécié. Je suis donc revenue sur un terrain strictement médical avec une question prosaïque : devais-je m'inquiéter de ce que j'avais besoin d'uriner toutes les demi-heures ?

– C'est, hélas, courant chez les femmes enceintes, et la médecine n'y peut rien.

– D'accord, ai-je fait en me levant. Alors à la semaine prochaine ?

Il a quitté son siège à son tour.

– Encore mes excuses pour ce... faux pas.

– Non. Je préfère être au courant.

– Sara... Vous me permettez d'ajouter quelque chose ? Voila, je sais que Duncan Howell est bien trop discret pour vous appeler et vous proposer d'écrire pour eux. Mais si vous étiez intéressée, je suis certain qu'il sauterait au plafond.

– Je laisse un peu de repos à ma machine à écrire, en ce moment. Merci du tuyau, tout de même.

Deux jours plus tard, j'ai attrapé le téléphone et j'ai appelé Duncan Howell à son bureau. Évidemment.

– C'est un honneur pour moi, a-t-il déclaré en prenant tout de suite l'appel.

– Vous devez être le premier rédacteur en chef au monde à dire une chose pareille.

– Vous me flattez. C'est un plaisir de vous avoir avec nous à Brunswick.

– Pour moi aussi.

– Vous voulez bien que je vous invite à déjeuner, miss Smythe ?

– Volontiers.

– Alors nous avons deux possibilités. La première, c'est notre modeste version du chic et du recherché en clair, le restaurant de notre meilleur hôtel, Stowe House. Ou bien je vous propose de la couleur locale, sans fioriture mais très solide : le Miss Brunswick.

– La seconde, sans hésitation.

Il avait la trentaine bien portante, la dégaine débonnaire d'un fumeur de pipe. Dès le berceau ou presque, il savait qu'il ferait ses études à Bowdoin puis entrerait au journal que sa famille possédait depuis près de huit décennies. Sa voix avait le débit tranquille et posé des vrais natifs du Maine. Mais comme tous ceux que j'ai rencontrés ici, il n'avait rien du plouc obtus.

Il était déjà là quand je suis arrivée au Miss Brunswick, un authentique *dîner* en préfabriqué avec son grand comptoir en formica et six tables, sa clientèle de camionneurs et de soldats venus de la base aérienne toute proche, son cuistot aux lèvres pincées sur un éternel mégot et des serveuses qui utilisaient leur crayon en guise d'épingle à chignon. J'ai tout de suite aimé cet endroit. Et Duncan Howell aussi.

Il s'est levé à mon approche, attendant que j'aie pris place sur la banquette en face de lui avant de se rasseoir. La serveuse l'appelait Duncan mais il a tenu à me donner du miss Smythe. Il m'a conseillé d'essayer le « Spécial routier », un steak accompagné d'une montagne de crêpes, de trois œufs au plat, de frites, de toasts et de café à volonté. Et quand j'ai répondu que je me contenterais d'un simple hamburger et d'un thé il a remarqué que je n'avais aucun avenir au volant d'un semi-remorque.

Nous avons passé notre commande et bavardé un moment. C'est lui qui a surtout parlé, évoquant pour moi la vie politique locale, le développement de l'usine à papier, le risque de fermeture prochaine de la ligne ferroviaire vers Boston en raison de son manque de rentabilité. Il m'a aussi parlé du journal, de sa fondation par son arrière-grand-père en 1875, de son indépendance politique assumée, de son refus – lui aussi très typique du Maine – d'adhérer aveuglément aux thèses de tel ou tel parti.

– C'est un État plutôt républicain, tendanciellement. Mais cela ne signifie pas que nous ayons toujours choisi des républicains à des fonctions fédérales ou locales. Nous avons soutenu chaque fois Roosevelt, par exemple. Et par deux fois nous avons envoyé des démocrates au Sénat. Ou encore...

– Et que pensez-vous de Joe McCarthy ?

J'ai moi-même été surprise par le défi qu'il y avait dans cette question mais il n'a pas paru décontenancé pour autant.

– Je serai très franc avec vous, miss Smythe. Personnellement, je prends la menace communiste très au sérieux. Je crois ainsi que tout établit la culpabilité des Rosenberg et qu'un acte de trahison appelle la peine capitale. En ce qui concerne Mr McCarthy, toutefois... Eh bien, il m'inquiète, pour tout dire. D'abord parce que, petit *a*, je pense qu'il s'agit d'un opportuniste qui exploite la question communiste à des fins purement personnelles, et petit *b*, parce qu'il a nui à nombre de gens parfaitement innocents en poursuivant ces fins.

Il m'a regardée droit dans les yeux.

– Et selon mes principes ce dernier point est tout à fait impardonnable.

J'ai soutenu son regard.

– Je suis heureuse que vous pensiez cela.

– Merci. Et vous, miss Smythe, sur quoi travaillez-vous en ce moment ?

– Je ne travaille pas, en ce moment. Je suppose que vous savez pourquoi.

– Nous avons donné l'information, pour votre frère. Je suis sincèrement désolé. Est-ce la raison pour laquelle vous êtes venue dans le Maine ?

– J'avais besoin de changer d'air, oui.

– Sans doute ont-ils été très compréhensifs à votre égard, à *Saturday/Sunday* ?

– Oh oui, ils étaient très pressés de m'accorder un congé. Que mon frère ait refusé de jouer le jeu de la liste noire me rendait plus que gênante, vous comprenez.

Une expression scandalisée est apparue sur ses traits.

– Non, ne me dites pas qu'ils...

– J'ai été aussi stupéfiée que vous. D'autant qu'ils savent très bien que je n'ai aucun engagement politique. Même mon pauvre frère avait désavoué depuis longtemps son bref engouement pour le parti communiste.

– Mais il a refusé de donner des noms.

– Avec raison, je pense.

– C'est un choix difficile, de quelque côté que l'on se place. Je peux comprendre que pour certains coopérer à cette campagne soit une preuve de patriotisme, alors que pour d'autres ce n'est qu'une façon de se protéger. Mais je respecte certainement la grande exigence morale de votre frère.

– Et où l'a-t-elle conduit ? Honnêtement, Mr Howell, il y a des jours où j'implorerais le Ciel pour qu'il ait agi comme tant d'autres. Parce qu'il serait encore de ce monde. Et puis s'il y a au moins une leçon que l'histoire nous enseigne, c'est que les causes pour lesquelles on est prêt à mourir à un moment paraissent nettement moins cruciales quelques années après. En clair, je pense que tôt ou tard notre pays va retrouver la raison et que cette chasse aux sorcières ne sera plus qu'un mauvais souvenir. Les historiens n'y verront qu'une page aussi sinistre qu'aberrante de notre passé, et ils auront raison. Mais cela ne rendra pas la vie à mon frère.

– Je suis certain qu'il voudrait que vous continuiez à écrire, en tout cas.

– Mais quoi, vous n'êtes pas au courant ? Je suis sur leur liste noire, moi aussi !

– Uniquement pour *Saturday/Sunday*. Et c'est temporaire, d'après ce que je comprends.

– Dès que ce « congé sabbatique » se terminera, ce sera définitif. Et Manhattan est un petit monde, finalement. Une fois qu'ils m'auront congédiée, je serai une paria, professionnellement parlant.

– Pas à Brunswick. Pas dans le Maine.

– C'est gentil, ai-je reconnu avec un petit rire.

– Je parie que vous vivez très mal le fait de ne plus être publiée.

– Tiens ? Et pourquoi ?

– Parce que je fréquente des journalistes depuis toujours. Sans lecteurs, ils ne vivent plus. Je vous propose un public, miss Smythe. Un petit public, mais c'est mieux que rien.

– Et vous n'auriez pas peur de publier une suspecte comme moi ?

– Non, a-t-il répondu carrément.

– Et vous voudriez que j'écrive quoi ?

– Sans doute quelque chose de comparable à votre rubrique. Vos « Tranches de vie ». Nous en reparlerons en détail.

– *Saturday/Sunday* risque de ne pas apprécier, s'ils apprennent que je travaille pour une autre publication alors que je touche encore leurs chèques.

– Vous avez un contrat d'exclusivité avec eux ?

– Non.

– Ont-ils spécifié que vous ne deviez pas écrire pour quiconque pendant votre... congé ?

– Non plus.

– Alors il n'y a aucun problème... Sauf pécuniaire, peut-être. Si je ne suis pas trop indiscret, puis-je vous demander combien ils vous payaient votre contribution hebdomadaire ?

– Cent quatre-vingts dollars.

– Ah... Je ne les gagne pas moi-même. Et je ne suis pas en mesure de vous proposer quoi que ce soit

558

d'approchant. Nous sommes un petit journal dans une petite ville, vous...

– Je n'ai pas dit que vous deviez m'offrir autant. Cinquante le papier, qu'en penseriez-vous ? Cela correspond à peu près à mes dépenses hebdomadaires, loyer compris.

– C'est encore bien plus que nos tarifs habituels, malheureusement...

J'attendais, les sourcils levés. Il m'a tendu la main.

– D'accord. Marché conclu.

– Je suis contente de reprendre du service, ai-je affirmé en souriant.

Car il avait vu juste. Malgré mes airs dégagés, je me languissais de ce frisson que l'on éprouve à voir ses mots publiés sur du papier journal. Il l'avait parfaitement compris, tout comme il avait saisi que l'inaction, l'oisiveté finissaient par m'oppresser. J'avais besoin d'un but, d'objectifs précis à atteindre. Et, à l'instar de tous ceux qui ont eu un public, je mourais d'envie d'en retrouver un, même s'il n'était plus question d'une distribution nationale mais des huit mille lecteurs quotidiens de la *Maine Gazette*.

J'ai inauguré ma nouvelle chronique une semaine après ce déjeuner. Intitulée « Au jour le jour » d'un commun accord avec Duncan, il s'agissait encore essentiellement d'une approche satirique de la vie quotidienne, sinon que je me concentrais moins sur des thèmes chers aux habitants des grandes villes pour traiter de sujets inspirés par l'existence provinciale. Par exemple, « Pourquoi les femmes seront toujours fâchées avec la bière », l'un de mes papiers préférés pendant cette phase. Howell m'a cependant encouragée à garder le ton de mes contributions new-yorkaises :

– Ne pensez pas que vous devez adapter votre style à votre public, m'a-t-il expliqué. Les gens d'ici perçoivent tout de suite la condescendance et... ils ne l'apprécient pas ! Ils mettront peut-être un moment à s'habituer mais vous finirez par les convaincre.

À en juger par les réactions publiées les premières semaines dans le courrier des lecteurs, pourtant, je n'avais pas convaincu grand monde. « Que vient faire cette Miss-Je-sais-tout dans un journal aussi respectable que le vôtre ? », s'indignait ainsi l'un d'eux tandis qu'un autre tirait à boulets rouges : « Cette miss Smythe est peut-être appréciée à Manhattan, mais apparemment elle n'a pas la moindre notion de la vie telle que nous la connaissons ici. Elle devrait sans doute envisager de reprendre la route du sud. »

– Ne prenez pas trop à cœur ces réactions, m'a conseillé le rédacteur en chef un mois après mes débuts, alors que nous nous trouvions au Miss Brunswick.

– Comment voulez-vous que je réagisse, Mr Howell ? Je ne suis pas en phase avec vos lecteurs, voilà tout.

– Mais si ! À la rédaction, vous êtes très appréciée. Et à chaque dîner en ville j'entends de très bons commentaires. Nous avons l'habitude des bougons qui s'indignent toujours à la moindre nouveauté. Cela fait partie du jeu que de publier ce genre de protestation. Non, vous n'avez aucun souci à vous faire. Tout va très bien, si bien que je me demandais si... Seriez-vous d'accord pour nous donner une seconde contribution chaque semaine ?

– Vous plaisantez ?

– Pas du tout. Je veux vraiment que votre rubrique rentre dans les habitudes de lecture, et le meilleur moyen pour cela est de doubler la mise, si vous me permettez l'expression. Nous en publierons une le lundi et une autre le vendredi. Vous êtes partante ?

– Et dire que j'étais venue dans le Maine pour me tourner les pouces !

– Votre plume en a décidé autrement. Entendu, alors ? Bien. Il y a autre chose que je voulais vous dire. Beaucoup de mes concitoyens adoreraient faire votre connaissance. Je ne sais pas si votre vie sociale est très chargée mais...

– Elle est inexistante. Je ne suis pas très mondaine, vous savez.

– Je comprends vos raisons. Mais si vous avez besoin de voir un peu de monde, sachez que vous êtes attendue.

Le docteur Bolduck en était persuadé, lui aussi.

– Vous devenez une célébrité locale, a-t-il plaisanté alors que je mentionnais le fait que Duncan Howell m'avait demandé d'écrire un papier de plus chaque semaine, ce dont il était déjà au courant.

Que j'aie mordu à l'hameçon qu'il me tendait en appelant Howell de moi-même l'impressionnait presque autant que la facilité avec laquelle s'était écoulé le premier trimestre de ma grossesse.

– Je le serai encore plus dans trois mois, quand tout le monde se retournera sur mon gros ventre dans la rue.

– Je vous répète que cela sera plus simple que vous ne l'imaginez. Et puis pourquoi vous inquiéter autant de ce que les gens penseront ?

– Parce que je vis ici, pour l'instant.

La semaine suivante, nous avons donc « doublé la mise » dans les colonnes du journal. Il y a eu d'autres lettres indignées mais Howell était parfaitement satisfait. Et encore plus quand les deux principales publications du Maine, le *Portland Press Herald* et le *Bangor Daily News*, lui ont proposé d'acheter les droits de reproduction de ma rubrique.

– Ils ne parlent pas de sommes gigantesques, je vous préviens. Soixante dollars chacun pour vos deux papiers hebdomadaires.

– Et combien je recevrais, là-dessus ?

– Eh bien... J'avoue que je manque d'expérience, sur ce plan. Nous n'avons jamais eu de demandes similaires, pour l'instant. Mais j'ai consulté nos avocats. D'après eux, en cas de publication simultanée, il est courant de pratiquer deux tiers pour l'auteur et un tiers pour le titre propriétaire des droits.

– Trois quarts/un quart, non ?

– Vous êtes très exigeante, miss Smythe.

– Sans raison ?

– Si, bien sûr. Mais si nous disions soixante-dix et trente pour cent, qu'en penseriez-vous ?

– J'accepte soixante-quinze/vingt-cinq, pas moins.

– Vous êtes dure en affaires, vous !

– En effet. Soixante-quinze/vingt-cinq, Mr Howell. Pour cette fois et pour la suite. Entendu ?

– Entendu. Je vais demander à nos avocats de préparer un projet de contrat.

– Je l'attends. Et merci de me donner accès au public de Portland et de Bangor.

– Bien. Et cette invitation à dîner, vous allez enfin l'accepter. Ma femme rêve de faire votre connaissance, vraiment.

– Bientôt, Mr Howell. Bientôt.

Je devais passer pour une prétentieuse misanthrope, sans doute, mais mon état physique comme moral me rendait les mondanités encore plus éprouvantes que d'habitude. Si j'appréciais ma soirée hebdomadaire avec Ruth, je ne me sentais pas la force de soutenir une conversation de table où des questions par ailleurs bien intentionnées seraient posées sur les raisons qui m'avaient conduite à Brunswick. Et j'avais encore des accès de désespoir que je tenais à garder privés.

Quand Jim Carpenter m'a invitée à dîner avec lui, pourtant, je me suis moi-même étonnée d'accepter. Moins de la trentaine, grand, très blond, avec une timidité apparente qui cachait mal un esprit incisif, Jim était le chargé de cours du programme de langue française où je constituais la seule auditrice libre, et la seule femme d'ailleurs, car Bowdoin était un campus résolument masculin, à l'époque. Je ne sais si sa réserve envers moi s'expliquait par cette singularité, mais les deux premiers mois il avait été des plus distants, se contentant de me poser quelques questions sur mon activité professionnelle dans l'intention de me faire pratiquer le peu de français que je maîtrisais alors. Il m'avait également demandé si j'étais mariée, ou les qualités que je trouvais à la vie dans le Maine. Pour le reste, il ne m'avait manifesté aucun intérêt particulier jusqu'à cet après-midi où il m'avait arrêtée alors que je quittais la salle de cours.

– Je voulais vous dire que j'apprécie énormément votre rubrique, miss Smythe.

C'était quelques semaines après mes débuts à la *Maine Gazette*.

– Merci, ai-je répondu, un peu embarrassée.

– L'un de mes collègues m'a appris que vous aviez collaboré à *Saturday Night/Sunday Morning*. C'est exact ?

– J'en ai bien peur, oui.

– J'ignorais compter une célébrité parmi mes élèves.

– Ce n'est pas le cas.

– Trop de modestie nuit, parfois, a-t-il commenté avec un petit sourire.

– Mais l'arrogance finit par lasser également, non ?

– Peut-être. Cela dit, au bout de quelques mois dans le Maine je ne détesterais pas une bouffée de bon vieux toupet parisien. Tout le monde est tellement poli et discret, ici...

– C'est sans doute pourquoi je me sens bien à Brunswick. Surtout comparé à Manhattan, où les gens sont toujours à se mettre en avant. Un endroit où l'on ne sait pas forcément cinq secondes après avoir été présenté ce que l'autre fait, quel est son salaire et combien de fois il a divorcé, c'est... reposant, je trouve.

– Mais moi j'aime savoir ce genre de choses ! Ce

doit être à cause de mon besoin de m'affranchir de mes origines *hoosier*...

– Vous êtes de l'Indiana ?

– Oui, en effet.

– Paris a dû être un choc culturel, j'imagine.

– Eh bien... Le vin est meilleur là-bas qu'à Indianapolis, c'est certain.

J'ai éclaté de rire.

– Je note la formule, si vous voulez bien.

– Je vous en prie. Mais à une condition : que vous me laissiez vous inviter à dîner.

Ma stupeur était certainement visible car il a rougi d'un coup et continué en bafouillant :

– Vous... vous n'êtes pas obligée d'accepter, bien entendu, et..

– Non. Cela me ferait plaisir.

Nous avons pris rendez-vous trois jours plus tard, pendant lesquels j'ai maintes fois pensé lui téléphoner pour me décommander. Je n'étais pas d'humeur à me lier à qui que ce soit, et encore moins à raconter ma vie. Et puis j'étais enceinte, zut ! Mais une autre voix m'encourageait à ne pas continuer dans cette logique de crispation. Une sortie, rien d'autre, et avec un garçon qui n'avait pas l'air d'être un vampire... J'étais lasse de ma solitude, soudain. Le soir venu, j'ai passé une robe correcte et je me suis un peu maquillée. Il avait choisi le fameux restaurant de « notre » hôtel chic, Stowe House. Au début, il s'est montré plutôt nerveux et gauche, ce que j'ai trouvé à la fois attendrissant et assez fatigant car le soin de lancer la conversation m'est revenu entièrement. Mais, après deux cocktails et presque une bouteille de vin dans les veines – je m'étais limitée à un seul verre, pour ma part –, il a commencé à révéler un vrai sens de l'humour derrière sa carapace de bonnes manières et de timidité.

– Vous savez ce que j'ai aimé par-dessus tout, à Paris ? m'a-t-il confié. En plus de sa beauté renversante, évidemment. De pouvoir marcher jusqu'à l'aube. J'ai passé presque toutes mes nuits là-bas debout, à traîner de café en café ou à flâner. J'avais une chambre d'étudiant à deux pas de la rue des Écoles. Avec cinquante dollars par mois, je payais mon loyer et je menais la grande vie. Je traînais des journées entières au Balzar avec un livre... C'est une superbe brasserie, tout près de là où j'habitais. Et j'avais une petite amie française, une bibliothécaire qui s'appelait Stéphanie. Les quatre derniers mois de mon séjour, nous avons vécu ensemble. Elle n'a jamais compris quelle mouche m'avait piqué d'abandonner Paris pour un poste d'enseignant à Brunswick... « C'est où, le Maine ? »

Il s'est interrompu brusquement, comme s'il pensait en avoir trop dit.

– Voilà, je finis ce verre et c'est terminé pour ce soir. Autrement vous allez vous croire en pleines *Confessions d'un enfant du siècle*.

– Allez, *un p'tit dernier !* C'est bien ainsi qu'ils disent, à Paris ?

– Seulement si vous m'accompagnez.

– Je suis une triste compagnie, vous voyez. Un seul me suffit.

– Vous... vous avez toujours été ainsi ?

J'allais me découvrir par une repartie dans le style : « Non, seulement depuis que mon médecin me l'a recommandé », mais je me suis bornée à un raisonnable :

– L'alcool me monte à la tête.

– C'est le but, a-t-il observé en levant son verre. Santé !

– Alors, expliquez-moi. Pourquoi avoir renoncé à Stéphanie et à la vie parisienne pour le campus de Bowdoin ?

– Ne me lancez pas sur ce terrain, par pitié. Je risquerais de perdre mon assurance légendaire.

– Vous m'inquiétez. Mais vous n'avez pas répondu à ma question.

– Que puis-je vous dire, sinon que je suis le rejeton d'un assureur d'Indianapolis ? Sécurité, conservatisme, ce sont ses maîtres mots. On devient prudent, à force d'entendre parler d'assurances décès. Paris a été un rêve, oui, mais quand on m'a proposé ce poste... Un salaire, de l'avancement en vue, une retraite, la réputation professionnelle, bref, un fatras ultraconventionnel dont vous ignorez tout visiblement. Et heureusement pour vous.

– Moi ? J'ai eu un père qui a brassé des polices d'assurance toute sa vie à Hartford ! Et mon compagnon travaillait dans...

Je me suis mordu la langue.

– Ah ? Vous avez un homme dans votre vie, alors ? a-t-il noté sur un ton délibérément désinvolte.

– J'ai eu. C'est fini.

Il a tenté de réprimer un sourire de satisfaction. Trop tard.

– Désolé.

– Tout a changé au moment où mon frère... Vous avez entendu parler de lui, je suppose ?

Il a repris une mine sérieuse.

– Oui. C'est un collègue qui m'a raconté, un jour que je lui disais que je vous avais dans mon cours. Il avait lu quelque chose à propos de...

– ... de sa mort.

– Oui. Je suis navré. Vous avez dû...

– Oui.

– Et c'est pour cette raison que vous êtes venue dans le Maine ?

– Entre autres.

– Cet... homme dont vous parliez en est une autre ?

– Il a ajouté à la confusion, oui.

– Vous avez eu une année terrible, à ce que...

– Changeons de sujet, vous voulez bien...

– Pardon. Est-ce que j'ai... abusé ?

– Non. Vous avez été charmant. Simplement je ne suis pas... Je réagis encore mal aux manifestations de sympathie. C'est trop, pour moi.

– Entendu. Je jouerai au cynique sans cœur, dans ce cas.

– Impossible, puisque vous êtes de l'Indiana !

– Ils ont tous le même sens de la repartie, à Manhattan ?

– Ils ont tous autant le compliment à la bouche, à Indianapolis ?

– Aïe !

– Je ne l'ai pas dit méchamment.

– Mais pas tout à fait gentiment non plus.

– Bien vu. Vous sentez les nuances.

– ... Pour un type d'Indianapolis ?

– Ce pourrait être pire.

– C'est-à-dire ?

– Vous auriez pu être du Nebraska, par exemple.

Il m'a surveillée du coin de l'œil avant de me décocher l'un de ses sourires espiègles.

– J'aime bien votre style.

C'était réciproque, en vérité. Après m'avoir raccompagnée jusqu'à ma porte, ce soir-là, il m'a demandé si j'étais prête à risquer ma peau dans une promenade en voiture avec lui le samedi suivant.

– Qu'a-t-elle de si dangereux, cette auto ?

– Son conducteur.

C'était un coupé Alfa Romeo rouge vif, et j'avoue que je me suis frotté les yeux lorsque je l'ai vu se garer devant chez moi à l'heure dite.

– Vous n'êtes pas un peu jeune pour souffrir du démon de midi ? lui ai-je lancé en me glissant dans le siège baquet à côté de lui.

– Vous n'allez pas me croire, mais c'est un cadeau... de mon père.

– Quoi, le roi des assurances d'Indianapolis ? Non, je ne vous crois pas.

– Sa manière de récompenser ma sage décision de rentrer au bercail, je pense.

– Mais oui, bien sûr ! Une variante de « Comment qu'on va le faire rentrer gentiment au ranch maintenant qu'il a vu Pa-rii ». Avec une voiture de sport, voyons !

– Et assurée tous risques, l'Alfa !

– Tiens, vous m'étonnez...

Nous avons filé au nord sur la Route 1. Bath, une série de petites villes ultrapittoresques telles que Wiscasset, Damriscotta, Rockland... Arrivés peu avant l'heure du déjeuner à Camden, nous avons traîné un moment dans une adorable librairie d'occasion de Bayview Street puis nous sommes entrés dans un caboulot sur le port et nous nous sommes attablés devant un plat de clams et des bières. À la fin, Jim a allumé une Gauloise. Quand j'ai refusé la cigarette qu'il me tendait, il s'est exclamé :

– Dieu tout-puissant ! Pas de résistance à l'alcool, pas de tabac... Vous devez être une mormone camouflée, ma parole !

– J'ai essayé de fumer, dans ma jeunesse. Jamais réussi. Je n'ai jamais compris le coup d'avaler la fumée.

– Ce n'est pas si difficile, pourtant.

– Encore une de mes nombreuses limites. Mais vous, comment faites-vous pour supporter ces cigarettes françaises ? Elles sentent... le gaz d'échappement.

– Ah, mais elles ont un goût de...

– De gaz d'échappement français, d'accord. Je parie que vous êtes le seul homme de tout le Maine à en fumer.

– Je dois le prendre pour un compliment ?

Nous nous sommes taquinés ainsi toute la journée. Jim était vif, parfois hilarant, follement cultivé. Surtout, il savait se moquer de lui-même. J'ai commencé à beaucoup l'apprécier, comme un ami, un bon copain. Rien de plus. Même si j'avais été à la recherche d'une aventure, il n'aurait pas répondu à mes exigences. Il était trop gauche, trop « en demande », trop enclin à s'enamourer. J'avais besoin de sa compagnie mais je ne voulais lui laisser aucune illusion sur le fait que nous pourrions aller plus loin que la camaraderie. Et donc j'ai prétexté un surcroît de travail lorsqu'il m'a proposé de le revoir quelques jours plus tard.

– Oh, allez ! a-t-il protesté d'un ton dégagé. Un film et un cheeseburger n'importe quel soir de la semaine, ce n'est pas ce qui va bouleverser votre programme !

– J'essaie de me concentrer au maximum sur ma... rubrique.

Je me serais giflée tant cette réponse empestait la chochotte imbue d'elle-même. Mais Jim a eu le grand mérite d'en rire. Et de remarquer :

– Franchement, comme façon de rembarrer quelqu'un, c'est un peu minable.

– Vous avez raison. C'est minable. De quel film est-il question ?

– *Le Gouffre aux chimères*, de l'irremplaçable Billy Wilder.

– Je l'ai vu l'an dernier à Manhattan, oui.

– Et alors ?

– On n'a rien fait de plus méchant sur les journalistes.

– Donc vous voulez le revoir.

– Oui... Sans doute que oui.

J'en étais pour mes frais. Mais je dois reconnaître qu'il n'a jamais cherché à m'imposer des sous-entendus romantiques à nos rencontres. C'était un nouveau venu à Brunswick, comme moi, et comme moi il avait besoin de distraction, de compagnie. À la différence qu'il l'assumait plus ouvertement que moi. Je pouvais donc difficilement lui refuser cette sortie au cinéma, puis un concert de musique de chambre, puis une soirée entre confrères de Bowdoin, car j'étais en train de redevenir sociable. Au bout d'un mois scandé par ces rendez-vous, il se bornait toujours à un baiser sur la joue pour me souhaiter bonne nuit. À telle enseigne que, je l'avoue, j'en venais à me demander parfois en me surprenant moi-même : « Mais pourquoi ne tente-t-il pas sa chance, enfin ? », tout en devinant que son hésitation était certainement provoquée par mon manque d'intérêt.

Mes réticences s'expliquaient aussi par l'approche imminente du moment où j'allais devoir assumer publiquement ma grossesse. À près de cinq mois de gestation, mon ventre commençait à se bomber et pourtant je ne voulais toujours pas mettre Jim dans la confidence. Ma couardise habituelle, probablement : je craignais l'effet que la nouvelle pouvait avoir sur notre amitié, alors qu'elle comptait tant pour moi. Je m'étais mis en tête qu'il se détournerait de moi dès qu'il l'apprendrait.

Je me suis cependant résolue à lui parler après l'une de mes visites hebdomadaires chez le bon docteur Bolduck.

– Tout me semble évoluer normalement, encore une fois, avait constaté ce dernier avec satisfaction.

– Je suis vos recommandations à la lettre, docteur.

– Oui. Mais je me suis laissé dire que vous vous étiez décidée à sortir un peu. Ce qui est excellent, à mon avis.

– Comment le savez-vous ?

– Sara ? Je vous l'ai dit maintes fois, pourtant : c'est une toute petite ville, Brunswick.

– Et qu'est-ce que vous vous êtes « laissé dire » d'autre ?

– Que l'on vous a vue à quelques dîners d'universitaires, voilà tout.

– En compagnie de quelqu'un, n'est-ce pas ? De Jim Carpenter ?

– Oui, c'est ce que j'ai cru comprendre, mais n'allez pas penser que...

– C'est un ami, rien de plus.

– Très bien.

– Je parle sérieusement, docteur. Je ne lui donne aucun faux espoir.

– Attendez ! Qui a suggéré une chose pareille ? Ou que vous aviez une histoire tous les deux ? Ou je ne sais quoi ?

– Mais on nous a remarqués ensemble.

– À la manière d'ici, je vous le répète. Sans malice aucune. Soyez tranquille.

Je ne l'étais pas, non. Je redoutais que Jim ne devienne l'objet des risées lorsque mon état serait connu de toute la ville. Et j'ai donc décidé de le lui révéler le lendemain.

C'était un samedi. Nous devions aller passer l'après-midi dans le parc national de Reid mais je me suis réveillée assez nauséeuse, état que j'ai d'abord attribué à une boîte de saumon en conserve que j'avais consommée la veille. J'ai téléphoné à Jim pour annuler la sortie. Il m'a aussitôt offert d'appeler un médecin, de venir à mon chevet et de s'improviser garde-malade.

– C'est un problème gastrique, rien de plus.

– Qui peut être la conséquence d'autre chose, Sara.

– La conséquence d'avoir mangé une conserve canadienne avariée hier soir, voilà tout.

– Permettez-moi de passer plus tard, au moins.

– D'accord, d'accord, ai-je conclu, brusquement trop lasse pour discuter.

Un moment plus tard, j'ai été prise de vomissements. Hagarde, couverte de sueur, je suis retournée me coucher mais après cinq minutes j'ai dû encore me hâter aux toilettes, crachant la bile qui me restait. Et ainsi de suite, jusqu'à ce que je finisse par succomber à l'épuisement.

Dans le Brunswick des années cinquante, on ne fermait pas sa porte à clé. Au début, fidèle à mes habitudes new-yorkaises, je passais au moins la chaîne de sécurité mais la femme de ménage qui venait m'aider m'avait expliqué que cette précaution était bien inutile, le dernier cambriolage recensé dans les annales locales remontant à quatre ans et ayant été commis par un homme pris de boisson.

Que ma porte n'ait pas été bouclée ce jour-là m'a sauvé la vie. Arrivé vers trois heures, Jim a frappé longtemps sans que je l'entende. Sachant que j'étais malade, il a fini par entrer. Il m'a appelée, toujours sans réponse. Il s'est risqué dans ma chambre et, ainsi qu'il me l'a confié plus tard : « J'ai cru que vous étiez morte. »

Je baignais dans une mare de sang. Inconsciente.

Il s'est jeté sur le téléphone, a demandé une ambulance. J'ai ouvert un œil à l'hôpital. J'étais étendue sur une civière, entourée d'infirmières et de médecins. L'un d'eux était en train de demander à Jim depuis combien de temps « son épouse » était enceinte.

– Elle est enceinte ?

– Comment, vous ne saviez pas ?

– Ce n'est pas ma femme.

– Quel est son prénom ?

– Sara.

Le médecin a claqué des doigts près de mon visage.

– Sara, Sara, vous m'entendez ?

J'ai réussi à bredouiller deux mots :

– Le... bébé...

Et tout est redevenu noir.

Je me suis réveillée en pleine nuit dans une chambre vide, les bras embarrassés de tubes. Ma tête me faisait souffrir affreusement mais ce n'était rien comparé à la douleur que je sentais au ventre. Comme si j'avais été éviscérée vivante. Je voulais hurler mais mes cordes vocales étaient paralysées. J'ai tâtonné jusqu'à la sonnette suspendue près de moi. Il y a eu des pas pressés dans le couloir, la porte s'est ouverte, une infirmière s'est penchée sur moi. Je cherchais à parler, en vain. Mais son expression disait tout.

– Vous avez mal ?

J'ai hoché la tête. Elle a placé une sorte de petite poire dans ma main.

– Vous avez de la morphine au goutte-à-goutte. Alors, chaque fois que la douleur revient trop fort, pressez ceci, tenez...

Elle m'a montré comment actionner la poire. Aussitôt, une vague de chaleur engourdissante m'a envahie. J'ai perdu conscience.

Le jour, à nouveau. Une autre infirmière à mon chevet. Les draps avaient été écartés, ma chemise de nuit remontée sur ma poitrine. Elle a retiré d'un coup un bandage taché de sang de mon abdomen. J'ai failli hurler.

– À votre place, je ne regarderais pas par là, m'a-t-elle prévenue.

Je n'ai pas pu m'en empêcher, toutefois. Et j'ai manqué m'évanouir en découvrant un hideux réseau de points de suture sur mon ventre.

– Qu'est-ce que...

Déjà je cherchais la poire. Elle l'a placée entre mes doigts. L'obscurité est retombée sur moi.

À mon retour, un visage connu était incliné vers moi. Le docteur Bolduck. Il était en train de me prendre le pouls.

– Vous voilà...

Il parlait doucement, tout doucement.

– Vous avez toujours aussi mal ?

– Oui.

– Mais le pire est passé.

– Je l'ai perdu, n'est-ce... pas ?

– Oui. Navré, Sara.

– Qu'est-ce qui s'est passé ?

– Vous aviez une déficience du col de l'utérus qu'il est pratiquement impossible de déceler avant qu'il ne soit trop tard. Pour résumer, le col de l'utérus n'est plus en mesure de supporter le poids du bébé une fois qu'il a dépassé les cinq mois. Il a cédé, il y a eu hémorragie. Vous avez eu de la chance que votre ami soit arrivé. Vous n'auriez pas résisté.

– Vous m'avez opérée ?

– Nous n'avons pas eu le choix. Lésions irréparables. Si nous n'étions pas intervenus tout de suite...

– C'est... une hystérectomie ?

– Oui, Sara.

Silence. J'ai appelé le liquide dans mes veines. Je suis repartie.

La nuit encore. Tout était éteint. La pluie tombait dehors, fort. Un orage très violent. Hurlement du vent, timbales célestes, un éclair intermittent. J'ai mis cinq minutes à émerger du brouillard de morphine. La douleur s'était transformée en présence sourde, persistante. J'ai tourné la tête vers la fenêtre. Je me suis revue à l'hôpital de Greenwich cinq ans plus tôt. Je pensais alors que la vie était finie pour moi. Et six mois auparavant, la moquette couverte de sang dans la chambre d'Eric. Et puis Jack. Et puis...

J'ai résisté à l'envie de presser la poire. Les rafales secouaient les vitres. Je voulais pleurer mais je n'y arrivais pas. Les yeux ouverts dans le noir, je ne pouvais que répéter dans ma tête : « Donc c'est ce qui m'est arrivé. » Était-ce dû aux effets de la morphine, ou au choc postopératoire ? Ou bien avais-je atteint le stade où l'on n'a plus la force de s'affliger devant les revers du sort ? Quand on accepte finalement son destin, ou plutôt qu'on reconnaît que nous sommes tous, à jamais, dans l'ombre de la tragédie. Que nous vivons sous sa menace, en essayant de la tenir à distance, de l'oublier. Mais qu'elle est aussi omniprésente que la mort. Malgré nos défenses, malgré les citadelles que nous construisons, nous sommes à sa merci. Et lorsqu'elle frappe nous essayons de trouver un sens, une justification, un message venu d'en haut. Je suis enceinte, je perds mon enfant, on me dit que je n'en aurai jamais d'autre, je suis enceinte à nouveau, je le perds... Y a-t-il un sens ? Quelqu'un cherche-t-il à m'adresser un message ? Ou bien est-ce ainsi, tout simplement ?

Le lendemain, Jim est entré sans bruit, l'air tendu. Il avait un petit bouquet de fleurs à la main. À moitié fanées, déjà.

– Je vous ai apporté ça.

Il les a posées sur ma table de chevet puis s'est empressé de s'éloigner de mon lit. Comme s'il ne voulait pas m'importuner, ou comme s'il se sentait mal à l'aise près de moi.

– Merci.

Il s'est adossé au mur, non loin de la porte.

– Comment vous sentez-vous ?

– Grande invention, la morphine.

– Ça a dû être terrible.

– Une petite hystérectomie et tout va mieux.

Il a pâli d'un coup.

– Je ne savais pas. Je suis... désolé.

– C'est moi qui dois l'être. Il aurait fallu que je vous le dise tout de suite. Mais j'ai été lâche, comme...

Il a levé une main en l'air.

– Vous n'avez pas à vous justifier.

– Le docteur m'a dit que si vous n'étiez pas arrivé je...

Un silence gêné s'est installé.

– Je vais y aller, Sara.

– Merci d'être venu. Merci de...

– Je peux vous poser une question ? a-t-il coupé.

– Oui.

– Celui dont vous étiez enceinte... Vous l'aimez ?

– Je l'ai aimé. Très fort.

– Et c'est fini ?

– Totalement fini.

– Non. Ça ne l'est pas.

Que répondre, sinon une platitude ?

– On parlera quand je serai sortie de là, d'accord ?

– Oui... bien sûr.

– Je suis navrée, Jim. Sincèrement.

– Tout va bien.

Non, rien n'allait. La nouvelle de mon hospitalisation avait déjà fait le tour de la ville puisqu'une grande composition florale m'a été apportée l'après-midi même. Avec une carte : « Prompt rétablissement. La rédaction de la *Maine Gazette*. » Je ne m'étais pas attendue à des effusions de la part de Duncan Howell, certes, mais dans la brièveté de ce mot j'ai discerné qu'il avait appris ce qui m'avait conduite tout près de la mort.

Mes craintes ont vite été confirmées. Le docteur Bolduck m'ayant annoncé que je devrais rester hospitalisée encore au moins dix jours, j'ai aussitôt pensé que je ne pourrais pas assurer ma rubrique hebdomadaire et j'ai donc appelé son bureau. Pour la première fois depuis notre contact initial, il a laissé sa secrétaire me répondre. Elle m'a déclaré qu'il était « en réunion » mais qu'il avait donné des instructions pour que mon salaire soit maintenu pendant deux semaines. Je lui ai demandé de le remercier de sa générosité et j'ai raccroché.

La douleur a continué les jours suivants, et à mon grand soulagement le docteur Bolduck a maintenu la transfusion de morphine. Il y a des moments de l'existence où il est préférable de ne pas se confronter à la réalité, de renoncer à la lucidité tant l'une et l'autre sont cruelles. Je savais que je devrais bientôt revenir dans le monde mais pour l'heure j'accueillais avec reconnaissance l'oubli que me dispensait le narcotique, je me réfugiais dans ce silence artificiel.

Ruth est venue, chargée de cookies qu'elle avait préparés, de revues et d'une bouteille de son brandy préféré.

– On n'a pas besoin d'alcool lorsqu'on a une chose pareille, ai-je murmuré en lui montrant la poire dans ma main.

– Tout ce qui vous fait du bien, a-t-elle concédé avec un sourire inquiet.

Elle m'a demandé si je voulais qu'elle m'apporte mon courrier.

– Non, Ruth. Pas de lettres, pas de journaux Je suis en vacances, radicalement.

Elle ne pouvait s'empêcher de regarder la poche de morphine au-dessus de mon lit.

– Est-ce que c'est vraiment efficace, cette... chose ?

– Vous n'imaginez pas. Je vais sans doute faire installer un robinet de plus dans l'évier de ma cuisine.

– Bonne idée, a-t-elle approuvé d'un ton laborieusement enjoué. Alors, vous êtes sûre que vous n'avez besoin de rien ?

– Si.

– Dites-moi.

– De perdre la mémoire pour de bon.

Deux jours avant ma sortie, une infirmière est venue retirer le goutte-à-goutte de morphine.

– Hé, j'en ai besoin, moi !

– Non, plus maintenant.

– Ah oui ? Et qui le sait mieux que moi ?

– Le docteur Bolduck.

– Mais les douleurs...

– On va vous donner des comprimés.

– Ce n'est pas pareil.

– Ils auront leur effet.

– Pas autant que la morphine.

– Plus à ce stade.

– Mais si !

– Voyez avec le docteur, alors.

Les analgésiques se sont révélés assez efficaces, oui, mais ils ne me procuraient pas la torpeur idéale de la drogue. Je n'ai pas dormi de la nuit. Quand le jour s'est levé, j'avais décidé que je ne voulais plus vivre. Trop de souffrance, trop de fragilité. Il valait mieux s'en aller au plus vite, car dès que les derniers effets de la morphine se seraient estompés le retour en force de la réalité allait épuiser mes faibles réserves de courage, de résistance. Je ne supportais plus l'idée de retrouver la détresse permanente, ce deuil interminable. Fuir, mais fuir pour de bon.

J'ai résolu de demander au docteur Bolduck une réserve massive de calmants pour mon retour chez moi. Une fois laissée à moi-même, je les avalerais tous en les accompagnant de quelque whisky potable. Ensuite, je m'enfermerais la tête dans un sac hermétiquement clos. Je me coucherais et j'étoufferais tranquillement.

L'infirmière avait laissé deux comprimés pour la nuit sur ma table. Je les ai pris. Une étrange allégresse s'est emparée de moi à l'idée qu'il me restait seulement quarante-huit heures à tenir. J'ai commencé à établir en pensée une liste de ce qui me restait à faire. Laisser un testament en bonne et due forme, d'abord. Il y aurait bien un avocat local qui accepterait de s'en charger en urgence, à condition que je ne trahisse pas mon intention de disparaître dès le lendemain. L'enterrement ? Le plus simple possible. Pas de service religieux mais peut-être un encart dans le *New York Times*, pour les rares connaissances auxquelles je tenais encore à Manhattan. Incinération sur place et ensuite que les croque-morts de Brunswick se débrouillent avec mes cendres ! Et mon argent ? À qui le léguer ? Il n'y avait personne. Pas de mari, ni de famille, ni d'enfant, ni d'êtres aimés.

Les « êtres aimés ». Quelle formule insipide pour désigner ce qui compte par-dessus tout dans la vie ! Mais où étaient-ils, pour moi ? Je pilotais en solitaire. Ma mort ne peinerait personne... Et du coup mon suicide ne pourrait pas être interprété comme une vengeance, ni une preuve d'égoïsme. Il ne serait qu'un remède extrême mais nécessaire contre la douleur.

Je me suis endormie profondément. À mon réveil, j'étais calme, presque joyeuse. J'avais un plan, un avenir, une destination.

Le docteur Bolduck est passé dans l'après-midi. Il

a inspecté mes blessures de guerre. Il a paru satisfait mais m'a demandé si je souffrais encore beaucoup.

– Quel effet vous font les pilules ?

– La morphine me manque.

– Tiens donc. C'est justement pour cette raison que vous n'en aurez plus. Je n'ai pas envie que vous repartiez d'ici en vous prenant pour une version moderne de Thomas De Quincey.

– Je croyais que c'était l'opium, lui.

– Attendez ! Je suis médecin, moi, pas critique littéraire. Mais je sais que la morphine provoque une accoutumance.

– Mais vous allez me prescrire quelque chose ?

– Bien sûr. Je vais vous donner une semaine d'avance de ces calmants. La douleur devrait avoir disparu dans trois ou quatre jours, je pense. Vous n'aurez pas besoin de tous ces cachets.

– Heureuse de l'entendre.

– Comment vous sentez-vous, autrement ?

– Étonnamment bien.

– Oui ?

– Je crois que je tiens le coup.

– Ne vous inquiétez pas si vous ressentez des accès de dépression. C'est une réaction habituelle.

– Je ferai au mieux, docteur.

Dès qu'il m'a confirmé ma sortie pour le lendemain, j'ai téléphoné à Ruth en la priant de venir me chercher le matin. Elle est arrivée à neuf heures, m'a aidée à monter en voiture. L'appartement avait été nettoyé à fond la veille, le garde-manger regarni par les soins de Ruth. Une modeste pile de courrier attendait sur la table de la cuisine mais je l'ai ignorée.

– Vous avez besoin de quelque chose, Sara ?

– Il y a cette ordonnance...

– Tout de suite, a-t-elle assuré en me la prenant de la main. Je file chez le pharmacien de Maine Street et je reviens. On ne veut pas que vous ayez mal, non ?

Lorsqu'elle a refermé la porte derrière elle, j'ai

appelé le premier avocat de Brunswick que j'avais trouvé dans l'annuaire. Un certain Alan Bourgeois, qui a décroché lui-même. Je lui ai expliqué que j'avais un testament déposé chez mon avoué à New York par lequel j'avais légué tous mes biens à mon frère, mais que, entre-temps, celui-ci était décédé. Comment le modifier ? Il suffisait d'en établir un nouveau, qui aurait préséance sur le premier, m'a-t-il répondu. Pouvais-je passer le lendemain ? Ou même dans l'après-midi, car sa journée n'était pas trop chargée. Nous avons pris rendez-vous à deux heures.

– Il a dit qu'il ne fallait pas en prendre plus de deux toutes les trois heures, m'a expliqué Ruth à son retour de la pharmacie. Voilà, il y en a pour une semaine.

Quarante-deux cachets. Amplement suffisant.

– Je ne sais comment vous remercier, Ruth. Vous êtes une vraie amie.

– Je passerai vous voir demain, si vous êtes d'accord.

– Inutile. Tout ira bien.

Elle m'a regardée avec attention.

– Juste une minute.

Peu après, je me suis rendue en taxi au cabinet d'Alan Bourgeois, une seule pièce au-dessus d'une mercerie. Il avait la cinquantaine et l'allure d'un avocat de province typique avec son costume gris à la pochette hérissée de stylos, ses manières simples et directes. Il m'a interrogée posément, a noté le nom de Joel Eberts, puis m'a demandé comment je voulais partager mon héritage.

– Cinquante pour cent à Ruth Reynolds, résidant à Bath.

– Oui. Et le reste ?

J'ai pris ma respiration.

– La seconde moitié en fonds de pension au nom de Charles Malone, bloqué jusqu'à ses vingt et un ans.

– C'est un neveu à vous ?

– Le fils d'un ami.

– Très bien. Il n'y a pas de clauses particulières, ce sera prêt demain.

– Aujourd'hui, c'est impossible ?

– Eh bien... Je pense que je peux finir avant ce soir, oui. Mais dans ce cas il faudra que vous repassiez d'ici quelques heures.

– Parfait. J'ai des courses à faire, justement.

– Entendu. Vers cinq heures, donc.

Comme j'avais du mal à marcher, j'ai pris un autre taxi en lui demandant de m'attendre d'abord devant une quincaillerie, où j'ai acheté des sacs et un rouleau de papier adhésif, puis à la banque afin de retirer cinquante dollars pour couvrir les honoraires d'Alan Bourgeois, et enfin au magasin de spiritueux. J'allais prendre une bouteille de J&B quand j'ai remarqué qu'ils avaient du Glenfiddich, aussi. Six dollars de plus. Je me suis autorisé ce caprice.

Quand le taxi m'a déposée chez moi, je lui ai demandé de revenir me prendre à cinq heures. Je n'ai pas perdu le temps qui me restait. J'ai réuni tous mes chéquiers et livres de compte, mes quelques bijoux, et je les ai placés sur mon bureau. Puis j'ai tapé une lettre à Joel Eberts, en lui indiquant les coordonnées d'Alan Bourgeois et en le prévenant qu'une copie du testament lui serait expédiée au plus tôt.

« Lorsqu'il vous parviendra, j'aurai quitté ce monde, ai-je écrit en conclusion. Je ne chercherai pas à justifier longuement ma décision. Je n'en peux plus, c'est tout.

Vous serez peut-être surpris que j'aie choisi Charles Malone pour colégataire. Mon raisonnement est simple, pourtant. Jack Malone est l'homme que j'ai le plus aimé, de toute ma vie. Sa trahison ne suffit pas à effacer ce constat. Il a un fils, alors que je n'ai pu réaliser mon désir d'enfanter. Qu'il bénéficie de l'amour que j'ai jadis porté à son père. Mais veillez bien, je vous prie, à ce que

581

Jack Malone n'ait sous aucun prétexte accès à cet argent.

Je voulais encore vous dire que vous avez été pour moi un grand, un fidèle ami, et j'aimerais que vous me compreniez. Je suis certaine de mon choix. Je me suis battue de mon mieux mais j'ai toujours été dépassée, vaincue par le sort. Pour moi, c'est comme le dénouement d'une longue et difficile négociation. Il est temps de reconnaître qu'elle est parvenue à sa fin.

Merci pour tout. Que la vie vous soit clémente. »

J'ai signé, plié la feuille que j'ai glissée sous double enveloppe. Toujours à la machine, j'ai rédigé le mot que je comptais laisser à Ruth sur mon paillasson :

« Chère Ruth,
N'entrez pas. Appelez la police. Acceptez mes excuses de vous imposer cette peu plaisante corvée. Prenez Alan Bourgeois à son cabinet, Maine Street. Sachez que vous avez été pour moi la meilleure alliée.

Avec mon amour, S. »

J'avais à peine refermé l'enveloppe, que je comptais déposer sur le palier plus tard, quand on a frappé à la porte. C'était le chauffeur. En retournant chez l'avocat, j'ai posté la lettre destinée à Joel. Bourgeois m'a accueillie d'un bref signe de tête avant de me faire asseoir en face de lui.

– Voici le document. Lisez-le attentivement, s'il vous plaît, parce que si vous avez des correctifs ou des ajouts à apporter, c'est le moment.

Je me suis exécutée, puis :

– Tout m'a l'air en ordre, oui.

– Les dispositions concernant les obsèques sont un peu... laconiques, je trouve.

– Je veux un enterrement laconique, ai-je répliqué d'un ton amène.

Comme il m'avait jeté un coup d'œil étonné, je me suis empressée d'ajouter :

– D'ici cinquante ans, bien entendu.

Il n'a rien ajouté. J'ai reposé le testament sur son bureau.

– Alors, je signe ?

Il m'a tendu un stylo à plume.

– J'ai fait trois copies, miss Smythe. Une pour vous, une autre pour votre avoué à New York et la troisième pour mes archives. Il faut que vous les signiez toutes. Ensuite, je vais prendre ma casquette de notaire et authentifier les trois. À propos, que je vous dise : chaque acte notarié est facturé deux dollars. Cela ne vous paraît pas exorbitant ?

– Pas du tout.

Il a sorti un antique tampon et un cachet qu'il a apposé sur chacune de mes signatures, en contresignant lui-même toutes les pages.

– Voilà, vous avez un nouveau testament, a-t-il conclu en me présentant sa note d'honoraires, de quarante et un dollars.

Pendant que je cherchais les billets dans mon sac, il a glissé la copie qui m'était réservée dans une enveloppe en kraft et l'a posée avec un soupçon de solennité devant moi.

– Merci pour votre diligence.

Je me suis levée.

– À votre service, miss Smythe. J'espère pouvoir vous être encore utile.

Je n'ai rien répondu. J'étais sur le point de tourner les talons lorsqu'il a ajouté :

– Vous me permettez d'être indiscret ?

– Allez-y.

– Pourquoi cette hâte ?

Je m'attendais à la question, heureusement :

– Je pars en voyage demain.

– Mais je croyais que vous sortiez à peine de l'hôpital.

– Comment le savez-vous ? ai-je répliqué à peine poliment.

– Je lis votre rubrique chaque semaine. J'ai entendu dire que vous aviez été souffrante.

– Par qui ?

Il a levé un sourcil, étonné par mon agressivité.

– Eh bien... C'est une petite ville, vous savez. Mais je vous demandais cela par simple curiosité.

– Je tenais à ce que mon testament soit actualisé avant de prendre la route. D'autant que mon frère n'est...

– Je comprends, je comprends. Ne m'en voulez pas, miss Smythe.

– Au contraire. Je suis ravie d'avoir traité avec vous.

– Pareillement. C'est agréable, là où vous allez ?

– Pardon ?

– La destination de votre voyage. C'est un endroit agréable ?

– Je ne sais pas. Je n'y suis encore jamais allée.

Je suis rentrée en hâte, pressée d'en finir pour le cas où Alan Bourgeois aurait des soupçons et se mettrait en tête d'alerter la police. J'ai contemplé par la vitre les rues sombres de Brunswick. Mon ultime vision de ce monde. En bas de l'immeuble, j'ai donné un pourboire de dix dollars au chauffeur, qui m'a accablée de remerciements. « C'est la dernière fois que je prends le taxi, tout de même ! ai-je eu envie de lui dire. Et puis demain mon argent ne me servira plus à rien... »

Après avoir déposé le mot pour Ruth devant la porte, je l'ai refermée. À double tour, cette fois. La femme de ménage avait préparé des bûches dans la cheminée. L'allume-feu a pris instantanément. Je suis allée chercher le flacon de comprimés dans la salle de bains. J'ai déplié un sac sur mon lit, découpé quatre bandes de papier adhésif que j'ai accrochées par un bout à la table de nuit. Revenue dans le salon, je me suis assise sur le canapé et je me suis versé une rasade de whisky d'une main tremblante. Je l'ai avalée d'un coup. Mes mains tremblaient toujours. Encore un doigt d'alcool. Tout était prêt. J'allais prendre les pilules par cinq, en les faisant descendre avec un grand verre de Glenfiddich. Quand la bouteille serait vide, j'irais m'étendre sur mon lit, j'assujettirais le sac autour de ma tête. Je perdrais conscience en quelques minutes. Pour ne jamais me réveiller.

J'ai décapsulé le flacon, préparé cinq comprimés dans ma paume. Le téléphone s'est mis à sonner. Je n'ai pas réagi. Il a continué. J'ai rempli mon verre à ras bord. La sonnerie n'arrêtait pas. J'ai soudain pensé que c'était peut-être Alan Bourgeois, et que s'il n'obtenait pas de réponse il risquait de s'inquiéter. Mieux valait le rassurer, et garantir ainsi que personne ne viendrait contrarier mon plan. J'ai remis les pilules à leur place et je suis allée décrocher.

– Sara ? Duncan Howell à l'appareil.

Réprimant mon agacement, je l'ai salué d'une voix tranquille.

– Je vous dérange, peut-être ?

– Non, non, l'ai-je assuré en avalant une petite gorgée de whisky. Je vous écoute.

– On m'a dit que vous aviez quitté l'hôpital aujourd'hui. Je voulais prendre de vos nouvelles.

– Tout va bien.

– Nous avons eu drôlement peur pour vous, au journal. Et j'ai ici une bonne douzaine de lettres de lecteurs qui demandent quand vous allez reprendre votre rubrique.

– C'est trop gentil, ai-je soufflé. Mais est-ce que je peux vous rappeler plus tard ? Ou demain, disons ? Je ne suis pas... Je ne me sens pas tout à fait d'aplomb, encore.

– Croyez-moi, Sara, je n'aurais jamais songé à vous

importuner ce soir, après ce que vous venez de traverser. Seulement, j'ai pensé que je devais vous parler avant que vous ne découvriez...

– Découvrir quoi ?

– Personne ne vous a alertée de New York cet après-midi, alors ?

– J'étais sortie. Alertée de quoi ?

– Eh bien... Walter Winchell vous a consacré un passage dans son papier d'aujourd'hui.

– Winchell ? Moi ?

– Voulez-vous que je vous le lise ?

– Oui, oui.

– Ce n'est pas très flatteur et...

– S'il vous plaît.

– D'accord. Vous êtes la quatrième de ses « indiscrétions », en partant du début. Je lis, donc : « Une fine plume de Manhattan se réfugie à Plouc City. Sara Smythe, la sémillante dame rendue célèbre par ses "Tranches de vie" publiées dans un magazine bien connu, a disparu depuis quelques mois. Juste après que son coco de frère a perdu son travail de nègre en chef pour le compte de Marty Manning, en fait. Il paraît qu'Eric Smythe n'a rien voulu dire de son passé de rouge, entêtement fort peu patriotique qui a amené la direction de *Saturday Night/Sunday Morning* à se passer des services de la sœurette. Quelques mois plus tard, le démon de la gnôle emportait le frère dans la tombe, et Sara s'évanouissait dans les airs avec ses grands airs. Mais voilà que l'un de mes espions, en vacances méritées sur nos belles côtes du Maine, tombe sur une feuille de chou confidentielle, la *Maine Gazette*... et devinez qui s'est transformée en pisse-copie pour cette auguste publication ? Bravo ! La jadis exultante Sara Smythe, oui ! Ah, c'est qu'ils tombent de très haut, ceux qui dans leur vanité oublient ce joli petit refrain qu'on appelle *The Star Spangled Banner*... »

Il s'est raclé la gorge.

– Je vous avais prévenue, Sara. Ce n'est pas très joli. Et je n'ai certainement pas apprécié de voir mon journal taxé de « feuille de chou confidentielle »...

– L'ignoble salaud !

– Je partage cet avis. Et sachez que nous faisons bloc avec vous, dans cette affaire.

Je suis restée silencieuse, le flacon de comprimés dans ma main.

– Euh, j'ai encore deux informations pour vous, Sara. Aussi peu agréables l'une que l'autre, je le crains. La première, c'est que j'ai eu l'appel d'un certain Platt, cet après-midi. Du service juridique de *Saturday/Sunday*. Il m'a dit qu'il essayait de retrouver votre trace depuis un moment. Et qu'il venait de découvrir par Winchell que vous travailliez pour nous. Bref, il voulait vous faire savoir qu'en publiant chez nous vous aviez rompu *de facto* votre contrat avec eux...

– C'est une complète fumisterie ! me suis-je exclamée, surprise par ma véhémence.

– Je ne fais que répéter ses termes, Sara. Il a ajouté qu'en conséquence ils suspendaient immédiatement votre allocation de congé.

– Grand bien leur fasse ! Il ne restait plus que cinq semaines, de toute façon. Et l'autre bonne nouvelle ?

– Le papier de Winchell a déjà eu des répercussions ailleurs, j'en ai peur.

– Mais encore ?

– J'ai été contacté tout à l'heure par mes homologues au *Portland Press Herald* et au *Bangor Daily News*. Ils se sont montrés tous les deux très préoccupés par les allusions de Winchell quant à des positions... hmmm, antiaméricaines.

– Je n'en ai pas. Et mon pauvre frère n'en avait pas plus.

– C'est ce que je leur ai affirmé, Sara. Mais comme beaucoup de nos compatriotes aujourd'hui, ils redoutent d'être impliqués par qui que ce soit, ou quoi que ce soit, se rapprochant du communisme, même de très loin.

– Je ne suis pas communiste, merde ! ai-je hurlé en jetant le flacon de pilules à toute volée devant moi.

Il est allé s'écraser contre la plaque de l'âtre, explosant en mille morceaux.

– Personne ne dit ou ne pense cela, au journal. Je le répète, Sara : nous sommes avec vous, sans la moindre ambiguïté. J'ai consulté une bonne moitié du conseil d'administration cet après-midi et nous sommes tous sur la même longueur d'onde. Vous êtes une collaboratrice précieuse, que nous n'allons pas perdre en nous laissant intimider par un professionnel de la diffamation tel que ce Mr Winchell. Vous avez notre soutien plein et entier, Sara.

Je n'ai rien dit. Mon regard était toujours fixé sur les comprimés en train de se dissoudre sur les bûches allumées. Mon suicide était parti en fumée. Mais le désir d'en finir avec la vie m'avait quittée, également. Une mort volontaire aurait été interprétée comme une capitulation devant tous les Winchell, les McCarthy, ceux qui brandissaient le chantage au patriotisme pour conforter leur pouvoir. Non, je ne donnerai pas à ces ordures la satisfaction de me voir disparaître. À partir de maintenant, j'allais...

– Sara ? Vous êtes toujours là ?

– Oui, Duncan. Je suis toujours là.

12

J'ai appelé Joel Eberts dès le lendemain matin.

– Avant toute chose, Sara, je suis certain que vous pourriez traîner en justice cette merde de Winchell pour diffamation caractérisée et que...

– Je ne veux pas.

– Je suis aussi au courant de ce qu'ils vous ont fait, à *Saturday/Sunday*. Nous sommes tout à fait en mesure de leur arracher l'argent qu'ils vous doivent encore, et même plus.

– Je ne m'en soucie pas.

– Vous devriez, pourtant. Si des gens comme vous ne se battent pas...

– Je ne suis pas d'humeur à me battre, Joel. Je pars perdante, de toute façon, et vous le savez fort bien. Et d'ailleurs, je m'en vais. Je quitte l'Amérique.

– Ah... Depuis quand, cette décision ?

– Cette nuit. Autour de cinq heures du matin, pour être plus précise.

– C'est une bonne idée, à mon avis. Je peux aider d'une manière ou d'une autre ?

– Il me faut un passeport. Vous croyez qu'ils vont me l'accorder ?

– Je ne vois pas pourquoi ils vous le refuseraient. Vous n'êtes pas convoquée par la Commission, ni soumise à enquête du FBI, donc il ne devrait pas y avoir de problèmes... À votre place, je ne perdrais pas de temps, cependant. Au cas où le délire de Winchell donnerait de mauvaises idées à un bureaucrate quelconque. Quand rentrez-vous à New York ?

– Demain soir, normalement.

– Voulez-vous que je vous réserve une place sur un

bateau pour ce week-end ? J'ai toujours pouvoir sur votre compte en banque.

– Merci.

– Je m'y mets tout de suite.

– Un dernier point, Joel. Je vous ai envoyé une lettre, hier. Écrite dans un moment très dur, de confusion. Vous allez me promettre de ne pas la lire. De la déchirer dès qu'elle sera chez vous.

– Ça doit être quelque chose, cette lettre.

– J'ai votre parole ?

– Promis juré. Téléphonez-moi dès que vous serez là. Vous irez chez vous ?

– Et où d'autre ?

– Eh bien, dans ce cas vous risquez d'avoir de la visite.

– Oh non...

– Oh si.

– Il vous a encore embêté à mon sujet ?

– Je croyais que je ne devais plus rien vous dire à ce sujet.

– Je vous le demande, là.

– J'ai une belle pile de lettres sous le coude. Et d'après le concierge de votre immeuble, il passe de temps à autre, visiblement en guettant votre retour.

J'ai lutté une seconde contre un assaut de remords. Il a vite passé.

– Je descendrai à l'hôtel.

– Ce serait plus sage... si vous ne voulez pas le voir.

– Je ne veux vraiment pas, non.

– À vous de juger, Sara. J'attends votre appel.

Dès que j'ai raccroché, j'ai téléphoné au docteur Bolduck. Il s'est montré préoccupé par mes projets de voyage.

– Vous êtes seulement à quinze jours de votre opération. La cicatrisation est en bonne voie mais... je préférerais de loin que vous observiez encore une semaine de repos.

– On ne peut pas dire qu'une traversée sur un

transatlantique soit un effort physique considérable, tout de même.

– Non, mais vous serez en pleine mer pendant cinq jours. Si vous aviez besoin d'une assistance médicale, à ce moment ?

– Je suis sûre qu'il y a toujours un médecin ou deux à bord.

– Franchement, Sara, vous devriez attendre.

– Je ne peux pas. Je ne veux pas !

– Cette envie de partir, c'est bien compréhensible, a-t-il concédé en remarquant la sécheresse de ma réplique. Ce n'est pas inhabituel, dans des cas comme...

– Donc vous reconnaissez qu'il n'y a pas d'objection médicale sérieuse à un voyage.

– Sur le plan physique, c'est un peu risqué mais non impensable. Et psychologiquement, je dirais que c'est une riche idée. Je donne toujours le même conseil aux personnes qui viennent de subir une perte : « Bougez ! »

J'ai bougé. Dans l'après-midi, Ruth est venue m'aider à empaqueter mes affaires. Plus tard, j'ai écrit à Duncan Howell pour lui annoncer que je renonçais à ma rubrique et le remercier de son attitude après le scandale Winchell. J'ai aussi rédigé un petit mot à l'intention de Jim : « Si j'étais vous, je ne me pardonnerais jamais. J'ai pris trop de libertés avec la vérité, ce que vous ne méritiez pas. Pour ma défense, je peux seulement dire que je craignais de parler de ma maternité, et que j'avais certaines raisons. Cela n'excuse en rien mon comportement. Il n'y a rien de pire que de blesser autrui gratuitement. Et j'ai l'impression que c'est ce que j'ai fait. »

J'ai posté les deux enveloppes à la gare de Brunswick le lendemain matin. Je voyageais léger, n'emportant avec moi que ma machine à écrire et une valise. Tous les livres et disques que j'avais achetés pendant mon séjour dans le Maine sont allés à la bibliothèque municipale. Mes deux bagages ont été enregistrés jusqu'au terminus de New York. Ruth, qui m'avait accompagnée, m'a prise dans ses bras.

– J'espère que la prochaine fois que vous viendrez ce ne sera pas encore pour fuir quelque chose.

J'ai souri.

– Mais c'est l'endroit idéal pour tourner le dos au reste de l'Amérique.

– Alors pourquoi vous en aller si loin, dans ce cas ?

– Parce que, grâce au sieur Winchell, je me sens étrangère dans mon propre pays. Maintenant, je vais voir si je peux me sentir chez moi à l'étranger.

J'ai somnolé pendant la majeure partie du trajet. J'étais épuisée par les émotions, et par la douleur physique qui se manifestait à nouveau puisque j'avais sacrifié au feu ma réserve d'analgésiques et que je n'avais pas osé demander une nouvelle ordonnance à mon médecin. Chaque fois que je prenais un cachet d'aspirine, je me revoyais sur le canapé avec les calmants et le whisky, et j'étais prise de frissons. Deux jours auparavant, la décision d'en finir avec la vie me paraissait si logique, si rationnelle... Au point d'avoir été transportée à l'idée que j'allais disparaître de ce monde, enfin. Mais là, tandis que le train avançait lentement le long de la côte, je ne cessais de me dire : « Si le téléphone n'avait pas sonné, tu n'aurais pas vu ce jour. » Il n'avait rien d'exceptionnel, pourtant, le ciel était bas et gris, mais c'était « un jour » et j'étais encore là pour le vivre, heureusement.

Arrivée à Penn Station vers neuf heures, j'ai demandé à un porteur de transporter mes bagages à l'hôtel Pennsylvania, juste en face de la gare. Ils avaient une chambre, que j'ai réservée pour la nuit et peut-être la suivante. Après avoir contemplé un instant la ville de ma fenêtre, j'ai tiré les rideaux sur ses orgueilleuses lumières, je me suis déshabillée et mise au lit. Je me suis réveillée le lendemain à huit heures, plus reposée que je ne m'étais sentie depuis des mois.

Après un bain, j'ai appelé Joel Eberts qui m'a demandé de venir le voir sans tarder. J'ai feuilleté le *New York Times* dans le taxi. Il y avait un petit article au bas de la page 11, à propos du suicide la veille d'un acteur d'Hollywood, un certain Max Monroe, quarante-six ans, qui avait joué dans plusieurs films de série B. D'après son agent, il avait souffert de dépression au cours des deux dernières années, et plus précisément depuis que les offres de rôles s'étaient taries quand la Commission d'enquête sur les activités anti-américaines l'avait mis à l'index.

J'ai replié le journal, incapable de lire la nouvelle jusqu'au bout, et j'ai regardé distraitement la cité, aussi frénétique et imbue d'elle-même que d'habitude. Les gens étaient tellement pressés, ici, tellement actifs, qu'ils ne soupçonnaient sans doute même pas les injustices qui se commettaient quotidiennement en leur nom, les carrières brisées, les réputations ruinées, les vies en miettes. C'était là l'un des aspects les plus redoutables de la chasse aux sorcières : tant qu'on n'était pas menacé personnellement, on pouvait continuer à vivre comme si de rien n'était. Je n'arrivais pas à comprendre comment nous nous étions tous laissé piéger, bâillonner par les démagogues, mais je savais que je ne resterais pas ici. J'allais mettre un océan entre mon pays et moi. Jusqu'à ce que cette folie soit terminée.

Joel avait plein de nouvelles pour moi. J'avais une cabine réservée sur le vapeur *Corinthia*, qui lèverait l'ancre le soir même et atteindrait Le Havre en une semaine. Il s'était procuré les formulaires de demande de passeport et m'a conseillé de courir au service concerné, celui où j'avais accompagné mon frère jadis. Si je voulais l'avoir en fin d'après-midi, j'avais une demi-heure pour y déposer toutes les pièces exigées. Alors que je ressortais du bureau des passeports, hors d'haleine, mes yeux sont tombés sur le siège de *Saturday Night/Sunday Morning*, de l'autre côté de la rue. Je les ai détournés bien vite, à la recherche d'un taxi.

Nous étions convenus de nous retrouver pour déjeuner à un petit italien non loin du cabinet de Joel. Le patron, un grand ami de ce dernier, a tenu à nous offrir un verre d'asti *spumante*, Nous avons trinqué à mon départ vers de nouveaux horizons.

– Vous avez une idée de ce que vous allez faire là-bas ?

– Pas vraiment, non. Je ne sais même pas où j'irai, exactement. Mais je crois que ce sera Paris, au début.

– Vous m'écrirez dès que vous serez installée quelque part ?

– Je vous télégraphierai, plutôt. Parce que j'aurai besoin de virements bancaires.

– Bien sûr. Je m'en occuperai.

– Et vous me direz combien je vous dois pour tout ce que vous avez déjà fait pour moi ?

– Prenez-le comme un service entre amis.

– Non. Je tiens à ce que votre travail soit payé, Joel.

– C'est l'un des nombreux aspects qui me plaisent en vous, Sara. Vous êtes peut-être la personne la plus « morale » que j'aie jamais connue.

– Et regardez où cela m'a conduite.

Il est resté silencieux un instant, parcourant le bord de son verre d'un doigt pensif.

– Vous permettez que je vous pose une question ?

– La réponse est oui. Je pense toujours à lui. Beaucoup.

– Quoi, je suis transparent à ce point ?

– Non. C'est moi qui le suis.

– Comme je vous l'ai dit au téléphone, j'ai au bureau une bonne vingtaine de lettres qu'il vous a envoyées. Il m'a appelé plusieurs fois, aussi. En me suppliant de lui dire où vous étiez.

– Et qu'avez-vous répondu ?

– Ce que vous m'aviez demandé. Il voulait également savoir si je faisais suivre votre courrier. Je lui ai expliqué que selon vos instructions je conservais toute votre correspondance personnelle, pour l'instant.

– Et il vous a laissé en paix, ensuite ?

– Eh bien... Vous voulez vraiment savoir ? Il m'a rendu visite directement. Il y a un mois et demi, environ. Je l'ai fait asseoir dans mon bureau et il a...

– Oui ?

– Il s'est mis à pleurer.

– Assez, Joel.

– Très bien, a-t-il soupiré en s'emparant du menu. Vous prenez quoi ?

– Que vous a-t-il dit ?

– Je croyais que vous ne vouliez pas...

– C'est vrai. Je ne veux pas. Dites-le quand même.

– Il m'a juré que la vie n'avait plus de sens pour lui depuis que vous étiez partie. Et il a essayé de m'expliquer comment...

– Comment il a tué mon frère ?

– Sara ! Vous savez que ce n'est pas vrai.

– D'accord, d'accord. Il n'a pas appuyé sur la détente mais il a tout fait pour qu'ils le mettent en joue. Il leur a donné Eric sur un plateau. Et il faudrait que je lui pardonne ?

Ses doigts tambourinaient sur la table, maintenant.

– Pardonner... Il n'y a rien de plus difficile. Ni de plus important.

– Pour vous, peut-être. Pas pour moi.

– Vous avez raison, Sara. Eric n'était pas mon frère.

– Exactement, ai-je approuvé en saisissant la carte à mon tour. Bien. Je prendrai la *piccata* de veau.

– Excellent choix, a-t-il approuvé en faisant signe au garçon.

Sans me quitter du regard, il a sorti une enveloppe de sa poche. Je l'ai reconnue aussitôt. « Brunswick, Maine ».

– Voici la lettre que vous m'avez envoyée.

– Ah... Vous ne l'avez pas lue, n'est-ce pas ?

– Elle n'a pas été ouverte, Sara. Comme vous me l'aviez demandé. Tant qu'elles restent dans le cadre de la légalité, je respecte toujours les consignes de mes clients.

– Merci, ai-je soufflé en la prenant et en la glissant dans mon sac.

Il m'a dévisagée longuement. J'ai compris qu'il avait deviné ce que je lui avais écrit. À quel point je m'étais approchée du précipice, ce jour-là.

– J'espère que vous allez vous reposer durant la traversée, Sara. Vous m'avez l'air fatiguée.

– Je le suis. Et je compte bien dormir pendant presque toute cette semaine en mer. S'ils me laissent monter à bord, évidemment.

– Pourquoi, vous en doutez ?

– Sans passeport, c'est impossible. Et puisque le département d'État avait refusé le sien à Eric...

– Ne vous inquiétez pas. Vous l'aurez, vous.

En effet. À cinq heures de l'après-midi, le préposé m'a remis un carnet vert flambant neuf, valable cinq ans. Joel m'avait accompagnée, pour le cas où des difficultés de dernière minute auraient surgi. Mais tout s'est déroulé normalement. Le fonctionnaire m'a même souhaité bon voyage.

Nous avons réussi à arrêter un taxi au milieu de la pagaille de cette heure de pointe. J'avais à peine quarante-cinq minutes pour rejoindre l'embarcadère 76. La nuit tombait sur Manhattan. Soudain, j'ai eu une terrible envie de sauter de la voiture, de me jeter dans la première cabine venue et d'appeler Jack. Mais que lui aurais-je dit ?

– Vous pensez qu'il y a une raison à tout ce qui nous arrive ?

La question était sortie d'elle-même, comme si je méditais à voix haute. Joel m'a regardée avec attention.

– Vous demandez ça au juif agnostique que je suis,

Sara ? Je ne crois pas au dessein divin, ni même à ce machin qu'on appelle le destin. Ce que je crois, c'est qu'il faut essayer de vivre dignement en espérant que tout se passe au mieux. Vous voyez autre chose, vous ?

– Si seulement je savais, Joel. Si seulement...

– Quoi ?

Silence.

– Eric aurait eu son passeport et tout aurait été...

– Sara...

– Ou il serait parti pour le Mexique tout de suite. S'il ne s'était pas retourné dans ce taxi qui le conduisait à l'aéroport. Si seulement...

– Ne vous lancez pas dans le jeu des « si seulement », je vous le conseille. Vous ne serez jamais gagnante.

Nous avons continué à l'ouest. 50e Rue, 12e Avenue, 48e Rue, l'enceinte portuaire... Le chauffeur a remis mes bagages à un porteur. Je me suis retenue à la manche de Joel, soudain prise de vertige.

– Qu'est-ce que je fais là ?

– Vous prenez un bateau.

– J'ai peur, Joel.

– C'est la première fois que vous quittez le pays. Un peu d'angoisse, il n'y a rien d'étonnant à ça.

– Je suis en train de faire le mauvais choix.

– Vous pouvez toujours revenir, Sara. Ce n'est pas un bannissement à vie, il me semble.

– Dites-moi que je suis folle.

Il m'a embrassée sur le front. Tel un père donnant sa bénédiction à sa fille.

– Bon voyage, Sara. Télégraphiez-moi dès que vous serez installée.

Le porteur a toussoté, cherchant à me faire comprendre qu'il était temps d'embarquer. Je suis tombée dans les bras de Joel, qui a fini par se dégager doucement.

– Qu'est-ce que je vais faire là-bas ? ai-je murmuré.

– Survivre, au pire. Vivre, au mieux. Comme nous tous.

Je me suis engagée sur la passerelle. Avant d'atteindre le pont, je me suis retournée. Le taxi de Joel était en train de passer le portail. J'ai baissé les yeux. Pas de dernier regard sur la majesté de la ville. Pas d'adieux éplorés à Manhattan. Il fallait partir, et partir en silence.

13

Sept jours après avoir quitté le port de New York, le *Corinthia* touchait quai au Havre. La démarche encore hésitante à force de tangage et de roulis, j'ai mis pied sur le sol de France. Un taxi pour la gare et j'étais bientôt dans l'express pour Paris. Au bout d'une semaine dans un hôtel de la rue de Sèvres, j'ai trouvé un petit atelier d'artiste rue Cassette. J'y ai passé quatre ans.

Au début, ma vie consistait surtout à suivre mes cours de français et à aller de cinéma en brasserie. Bientôt, pourtant, j'ai trouvé du travail dans une petite agence de publicité franco-américaine installée aux Champs-Élysées et grâce à mes collègues je me suis vite retrouvée en plein dans la communauté des expatriés américains à Paris. La faiblesse du franc par rapport au dollar, les avantages accordés aux anciens soldats de l'armée US par la *GI bill*, mais aussi la poursuite de la chasse aux sorcières de l'autre côté de l'Atlantique expliquaient son importance. Alors que j'avais d'abord évité la fréquentation de mes compatriotes, j'ai été de plus en plus mêlée à ce petit monde. Et ma rencontre dans une soirée avec Mort Goodman, le directeur général du *Paris Herald Tribune*, a encore accéléré le processus.

– Votre nom me dit quelque chose, a-t-il remarqué après qu'un ami nous avait présentés.

– Vous avez travaillé à New York ?

– Oh oui. Trois ans au *Collier's* avant de décrocher ce poste ici.

– Eh bien, j'ai écrit de temps en temps pour *Saturday/Sunday*.

– Voilà ! Vous êtes « cette » Sara Smythe !

Il a tenu à m'inviter dès le lendemain à un déjeuner au cours duquel il m'a proposé de contribuer aux pages « magazine » du quotidien. Après trois mois d'interventions assez fréquentes, et alors que je continuais à pondre de la copie pour l'agence, Mort Goodman m'a demandé si je voulais revenir au style qui m'avait donné un certain nom à New York, la chronique.

– C'est une tradition chez nous, qu'un « Américain à Paris » nous donne chaque semaine un éclairage sur la vie dans la capitale, couleur locale, mode du moment, etc. Or, nous avons dû nous séparer de celui qui faisait ça ces deux dernières années parce qu'il a « oublié » la date limite quatre fois de suite. Trop accaparé par la dive bouteille, le gars. Résultat, la place est libre. Vous êtes intéressée ?

Et comment ! Ma première chronique est sortie le 7 novembre 1952, exactement. Trois jours après l'élection d'Eisenhower à la présidence américaine. Cette victoire du conservatisme ainsi que les menées toujours plus erratiques de McCarthy à Washington ont fini par me persuader que j'étais bien mieux à Paris que dans mon pays, pour l'instant. D'ailleurs, j'aimais cette ville, non comme les romantiques un peu niais qui avaient des larmes aux yeux en évoquant l'arôme de la baguette sortie du four à la boulangerie d'à côté mais pour ce qu'elle avait de profondément contradictoire, et donc de passionnant à mes yeux. J'aimais son mélange de vulgarité et de raffinement, d'intelligence érudite et de frivolité. Très imbue de son prestige – au point de friser la fatuité, parfois –, cette cité donnait l'impression à ceux qui y résidaient un moment d'être véritablement des privilégiés, appelés à partager un espace unique au monde. Tout comme à New York, la ville s'intéressait plus à elle-même qu'à ses habitants, et j'ai remarqué que les Américains qui ne supportaient pas Paris, qui pestaient contre son arrogance, venaient en général d'un milieu urbain moins démesuré, plus intime, Boston ou San Francisco par exemple, où le « beau monde » local avait une conscience plus affirmée de son importance, plus d'occasions de flatter son ego. Alors que dans une ville aussi orgueilleuse plus personne ne comptait vraiment, et c'est ce qui me plaisait par-dessus tout. Un expatrié n'essayait pas de cultiver ses ambitions, à Paris ; il cherchait à goûter la vie, simplement. Il se sentait un *outsider* à jamais. Et moi, après tout ce que j'avais vécu à Manhattan, je me contentais fort bien de cette marginalité.

Elle était relative, d'ailleurs. Rapidement, ma chronique dans le journal m'a conféré une certaine notoriété locale. Et j'ai découvert avec surprise que, malgré ma totale discrétion à ce sujet, nombre d'expatriés américains étaient au courant de la mort d'Eric et même de ma disgrâce à *Saturday/Sunday*. Si je m'étais tue à ce sujet, c'était surtout par répugnance à me poser en victime, facilité que réprouvaient tous les principes que l'on m'avait inculqués depuis l'enfance. Mais après l'existence très particulière que j'avais eue à New York, j'ai eu plaisir à me sentir adoptée par une communauté aussi éclectique que bohème, à me laisser emporter par une vie sociale plutôt trépidante. Je sortais presque tous les soirs, je côtoyais dans les bars des Irwin Shaw, des James Baldwin, des Richard Wright et autres écrivains américains venus vivre à Paris. J'allais écouter Boris Vian chanter dans quelque cave de Saint-Germain-des-Prés et j'ai même eu le privilège d'assister à une lecture donnée par Albert Camus dans une librairie. Beaucoup de jazz, de longs déjeuners entre amis au Balzar, ma brasserie préférée. J'ai appris à aimer le pastis et les aventures sans lendemain...

Paris me comblait, donc, mais je restais aussi en contact régulier avec New York grâce au fidèle Joel Eberts. Nous correspondions une fois par semaine, en général pour des questions pratiques – il m'avait trouvé un locataire quand j'avais finalement décidé de ne pas réoccuper mon appartement à Manhattan dans un avenir proche – et lorsqu'il m'adressait le courrier qui lui était parvenu pour moi. En juin 1953, l'une de ses missives hebdomadaires se concluait par le paragraphe suivant : « Il n'y a qu'une lettre personnelle dans la correspondance que je vous envoie ci-jointe. J'en connais l'auteur puisqu'elle me l'a remise en main propre. Il s'agit de Meg Malone, qui a surgi chez moi l'autre jour sans prévenir en me demandant avec insistance comment elle pourrait vous joindre. Je me suis borné à lui dire que vous étiez à l'étranger, ainsi que nous sommes convenus, et c'est alors qu'elle m'a tendu cette enveloppe. Je lui ai répété ce que j'avais déjà indiqué à son frère, à savoir que conformément à vos instructions je ne pouvais me charger d'aucune lettre en provenance de Jack Malone. "Je ne suis pas Jack", a-t-elle rétorqué, un argument que n'importe quel avocat digne de ce nom serait obligé de reconnaître. Elle n'a rien ajouté d'autre, sinon qu'en cas de refus je deviendrais son ennemi juré pour le restant de mes jours, mais comme elle l'a dit avec un sourire je n'ai pu qu'apprécier son caractère... et me sentir obligé d'accéder à sa demande. À vous de décider si vous voulez la lire ou non. C'est votre choix. »

Tout est affaire de circonstance, dans la vie. La lettre de Meg m'est arrivée à un mauvais moment : la veille, Ethel et Julius Rosenberg avaient été exécutés à Sing-Sing pour trahison au profit de l'Union soviétique. Comme tous les Américains installés à Paris, et même ceux qui avaient l'habitude de voter républicain, j'avais été horrifiée par cet acte de despotisme. Dans mon cas, il renforçait encore le dégoût que m'inspiraient les milieux qui avaient provoqué la mort de mon frère. J'avais même participé à une protestation d'ordre vaguement politique, une première pour moi, en l'espèce d'une veillée de deuil devant notre ambassade en France, manifestation à laquelle s'étaient joints trois mille Parisiens à l'appel de célébrités telles que Sartre et Beauvoir. Après avoir signé la pétition condamnant ce meurtre officialisé, je m'étais sentie aussi impuissante que révoltée quand la nouvelle de leur mort nous était parvenue vers deux heures, heure de Paris. Et donc j'étais plutôt d'humeur à la déchirer lorsque j'ai reçu la lettre de Meg le lendemain. « Pas question de tolérer un plaidoyer en faveur de Jack Malone ! », me suis-je dit. Mais je l'ai tout de même ouverte, et lue.

« Chère Sara,
J'ignore où tu te trouves maintenant et ce que tu ressens. Ce que je sais, c'est que Jack te porte un amour immense et qu'il est au bord du gouffre depuis ta disparition. Il m'a tout avoué. J'ai été horrifiée par son acte, je comprends entièrement ta douleur et ta colère mais... car il y a aussi un "mais", je pense qu'il est autant une victime que ton frère de la démence qui s'est emparée du pays. Je ne dis pas cela pour excuser son choix. Confronté à un dilemme révoltant, il a cédé à la panique. Il a conscience d'avoir détruit ainsi l'amour que tu lui portais. Depuis près d'un an, il a vainement tenté de te joindre. Ton avocat l'a prévenu que tu refusais de lire ses lettres. Encore une fois, je ne peux te reprocher tes sentiments à son égard. Si je me permets de t'écrire aujourd'hui, c'est parce que Jack a sombré dans ce qui semble être une inquiétante dépression nerveuse, et que cet état résulte entièrement de la culpabilité qu'il éprouve envers toi.
Que puis-je dire d'autre, Sara ? Rien, sinon que tu l'as sincèrement aimé toi aussi, je le sais. Je ne prétends pas à quelque miraculeuse réconciliation. Je te demande seulement d'arriver d'une manière ou d'une autre à lui pardonner, et de le lui

manifester. Je crois que ce serait vital pour lui. Dans l'extrême détresse où il a sombré, il a besoin que tu l'aides à se retrouver lui-même. J'espère que tu pourras surmonter ta déception, encore une fois justifiée, et lui écrire.

Bien à toi,

Meg Malone. »

La colère m'a envahie. Induite par toute la souffrance que j'avais essayé de refouler et qui revenait à cet instant en force. Je me suis assise devant ma Remington et j'ai commencé à taper :

« Chère Meg,

Si je ne m'abuse, c'est George Orwell qui a dit que les expressions toutes faites reflètent toujours une vérité première. Je garde cela en tête lorsque je réponds à ta démarche en faveur de ton frère. Comme on fait son lit, on se couche. Il peut s'y coucher, mais tout seul.

Salutations,

Sara Smythe. »

En une minute je l'avais signée, glissée dans une enveloppe, j'avais rédigé l'adresse de Meg et collé les timbres de la poste aérienne nécessaires. Quinze jours se sont écoulés avant l'arrivée d'un télégramme à mon nom, au siège du *Herald Tribune*.

« Honte à toi. M. »

Je l'ai déchiré rageusement. Si elle avait voulu me bouleverser par sa réponse, elle y avait réussi. Quelques instants plus tard, je me réfugiais dans un café proche de la rédaction avec une nouvelle amie, Isabel Van Arnsdale, et je lui confiais toute l'histoire en forçant sur le vin rouge. Originaire de Chicago, la quarantaine robuste, Isabel était partie pour Paris en 1947 après l'échec de son troisième mariage.

Rédactrice en chef adjointe, elle était connue pour son excellence professionnelle et pour une rare capacité à tenir l'alcool.

– Doux Jésus..., a-t-elle soufflé quand j'ai terminé. Ou plutôt Doux Jésus, bordel !

– Ouais, ai-je reconnu, déjà un peu grise. J'ai eu assez d'émotions, je crois.

– Non. Vous avez eu assez de tracas.

– Les tracas, cela n'arrête jamais.

– Oui, mais si vous voulez l'avis d'une rescapée de trois échecs conjugaux retentissants, mieux on se blinde contre la souffrance, mieux c'est.

– Quel est le secret ?

– Ne pas tomber amoureuse.

– Je ne l'ai été qu'une seule fois !

– Mais cela a suffi à vous esquinter la vie, d'après ce que j'ai compris.

– Peut-être, mais...

– Mais quoi ? Quand tout allait bien, c'était... voyons voir Exceptionnel ? Sublime ? Incomparable ? Je brûle, là ?

– Je l'aimais, c'est tout.

– Et maintenant ?

– Maintenant je voudrais qu'il me laisse tranquille.

– Ce qui signifie que vous voudriez arrêter de penser à lui.

– Oui, c'est vrai. Je le déteste toujours et je l'aime toujours.

– Et lui pardonner, vous voulez ?

– Oui, mais je n'y arrive pas.

– Voilà, c'est votre réponse, Sara. Et d'après moi c'est la bonne. La plupart des femmes lui auraient déjà définitivement tourné le dos après la façon dont il vous a laissée tomber la première fois. Mais qu'ensuite il vous ait trahis ainsi, vous et votre frère...

– En effet, en effet.

– Et vous avez bien répondu à sa sœur, je crois.

C'est terminé, Sara. Fini. Kaput. Allez de l'avant. C'est une catastrophe ambulante, cet homme-là !

J'ai hoché la tête.

– Par contre, vous avez dû remarquer qu'il y a une foule de types intéressants, ici. Et à tout point de vue, dont celui de la « gaudriole », comme disent les Français. Ayez encore des aventures, vivez votre vie et d'ici deux mois vous aurez tout oublié, j'en mets ma main à couper.

Je ne demandais qu'à le croire et j'ai donc accumulé les aventures, sans tourner à la femme fatale séduisant trois hommes à la fois mais plutôt dans la veine traditionnelle de la monogamie successive. Je rencontrais quelqu'un, je goûtais sa compagnie un moment mais si l'affaire commençait à devenir trop sérieuse, ou trop banale, je coupais les ponts. Je suis ainsi devenue une experte dans l'art de rompre en douceur. De la distraction, un peu de tendresse, les éphémères satisfactions de la sexualité, mais pas d'attaches. Dès qu'un amant s'avisait de prétendre transformer ma vie, me changer, en s'étonnant par exemple que je continue à habiter mon petit atelier ou que je préfère aux toilettes plus féminines les tailleurs-pantalons à la Colette, je lui montrais poliment la porte. Durant ces quatre années, j'ai eu trois propositions de mariage que j'ai toutes déclinées. Non que les prétendants aient été quantité négligeable, au contraire. Le premier était un banquier d'affaires très lancé, le deuxième enseignait la littérature anglaise à la Sorbonne et le troisième cultivait des ambitions littéraires en vivant confortablement sur la pension versée par papa. Tous étaient, chacun à sa manière, absolument charmants, équilibrés, pleins d'humour. Leur seul défaut commun, c'était qu'ils cherchaient une épouse et que je n'aurais à nouveau joué ce rôle pour rien au monde.

Le temps a passé trop vite, à Paris. La nuit du 31 décembre 1954, je me suis retrouvée sur un balcon dominant l'avenue George-V en compagnie d'Isabel et d'autres esprits forts du journal, à contempler le feu d'artifice monter dans le ciel d'hiver tandis qu'un concert de Klaxon s'élevait. J'ai fait tinter mon verre contre celui de mon amie.

– À ma dernière année dans la Ville lumière !

– Arrêtez de dire n'importe quoi !

– Non, c'est la vérité. D'ici un an, à la même époque, je compte être sur le chemin du retour.

– Mais tout va bien pour vous, ici

– À qui le dites-vous !

– Alors pourquoi renoncer à tout ça ?

– Parce que je ne suis pas une expatriée professionnelle, moi. Il se trouve que j'ai la nostalgie du baseball, et des bagels, et du deli du coin de la rue, et des douches qui sont de vraies douches, et des épiceries qui vous livrent à domicile, et de parler dans ma langue maternelle, et de...

– De lui ?

– Jamais !

– Promis ?

– Vous ne m'avez pas entendue parler de lui depuis quand ?

– Depuis... longtemps.

– Vous voyez.

– Et à quand une nouvelle bêtise, comme de tomber amoureuse, par exemple ?

– Je croyais qu'il ne fallait jamais tomber amoureuse ?

– Parce que vous pensez que j'attends qu'on suive mes conseils ?

C'est pourtant ce que j'avais fait, moi. Pas délibérément, non, mais depuis Jack personne n'avait provoqué en moi ce phénomène à la fois absurde et merveilleux que l'on appelle... Comment, d'ailleurs ? Désir ? Délire ? Passion ? Plénitude ? Aveuglement ? Illusion ?

Entre-temps, j'avais compris encore autre chose :

607

je ne pourrais plus être avec lui mais je ne serais jamais sans lui. Le temps avait endormi la douleur, certes, mais c'était un anesthésiant qui n'apportait pas la guérison. J'attendais toujours le jour où je me réveillerais sans une pensée pour lui. Était-il possible que je ne surmonte jamais cette perte ? Qu'elle demeure à jamais ? Qu'elle modèle mon existence jusqu'à la fin ?

Lorsque j'ai fait part de cette crainte à Isabel, elle a ri de bon cœur :

– On ne vit pas sans perdre quelque chose, quelqu'un, ma grande ! C'est notre destin, pour employer de grands mots. Et il y a des blessures dont on ne guérit jamais, exact. Et alors ?

– Alors c'est tellement douloureux...

– Je sais, je sais. L'enfer, c'est les autres.

– Arrêtez de jouer les existentialistes, Isabel !

– Moi ? Ce que je vous garantis, c'est simple : l'instant où vous allez vous résigner à ne pas être capable de tourner la page, c'est justement celui où vous aurez la force de le faire.

Ce paradoxe n'a pas quitté mon esprit au cours des mois suivants, alors que j'avais laissé un bassiste de jazz danois s'amouracher de moi, que je continuais mon travail au journal, que je passais des après-midi entiers à la Cinémathèque, que chaque matin je m'installais avec un livre pendant une heure au Luxembourg si le temps me le permettait. Mon trente-troisième anniversaire est arrivé, je l'ai célébré en informant Joel Eberts que le locataire aurait à quitter mon appartement avant le 31 décembre 1955. Je rentrais au pays.

Le 10 janvier 1956, tout étourdie, je descendais sur le quai 76 de la 48e Rue. Joel était venu m'accueillir.

– Mais vous n'avez pas pris une ride ! me suis-je exclamée après lui avoir donné l'accolade. Vous avez une recette ?

– Les litiges et encore les litiges. Vous-même, vous êtes éblouissante.

– Mais vieillie.

– Suprêmement élégante, je dirais.

– Ce qui veut dire « plus toute jeune ».

Nous avons pris un taxi jusqu'à chez moi. Comme je lui avais demandé de faire repeindre les lieux après le départ du locataire, une âcre odeur de térébenthine m'a accueillie à la porte. Mais la fraîcheur immaculée des murs était un soulagement en ce matin lugubre de janvier.

– Il faut être fou pour revenir à New York en plein hiver, a observé Joel.

– J'aime le glauque.

– Vous avez dû être russe, dans une vie antérieure.

– Ou j'y suis habituée depuis toujours, peut-être.

– Allons, allons, pas de ça avec moi, petite ! Vous êtes une battante, oui. Et avec de la jugeote, en plus. Vous n'avez qu'à voir le courrier de la banque que je vous ai laissé sur la table de la cuisine. Non seulement vous n'avez pratiquement pas touché à votre capital pendant que vous étiez en France, mais la location vous a rapporté une jolie somme. Quant à votre conseiller financier, chapeau : il a assuré un rendement de près de trente pour cent à vos réserves. Bref, si vous avez envie de vous la couler douce pendant les dix ans qui viennent, ça ne tient qu'à vous.

– Je ne conçois pas la vie sans travailler, Joel.

– De même. Mais le fait est que vous êtes tranquille, question finances.

– Mais qu'est-ce que c'est ? ai-je fait en butant contre un carton que je n'avais pas vu derrière le canapé.

– La correspondance que je ne vous ai pas transmise pendant toutes ces années. Elle est là depuis hier.

– Comment ? Vous m'avez tout envoyé, sauf...

– Oui, sauf ses lettres.

609

– Je vous avais demandé de les détruire.

– J'ai pensé qu'on pouvait les garder jusqu'à votre retour. Juste au cas où...

– Où quoi ? Je ne veux pas les lire.

– Très bien. Les éboueurs passent tous les jours ici, ce me semble. Il ne tient qu'à vous.

– Est-ce qu'il... Vous avez entendu parler de lui ou de sa sœur, ces derniers temps ?

– Rien du tout. Et vous ?

– Non.

Depuis le jour où Joel m'avait fait suivre la lettre de Meg, je m'étais abstenue de la moindre allusion à cet égard.

– Il a dû comprendre, finalement. Et puis c'est de l'histoire ancienne, non ? Tout comme l'hystérie maccarthyste. Quand le Sénat a voté contre lui l'an dernier, je n'ai pas pu m'empêcher d'éprouver de la fierté pour mon pays, et vous savez que je ne suis pas un patriote à tous crins. Mais contrairement à tant d'autres nations, nous sommes capables de reconnaître nos erreurs, et c'est... encourageant.

– Dommage qu'ils ne l'aient pas fait trois ans plus tôt.

– Je sais, Sara. Votre frère était un héros.

– Mais non. Un homme de bien, simplement. S'il n'avait pas été si bien, il serait encore en vie. C'est pour cette raison que j'appréhendais de revenir à Manhattan, de revoir tous ces endroits qui...

– Je comprends à quel point c'est dur.

– Perdre son frère, Joel...

– Et perdre l'homme qu'on a aimé ?

– Oh... C'est de l'histoire ancienne, comme vous disiez.

Il m'a dévisagée un moment, comme s'il n'était pas convaincu.

– Tout de même, Sara.

– Et si je vous invitais à déjeuner au Gitlitz ? ai-je improvisé, pressée de changer de sujet. Je rêve d'un

610

sandwich au pastrami et d'un vrai soda depuis cinq ans !

– Normal. Quand il s'agit de bien manger, les Français ne connaissent rien à rien.

J'ai pris le carton sous mon bras et nous sommes sortis. Une benne à ordures était arrêtée au bout de la rue, justement. J'ai lancé mon fardeau sous ses dents d'acier, qui se sont refermées sous l'œil désapprobateur de Joel. Brusquement, j'ai douté de ce geste théâtral mais je me suis hâtée de lui prendre le bras en murmurant :

– J'ai faim.

Mon deli préféré n'avait pas changé, pas plus que l'Upper West Side, mon quartier, pas plus que Manhattan, et j'ai retrouvé mes anciennes habitudes avec une facilité aussi déconcertante que bienvenue. À une différence près, cependant : deux fois par mois, j'expédiais à Mort Goodman une « Lettre de New York » destinée aux colonnes du *Paris Herald Tribune*. Il m'avait fait promettre de garder ce contact à mon départ, si bien que je me suis muée en correspondante internationale dans mon propre pays.

« Au cours des quatre années où j'ai pris l'air du Quartier latin », écrivais-je ainsi dans un papier daté du 20 mars 1956, « les Américains ont subi une curieuse mutation. Après des années de crise économique et de rationnements dus à la guerre, ils ont soudain découvert la prospérité et pour la première fois depuis les années folles ils dépensent avec bonheur, avec fureur. Au contraire de l'hédonisme extraverti des années vingt, cependant, c'est le domestique qui prime à l'ère si raisonnable d'Eisenhower : il faut à tout prix construire un foyer heureux, bien nanti, respectable, avec deux voitures américaines dans le garage, un réfrigérateur américain flambant neuf dans la cuisine, un abonnement à vie au *Reader's Digest* et un téléviseur Philco dans le salon, devant lequel le chef de famille prononce les actions de grâce

611

avant que sa nichée n'attaque les plateaux télé. Comment, vous ignorez de quoi il s'agit, malheureux expatriés ? Eh bien, imaginez ce que l'alimentation américaine a de plus insipide et entassez-le sur vos genoux en vous laissant fasciner par le petit écran, et vous aurez un aperçu de cette contribution à la gastronomie mondiale. »

Que n'avais-je pas écrit là ! Le téléphone n'a pas cessé de sonner les jours suivants, le correspondant parisien du très conservateur *San Francisco Chronicle* ayant abondamment cité mon papier comme exemple des divagations antipatriotiques que le par ailleurs très réputé *Paris Herald Tribune* se permettait de publier. Et je n'ai pas eu le temps de me retourner que mon nom apparaissait à nouveau sous la plume du sinistre Walter Winchell :

« Urgent, urgent. Sara Smythe, ex-chouchoute de la revue *Saturday Night/Sunday Morning* reconvertie en Américaine à Paris à temps complet, est de retour parmi nous. Mais en grinçant les dents. D'après nos informateurs sur le Vieux Continent, elle se déverse en lamentations faciles sur notre style de vie pour le compte des expatriés ronchons qui ont décidé de tourner le dos à notre beau pays. Petit avis gratuit à la demoiselle Smythe : si vous détestez autant New York, pourquoi ne pas aller poser vos valises à Moscou ? »

Quatre ans plus tôt, ces quelques lignes m'auraient mise au ban de la profession. Mais les temps avaient changé car je me suis retrouvée au contraire submergée d'invitations à déjeuner venues d'employeurs potentiels. Dont Imogen Woods, mon ancienne rédactrice en chef qui était devenue numéro deux du *Harper's Bazaar*.

– Mais c'est une vieille carne, Winchell ! s'est-elle exclamée en attaquant sa salade composée au restaurant du Biltmore tout en faisant signe à la serveuse d'apporter une nouvelle tournée. En fait, vous devriez être contente qu'il ait encore cherché à vous filer un mauvais coup. C'est grâce à lui que j'ai appris que vous étiez de retour ici, non ?

– J'ai été étonnée que vous m'appeliez, à vrai dire.

– Et moi j'ai été très contente que vous acceptiez de me revoir. Parce que, de vous à moi, je ne me suis pas sentie fière, après l'histoire que vous savez. J'aurais dû faire front avec vous. Ou refuser le rôle qu'ils m'ont obligée à jouer, en tout cas. J'ai eu peur, stupidement peur, et je me suis détestée pour ça, croyez-moi, mais j'ai choisi la sécurité. Et je vais m'en vouloir à jamais.

– Il ne faut pas.

– C'est ainsi. Quand j'ai appris la mort de votre frère, j'ai...

– C'est le passé, me suis-je empressée de la couper. Nous sommes là, nous nous parlons. Voilà ce qui compte.

À la fin de notre rencontre, j'étais devenue la critique cinématographique du *Harper's*. Bientôt, le chef de la section littéraire du *New York Times* me demandait des contributions, et son homologue à la *New Republic* itou. Quelqu'un de *Cosmopolitan* m'a contactée en me proposant de reprendre pour eux le principe de mes « Tranches de vie », en les adaptant « aux goûts plus sophistiqués des femmes d'aujourd'hui ». J'ai accepté les notes de lecture mais décliné cette dernière offre en expliquant que ce qui avait été fait n'était plus à refaire. Ils sont revenus à la charge : six mois grassement payés pour tenir une rubrique de « conseils aux lectrices ». Et là j'ai accepté sur-le-champ, amusée par cette idée alors que je me sentais la dernière personne au monde susceptible d'être de bon conseil à quiconque.

Je déjeunais au Stork Club avec leur rédactrice en chef, Alison Finney, lorsque Walter Winchell a fait son apparition. Même si son ancienne toute-puissance avait plus que décliné, comme Imogen

Woods me l'avait confirmé, il était encore accueilli en hôte de marque dans ce restaurant, qui lui réservait l'une des meilleures tables où il disposait d'une ligne de téléphone personnelle.

– Tiens tiens, m'a soufflé Alison en le voyant entrer.

Nous avons terminé notre repas, elle s'est absentée aux toilettes et... Brusquement, je me suis levée et je suis allée droit vers lui. Penché sur une liasse d'épreuves, il ne m'a pas remarquée tout de suite.

– Mr Winchell ?

Il a levé la tête, m'a observée. Ne me jugeant pas digne de son attention, il a fait tourner son crayon entre ses doigts, visiblement agacé.

– On se connaît, jeune dame ?

– Il se trouve que oui. Mais vous connaissez encore mieux mon frère.

– Ah bon ? Qui est-ce ?

– Eric Smythe.

Le nom ne lui rappelait rien, sans doute, puisqu'il a continué ses corrections tout en gardant un œil sur moi.

– Oui ? Et comment va-t-il, cet Eric ?

– Il est mort, Mr Winchell.

Son crayon s'est immobilisé une seconde mais il ne me regardait toujours pas en face.

– Désolé. Mes condoléances. Au revoir.

– Vous ne voyez pas de qui je parle, n'est-ce pas ? « Le meilleur nègre de Marty Manning qui est aussi un rouge. » C'est ce que vous avez écrit sur son compte, Mr Winchell, et à cause de vous il a perdu son emploi, et la vie. Mais vous ne vous souvenez même pas de son nom.

Il s'est enfin redressé, mais non pour me considérer : il cherchait des yeux le maître d'hôtel, qu'il a appelé d'une voix coupante.

– Sam !

– Et vous ne vous souvenez pas non plus du mien, je parie ? Sara Smythe. Celle que vous attaquiez il y a seulement une semaine. Celle qui devrait « aller poser ses valises à Moscou ». Vous voyez que je suis une lectrice attentive, Mr Winchell.

J'ai senti une main sur mon bras.

– Puis-je vous suggérer de retourner à votre table, Miss ? m'a demandé le maître d'hôtel.

– Je m'en vais. Mais auparavant je voulais vous remercier, Mr Winchell. Vous n'imaginez pas les propositions de travail que j'ai eues depuis votre petit couplet contre moi. Cela prouve assez l'influence que vous pouvez encore avoir.

Et je suis retournée m'asseoir. Alison, qui n'avait rien vu de la scène, a volontiers adhéré à mon idée de prendre un dernier verre. Lorsque nos gin tonic ont été servis, elle a remarqué, pince-sans-rire :

– La prochaine fois qu'il vous aura dans le collimateur, ce sinistre bonhomme va affirmer que vous buvez plus que de raison à midi.

– Il peut écrire tout ce qu'il veut. Cela ne m'atteindra plus.

Après cette unique rencontre, en tout cas, il n'a plus jamais mentionné mon nom dans sa chronique. Mais je n'avais pas exagéré en lui lançant qu'il m'avait été très utile : en quelques semaines, mon carnet de commandes était plein, et je commençais à être lasse des coups de fil qui se succédaient chez moi. J'attendais même avec impatience les week-ends, quand les sollicitations s'arrêtaient et que je pouvais écrire tranquillement.

Un dimanche du mois de mars, pourtant, le téléphone a sonné. E était tôt, à peine neuf heures.

– Sara ?

Mon cœur s'est arrêté. Je m'étais trop demandé si cet appel se produirait jamais, et maintenant...

– Sara, tu es là ?

Je voulais raccrocher. Je n'ai pas pu.

– Oui. Je suis là, Jack.

14

– Alors...
– Alors.
– Il s'en est passé, du temps.
– Oui, en effet.
– Comment vas-tu ?
– Bien. Et toi ?
– Bien.

Sa voix disait le contraire : fatiguée, altérée. Et il était aussi tendu que moi. J'ai entendu des voitures démarrer derrière lui.

– Où es-tu ?
– Au coin de Broadway et de la 77e.

Toujours le même scénario. Filer en douce de chez lui pour aller m'appeler.

– Tu es occupée ?
– Plutôt. Un papier à finir.
– Ah, dommage.
– Désolée. C'est... le travail.
– Je comprends.
– Comment as-tu appris que j'étais de retour ?
– Walter Winchell.
– Mon plus fidèle admirateur.

Il a lâché un petit rire qui s'est transformé en toux, puis en quintes incontrôlables.

– Tu vas bien ?
– Oui, oui... Une bronchite, c'est tout.
– Et tu restes dans le froid, dehors.
– Eh bien... C'était mon tour, pour promener le bébé.
– Il m'a fallu un moment pour enregistrer l'information.

– Tu as un bébé ?

– Oui. Une fille. Kate.

– Quel âge ?

– Dix-sept mois.

– Félicitations.

– Merci... Bon, je voulais juste dire bonjour.

– Bonjour.

– Sara... Voyons-nous. S'il te plaît.

– Ce n'est pas une bonne idée, Jack.

– Quatre ans, Sara !

– Je sais.

– C'est beaucoup, quatre ans. Je ne te demande rien. Juste te voir un moment. Une demi-heure. Pas plus.

Ma main s'est mise à trembler sur le combiné.

– Au Gitlitz, dans dix minutes.

J'ai raccroché. Je suis restée immobile, paralysée. Un bébé. Une fille. Qui s'appelait Kate... J'ai eu l'impulsion de prendre quelques affaires et de me ruer à la gare. Pour m'enfuir où, cette fois ? Où que j'aille, il serait avec moi. Comme depuis le début. Luttant contre la tentation d'attraper la bouteille de scotch, je suis allée à la salle de bains. « Il va penser que j'ai vieilli, me suis-je dit, et il aura raison. » Je me suis lavé les dents, j'ai appliqué un peu de rouge à lèvres, j'ai saisi ma brosse à cheveux... et j'ai dû m'agripper au lavabo tant ce besoin de fuir était pressant. Lorsque j'ai retrouvé un semblant de calme, j'ai pris mon manteau et je suis sortie. Il commençait à neiger. Tête baissée pour avoir moins froid, j'ai marché jusqu'au Gitlitz.

En entrant, je n'ai d'abord vu qu'un grand landau bleu arrêté près d'une banquette. Je me suis approchée. Jack était assis là, ses deux mains serrées autour d'une tasse de café, le regard fixe. Il n'a pas tout de suite senti ma présence, et c'était heureux car j'ai eu une réaction horrifiée en découvrant son apparence. Il avait affreusement maigri, ses joues étaient creuses, son teint cireux, il avait perdu des cheveux. Il avait vieilli de vingt ans depuis la dernière fois.

Ses yeux ont croisé les miens. Il a tenté un sourire, sans succès. J'espérais avoir effacé mon expression stupéfaite mais il l'avait remarquée, certainement. Il s'est levé d'un bond. Debout, sa maigreur était encore plus choquante. Il s'apprêtait à m'enlacer mais il s'est ravisé et m'a tendu gravement sa main droite. Je l'ai serrée. Elle était osseuse, fragile. Il ne me quittait pas du regard.

– Bonjour.

– Bonjour.

– Tu as l'air en pleine forme.

Je n'ai pas pu lui répondre par le traditionnel « toi aussi ». C'était impossible. J'ai préféré porter mes yeux sur le landau. Kate dormait. Un joli bébé potelé, en combinaison matelassée sous une épaisse couverture écossaise. J'ai caressé d'un doigt l'une des petites mains qui s'est ouverte instinctivement et s'est refermée autour de mon index. Il m'a fallu prendre ma respiration pour parler :

– Elle est magnifique.

Il la regardait, lui aussi.

– Oui. C'est ce qu'elle est.

– Vous devez être contents, Dorothy et toi.

Il a acquiescé, m'a fait signe de m'asseoir. Après avoir retiré doucement mon doigt, j'ai pris place sur la banquette d'en face. Il a commandé du café, ses mains ont retrouvé leur position autour de sa tasse. Nous sommes restés silencieux un long moment. Ses yeux étaient baissés quand il s'est décidé :

– C'est... Je me suis toujours demandé si... Ah, je suis heureux de te revoir, Sara.

Comme je ne savais que répondre, je me suis tue.

– Je ne t'en veux pas de me détester, tu sais.

– Je ne te déteste pas.

– Mais avant, si.

– Oui, peut-être. Pendant un moment. Mais la

618

haine... c'est difficile à entretenir. Alors que le chagrin, non. Le chagrin peut durer très, très longtemps.

– Je sais. Pendant ces quatre ans, il y a eu plein de fois où je me suis dit : « Est-ce que ça deviendra supportable, enfin ? »

– Et ?

– Et non. Jamais. Tu m'as manqué à chaque heure, à chaque minute.

– Je vois.

– Et pour Eric ? Est-ce que ta peine a fini...

– Par passer ? Non. Mais j'ai appris à vivre avec. Comme j'ai appris à vivre avec le regret de toi.

Il m'a lancé un coup d'œil.

– Moi ? Tu m'as... regretté ?

– Bien sûr. Sans arrêt.

Il paraissait perdu, et blessé.

– Mais, mais... tu as refusé de me parler !

– Oui.

– Et tu n'as pas lu mes lettres, je suppose ?

– Non. Je n'en ai pas ouvert une seule.

– Alors comment peux-tu dire...

– Que tu m'as manqué, toi aussi ? Parce que je t'aimais. Plus que n'importe qui.

Il a pris sa tête dans ses mains.

– Mais alors pourquoi ? Pourquoi tu ne m'as pas laissé te parler, bon sang ?

– Parce que je ne pouvais pas ! C'était trop dur, cette souffrance. La mort d'Eric, ce que tu nous as fait... Je n'avais pas la force de te voir. Et le plus terrible, c'est que je comprenais tes raisons. Ce qui t'a poussé à faire ce choix. Mais il n'empêche qu'à cause de lui... j'ai perdu les deux êtres auxquels je tenais le plus au monde.

Une serveuse m'a apporté mon café. Il fixait à nouveau la table.

– Tu sais, il y a une scène qui me hante, que je revis sans cesse...

– Laquelle ?

619

– Quand les deux types du FBI sont venus m'interroger à l'agence. L'avocat de la société était là, aussi. Toute la matinée, j'avais tenu bon, répété que je ne connaissais que ceux qui leur avaient déjà donné mon nom. Et puis ils se sont énervés, ils ont pris l'avocat à part, et au bout d'une vingtaine de minutes il est revenu tout seul et il m'a dit qu'ils voulaient un nom. Ça ou perdre ma place. À cet instant je n'avais qu'à refuser, j'aurais trouvé un autre job. Mais ils me tenaient... Ils s'y entendent, pour utiliser toutes nos faiblesses. L'un des agents du Bureau m'avait fait comprendre que, si je ne coopérais pas, non seulement je me retrouverais à la rue, et catalogué comme sympathisant communiste, mais qu'ils s'arrangeraient aussi pour que ma drôle de vie privée soit connue de tous. Il m'a dit, mot pour mot : « Si vous étiez bigame à Paris, mon ami, tout le monde s'en ficherait. Mais ici nous avons une moralité un peu moins flexible. Ici, c'est : "Si on te découvre, tu es cuit." Ici, je ne sais même pas si on vous prendra comme cireur de chaussures, après... » Et donc j'ai donné... j'ai donné le nom d'Eric. Et à la seconde où je l'ai fait, j'ai compris que j'avais tout démoli. Que tu finirais par l'apprendre, tôt ou tard. Et quand Dorothy l'a su, elle m'a dit que j'étais l'être le plus méprisable qui soit.

– Elle n'a pas compris que c'était pour elle, pour Charlie ?

– Si, bien sûr. Mais elle y a quand même vu une nouvelle preuve que j'étais indigne de confiance. Elle n'a plus voulu que je rentre à la maison, pendant un moment. Elle a dit qu'elle allait m'accorder ce divorce dont je rêvais tant... que je serais libre de vivre avec toi, enfin...

J'étais muette de saisissement.

– J'ignorais tout cela.

– Si seulement tu avais lu mes lettres ! Si tu m'avais laissé te parler ! Je me suis dit que le sort n'avait jamais joué un tour pareil à quiconque. Et tout ça à cause de moi, rien que moi...

Il s'est arrêté, a tâtonné à la recherche de ses cigarettes dans sa poche. Quand il en a allumé une, la flamme de l'allumette a dansé sur un visage hagard, le visage d'un vaincu. Je me suis revue jeter ses lettres sans les ouvrir, des lettres qu'il avait passé des heures à m'écrire, tout comme moi lorsque j'étais dévorée par son silence et par mon amour. Quatre années d'appels au secours, accumulés chez Joel Eberts, que j'avais mis au panier dès mon retour à New York. Mon ultime revanche. Pourquoi ce besoin de le punir à ce point ? Si je les avais lues en leur temps, dans les mois qui avaient suivi la mort d'Eric, y aurais-je trouvé de quoi comprendre ? De quoi pardonner ? Un moyen de retrouver le chemin de l'un à l'autre ?

– Quand Dorothy n'a plus voulu te voir, qu'est-ce que tu as fait ?

– J'ai dormi pendant six mois sur un lit pliant, chez Meg.

Meg. Meg qui m'avait écrit qu'il était « dans une détresse extrême », qu'il avait besoin de mon aide. Mais non, j'étais inflexible, j'avais le bon droit de mon côté, sa condamnation était irrévocable. « Comme on fait son lit, on se couche », avais-je répondu à Meg. Cinglante. Aveugle.

– Finalement, ma sœur a entrepris la mission délicate de calmer Dorothy. Mais au fond c'est quelqu'un d'essentiellement pragmatique, Dorothy. Si elle a accepté que je revienne, c'était pour des raisons pratiques, rien d'autre. Parce que ce n'était pas facile d'élever un petit enfant toute seule. Elle m'a dit : « Pour moi tu es là pour aider, rien d'autre. Mais pour Charlie, c'est différent. Il a besoin d'un père, alors autant que ce soit toi. »

– Et tu es quand même revenu... après avoir entendu une chose pareille ?

– Oui. Je suis revenu à un mariage sans amour.

Mais je suis lié, engagé. Je n'y peux rien. La culpabilité chez nous, les catholiques, c'est quelque chose. Quoique la véritable raison, en fait, ait été Charlie. Je ne pouvais pas supporter de ne plus le voir.

– Je suis certaine qu'il a besoin de toi.

– Et moi aussi. Je crois que je n'aurais pas tenu le coup ces deux dernières années, sans lui...

Il a secoué la tête, contrarié.

– Oh, pardon, je tombe dans le pathos...

– Comment vas-tu, franchement ?

– Comme un charme, a-t-il répliqué en tirant nerveusement sur sa cigarette.

– Tu m'as l'air assez... vidé.

– Tu veux dire que j'ai une gueule épouvantable.

– Il y a quelque chose, non ?

Il continuait à éviter mon regard.

– Il y a eu quelque chose. Une mauvaise hépatite. Petit conseil ne mange jamais de clams à City Island.

– Seulement une hépatite ? ai-je insisté sans vouloir paraître trop sceptique.

– J'ai l'air encore pire que ça ?

– Eh bien...

– Ne réponds pas, c'est idiot. Mais oui, en effet. Ça peut te mettre à genoux, cette saleté.

– Tu es en arrêt maladie ?

– Depuis six mois.

– Mon Dieu...

– Ils ont été plutôt arrangeants, à l'agence. Ils m'ont maintenu mon salaire pendant les trois premiers mois, et depuis ils me donnent la moitié. C'est un peu juste, surtout depuis que Kate la magnifique est avec nous. Mais on s'est débrouillés.

– Est-ce que ça va mieux, avec Dorothy ?

– Kate a apporté du nouveau. Un sujet de conversation. En plus de Charlie, je veux dire.

– Il y a eu tout de même une... accalmie entre vous, forcément, ai-je remarqué en désignant le landau du menton.

– Pas vraiment. Juste une nuit où nous avions abusé du whisky, elle et moi, et où elle a oublié un moment qu'elle ne n'aimait pas.

– J'espère que Kate vous rend tous les deux très...

Il m'a coupée d'un ton agressif, soudain.

– Oui, merci pour les bons sentiments !

– Je suis sincère, Jack. Je ne te souhaite que du bien.

– C'est vrai ?

– Et cela a toujours été.

– Mais tu ne m'as pas pardonné, pour autant.

– Tu as raison. Pendant longtemps j'ai pensé que c'était impossible.

– Et maintenant ?

– Le passé, c'est le passé.

– Je ne peux pas effacer ce qui est arrivé.

– Je le sais.

Il a posé sa main sur la mienne. À ce contact, j'ai ressenti une décharge électrique remonter dans mon bras. La même impression que la première fois, en cette soirée de 1945. Quelques minutes se sont écoulées. Mon autre main est venue couvrir la sienne.

– Je suis désolé.

– Tout ira mieux, Jack.

– Non, a-t-il murmuré. Tout n'ira jamais mieux.

Les mots sont sortis tout seuls de ma bouche :

– Je te pardonne, Jack.

Nous sommes restés silencieux un long moment. Et puis Kate a commencé à se réveiller, quelques gazouillis qui se sont vite mués en vagissements très sonores. Il s'est levé en hâte pour chercher dans les couvertures la tétine qu'elle avait rejetée. Quand il l'a remise dans sa bouche, elle l'a crachée en pleurant de plus belle.

– Je crois que cette demoiselle réclame son biberon. Il vaudrait mieux que je rentre.

– D'accord.

Il s'est rassis lentement en face de moi.

– Je pourrai te revoir ?

– Je ne sais pas.

– Compris.

– Il n'y a personne dans ma vie.

– Ce n'est pas ce que je sous-entendais.

– C'est simplement que... Je n'arrive pas à voir clair dans mes pensées, pour l'instant.

– Rien ne presse. Quoi qu'il en soit, je vais devoir m'absenter une semaine. Voyage d'affaires à Boston. Un client que mes patrons veulent que je voie dès que je reprends le travail.

– Tu es suffisamment rétabli pour voyager ?

– J'ai l'air plus mal que je ne le suis.

Kate est passée aux piaillements.

– Tu devrais y aller, Jack.

– Je t'appellerai de Boston.

– D'accord. Appelle-moi.

Il s'est levé, a rebordé sa fille. Il s'est retourné quand je me suis mise debout à mon tour. Soudain, il m'a attirée à lui et m'a embrassée sur les lèvres. Je lui ai rendu son baiser. Quelques secondes, peut-être, et puis il a chuchoté :

– Au revoir.

Je suis retombée sur la banquette. J'ai croisé mes bras sur la table et ma tête s'est posée dessus. Je n'ai plus bougé pendant très longtemps.

La semaine suivante, je suis restée en état de choc. J'abattais mon travail, j'allais au cinéma, je voyais des amis. Le baiser que nous avions échangé restait gravé dans ma mémoire. Je ne savais qu'en penser. Je ne savais plus rien.

Il n'a pas téléphoné. Mais il a envoyé une carte postale, avec le cachet de Boston. « Je suis toujours là. Ce devrait être bientôt fini. Je t'aime. Jack. » Je l'ai relue dix fois, cherchant à déchiffrer un message sous-jacent. J'ai conclu qu'il n'y en avait pas. Il était toujours à Boston, ce qu'il avait à faire serait prochainement terminé, et il m'aimait.

Et je l'aimais, moi aussi. Mais je n'attendais plus rien. Parce que la vie m'avait appris que si l'on n'attend rien tout devient une surprise.

Encore une semaine. Pas de coup de fil ni de lettre. J'ai gardé mon calme. Le matin du 17 avril, je suis sortie de chez moi en trombe. Je devais me rendre à une projection de presse et j'étais en retard. Comme la circulation était effrayante sur Broadway, j'ai décidé d'oublier le bus et de prendre le métro. Je me suis hâtée jusqu'à la station de la 79ᵉ Rue, prenant juste le temps d'acheter le *New York Times* au kiosque. Assise dans la rame, j'ai parcouru le journal, rapidement, comme à mon habitude. La notice nécrologique a arrêté mon œil : le décès d'un assureur d'Hartford qu'avait bien connu mon père était annoncé en gros caractères. Après avoir lu la notice, j'allais passer à l'autre page lorsque mon regard s'est posé sur une courte prière d'insérer :

John Joseph Malone, 33 ans, s'est éteint le 16 avril à l'Hôpital général de Boston. Époux de Dorothy, père de Charles et Katherine. Ancien collaborateur de l'agence de relations publiques Steele & Sherwood, New York, il est pleuré par sa famille et ses amis. Une messe sera dite pour le repos de son âme le jeudi 19 avril en l'église de la Sainte-Trinité, 82ᵉ Rue Ouest, Manhattan. Ni visites ni fleurs. »

J'ai laissé tomber le journal sur mes genoux. Je regardais devant moi sans rien voir. Le temps s'est arrêté. Jusqu'à ce qu'un homme en uniforme se penche au-dessus de moi :

– Vous vous sentez bien, m'dame ?

Je me suis rendu compte que la rame ne bougeait plus et qu'elle était déserte.

– Où sommes-nous ?

– En fin de ligne.

15

Je suis allée aux obsèques deux jours plus tard. L'église n'était pas grande et pourtant la nef paraissait gigantesque avec cette vingtaine de personnes seulement, regroupées sur deux rangs juste en face du cercueil. Quatre cierges brillaient autour de la bière, couverte du drapeau américain, car en tant qu'ancien combattant Jack avait droit à tous les honneurs militaires. Deux soldats en uniforme d'apparat se tenaient au garde-à-vous de chaque côté. Le glas a sonné tandis que le curé et deux enfants de chœur remontaient la travée, l'un d'eux balançant un encensoir, l'autre portant à bout de bras une imposante croix en or. Le prêtre, un homme râblé et grisonnant au visage buriné, a fait le tour du cercueil en l'aspergeant d'eau bénite, puis il est monté au pupitre et a débuté l'office en latin. Il avait une élocution précise, presque dure. C'était un « gars de Brooklyn », tout comme celui qu'il enterrait ce jour-là. Je n'ai pas pu m'empêcher de me demander s'il lui était arrivé d'entendre Jack en confession.

Un bébé s'est mis à pleurer sur le premier banc. Kate. Dorothy l'a bercée contre elle. Elle avait les traits figés, marqués par la fatigue. À côté d'elle, Charlie, en blazer et pantalon de flanelle grise. Il était l'image exacte de son père. Au point que je n'ai pas pu le regarder plus longtemps.

Le curé a récité rapidement les prières en latin. Lorsqu'il est revenu à l'anglais pour évoquer « notre cher frère disparu, Jack », mes yeux se sont brouillés. Il y a eu quelques sanglots étouffés qui venaient surtout de Meg, assise à droite de Charlie, un bras

626

passé autour de ses épaules. Je n'ai reconnu personne d'autre. J'étais restée près de l'entrée, mêlée à quelques fidèles venus se recueillir sans participer à l'enterrement, ou tout simplement fuyant ici les averses d'un avril pluvieux.

J'avais le devoir d'être là. Pour dire au revoir. Mais je savais aussi que ma place était là, au fond de la nef, loin de Dorothy et des enfants, et même loin de Meg. J'avais causé assez de souffrances à cette famille. Je ne voulais pas en provoquer encore par ma présence. C'est pour cette raison que j'avais attendu que toute l'assistance soit entrée avant de me glisser à l'intérieur, la tête couverte d'un foulard.

Découvrir le cercueil avait été comme de recevoir un coup en pleine face. Jusqu'à ce moment, la nouvelle de sa mort m'avait semblé absurde, inconcevable. Le jour où j'avais lu l'avis de décès, j'avais erré à travers la ville avant de me retrouver je ne sais comment chez moi, dans l'obscurité de la nuit tombée, incapable de pleurer, incapable de comprendre que je ne lui parlerais plus jamais, ni pourquoi j'avais passé quatre années à lui tourner le dos avec un tel entêtement, une telle animosité. Quatre années loin de l'homme que j'aimais, un exil provoqué par sa terrible erreur, certes, mais aussi par mon refus de pardonner. En le punissant, je m'étais punie moi-même. Comment avais-je pu laisser passer ce temps ? Comme j'étais incapable de dormir, à un moment, je m'étais relevée et j'avais échoué dans un café ouvert la nuit, sur la 76e Rue. L'aube était venue. J'étais repartie, j'avais traversé le parc au bord du fleuve, je m'étais assise sur un banc, les yeux fixés sur l'eau mouvante. J'aurais voulu éclater en sanglots, avoir enfin cet instant de catharsis. Mais j'arrivais seulement à me demander, sans cesse, si ce n'était pas moi qui l'avais tué.

Il était près de neuf heures quand j'étais revenue chez moi. Le téléphone sonnait. C'était Joel Eberts,

627

qui avait tenté de me joindre toute la journée et la soirée précédentes, alors que je n'avais pas la force de décrocher. Il avait vu le *New York Times* et s'était inquiété pour moi, évidemment.

– Vous avez une idée de ce qui l'a emporté ? m'a-t-il demandé après avoir pris de mes nouvelles.

– Non.

– Il n'avait pas essayé de reprendre contact depuis votre retour à New York ?

– Non.

– C'était sans doute mieux.

Je n'avais pas répondu.

– Vous êtes sûre que vous allez bien, Sara ?

– C'est juste un... un choc.

– Bien. Si vous avez besoin de quoi que ce soit, je suis là, n'oubliez pas. Vous pouvez m'appeler n'importe quand.

– Merci.

– Et dans tous les cas ne... ne vous sentez pas coupable. Après tout ce temps...

Je prenais le blâme sur moi, si. Entièrement. Cette deuxième nuit, j'avais été emportée par la fatigue mais je m'étais réveillée à cinq heures du matin, étonnamment reposée. J'avais immédiatement pensé que les obsèques auraient lieu dans quatre heures à peine. Je redoutais d'y aller. J'étais forcée d'y aller.

Et, là, je gardais la tête baissée tandis que les mots de la liturgie vibraient dans mon esprit. *Agnus Dei, qui tollis peccata mundi : dona eis requiem...* « Agneau de Dieu, qui effacez les péchés du monde, accordez-nous le repos. » Plus poignant encore : *Lacrimosa dies illa, qua resurget ex favilla judicandus homo reus, huic ergo parce, Deus.* « En ce jour de larmes, quand des cendres se relève le pécheur pour être jugé, ô Dieu, ayez pitié de lui. »

J'ai pressé une main sur mes yeux. Je l'avais jugé. Et finalement je lui avais pardonné. Bien trop tard.

Les pleurs de Kate ont repris. Mais elle était

inconsolable, cette fois. Elle poussait des cris perçants. J'ai relevé la tête juste au moment où Meg arrivait à ma hauteur, sa nièce dans les bras, ayant visiblement décidé de soulager Dorothy et d'emmener le bébé dehors. En me voyant, elle s'est arrêtée net. Son expression stupéfaite s'est muée en un masque de mépris indicible. J'ai détourné mon visage, elle a poursuivi sa route. Je voulais m'enfuir, au plus vite, mais je craignais de la croiser sur le parvis, alors je suis restée une dizaine de minutes encore, pétrifiée par la honte. Le service a continué. Le curé nous a encore demandé de prier pour le repos « d'un bon époux, d'un bon père, d'un homme droit et responsable ». Dans le silence du recueillement, j'ai entendu des bruits de pas. Meg avait parcouru la moitié de la travée, ramenant à sa mère une Kate assagie. Courbée en deux, je me suis faufilée dehors.

– Où allez-vous ? m'a demandé le chauffeur du taxi dans lequel je m'étais précipitée.

– Je ne sais pas. Roulez.

Je suis descendue à la 42e Rue et je me suis réfugiée dans le premier cinéma venu. Puis je suis entrée dans celui d'à côté et j'ai encore attendu la fin du double programme. Pendant que je buvais un café au distributeur, je suis parvenue à la décision que je n'avais cessé de soupeser pendant ces sept heures de salle obscure. J'ai arrêté un taxi qui m'a conduite 1re Avenue, devant Tudor City, un ensemble résidentiel. Le soir était tombé. J'ai déclaré au portier de service que je venais voir Margaret Malone. Il m'a jaugée d'un regard circonspect.

– Elle vous attend ?

– Oui.

– Appartement 7E. Tout de suite à droite au septième.

Une fois là-haut, j'ai appuyé sur la sonnette avant que ma détermination ne me quitte. La porte s'est ouverte. Meg était encore en tailleur noir, celui qu'elle avait porté aux funérailles. Elle paraissait épuisée. Une cigarette allumée pendait à ses doigts. Elle a tressailli en me reconnaissant.

– C'est une mauvaise plaisanterie !

– Meg ? Est-ce que je peux...

– Rien du tout. Du balai !

– Si vous voulez bien m'écouter...

– Comme vous avez écouté mon frère, c'est ça ? Allez au diable !

Et elle a refermé violemment. Je me suis appuyée contre le mur jusqu'à ce que j'arrête de trembler. La porte s'est rouverte. Maintenant elle avait l'air dévastée par le chagrin. J'ai fait un pas vers elle. Elle est tombée contre moi en sanglotant. Je l'ai prise dans mes bras et moi aussi j'ai pleuré, enfin.

Quand nous nous sommes calmées, je l'ai suivie chez elle. Un petit appartement fonctionnel, sans effort de décoration, où livres, magazines et cendriers pleins à ras bord se taillaient la part belle. Elle est revenue de la cuisine avec une bouteille de scotch et deux verres.

– Médicament, a-t-elle annoncé en nous servant.

Elle s'est laissée tomber dans un fauteuil en face de moi, a allumé une nouvelle cigarette et a tiré quelques bouffées avant de poursuivre :

– Je ne voulais vraiment plus te revoir, tu sais.

– C'est compréhensible.

– Mais moi aussi, je t'ai comprise. Si cela avait été Jack à la place d'Eric, j'aurais été sans pitié.

– J'ai été « trop » sans pitié.

– Oui... C'est vrai, mais... Il m'a dit que tu lui avais pardonné.

– Il te l'a dit... ?

– Oui. Environ une semaine avant sa mort. Il se savait condamné depuis plus d'un an.

– Un an ?

– Au moins. Avec la leucémie, ça ne plaisante pas.

Quand on sait qu'on l'a, on sait aussi que la fête est bientôt finie.

– La... leucémie ? Mais enfin, il n'avait aucun antécédent ni...

– Oui. Ça lui est tombé dessus sans prévenir. Comme toutes les catastrophes, en général.

– Donc il n'était pas à Boston pour son travail ?

– Non. Il était dans le service d'un grand manitou des maladies du sang, l'un des plus réputés dans tout le pays. Qui voulait essayer un traitement de la dernière chance. Mais une semaine avant son départ le toubib m'a dit qu'il n'y croyait plus.

– Heureusement que Steele & Sherwood payaient pour lui...

– Tu te fiches de moi ? Steele & Sherwood n'ont pas dépensé un sou pour ses frais médicaux.

– Mais Jack m'a dit qu'il allait reprendre le travail pour eux, qu'il avait eu un congé maladie.

– Parce qu'il ne voulait pas que tu apprennes la vérité.

– Quelle vérité ?

– Ils l'ont mis à la porte il y a deux ans.

J'ai avalé une bonne partie de mon verre.

– Je ne comprends pas. Il était très bien vu, à l'agence.

– Oui. Jusqu'à ce qu'il n'arrive plus à...

Elle a hésité quelques secondes.

– D'accord, je ne vais pas prendre de gants, Sara. Après la mort d'Eric, quand tu as refusé de le revoir, il a subi une sorte de dépression nerveuse. Il ne dormait plus, il maigrissait à vue d'œil. Il a commencé à aller au bureau pas rasé, débraillé. Il a même pleuré devant des clients, une ou deux fois. Il faut reconnaître qu'ils ont été assez compréhensifs, là-bas. Au bout d'à peu près huit mois de ce style, ils lui ont accordé un congé et ils l'ont adressé à un psychiatre en prenant les frais pour eux. Et nous avons tous pensé qu'il remonterait la pente. Nous nous sommes trompés.

– C'est à ce moment que tu m'as écrit à Paris ?

– Oui. À ce moment.

Une lettre. Une simple lettre à Jack, c'est tout ce qu'elle m'avait demandé. Mais je n'avais même pas accepté de faire ce petit geste. La fierté frôle souvent l'aveuglement, et l'égoïsme.

– Enfin, il est retourné au travail mais après quelques semaines il est devenu clair qu'il n'avait pas repris le dessus. Ils ont attendu encore six mois et puis, un jour, ils lui ont demandé de vider son bureau. Là aussi, ils ont été corrects. Six mois de salaire d'indemnités et le maintien de sa couverture sociale pendant un an. Sauf qu'il était devenu inemployable, d'autant que la dépression a empiré après son licenciement. La naissance de Kate lui a redonné un peu de joie de vivre mais il était très anémié, et puis il a commencé à avoir ces ganglions au cou... Je lui ai répété de ne pas s'inquiéter, que c'était une réaction de son organisme à la tension psychologique qu'il avait accumulée, mais au fond de moi je craignais le pire. Et lui aussi. Alors quand on a eu le diagnostic...

Elle a dû s'interrompre. Les yeux baissés, elle a rempli à nouveau nos verres.

– Il faut que je te dise une chose. Pendant toute cette horrible période, Dorothy a été vraiment incroyable. Elle n'a jamais pu le souffrir, mon frère. Leur mariage était une erreur de bout en bout, et elle détestait le savoir heureux avec toi, et pourtant elle l'a soutenu, jusqu'à la fin.

– Il m'a raconté qu'elle l'avait mis dehors après son témoignage devant la Commission...

– Oui, elle a été plutôt révoltée... Surtout lorsqu'elle a appris le rôle que cela avait joué dans la mort de ton frère. Et bien sûr, de voir Jack sombrer dans un état pareil parce qu'il t'avait perdue, c'était dur à avaler. Là-dessus, je ne peux pas la critiquer. Mais finalement, avec pas mal de persuasion de ma part, elle l'a laissé revenir. Je crois qu'elle avait horreur de sa

632

solitude, surtout. Même s'il n'était pas question pour elle de reprendre le peu de vie « conjugale » qu'ils avaient eue ensemble. Si, il y a eu un soir d'égarement dont a résulté la petite Kate...

– Il m'en a parlé, oui.

– Ah... Mais il n'a pas dû te dire qu'il avait dépensé ses indemnités au bout de six mois. Puis Kate est arrivée, et on lui a appris qu'il avait la leucémie... mais son assurance maladie avait expiré, entre-temps. Donc la dernière année de sa vie a été un cauchemar, sur le plan financier aussi. Il avait quelques actions mais il les a vendues pour payer son médecin. C'est devenu grave, au point que ces trois derniers mois j'ai été obligée de verser leur loyer à leur place. Du coup, avec la note de l'hôpital et les obsèques, Dorothy a maintenant des dettes qui avoisinent les huit mille dollars. Sans parler de devoir assumer l'éducation de deux enfants toute seule. Pas une mince affaire.

J'ai pris une autre rasade de scotch.

– Je me sens fautive, Meg. Tout est ma faute.

– Allons, c'est idiot et tu le sais très bien.

– Mais j'aurais dû lui écrire cette lettre comme tu me le demandais.

– Oui, tu aurais dû. Mais est-ce que ça l'aurait empêché de s'enfoncer dans la dépression ? Qui peut le dire, hein ? Il s'en voulait terriblement à cause de la mort d'Eric. Et quant à sa maladie... En dépit de ce que certains écrivains à l'eau de rose ont envie de croire, je ne pense pas qu'un chagrin d'amour ait jamais provoqué une leucémie. Il n'a pas eu de chance. C'est aussi simple, aussi bête que ça.

– Mais si je lui avais pardonné des années plus tôt, est-ce que...

– Bon, maintenant c'est toi qui cherches l'absolution ?

– Je me suis mal conduite.

– Encore une fois d'accord. Mais Jack aussi. Et moi... Oui, pendant un moment je t'ai vraiment haïe, en voyant que tu lui refusais une aide dont il avait besoin.

– Plus maintenant ?

Elle a écrasé sa cigarette avant d'en rallumer aussitôt une autre.

– Je viens de perdre mon frère, mon seul frère. Tout comme toi. Alors la haine, dans des circonstances pareilles, c'est assez... vain, non ? Et puis qu'il t'ait revue l'autre fois, ça a énormément compté pour lui.

– Si seulement il m'avait dit à quel point c'était grave...

– Quelle différence ? Non, il a eu raison de te le cacher. Et je sais aussi que dans toutes ces lettres qu'il t'a écrites il n'a jamais fait la moindre allusion à sa dépression ou à son licenciement. Il avait sa dignité, Jack. Et surtout, surtout, il pensait qu'il t'avait déjà trop fait souffrir, il ne voulait pas que tu te sentes coupable. Combien de fois il m'a dit que tu lui manquais terriblement, qu'il regrettait...

– Je n'ai pas lu ses lettres, Meg.

– Maintenant tu pourrais.

– Je les ai jetées.

Elle a haussé les épaules.

– Il t'aimait, Sara. Tu aurais dû voir son visage quand il parlait de toi. Il... s'illuminait, il n'y a pas d'autres termes. Je n'ai jamais rien vu de pareil. Et franchement je ne le comprenais pas, parce que personne ne m'a jamais rien inspiré de comparable. Bon, je reconnais qu'il avait le don de semer la pagaille, mon frère. Il se trompait, parfois à un point affreux. Il ne savait pas prendre les décisions les plus importantes. Il avait une propension effrayante à ne pas aller jusqu'au bout. Et Dieu sait s'il se détestait de t'avoir menti deux fois. Et d'avoir lâché Eric. Et de mentir à Dorothy et aux enfants. Mais profondément il voulait faire de son mieux, comme la plupart d'entre nous. Il essayait. Il n'a pas accompli de prouesses mais, au moins, au moins il t'a aimée pour de vrai. Sans condition. Et combien de fois ça arrive dans une vie, un amour pareil ?

Je connaissais la réponse, mais je ne l'ai pas formulée. Je n'en avais pas la force. Après un silence, je lui ai demandé :

– Tu ferais quelque chose pour moi, Meg ?

– J'en doute, mais voyons quand même.

– Je voudrais que tu demandes à Dorothy de me rencontrer.

– Comment ? Oublie ! Je n'ai peut-être plus de haine envers toi, mais elle... Elle en a toujours eu. Et maintenant elle a bien assez de problèmes devant elle pour prendre la peine de tâcher de te pardonner. D'ailleurs, ce serait inutile. Elle ne te pardonnera jamais.

– Ce n'est pas ce que je cherche. Je veux simplement...

– Je me moque de ce que tu veux ! Ma belle-sœur n'acceptera pas de te voir, sous aucun prétexte.

– Écoute-moi, s'il te plaît.

Et Meg m'a écoutée. À la fin, elle est restée songeuse un instant, puis :

– Très bien. Je vais voir ce que je peux faire.

Quelques jours après, elle m'a téléphoné.

– J'ai parlé à Dorothy. Ça n'a pas été simple mais enfin, elle est d'accord. Je ne suis pas trop rentrée dans les détails. Pas du tout, même, sinon que je lui ai dit qu'à mon avis c'était important. Elle a été réticente, très. Mais je l'ai convaincue en lui affirmant que tu avais une question fondamentale à lui soumettre. Ne crois pas que ce sera une partie de plaisir, Sara. Elle te rend responsable de beaucoup de choses.

– Elle a raison.

– Bien. Tu vois le café à l'angle de la 86e et d'Amsterdam Avenue ? Tu pourrais y être demain à seize heures ? J'ai pris mes dispositions pour quitter le bureau assez tôt, je resterai avec les enfants pendant que vous serez toutes les deux.

À l'heure dite, je me suis installée à une table isolée. Une tasse de thé devant moi, je guettais malgré moi son arrivée. Dix minutes plus tard, elle était là. Elle portait une jupe sobre en tweed et un chemisier de chez Peck and Peck. Les cernes sous ses yeux étaient encore accentués par sa coiffure, un chignon très serré. Elle s'est assise sans me saluer.

– Vous vouliez me voir, il paraît.

– Merci d'être venue, ai-je dit en surveillant ma voix. Café, thé ?

Elle a fait non de la tête.

– Un chocolat chaud, peut-être ?

– Non, rien. Vous vouliez me voir. Je suis là. J'ai une vingtaine de minutes, pas plus.

– Meg n'est pas avec les enfants ?

– Si, mais Charlie a une infection des amygdales et le pédiatre doit passer vers quatre heures et demie. Il faut faire vite.

– Eh bien...

Je me suis raclé la gorge, ne sachant guère comment aborder le sujet qui me tenait à cœur.

– Meg m'a dit que vous étiez dans une situation assez difficile.

– Ma belle-sœur parle trop. Si difficultés il y a, c'est mon problème, non le vôtre.

– Je ne cherche pas à me mêler... Je voudrais aider, simplement.

– Aider ? a-t-elle repris avec un petit rire sans joie. Vous, m'aider ? Non merci.

– Je peux comprendre ce que vous ressentez mais...

– Pas de condescendance, miss Smythe.

– Ce n'est pas mon intention.

– Alors gardez vos analyses pour vous. Je « sais » ce que je ressens, figurez-vous. Je suis furieuse contre moi. Furieuse de ne pas avoir eu le courage de dire à Jack que nous n'avions pas à nous marier uniquement

636

parce que j'étais enceinte. Furieuse d'avoir vécu pendant dix ans avec lui sans amour entre nous. Et furieuse de ne pas avoir eu le cran d'en finir la première fois où il m'a parlé de vous.

– Je ne l'ai jamais poussé à vous quitter.

– Oh, j'étais au courant, en effet. Il m'a dit que vous refusiez de jouer le rôle de l'intruse triomphante, que vous compreniez « si bien » ses responsabilités familiales, vous qui l'aimiez pourtant « si fort »...

– Je l'ai aimé ainsi, oui.

– Mes félicitations. Et il était aussi amoureux de vous. J'avais l'impression d'avoir un adolescent transi à côté de moi. Je ne sais pas comment j'ai pu supporter une chose pareille.

– Comment avez-vous pu ?

– Parce qu'il y avait un enfant en jeu. Parce que j'ai été éduquée dans l'idée qu'on doit assumer ses erreurs. Parce qu'on m'a également inculqué que la respectabilité passait avant tout. Et parce que je suis une faible femme, assez bête et assez lâche pour ne pas comprendre qu'elle n'était pas « forcée » d'avoir un mari. Et puis il s'est avéré que ledit mari était lui aussi un faible, et un idiot, et un mouchard.

– Il a agi ainsi uniquement parce qu'il avait peur de perdre son travail, de ne plus arriver à subvenir à vos besoins.

– Ah, parce que vous le défendez, maintenant ? Après l'avoir rendu à moitié fou en le rejetant ? Enfin, l'ironie absurde de cette histoire, c'est qu'en retournant sa veste il a tout perdu : vous, son travail, même moi pendant un temps...

– Vous l'avez laissé revenir, pourtant.

– Encore la preuve de ma faiblesse. Il manquait terriblement à Charlie, j'ai pensé que le petit avait besoin de lui.

– Mais vous non ?

Elle a réfléchi un moment.

– Bien sûr que si. Je ne l'aimais pas mais j'avais

besoin de lui. Et puis, quand il est tombé malade...
C'est étrange, non, comme on découvre parfois ce que
l'on ressent vraiment envers quelqu'un lorsqu'il est
trop tard. Le voir décliner ainsi, cela a été... horrible.
Et brusquement j'étais prête à tout pour le garder. À
tout. C'est pour cette raison qu'il est allé à Boston.
J'avais entendu parler d'un spécialiste qui essayait de
mettre au point un nouveau traitement contre la leucémie. Jack ne voulait pas, lui, en grande partie parce
qu'il savait que ce serait cher et que nous n'avions pas
de quoi. Mais j'ai insisté. Je voulais tellement qu'il...
reste en vie.

– Donc vous l'aimiez.

– À la fin, oui. Quand il s'est finalement libéré de
vous.

Elle m'a observée une seconde :

– Il n'a pas essayé de vous revoir, après votre
retour ?

– Non.

– Vous dites la vérité ?

– Oui.

– Tant mieux. Je ne voulais pas qu'il vous revoie,
jamais. Parce que vous ne méritiez pas...

Elle s'est interrompue. Ses doigts ont commencé à
déchiqueter lentement sa serviette en papier.

– Qu'est-ce que je vous ai détestée... Et pourquoi ?
Pour une seule raison : parce que vous aviez son
amour.

– Mais je l'ai rejeté.

– Oui, c'est vrai. Et je dois reconnaître quelque
chose d'assez laid : j'ai été ravie que vous le fassiez.
À ce moment, je me suis dit : « Elle finira par le regretter. » Et c'est ce qui vous est arrivé.

Je n'ai pas réagi, cette fois non plus. Elle a continué
à triturer sa serviette. J'ai fini par rompre le silence
qui s'était installé :

– Je sais que vous avez des problèmes pécuniaires.

– Que vous importe ?

– J'aimerais vous aider.

– Pas question.

– Écoutez-moi, je vous en prie. À la mort d'Eric, j'ai touché une partie de l'assurance vie que la NBC avait contractée pour lui. Avec les intérêts, depuis que j'ai investi cette somme, cela fait près de soixante-cinq mille dollars. Ma proposition est la suivante je vous donne huit mille dollars pour régler vos dettes immédiates avec les cinquante-sept mille restants, j'institue un fonds de pension pour Kate et Charlie qui vous permettra de régler leurs frais de scolarité d'abord, puis des études supérieures et tout ce que vous jugerez...

– Et en échange, qu'attendez-vous ?

– Rien.

– Je ne vous crois pas.

– Vous devriez.

– Vous voulez dire que vous cédez tout cet argent à notre bénéfice sans... contrepartie ?

– Exact.

– Pourquoi ?

– Parce que c'est juste.

– Ou parce que c'est le moyen que vous avez trouvé de vous racheter ?

– Oui, peut-être aussi.

Elle m'a dévisagée.

– Pas de contrepartie ?

– Aucune.

– Je ne demande pas la charité.

– C'est un don, non une aumône.

– Et de quoi vivrez-vous, quand vous ne serez plus en âge d'écrire vos brillants articles ?

– J'aurai une retraite très confortable, croyez-moi.

La serviette s'est déchirée en deux entre ses doigts.

– Vous n'avez pas pu avoir d'enfants, si je ne me trompe ?

J'ai soutenu son regard.

– En effet. C'est lui qui vous l'a dit ?

639

– Oui. Une façon de dissiper mes craintes qu'il ne fonde une seconde famille avec vous et disparaisse. À cette époque, je me suis réjouie que vous ne puissiez pas être mère. Réjouie : c'est épouvantable, non ? Mais cela donne la mesure de la haine que j'éprouvais. Vous étiez une menace contre tout ce que j'avais, dans mon esprit.

– C'est toujours le ressort de la haine, non ?

– Sans doute, oui...

– Je veux que vous acceptiez cet argent, Dorothy.

– Et si c'était le cas ?

– Rien. Il serait à vous, et c'est tout.

– Ce... « don », il ne vous donnera jamais aucun droit sur Kate ou Charlie ?

– Je n'attends rien en retour.

– Vous n'aurez rien. Car je demande, j'exige une contrepartie : je n'accepterai cette offre que si vous vous engagez à ne jamais entrer en relation avec mes enfants de mon vivant. Jamais. Et encore autre chose. À partir d'aujourd'hui, je ne veux plus vous voir, ni vous entendre.

– Très bien, ai-je répondu sans hésiter.

– J'ai votre parole ?

– Vous l'avez.

Sans me quitter des yeux, elle a pris son sac à main, en a retiré un agenda et un crayon. Elle a écrit rapidement un nom et un numéro de téléphone sur l'une des feuilles blanches, l'a déchirée et me l'a tendue.

– Voici les coordonnées de mon avocat. Vous pouvez traiter avec lui.

– Je le joindrai demain matin.

Elle est restée silencieuse quelques secondes.

– Savez-vous à quoi je pense, parfois ? Que s'il ne vous avait pas retrouvée par hasard à Central Park, ce jour-là... Je revois ce moment comme si c'était hier. Nous marchions depuis longtemps. Il était fatigué, il voulait rentrer mais il faisait si beau que je lui ai demandé de passer par le bord du lac. Et vous étiez là, sous ce kiosque, et tout a basculé. Tout cela parce que j'avais envie de m'attarder un peu dehors.

– C'est souvent ainsi, non ? La chance, le hasard...

– Et les choix. Il y a l'irruption du sort, évidemment, comme le fait que je me sois retrouvée enceinte la première fois, ou que vous soyez tombée sur votre ancien amant et sa famille dans un parc. Mais ensuite il y a ce que nous décidons, ce que nous choisissons. Et c'est ce qui détermine notre... destin.

Elle a jeté un coup d'œil à sa montre.

– Il faut que je parte.

Elle s'est levée, moi aussi.

– Alors au revoir, Dorothy.

– Au revoir.

Soudain elle a effleuré ma manche de sa main et un mot est apparu sur ses lèvres :

– Merci.

Je ne l'ai plus jamais revue. Je ne lui ai plus jamais parlé. Je ne me suis pas approchée de ses enfants. J'ai respecté les conditions qu'elle avait fixées. J'ai tenu ma parole.

Jusqu'à sa mort.

IV

Kate

1

« Jusqu'à sa mort. »

Le manuscrit s'arrêtait là. J'ai gardé un moment la dernière page devant moi, les yeux fixés sur cette phrase finale, avant de la laisser tomber sur la pile désordonnée qui s'était accumulée au sol, au pied du sofa. Je me suis redressée, le regard maintenant perdu à travers la fenêtre, essayant de ne pas penser, ne sachant que penser. La lumière hésitante d'un nouveau jour commençait à fendre l'obscurité du ciel. Six heures et quart, indiquait ma montre. J'avais passé toute la nuit à lire.

Il m'a fallu rassembler mon énergie pour me lever, aller me déshabiller dans ma chambre. Je suis restée une éternité sous la douche puis j'ai enfilé une robe, et pendant que le café passait j'ai ramassé tous les feuillets épars pour les rempiler dans leur carton. J'ai bu deux tasses corsées et je suis partie avec la boîte sous mon bras. Dans le taxi qui me conduisait 42e Rue, j'ai sorti mon portable.

— Allô, a fait Meg d'une voix bronchitique.

— J'arrive. À l'instant.

— Mais quelle heure est-il ?

— Sept heures et quelques.

— Dieu du ciel ! Il s'est passé quelque chose ?

— Oui. Je n'ai pas dormi de la nuit. J'ai lu.

— Quoi donc ?

— Tu le sais très bien, je crois.

Comme elle ne répondait pas, j'ai continué :

— Et tu sais aussi où je suis allée, hier soir. Non ?

— Moi ? Aucune idée.

— Menteuse.

– On m'a déjà traitée de pire. Je dois mettre une cuirasse, en perspective de ton arrivée ?

– Bonne idée.

Elle était vêtue d'une vieille robe de chambre passée sur un pyjama d'homme. L'incontournable cigarette brûlait déjà dans le cendrier, et c'était la deuxième. Le commentateur de CNN beuglait à la télé. Comme toujours, le sol était jonché de livres et de magazines. Les restes du dîner – ramequins en plastique du traiteur chinois n'avaient pas encore été débarrassés de la table qui lui servait aussi de bureau. Je connaissais cet appartement depuis quarante-quatre ans et rien n'avait changé. Il devait être le même quand Sara y était venue le soir de l'enterrement de mon père, en 1956.

– Je ne te parle plus, ai-je annoncé en m'asseyant et en lançant le carton du manuscrit sur le canapé.

– Tant mieux.

Elle a éteint le téléviseur.

– Café, ou café !

– Café. Et des explications.

– À propos de quoi ? s'est-elle étonnée en saisissant son antique cafetière.

– Ne finasse pas avec moi, Meg. Ça ne te va pas du tout.

– Et moi qui avais justement décidé de « finasser », dans mes bonnes résolutions de nouvelle année.

– Sacré bouquin, ai-je remarqué en montrant le manuscrit. Je suppose que tu l'as lu ?

– En effet.

– Elle t'a demandé d'être son éditrice ?

– Je l'ai lu en tant qu'amie.

– Ah oui, j'oubliais que vous avez été copines comme cochon pendant près d'un demi-siècle, toi et la Mystérieuse Inconnue. Et maintenant tu vas l'aider à publier ce truc, non ?

– Ce n'est pas son intention. Elle l'a écrit pour elle.

– Ah bon ? Alors pourquoi elle tenait tant à ce que je le lise ?

– C'est une histoire qui te concerne. Il fallait que tu sois au courant.

– Maintenant ? Juste après avoir enterré ma mère ?

Elle a haussé les épaules.

– Tu aurais dû me raconter, Meg. Depuis des années.

– C'est vrai, j'aurais dû. Mais Dorothy était catégorique : si ton frère ou toi aviez appris quoi que ce soit, elle n'aurait jamais touché à cet argent.

– Elle n'aurait jamais dû y toucher, de toute façon.

– Oui ? Dans ce cas, tu n'aurais pas fréquenté ces écoles privées si chic.

– La grande affaire.

– Oui, la grande affaire ! Et tu le sais pertinemment. Elle a eu beaucoup de cran, Dorothy. Imagine un peu : devoir compter sur l'argent de l'amante de son mari disparu pour payer l'éducation de ses enfants...

– Je croyais que c'était oncle Ray qui s'en était chargé ?

– Lui ? Il ne lui a jamais donné un dollar ! Le radin WASP dans toute sa splendeur. Pas de gosses, une clientèle de richards bostoniens, un compte en banque bien garni, mais quand sa sœur et ton père ont été dans la mouise, quand Jack s'est retrouvé sans travail, il a prétendu qu'il ne pouvait rien pour eux. Et il ne s'est même pas fendu d'une visite alors que Jack se mourait à l'hôpital, un hôpital qui était à dix minutes de chez lui à pied, pourtant ! Il n'a même pas cherché à consoler sa sœur. Ah si, un déjeuner la veille de la mort de Jack, pour lui sortir qu'elle n'aurait jamais dû épouser « un Irlandais de Brooklyn » ! Dorothy ne lui a pratiquement plus adressé la parole, après ça. Mais, de toute façon, je ne pense pas qu'ils se soient jamais vraiment appréciés, l'un et l'autre. Il a toujours critiqué ses moindres faits et gestes, et notamment l'existence de mon frère dans sa vie.

– Mais on m'a toujours répété que Ray avait été mon bienfaiteur !

– Ta mère devait avoir une histoire à te raconter sur cet argent. Dieu sait que ça la rendait malade, d'accepter le cadeau de Sara ! Elle n'en parlait presque pas mais je sais que ça la rongeait. Sauf qu'elle était réaliste, tu comprends. Avec son salaire de bibliothécaire, elle n'aurait pas pu vous donner l'éducation que vous avez eue. Alors elle a mis sa fierté dans sa poche, comme elle l'a toujours fait, cette idiote ! Et elle n'a pensé qu'à votre bien.

– C'était pour « mon bien », de ne rien me révéler de tout ça jusqu'à maintenant ?

– Elle a toujours insisté là-dessus. Je crois qu'elle craignait votre réaction, si vous appreniez. Mais une semaine avant sa mort, je suis allée la voir à l'hôpital et elle m'a dit... Elle savait qu'elle n'en avait plus pour longtemps. « Quand je ne serai plus là, est-ce que tu vas lui raconter, à Kate ? » J'ai répondu que je resterais bouche cousue si c'était ce qu'elle désirait, et elle : « À toi de voir – Mais si tu penses qu'il le faut, alors que ce soit "elle" qui le dise à Kate. C'est son histoire autant que la mienne. »

– Comment savait-elle que Sara était toujours là, d'abord ?

– Elle me demandait de ses nouvelles, de temps à autre. Elle n'oubliait pas que nous étions amies, que nous restions en contact. Et elle savait aussi qu'à travers moi Sara gardait un œil sur toi.

– Gardait un œil ? À en juger par sa galerie de portraits chez elle, et par cet album qu'elle m'a envoyé, elle a fait un peu plus que ça ! Et avec ton aide.

– Oui, c'est vrai. C'est moi qui lui ai donné ces photos, ces articles... Parce qu'elle me le demandait, et parce que son intérêt pour toi était sincère, et parce que je trouvais qu'elle méritait de suivre tes progrès.

648

– Et maman, ça ne la choquait pas ?

– Elle ne disait rien, en tout cas. Il s'était écoulé une bonne dizaine d'années depuis la mort de Jack quand elle a remarqué une fois devant moi que « cette femme », comme elle a dit, avait eu « le bon goût de rester dans son coin ». Un peu après, tu as joué dans *Guys and Dolls* à ton école et Sara est venue à la représentation. J'étais avec Dorothy, je sais qu'elle l'a vue dans la salle mais elle n'a fait aucun commentaire. Et pour ta remise de diplôme à Brearley aussi, elle n'a rien dit. Elle comprenait que Sara respectait le pacte et même je crois qu'à sa façon ta mère appréciait l'intérêt qu'elle te portait. Ton père n'était plus là depuis vingt ans, tout de même. Et puis elle avait mesuré l'importance de la pension versée par Sara pour ton avenir et celui de Charlie. Alors, Dorothy était reconnaissante, oui, même si elle ne disait rien.

– Et elles ne se sont jamais revues ?

– Eh non. Quarante-trois ans de silence réciproque. Pourtant elles vivaient à quelques rues de distance.. Mais enfin, tu sais comment était ta mère. Un cœur d'or sous un blindage renforcé.

– À qui le dis-tu ! Négocier avec Jimmy Hoffa, ce devait être plus facile qu'avec elle !

– Et voilà, tu recommences ! Elle était dure, d'accord, mais moralement impeccable. Et c'est pour ça qu'elle m'a laissé entendre que c'était à Sara de te mettre au courant. Avec sa pudeur habituelle, c'était une manière de dire à Sara qu'elle ne partait pas vers sa tombe avec la haine au cœur. C'était sa bonne action, sa *mitsva*... Je crois qu'au final elle était parvenue à cette conclusion : « Puisque je ne serai plus là pour en souffrir, pourquoi l'empêcher encore de la voir ? »

– Dans ce cas, tu aurais pu tout simplement nous présenter, toi.

– Ah, mais ta coriace de mère a eu le dernier mot là-dessus ! Ce jour-là, elle a été très claire : « Si cette

649

femme veut vraiment rencontrer Kate, tu dois me promettre que tu ne lui diras rien avant. En fait je te demande de faire comme si tu ne la connaissais pas. À "elle" de trouver le moyen d'entrer en contact avec Kate, et de voir si Kate est disposée à l'écouter. »

Je n'en revenais pas, et cependant c'était maman tout craché, cette façon de pardonner tout en envoyant un petit message bien appuyé. L'absolution, mais en s'assurant de marquer un point sur le terrain moral, et en dissimulant cette revanche derrière un écran de fumée parfumée à la violette de la correction et de la bienséance ! Son coup de maître, sans discussion possible. Elle qui me connaissait mieux que personne, elle savait – elle savait ! – que je me fermerais comme une huître, que je jouerais les dures, que je repousserais les avances d'une femme que je classerais spontanément comme une vieille toquée. Et elle savait que Sara aurait assez de volonté pour forcer la rencontre, finalement. Et puis ? Et puis j'aurais toute l'histoire, mais uniquement dans la version de Sara. Parce que si elle avait voulu me donner la sienne, elle se serait confiée à moi avant sa mort, ou bien elle m'aurait laissé une longue lettre. Mais non, elle avait préféré le silence, pour des raisons qui m'échappaient et au risque que je reste avec la seule interprétation de Sara. C'était une décision qui me renversait.

– Tu aurais dû au moins me prévenir qu'une bombe à retardement allait m'exploser à la figure.

– Une promesse, c'est une promesse. Ta mère m'a fait quasiment jurer sur la Bible de sa chambre d'hôpital que je ne te dirais pas un mot. Je savais que tu n'allais pas me porter dans ton cœur quand Sara aurait réussi à te rencontrer mais... Si mon éducation catholique m'a appris au moins une chose de bien, c'est de savoir garder un secret.

– Tu es sûre que Charlie n'est pas au courant ?

– Le pleurnicheur professionnel ? Même tout

gamin, il était trop occupé à s'apitoyer sur son sort pour remarquer quoi que ce soit. Et comme il a snobé ta mère pendant les quinze dernières années de sa vie... Non, le petit Charlie n'est pas du tout au parfum. Et il ne le sera pas, à moins que tu ne lui en parles.

– Pourquoi ? Ça ne ferait que le renforcer dans l'idée qu'il est parti perdant depuis le début. Et s'il apprend que papa a été un tel salaud...

– Ne t'avise plus de parler comme ça ! Jamais !

J'ai été stupéfaite par la violence de sa réaction. Stupéfaite et révoltée.

– Ah oui, et pourquoi ? Il a seulement gâché la vie de tout le monde autour de lui ! Et maintenant, hop, il revient pourrir la mienne.

– Eh bien, ma pauvre petite fille en sucre, je suis vraiment navrée d'apprendre que ton fragile équilibre est en morceaux parce que tu as découvert que ton père était quelqu'un de complexe, mais laisse-moi te...

– « Complexe » ? Il s'est conduit d'une manière épouvantable !

– Oui. Et Dieu sait s'il l'a payé. Tout comme Sara a payé pour ses erreurs. On ne vit pas sans rembourser au centuple ses mauvais choix.

– C'est à moi que tu expliques ça ? Moi qui suis le Plantage personnifié !

– Non, tu es l'autoflagellation personnifiée. Et c'est tellement stupide !

– D'accord, j'ai toutes les raisons d'être folle de bonheur mais je les refuse ! C'est bien dans la tradition des Malone, non ?

– Quelle famille n'a pas ses travers ? Son cadavre dans le placard ? Et alors ? Mais ce qui me désole, ce qui me tue, ce que ni ta mère ni moi n'avons jamais été capables de comprendre, c'est pourquoi voilà dix ans que tu as l'air déçue par tout, absolument tout ! À commencer par toi-même.

– Parce que je le suis, décevante !

– Arrête !

651

– Mais si ! J'ai déçu tout le monde. Ma mère, mon fils... et même mon connard d'ex-mari ! Et moi aussi, moi la première !

– Tu te trompes, Kate, a-t-elle voulu me raisonner.

– Non !

– Tu sais ce que j'ai compris il y a quelque temps déjà ? Toute la vie est une catastrophe, fondamentalement, mais la plupart des choses qui t'arrivent ne se terminent pas en bien ou en mal : elles se terminent, point. Et dans la confusion, en général. Alors quand tu assumes que toute cette pagaille n'a qu'une seule vraie fin, le terminus obligatoire, eh bien...

– Ah, je vois, oui ! Tu essaies d'être heureuse dans la pagaille, c'est ça ?

– Bon sang, mais c'est quoi pour toi, le bonheur ? Un crime passible de taule ?

– Je ne connais pas, le bonheur.

– Tu n'as pas toujours été comme ça, Kate.

– Oui, mais c'était avant que je commence à me tromper.

– Avec les hommes, tu veux dire ?

– Peut-être.

– Écoute, je pourrais écrire des volumes sur chaque déception à la noix, sur chaque échec que j'ai eu à subir dans ma fichue existence ! Et puis ? Tout le monde a des coups durs. C'est aussi basique que la vie. Mais ce qui l'est tout autant, c'est que tu n'as pas le choix : tu dois continuer. Est-ce que je suis heureuse, moi ? Non, pas spécialement. Et je ne suis pas malheureuse non plus.

J'ai baissé la tête, incapable de trouver quoi que ce soit d'autre à dire, ou à penser, ou à ressentir.

– Rentre chez toi, Kate, a-t-elle poursuivi doucement. Tu as besoin de sommeil.

– C'est peu dire...

Je me suis relevée avec peine.

– Je pense que j'appellerai l'avocat de maman demain. Il est temps de voir son testament. Quoiqu'il n'y ait pas grand-chose à voir, à mon avis. Il ne devait pratiquement plus rien rester quand j'ai fini mes études.

– Elle a dépensé avec sagesse. Pour vous deux.

– Je ne lui ai jamais rien demandé.

– Mais si. Comme n'importe quel enfant, tu voulais une mère parfaite, impeccable. Et à la place tu as découvert que c'était un tissu de contradictions. Comme nous tous.

Pendant que je renfilais mon manteau, elle a pris le carton du manuscrit.

– N'oublie pas ton livre.

– Ce n'est pas « mon » livre. Et si tu le lui rendais, toi ?

– Oh non ! s'est-elle exclamée en me jetant la boîte dans les bras. Je ne vais pas jouer les coursiers pour toi.

– Je ne veux pas la revoir

– Dans ce cas, va à la poste et renvoie-le.

– D'accord, d'accord !

Arrivée devant la porte, je me suis retournée.

– Je t'appelle demain.

– Ah ! Donc on s'adresse à nouveau la parole, finalement ?

– On a le choix ?

– Va au diable ! a-t-elle pouffé en me déposant un baiser sur la joue.

Dehors, j'ai arrêté un taxi et je lui ai donné mon adresse. Nous étions à mi-chemin quand je lui ai soudain demandé de changer de cap : direction 77e Rue Ouest.

Il était huit heures quand j'ai sonné à l'interphone. Elle m'a répondu d'une voix très alerte, très éveillée, et m'a ouvert dès qu'elle a reconnu la mienne. Elle m'attendait sur le pas de sa porte, aussi élégante et soignée qu'à son habitude.

– Quelle bonne surprise...

653

– Je ne fais que passer. Je voulais simplement vous rendre ceci. Et je lui ai tendu le carton.

– Vous l'avez déjà lu ?

– En effet.

Nous sommes demeurées l'une devant l'autre un moment, jusqu'à ce qu'elle reprenne :

– Je vous en prie, entrez.

J'ai fait non de la tête.

– S'il vous plaît. Un instant, au moins.

J'ai obéi de mauvaise grâce. Sans retirer mon manteau, j'ai pris place dans un fauteuil. À part pour refuser un café ou un thé, je suis restée silencieuse et, avec beaucoup de finesse, elle n'a nullement essayé d'engager la conversation. Assise en face de moi, elle attendait que je me décide.

– J'aurais préféré ne pas l'avoir lu, votre livre.

– Je comprends.

– Non, vous ne comprenez pas, ai-je répliqué à voix basse. Vous n'imaginez même pas.

Encore un silence.

– Le Jack Malone qui est dans ce manuscrit... ce n'est pas le père dont maman me parlait parfois. Pas cet exemple moral, pas l'Irlandais au grand cœur. J'ai toujours eu l'impression que... comment dire ? Qu'à côté de lui ma mère ne faisait pas le poids. Une modeste bibliothécaire qui menait une vie monotone avec ses deux gosses dans un appartement étriqué et qu'aucun autre homme ne penserait épouser, tellement elle était froide et pincée.

– Meg m'a dit qu'elle avait eu quelques amis, pourtant.

– Oui. Dans mon enfance, elle a dû fréquenter un ou deux types. Mais à partir des années soixante-dix elle n'a eu personne dans sa vie, j'en suis pratiquement sûre. Peut-être que mon cher papa lui avait donné son compte de trahison.

– Vous avez probablement raison.

– Vous lui avez gâché la vie.

Elle a eu une moue résignée.

– C'est une interprétation. Mais c'est elle qui a choisi de rester avec lui et cela a déterminé tout le reste de sa vie. Était-ce un bon choix ? Moi, je n'aurais pas accepté. Je l'aurais quitté sans hésiter. Seulement il ne s'agit pas de moi mais de votre mère. Qui peut dire si elle a eu tort ou non ? Elle a choisi, c'est tout.

– Et vous, vous avez choisi d'être mon ange gardien. L'occulte mais omniprésente bienfaitrice. Dites-moi, miss Smythe : vous n'aviez rien de mieux à faire de votre vie ? Ou bien il vous était tellement impossible d'oublier l'extraordinaire Jack Malone que vous vous êtes sentie obligée de vous intéresser à sa fille ? Ou bien c'était votre façon de faire pénitence ?

Elle m'a regardée sans broncher.

– Meg m'avait prévenue que vous ne mâchiez pas vos mots.

– Je crois que je suis un peu à cran, oui. Pardon.

– Non, vous avez le droit. C'est lourd à assumer pour vous, tout cela. Mais pour votre information, simplement, je dois vous dire qu'après la mort de votre père j'ai abandonné le journalisme et...

– Comment ? Vous qui aviez tant besoin d'un public ? C'est incroyable.

– J'en ai eu assez d'entendre le bruit de ma machine à écrire, disons. Et de ce que ma production avait de superficiel, également. Je suis entrée dans l'édition. J'ai travaillé à Random House pendant trente-cinq ans.

– Et vous ne vous êtes jamais remariée ?

– Non, mais je n'ai jamais manqué de compagnie masculine. Quand je le voulais, moi.

– Donc vous n'avez jamais pu tourner la page, vis-à-vis de mon père ?

– Aucun homme ne m'a paru à la hauteur de Jack, en effet. Mais je m'y suis résignée parce qu'il le fallait, en vérité. Et je pense à lui tous les jours, bien sûr. Tout comme à Eric. Enfin, votre père n'est plus là depuis... mon Dieu, quarante-quatre ans. Et mon frère depuis encore plus longtemps. C'est le passé.

– Non, c'est « votre » passé.

– Exactement. Mon passé. Mes choix. Et voulez-vous que je vous dise quelque chose d'assez amusant, en fin de compte ? À ma mort, tout ce passé va disparaître avec moi. C'est la découverte la plus étonnante que l'on fait, en vieillissant : se rendre compte que toutes les souffrances et les joies, tout ce... drame, sont tellement éphémères. Vous les portez en vous et puis vous disparaissez, et plus personne ne se souvient du roman qu'a été votre vie.

– À moins de l'avoir raconté à quelqu'un. Ou de l'avoir écrit.

Elle a ébauché un sourire.

– Sans doute, oui.

– Et c'était votre but, en me forçant à lire vos épanchements littéraires alors que je viens de laisser ma mère au cimetière ? Me faire partager quelques secrets de famille bien sordides, finalement, et du même coup avoir la satisfaction de ne plus être seule avec votre peine ?

Je me serais giflée. Mais elle a repoussé mes sarcasmes d'un léger haussement d'épaules.

– Nous avons eu le sentiment que vous deviez lire ce texte, Meg et moi.

– Pourquoi l'avoir écrit ?

– Je l'ai fait pour moi. Et pour vous aussi, peut-être... Sans savoir si je vivrais assez longtemps pour vous le donner à lire, et pour que nous nous rencontrions enfin.

– Vous avez une manière très particulière de provoquer les rencontres, miss Smythe. Vous n'auriez pas pu attendre encore un peu ? J'ai enterré ma mère il y a deux jours, tout de même !

– Je regrette de vous...

– Et pourquoi m'avoir harcelée de la sorte ?

– Je ne vous ai pas harcelée. Je suis allée aux

obsèques parce que j'ai estimé qu'il était de mon devoir de présenter mes derniers respects, et...

– Et c'est vous qui avez téléphoné chez ma mère après l'enterrement, n'est-ce pas ?

– Oui. Meg m'a appris que vous aviez décidé de passer la nuit là-bas. J'ai simplement voulu entendre votre voix, m'assurer que vous alliez bien.

– Vous voulez me faire croire une chose pareille ?

– C'est la vérité.

– Tout comme vous voudriez me persuader que vous ne vous êtes jamais approchée de mon frère et de moi, pendant tout ce temps ? Alors que vous étiez en train de payer notre éducation, pour les meilleures raisons du monde évidemment ?

– Je l'ai dit et je le confirme : je vous ai laissés en paix, l'un et l'autre. Ce qui ne m'a pas empêchée d'être présente le jour où vous avez reçu votre diplôme.

– Et celui où je jouais sœur Sarah dans *Guys and Dolls*, à l'école.

– Oui, a-t-elle approuvé avec l'ombre d'un sourire. J'y étais.

– Est-ce que vous avez fait la même chose avec Charlie ? Ces petites incursions incognito dans son enfance ?

– Non. J'étais contente de pouvoir contribuer à son éducation mais je n'ai pas suivi son évolution d'aussi près que la vôtre.

– Parce que c'était l'enfant qui s'était trouvé entre mon père et vous ?

– Peut-être. Ou peut-être parce que, vous, vous étiez l'enfant que j'aurais dû avoir avec Jack.

Silence. La tête me tournait. J'avais terriblement envie de dormir, soudain.

– Il faut que je parte, maintenant. Je suis si fatiguée...

– Mais bien sûr.

Elle s'est levée en même temps que moi.

– Je suis heureuse que nous nous soyons enfin rencontrées, Kate.

– Je n'en doute pas. Mais que ce soit clair : il n'y aura pas de prochaine fois. À partir de maintenant, vous nous laissez tranquilles, Ethan et moi. C'est compris ?

Elle est demeurée impassible. Comment arrivait-elle à conserver un tel sang-froid ?

– À votre convenance, Kate.

Elle m'a précédée pour m'ouvrir la porte, puis elle a posé sa main sur mon bras.

– Vous êtes comme lui, exactement.

– Moi ? Vous ne savez rien de moi.

– Je crois que si. Par exemple, je sais que contrairement à votre frère vous n'avez jamais négligé Dorothy. De même que vous êtes toujours là pour Meg. Elle vous adore. Elle aimerait juste que vous soyez plus heureuse.

Je me suis dégagée doucement.

– Moi aussi, j'aimerais.

2

Au bout de quelques pas dehors, j'ai dû m'asseoir sur les marches d'un perron, le temps de recouvrer mes esprits. Mille et une idées chaotiques fusaient dans mon crâne, à peine ébauchées, et au milieu de cette confusion je ne pouvais m'empêcher de me demander si c'était sur ce même escalier que mon père s'était effondré en pleurs quand Sara lui avait dit que tout était fini entre eux...

Mais j'avais terriblement sommeil, aussi, et c'est ce qui m'a forcée à me remettre en route. Je suis rentrée chez moi en taxi et j'ai appelé Matt à son travail. Nous avons eu un échange parfaitement courtois. Il m'a raconté qu'il avait emmené Ethan à un match des Knicks la veille au soir et que notre fils avait hâte de me revoir. Je l'ai remercié d'avoir pris soin de lui pendant ces deux jours. Il m'a demandé comment j'allais, j'ai répondu que cela avait été un moment « curieux », il a remarqué que j'avais une petite voix, j'ai confirmé. Quand il s'est lancé dans une tirade emberlificotée dont il ressortait qu'il espérait que nous allions être à nouveau en bons termes, je me suis contentée d'affirmer que nous allions rester en contact, « pour tout ce qui concerne Ethan, bien sûr », puis je me suis hâtée de raccrocher et d'aller me mettre au lit.

Alors que j'attendais de m'endormir, les yeux fermés, j'ai repensé à la photo de mon père que maman avait prise au temps où ils étaient tous deux en Angleterre. Il était jeune, séduisant, il souriait et il devait probablement être en train de se dire : « D'ici à quinze ou vingt jours, je ne reverrai plus jamais

659

cette fille qui va appuyer sur le déclic. » Et sans doute avait-elle eu le même genre d'idée, derrière son objectif : « Et voilà pour mon album de souvenirs... Un flirt en temps de guerre. » Si ce cliché me tourmentait à ce point, c'est parce qu'il symbolisait le moment où cette femme et cet homme allaient être entraînés dans un destin qu'ils ne soupçonnaient même pas. Comment auraient-ils pu savoir ? On n'a jamais conscience de l'instant inexplicable qui décide de toute une vie.

L'image s'est estompée et je me suis endormie. Mon réveil a sonné juste avant trois heures. Je me suis habillée et je suis partie prendre Ethan à l'école. En chemin, je me suis surprise à chercher encore un sens à l'histoire de Sara. Non seulement je n'y suis pas arrivée, cette fois non plus, mais cela n'a fait qu'aggraver mon désarroi, la sensation que tout m'échappait. Ethan a fusé dehors, inspectant des yeux la petite foule de parents et de nounous. Quand son regard est tombé sur moi, il a souri timidement, s'est approché. Je me suis baissée pour l'embrasser. Il m'a observée d'un air inquiet.

– Qu'est-ce qu'il y a, Ethan ?

– Tu as les yeux tout rouges.

– Hein ? Vraiment ?

– Tu as pleuré ?

– Oh, c'est pour mamy, tu sais...

Nous avons commencé à marcher en direction de Lexington Avenue.

– Tu seras à la maison, ce soir ? m'a-t-il demandé avec une nuance d'anxiété bien discernable.

– Et pas seulement ce soir. J'ai dit à Claire qu'elle n'avait pas besoin de venir avant lundi. Demain aussi, je viens te chercher, et ensuite on va avoir tout le week-end ensemble, et on fera ce que tu veux.

– Super, a-t-il approuvé en me prenant la main.

Nous ne sommes pas sortis, ce soir-là. Je l'ai aidé à faire ses devoirs. J'ai préparé des hamburgers. Nous avons établi l'un de nos pactes, en acceptant deux parties de jeu de l'oie avec moi, il gagnait le droit à une demi-heure sur sa Game Boy. On a fait du pop-corn, regardé une cassette. Bref, je me suis un peu détendue, pour la première fois depuis des semaines. Il n'y a eu qu'un moment de tristesse, quand Ethan, pelotonné contre moi sur le canapé, a levé la tête pour m'interroger :

– Demain, après l'école, on pourra aller voir les dinosaures ?

– Comme tu veux.

– Et après, on regardera un film ici tous ensemble ?

– Tu veux dire tous les deux ? Bien sûr.

– Et papa aussi ?

– Je peux l'inviter, si tu veux.

– Et après, samedi matin, on se lève et on va tous...

– Tu sais bien que si j'invite ton père il ne passera pas la nuit ici, Ethan. Mais je vais lui proposer de passer vendredi soir.

Il n'a rien ajouté, moi non plus. C'était comme si nous étions convenus tacitement de laisser tomber le sujet et de reporter notre attention sur l'écran. Mais, quelques minutes plus tard, il a pris mon bras pour le serrer plus fort contre lui, sa manière de me faire comprendre en silence combien ce monde de parents séparés était difficile à vivre pour lui.

Après l'avoir déposé à l'école le lendemain, je suis revenue à la maison et j'ai téléphoné à Peter Tougas, qui était l'avocat de ma mère depuis trente ans mais avec lequel je n'avais encore jamais traité, ayant eu recours à un ancien copain de fac, Mark Palmer, pour régler mon divorce et autres gâteries juridiques. Il faut dire que maman ne l'avait guère fréquenté, elle non plus. À part pour la rédaction de son testament, elle n'avait pratiquement jamais eu besoin d'une assistance légale dans sa vie. Sa secrétaire m'a mise tout de suite en ligne avec lui.

– Les grands esprits se rencontrent ! J'avais

l'intention de vous appeler aujourd'hui ou demain. Il est temps d'avancer, avec cette homologation.

– Vous auriez un moment pour moi vers midi ? Je suis en congé jusqu'à lundi et j'ai pensé qu'on pourrait en parler plus tranquillement avant que je reprenne le collier...

– Aucun problème. Vous savez où je suis ?

Non, je ne savais pas, ce qui était assez normal puisque je n'avais fait sa connaissance qu'aux obsèques de ma mère. Il exerçait dans l'un de ces vénérables immeubles années trente qui bordent encore Madison Avenue au niveau de la 51e Rue et suivantes. Un cabinet modeste, trois pièces meublées simplement avec pour tout personnel une secrétaire et un comptable à mi-temps. Lui-même avait une soixantaine d'années, taille moyenne, cheveux gris clairsemés, grosses lunettes teintées et un costume passe-partout qu'il avait l'air de porter depuis au moins deux décennies. L'antithèse absolue de mon oncle Ray, avec sa clientèle fortunée et sa distinction bostonienne. Et je me suis dit que c'était sans doute pour cette raison que maman l'avait choisi, en plus des tarifs très raisonnables qu'il pratiquait.

Il est venu me saluer dans la petite salle d'attente où la secrétaire travaillait, puis m'a fait passer dans son bureau, aménagé avec une sobriété démodée qui avait dû séduire ma mère, également, tant elle faisait écho à sa propre horreur de l'ostentation.

Il m'a fait signe de prendre l'un des deux fauteuils, s'est assis dans l'autre. Un dossier avec la mention « Mrs Dorothy Malone » attendait déjà sur la table. Je l'ai trouvé étonnamment épais, au premier coup d'œil.

– Et alors, Kate, a-t-il commencé avec le phrasé typique de Brooklyn, vous tenez le coup ?

– J'ai connu mieux. Ç'a été un drôle de moment à passer.

– Je le crois. Et si vous me pardonnez ma franchise,

je vous dirai que le retour à la normale sera certainement plus long que vous ne le pensiez. Perdre sa
mère, c'est très, très gros, comme expérience. Et
jamais évident.

– Oui. Je commence à m'en rendre compte.

– Comment va votre fils ? Ethan, c'est ça ?

– Bien, merci. Je suis très impressionnée que vous
vous rappeliez son nom.

– Votre mère parlait de lui chaque fois que je l'ai
rencontrée. Évidemment, son unique petit-fils...

Il s'est interrompu, comprenant qu'il venait de
commettre une gaffe.

– Le seul qu'elle voyait régulièrement, en tout cas.

– Vous savez que la femme de mon frère n'a
jamais...

– Oui, Dorothy a aussi fait allusion à ce problème
devant moi. J'ai compris qu'elle avait beaucoup de
peine, même si elle ne l'a jamais exprimée
ouvertement.

– Mon frère est quelqu'un de très faible.

– Il est venu aux obsèques, au moins. Il avait l'air
effondré.

– Il le mérite. Quand on perd une mère que l'on a
pratiquement ignorée pendant des années, l'excuse de
« mieux vaut tard que jamais » ne fonctionne pas. Et
pourtant... Il m'a fait pitié, en réalité. Ce qui est plutôt
étonnant, de ma part. Je ne suis pas vraiment réputée
pour mon indulgence.

– Ce n'est pas ce que votre mère disait.

– Oh, je vous en prie !

– Non, c'est vrai. Elle parlait de vous... eh bien,
comme d'une fille pleine d'attentions, je dirais.

– Elle se trompait souvent, ma mère.

Il a souri.

– Elle m'a aussi confié qu'elle trouvait que vous
étiez très dure avec vous-même.

– Là, elle ne se trompait pas.

Il a attrapé le dossier.

– Bon. On y va ?

J'ai hoché la tête. Il a d'abord retiré de la chemise un document de plusieurs pages agrafées.

– Voici une copie du testament de votre mère. L'original est dans mon coffre. Il partira au tribunal d'homologation ce soir, à condition bien entendu que vous l'approuviez, étant l'unique exécutrice testamentaire. Vous voulez prendre un moment pour le lire ou bien je vous résume le tout ?

– Y a-t-il quelque chose de personnel que je doive savoir ?

– Non. Tout est très explicite, très clair. Votre mère vous a légué la totalité de ses biens. Elle n'a stipulé aucune réserve particulière sur la manière dont vous devriez disposer de son héritage. Au cours de nos conversations, elle m'a affirmé qu'elle faisait confiance à votre bon sens quant à l'utilisation du fonds de pension. Euh, ce fonds... vous en connaissiez l'existence avant le décès de votre mère ?

– Non... J'ai fait plein de découvertes ces deux derniers jours.

– Qui vous en a parlé ? Miss Smythe ?

J'ai tressailli.

– Vous la connaissez ?

– Pas personnellement, non. Mais votre mère m'a parlé d'elle.

– Donc vous étiez au courant, à propos de... mon père et elle ?

– J'étais l'avocat de votre mère, Kate. Alors oui, en effet, je connaissais l'origine de ce fonds de pension. Et si je vous présentais son bilan financier, maintenant ?

– Comme vous voulez.

Il a pris une autre liasse de feuilles.

– Voilà. Ce fonds a été constitué en 1956 avec un capital initial de... oui, cinquante-sept mille dollars. Votre mère a retiré les intérêts générés par le principal pendant vingt ans. Et puis, en 1976...

– L'année où j'ai terminé mes études.

– En effet. Dorothy me l'avait dit. Donc, à partir de 76, elle n'a plus procédé à aucun prélèvement.

– Parce qu'il n'y avait plus rien, non ?

– Pas vraiment, a-t-il rétorqué en me lançant un regard gentiment amusé. Je vous ai expliqué que votre mère n'avait touché qu'aux intérêts. En d'autres termes, le capital est resté intact.

– Je ne comprends pas.

– C'est simple, pourtant. Après 76, votre mère n'a plus eu recours à ce fonds.

– Et qu'est-ce qu'il est devenu, alors ?

– Ce qu'il est devenu ? a-t-il repris avec un petit rire. Eh bien, il a pris de l'âge, comme nous tous ! Et il se trouve que le cabinet de placement qui en avait la charge...

Il a cité le nom d'une firme financière réputée.

– ... a géré très intelligemment les intérêts de votre mère. Un portefeuille misant surtout sur la prudence, mais avec quelques investissements à risque calculé qui ont joliment rapporté, ma foi.

J'avais du mal à réaliser.

– Vous me dites qu'à la fin de mes études ma mère n'a plus jamais puisé dans cet argent ?

– Exactement. Elle n'a pas pris un seul dollar, même si son conseiller financier et moi-même l'avions encouragée à instituer une rente pour elle. Mais non, elle a toujours soutenu que ses revenus lui suffisaient amplement.

– C'est faux ! Elle a toujours eu du mal à joindre les deux bouts.

– J'en avais l'impression, moi aussi. Et c'est pourquoi sa décision de ne plus toucher à ce fonds m'a laissé assez perplexe, je l'avoue. Surtout qu'en l'espace de sept ans, grâce aux placements que je mentionnais, le principal a été tout simplement multiplié par deux. En 95, ainsi, capital et intérêts confondus, la somme était de...

Il a jeté un coup d'œil à la feuille qu'il avait devant lui.

– ... trois cent cinquante-deux mille dollars et quelques cents.

– Mon Dieu...

– Attendez, je n'ai pas terminé. En 95, donc, ses conseillers financiers ont réalisé quelques bonnes opérations sur le terrain des nouvelles technologies, vous savez, commerce électronique, etc. Et depuis 96 la Bourse a été dans l'euphorie permanente, en plus. De sorte qu'ils ont encore doublé le principal pendant ces cinq ans.

– Doublé ?

– Oui. À la fermeture des cours vendredi dernier... Je leur ai demandé un bilan, oui...

Son doigt a cherché une autre volée de chiffres sur la page.

– Donc vendredi dernier le fonds s'établissait à sept cent quarante-neuf mille six cent douze dollars.

– Ce n'est pas possible.

– J'ai le tirage informatique de la situation actuelle, si vous voulez le voir. Votre mère avait de l'argent, Kate. Beaucoup d'argent. Mais elle a choisi de ne pas y toucher.

J'ai failli crier : « Mais pourquoi, pourquoi ? » C'était inutile. Je connaissais la réponse. Elle n'y avait pas touché parce qu'elle le gardait pour moi, évidemment sans jamais y faire la moindre allusion car... Je croyais l'entendre confier à Peter Tougas : « J'ai connu tant de jeunes gens tout à fait prometteurs qui ont mal tourné à cause d'un peu trop d'argent un peu trop tôt dans leur vie... Alors non, je ne veux pas que Kate soit au courant tant que je serai là. À ma mort, elle devrait avoir appris la valeur des choses, j'imagine, et avoir compris où elle va. »

Toujours partante pour les grands messages moraux, ma mère.

Et toujours prête à se sacrifier, à se refuser de petits

plaisirs. Pas de nouvelles robes, ni une jolie lampe, ni même la simple commodité d'un appareil ménager plus moderne. Je venais d'apprendre qu'elle aurait eu les moyens, et amplement, de se rendre la vie plus facile, mais non, la spartiate ne l'aurait pas toléré, la puritaine accomplie qui repoussait chaque fois les tentatives de sa fille par un « Mais non, tout va bien, ma chérie... Tu dois d'abord penser à toi. »

Avec tout ce que je savais d'elle, je comprenais la logique de sa décision, pourtant. Meg avait raison : elle avait eu un rare sens pratique qui n'entrait pas en contradiction avec ses exigences éthiques. Ainsi, elle s'était estimée obligée d'accepter l'argent de « cette femme » pour élever ses enfants, mais elle n'aurait voulu sous aucun prétexte qu'il lui serve à couvrir ses propres besoins. Son quant-à-soi ne l'aurait pas supporté. Elle avait peut-être fini par accorder son pardon à Sara Smythe, comme Meg le pensait, et cependant elle avait décidé d'oublier ce fonds de pension dès que Charlie et moi n'en avions plus eu besoin. Ou plutôt elle en avait fait un coffre enfoui en lieu sûr, un trésor à découvrir après sa mort. L'ultime bombe à retardement qui atterrirait sur mon palier dans les jours suivant son enterrement.

Sept cent quarante-neuf mille six cent douze dollars... Cela n'avait aucun sens. Aucun...

– Kate ?

Peter Tougas venait de poser sur la table basse une boîte de Kleenex qu'il avait prise sur son bureau et me regardait d'un air navré. Revenue à la réalité, j'ai brusquement senti que mes joues étaient trempées. J'ai sorti un mouchoir pour m'essuyer les yeux.

– Pardon...

– Mais non. Tout ça ne doit pas être évident pour vous.

– Je ne mérite pas cet argent.

Il a souri.

667

– Mais si, Kate. Il va faciliter plein de choses, pour Ethan et vous.

– Et Charlie ?

– Quoi, Charlie ?

– Eh bien... Je me demandais quelle était sa part, dans tout ça ?

– Sa part ? Comme je vous l'ai expliqué, il n'en a pas. Votre mère l'a laissé en dehors de son testament. Elle ne vous l'avait pas dit ?

– Oh, elle m'a dit qu'il n'hériterait de rien. Mais elle disait aussi qu'il n'y aurait pratiquement rien à hériter...

– Je suppose qu'elle voulait vous faire une surprise.

– C'est réussi.

– Quoi qu'il en soit, Dorothy a été formelle : la succession doit aller à vous et à vous seule.

– Pauvre Charlie...

Il a haussé les épaules.

– On récolte ce qu'on a semé, Kate.

– Oui, sans doute.

Je me suis levée.

– Est-ce que nous pouvons en rester là, pour aujourd'hui ?

– Eh bien, il y a encore quelques détails concernant l'homologation. Mais si vous préférez attendre la semaine prochaine...

– Oui, je préférerais. J'ai besoin d'un peu de temps pour...

– Je comprends, je comprends. Alors appelez-moi quand vous voudrez.

Je suis partie à pied vers le nord, lentement, sans prendre garde aux passants, à l'agitation de la ville. À la hauteur de la 74e Rue, j'ai tourné à droite sans y penser, comme si j'avançais sur pilote automatique. Arrivée chez moi, j'ai aussitôt mis en action le plan que j'avais élaboré dans ma tête pendant que je marchais.

J'ai d'abord appelé Avis et réservé une voiture pour

l'après-midi, à leur agence de la 64ᵉ Rue. Ensuite, j'ai
téléphoné à un hôtel de Sarasota Springs, où j'ai pris
une chambre, puis j'ai allumé l'ordinateur d'Ethan et
j'ai envoyé un mail à Matt : « Nous partons jusqu'à
lundi soir, Ethan et moi. Tu peux me joindre sur mon
portable. » J'ai réfléchi une seconde : « Merci encore
pour ta gentillesse pendant cette semaine éprouvante.
Elle a été très appréciée. » J'ai signé et j'ai appuyé sur
« envoi ».

À trois heures, j'étais devant l'entrée de l'école.
Ethan n'a pas masqué sa surprise, et sa déception,
lorsqu'il a découvert à mes pieds deux sacs de voyage.

– Quoi, on ne va pas voir les dinosaures ?
– J'ai eu une meilleure idée. Bien plus amusante.
– Quel genre d'amusement ?
– S'enfuir tous les deux pour le week-end, ça te dit ?

Il a battu des paupières, ravi.

– Tu parles !

Je lui ai tendu une enveloppe au nom de son
conseiller d'éducation.

– Cours vite la donner, d'accord ? C'est pour Mr Mit-
chell. Je le préviens que tu seras parti jusqu'à mardi.

Parti... loin ?

Très loin !

– Wouaoh !

Il a filé déposer le mot au bureau des entrées. Une
heure plus tard, nous étions en route. Voie express
du Bronx, la 287 le pont sur l'Hudson au sud de
Tarrytown, puis la 87 vers le nord.

– Où c'est, le Canada, m'man ? m'a-t-il demandé
quand je lui ai enfin révélé notre destination.

– Tout là-haut, droit devant.
– Tout là-haut... Comme le pôle Nord, là où le Père
Noël habite ?

– Exact.
– Mais on ne va pas le voir, lui.
– Non. On va voir... des Canadiens.
– Ah ! a-t-il soufflé, très impressionné.

Pourquoi le Canada ? Pas de raison précise, sinon que c'était la première direction qui m'était venue à l'esprit lorsque j'avais brusquement décidé de changer d'air avec Ethan. Et puis cela avait aussi été ma première sortie du territoire américain en 1976, lors d'une escapade supposément romantique à Québec avec un petit ami de l'époque, Brad Bingham. Avec un nom pareil, je ne pouvais que l'avoir rencontré à Amherst, où il était rédacteur en chef adjoint de la revue littéraire du campus, vouait un culte à Thomas Pynchon et rêvait de s'enfuir au Mexique pour y écrire un gros roman fumeux. Nous caressions tous ce genre de rêves chimériques, alors, l'espoir d'un avenir d'affranchis, qui serait vite ruiné lorsque nous allions intégrer le monde du travail et nous résigner à notre destin, c'est-à-dire à la normalité. La dernière fois que j'avais eu de ses nouvelles, Brad était un grand avocat de Chicago représentant une méga-multinationale dans un recours devant la Cour suprême à propos de la législation antitrust. Sur la photo que le *New York Times* avait publiée, il avait pris quinze kilos et perdu la majeure partie de ses cheveux. Un adulte, au sens le plus déprimant du terme. Comme nous tous... Mais, enfin, il m'avait permis de découvrir Québec et il avait plutôt bien réagi quand je lui avais annoncé une semaine ou deux après ce voyage que nous allions être « juste des amis », désormais. Et c'était grâce à lui que je roulais maintenant vers le Canada avec mon fils...

– Est-ce que papa sait où nous allons ? a lancé Ethan.

– Je lui ai envoyé un mail, oui.

– Il devait m'emmener à un match de hockey, samedi.

Merde ! J'avais complètement oublié qu'il m'en avait parlé, en effet. Il faut dire que ce samedi n'était pas inclus dans les deux week-ends qu'Ethan passait avec son père chaque mois, en temps normal. J'ai tâtonné dans la boîte à gants jusqu'à ce que je trouve mon portable.

– J'aurais pu lancer les flics à tes trousses pour kidnapping, a remarqué Matt dès que je l'ai joint à son travail.

Il avait un ton ironique, heureusement. Je ne m'en suis pas moins sentie honteuse.

– Ça s'est décidé sur un coup de tête. Mais je peux faire demi-tour tout de suite, si tu...

– Mais non, mais non. C'est une bonne idée ! Tu le ramènes à temps pour l'école, mardi ?

– Certainement.

– Et tu les as prévenus qu'il ne serait pas là lundi ?

– Bien sûr. Je ne suis pas irresponsable à ce point.

– Personne n'a dit que tu l'étais, Kate.

– C'est le sens implicite de tes questions.

– Pas du tout.

– D'accord, d'accord. Écoute, je suis désolée d'avoir flanqué par terre tes plans, pour ce match de hockey, mais..

– Là n'est pas la question.

– Oui ? Où elle est, alors, la question ?

– Tu ne pourras jamais arrêter, donc ?

– Je n'ai rien à arrêter. Je ne cherche surtout pas à...

– Très bien, très bien. Tu as gagné. Voilà, tu es contente ?

– Je n'essaie pas de gagner quoi que ce soit, Matt !

– Fin de la discussion, alors.

– Parfait, ai-je concédé, soudain atterrée par la stupidité gratuite de cet accrochage.

Il fallait donc que je gâche tout, chaque fois ? Après un silence, j'ai repris :

– Tu veux parler à Ethan ?

– J'aimerais, oui.

Je lui ai passé l'appareil.

– C'est papa.

Je n'ai pu m'empêcher de l'écouter pendant qu'il

répondait à Matt. Il avait l'air un peu hésitant, intimidé, sans doute refroidi par l'agressivité de
l'échange qu'il avait surpris entre nous. Prise d'un
horrible accès de culpabilité, je me suis demandé s'il
allait finir par nous détester pour avoir ruiné ses certitudes, compromis son équilibre à un si jeune âge.

– Oui, p'pa... Ce serait bien, oui... Et le cirque aussi,
oui... D'accord, je serai sage avec m'man... Oui, à
bientôt.

Il m'a rendu le téléphone et nous n'avons plus rien
dit pendant un long moment, jusqu'à ce qu'il annonce
en forme de constat :

– J'ai faim.

Nous nous sommes arrêtés à un McDonald's aux
abords de New Paltz. Il a mangé posément ses
nuggets et ses frites, prenant de temps à autre le jouet
de pacotille qui était inclus dans son menu enfant. Je
le surveillais d'un œil inquiet en me forçant à boire
quelques gorgées d'un immonde café. Si seulement je
pouvais lui rendre la vie plus belle... Mais c'était
impossible. J'ai posé ma main sur sa joue.

– Ethan, mon chéri...

Il a rejeté la tête en arrière. Soudain, il était en
larmes.

– Je... voudrais que tu vives... avec papa, a-t-il articulé entre deux sanglots.

Il s'est dégagé quand j'ai cherché à le prendre dans
mes bras. Le gros chagrin devenait du désespoir.

– Je veux que ma maman et mon papa ils soient
ensemble

La plainte était perçante, maintenant, déchirante.
Un couple âgé à une table voisine m'a fusillée du
regard comme si je personnifiais tout ce qu'ils réprouvaient chez les femmes d'aujourd'hui. Brusquement,
Ethan s'est jeté contre moi. Je l'ai cajolé et bercé
jusqu'à ce qu'il recouvre son calme.

Il s'est endormi presque tout de suite lorsque nous
avons repris la voiture. Les yeux lourds, je me

concentrais au maximum, l'esprit aussi embrumé que la route envahie peu à peu par un brouillard bas dans lequel les phares plongeaient comme des doigts dans de la barbe à papa. Je me sentais au milieu du néant, qui était aussi vide que moi.

Ethan était toujours assoupi à notre arrivée à l'hôtel de Sarasota Springs. Je l'ai porté à notre chambre et je l'ai bordé dans l'un des deux lits jumeaux après l'avoir mis en pyjama. Ensuite, je suis restée une heure dans la baignoire, le regard perdu au plafond. J'ai fini par en sortir pour appeler le service et me commander une salade César ainsi qu'une demi-bouteille de vin rouge. J'ai chipoté quelques feuilles de laitue, vidé le bordeaux, essayé en vain de me plonger dans un roman d'Anne Tyler que j'avais pris avec moi mais les lignes se brouillaient sous mes yeux, alors je me suis contentée de regarder la neige tomber derrière la vitre. Malgré tous mes efforts, mon esprit ne pouvait former qu'une seule et lancinante idée : « J'ai tout foiré. »

Quand je me suis réveillée en sursaut, il ne neigeait plus. C'était un matin clair et froid, la promesse d'un beau jour. Je me sentais reposée, Ethan paraissait plus gai, et pressé de reprendre le voyage. Il a dévoré une pile de crêpes en me bombardant de questions sur ce qui nous attendait au nord. Y avait-il encore des ours, au Canada ? Et des élans ? Et des loups ?

– On verra peut-être un loup, si on a de la chance.

– Mais je voulais voir un ours, aussi

– Bon. Ça peut s'arranger, peut-être.

Il nous a fallu près de sept heures pour atteindre Québec mais il n'a pas eu l'air de s'ennuyer, d'autant que j'avais eu soin de glisser sa Game Boy dans son sac et qu'il a découvert avec soulagement qu'il pouvait l'utiliser en auto sans avoir la nausée. Ou bien il a lu, et nous avons également discuté d'un nombre incalculable de sujets, depuis la nature profonde de Godzilla – un brave monstre qui s'était un peu égaré en

673

chemin ? – jusqu'au Power Ranger auquel Ethan rêvait de ressembler quand il serait grand. Il a adoré le passage du poste frontière, a charmé la préposée des Douanes canadiennes en lui demandant où nous pourrions acheter un loup. Les panneaux rédigés en français n'ont pas manqué de le fasciner. Quand nous avons contourné Montréal et suivi l'autoroute 40 vers le nord en longeant le Saint-Laurent, il est resté interdit devant le spectacle d'un aussi grand fleuve transformé en bloc de glace. Nous avions encore deux heures avant d'atteindre Québec. La nuit tombait, Ethan s'est assoupi mais il a rouvert les yeux dans l'allée du château Frontenac et l'air glacé l'a réveillé d'un coup. Notre chambre était assez chichiteuse mais offrait une vue fantastique sur la ville. Il a contemplé les lumières féeriques du Vieux Québec.

– On y va ? m'a-t-il demandé.

Nous nous sommes rhabillés pour sortir. Il neigeait doucement, les réverbères rétro de la vieille ville baignaient les rues pavées d'une lumière surnaturelle. Sa main dans la mienne, Ethan ouvrait de grands yeux devant les immeubles qu'on aurait crus de pain d'épices. Pour la première fois depuis des semaines, j'ai eu chaud au cœur en constatant son émerveillement.

– Je veux vivre ici, m'man !

J'ai éclaté de rire.

– Il faudra que tu apprennes le français, alors.

– Je peux, oui. Et p'pa et toi aussi !

La tristesse est revenue, soudain.

– Viens, Ethan, on rentre à l'hôtel. Il fait froid.

Nous avons dîné dans notre chambre. Alors qu'il avait terminé son hot dog pommes frites, et que j'avais à peine touché au coq au vin plutôt fadasse, il a annoncé :

– La prochaine fois qu'on part, p'pa vient avec nous.

– Écoute, mon chéri...

– Et à Pâques on va tous à Disney World !

– Nous irons à Disney World toi et moi, Ethan.

– Et p'pa aussi !

J'ai pris ma respiration en cherchant sa main.

– Ethan ? Tu sais bien que papa vit avec Blair, maintenant, et donc...

– Mais il va revivre avec toi.

– Non, Ethan. C'est impossible.

– Ne dis pas ça !

– Nous te l'avons déjà expliqué, lui et moi.

– Mais c'est pas juste !

– Tu as raison. Ce n'est pas juste mais c'est ainsi. On ne peut plus vivre ensemble.

– Si, vous pouvez !

– Non, Ethan. Plus jamais. Je sais que c'est triste mais ça ne veut pas dire que...

Il s'était déjà rué dans la salle de bains, en claquant la porte derrière lui. Je l'ai entendu éclater en sanglots. Je l'ai rejoint en hâte. Il était assis sur le couvercle de la cuvette, la figure dissimulée sous ses mains.

– Laisse-moi !

– Attends que je t'explique, Ethan.

– Va-t'en !

J'ai préféré ne pas insister. Revenue dans la chambre, j'ai allumé la télé et j'ai zappé sans but, l'estomac noué. Je ne savais plus que faire ou que dire pour arranger les choses. Au bout de deux minutes, je suis allée à la porte sur la pointe des pieds et j'ai écouté. Il ne pleurait plus. Je l'ai entendu soulever le couvercle, se soulager, tirer la chasse, faire couler l'eau dans le lavabo. Je suis retournée dans mon fauteuil à toute allure. Il est sorti de la salle de bains la tête baissée. Il est allé droit à son lit, s'est glissé sous les couvertures. Je me suis retournée pour lui demander :

– Tu voudrais regarder des dessins animés ?

Il a fait oui de la tête, alors j'ai recommencé à zapper jusqu'à tomber sur le Cartoon Network. Doublé en français, évidemment.

– Tu veux que je change ?

– Non. C'est rigolo, comme ça.

Nous avons regardé Tom et Jerry avec l'accent canadien, Ethan allongé sur le côté. Cinq minutes avaient dû s'écouler quand il a murmuré :

– Je veux un câlin.

Aussitôt, j'étais près de lui, un bras passé autour de ses épaules.

– Je suis désolée, Ethan. Vraiment.

Il n'a rien répondu, les yeux toujours fixés sur le jeu du chat et de la souris. Son silence disait tout. Il confirmait une crainte qui m'obsédait depuis long-temps : même si nous ne lui avions jamais laissé d'illusions quant à une possible réconciliation, il avait fini par se persuader que la séparation de ses parents n'était que temporaire, qu'un beau matin papa revien-drait auprès de maman et avec lui l'harmonie du monde telle qu'il l'avait connue. Et là, soudain, la réalité venait s'imposer en détruisant cet espoir. Tout en le serrant contre moi, je n'ai pas pu m'empêcher de penser que l'échec combiné de ses parents lui avait donné un avant-goût très prématuré de l'une des tristes vérités de l'existence, celle selon laquelle les gens autour de vous s'arrangent toujours pour vous décevoir quand vous auriez le plus besoin d'équilibre, de sécurité.

Il n'a plus abordé le sujet pendant le reste du voyage. Le lendemain, nous avons exploré les ruelles du Vieux Québec, puis nous sommes allés en taxi à la campagne et nous avons fait une promenade en traîneau tiré par un cheval dans les bois enneigés. En début de soirée, nous avons vu un spectacle de marionnettes, *Pierre et le loup*, en français naturelle-ment, mais comme Ethan connaissait l'histoire par cœur – il a le CD depuis qu'il est tout petit – il a été très fier de pouvoir la suivre en langue étrangère. Nous avons dîné dans un petit restaurant où un accordéoniste jouait ce que j'ai identifié par déduction comme de vieux airs québécois, une musique pas vraiment envoûtante mais dont Ethan a paru apprécier l'exotisme, notamment lorsque le musicien s'est approché de notre table, lui a demandé quelle chanson française il connaissait et l'a régalé d'une interprétation de *Frère Jacques*.

Une bonne journée, donc, au cours de laquelle il n'a pas manifesté le moindre signe de tristesse ou de préoccupation, et Dieu sait si je surveillais ses réactions... Il s'est couché volontiers, m'a souhaité bonne nuit et m'a confié qu'il aurait aimé rester un jour de plus.

– Moi aussi, chéri, mais ils ne seraient pas contents, à ton école.

– Tu peux leur dire que je suis tombé malade.

J'ai eu un petit rire.

– Mon patron aussi, il risque de faire la tête s'il ne me voit pas mardi. Mais bon, les vacances de Pâques ne sont pas loin ! Et là...

– Disney World ?

– Voilà. Maintenant repose-toi.

Dès qu'il s'est endormi, j'ai attrapé le téléphone et j'ai appelé Meg.

– Où tu as disparu, bon sang ? Hein ? Québec en plein janvier ? Je confirme, tu es maso.

– Les vieilles habitudes ont la peau dure.

– Ah ! Tu m'as l'air un peu plus en forme.

– On a passé un bon moment. Ce qui n'avait pas trop été le cas pour moi depuis...

– Je sais.

– Et puis j'ai vu l'avocat de maman, vendredi.

– Et alors ?

– Alors ce fonds n'était pas épuisé, contrairement à ce que je croyais.

– Ah bon ?

– En fait, il y a...

Je lui ai indiqué la somme que Tougas m'avait donnée.

– Tu me mènes en bateau.

– Pas du tout.

– Seigneur ! C'est toi qui paies le restau, la prochaine fois.

– C'est assez surprenant, non ?

– Tu veux dire que c'est renversant, oui !

– Oui, sans doute.

– Je vais te dire, ma belle : c'était quelqu'un, ta mère.

– Oui. Certainement.

– Tu ne vas pas me raconter que tu n'es pas contente de cette aubaine ?

– Je ne sais pas... C'est juste que... tout me dépasse, quoi.

– Je comprends, Kate. Mais ne sois pas dépassée par « ça ». C'est une grande nouvelle.

– Oui, bien sûr... Mais bon, je me sens un peu bizarre vis-à-vis de... à cause de Charlie.

– Qu'il aille se faire voir ! C'est toi qui as pris soin de ta mère, pas lui.

– Mais c'est lui qui a perdu son père.

– C'était le tien aussi.

– Mais moi je ne l'ai jamais connu. Et maman ne m'a jamais fait sentir que je lui avais gâché la vie, comme à Charlie.

– Minute, Kate ! Elle l'aimait, Charlie !

– Oui, c'est certain. Mais est-ce qu'elle le lui a montré ?

– Je ne sais pas.

– C'est un fait, Meg. Si Charlie n'était pas arrivé, elle n'aurait sans doute jamais épousé Jack Malone. Et elle aurait été plus heureuse.

– Ne crois pas ça, non. Elle était programmée pour être une martyre, ta mère.

– C'est sûr... Avec tout cet argent en banque, penser à la vie qu'elle a menée...

– Elle n'a jamais pu surmonter cette histoire, Kate. Ç'a été sa grande tragédie.

678

Sara Smythe, par contre. Elle avait vécu une tragédie, elle aussi, mais elle avait fini par l'accepter, ou du moins apprendre à vivre avec. Tandis que ma mère avait été hantée par elle, à chaque instant. C'est ce que je comprenais maintenant, de même que je me rendais compte que je ne l'avais jamais comprise, en réalité. Le courage d'élever ses deux enfants toute seule, je ne l'avais pas mesuré. Ni soupçonné la volonté qu'il y avait derrière son austérité. Elle avait reprisé des robes vieilles de vingt ans, refusé de faire retapisser son vieux canapé, accepté son petit appartement sans lumière, tout cela uniquement pour que je n'aie pas à revivre son infortune plus tard, pour que ma vie adulte soit confortable, assurée, capitonnée... Mais moi j'étais trop absorbée par mes propres déconvenues, par ce sentiment d'avoir été la dupe des hommes et du hasard, je me plaignais quand ma mère avait gardé un silence de quarante années sur une trahison qui pourtant avait changé son sort à jamais. « Moi, moi, moi ! » Elle avait eu sans doute envie de le crier, elle aussi, d'entonner cette complainte nombriliste. Mais non, elle avait préféré rester stoïque, muette. Sans même se rendre compte qu'il y avait là, derrière cette discrétion obstinée, un véritable héroïsme.

– Kate ? Ça va ? s'est inquiétée Meg devant mon long silence.

– J'essaie, oui.

– Ça ira. Je le sais. Et même si ça ne va pas au moins tu peux être une rabat-joie bourrée aux as, maintenant.

Je n'ai pas pu m'empêcher de rire.

– Je vais me coucher, Meg.

– On déjeune la semaine prochaine ?

– Mais oui ! Et cette fois l'addition est pour moi, sérieusement.

Nous avons bien dormi, tous les deux. En me réveillant, j'ai constaté avec soulagement que le blizzard

679

qui menaçait la veille s'était éloigné. Nous étions sur la route du retour à neuf heures. Nous venions de repasser la frontière, trois heures plus tard, quand Ethan m'a soudain annoncé :

– Je passe la nuit chez papa, ce soir.

Je me suis mordu la lèvre.

– Comme tu veux, mon grand. On l'appelle tout de suite.

J'ai appelé Matt sur mon portable. Nous nous sommes parlé un moment puis j'ai tendu l'appareil à Ethan.

– Papa, je peux venir chez toi ce soir ?

Ils ont bavardé quelques minutes. Ethan paraissait enchanté par cet échange, ce qui a évidemment réveillé en moi une jalousie que j'ai tout aussi évidemment combattue. Lorsque des parents séparés se partagent un enfant, il y a toujours cette inquiétude que « l'autre » s'entend mieux avec lui, le contente plus. Malgré tous les efforts pour résister à cet engrenage, une compétition s'instaure : il t'a emmené au cirque ? Moi, je vais te payer *Le Roi lion* à Broadway. Il t'a acheté des Nike ? Moi, ce sera ta première paire de Timberland. Il n'a rien de joli, ce jeu plein d'agressivité à qui sera le meilleur parent. Et cependant il est absolument inévitable.

Ethan m'a rendu le téléphone.

– Tu es sûre que ce n'est pas un problème qu'il vienne ce soir ? m'a demandé Matt.

Si, c'en était un. Mais je comprenais aussi qu'il fallait cesser de voir des problèmes partout. Pour mon propre bien.

– Mais non, franchement.

– Parfait, a-t-il approuvé, visiblement surpris. Merci !

J'ai maintenu une bonne moyenne. Après un arrêt rapide pour dîner, nous étions en haut de Manhattan à huit heures. J'ai rappelé Matt pour le prévenir que nous arriverions dans vingt minutes. Comme j'avais donné sa tenue d'école à nettoyer à l'hôtel, et qu'il avait ses livres et ses cahiers dans la malle arrière, nous n'avions pas besoin de repasser par chez moi. Matt nous attendait en bas de son immeuble, 20e Rue Ouest. Je m'étais à peine garée qu'Ethan avait bondi dehors et sautait dans les bras de son père. Je suis allée ouvrir le coffre, j'ai transféré quelques affaires de toilette dans son sac de classe, j'ai pris l'uniforme encore sous cellophane et je l'ai tendu à Matt. Ethan s'est chargé de son cartable.

– Il a des chaussettes et un slip propres là-dedans, ainsi que sa brosse à dents. Et voilà sa tenue d'école.

– Il a tout ce qu'il faut ici, tu sais...

– Ah, je n'y avais pas pensé.

– Pas grave.

Il a donné un coup de coude à Ethan.

– Alors, dis merci à maman pour ce super week-end.

Je me suis penchée, il m'a planté un baiser sur la joue avec un simple « merci, m'man ». Je me suis redressée.

– Eh bien...

– Eh bien, ai-je répété bêtement.

Comme nous étions maladroits l'un envers l'autre, désormais... On se rencontre. On vit ensemble. On partage une intimité totale. On fait un enfant ensemble. Et puis tout tourne mal, si mal qu'on en est réduits à des attitudes guindées, à des mots sans chaleur, avec un enfant déchiré...

Matt m'a tendu la main. Je l'ai serrée.

– Cette dispute l'autre jour, c'était idiot, ai-je reconnu.

– En effet.

– On a toujours eu le chic pour ça, nous deux. Les disputes idiotes.

– Oui, a-t-il acquiescé avec un petit rire. On est doués pour s'asticoter mutuellement. Mais... ça arrive, il faut croire.

– Oui. Ça arrive.

Un bref sourire. Nos mains se sont séparées. Je me suis encore penchée pour embrasser Ethan.

– On se voit demain après l'école, chéri. Je serai à la maison vers sept heures.

Il a hoché la tête et tourné les talons pour disparaître dans l'immeuble avec son père.

J'ai rendu la voiture. Je suis rentrée. Le silence de l'appartement déserté m'a déprimée. « C'est seulement pour un soir », me suis-je répété.

J'ai repris le travail le lendemain matin. Il y avait tellement de dossiers en attente que j'ai eu à peine le temps de grignoter un sandwich. Mais j'ai pris cinq minutes pour appeler Peter Tougas.

– Vous vous sentez mieux, Kate ?

– Un peu.

– Je vous l'ai dit, ce sera long.

– Comme tout, non ?

– Vous n'avez peut-être pas tort, là. Bien. Cette homologation, on reprend ?

– Tout à fait. Mais j'avais une question : en tant que légataire universelle, je suis libre de faire ce que je veux de cet argent, non ?

– Bien sûr, a-t-il confirmé, légèrement agacé. Ainsi que je vous l'ai précisé l'autre jour, il n'y a aucune clause particulière dans le testament.

– Parfait. J'ai décidé que mon frère aurait sa part, lui aussi.

– Pardon ?

– Je veux que Charlie reçoive la moitié de l'héritage.

– Un petit instant, Kate...

– Voyons... Sept cent cinquante mille, en gros ? Donnez-lui trois cent soixante-quinze.

– Vous n'êtes pas obligée de...

– Je le sais, oui.

– Accordez-vous au moins deux jours de réflexion, Kate.

682

– C'est déjà fait.

– Alors deux de plus.

– Non. J'ai bien réfléchi. C'est ce que je veux.

– Kate.. Vous n'oubliez pas de quelle manière il s'est conduit avec votre mère ?

– Non, pas du tout. Mais il aura tout de même la moitié.

– Au nom de quoi, Kate ?

Je n'étais pas disposée à le lui dire. Mes raisons étaient simples : j'avais été mise échec et mat par ma mère, cette fine et silencieuse stratège. C'était elle qui avait tout organisé : d'abord amener Sara à me raconter l'histoire, puis laisser son avocat me donner le coup final avec cette révélation... Et tout cela sans un mot. Mais le message n'en était pas moins clair : lorsqu'il s'agit de pardonner, les actes comptent plus que les paroles. Parce qu'un acte en suscite toujours un autre, tout comme pardonner à quelqu'un permet de se pardonner à soi-même. Quarante-quatre années durant, Sara et ma mère ne s'étaient pas dit un mot et cependant elles avaient accompli les actes qu'il fallait, elles s'étaient accordé un pardon mutuel. Et maintenant, de sa tombe, maman continuait à agir selon son habitude : elle me posait une question. Une simple question : « Peux-tu en faire autant avec ton frère ? Même en sachant à quel point il a eu tort ? »

Peter Tougas insistait :

– Donnez-moi au moins une raison, Kate. S'il vous plaît.

– Parce que c'est ce qu'elle aurait voulu.

Il est resté sans voix un moment.

– Très bien, Kate. Je vais faire le nécessaire. Est-ce que... Voulez-vous que je me charge d'apprendre la nouvelle à Charlie ?

– Merci.

– Que dois-je lui dire d'autre ?

– Dites-lui de m'appeler.

J'ai raccroché et je me suis remise au travail. J'ai

quitté le bureau à six heures et demie. Je me suis arrêtée dans une boutique de jouets pour acheter une maquette de robot. Une cochonnerie en plastique de plus, je le savais parfaitement, mais Ethan avait vu la pub à la télévision et laissait entendre depuis des semaines qu'il en rêvait. À sept heures et quart, le taxi me déposait devant chez moi. Claire, la nounou, était en train de ranger la cuisine quand je suis entrée. Elle m'a serrée dans ses bras – nous ne nous étions pas revues depuis l'enterrement – et m'a demandé comment j'allais.

– Ça va. Où est notre homme ?

– Dans sa chambre. Il a déclenché une nouvelle guerre des étoiles sur son ordinateur.

J'ai passé la tête par sa porte. Il a tout de suite remarqué le sac de FAO Schwarz en se retournant. Son visage s'est illuminé.

– Je peux voir ? Je peux voir ?

– Quoi ? Même pas bonsoir ?

Il est venu m'embrasser en courant.

– Bonsoir ! Je peux ?

Je lui ai tendu le sac. Quand il a vu qu'il s'agissait du robot qui l'avait tant fasciné, il s'est exclamé :

– Tu savais !

Eh oui. Pour une fois...

Il s'est assis par terre, déballant les pièces avec empressement.

– Tu viens m'aider à le monter ?

– Oui. Je passe un coup de fil, d'abord.

– Oh, m'man !

– Juste une minute, et je suis à toi.

Dans ma chambre, j'ai décroché le combiné. Mon cœur battait. Cela faisait des jours que je remettais cet appel à plus tard. Les renseignements, d'abord. Smythe S, 77e Rue Ouest. Le téléphone a sonné chez elle.

– Bonsoir. C'est moi, Kate.

– Oh, bonsoir ! Quelle bonne surprise !

Oui. Surtout alors que je lui avais annoncé qu'elle ne m'entendrait jamais plus...

– Eh bien...

– Euh...

– Il y a un problème, Kate ?

– Non, aucun. Je me demandais juste...

– Oui ?

– Eh bien...

« Oh, assez ! Lance-toi ! »

– Voilà, je pensais emmener Ethan au petit zoo, samedi. Vous connaissez ?

– Je connais, oui.

– Enfin, je pense qu'on y sera vers onze heures et donc... si vous voulez nous retrouver là-bas... et peut-être déjeuner avec nous, après ?

Quelques secondes se sont écoulées.

– Oui, j'aimerais beaucoup.

– Très bien. À samedi, alors.

J'ai raccroché. Je m'apprêtais à appeler Meg quand Ethan a crié de sa chambre :

– M'man ! Tu as dit que tu m'aiderais !

Je l'ai rejoint. Il était au milieu d'un puzzle de pièces en plastique, la notice d'assemblage dans une main.

– Allez ! Fais-le-moi !

Je me suis assise à côté de lui en grommelant. Et j'ai grogné encore plus en consultant les instructions. Il y en avait dix pages, rédigées en sept langues. Il fallait être diplômé du MIT pour y comprendre quoi que ce soit.

– C'est vraiment compliqué, Ethan.

– Tu vas y arriver.

– N'en sois pas si sûr.

– Allez, essaie, quoi !

Essaie ? Mais c'est ce que je fais, mon fils. Sans arrêt...

– M'man ! a-t-il protesté en voyant que mon attention avait dérivé.

Mes yeux sont revenus à lui et soudain j'ai eu devant moi l'adolescent difficile et complexé, terriblement dépendant de moi malgré ses manières cassantes, et l'étudiant maladroit enchaînant erreur sur erreur, et le jeune homme prenant son premier appartement à New York, Boston ou Chicago, si sûr de lui en apparence et pourtant assailli de doutes, comme nous tous... Quand est-ce que ça va lui tomber dessus ? me suis-je demandé. À quel stade va-t-il découvrir l'énorme, la radicale inanité de tout cela ? Comprendre qu'on se trompe toujours, quoi qu'on fasse ? La plupart d'entre nous sont bourrés de bonnes intentions et pourtant nous n'arrivons qu'à décevoir les autres, et nous-mêmes. Que reste-t-il, alors, sinon essayer encore ? C'est la seule chance qui nous reste. Vivre, c'est essayer.

Ethan a saisi la plus grosse pièce de la mosaïque et me l'a tendue.

– S'il te plaît, m'man ! Fais-le marcher.

– Je ne sais pas comment ça marche, Ethan. Je ne sais pas comment marche quoi que ce soit.

– Tu peux essayer.

J'ai ouvert la main, et il a laissé tomber le bout de plastique dedans. « Je ne veux pas te décevoir, me suis-je dit. Non, je ne voudrais pas. Mais c'est un risque, quand même... » Mon regard a croisé le sien, plein d'attente, plein d'espoir.

– D'accord. Je vais essayer.

Aubin Imprimeur
LIGUGÉ, POITIERS

Composition : Elancia Communication, Lons-le-Saunier.

Achevé d'imprimer en avril 2002
pour le compte de France Loisirs
123, bd de Grenelle, 75015 Paris
N° d'édition 36760 / N° d'impression L 63387
Dépôt légal, mai 2002
Imprimé en France